Sangen om den siste drage

Bok 4

I0681438

Jegeren seeren og søkeren

Av
Anne Olga Vea

Kontinentet Hietlai

Hietlai er det store landområdet i nord og nordvest for Zhandoria. Det var en gang en del av en større sammenhengende landmasse. Hietlai strekker seg langt i øst vest retning og er nesten like stort som Zhandoria. I nordområdene er det mest steppe og skog og aller lengst i nordvest ligger isen konstant.

I Hietlai styres folket av et råd av kloke, de har en stridshøvding som er deres øverste ledende mann i strid. Folket består av Hietlaianere som er et folkeslag som opprinnelig kom sørvest fra i gamle tider, de har tilpasset seg og fått sin egen særegne kultur gjennom tiden og sin egen tro. I Hietlai har en også en innfødt befolkning som kalles Kimatier. De består av tretten klaner hvorav noen er såkalte utbrytere. De nekter å leve i fred med Hietlaianerne og kriger mot disse, årsaken til fiendtligheten er ukjent for de fleste. På sørkysten av Hietlai ligger hovedstaden Gardahavn, Hietlaianerne er dyktige sjøfarere, svært stridige og tapre i strid og for dem er kamp og krig en del av livet. De har rykte på seg for å være sjørøvere og skip må som regel betale for å kunne ferdes trygt gjennom stredet mellom Hietlai og Zhandoria. Deres slanke langskip kan seile raskere og manøvrerer bedre enn de tyngre frakteskutene og de er med rette fryktet.

Folket livberger seg stort sett som fredelige bønder, i sør kan de dyrke korn og frukt men lengre nord er det saueavl og hesteavl som gjelder samt jakt og fiske. Hietlaianerne har et nært forhold til naturen og ærer den høyt. De føler at de må gi for å kunne få noe tilbake. Samfunnet styres av eldgamle uskrevne regler og lover og presteskapet har mye makt. I

Hietlai nyter kvinnene stor respekt og det er i bunn og grunn de som styrer hele samfunnet. En datter vil arve like mye som en sønn og kan beholde sitt eget navn om hun gifter seg. Hennes barn kan også velge hennes navn fremfor sin fars. En kvinne kan lett få skilsmisse og beholder alt hun har fått og brakt med seg inn i ekteskapet, hun kan også få krav på store deler av mannens eiendom om han har vært utro eller behandlet henne dårlig. Prestinnene har større innflytelse enn prestene siden de har nærmere forbindelse med gudene.

Om noen får barn utenfor ekteskapet kan farens familie be om å få barnet tatt opp i deres ætt for livet, det kan være en trygghet i noen tilfeller og det er opp til moren. Hun kan også kreve ekteskap og nekter faren kan han bli dømt til å betale en stor erstatning. Den går til henne, ikke familien hennes med mindre også familien er fornærmet.

På Hietlai er sønner og døtre like verdsatt og de har et svært positivt syn på kjærlighet og sex, flere partnere er ikke unormalt men en forventes å være tro så fort en har inngått ekteskapsløfter. Om en ektefelle dør kan enken eller enkemannen gifte seg igjen men ikke før en to års sørgeperiode er over. Reglene for hvordan en skal oppføre seg i denne perioden er svært strenge.

For folket på Zhandoria fremstår Hietlaianerne som hardbarkede og barbariske men de har en kultur som på mange måter overgår den i sør, den er bare mer basert på den sterkestes rett for livet er hardt der i nord og de svakeste klarer seg sjelden lenge. Dette er et av livets fakta og ikke noe de stiller spørsmål ved.

Kontinentet Ardot

Ardot ligger sør for Zhandoria, det er et forholdsvis lite
kontinent som er på størrelse med områdene nord og øst for
Bheki-bukta. Det har også en større ansamling øyer på
østkysten men disse har liten betydning da de er små og uten
større rikdommer
Ardot er underlagt Zhandoria, dets kultur er lang og rik og bare
katastrofen som inntraff for mange tusen år siden gjorde det
mulig for de nordfra å underkaste seg folket der. Opprør og uro
er normalt, de liker ikke sine okkupanter men Zhandoria er
avhengig av handelen med Ardot.
Ardot har en litt avlang form, i midten av kontinentet er det en
svakt buet fjellkjede med noen fjell så høye at de ikke lar seg
bestige simpelthen fordi det ikke er luft der oppe. Det
økosystemet som fantes der ble svært forstyrret av katastrofen,
Ardot var det området som ble mest ødelagt men spådommer
sier at de skal få tilbake det de tapte. Det ble regnet med at
nesten halvparten av kontinentet sank i havet.
Befolkningen er et konglomerat av flere folkestammer og de
snakker mange språk men de ble mer samlet etter katastrofen
og deres kultur var svært rik og avansert. De kjente til magi og
viten ingen i de større kontinentene ante noe om og deres
kunnskaper innen astronomi og fysikk var legendariske.
Befolkningen ble styrt av en kongefamilie som var av et
eldgammelt folk som nesten ikke eksisterte lenger men de ble
sagt å ha magiske evner og at de var beslektet med
dragemestrene. Da Zhandoria begynte å innta Ardot var det
først som handelsfolk og forretnings forbindelser men
rikdommene i Ardot er store og det fristet for mye. Noen ætter
som Arcan og Macallif og Ranclin fikk fort stor makt der og
står for mye av handelen med Zhandoria. Nurmadag var før

nesten eneveldig når det gjaldt å organisere skipstransport nordover men de har mistet mye innflytelse og har begynt å vende blikket nordover i stedet. Uvisst av hvilken grunn. Motstanden mot inntrengerne er svært sterk i folket men den må skje i det skjulte for folket fra Zhandoria er svært brutale og ser på folket fra Ardot som lite annet enn mindre verdige skapninger og deres før så strålende kultur blir utsatt for stadige angrep. Troen deres er forbudt, skriftspråket og religionen også og selv deres rike forteller tradisjon blir sett ned på. Men folket skjuler sin egentlige lojalitet godt og venter bare på den dagen da de skal få tilbake det de mistet og balansen blir gjenopprettet.

Noen Zhandorianere er på Ardot sin side, de liker ikke den umenneskelige behandlingen befolkningen blir utsatt for på plantasjer og i gruver og annen industri men det er lite de kan gjøre for å hjelpe. De fleste i Zhandoria har ingen anelse om hvor ille det egentlig er og tror at folket i Ardot er lite mer enn smarte aper. Det var vanlig med slavehandel en stund men folk fra Ardot overlever sjelden lenge i det hardere klimaet i nord, så dette ble stanset fort da tapet av verdier ble for stort.

Kontinentet Zhandoria:

Kontinentet Zhandoria var en gang i tiden en del av et mye større område, i nord ligger Hietlai og i sør Ardot. Begge disse landområdene var en gang en del av denne enorme landmassen.
Kontinentene drev fra hverandre på grunn av voldsomme naturkatastrofer som endte en hel tidsalder og mye ble endret både geografiske og rent praktisk.

Zhandoria er oppdelt i flere riker med underliggende delområder og lydriker hvor de har en egen hersker som igjen står under landets øverste leder.
Rikene er: Nierez, Longil; Arzam; Dheesa; Bheki; Altarab; Felderi; Zetir og Unlan.
Zhandorias hovedstad er byen Zhymorne som ligger i Ar-Bheki regionen av Bheki, byen er gammel og ærverdig og rommer mye historie men dens prakt falmer som alt annet i rikene.
Rikene er styrt av kongehus med varierende hell og makt, i Zhandoria var det fra gammelt av seks adelsslekter som satt med mest makt, nå er deres makt blitt svekket, de er utvannet og spredt i et utall underslekter med sine egne vasaller og tilhengere og selv ikke slektene selv har oversikten over hvem som skylder dem lojalitet eller ei. Slektene krangler fremdeles seg i mellom om gammel makt og ære og i det skjulte foregår det et maktspill hvis intriger kan bli både blodige og brutale.
De seks slektene er i det store og det hele spredt over hele kontinentet men holder gjerne ekstra mye makt i visse

områder.

Darasher: Denne ætten er den mest utbredte, med mange underfamilier og stor rikdom, de var en gang mektige krigere men deres innflytelse har falmet mye. De er svært ærekjære og svært sta, for dem handler alt om å gjenopprette fortidens tapte makt og storhet. Deres motto er: Glem aldri hva vi var! Deres merke er et dragehode.
Darasher har mest makt i Bheki, Darazzen og Ibar men de har lange armer og har stor innflytelse på andre hus også, gjerne ved hjelp av trusler, korrupsjon og mord.

Ranclin: Ranclin ætten er kjent for å like pomp og prakt men de kan også være forbausende nøktern, de tenker før de handler og er kjent for å være utmerkede renkesmeder. De har stor utbredelse men skryter lite av slekten og er kjent for å være stri, også mot sine egne. Deres motto er: Ære, stolthet, styrke. Deres merke er en steilende hest.
De har mest makt i Or-Altarab, Longaria, Rooz og ytterst ved kysten i Coluria

Arcan: Den mest dystre og innesluttede av ættene, ikke særlig utbredt men de har stor makt i viktige områder og de er kjent for å kunne bli svært grådige og gjerrige. Deres merke er en hodeskalle og deres motto er: Døden vinner alltid.
De har mest innflytelse i Tholir, Ni-arzam og Cerna. Dette betyr at de kan kontrollere mye av handelen mellom øst og vest.

Macallif: Denne ætten var i gamle dager kjent for å ty til trolldom, de avlet mange store magikere og hadde enorm innflytelse men dessverre hadde de en slem tendens til å gifte seg innad i egen slekt og dette førte til en del uheldige hendelser. De har fremdeles ord på seg for å være upålitelige og farlige og for å kunne spre galskap blant andre. Macallif er

lite spredt, de holder seg til sine egne og har noe makt i Ar-
Altarab, Solamida og Ebanar men de deler mye av den
innflytelsen med de andre ættene og er kjent for å tenke
kortsiktig og på lite annet enn øyeblikkelig vinning. Deres
merke er en griff og deres motto er; Ved klo og stål vil vi
herske.

Ohdrasar: En av de mest utbredte ættene ved siden av
Darasher, de er kjent for å være store og sterke men lite vakre
med noen unntak, de er durabelige krigere men mest
interessert i handel og slikt og de har mange underfamilier som
har lite eller ingen makt. Ohdrasar er kjent for å ville beholde
makten innad i familien og de godtar ikke at deres egne går i
mot ættens vilje. De regner seg gjerne som de edleste av
ættene siden de sjelden deltok i de blodige slagene om makt
som sto etter katastrofen, sannheten er at de bare er mere
tålmodige enn de andre og de er mestre i å manipulere og sette
folk opp mot hverandre. Der er det bare visse familier innen
Darasher ætten som slår dem. Ohdrasar har mest innflytelse og
makt i Felderi og Unlan, de holder seg stort sett i øst og har lite
interesse av hva som skjer vest for Bheki-bukta. Deres motto
er: Vi får alltid vårt og deres merke er et villsvinhode.

Nurmadag.: Den minste av ættene og den svakeste, Nurmadag
har bare fem seks familier igjen og regnes ikke lenger som en
slekt av betydning. En gang i tiden var de ledende innen
handel men nå sliter de med å opprettholde det monopolet de
hadde. De har kun tilhold i Zetir og ingen anser dem som en
maktfaktor. De har en viss innflytelse i og med at de driver
skipsfart og frakter varer til og fra Ardot, de er svært rike men
viser det ikke og lever ganske nøkternt. Slektens overhode
lever som en Zetirer selv om ætten opprinnelig er fra området
rundt Tholir bukta. De prøver å holde handel i gang ved å
sende skip gjennom stredet mellom Zhandoria og Hietlai og
deres leder har inngått en avtale med de mer stridige viking

aktige Hietlaianerne om at hans skip skal få passere uhindret. Deres merke er en stor ål tvinnet rundt en skips mast og deres motto er: Havet gir, vi tar! De har litt innflytelse langs kystene og i Zetir men mange slekter ville slite uten deres flåte av handelsfartøyer.

Dahdøgar

Det vesle vertshuset hadde en gang vært et livlig sted, et der mange møttes for å tilbringe et par timer i muntert selskap, høre nyheter fra fjern og nær og glemme dagliglivets strev og harde tak. Stedet lå nær grensa til Longil lengst sør i Ibar og det hadde vært et handelssentrum. Landsbyen var ikke stor men den hadde vært svært rik og var velkjent for sine dyktige smykke smeder. Med alle gruvene som lå der i nord fikk de tak i mye edle steiner og dyre metaller og de hadde perfeksjonert kunsten å skape små kunstverk få andre kunne håpe og kopiere. Men krigen som hadde brutt ut hadde ødelagt alt, brått slåss alle mot alle og ingen var trygge. Gammel lojalitet og troskapsbånd ble kastet på dynga som utgåtte sko og folk som hadde vært som brødre stakk hverandre i ryggen. Herren til denne landsbyen hadde gått til krig mot en nabo som hevn for gammel urett, reell eller ikke og han hadde glemt å passe ryggen sin. Dermed kom en annen lavadelig østfra og ødela nesten alt der. Få hus sto uskadd tilbake og vertshuset var ett av dem.

De som overlevde kampene møtte sult og kulde og nå var det ikke mange tilbake der. Kun noen få, gamle som ikke orket reise, noen unge som hadde svake foreldre de ikke ville forlate, noen som var for sta til å reise noe sted. Sykdommer hadde herjet traktene og noen snakket om pest ute ved kysten. Men en annen type pest hadde spredt seg enda fortere enn den normale varianten og var langt mer ødeleggende. Denne landsbyen hadde fått være i fred, det var ingen rikdommer der og få folk og prestene hadde ikke kommet dit. Folket visste hva som fulgte disse såkalte hellige mennene, død og ødeleggelse, falskt håp og fortapelse. En av mennene som satt der og nippet til et glass med sterkvin var en høyreist kar med et bistert ansikt. Han var kanskje i begynnelsen av førtiårene, sterk og bredskuldret men mager og han virket sliten og dratt. Han hadde et ganske tett og velstelt skjegg som var svært gråsprengt og håret var langt og mørkt med sølv i tinningene. Han var en flott kar og kvinnene så mer enn en gang på ham men ingen nærmet seg denne karen med amorøse hensikter. Det var noe i blikket, noe merkelig dødt som holdt folk på avstand. Han bar på et langsverd og en øks og virket for å kunne bruke våpnene også, mange trodde han var en leiesoldat og en god del tydet på det også. Han tedde seg i hvert fall slik, som en rotløs mann.

Tjenestejenta som serverte der mente at han sikkert var en av de mange som hadde mistet familien sin på grunn av krigen og hadde blitt nødt til å selge sverdet for å overleve. Det var mange slike som drev rundt nå, kampene mellom adelsslektene var i ferd med å dø ut, det var ikke lenger noen som greide å holde krigen i gang, det var for lite soldater, for lite av alt. Ingen vant noe på å kjempe lenger, kun døden gikk seirende ut av disse kampene. Og så kom sekten krypende og sugde den siste rest av liv og håp ut av landene. Fremmedkaren hadde kommet vandrende en sen kveld, han var til fots og svært sliten og klærne han bar fortalte at han neppe var av edel ætt men det var en slags aura av noe verdig rundt ham som fikk de fleste til å skjønne at han i det minste måtte ha tjent en eller annen med blått blod.

Han hadde penger, ikke mye men nok til å holde ham med mat og nettene tilbrakte han på låven i høyet. Han krevde lite og sa lite men de hadde sanset et vanvittig hat i mannen. En mann hadde kommet ridende en tidlig morgen og han hadde begynt å uttale seg om presteskapet som om de virkelig var redningsmenn som ville sørge for å bringe frelse til alle. Han hadde blitt naglet til stallveggen med sitt eget sverd og døde der og da, ingen hadde protestert på gjerningen, de hadde mistet venner og slekt til prestene nesten alle sammen og de hadde sett hvordan disse åtseleterne på to bein hadde gjort hva pest og krig ikke hadde greid, å knekke folket.

Den høye karen kalte seg Dahdegar og på det gamle språket folket der i nord delte med noen grender i Hietlai betydde det askefødt. Det passet mannen godt og ingen der stilte noen spørsmål, de fleste hadde nok med seg selv. Av og til kom det reisende innom men de fleste var egentlig flyktninger og de færreste av dem hadde noen anelse om hvor de burde reise. Ingen steder virket for å være trygge nå. Dahdegar hadde sagt at de burde bli der, landsbyen var så ødelagt at ingen ville søke seg dit for å finne rikdommer nå. Og de få sjelene som bodde der var for stri til å kunne lokkes med falske løfter om frelse. Vertshuseieren hadde lyttet til Dahdegar, og han visste at dette var en utdannet person, en som hadde lært mye, en som var vant med å lede og bli adlydt. Han mistenkte at mannen kanskje var en forhenværende offiser, men det var vanskelig å si. Kona hans mente å ha sett en tatovering øverst på ryggen på mannen mens han var i badet, en elegant men allikevel underlig tegning av et slags kattedyr. De sa at noen av de som stammet fra Hietlai hadde som skikk å tatovere seg slik, men om det han visste sikkert stemte var det bare etterkommerne av Diaran Falkeblod som gjorde det i disse dager. Det var mulig at dette var en av det folket, høyden og det flotte utseendet kunne tyde på det.

Hadde noen av disse enkle landsbyboerne noen gang vågd seg vestover hadde de antagelig hørt om ham, kanskje også enda til kjent ham igjen men i dette avsondrede området brydde folk seg sjelden med omverdenen. De solgte de tingene de lagde, fikk penger til å klare seg selv om landet var for kaldt og høytliggende til å bli dyrket med hell og lot livet følge sin gamle ubrutte rytme. Mannen tørket seg om munnen, lente seg tilbake mot veggen og tente pipa si, de dype grå øynene var tankefulle og samtidig virket det for om det brant en ild i dem, en dansende flakkende flamme av ren besluttsomhet og raseri.

Selv hans beste venner ville neppe ha kjent ham igjen nå, den velstelte og litt forsiktige mannen han hadde vært var borte for lengst, død og begravet ved strendene i nord. At han hadde unnsluppet var kun flaks, for han hadde aldri sett for seg at hans egen familie kunne snu seg mot ham på en slik måte, at hans hustru kunne få seg til å gjøre hva hun hadde. Vel hadde Alinneh vært ustabil hele livet men den oppførselen hun hadde hatt den siste tiden burde ha advart ham. Hun var en nervøs kvinne, alltid redd, alltid hysterisk opptatt av at alt var perfekt, at ingen kunne si noe på hennes evner som husmor og mor. Hun overdrev alt hun gjorde og hver minste ting som skjedde ble blåst helt ut av proporsjon. Hun kunne bli totalt vill om et av barna kom inn igjen etter lek med et skrubbsår og om noen så mye som snakket til datteren deres ble hun redd vedkommende var ute etter å forføre jenta enda hun bare hadde vært ti. Og nå var Jhara død, ofret som et annet fe, og det samme gjaldt Oklan og Shirben, søte gutter på fire og seks år. Kun hans eldste sønn var igjen i live og det var kun fordi han var bundet til senga og hadde vært det siden han falt av en hest som tiåring og ble lammet. Thiarrak hadde vært en høyreist og modig ung gutt og sin fars øyestein, Alinneh hadde på et vis skjøvet gutten fra seg etter ulykken, noen ganger trodde han at hun prøvde å late som om han rett og slett ikke hadde blitt født, at han ikke eksisterte. For Alinneh hadde det vært bedre om gutten hadde dødd, for da hadde i det minste familien fremdeles vært perfekt. Thiarrak var ikke lenger feilfri, han var en krøpling og gudinnen hans kone hadde tatt til seg godtok ikke slike som offer. Derfor var hans sønn i live ennå og han følte et stikk av inderlig bitterhet. Han også ville ha endt opp som blodoffer hadde Alinneh fått det som hun ville, den galskapen som hadde grepet henne hadde vært forferdelig men han la ikke skylden på henne, ikke henne alene i hvert fall. Det sto en annen bak, en annen som visste hvor skrøpelig psyken hennes var, hvor lite som skulle til for å velte henne ut i galskap. Å jo, han visste hvem som egentlig hadde hans barns blod på hendene og han hadde sverget å ta hevn. Og han hadde sverget å stanse dem men hvordan? Han var kun en mann, han hadde ingen hær og ingen som fulgte ham. Han hadde hørt ryktene fra sørøst om dolkens spiss, han hadde hørt historiene som mente å vite at det var en av Darashers herrer som hadde blitt gal etter å ha mistet et barn og ville vaske verden ren med blod. Han forsto det, han kunne til og med på et vis dele den følelsen, ønsket om å ødelegge alt det gamle for å la noe nytt og friskt oppstå. Men han var ikke denne legendariske mannen, han var alene som aldri før og han hadde søkt seg til denne landsbyen av en spesiell årsak. Han hadde greid å sende et bud da han flyktet, til en gammel kjenning. Han ante ikke om denne personen ennå levde men han håpet det. Tross alt, han ville antagelig ha hørt om det om noen hadde drept en med det ryktet. Han ville gi det en måned, så ville han komme seg videre og da fikk bare skjebnen bestemme hvor han dro.

Været hadde vært forferdelig de siste ukene, ikke direkte øsregn men et jevnt drypp som aldri virket for å stanse og det gjorde alt vått og forvandlet veiene til elver. De få som søkte seg til vertshuset tvilte på at maten ville holde vinteren ut, våren var ennå langt unna og senvinteren kunne bli beinhard der i området. Den rå lufta fra kysten trakk faktisk så langt innover og kunne føre til brå og dype snøfall ingen kunne forutse. Det var en slik kveld da det regnet og nesten slo over til snø at en rytter dukket opp utenfor vertshuset, vedkommende red en svært stor hest og hadde en tilsvarende i leietau bak seg. Begge dyrene var utstyrt med gode solide sadler og rytteren var høy og dekket av en tykk kappe. Stallen hadde ingen ansatte lenger så rytteren tok seg selv av hestene før vedkommende steg inn i rommet der resten av gjestene satt. Dahdegar trakk et dypt lettelsens sukk da han så skikkelsen som nå kom rolig vandrende bort til bordet der han satt og slo seg ned uten å ha blitt tilsnakket en eneste gang.

Dahdegar bøyde nakken og smilte, et stivt og merkelig sørgmodig smil. «Ruphus»

Rytteren trakk ned hetten og avslørte at han var temmelig uvanlig, ansiktet var prydet med merkelige tatoverte mønstre i en blek blå tone og hodet var barbert på sidene men langs midten vokste håret langt og var flettet i et komplisert mønster. Det som allikevel var mest iøynefallende var at mannen var albino, huden blek og øynene røde. Håret lignet hvit silke og de fleste ville vel sagt at han var svært vakker, på en skremmende måte. Det ungdommelige ansiktet røpet også at mannen var en halvblods, han hadde forholdsvis spisse ører og øynene var mandelformet og svært skrå og store. Antagelig var en av foreldrene en såkalt natt alv. Han bikket på hodet, de skremmende øynene var forbausende myke. «Jeg er lei for det gamle venn, de var...gode barn»

Dahdegar nikket, stille. «De beste, jeg har ventet på deg»

Ruphus nikket. «Jeg var langt nord, tenkte meg egentlig til Hietlai. Men budet nådde meg.»

Dahdegar smilte skjevt. «Godt, jeg trenger din hjelp»

Halvblods alven så på mannen med smale øyne. «Jeg skjønner det, men vet du egentlig hva du begir deg ut på?»

Dahdegar stirret ned i bordet før han møtte det røde blikket med sitt eget. «Ja, og jeg betaler prisen. Jeg vet hva jeg ber om»

Ruphus sukket. «Jeg tror deg gamle venn, jeg vil hjelpe deg. Han må betale for hva han har gjort»

Dahdegar snerret nesten. «Ja, han skal betale, og lide.»

Ruphus skar en grimase. «Jeg gjør ikke dette for hvem som helst, tro meg. Men ditt ønske er forståelig. Vi må begynne snart, det tar tid»

Dahdegar blunket knapt. «Jeg vet, det er en gammel jakthytte nede ved elva, den står men ingen går dit lenger. Er det bra nok?»

Ruphus smilte skjevt. «Sikkert, det eneste som kreves er at ingen forstyrrer meg. Ikke vær redd, det vil gå bra»

Dahdegar bikket på hodet og gjorde en slags gest med handa som kunne bety hva som helst. «Godt, jeg vil ikke ende opp slik som en viss annen av dine lærlinger.»

Ruphus blåste i nesa. «Åh han, han var ikke mentalt sterk nok til å takle det, noen ganger ser en ikke svakhetene i folk før det er for sent. Du er sterk, det vet jeg fra før»

Dahdegar nikket, han hadde kjent Ruphus siden han var en guttunge og han husket de gangene den merkelige mannen besøkte hans families hjemsted. Som oftest var det for å spå folks fremtid, helbrede syke dyr eller velsigne diverse gjenstander men etter som årene gikk hadde de to utviklet et tett vennskap. Folk sa at Ruphus var en så sterk sjaman at han kunne vekke de døde og Dahdegar var ikke sikker på at det bare var løgn. Han visste at alver har krefter mennesker kun kan drømme om og Ruphus hadde egentlig lite som minnet om sin menneskelige side. Ruphus sendte ham et fort glis. «Ikke drikk mer nå i kveld, du trenger et klart hode og jeg vil anbefale at du tar et bad også.»

Dahdegar snøftet. «Jeg er ren»

Ruphus rynket på nesen. «Tillat meg å tvile. Du stinker gammel geitebukk. Men jeg har penger om du ikke kan kjøpe et bad. Jeg vil ikke gjøre dette om du ikke er ren, dere mennesker får infeksjoner bare en ser hardt på dere»

Dahdegar sukket, han var svært skrøpelig sammenlignet med alven. Han vinket på verten og smilte så vennlig han kunne. «Kunne vi fått varmet vann til et bad, vi trenger en vask, både min venn og jeg»

Verten så smalt på den merkelige bleke skapningen men visste at det ikke lønte seg å være for brysk mot de en ikke følte seg fortrolig med riktig med en gang, en ante ikke hva de var kapable til. Han nikket og Dahdegar slengte et par sølvmynter på bordet, det var mye men det å varme vann var da også mye arbeide og krevde mye ved. Normalt sett badet folk der bare ved giftermål og begravelser. Ruphus lente seg tilbake i stolen og bikket på hodet igjen, han var svært sjarmerende og kunne smigre seg innpå en gråstein men Dahdegar visste også at få skapninger var farligere enn denne halvalven. Han hadde sett hva en slik sjaman kunne gjøre, og det hadde skremt vettet av ham. «Jeg hørte om det for noen uker siden, trodde ikke mine egne ører. Hvordan kunne hun miste vettet så fort?» Dahdegar skar en grimase. «Jeg mistenker droger, og et eller annet slags sjokk. Hun var borte i noen timer og da kammerpikene hennes fant henne satt hun i det ene av de nordlige tårnene som ingen besøker lenger og var aldeles fra seg. Hun husket ikke hvordan hun kom dit eller hvorfor hun var der, og hun hadde en del stygge blåmerker»

Ruphus knep øynene sammen. «Jeg forsto aldri hvorfor du gikk med på å gifte deg med henne, hun var langt fra noen skjønnhet og personligheten hennes kunne fått et bergtroll til å gå på veggen rimelig kjapt»

Dahdegar humret nesten. «Ja, godt sagt. Men far insisterte og slekten vår trengte den jorda hun fikk som medgift. Vi visste begge at det ble et ekteskap uten kjærlighet, det hadde vi vært forberedt på siden vi var barn begge to»

Ruphus ristet på hodet. «Mennesker, jeg vil aldri forstå meg på dere. Dere er virkelig forbausende vesen. Alver vil aldri binde seg til noen de ikke elsker, det er som å be om et liv i elendighet.»

Dahdegar sendte vennen et trist smil. «Da er de i sannhet velsignet.»

Ruphus trakk på skuldrene. «En manns velsignelse kan være en annens forbannelse, husk det. Men sies det ikke at slekten hun kommer fra er temmelig ustabil mentalt sett?»

Dahdegar nikket. «Macallif ja, det er noen grener i den ætten som er omtrent like normale som en trehodet slange. De har giftet seg med sine egne for mye og noen av dem har også leflet med mørke krefter. I det minste er det hva som blir sagt»

Ruphus smålo. «Mørke krefter, mennesker har ingen anelse om hva mørke krefter er. Ingen av deres såkalte magikere eller trollmenn har vært annet enn sjarlataner og taskenspillere. Nei, uansett hva de drev med kunne ikke det ha gjort dem så svake i hodet. Århundrer med innavl på den andre siden? Se det gjør vei i vellinga om en vil ha barn som snaut kan stå på beina eller forstå et eneste ord.»

Dahdegar nikket sakte. «De hvisket om at Alinnehs far hadde vært hennes mors onkel, ikke hennes mann. Det var visst vanlig i den familien.»

Ruphus skar en liten grimase. «Ja, det må det ha vært. Men hva nå? Din eldste sønn er i live?»

Dahdegar nikket. «Kun fordi han er krøpling. Og Alinneh har tatt over alt nå, og er i ferd med å styre hele området rett i avgrunnen. Folk flykter i hopetall og de forbannede prestene eter seg fete på lidelse og tap.»

Ruphus virket tankefull. «Din bror startet det, han utløste selve skredet kan en si. Han sporet dem an og hjalp dem til makten. Han må ha hatt hjelpere»

Dahdegar nikket stivt, ansiktet hans fortrakk seg i avsky. «Ja, han hadde hjelpere. Spyttslikkere og forrædere og forbaskede uslinger. Menn misfornøyd med vår fars styre og menn loven hadde dømt fra ætt og eiendom, noen også fra livet.»

Ruphus så stivt på ham. «Fredløse? Har han mange menn nå?»

Dahdegar trakk på skuldrene. «Det er akkurat hva jeg er ute etter å finne ut. Jeg må vite så mye som mulig, om jeg på noe vis skal kunne ta tilbake det som ble stjålet fra meg»

Ruphus så trist ut. «De vil aldri komme tilbake min venn»

Dahdegar lukket øynene et øyeblikk. «Jeg vet, men han skal få føle den samme smerten jeg følte, det samme tapet»

Ruphus hadde fått et kaldt uttrykk i ansiktet. «Han har barn, akter du å?»

Dahdegar ristet på hodet. «Hva tar du meg for? En barbar? Nei, barna hans er trygge, det samme er hans hustru. De er alle uskyldige, og kjenner jeg ham rett er de alle livredde ham. Min bror har alltid hatt et usalig temperament»

Ruphus løftet et øyebryn og tok en slurk av øl begeret foran seg. «Jeg husker det ja, han kunne eksplodere for ingenting. Han hadde det etter din mor»

Dahdegar smilte litt vemodig. «Ja, jeg husker henne ikke, det må jeg ærlig vedgå, men de sier at hun var litt av et hespetre» Dahdegar visste at hans mor hadde dødd da han var kun et år gammel, av lungebetennelse. De påsto at hun hadde pådratt seg sykdommen fordi hun hadde insistert på å bade i sjøen enda det var stiv kuling og is i kastene. Dahdegars mor hadde visstnok vært utrolig sta og egen men det hadde vært stor kjærlighet mellom henne og hans far. Tapet hadde fått hans far til å tape seg og tape seg mye og han hadde ikke greid å henge ved livet lenge etter at Dahdegar tok over som leder for klanen.

Ruphus sukket. «Eghil var aldri noen grei gutt å ha med å gjøre, allikevel var det synd det gikk som det gjorde med ham» Dahdegar nikket stivt, stirret ned i bordet. «Det er sant, han var elsket av far helt til…du vet»

Hans bror hadde vært to år eldre enn ham, en stor og sterk gutt som hadde hatt en bråhet i seg Dahdegar manglet. Noen så det som mandig og beundringsverdig men gamle Ouldar hadde alltid sagt at styrke ikke er noe uten forankring. Eghil hadde ingen forankring, ingenting som gav ham ro eller hjalp ham å finne noe å fokusere på. Han var som et skip uten ror, og denne mangelen på modenhet var farlig. De hadde ikke ant hvor farlig før Eghil en dag hadde kommet tilbake fra en sjøreise med en ny kone. Ingen hadde ant at han var i planer om å gifte seg og til å begynne med var alle glade og håpet at han endelig skulle roe seg ned og bli voksen. Men slik gikk det ikke.

Dahdegar hadde sett hvordan Eghil fortsatte å oppføre seg som før, han bedro sin kone etter noter, gjerne åpent så hun så det og han sørget visstnok for å holde henne innesperret mye av tiden.

Til slutt hadde den arme kvinnen fått nok, hun kastet seg ut fra et vindu og ned i klippene under borgen og tok et ufødt barn med seg. Slekten hennes møtte opp, hun hadde blitt bortført og de krevde erstatning. Eghil ble rasende og drepte hennes far og Ouldar hadde ingen andre muligheter igjen, han erklærte at Eghil var en fredløs fra nå av, fjernet ham fra arverekken og strøk ham fra klanens slekts liste. Eghil svor hevn og forsvant etter det, ingen hørte noe særlig fra ham før krigen brøt ut og presteskapet stakk hodene opp av asken av hva som var og begynte sin tvilsomme gjerning. Noen hadde fortalt dem om svakhetene til klanens festninger, om hvem som kunne la seg omvende og hvem som var for sterke. Dahdegar kunne aldri noen gang tilgi dette. Aldri!

Verten kom tilbake, han smilte litt servilt. To sølvmynter hadde fått ham i godt humør. «Badet er klart, om dere vil følge meg?»

Ruphus skar en grimase og nikket. «Opp av stolen gamle venn, snart skal den møkka kun være et minne»

Dahdegar mumlet bare litt og kom seg opp. «Møkka har vært en god kamuflasje»

Ruphus smilte skjevt. «Du er heldig som ikke har et utseende som er veldig godt kjent, du ligner egentlig på de fleste mannfolk av din klan.»

Dahdegar nikket mens de ruslet etter verten ned en temmelig smal og bratt kjellertrapp. «Eghil kan ikke være anonym, selv om han prøver. Enhver som kjenner klanen vil kjenne ham igjen på det lyse hårct og tatoveringene i ansiktet»

Ruphus gryntet kort, de kom ut i det som måtte være baderommet der, det var lite men egentlig velholdt med en svær peis det brant i og to store badekar var fylt med varmt vann. «Jeg har aldri fattet hva han tenkte på da han insisterte på å bære klanmerket så tydelig men han var tross alt sin fars arving på den tiden, hadde ting gått riktige veien ville han ha ledet klanen»

Dahdegar så at det var lagt frem såpe og enkle håndklær, rommet var svært varmt og han begynte faktisk å glede seg til å bli ren igjen. Det var svært lenge siden han hadde nytt noen form for luksus, han hadde levd helt og holdent som et leiesverd. De få gangene han hadde vasket seg hadde det bare vært i et fat med varmt vann, ved hjelp av en klut og litt såpe. «Det stemmer, men ingen som har sett Eghil vil glemme det, han kan ikke gli inn i mengden på noe vis.»

Verten bukket kort og trakk seg tilbake og Ruphus begynte å kle av seg, halvalven hadde bemerkelsesverdig gode klær, alt i tynt lær med unntak av undertrøya og underbuksene som var lagd av en slags ull. Han var ikke blyg og Dahdegar så at han ikke hadde endret seg noe siden han var en guttunge og så den underlige skapningen for første gang. Ruphus spisset leppene og la hodet til side. «Du har tapt deg gamle venn»

Dahdegar gryntet og slet med sine plagg, noen av dem var egentlig sydd for andre og passet dårlig og undertrøya hadde klistret seg til huden på grunn av gammel svette. «Jeg har mistet velstandsfettet Ruphus, jeg blir forvandlet tilbake til den krigeren jeg var»

Ruphus nikket sakte. «Det synes, du ser yngre ut, sterkere. Du vil trenge det»

Dahdegar fikk av seg de siste fillene og steg ut i badekaret, det var lagd av stein og forholdsvis stort, en kunne bade flere i det om en trengte det. Ruphus satte seg ned i sitt kar og han kom med en saftig ed. «Varmt vann ja, den fyren er ute etter å koke oss for svarte.»

Dahdegar himlet med øynene og stønnet mens han satte seg ned. Det var virkelig svært varmt men en ble fort vant med det og varmen trengtes. Han kjente at det klødde i hodebunnen og han var litt redd for lus, noen av stedene han hadde overnattet hadde garantert vært infisert med de blodtørstige skapningene. Ruphus løsnet flettene og håret ble som en vill man rundt hodet uten dem, et øyeblikk lignet han sterkt på en slags løve. «Eghil fant seg jo en kone selv om han er fredløs, vet dere noe om hennes ætt? Kan de skape problemer?»

Dahdegar gren på det. «Det vesle vi vet om henne er at hun er fra en omstreifende stamme, han har antagelig kjøpt henne så jeg tviler på at den slekten vil bistå ham på noe vis.»

Ruphus trakk på det. «Omstreifere, vel, da har hun neppe stor kjærlighet til ham uansett. Og to barn?»

Dahdegar nikket. «Så langt vi vet ja, de sier at han holder til i ei bukt nord i Arzam havet.»

Ruphus virket tankefull, han vætet håret og gned såpe i det med kraftige bevegelser. «Bra, da kan vi finne ham.»

Dahdegar trakk pusten dypt. «Jeg ville ikke bedt om dette om jeg ikke var nødt til det. Jeg er kun en mann Ruphus, jeg kan ikke reise dit og forvente at jeg skal kunne hevne meg.»

Ruphus nikket og grep et øsekar, helte vann over håret. Dahdegar gjorde det samme, ved alle guder, det måtte være lus han hadde fått allikevel. «Det er ikke uten risiko men det vet du. Jeg skal gjøre mitt beste for å forberede deg men en åndereise forandrer en alltid. En blir aldri den samme etterpå.»

Dahdegar skar en grimase. «Jeg er allerede forandret, den mannen jeg var døde den dagen hun ofret de uskyldige barna våre.»

Ruphus nikket stille. «Jeg ser det, auraen din har forandret seg så mye. Du var en fredelig person Dahdegar, lyset ditt var grønt og blått. Nå er det rødt og svart, det lover ille»

Dahdegar trakk pusten, skrubbet seg nesten litt for ivrig mellom tærne. «Jeg vet det, og tro meg, jeg bryr meg ikke om jeg går døden i møte så lenge jeg tar det beistet med meg»

Ruphus skar en grimase og dukket hodet under, kom opp igjen med et prust. «Så lenge det bare er han du tar med deg, men jeg vet at du ikke vil nøle med å drepe. Jeg er redd det vil trengs, men synk ikke ned til hans nivå»

Dahdegar ristet heftig på hodet og snerret nesten, «Aldri!»

Halvalven gjorde seg ferdig med vasken og Dahdegar gjorde det samme, det lange håret var fylt med knuter og Ruphus måtte kutte ut deler av det. De fikk på seg klær igjen, Dahdegar hadde snaut annet enn det han hadde gått i lenge men Ruphus hadde en del nytt i saltaskene og det meste passet ganske godt. Enkle men solide klær som ikke røpet spesiell rikdom. De kjøpte litt mat og så gikk de ut og fant veien ned til elva. Ruphus hadde tatt med seg en av saltaskene sine og nå forberedte han seg på en svært vanskelig oppgave. Dahdegar var en helt normal person, ingen i hans slekt hadde uvanlige evner på noe vis men nå måtte disse evnene kalles frem uansett. Hytta var liten og svært medtatt men taket var tett og jordgolvet dekket med et tykt lag dødt løv siden døra manglet. Nå slengte Ruphus et tepper over det og Dahdegar nølte et kort øyeblikk før han begynte å kle av seg, han skalv svakt og Ruphus sukket. Selvsagt var han redd, det som skulle skje ville forvandle ham for all fremtid og det ville ikke være noen vei tilbake. Når det indre øyet var vekket kunne det ikke fjernes igjen, noen gang.

Ruphus fant en liten krukke i sakene sine og begynte å smøre Dahdegar inn med en temmelig tyntflytende salve. Den fikk huden til å glinse og Dahdegar krympet seg svakt, Ruphus hender var varme og ru og det var svært lenge siden noen hadde berørt ham på noe vis. Ikke for det, Dahdegar foretrakk kvinner men på et eller annet vis var Ruphus et unntak, han var rett og slett for vakker til å kunne plasseres i de båsene en vanligvis deler mennesker inn i. Ruphus smilte skjevt. «Ikke vær så nervøs, det er normalt. Og det vil hjelpe deg gjennom seremonien»

Dahdegar så ned, han hadde reagert synlig på berøringene og han visste hva seremonien innebar, total underkastelse, på alle måter.

Ruphus fant frem resten av utstyret, nåler og blekk i ulike farger og noen små flasker med ukjent innhold. Han forberedte alt med sikre bevegelser, han virket ikke nervøs i det hele tatt men så hadde han gjort dette mange ganger. Han så til at alt var klart, så grep han Dahdegar i skuldrene og snudde han rundt noen ganger, i alle himmelretninger. «Du er klar for dette? Du vet hva som vil skje om du ikke er sterk nok?» Dahdegar nikket, han var tørr i munnen. «Jeg vet, jeg er sterk nok»

Ruphus trakk pusten dypt. «Godt, fra nå av må du ikke si noe, og du kan ikke gjøre motstand mot noe jeg gjør. Du vet hva det innebærer?»

Dahdegar bet seg i underleppa og nikket igjen, han var klar til å underkaste seg, seremonien var sterkt preget av skikker mennesker neppe godtok og han ville normalt aldri ha latt en annen mann røre seg slik Ruphus nå måtte røre ham men hensikten helliger middelet. Ruphus smilte stivt. «Godt. Legg deg ned på magen, armene opp over hodet»

Dahdegar gjorde som han fikk beskjed om, og Ruphus satte seg ned på kne ved siden av ham og begynte å nynne, merkelige rytmer og melodier som gjorde Dahdegar nesten døsig. Deretter begynte han å tegne på den brede ryggen med en enkel pensel og blekk. Det var ikke et egentlig mønster, det så mer ut som tilfeldig plasserte blekkflekker men Ruphus visste hva han gjorde. Hver flekk markerte et spesielt punkt i Dahdegars nervesystem, og alle punktene måtte aktiveres for at dette skulle fungere. Snart var baksiden helt dekket av svarte prikker og halvalven fant et instrument som besto av en rekke ørsmå nåler. Han dyppet dem i blekk og gikk til aksjon.

Dahdegar rykket til, dette gjorde mye mere vondt enn en vanlig tatovering for nålene gikk langt dypere. Dette var merker som aldri ville falme noensinne. Men Dahdegar rørte seg ikke, selv da svært følsomme steder ble tatovert slik. Hele tiden sang Ruphus, og det virket for at verden utenfor den vesle hytta på et vis hadde trukket seg vekk. I stedet var det en annen verden som prøvde å trenge seg frem, en usett verden mennesker kun kan fornemme men aldri virkelig nå. Tiden stanset tilsynelatende, og ikke en lyd kunne høres.

Ruphus la bort nålene og smurte punktene med en salve som beskyttet mot infeksjon og stanset blodet. Deretter tok han frem en slags kniv og holdt den over en åpen flamme i noen sekunder.

Dahdegar kom seg opp på kne, ansiktet vendt mot sjamanen som skar inn et merkelig symbol i huden rett over Dahdegars hjerte. Merkelig nok blødde ikke såret og det virket for å gro til et arr nesten med en gang kniven forlot stedet. Ruphus hadde et lignende på samme sted og Dahdegar var nå merket som en seer, som en sjaman, Ruphus tok frem et tøystykke fra sakene sine, bant det over Dahdegars øyne, når det indre øyet skulle vekkes måtte de verdslige blindes og selve oppvåkningen måtte skje ved hans hjelp. Og det var bare en måte han kunne vekke det på, via Dahdegars egen sjel. Han snudde Dahdegar rundt og satte seg på kne bak ham, han visste at dette var det verste for denne mannen, han var stolt og hadde aldri underkastet seg noen før, allikevel måtte han gjøre det nå. Han måtte åpne sjelen helt for sjamanen og det var få andre måter å gjøre det på. Ruphus nynnet lavt og nå begynte han å kjærtegne Dahdegar på en svært erotisk måte, han lot ikke noe område med følsom hud være urørt og Dahdegar gispet og rykket til da halvalven fant det allerede stive lemmet hans og begynte å manipulere det med tydelig erfaring.

Dahdegar gjorde ikke noe forsøk på å motsette seg det sjamanen gjorde, han visste at det var nødvendig. Han kunne ikke håpe å kunne gjøre noe uten at de var forbundet og dette var måten det ville skje på. Han prøvde i stedet å fokusere på å nyte kjærtegnene og gi blaffen i hvem som berørte ham. Det varte til Ruphus begynte å forberede ham videre, følelsen av en oljet finger der bak fikk ham til å stivne og da en ble flere måtte han konsentrere seg for ikke å prøve å trekke seg vekk. Men det var merkelig nok en slags nytelse også i det og han visste hva hensikten med dette var. Ruphus fortsatte å synge, ord fylt med kraft og Dahdegar følte seg svimmel, underlig viljeløs. Han lot seg bli skjøvet i posisjon og Ruphus holdt ham med et kjærlig men sterkt grep, han holdt på å skrike til da Ruphus tok ham med et hardt og brått støt, det var smerte han aldri hadde følt før men han godtok det og tvang seg til å slappe av og brått var det som om noe inne i ham ble berørt, noe som sendte gnister av ren følelse gjennom kroppen. Ruphus skjøv ham fremover til han hvilte på knær og albuer og begynte å stryke ham i takt med støtene og Dahdegar gispet og visste at et eller annet var i ferd med å skje, noe uavvendelig. Det var blitt helt mørkt rundt dem, Ruphus sang virket for å ha utallige ekko og det var som om selve luften vibrerte. Det var blitt kaldere der og det dampet av de to, Ruphus trakk Dahdegar opp igjen, lente seg fremover og bet mannen i nakken og Dahdegar stivnet til, munnen åpen i et lydløst skrik i det hvitt lys eksploderte i ham, smerte og nytelse i en vanvittig miks som sendte sjokkbølger gjennom nervesystemet. Brått glødet de nye merkene i en underlig lilla farge og Ruphus gav fra seg et høyt rop og lot seg selv følge etter inn i ekstasen. Og i det lille øyeblikket kunne han strekke seg ut sjelelig og bli ett med Dahdegars sjel. Han fant det området i mannens sjel som styrte også de skjulte evnene og gav det en durabelig dose med sin egen energi og det glødet til som en stjerne. Dahdegar skrek, det føltes som om hodet skulle eksplodere men Ruphus skyndte seg å dempe smerten. Han tvinnet et nett av deres forenede energi, gjorde det sterkt og ubrytelig og sørget for at det strakte seg rundt hele Dahdegars sjelelige kropp. Nå var han beskyttet mot farene den skjulte verden representerte. Ruphus trakk seg tilbake fra Dahdegars sjel med et rykk og de to kollapset på bakken, begge i kraftige skjelvinger og halvt bevisstløse. Det å skulle skape en forbindelse av det slaget krevde utrolig mye av en sjaman, Ruphus hadde ikke gjort det så mange ganger av naturlige årsaker. Men nå kunne han finne Dahdegars sjel der ute i mørket og lede den riktig og hadde Dahdegar vært en vanlig lærling ville det tatt år med opplæring å komme seg så langt men nå var det ikke tid til det. Derfor denne temmelig brutale oppvåkningen. Ruphus holdt Dahdegar tett inntil seg, kjente at mannens hjerteslag roet seg ned og at han pustet normalt. Han ville være sårbar nå i noen dager til Ruphus lærte ham å sette opp skjold mot mentale angrep og han visste at mannen ville slite i begynnelsen. Mennesker gjorde alltid det. Han strøk en lokk av Dahdegars lange hår ut av ansiktet hans og trakk teppet opp rundt dem. «Du greide deg, jeg vil passe på deg. Sov nå, du trenger det»

Dahdegar bare nikket, han følte seg skrekkelig svimmel fremdeles og veik som en reivunge, hele kroppen kjentes annerledes, mere levende enn før, mer følsom og han hadde ikke våget å fjerne tøystykket ennå. Han ante ikke hva han ville se om han gjorde det. Det gikk ikke lenge før han gled inn i en styrkende søvn og Ruphus forble våken, halvalvens øyne glødet svakt i mørket, og kun han selv visste hva han så i skyggene.

Eirannes

Sølvmåken holdt seg flytende, så vidt. Båtsmannen gjorde en gedigen jobb da han greide å bytte ut ødelagte deler av skuta sitt indre skjelett uten å skade henne ytterligere og samtidig tette alle sprekkene. Mannskapet jobbet intenst og selv Harbalan gjorde sitt ytterste for å hjelpe. Mannen var dypt rystet over det han hadde opplevd og han var også meget imponert over at Eirannes hadde greid å berge dem. Men det som hadde skjedd hadde forandret alt, brått var det ingen kjente landemerker mer, strømmene hadde endret seg, havet fløt av vrakgods og kapteinen var virkelig i tvil om hva han burde gjøre. Med bare den bakre masta i brukbar tilstand fikk de liten seilføring og Måken hadde aldri vært ment å ros. Men de kunne taue henne og Eirannes lagde en liste over de av mannskapet som ennå kunne jobbe og delte dem inn i lag som byttet på å ro. De fylte fire båter, de siste de hadde igjen som var noenlunde i orden, og nå beveget den mørbankede skuta seg fremover igjen, men i en mye lavere fart enn normalt. Vidiel hadde behandlet de skadde, to menn døde og ble begravet i sjøen slik skikken var, få greide å samle seg til å sørge, nå var det overlevelse som telte. Skuta kunne repareres men det ville kreve mye arbeide, og ikke minst penger Eirannes ikke hadde. Nå gjaldt det å komme seg i sikkerhet først og fremst. Men verden var blitt en annen, den enorme muren av forhenværende havbunn strakte seg fremdeles fra horisont til horisont og Eirannes kunne ikke fatte hvordan det i det hele tatt var mulig. Det måtte ha utløst enda flere bølger, enda større enn de bølgene rasene hadde utløst. De rasjonerte maten og vannet og mennene klaget aldri, selv om det ble krevd mye av dem. Det å ro slik i timevis tok mye krefter ut av en mann og de hadde ikke nok proviant igjen til at de kunne holde tritt med energi tapet. Fisket hadde sviktet totalt, det var som om havet var dødt og her og der så de at det fløt døde dyr og til og med folk. Mange var blitt skylt ut på havet av landhevingen og Eirannes undret seg på om noen skuter i det hele tatt hadde klart seg.

Etter en uke fant de ut at ja, noen hadde klart seg. Eirannes trodde det knapt da utkikken skrek at det var seil på horisonten. Eirannes grep tak i rekka og myste mot de utydelige flekkene han så langt der ute, det var en stor skute, en tre masters full rigger og den kom sakte. Årsaken var tydelig, da den kom nærmere så de at mesteparten av riggen manglet, de hadde kun to seil oppe og de var tydeligvis lappet sammen i all hast. Eirannes forsto at denne skuta hadde vært gjennom noe forferdelig da den seg enda nærmere, den bar preg av katastrofe. Etter et par timer kunne han kjenne den igjen, han hadde møtt den skuta flere ganger og måtte egentlig gni seg i øynene for å tro det han så. Havfruen hadde vært en av de mest praktfulle skutene der ute, rikt utsmykket og alltid i perfekt stand. Hun hadde vært et skip det sto respekt av, og hennes kaptein var også en mann alle kjente til og respekterte. Rhiban av Dheesa hadde seilt i en mannsalder og noen påsto at han hadde vært der ute i to, liten og tørr og krumbøyd men stri som en grevling og med et gnistrende temperament.

Eirannes visste at Havfruen var svært sjøsterk, mannen som bygde den skuta hadde vært et geni men han hadde kun bygd tre skuter før han døde av pesten, noe som var et forferdelig tap. De tre skutene var alle legendariske og nesten umulige å senke. Noen sa at det var fordi konstruktøren hadde forstått et eller annet ingen andre hadde vågd å tenke på når det gjaldt skips konstruksjon. Havfruen så ut som noen hadde grepet tak i henne og røsket av henne alt løst, rigg og pynt og råer. Det før så blanke hvite skroget var brunt av møkk og gjørme og noe ved den litt merkelige gangen i sjøen fortalte Eirannes at roret var skadet. Rhiban brukte antageligvis vinden for å holde henne på stø kurs, han var en av de aller dyktigeste kapteinene Eirannes kjente til.

Måken gjorde nesten ingen fart sammenlignet med Havfruen og den større skuta tok dem igjen, saknet farten og Eirannes så at det ble signalisert over til dem med flagg. Rhiban tenkte seg over til dem og Eirannes forberedte et besøk. De så ikke ut for øyeblikket men han regnet ikke med at Rhiban tok det ille opp. Rhiban ble rodd over i en lettbåt og han var merkelig flakkende i blikket. Eirannes sanset at mannen var dypt rystet og Eirannes kunne se at det ikke var mange sjøfolk på dekk, mange måtte ha dødd. Rhiban trykket Eirannes hånd hjertelig og han smilte, for første gang så han virkelig gammel ut og Eirannes forsto at skadene på skuta for Rhiban var som skader på et elsket barn. «Kjære bror, jeg er så uendelig glad for å se levende mennesker igjen, jeg begynte å tro at verden var gått under og at vi var de eneste igjen.»

Eirannes smilte men han begynte å ane at det som hadde skjedd kanskje var enda verre enn han hadde trodd. «Hva har skjedd med dere?»

Rhiban trakk pusten dypt. «Vi møtte en vill bølge, den kom rett ut av natten og jeg kan ikke engang begynne å beskrive hvor stor den var, den…den dekket himmelen. Vi rakk å komme oss under dekk og skalke alle luker og hun ble kastet rundt flere ganger men sprang ikke lekk takk gudene. Og hun kom seg rett igjen, under over alle undre. Men vi mistet mange og hun er ikke hva hun egentlig var lenger.»

Eirannes svelget, det var neppe en eneste skute igjen der ute da, om Havfruen snaut nok overlevde ville dårligere fartøy ikke engang ha en sjanse. Rhiban strøk seg over hodet, han hadde bare noen få tynne fjoner igjen og han så sårbar ut, og redd. «Gudene er rasende min venn, og vil ødelegge verden»

Eirannes skar en grimase. «Om det er akkurat det de ønsker kunne de vært grundigere tror du ikke? Hvor har dere tenkt dere?»

Rhiban satte seg ned på en kasse, merkelig stølt og Eirannes begynte å tro at mannen var skadd på et eller annet vis. «Til en havn, en hvilken som helst havn. Men vi har snaut med seil» Eirannes trakk pusten. «Hør, vi har ekstra seil lagret men mangler alle råene. Dere har tau vil jeg tro, og ekstra råer? Hva om vi hjelper dere å fikse riggen deres, og dere tar oss på slep etterpå? Du trenger flere sjøfolk, med forenede mannskap har vi nok folk til å bemanne en skute godt»
Rhiban lukket øynene, han nikket sakte. «Ja, la det bli slik, jeg trodde aldri at dagen skulle komme da min vakre skulle ende opp som et flytende vrak»
Eirannes smilte stivt. «Det er det ingen kaptein som noen gang tror, Sølvmåken flyter bare fordi vi hadde utrolig flaks»
Rhiban klappet på rekka, nesten kjærlig. «Hun er en kriger Eirannes, hun vil ikke gå ned uten en real kamp først. Av alle skutene der ute tror jeg at din Måke er den som kan klare det utroligste.»
Eirannes svelget litt rørt. Å få slik ros av Rhiban var ikke hverdagslig i det hele tatt. Den aldrende kapteinen reiste seg med et stønn og Eirannes så at han ble tydelig blek i det han måtte rette seg opp. «Du er skadet?!»
Rhiban skar tenner. «Jeg fikk meg en trøkk da hun gikk rundt, jeg…vi har ingen lege lenger»
Eirannes vinket på en av matrosene. «Hent Vidiel, nå»
En kort tid etterpå sto de nede i kapteins kahytten og Vidiel avsluttet undersøkelsen av Rhiban, legen vasket hendene og virket ikke særlig fornøyd. «Du har stygge indre skader, brukne ribbein, antagelig en sprukket milt og jeg vil tro at leveren din også er skadet.»
Rhiban sukket og trakk på seg klærne igjen med vansker. «Merkelig, jeg trodde aldri at hun skulle bli min død, men det blir hun.»
Vidiel trakk på skuldrene. «Jeg skulle ønske jeg kunne gjøre noe, men dessverre, jeg gir deg noen dager til»

Rhiban smilte stivt. «Godt, la oss se til at de gode skutene våre klarer seg, vi må komme oss i gang med arbeidet.»

Eirannes la en hånd på Rhibans skulder. «Du er døende, du bør ikke arbeide»

Rhiban blåste i nesa. «Og så? Om dette er mine siste dager i denne verden vil jeg gjøre bruk av dem, ikke sitte her nede å råtne. Nei, når jeg ikke er mer overtar du kommandoen også over Havfruen, jeg vet hun får en ypperlig kaptein i deg. Inntil da er jeg fremdeles en kaptein og vil bli adlydt.»

Eirannes måtte smile, Rhiban påsto at Måken var en kriger men jammen var han en selv også. Den gamle stavret seg opp trappa og Eirannes ropte ordre til sine menn mens Rhiban ble rodd over igjen. Nå begynte et hardt arbeide, de to skutene ble trukket sammen og tau og seil halt over og deler fra Måken ble brukt på Havfruen og motsatt. Harbalan måtte brått lære mye om skuter og rigging og mannen var antagelig så takknemlig over å være i live at han slettes ikke brydde seg om at de ikke nådde målet ennå. Å rigge opp igjen Havfruen tok flere dager, skadene var store og en av mastene var faktisk blitt skjev, de måtte trekke den tilbake i posisjon og forankre den grundig og Eirannes visste at det kunne bety at selve kjølen i skipet var svekket. Han gikk selv ned under dekk for å undersøke og han så ingen åpenbare skader men med sitt instinkt for dette følte han på seg at Havfruen hadde skader de ikke kunne se. Da jobben var gjort flyttet de alle over til Havfruen og tok Sølvmåken på slep, med det skadde roret trakk Havfruen til venstre så de sørget for å feste fortøyningene slik at motstanden fra Måken tvang Fruen til å holde en stø kurs. Vinden var ganske god men havet oppførte seg lunefullt og de ante ikke om det var mulig å gå i land i Ardot lenger. Fruen hadde vært fullastet med proviant og alle sjøfolkene kunne spise godt igjen og humøret og moralen steg ettertrykkelig men Rhiban ble stadig svakere og tidlig en morgen ble Eirannes vekket av Vidiel. Legen sto der med en lykt i handa, blikket var mørkt. «Kaptein, Rhiban er på vei bort fra oss»

Eirannes sto opp og fulgte legen til kahytten der den gamle kapteinen lå. Mannen pustet knapt, og huden var grå. Eirannes tok handa hans og Rhiban skar en grimase av smerte. «Jeg gir deg kommandoen nå, hun vil ta godt vare på deg. Den gamle jenta fikk juling men tro meg, hun tåler det.»

Eirannes prøvde å smile. «Jeg skal ta meg godt av skuta di Rhiban, og mannskapet»

Rhiban rallet svakt. «Jeg vet det, hun kunne ikke fått noen bedre. Men jeg har et ønske»

Eirannes svelget kort. «Hva som helst, bare si det.»

Rhiban kjempet for pusten nå. «Ikke begrav meg i sjøen, brenn meg. Legg meg på en flåte med ved og la meg brenne, som forfedrene mine»

Eirannes visste at Rhibals slekt egentlig stammet fra Hietlai og han trodde han forsto dette. Han klemte den døende kapteinens hånd. «Det vil bli gjort»

Rhibal smilte svakt. «Godt, og alle djevler ta det som har skjedd.»

Eirannes måtte trekke på smilebåndet og Rhibal gliste kort og så ble brått blikket tomt og grepet slapt og Eirannes visste at han bare hadde sluppet taket. Vidiel kjente fort på halsen men ristet på hodet. «Han har fred nå»

Eirannes trakk pusten dypt. «Samle mannskapet, jeg må snakke med dem»

Vidiel nikket og gikk og Eirannes dekket over liket med et teppe. Nå var han kaptein over to skuter, og han hadde aldri trodd at det skulle gjøre ham bedrøvet.

Mannskapet stilte opp og Eirannes informerte dem om Rhibals bortgang og siste ønske. De fleste bare sto der, stirret i dørken med sorg i blikket. De fleste som seilte med Rhibal hadde gjort det hele livet, for dem var han som en far og Eirannes visste at han ville bli nødt til å kommandere et mannskap som ville sammenligne ham med sin forrige kaptein til enhver tid. Det var ikke en veldig lystelig tanke.

Rhibal ble lagt på en av redningsflåtene og dekket til med tørt tømmer. De hadde kledd ham i hans beste uniform og sørget for at han ville møte forfedrene med ære. En av sjøfolkene var enn god bueskytter og tente bålet med en pil. Eirannes så at det brast i flammer og samtlige sto der med handa over hjertet mens det brant i sjøen, følelsen var vemodig men han kunne ikke være for opphengt i følelser nå. De måtte komme seg til en havn.

De seilte videre langs den enorme muren av stein og så at her og der var det øyer på og nær den som var blitt de reneste fjell nå. Antagelig var det tørt land der det før var havbunn og Eirannes visste at de snart måtte finne et sted å legge til, uansett. De manglet snart ferskvann og provianten varte ikke evig heller. De så ingen flere skuter men de fant vrakrester som drev i sjøen og Eirannes kjente en klump i halsen. Det var neppe mulig å krysse over havet igjen, før en var helt sikker på at noe tilsvarende ikke ville skje igjen.

Da de omsider fant et sted å legge til var det i siste liten, de hadde bare igjen to tønner med vann og det kunne ikke vare mer enn to dager selv med rasjonering. Det var varmt så langt sør og en svettet mye. Muren avslørte brått en stor sprekk, eller heller et område som antagelig hadde glidd ut og skapt en stor bukt med en slakt helende bunn. Innerst møtte havet en forreven strand som ikke var brattere enn at den kunne gås i land på og innenfor var det tørrlagt stinkende havbunn og noe som måtte ha vært en stor øy før landet steg. Noen bekker krysset den tørre havbunnen og det var ferskvann, Eirannes fikk noen til å fylle vann tønnene med en gang, i tilfelle de måtte gå ut igjen. Han stolte ikke på at ikke klippene kunne rase og satte vakter på skipene.

Eirannes og noen av de yngre sjøfolkene gikk i land for å se om de kunne vurdere rekkevidden av katastrofen, øya hadde vært en av de store med noen åser på og de satte kursen opp dit, i håp om å finne et utsiktspunkt. Øya virket ganske uskadet, trær var knekt og lå strødd utover og stein hadde løsnet langs strendene og rast utover men det var ennå liv der. Fugler og småkryp som virket forstyrret men ellers normale nok. Mennene gikk fort, med bestemte steg. De ville bli ferdige med dette så fort som mulig og Eirannes var glad til. Det var bratt men de kom seg opp på den høyeste åsen og skogen hadde blitt så glissen at det var mulig å se utover. Eirannes kunne knapt tro det han så. Landhevingen hadde medført at Ardot nå var mye større enn før, og lavere. Det virket som om det indre av landet hadde sunket mens de ytre områdene med havet rundt hadde steget. Innover mot det som før hadde vært selve Ardot var det nå tørre land men her og der blinket det i blått, nye sjøer som var blitt skapt. Landet var ennå temmelig grått med en og annen grønn flekk som hadde vært en øy men Eirannes ante at det ikke ville vare mange år før alt var grønt igjen. Det var et merkelig syn, merkelig vakkert men han visste at ødeleggelsene måtte være enorme der inne.

De begynte å klatre ned igjen, Ardot var brått beskyttet av en høy mur på alle kanter, og om det gikk rundt hele landet ville sjøfart bli vanskelig. Et skip kunne ikke legge til noe slikt, bølgene ville knuse henne mot klippene om det blåste opp. Skogen tilbød dem ganske mye nå, frukt og nøtter som brått var veldig enkle å få tak i siden trærne var knekt og mennene samlet så mye de kunne. Eirannes sendte flere av dem tilbake til skuta flere ganger med fulle kurver og han begynte å undre seg på om det kanskje kunne være vilt der også. Men kvelden nærmet seg fort nå og de trakk mot skuta igjen da en av karene brått stoppet. Han rynket pannen og så litt forskrekket ut. «Se her kaptein»

Han pekte ned i en liten kløft og Eirannes skyndte seg bort. De rygget tilbake, kløfta var fylt med kropper, antagelig de innfødte der og samtlige virket for å ha blitt revet i hjel av et eller annet. Kunne det være en form for rovdyr? En av karene holdt ermet foran nesa. «Se der, det ser nesten ut som om noe har kommet ut av dem?!»

Eirannes myste, ved gudene, sjømannen hadde rett, og han fikk en merkelig frysende følelse nedover ryggen. Han tok et kjapt steg vekk fra kløfta og følte seg stirret på, noe var galt der. Han vinket på karene. «Tilbake til skuta, nå! Og la ikke noen av båtene ligge igjen i land»

Karene adlød og de skyndte seg gjennom den mørknende skogen, samtlige følte at det var fare på ferde. Eirannes så stranda da de hørte merkelig hule hyl og at noe beveget seg i underskogen. Han svelget stoltheten. «Løp, se dere ikke tilbake»

Han var ingen ungfole men sprek for alderen og holdt lett følge med mennene, noe jaget dem uten tvil og Eirannes bannet og slapp fra seg fakkelen han hadde båret på. Det tørre løvet tok fyr med en gang og ilden bredte seg fort, de hørte ville skrik bak seg men stanset ikke. De raste ned på den bratte stranda og hoppet mer enn klatret ned til lettbåtene. De skjøv dem utpå og rodde så det fosset ut mot skutene og det var ikke for tidlig. Eirannes snudde hodet og så at skogbrynet brått var fylt med merkelige grålige skapninger med groteske forvrengte ansikt og stygge gummiaktige kropper. De skrek og hvinte og virket skuffet over å ha gått glipp av en god middag og Eirannes ble var en grotte et stykke opp i åssiden. Før hadde den nok ligget under vann men nå var den åpen mot luft og flere slike skapninger virket for å strømme ut fra den. Hva i alle guders navn var det? Hva det enn var, det var åpenbart livsfarlig og han svelget den sure smaken av frykt og forsto at om dette spredte seg, ja da var Ardot i fare.

De bordet skuta og håpet at skapningene ikke kunne svømme men det virket ikke slik og Eirannes var glad de hadde fylt tønnene med en gang de ankom. De kunne legge til havs igjen men ikke før det ble lyst. Han satte vakter på Fruen og sørget for faklene der brente hele tida. Vidiel var dypt sjokkert og skremt og legen prøvde desperat å forstå hva han akkurat hadde sett men greide det ikke. Det gikk i mot alt av sunn fornuft. Natten ble ganske urolig, få vågde å sove og da sola omsider sto opp var de fleste søvnige og så ut som om de hadde vært på fylla. Eirannes trakk opp ankeret og de seg sakte ut av bukta med Måken på slep. Hun så ut som en ribbet fugl nå, de hadde brakt alt av verdi over til Havfruen og Eirannes undret seg på om han noen gang ville få muligheten til å reparere den stolte klipperen. De hadde seilt i et par timer i den vanlige sedate farten da et par sjøfolk rodde over til Måken for å sjekke at hun ikke var lekk. Reparasjonene båtsmannen hadde gjort var utrolige men sannheten kunne ikke benektes, selve ryggraden i skuta hadde vridd seg da de traff vannet og Eirannes måtte se realitetene i øynene, det kunne være så ille at Sølvmåken hadde seilt for siste gang.

Eirannes var opptatt med å studere sjøkart og prøve å få det de hadde sett til å henge sammen med kartene men det var ikke lett. Han var dypt i sine egne tanker da båtsmannen banket på døra og kom inn. Førstestyrmannen var i hælene på ham og begge så alvorlige ut. «Hva er det?»

Eirannes følte seg nervøs med en gang, han ante at noe var galt. «Pohl og Airu har ikke kommet tilbake, vi har ikke sett noe til dem etter at de gikk under dekk»

Eirannes ble kald, han svelget hardt og reiste seg. «Guder, hva kan det være?»

Båtsmannen tørket svetten av pannen. «Om hun var lekk igjen ville de sagt ifra, og ingen av dem er av det slaget som bare tar seg en lur, eller et kjapt nyp, og glemmer å rapportere tilbake.»

Eirannes nikket. Pohl var en av hans beste sjømenn og en svært sterk person som gjorde to manns arbeide og aldri klaget. Han svelget og fulgte mennene ut, lettbåten var fremdeles fortøyd til Måken og det var ikke liv å se på dekk. Båtsmannen prøvde å rope over, men det kom ikke en lyd og det var lite trolig at noe hadde skjedd begge to ved en ulykke. De kjente skuta som sin egen bukselomme.

Styrmannen skar en grimase. «Jeg sender ikke noen flere over, ikke før vi vet noe sikkert. Jeg husker de beistene.»

Eirannes ble kald. «De kan ikke ha kommet om bord? Hun lå flere kabellengder fra land!»

Båtsmannen spyttet over rekka. «Ja, men nærmere enn Havfruen, og på grunt vann.»

Eirannes kjente seg kvalm og Vidiel dukket opp og fikk høre om det inntrufne og han ble blek. «Da er de to døde, om det virkelig er slike monstre der inne.»

Båtsmannen virket tankefull. «De likte ikke sollys, det var ikke før sola gikk ned at de dukket opp»

Eirannes prøvde å tenke logisk. «Ja, det stemmer.»

Vidiel svelget synlig. «De kan ikke komme over til Fruen?»

Styrmannen pekte på slepekabelen. «Om de er som rotter klarer de det lett.»

Eirannes følte en brå trang til å kappe kabelen men holdt seg i det. De visste jo ikke sikkert. Han tok seg sammen. «Hold et øye på henne, ser dere noe rop. Vi gjør ikke noe før vi vet noe sikkert»

Styrmannen nikket og Eirannes gikk tilbake til kahytten, lett skjelven. Om det var slike monstre om bord på Måken hadde de bare et valg, å forlate skuta. Og han kjente at hjertet hans blødde ved tanken på å etterlate den kjære Sølvmåken til vær og vind. Vinden var god nå og de gjorde noenlunde fart og han hadde oppdaget at Havfruen var en mye mer temperamentsfull dame. Hun var ikke så lett å seile, krevde mye mer konsentrasjon på tross av at hun var en mye mer stabil skute. Båtsmannen hadde prøvd å reparere roret som var slått skjevt men det viste seg at skaden var såpass stor at hun antagelig måtte i tørrdokk for at det skulle kunne fikses. Eirannes prøvde å holde seg opptatt med papir arbeide Rhibal hadde etterlatt seg men det var ikke enkelt, han var for nervøs. Han satt og prøvde å føre en ny mannskapsliste da han hørte rop og han slapp papirene og løp opp. Flere av mannskapet sto akter og stirret mot Måken og Eirannes brøytet seg vei til rekka. Han stirret på dekket til sin elskede skute, Pohl hadde dukket opp og først var han lettet, trodde at de to bare hadde funnet et eller annet de ville reparere der og da glemte å si ifra. Så merket han at mannen beveget seg merkelig og da Pohl snudde seg kunne ikke Eirannes holde tilbake et rop. Pohl var brått rund som en kule, han lignet mest på en svanger kvinne like ved fødselen og ansiktet var merkelig tomt. De kunne se det selv på avstand, armene beveget seg rykkvis som på en marionett og Eirannes hørte at flere av karene skrek til da Pohl brått trakk en tau kniv ut av rekka.

Noe av sjømannen var nok tilbake i ham for dette var en handling i trass, i motstand. Det som hadde vært Pohl snudde seg mot den synkende sola og kjørte kniven inn i den svulne magen. Eirannes bet seg i neven, kjente blodsmak, kjente at hjertet hamret i ren gru. Pohl sank i kne og noe svart og oljete krøp ut av såret, skrikende. Det røk av det i sollyset og merkelige groteske lemmer strakte seg som i pine mot det skarpe lyset. Pohls kropp ramlet om på siden og skapningen som hadde vokst i ham hylte, skarpe skjærende skrik som fikk alle til å ønske at de hadde vært døve. Hva det enn var, det prøvde å kravle seg tilbake til dekksluka, å søke mørket men den kom ikke så langt. Monstret sprellet febrilsk noen ganger, så ble det sakte stille og lå der, rykende som en haug med påtent kull.

Vidiel hvisket stille. «Alle guder beskytte oss»

Eirannes lukket øynene, prøvde å puste, prøvde å motstå trangen til å skrike. Det var bare en ting å gjøre. Han snudde seg mot den sjømannen som var best med en bue. «Fabroan, finn brannpiler. Vi må brenne henne»

Det gikk et kollektivt stønn gjennom mannskapet, å brenne en god skute var forferdelig, særlig når det var deres egen men hva annet kunne de gjøre? Kappet de henne fri kunne andre finne båten og gå om bord og det som skjedde med Pohl kunne skje med dem. Eirannes kjente at tårene begynte å renne av ham, at det nesten var i meste laget. « Jeg er lei for det gamle jente, vi burde gått ned sammen, ikke slik»

Vidiel la handa på skulderen hans. «Det er ingen annen utvei min venn, du gjør det eneste riktige her»
Fabroan hentet buen og tente piler i et glofat, skjøt over flere og de festet seg og brant godt. Mannskapet var stille og Eirannes nikket til båtsmannen. «Kapp kabelen»
Mannen tok en øks og kappet den, det hadde fatet i mange steder nå og Eirannes tok av lua og holdt den foran brystet, hjertet føltes som om det skulle briste i ham. Det gikk ikke lenge før Sølvmåken var overtent, ilden brølte oppover den ene masta hun hadde igjen, slikket ivrig langs rekka og nå begynte de å høre lyder fra inne i skuta. Ville vræl som ikke kunne kommet fra noe menneske. Dekksluka fløy opp og skrekkelige brennende skikkelser spratt opp, løp frenetisk mot der kabelen ennå hang fra baugen men nå var den slakk og forsvant i havet og skapningene falt om en etter en. Stanken var skrekkelig, som brennende råttent kjøtt og Eirannes husket Sølvmåken da hun var ny og vakker og visste at ingen skute hadde gjort sin kaptein mer fornøyd. Hun fortjente en storslått begravelse, ikke å råtne i en havn, som kilde til reservedeler eller ved.
Det lød et sukk fra skipet. Så begynte baugen å bikke fremover og Eirannes visste at skadene hadde blitt for store, den svekkede kjølen hadde gitt etter og nå søkte hun sin siste hvile på havbunnen. Skapningene som ennå levde brant nå, og vannet slikket over ripa og dekket mer og mer av dørken. Til slutt slo hun akter til værs og det lød en gurglende lyd i det ilden ble slukket og Sølvmåken stupte for siste gang, mot havbunnen der nede. Bare noen flekker med treverk og slikt lå og fløt etter henne og Eirannes gjorde stiv honnør. Mannskapet kopierte ham og det ble stille. Nå var han kaptein kun på Havfruen og selv om hun var et godt skip kunne hun aldri måle seg med Sølvmåken. Han satte på seg lua igjen, rettet på den.
«Hev seilene, vi må advare folk om dette.»
Spørsmålet var om det ikke allerede var for sent, hadde de skapningene dukket opp flere steder kunne landet være overrent med slike forferdelige monstre. Havfruen økte farta,

kjempet mot det ødelagte roret og Eirannes visste at det ble en vanskelig seilas før de fant ei brukelig havn, om det var havn å oppdrive lenger noe sted.

Lyenera

Lyenera merket knapt at hun ble ledet tilbake til vertshuset, hun var så dypt inne i sine egne tanker at hun snaut nok lot seg merke med byen og stanken fra gatene. Hun fant rommet hun delte med de andre tjenestejentene og satte seg på senga, prøvde å roe seg ned. Så hennes skjebne var ikke å finne den tapte ætlingen, men å sikre at Ardot aldri ville bli styrt av fremmede igjen. Hun hadde lært mye i sin tid, hun burde kunne utnytte den kunnskapen til sin fordel. Vhiduel hadde sagt at hun ville få nærmere beskjed når ting var klare og hun håpet at det ble snart, før hun mistet motet totalt. Hurat kom med litt mat til henne og Zarana satte seg på senga, hun så nysgjerrig ut. «Var hun så spesiell som Arasnir sa?»
Lyenera nikket. «Ja, og mere til. Jeg har visst en oppgave foran meg Zarana»
Den Zetirske jenta trakk beina opp under seg og nikket. «Hun lar ingen møte seg om de ikke er spesielle. Jeg har hørt rykter om henne men trodde hun bare var en legende, eller oppspinn»
Lyenera skar en grimase. «Nei, hun er virkelig, og jeg forstår mindre og mindre men jeg vet i det minste at Oshwart er et monster som må stanses»
Zarana nikket i retning byen. «Han er en igle skjult i en møkkete dam, slår til når en minst venter det. Om kongen visste hva Oshwart egentlig driver med ville det blitt kaos.»
Lyenera kunne levende forestille seg det ja, uten tvil. Hun spiste ferdig og vasket hendene, kjente at de skalv litt. Hun hadde drept sin ektemann men uten å få blod på hendene, dette derimot ble noe ganske annet. Ville hun klare å bli sint nok til å slå til uten å nøle? Zarana hadde arbeid å gjøre og Lyenera

satte seg i et vindu og betraktet byen der ute. Den var livat selv etter at det ble mørkt og hun undret seg på om noen ante at hjemmet deres skjulte noe så utspekulert som den mannen? Antagelig ikke, byen virket for å være et godt sted, et sted der de fleste var trygge og levde gode liv.

Lyenera måtte vente i flere dager før noe skjedde, brått dukket det opp en fillete gammel kone der som rakte henne et brev og det fortalte at Lyenera skulle følge den gamle. Hun snek seg ut og ble pakket inn i en kappe og en stor hatt og fikk på et slør som gjorde det vanskelig å se. Den gamle sa ikke stort, bare mumlende beskrivelser av hindringer i veien og de gikk lenge. For folk de passerte så sikkert Lyenera ut som en vanlig husfrue med en gammel tjener som veiviser. De gikk lenge, og havnet i en del av byen som lå ganske langt borte fra havna, i en av åssidene. Her var husene svært fine og forseggjorte med vakre fresker på murene og velpleide hager. Det var en rik del av byen, her sto vinden inn fra havet og fjernet all vond lukt og vakkert anlagte akvedukter sørget for at de aldri måtte savne vann eller noe annet for den sakens skyld.

Den gamle sjokket videre, forbausende lett på foten og sterk til å være så tilsynelatende skrøpelig og Lyenera kjente at hun ble svært varm av dette. Omsider sakket den gamle farten, de gikk inn i en slags smal bakgate mellom noen høye hus muret opp i en okerfarget stein og den gamle trakk henne med inn en slags bakdør fra en mørk liten hageflekk. Rommet de kom inn i var mørkt og det luktet vammelt og innestengt. Dyre møbler var stuet opp langs veggene, det var et lager av noe slag. Den gamle skjøv bort en sjeselong og banket på veggen en gang. En smal dør åpnet seg og hun gestikulerte mot Lyenera. «Gå» Lyenera trakk pusten og gikk inn, det var en trapp som gikk bratt oppover og det var vanskelig å gå med alle skjørtene og sløret men hun kom opp, En ny dør åpnet seg og hun kom inn i et forholdsvis lite soverom som var glorete og overdrevent pyntet. Noen heller vovede malerier av noen kvinner hang på veggene og Lyenera forsto at dette faktisk var et bordell. Hun hørte bevegelse og snudde seg, en kvinne lå i senga som for øvrig var så overlesset med puter og draperier den så tåpelig ut. Kvinnen kunne ikke være stort mer enn tretti men hun så eldre ut, ansiktet var dratt og merket av smerte og øynene hadde en slags intensitet Lyenera sjelden hadde sett før. De lyste av bitterhet og hat og en slags trass som viste seg i måten kvinnen holdt hodet på. Hun var forholdsvis fet, med antydning til dobbelthake og hun virket velpleid nok men Lyenera visste så alt for godt at et liv i luksus ikke nødvendigvis betyr et liv i lykke. Kvinnen gestikulerte mot en stol og Lyenera satte seg nølende. Hun så at den fremmede hadde tykt gyldent hår som sikkert nådde henne til knærne og det var møysommelig satt opp og stelt så det skinte. Øynene var dypt blå og klare og Lyenera følte av rent instinkt at dette var en klok person, en med en intelligens som sjelden hadde fått frihet til å blomstre. Klærne var utfordrende, en slags underkjole og et korsett som presset de fyldige brystene opp og frem, det var liten tvil om hvilket yrke denne kvinnen hadde og Lyenera forsto brått hvem hun var. «Du er Oshwarts datter» Kvinnen nikket, tok et langt drag fra en vannpipe som sto ved siden av henne på senga. «Ja, den eneste ektefødte av det svake kjønn. Den han bare kvittet seg med»

Sorgen i stemmen var tydelig og Lyenera svelget hardt. Å bli solgt slik av sin egen far...Oshwart var virkelig et uhyre. «Jeg var elleve da han hev meg på dør, sendte meg hit. Tro meg, jeg hadde aldri manglet noe av mat eller rikdom men jeg ante ikke hva kjærlighet var, hva respekt var. Vi hatet ham, alle sammen.»

Lyenera svelget. «Du var et barn? Hvorfor sendte han deg bort?»

Kvinnen smilte, et stivt smil og det harde glimtet i øynene kom tilbake. «Fordi jeg var verdiløs, kun en jente. Og ikke engang vakker. Jeg var for rund, for klumpete. Jeg hadde fregner og kviser og ikke engang stemmen min var god nok.»

Lyenera måtte rynke pannen. «Men du var da hans eget barn?!»

Kvinnen på senga gliste. «Tror du det betyr noe? Han har flere titalls løsunger, om ikke hundre eller mer. Nei, jeg ble sendt hit for å dø, enkelt og kort fortalt. Om jeg ble giftet bort og fikk barn ville de kunne skape problemer for ham, her ville jeg ikke klare meg lenge trodde han»

Lyenera var svakt kvalm. «Det er grusomt»

Kvinnen vred på leppene, de var malt sterkt røde og hun hadde et tykt lag sminke. «Nei, det grusomme var det som skjedde etterpå. Jeg ble halt inn i et rom og tjoret til en seng og før den natta var over hadde jeg hatt fire menn i meg. Jeg var sikker på at jeg kom til å dø der og da»

Lyenera kunne huske sin egen bryllupsnatt, hvor traumatisk det hadde vært. «Du er sterk»

Kvinnen nikket stivt. «Visst faen er jeg sterk, jeg sverget at jeg skulle ødelegge for ham, at han skulle betale for det han gjorde mot meg. Han gjorde en hore av meg men glemte at menn forteller hemmeligheter mellom beina på en kvinne, at de kan manipuleres.»

Lyenera bikket på hodet og kvinnen fortsatte, hodet hevet. «Jeg sørget for å bli populær, å bli en av de dyreste her. Jeg var dyktig til å få mennene til å forsnakke seg, og jeg har holdt på hver en hemmelighet. Jeg vet alt om hans medsammensvorne og planer»

Lyenera rynket på pannen. «Det er farlig, hva om han finner ut at du...»

Kvinnen avbrøt henne. «Det gjør han ikke, han tror jeg er død. Jeg var Rosinda, nå er jeg Afrenith, og alle kjenner meg kun som det.»

Lyenera måtte tenke litt, Afrenith var et ord hun hadde hørt før men hun greide ikke plassere det. Afrenith gliste kort. «Det er Ardotisk, gammel Ardotisk. Det betyr blodhevn»

Lyenera måtte hoste, for et navn å ta for seg selv. Afrenith bikket på hodet. «Jeg har også skapt meg et nettverk av lojale, av folk som ser hva min far egentlig er og hva han ønsker å oppnå. Vi er ikke mange men vi er sterke og fryktløse. Når du har myrdet det krypet som avlet meg vil vi sørge for at kongen får vite hva min såkalte far var, og se til at imperiet hans faller i grus»

Lyenera svelget. «Du har bevis?»

Afrenith nikket sardonisk. «Selvsagt, Arasnir har greid å lage kopier av nesten alle de dokumentene han så som inneholdt noe mistenkelig. Mye var i kode selvsagt men jeg fikk tak i den, om ikke helt uten vansker.»

Lyenera følte seg motvillig fascinert, det måtte ha tatt tid. «Hvordan det?»

Afrenith gliste. «Oshwart hadde en mann som sto for koding av brev og slikt, et geni og en kar like råtten som far. Det sørgelige var at han likte kun gutter så jeg kunne ikke lokke det ut av ham selv men jeg fikk tak i et par pene slavegutter på et marked og det er merkelig hvor mye en kar kan røpe om han får litt dop i kroppen etter en salig omgang»

Lyenera måtte hoste, lettere sjokkert. Afrenith nikket igjen, det var noe stolt i blikket hennes. «Jeg eier dette stedet nå, og styrer det godt også. Jeg trenger sjelden tilby mine tjenester til noen rent fysisk for å si det slik men jeg er veldig dyktig til å lytte og alle her er mine lojale tjenere. De rapporterer til meg, og det er snaut nok noen her i byen jeg ikke har noe på»

Lyenera forsto det men hun følte seg også urolig. «Det er uansett farlig, han må da ha merket noe til at du driver som du gjør?»

Afrenith nikket og stoltheten vendte tilbake til blikket. «Åh ja, men han vet ikke at vi tilsynelatende jobber for ham men egentlig kun tjener oss selv. Han får en og annen pikant liten beta informasjon om folk, ikke noe virkelig viktig noe men nok til at han tror at også dette etablissementet er i hans lomme.»

Lyenera måtte fnise. «Dere er dobbelt agenter»

Afrenith nikket. «Ja, og Vhiduel sendte deg hit. Du trenger litt trening før du skal i ilden, og du må forberedes grundig»
Lyenera nikket stille. «Jeg ventet på det ja.»
Afrenith reiste seg, hun var tydelig preget av et hardt liv og kroppen var herjet men ennå sterk. Hun gikk bort til et skap og åpnet det, som ventet var det fylt med ulike klær og hun snudde seg mot Lyenera. «Min far kjøper sjelden slaver, han har nok. Og kvinner enda sjeldnere. Han har folk som skaffer tjenere og slikt til husholdningen og han har neppe oversikt over hvem som arbeider på eiendommen i det hele tatt. Det er ikke noe han bryr seg med. Men om du skal få adgang til ham må du inn i haremet hans, og du må dermed kunne tiltrekke deg nok oppmerksomhet til at han vil kjøpe deg»
Lyenera trakk på skuldrene. «Jeg antar at du har rett?»
Afrenith skjøv hofta frem, smilet var stramt. «Jeg kjenner min far Lyenera, jeg har studert ham, lært alle hans rutiner og alle hans laster. Han er kun et menneske, selv om han sikter mot å bli en gud»
Lyenera måtte fnyse. «En gud?!»
Afrenith nikket og øynene hennes var kalde som is. «Ambisiøst ikke sant? Han tror at Vhiduel kan ordne det, at han kan bli verdens hersker»
Lyenera følte seg merkelig nok ikke spesielt sjokkert over det siste Afrenith sa. «Jeg tror deg»
Afrenith trakk frem noen plagg, kastet dem tilbake, bikket på hodet. «Du er kortklippet, og blond. Har du noen gang hørt språket de snakker i Hietlai?»
Lyenera så litt forvirret på Afrenith. «Nei?»
Afrenith myste, tenkte tydelig høyt. «Du vil bli presentert som en slave fra Hietlai, ja, der har vi det. Du skal bli gitt til Oshwart som en gave, fra hans nye svigersønn der i nord»
Lyenera måtte gape. «Alvorlig?»
Afrenith nikket stivt. «Du passer, høy og blond og vakker. Du kan føre deg som en kriger, og virket stri også. Ja, det er en

god plan. Jeg har menn som kan forfalske papirer så godt at ikke engang min far vil klare å se det.»

Lyenera måtte skjære en grimase. «Greit, jeg skal være en Hietlaianer. Men vil han virkelig fatte interesse for en slik?»

Afrenith halte frem en pelskappe og skar en grimase, den røytet kongelig. «Ikke kjødelig nei, men han vil ønske å høre alt du vet om Hietlai, om makt menneskene der og om han kan få et grep på en eller annen.»

Lyenera nikket. «Ja vel, han vil spørre meg ut, og jeg vet nær ingenting om Hietlai i det hele tatt»

Afrenith tenkte seg om. «Jeg har en jente her fra Hietlai, hun kom hit i høst som var så hun har ferske nyheter. Og hun får brev hjemmefra nå og da. Hun kan fortelle deg hva du bør si, og hvordan»

Lyenera rullet med øynene. «Kan jeg ikke bare myrde ham og være ferdig med det?»

Afrenith ristet på hodet. «Nei, du er nødt til å tilbringe såpass med tid med ham at han stoler på deg, bare da kan du komme nær nok»

Lyenera prøvde å tenke logisk, men det var vanskelig. Konversasjonen var egentlig bisarr. «Men hvor mye vet han om Hietlai? Han må da ha en god porsjon kunnskap i og med at skutene hans seiler der i nord?»

Afrenith halte frem noen skjørt og la dem til side. «Han vet pent lite, alt han har brydd seg om er at de har gode skip og er krigerske og kan borde og rane skuter som ikke har betalt for å passere. Han har respekt for Hietlaianerne, men det er fordi de er ville og harde og tar det de vil ha. Han liker det i en person, fordi det minner ham om han selv. Han regner med at de er like hensynsløse som han er, derfor tar han ingen sjanser med dem.»

Lyenera rynket pannen. «Så han kjente ikke til folket i det hele tatt, men giftet sin datter bort til deres leder allikevel?»

Afrenith fnyste høyt. «Forbauser det deg? Og Vhiduel presset det gjennom, i det minste tror jeg at min halvsøster har det mye bedre der i nord enn jeg har det her i øst. Hun var heldig og kom vekk, jeg vet at Hietlaianerne behandler kvinner ganske annerledes enn det far tror de gjør»

Lyenera husket det Urunar og de andre sjøfolkene hadde sagt om folket der i nord, de var kanskje ville men de hadde ære, og strenge regler også. «Kvinner har makt?»

Afrenith sukket. «De har all makt Lyenera, i realiteten er det de som styrer samfunnet. En Takesh er ingen konge, kun en mann valgt til å lede an i krig. Han leder fordi det er under en kvinnes verdighet å gå i striden om hun ikke har valgt det som levevei»

Lyenera svelget litt stivt. «Jeg skulle ønske alle var så opplyst»

Afrenith nikket. «Det gjør vi vel alle, ingen liker å måtte finne seg i å bli behandlet som et stykke kjøtt hver eneste dag.»

Hun trakk frem noen flere plagg og så skjevt på Lyenera. «Du var gift med en mann fra Zhandoria?»

Lyenera nikket fort. «Ja, jeg har to døtre, de er trygge hos prestinnene håper jeg»

Afrenith virket for å måle Lyenera med øynene. «Du er enke nå?»

Lyenera smilte kaldt. «Ja, han ble en byrde og måtte fjernes, det samme gjaldt sønnen hans»

Afrenith smilte, det lignet gliset til et rovdyr. «Du er allerede en morder, og har kommet så langt som hit. Gudene er med deg, de vil styre hånden din atter en gang»

Hun holdt opp en slags topp lagd av pels og noen skinnbukser som virket slitt og godt brukt. «Her, du vil se ut som en Hietlaiansk kvinne i disse, og jeg vil se til at du ser enda mer eksotisk ut.»

Lyenera myste litt. «Hvordan da?»

Afrenith ringte i en liten bjelle. «Han har snaut sett Hietlaianere, men han vet at de er barbarer slik han ser det.»

To tjenestejenter kom inn i rommet og neide fort, begge to var unge og pene men virket ikke for å være prostituerte, de var antagelig bare der for å arbeide for Afrenith. Begge hadde poser med et eller annet i hendene og Afrenith klappet på senga. «Kom her og sett deg, de skal forvandle deg til en ekte barbar»

Lyenera måtte fnise og Afrenith smilte også, konspiratorisk. De to jentene begynte med å barbere sidene på Lyeneras hode så bare det korte håret i midten var igjen. Det flettet de inn i et tett mønster og gned olje over flettene og festet dem med små klemmer og harpiks. Deretter tok de frem noen blekkhus og penner og begynte å tegne på Lyeneras hud. «Det vil gå bort igjen etter et par uker, blekket ser ut som en tatovering»

Lyenera gliste skjevt, det også, men hvorfor ikke. Hun lignet i hvert fall ikke seg selv, det var sikkert. De to la også tegninger i ansiktet hennes og deretter måtte hun bytte klær. Det hun hadde hatt på ble fjernet og nå fikk hun på ull innerst og skinnbukser, en slags brodert bluse og pels vesten Afrenith hadde funnet frem. Oshwarts datter trakk frem et speil og åpnet det, Lyenera måpte da hun så seg selv. Hun hadde gått ned i vekt og kroppen var blitt hard etter uker med lite mat og stress og med de merkelige stripene i ansiktet og på hodet var det vanskelig å si hvordan hun egentlig så ut. Håret gjorde også sitt til at hun så fremmed ut og Lyenera måtte vedgå for seg selv at hun brått så ut som en kriger dronning.

«Jeg må ha en for historie, eller er jeg bare en tilfeldig slave?»

Afrenith ristet på hodet. «Nei, du er en leder, en dronning. Leder for en annen stamme, tatt til fange i krig og sendt som gave til Oshwart. Du er Gefrid, husk det. Ardred av Gardahavn fanget deg»

Lyenera måtte le. «Jeg ser ut som om jeg virkelig kan slå fra meg i disse klærne»

Afrenith nikket. «Du ser sterk ut, ubøyelig. Oshwart vil synes at du er interessant, han vil vite mer om Ardred. Du vil fortelle ham hva han ønsker å vite.»

Lyenera sukket lavt. «Og her kommer den hietlaianske jenta inn?»

Afrenith nikket. «Jardis ja, jeg skal be henne komme hit med en gang. Vi kan ikke vente for lenge med dette, jo lenger det går jo større sjanse er det for at noe går galt»

Lyenera følte seg ikke opplagt til å lære noe som helst men hun forsto, og jo fortere det var unnagjort jo bedre. Hun satte seg bedre til rette og en av tjenestejentene gikk og kom tilbake med en jente som var kledd i bare et slags underskjørt og ikke noe annet. Hun var smekker og elegant og førte seg med en egen selvsikkerhet. Afrenith smilte skjevt. «Dette er Jardis, hun er en av de beste her. Og hun vet det du trenger å kunne for ikke å bli avslørt»

Lyenera nikket og Jardis satte seg ned på senga, hun virket ikke for å bry seg om at hun i praksis var naken og den lette sminken hun bar fikk henne til å virke nesten litt overjordisk. Lyenera kunne forstå at hun var populær, med det lange blonde håret og den stolte holdningen lignet hun en gudinne. Jardis bikket på hodet og gliste. «Du ser tåpelig ut, men folk tror at mitt folk kler seg slik, og gjør slikt med håret»

Lyenera rørte de merkelige flettene med et stivt grin. «Det føles underlig, og klør. Men jeg får bare holde ut»

Jardis nikket og strakte seg. «Er du klar?»

Lyenera nikket kort. «Jeg er klar, sett i gang»

Jardis begynte å fortelle og heldigvis var hun lett å forstå og enda lettere å høre på. Hun gjorde det hun fortalte levende og interessant og etter bare litt hadde Lyenera en følelse av at hun virkelig hadde vært i Gardahavn. Hun kjente til Ardred og hans brødre og hans søster, hans svakelige gamle mor og striden mot kimatiene og hvordan byen var bygd. Hun visste hvordan folket levde der, hva de levde av og hva de trodde på og hun forsto at Oshwarts datter hadde havnet hos noen som garantert ville ta godt vare på henne. Det var gode nyheter, Ardred hørtes ut som en god mann, en hederlig kar. De var vanskelige å finne og Jardis fortalte også om hans første ekteskap som gikk i vasken etter at han ble Takesh.

Da Jardis omsider var ferdig med å fortelle var det kveld og hodet til Lyenera spant med all informasjonen hun hadde fått, men alt kunne brukes. Hun visste nå hvordan hun skulle te seg for å kunne gå for å være fra Hietlai og hvordan hun burde ordlegge seg og møte Oshwart. Det gjorde henne skrekkelig nervøs men hun følte på seg at hun kunne bruke nervøsiteten som en kilde til energi. Afrenith la hodet på skjeve og gliste.

«Du blir her i natt, jeg har et gjesterom. Du hviler og i morgen tar et par av mine menn deg med til Oshwart, han vet ikke hvem de er, og de vil presentere seg som reisende. De ble sett på en skute som kom fra Hietlai for bare noen dager siden, og de hadde med seg mye. Ingen vil bli forbauset over at de kommer til ham med gaver.»

Lyenera ristet på skuldrene. «Og jeg er den eneste gaven?»

Afrenith ristet på hodet. «Selvsagt ikke, du er bare den mest eksotiske.»

Lyenera kjente at hjertet hamret i henne igjen. «Vhiduel sa at jeg skulle bruke en kam å drepe ham med?»

Afrenith nikket. «Ja, den vil du få av en av de andre haremskvinnene, hun vil bære den i håret. Du vil ta den og gjøre det du må»

Lyenera nikket. «Du har folk på innsiden av haremet også?»

Afrenith smilte kaldt. «Jeg har folk overalt, far tror han er den eneste blekkspruten på dette revet men jeg har arvet mye fra ham, sluhet ikke minst.»

Lyenera nølte litt. «Du har brødre?»

Afrenith nikket. «Ja, tre stykker i live som er helbrødre og ektefødt. Jarl, Thangran og Uthar, de er bra menn alle tre, overhodet ikke som sin far. Men han styrer hvert et steg de tar og ingen av dem tør å ta til motmæle. Han eier dem, med hud og hår.»

Lyenera la armene rundt seg, følte seg merkelig sliten ved tanken på det livet de mennene måtte ha. «Og når Oshwart dør?»

Afrenith gliste stivt. «Da kan hva som helst skje, ingen av dem er noe tess Lyenera,, de makter ikke lenger ta egne beslutninger, gjøre noe uten å ha fått ordre om det. Han har ødelagt det som kunne blitt store menn, gode menn.»

Den Ardotiske kvinnen knep øynene sammen. «De har familie?»

Afrenith nikket. «Alle tre er gift, med kvinner Oshwart har plukket ut til dem, fra familier han ønsket å binde til seg. Jeg har aldri møtt dem naturlig nok men etter sigende er de tre temmelig forsagte nek av noen kvinner som kun interesserer seg for mote og sladder. Jeg antar at det er tryggest slik. Kun Jarl og Uthar har barn, Jarl to sønner og Uthar har en datter, hun er bare tre»

Lyenera trakk pusten. «Vil livene deres bli bedre uten Oshwart?»

Afrenith blåste i nesa. «Hva tror du? For øyeblikket lever de i terror, jeg vil ikke beskrive det som noe annet enn akkurat det. Uten Oshwart kan de kanskje bryte fri og bli skikkelige mennesker. De er mitt blod tross alt, jeg bryr meg selv om jeg aldri har møtt dem»

Lyenera nikket. «Jeg forstår, jeg er klar!»

Afrenith smilte bredt. «Godt, du vil få et godt måltid og en god seng, om gudene smiler til oss vil Oshwart være et minne om ikke så alt for lenge»

Lyenera trakk pusten. «Om gudene vil!»

Ardred

Etter henrettelsen av Iliana ble Gardahavn forvandlet til et sant kaos, folk skyndte seg rundt for å berge det som berges kunne og Ardred og Khebar prøvde desperat å samle nok menn til å slå tilbake mot den horden av monstre som var på vei. Khebar sørget for at alle kimatiene fikk vite om faren og nå dukket det opp kimatier fra alle retninger. De fleste var vanlige folk, men en god del var krigere og de underkastet seg Ardred med en selvfølgelighet som fikk ham til å undre seg på om de visste noe han ikke gjorde.

Mange søkte tilflukt på hellige steder, og håpet at sagnene var sanne, at slike steder virkelig kunne beskytte dem. Det var litt av et sjansespill å ta men Ardred holdt det ikke mot dem. Han visste at selve Gardahavn nå var helliget, men han tvilte på at det var nok. Folket ble rådet til å ta til sjøen og de fleste fulgte rådet, alle familier hadde i det minste en båt og de større skutene ble fylt opp også. Husdyrene ble sluppet løs, det var lite trolig at de sjelløse ville angripe dem, de var ute etter folk, ikke fe. Gardahavn ble tømt for alle som ikke aktet å slåss og Ardred undret seg på hvordan han skulle kunne slå tilbake mot det som nærmet seg time for time. De sjelløse kunne drepes, det visste de, men de var antagelig seiglivede og trollene? Han visste at de uhellig fødte ikke fryktet noe, og at sollys var det eneste som de virkelig ikke likte.

Speidere ble sendt ut på de raskeste hestene de hadde, og budskapet de brakte tilbake var ikke lystelig. Den enorme hæren av ubeist beveget seg stødig fremover og det var tydelig at de sjelløse brukte mennesker som inkubatorer, de hadde funnet mange lik som bar preg av at monstre hadde sprengt seg ut av kroppene. Ardred kjente seg kvalm bare ved tanken og Khebar virket dypt rystet. For en Kimati var tanken på en slik død forferdelig, det var verre enn noe annet for en Kimati skulle møte slutten kjempende om han skulle finne fred i forfedrenes haller. Men et forsvar måtte de ha og ild virket for å være en av de få tingene som holdt beistene tilbake så de grov dype grøfter rundt byen og fylte dem med tømmer og olje og de merkelige brennbare svarte steinene en her og der kunne finne i bakken. Deretter satte de opp store stengsler i form av rekker av spyd og fallgroper. Alle arbeidet jevnt og trutt, palisader ble reist og noen gamle båter ble trukket opp på land og brutt opp for å bli en ekstra rekke med hindre. De var tjærebredd og ville brenne godt også.

Men å bare sitte der passivt å vente på fienden var ikke noe Ardred kunne klare, han og mange andre red ut for å møte fienden og om mulig stagge dem og det var tydelig at noe beskyttet de sjelløse for de beveget seg også i sollys og det var som om en stor skygge lå over dem og hjalp dem til å bevege seg fremover. Ardred kjente at det gikk kaldt nedover ryggen på ham og han undret seg på om de i det hele tatt hadde en sjanse. Det var så mange av dem, og mellom de hvitaktige groteske sjelløse sjokket trollene frem, svære og klumpete og blodtørstige. Han så at noen av de sjelløse bar en slags rustninger og de var primitive og stygge men de var lagd av metal og han visste at disse skapningene kom fra et eller annet sted. De hadde en kilde og han skulle ønske at han visste hvordan de kunne stanses, det måtte da være noe en kunne gjøre?

Å skyte brennende piler på dem viste seg å være den eneste måten å angripe på, en måtte holde seg på avstand for de var raske og selv ikke de verste pil regn fikk dem til å sakke av. Det var som om de fremste ble skjøvet fremover av de bak, så mange var de. Ardred ante ikke om Gardahavn kunne motstå et slikt angrep, hvordan dreper en slike enorme mengder med uvesen? Folket hadde søkt ut til noen øyer men han ante at det ikke ville være noe trygt sted i lengden og Khebar hadde sagt at alle skuter måtte legge seg langt fra land, de sjelløse trengte ikke luft for å leve og kunne vandre på havbunnen så fremt det ikke ble alt for dypt. Bygdene ble tømt og Ardred var redd for at dette var slutten på deres verden, deres kultur. Krigerne ventet stoisk på fienden, for de fleste var det å dø i kamp ærefullt og særlig for Kimatiene. Ardred fikk enda større respekt for Khebar nå, mannen var dyktig til å sette mot i mennene sine, til å organisere og se hvilken taktikk som var den beste. Han var så avgjort en dyktig leder og virket uredd og nesten munter. Ardred hvilte sjelden, han var for opptatt med å sørge for at alle hadde våpen, at palisadene ble sterke, at fellene der ute var effektive. Når de red ut var han alltid i front og han sparte seg aldri. De vågde aldri å bli der ute, hver kveld vendte de tilbake til Gardahavn og de var nøye med at ingen ble etterlatt. De greide å drepe noen sjelløse og troll men det var kun som å skrape på overflaten av et egg, det monnet aldri. Men han måtte sove og han foretrakk Zaribis rom nå, hun var ikke der men lukta av henne lå ennå i sengeklærne og den beroliget ham. Han hadde sovnet da han brått ble vekket av en uventet lyd, noen kremtet og han slo øynene opp og grep etter sverdet som sto lent mot sengestolpen. Det sto en skikkelse rett innenfor døra, liten og lut med en fettlampe i handa og Ardred var på beina i løpet av et lite sekund og brydde seg ikke om at han var naken. «Hvem er du?!»

Skikkelsen trakk til side hetten på kappen, det var en eldgammel kvinne, så liten og innskrumpet at det var vanskelig å si hvor gammel hun var. Ardred følte en merkelig kraft fra henne, noe fikk det til å krible i ham, gjorde ham underlig opprømt. Hun bikket på hodet. «Du ligner din bror Takesh, Kanir er kanskje ikke like høy og du er smekrere enn ham»

Han svelget. «Hvem er du! Jeg stilte et spørsmål»

Kvinnen smilte skjevt. «Dere har et orakel ja? En som fortalte goden at du måtte merkes, en som ser mye.»

Ardred nikket kort. «Ja?»

Hun trakk kappen tettere rundt seg. «Hun er sterk, men ikke så sterk som meg. Jeg ser dypere og lengre, for jeg har latt kreftene styre meg helt og holdent. Det har gitt meg krefter orakelet ikke har, for hun kjemper for kontrollen.»

Ardred skulte. «Du kjenner Kanir?»

Hun trakk på skuldrene, de gamle øynene var merkelig klare og hun var underlig intens. «Ja, og han kjenner meg. Den blodfødte har store krefter og de vil bli nyttige fremover, så vil også dine»

Ardred fnyste. «Jeg er bare merket, det gjør ikke noe fra eller til.»

Hun gliste stygt. «Ikke det? Kimatiene tror ikke det, de følger deg nå»

Han følte en trang til å hive henne ut. «Og så, de følger enhver som gir dem håp. De følger meg fordi jeg er sterk»

Kvinnen nikket. «Ja, men de vet hva det betyr å bli merket Ardred, det er ikke bare en seremoni og et arr å bære i stolthet. Det er så mye mer, et minne om tider som var, om krefter folket nå har glemt»

Han så skarpt på den vesle skapningen. «Jeg forstår ikke hva du snakker om du gamle»

Hun gikk fremover, støttet seg på en stokk. Ved gudene, hun måtte være over hundre.

Kvinnen så skjevt på ham. «Hundre og sju og femti for å være nøyaktig»

Han måpte, hun hadde lest tankene hans, og så gammel? Ingen mennesker ble så gamle!

Hun kaklet lavt. «Den som godtar gaven gudene gir kan bli så gamle ja, jeg er ikke ferdig ennå, på langt nær»

Hun satte seg ned på en stol, nesten nonsjalant. «De kommer, de sjelløse og de uhellig fødte, og det er lite som kan stanse dem. Men du har fått en gave du ennå ikke har forstått eller oppdaget»

Ardred følte seg forvirret. «Nå skjønner jeg i hvert fall ikke noe, jeg aner ikke noe om noen gave?»

Kvinnen nikket sakte, blikket glitret i halvmørket. «Selvsagt ikke, den må vekkes til live. De første som bar merket var sjamaner Ardred, menn og kvinner som bant seg til landet på det viset, ble en del av det. Nå er også du en av dem, og gjennom den makten det gir kan du forsvare byen på en måte ingen andre kan»

Han ville spyttet på golvet kunne han ha gjort det uten å bli sett på som uhøflig. «Jeg kan ikke si at jeg tror på deg du gamle»

Hun rullet med øynene. «Du er din mors sønn uten tvil, sta. Men merket vil våkne og du vil la landet kjempe for deg. Gardahavn må bestå, og de sjelløse holdes tilbake. De vil fortære dette landet ellers»

Han gryntet. «Der er vi i det minste enige»

Hun fniste nesten, en slags fnyselyd kunne høres fra henne. «De har en kilde vet du, men tiden vil komme da alt vil bli klart, da brikkene vil falle på plass.»

Hun strakte seg frem og grep ham om håndleddet med en merkelig sterk hånd, den var varm og tørr og underlig myk men han følte styrken under, som en klo av stål. «Du vil bli vekket, ditt indre øye vil se, du vil huske hva de gamle glemte»

Brått halte hun ham ned mot seg og trykket en finger mot pannen hans, ikke hardt men han følte det og hun ropte et eller annet uforståelig og Ardred rykket til. Han ble akutt svimmel, verden svingte for øynene på ham og han sank i kne, med en følelse av å ha blitt veik som en reivunge. Kvinnen begynte å messe et eller annet, hun la handa på hodet hans og han følte det som om merket på ryggen igjen var åpent og rått, et ferskt sår. Det brant og han skrek ut i smerte, prøvde å riste henne bort men øynene hennes glødet og hun kaklet lavt i triumf. «Du vil se, de vil vekkes. Den blodfødte, den merkede og den siste, gudenes sverd»

Hun trakk handa bort og Ardred følte at han svimte av, han mistet taket i sverdet og sank sammen på golvet. Kvinnen stirret ned på ham, så trakk hun hetten over hodet og ble sakte gjennomsiktig. Hennes arbeide var gjort, nå var det andre som måtte trå til, og hun ante at denne mannen og hans kone og bror ville bli avgjørende, ikke bare her men for hele verden. Hun forsvant og Ardred lå der på golvet, urørlig.

Han våknet sakte, med et hode som verket som etter en real fyllekule og han svelget hardt og kom seg sakte opp på kne. Merket hamret og banket og han var kvalm og hele kroppen verket men samtidig hadde han en pussig følelse av eufori, av fryd. Det var som om da han var guttunge og dagene hadde vært fylt med regn og mørke lenge og sola brått brøt igjennom, gav løfter om varme og liv. Han blunket, gned seg i øynene og kom seg på beina, satte seg på senga og kjente at smerten i merket sakte forsvant. Etter litt var den helt borte og han strakte seg og følte seg brått sulten. Han kledde på seg og stanset foran det vesle speilet for å feste fletten sin ordentlig. Det han så i speilet fikk ham til å gape, øynene hans! De var brått blitt utrolig mye klarere, skarpe som på en hauk og pupillen hadde endret seg til den smale versjonen kattedyr har. Han kunne ikke tro det, og han følte seg underlig overkjørt, som om noe nytt var blitt presset på ham uten hans vitende og vilje. Men det hadde vel aldri vært noe valg hadde det? I det øyeblikket han sa ja til å bli merket sa han ja også til dette, hva nå dette var.

Han gikk ned til salen og fikk et fat med brød ost og kjøtt, noen kvinner hadde blitt tilbake for å se til mennene og de ville bli satt i båter og seilt ut så fort det ble farlig der. Ardred savnet Zaribi og han savnet Hebba som nå var ute på øyene sammen med Gyrid og de andre kvinnene. Selv prestinnene hadde forlatt byen og det var merkelig å se så mange mannfolk der ute. Kimatiene skilte seg ikke mye ut, med unntak av utbryter klanene Khebar hadde styrt og før ville de nok blitt uglesett men nå var enhver mann som kunne slåss viktig. Han åt i stillhet men en underlig ny følelse hadde begynt å vokse i ham, det var som om han hørte noe, men allikevel ikke. Han prøvde å høre det men greide det ikke, det bare var der, like utenfor hans rekkevidde og det var irriterende.

Han satt der og prøvde å ta seg sammen da Urdar kom gående, goden var dratt i ansiktet og så eldre ut enn før. Han satte seg ned og skvatt da han så Ardreds øyne, han rygget nesten tilbake. «Åh guder!»

Ardred bare gliste sardonisk. «Jeg fikk besøk, en eldgammel kvinne som mente hun visste enda mer enn orakelet dere bruker. Hun gjorde dette»

Han pekte på øynene sine og Urdar svelget synlig, øynene hans var som tekopper. «Gudenes nåde, jeg….jeg har bare hørt legender om det»

Ardred lente seg tilbake, ansiktet var uutgrunnelig. «Fortell, det er ikke noen vits i å benekte at noe foregår nå, Jeg er det beste eksempelet på det. Hva i helvete gjorde hun med meg?»

Urdar bet seg i underleppa. «Merket var opprinnelig for å etterligne de blodfødte, for å gi bæreren deres evner. Men det hele avhenger av personen, av ætten. En som har en blodfødt i familien og blir merket…vel, de gamle sagnene sier at vedkommende kan kommunisere med selve landet, med åndene i det»

Ardred fnyste og la armene bak hodet, lente seg mot veggen. «Og det sier du nå?»

Urdar trakk på skuldrene. «Jeg trodde det var nonsens»

Ardred sukket. «Nå ser du at det ikke stemmer. Åndene? Jeg har aldri hørt noe om ånder»

Urdar virket litt tvilrådig. «De første som bodde her i nord trodde på ånder, som lever i selve landet, i jorden, i luften og vannet. De var faste i troen også, og hadde sjamaner som visstnok kunne bruke disse kreftene og styre dem.»

Ardred skar en grimase. «Hvordan skal det kunne hjelpe oss, ånder kan neppe slåss?»

Urdar lente seg fremover, åpenbart tankefull. «Hør, jeg skal ikke si at jeg har rett nå, men tenk på dette. De sjelløse og de uhellig fødte er ikke naturlige, de hører ikke til her. Det kan vi være enige om ikke sant?»

Ardred nikket. «Ja, visst farken»

Urdar fortsatte. «Og om det virkelig er slik at landet på en måte lever, er det da merkelig at det ikke vil like at disse monstrene tar over?»

Ardred skar en grimase. «Vel, jeg....»

Urdar så stivt på ham. «Seremonien da vi helliget Gardahavn stammer tilbake til den tida Ardred, den skal skremme bort onde ånder, ånder som vil skade landet.»

Ardred sukket. «Greit, la oss si at den gamle virkelig ga meg nye evner, jeg aner ikke noe om dem, jeg har aldri vært noe annet enn en kriger»

Urdar stirret ned i bordet, han trakk pusten dypt. «Ardred, jeg tror det vil bli en ilddåp, du har ikke tid til å oppdage stort, du må bare la instinktet ta over»

Han lukket øynene sakte. «Instinktet. Instinktet mitt nå sier at jeg skal finne Zaribi, se til at hun er trygg. At ingenting er viktigere enn det»

Urdar smilte stivt. «Selvsagt, hun er din hustru og bærer ditt barn, ingen mann vil føle noe annet i en slik situasjon. Men hun er trygg, jeg føler det. Gå dypere, du vil antagelig finne hvem du egentlig er nå i løpet av de neste dagene.»

Ardred støttet hodet i hendene, følte seg sliten. «Jeg trodde jeg visste hvem jeg var»

Urdar ristet på hodet. «Det er det ingen mann som vet før han har stått øye til øye med døden»

Ardred måtte glise skjevt. «Jeg var rimelig nær da jeg ble merket»

Urdar smilte også, strakte seg og klappet ham på skulderen. «Ikke på langt nær nok gutt, ikke på langt nær.»

Ardred svelget det siste han hadde igjen i begeret sitt og reiste seg. «Vi må sjekke at portene kan holde mot et troll.»

Urdar ristet på hodet. «Det gjør de ikke Ardred. Ikke noe vi lager her er sterkt nok, og jeg er ikke pessimist, bare realistisk.»

Ardred trakk pusten og prøvde å smile. «I det minste kan de holde borte de sjelløse»

Urdar hevet ene armen som en skolemester som skal irettesette en elev. «Ja, der har du rett, men for hvor lenge?»

Ardred spente på seg sverdbeltet. «Akter du å kjempe?»

Urdar nikket stille. «Hva tror du? Det er min by og mitt folk, selvsagt vil jeg slåss»

Ardred nølte et øyeblikk. «Urdar, jeg...jeg er glad mor ikke er blant oss lenger, dette...»

Urdar skar en grimase, la handa på Ardreds skulder igjen. «Jeg vet, jeg føler det samme»

Ardred gikk ut og sollyset skar ham i øynene på en ny måte, han blunket og måtte senke hodet litt og nå hørte han den underlige lyden igjen, som en sang som kom langt borte fra. Han prøvde å ikke lytte men det var umulig. Khebar sto og instruerte noen yngre karer, de skulle spisse spyd som skulle ned i fall gropene og han viste dem hvordan de skulle svinge øksa for å få riktig vinkel på spissen. Karene prøvde virkelig og Khebar rettet ryggen da han så at Ardred kom gående, så ble han var endringen og måpte før han brått gikk på kne og gjorde et slags tegn foran brystet. Ardred så forvirret at samtlige kimatier der gjorde det samme og Khebar kom seg sakte på beina igjen, blikket fylt med undring. «Merket er vekket, vi har en sjanse nå»

Ardred svelget stivt. «Unnskyld meg, men jeg aner ikke hva det innebærer i det hele tatt»

Khebar tok ham i armen, med tydelig ærbødighet. «Det vil du merke, jeg lover.»

Ardred stirret på den festningen byen var i ferd med å bli og skulle så inderlig ønske at folk sluttet å snakke i gåter.

Khebar pekte nordover. «Vårt folk har en gammel sang, om en merket som vekket landet da ondskap truet riket. Den forteller at vannet reiste seg og druknet fienden, at stein og fjell knuste dem, at ilden løp over slettene som ville hester og brant alt av mørket.»

Ardred skar en grimase. «Det høres imponerende ut»

Khebar nikket. «For oss er det ikke gamle sagn, det er gammel sannhet. Hvorfor tror du at vi aldri har underkastet oss? Hvorfor vi har holdt fast ved de gamle tradisjonene? Fordi vi har visst at mørket en eller annen dag vil vende tilbake, noen måtte bevare kunnskapen.»

Ardred smilte litt stivt. «Jeg ser det nå ja»

Khebar klappet ham på armen igjen, ansiktet var litt fjernt. «Mørket har våknet, vekket av menneskers grådighet og ubetenksomhet. Det vil stå en kamp Ardred, en kamp vi ikke kan tape, for det vil være enden på alt.»

Ardred ante ikke hva han skulle svare på det, han bare stirret på kimatien som fortsatte å svinge øksa. Om han og Zaribi og Kanir virkelig var så spesielle, hvorfor følte han seg da så hjelpeløs?

Midar og Meyret

Dvergene er effektive, de samler de sårede og sørger for at de får hjelp, lager bårer og fordeler seg for å bære sine falne brødre. Meyret hadde blitt svært stille etter det som skjedde, og Midar følte at hun på et vis var et annet sted, fanget kanskje i minner om tider som var. Etter litt var dvergene klare til å bevege seg videre og Dandar fortalte at de ville vende tilbake til byen og se hva som hadde skjedd der. De som hadde kommet flyktende hadde vært en gruppe som hadde vært utenfor selve byen for å sanke urter og det var mulig at angrepet hadde blitt stanset av de skjulte dørene og tykke murene som er så typiske for en dvergby. Midar syntes at dvergene var uvanlig stoiske, de hadde opplevd noe aldeles forferdelig og allikevel virket de ikke for å ta seg særlig nær av det. De gikk på uansett og han forsto at det han hadde hørt om dem virkelig var sant. De var utrolig sterke og sta.

De fulgte den skjulte stien oppover fjellet, et sted svingte den innover en smal sidedal og virket for å bli borte men dvergene fant den uansett. Midar forsto at for dem var stein nesten som en venn, den snakket til dem og de kunne forsto hva den sa. Andre ville ikke kunne finne stien uansett hvor hardt de lette. Meyret stirret ofte opp mot fjellene rundt dem med et underlig utrykk i ansiktet, som om hun ventet på noe. Han ante ikke hva, men det kunne ikke være noe bra. Mange av de sårede trengte hjelp og helbredersken løp rundt og gjorde sitt beste, det var svært tydelig at hun var respektert og æret for alle virket for å bøye seg for hennes ønsker uten å stille spørsmål ved noe hun gjorde.

Det var midt på dagen da de omsider sto foran det som skulle være portene til byen, Midar så ingen porter i det hele tatt, bare stein i ulike varianter og noen tørre grasstrå som kloret seg fast nærmest på ren trass. Vinden ulte rundt ørene på dem og det var grusomt kaldt. Dandar slo hammeren sin i en stein som lå midt i veien, en uanselig liten bit med grålig granitt og lyden fikk Midar til å rykke til. Det lød nesten som en klokke og brått begynte en del av fjellveggen foran dem å skli til side. Han kunne ikke annet enn å gape og bli imponert for det svære stykket med stein måtte være perfekt balansert og plassert på hjullagre for å få til noe slikt. Det åpnet seg en stor dør, bred nok til at flere kunne ridd inn side om side og den var høy også, en stor flokk dverger sto der klare til å ta i mot dem og noen kom løpende og tok over bårene.

Dandar smilte stivt, han gikk bort til en litt yngre dverg med flotte fletter i det rødblonde skjegget og han bukket kort.

«Dulgar, hva skjedde her?»

Dvergen som het Dulgar måtte være enn person av betydning for han bar en del smykker som så fantastiske ut, og han hadde et meget fint sverd i beltet. «Beistene kom gjennom, vi tror de brukte en luftekanal ingen tenkte på.»

Dandar ble blek. «Mange falne?»

Dulgar nikket. «Vi har mistet nesten halvparten av krigerne våre, men vi greide å ta dem til slutt. Noen tapre sjeler lokket dem ned til smiene og vi stengte dørene og åpnet ventilene»

Midar svelget stivt, ved alle guder...

Meyret så storøyd ut. «Dere lot dem brenne?!»

Dulgar så trist ut. «Ja, det var ikke noe annet valg. Kun sterk hete ødelegger de udøde vandrerne.»

Dandar rørte brystet med en innadvendt mine. «La oss ære deres navn og sørge for at offeret ikke var til ingen nytte»

Dulgar smilte stivt. «Det gleder oss at Thyega er i trygghet, hun kan redde mange liv nå.»

Midar så at nevnte dvergkvinne allerede hadde forsvunnet inn og hun var nok alt i full sving med å sortere mellom skadene og bedømme dem. Dandar bikket på hodet, det var noe mørkt i blikket. «Har dere noen anelse om hvorfor dere ble angrepet?» Dulgar vinket til seg en annen dverg, noe eldre med grått i hår og skjegg og merkelig dradde trekk. Han så ut som en sterkt bedrøvet blodhund. «Ubeistene var ute etter noe, de søkte et eller annet. Men vi vet ikke hva, bare at de prøvde å søke seg nedover i byen.»

Midar rynket pannen, nedover? Hva kunne det være de hadde vært på leting etter, i bunnen av en dvergby?

Dandar virket bekymret. «Hvor mange var det?»

Dulgar snudde seg mot den bedrøvede dvergen igjen. «Gambher, hvor mange telte dere?»

Gambher trakk på skuldrene. «Vi tror det var mellom tolv og femten et sted, ikke flere i hvert fall. De kom brått, helt ut av det blå»

Dandar tenkte høyt. «Rundt tjue i alt, med de vi møtte ute» Gambher nikket. «De er aldri mer enn tjue, de gamle legendene fortalte oss det.»

Midar følte seg nervøs og samtidig nysgjerrig. Dvergene visste om disse beistene? «Gamle legender?»

Gambher snudde seg mot ham og bøyde nakken høflig. «Javisst, ikke viden kjent, åh nei, for det var kun de gamle her, i vår by, som kjente til dem. Men de går svært langt tilbake, til da mørket hersket og lyset ennå ikke var født»

Midar rynket på pannen. «Det må ha vært utrolig lenge siden i så fall, jeg har aldri hørt om en slik tid»

Dvergen nikket vitende. «Det er det ingen som har gjort ser du, bortsett fra oss. Vi dverger samler ikke bare juveler, vi samler også kunnskap og holder den i live. Selv ikke alvene husker så langt tilbake som oss, barn av jorden.»

Meyret bikket på hodet. «Det ante jeg ikke, jeg trodde alvene var det folket som husket lengst tilbake?»

Gambher virket en smule stolt. «Det er hva de fleste tror, vi lever ikke evig slik de gjør men vi arver viktige minner fra våre forfedre og slik holdes de i live.»

Midar så litt forbauset ut. «Dere arver minner? Men, så langt tilbake?»

Gambher nikket kort. «Ja, noen familier har den evnen, innenfor langskjegg klanen. De er våre fremste historiefortellere. De kan kalle frem minner helt tilbake til mørkets dager»

Meyret bet seg i underleppa. «Ikke for å være uhøflig men jeg trodde at ingen av rasene eksisterte ennå på den tida?»

Dulgar gjorde en vag gest. «Det stemmer ikke, gudene hadde allerede skapt noen få av hvert folk, som et forsøk kan en si. De vandret planløst rundt i en mørk verden og gudene bestemte at det var for tidlig for dem så de gjemte dem i jorden til tiden var inne og de kunne våkne i en verden av lys.»

Meyret myste litt. «Og disse skapningene som angrep er nevnt i de fortellingene?»

Gambher nikket stivt, han så litt ukomfortabel ut. «Ja, men jeg er ikke den rette til å fortelle dem. Andre kjenner dem bedre.»

Dulgar virket for å tenke litt hardt. «Det er en dverg her av langskjeggklanen, han er eldgammel og litt merkelig men det er mulig han kan kaste litt lys over situasjonen»

Meyret lente seg litt fremover, nesten som om hun var ivrig. «Ja, om de var ute etter noe kan de komme tilbake, og det er ikke sikkert dere kan stanse dem igjen.»

Dulgar rettet seg opp. «Jeg tar dere med til ham med en gang, vi må komme til bunns i dette.»

Midar så at gangen videt seg ut og han ble imponert over hvor jevne og glatte veggene var, golvet var polert virket det for og han beundret det imponerende håndverket helt til de kom gjennom en ny dør og gikk inn i selve byen. Synet fikk ham til å stanse og måpe, han hadde aldri trodd at en dvergby kunne være et sted med lys og farger men det var det. De kom ut i en enorm hall med et utall utganger og midt i hallen var en sjakt som var like stor som en veddeløpsbane i omkrets. Den strakte seg nedover i berget og steg også oppover og sjakten var full av broer og lykter og Midar følte seg brått særdeles svimmel.

Gudene alene visste hvor mange etasjer det var i denne konstruksjonen, dvergene hadde gravd seg gjennom berget gjennom årtusener og hulet det helt ut. Byen var enorm, mye større enn Zhymorne og Dulgar smilte litt stolt. «Dette er den største av de mange dvergbyene vårt folk har skapt. I disse dager er den tynt befolket, vårt folk er ikke så stort som det en gang var.»

Midar skjønte hvorfor den var kaldt Smaragdhallen, for det gikk tykke årer av grønne krystaller i berget og her og der var det blitt slipt til så lyset glitret i utallige fasetter. Det var utrolig vakkert. Dandar klukket litt. «Jeg kjenner det utrykket der gutt, mange tror at dvergenes byer er mørke hull i berget, de må tro om igjen.»

Midar nikket litt overveldet, med alle broene og trappene og de merkelige geometriske formene lignet det han så nesten på en slags stilisert forsteinet skog av noe slag. Han så svære krystaller som måtte være rubiner som hang fra taket, omgjort til en slags lampe og verdien av noe slikt fikk ham til å gispe. Ikke noe av det han hadde sett i Zhymorne hadde kunnet måle seg med verdien av selv et drikkekar her. Det var ikke mange dverger å se men de som løp rundt der så forstyrret ut og Midar kunne forstå det. Om de hadde mistet halvparten av krigerne sine var det neppe noen der som ikke sørget nå, han regnet med at disse folkene var like glade i sine kjære som alle andre. Meyret virket ikke like imponert men han ante at hun antagelig hadde sett utrolig mye i sin tid og hun virket i stedet for å beundre smykkene mange av dvergene bar. Noen av dem var utrolig forseggjort og Midar så at flere av kvinnene bar kammer og diademer i håret selv en dronning ville hatt problemer med å ha råd til ute i verden. Dulgar gikk ganske fort og de halv løp gjennom store haller og korridorer så store at du kunne ha kjørt svære vogner gjennom dem uten problemer. Det virket for at byen var delt inn i soner, hver med sitt eget tema innen farger og utsmykking og Dandar pekte på noen av utskjæringene. «Her har hver klan sitt eget område, og de ulike typene arbeide vi gjør har også egne avdelinger. Vi dverger setter pris på orden»

Midar forsto det, alt var merkelig rent og virket nypolert og det var virkelig ikke engang antydning til rot noe sted. Etter en god stund kom de til et område der vegger og tak var i en merkelig mørk bergart og alt var polert så det skinte. Svære lamper gav lys og Dulgar stanset foran en litt mindre dør.

«Gamle Jorwin hører ikke godt lenger, han er tre hundre og femti sju tross alt men han er fremdeles forholdsvis sprek»

De gikk inn, rommet de kom inn i var hjemmekoselig med tykke vevde tepper på veggene og fine møbler skåret ut i treverk. En eldre dvergkvinne kom gående og neide fort. «Vær hilset, dere vil snakke med Jorwin?»

Dandar nikket og Dulgar smilte vennlig. «Ja Farja, tror du han er sterk nok til en minne reise?»

Farja skar en grimase. «Jeg vet ikke, han har vært litt merkelig i det siste, ikke seg selv. Angrepet skremte ham»

Dulgar prøvde å virke avslappet. «Det skremte oss alle, men det er veldig viktig at vi får snakke med ham, det kan være at han kan finne noe vi trenger.»

Farja klikket med leppene, hun så ut til å være i tvil. «Om dere snakker med ham så ikke press ham, han er skrøpelig i hodet stakkars. Jeg tror det er best om Thyega var her, for sikkerhetsskyld.»

Dandar gjorde en litt stiv gest, som om han prøvde å skyve noe unna seg. «Det er kanskje lurt, men hun er forholdsvis opptatt nå vil jeg tro»

Dulgar stirret i golvet. «Ikke for opptatt til dette, det er viktig. Har du noen som kan løpe og hente henne?»

Farja ropte et eller annen og en yngre dvergkvinne med utrolig lange stive fletter kom svinsende ut fra en sidedør, hun neide dypt og Farja gav henne ordren og hun løp av sted. Midar ble imponert over farten hennes, hun var kjapp som en katt.

Dandar snudde seg mot dem, han hadde en litt underlig mine. «Gamle Jorwin var en gang en kriger, en av de aller beste også.

De sa at selv bergtroll flyktet for øksa hans og han slaktet gnomer og andre ubeist nærmest bare som et tidsfordriv. Uheldigvis krever et slikt liv mye av en kropp. Ikke bli for overrasket over hva dere vil få se»

Meyret rynket pannen. «Hva mener du?»

Dulgar skar en grimase. «Hva han mener er at dere ikke skal nevne arrene hans, de er et tegn på stor ære men han liker ikke å bli minnet på at fiendene hans nesten har greid å drepe ham»

Midar hadde sett at flere av dvergene var arret, noen hadde ganske store arr også og det virket ikke for at de hadde brydd seg med det, i det minste skjulte de dem ikke. Antagelig måtte arrene til denne gamle dvergen være temmelig spektakulære.

Farja vinket på dem. «Følg meg, han hviler etter middagen»

De fulgte henne gjennom et par små rom og endte opp i en slags spisestue, den var liten og oppvarmet med en stor peis og Midar så at en dverg satt i en behagelig stol foran ilden. Han virket ikke for å høre dem og Farja gikk bort og han merket henne og løftet hodet. Midar hadde syntes at Dandar så ærverdig ut men denne dvergen var i sannhet eldgammel, han lignet på en god del utgamle menn Midar hadde sett, så vindtørre og magre at det var vanskelig å si hvordan de hadde sett ut i sine glansdager. Jorwin hadde bare tynt fjon igjen av det som sikkert hadde vært en imponerende hårmanke og hele kroppen virket skjør som en gammel vase. Midar måtte ta seg sammen for å svelge et utrop da Jorwin snudde hodet, det var antagelig det mest groteske han noen gang hadde sett. Hele den venstre siden av ansiktet var nærmest borte, kun forrevent vev dekket beinet og skaden strakte seg hele veien fra øverst på skallen og ned langs halsen. Det så nesten ut som om noen hadde flådd stakkaren.

Dulgar gikk frem, bøyde kne for den gamle dvergen. «Vær hilset du gamle, vi har kommet for å spørre forfedrene om råd»

Jorwin bikket på hodet, han virket for å være helt blind for det øyet han hadde igjen var merkelig matt på farge og virket ikke for å fokusere. «Forfedrene, ja, de har mange svar, og mange spørsmål. «

Dandar gikk også frem. «Tror du at du kan klare en minne reise?»

Jorwin kaklet, stemmen var merkelig hul, antagelig hadde han innvendige skader også, det var virkelig sant at dverger er tøffe som gråstein. «Ja, dere søker sannheten gjør dere ikke? Så mange døde, så mange tapt, gudene gråter nå barn, de vil gråte lenge ennå»

Farja smilte litt stivt. «Er du sikker på at det ikke blir en for stor anstrengelse? Thyega er på vei»

Jorwin gliste skjevt. «Vesle Thyega, åh jeg husker henne, en skjønn møy var hun og hun har blitt en formidabel dame, om alle kvinner hadde hennes vilje ville vårt folk vært sterkt igjen»

Meyret måtte fnise litt, det var tydelig at Jorwin hadde respekt for denne dverg kvinnen. Jorwin satte seg opp i stolen, han hadde en stokk stående ved siden av seg og han bikket på hodet og de ødelagte trekkene gjorde ham et øyeblikk nesten litt øgleaktig. «Jeg tåler det Farja, jeg er ikke død ennå»

Han snudde hodet mot Midar og Meyret, det tynne fjonet som var igjen av hår og skjegg lignet nesten litt på dun og skjulte litt av skadene men Midar syntes egentlig at det bare gjorde arrene enda mer groteske. «Et menneske, og en vindrytter. Vær hilset barn av ilden, det er lenge siden vårt folk hadde kontakt med noen av dine nå, kanskje like bra»

Meyret svelget stivt, hun så ned i golvet. «Jeg er ikke av dem som begjærer gull og skatter»

Han kaklet hult. «Nei, jeg ser ilden din, den brenner rent. Men noen av ditt slag, åh ved gudenes hender, de ville ha drept oss alle og lagt seg til på skattene våre og aldri latt noen se dem igjen»

Meyret nølte litt, så utbrøt hun. «Det er født mange drager igjen, fra Dragetind»

Jorwin nikket og snodde stokken mellom hendene. «Som det ble sagt fra gammelt av, mørket og lyset vil kjempe på nytt.» De snudde seg da de hørte lyden av fottrinn, det var helbredersken og Meyret kjente på seg at hun antagelig var svært myndig. Thyega stanset og så skarpt på alle sammen. «Hadde det ikke vært viktig ville jeg aldri ha tillatt dette, han er ikke sterk lenger.»

Dulgar prøvde å smile beroligende. «Vi trenger ikke mye, bare det han kan finne om disse monstrene»

Thyega la armene over brystet, øynene skjøt nesten lyn. «Jeg forstår, og ja, det er nødvendig men et spørsmål for mye og jeg vil varme bakendene deres, og tro ikke at dere kan slippe unna»

Meyret måtte nesten fnise, Thyega var virkelig imponerende og dverg kvinnen snudde seg og så på Meyret, blikket hennes var skarpt. «Jeg trodde aldri jeg skulle få se en av ditt slag igjen vindrytter. Vi trodde dere var borte for alltid, jeg er glad vi tok feil»

Meyret rynket pannen. «Glad?»

Thyega tok en pose opp fra beltelommen sin, og tjenestejenta som hadde hentet henne kom med en kopp varmt vann. Helbredersken helte noe som lignet tørkede blader i vannet fra lommen og smilte litt fraværende. «Ja, for uten drager vil verden forgå. Jeg regner med at du er den dragen som ble holdt skjult ja?»

Midar så litt forbauset ut. «Hun er det ja, men hvordan vet du det?»

Thyega smilte og rørte litt i vannet, en underlig lukt spredte seg i rommet. «En kvinne og en mann havnet i vår by, en dronning på flukt og hennes livvakt. Hun hadde myrdet sin svigersønn. Og hun stjal noe fra ham rent tilfeldig, et eldgammelt skriv. Jeg hørte at de snakket om det»

Hun rakte Jorwin koppen og han drakk alt sammen, Midar krympet seg for lukta var så avgjort ikke god. Meyret så litt forbauset ut. «Et skriv?»

Thyega nikket kort og tok koppen fra Jorwin, hun helte restene ut i peisen. «Ja, det skulle visstnok gi den som har det kontrollen over drager. Om det stemmer eller ei er det ingen som vet, det var i hvert fall hva mannen sa.»

Meyret ble brått blek, Midar så at hun formelig krympet seg og han grep henne i armen. «Meyret, er du ok?»

Hun stirret på ham, øynene var som tinntallerkener og hun skalv. «Det er ekte! Åh guder, de brukte...de brukte det da de fanget meg!»

Midar rynket pannen. «Da må den svigersønnen ha vært i ledtog med de av Darasher slekten som holdt deg fanget?»

Meyret måtte sette seg ned. «Nei, for jeg vet at skrivet ble stjålet, ikke så veldig lenge etter at jeg ble fanget. Det ble ganske enkelt borte. Jeg vet at de var rasende men jeg hadde jo fått på halskjedet da så de hadde grepet på meg uansett»

Thyega hadde lyttet til dem med smale øyne. «De tok det med seg da de flyktet, sammen med min stedatter og en av hennes venner.»

Meyret smilte bare skjelvent. «Da er det der ute et sted, åh guder, det må ikke falle i gale hender»

Jorwin hadde lent seg tilbake i stolen igjen, hodet hang tilbake og han virket for å være halvt bevisstløs. Dandar hvisket til dem. «Han er klar tror jeg?»

Thyega nikket, hun så temmelig streng ut. «Husk det jeg sa, ingen unødvendige spørsmål.»

Jorwin virket for å mumle et eller annet og Dulgar stilte seg rett foran den gamle. «Jorwin, sønn av Judwar, vi ønsker å søke fortiden»

Jorwin virket for å rykke til, så rettet han seg opp og virket for å ha blitt en helt annen person. «Tal barn og jeg vil svare»

Midar måpte, stemmen som hadde vært hes og tynn, en gammel manns røst, var blitt sterk og fyldig og ikke minst myndig. Det var som om noen andre snakket gjennom den skrøpelige gamle kroppen og Meyret så litt nervøs ut. Dulgar trakk pusten. «Ærede, i dag ble vår by angrepet, av udøde monstre. De søkte et eller annet»

Jorwin lagde en underlig hul lyd, det gjenværende øyet rullet i skallen på ham og han rykket overalt, som i en slags merkelig dans. «De kommer fra bortenfor veggene, dit de en gang ble fordrevet. Finn tavlene, de søkte tavlene.»

Dandar rynket pannen. «Tavlene? Hvilke tavler?»

Jorwin lagde en merkelig hveselyd. «De må ikke finne dem, alt er tapt om de finner dem. Let der elven av blod dør»

Dulgar så ut som om han ikke forsto noe og skulle til å spørre igjen men Jorwin rallet og sank sammen og Thyega sendte dem noen heller skarpe øyekast. «Nok, han klarer ikke mer.»

Dandar så ut som et spørsmålstegn og Dulgar klødde seg i håret. «Tavlene? Jeg har aldri hørt noe om tavler?»

Jorwin så bevisstløs ut og Thyega nærmest freste mens hun masserte den gamle dvergens brystkasse og holdt en klut med et eller annet opp under nesa på ham. «Det var siste gangen han gjør dette, bare så dere vet det! En gang til og han er ferdig!»

Dandar skar en grimase. «Elven av blod? Det hørtes nesten kjent ut?»

Dulgar lukket øynene. «Ja, jeg har også hørt det.»

Tjenestejenta kremtet litt blygt og de så bort på henne. Hun trakk seg i de stive flettene og smilte litt nervøst. «Det er den elva som kommer ut av berget i nivået under smiene, der det er blodstein?»

Dandar slo seg for pannen. «Selvsagt, vi er tåper. Alle vet jo om det. Men der den dør?»

Dulgar bare trakk på skuldrene. «Vi følger den, enkelt og greit»

Midar fikk en akutt følelse av at det kanskje ikke var så enkelt og greit allikevel. Meyret så tvilende ut men hun tok et steg frem. «Vi blir med i såfall, jeg tror vi kan bli nyttige»

Dandar smilte bredt. «Selvsagt du vakre, vi finner utstyr og våpen og så går vi. Jeg tror vi må skynde oss»

Midar frøs nedover ryggen, han hadde ikke lyst til å møte på flere av de vandøde monstrene og gudene ante hva som kunne eksistere der i dypet. Meyret virket tankefull og Midar følte på seg at hun hadde blitt ganske rystet over nyheten om skrivet. De returnerte til hestene og Natt og Mørke hadde stått og passet på. Dyrene ble satt på stallen og saltaskene brakt til et eget rom for de to. Midar tok frem det de hadde av våpen og Meyret skiftet på seg noen tørre klær. Dandar og Dulgar kom og hentet dem etter litt, dvergene hadde fått på seg rustninger og bar på noen temmelig skrekkinngytende økser. Midar så at disse folkene virkelig kunne det med å lage rustninger, de virket ikke for å være overveldende tunge og bevegeligheten var godt ivaretatt og allikevel virket de for å være utrolig sterke. Dandar så interessen hans og gliste litt. «Du trenger litt beskyttelse gutt, det er en forholdsvis uutforsket del av berget vi skal til, med mange naturlige hulesystemer og det kan være farer der nede.»

Midar følte seg litt usikker. «Jeg er nok litt for lang for deres utstyr?»

Dulgar humret lavt. «Vi har rustninger her som kan brukes også av mennesker, en gang i tida lagde vi utstyr for din rase, mange konger kjøpte våpen og rustninger av oss»

Midar måpte nesten. «Virkelig? Det må være lenge siden?»

Dulgar smilte. «Ja, men vi lager ting for at de skal vare. Følg oss»

Dvergene begynte å gå og Midar og Meyret gikk etter, Natt og Mørke fulgte dem også som stille skygger og de gikk nedover nå, lange slake trapper som etter en stund førte dem til en avdeling av byen som måtte være lagerrom av ulike typer. Dandar førte dem over noen brede broer og stanset foran en dør som ikke kunne ha vært åpnet på lenge. Det lå støv i ornamentene som var møysommelig filt ut av steinen og den var faktisk låst. Noen underlige nøkler lå i en fordypning i veggen like ved døra og Dulgar tok en av dem og stakk den inn i hullet før han begynte å messe et eller annet som bare kunne være gammel dvergisk. Det lød noen klikke og knakelyder av en annen verden, så gled døra til siden og de så inn i et enormt rom som var delt opp i lange rekker med rustninger og våpen. Alt virket helt nytt og det fantes ikke støv der inne. Dandar raste av gårde og stanset foran en rekke med rustninger som måtte ha vært bestilt av mennesker, han stirret på Midar og mumlet noe, gikk nedover rekka og stanset foran noen rustninger som virket svært forseggjort. «Se der, disse var det en konge som bestilte, som ekstra beskyttelse til hans beste vakter. Bedre at de blir brukt igjen enn at de bare henger her.» Han tok ned en av rustningene. Det var en rygg og brystplate og skulder beskyttelse samt hansker og leggskinner. Ikke noen plate rustning akkurat siden den besto av så mange deler men Midar måtte bare stirre for den var utrolig vakkert lagd og metallet virket enormt sterkt. «Prøv den på gutt, ikke vær blyg nå»

Midar trakk på seg brystplaten og rygg platen og Meyret hjalp ham med å spenne dem på. Da alt var på plass var det ganske så tydelig at denne rustningen var så godt som skapt for ham, den passet perfekt og Midar kunne ikke bære seg for å glise. Det føltes merkelig, han hadde aldri trodd at han noen gang skulle få gleden av å bære en ordentlig rustning, en slik riddere og adelige eide. Dulgar nikket bestemt. «Den er perfekt for deg, godt, da er vi så godt som klare»

Da de kom ut fra rustkammeret sto det to dverger til og ventet på dem utenfor. Begge var rødhåret og så like at de måtte være brødre og de virket også for å være unge. Ansiktene var ikke så veldig grove ennå og de hadde en egen ungdommelig utstråling Midar øyeblikkelig likte. Dulgar smilte og klappet de to på skulderen, begge var væpnet og bar ringbrynjer som var smidd slik at det ble vakre mønstre i ringene. «Møt Khadram og Khidrem, de er min brors sønner»

Midar så at begge to antagelig var dyktige krigere og han følte seg brått forholdsvis trygg. Fire væpnede dverger er en styrke en må ta hensyn til og alle disse var nok svært erfarne. De to brødrene bar sekker med proviant på ryggen og Midar begynte å forstå at dette ikke ble noen rask liten jobb. Han var ikke redd for små trange rom, det var umulig i hans yrke men han var ikke glad i overraskelser og han ante at det kunne vente mange av dem der nede. Dandar klappet ham på armen. «Ikke se så molefonken ut gutt, du skal få se noe ingen mennesker har sett på mange århundrer, smiene våre»

Meyret gliste og klasket ham på skulderen. «Hør, ikke noe er så galt at det ikke er bra for noe ikke sant?»

De to brødrene små jogget mot den store sjakta og Midar følte et sug i magen, han ante ikke hvor dyp den var men det kunne dreie seg om flerfoldige tusen fot. Dandar kaklet opprømt. «Det er langt ned til smiene, det tar timer å gå ned så vi tar heisen»

Midar så vantro på dvergen. «Heisen?!»

Dulgar fniste nesten. «Ta det med ro gutt, det er helt trygt»

De vandret bort til kanten av sjakten, det var satt opp et forholdsvis høyt og solid gjerde av smijern langs kanten men nå så Midar at det var porter i gjerdet. Her og der hang det lange rekker med kjettinger og tau og Dandar grep tak i et par av tauene og rykket i dem. De hørte en ganske høy metallisk lyd og så kom en slags kurv lagd av metal susende mot porten. Den stanset brått og Dulgar åpnet porten. «Kom igjen, vi finner ingen tavler eller noe annet heller ved å stå her.»

Midar hadde aldri lidd av høydeskrekk før, og mørket der nede virket endeløst men det sugde nesten på ham og han kjente at han svettet en smule. Kurven virket solid men hvordan i alle guders navn skulle den kunne frakte dem nedover?

De gikk inn og Midar holdt seg krampaktig i kanten, Dandar lukket porten og åpningen i kurven og Dulgar grep to av kjettingene og trakk i dem, kurven rykket til og i stedet for å rase nedover, som Midar hadde forventet, raste den sidelengs ut over sjakten. Dandar gliste rått. «Det er svære taljesystemer og skinner som styrer det, kurven følger en bestemt kurs ned»

Midar følte seg svimmel, dverger kunne ikke ha evnen til å bedømme avstander for om de gjorde det ville de garantert ha blitt forferdelig svimle med en gang. Kurven hadde en vanvittig fart og han så til sin forskrekkelse at Meyret virket for å like det, øynene skinte og hun smilte bredt. For henne måtte dette være som å fly igjen og han husket brått alt hun hadde mistet og medfølelsen steg i ham igjen. De nådde av og til punkter der kurven saknet farten og skiftet kurs etter at de hørte merkelige klikke og knakelyder og Midar bare håpet at dette systemet fungerte som det skulle. Etter kanskje tjue minutter som føltes som tjue timer stanset kurven foran en port som ledet inn til en enorm korridor som var godt opplyst. De gikk ut og Midar var klar til å kysse den solide granitten under beina hans. Dandar og de to brødrene formelig løp innover og Dulgar bikket på hodet og lo. «Vi er som unger når det gjelder smiene, det stedet vi skal til ligger under smiene men kan ikke nås fra sjakta. Vi må gjennom smiene først.»

Midar nikket og nå følte han heten fra korridoren, den var tørr og luktet litt som svovel og han håpet at det ikke var for varmt der inne. Korridoren var ikke særlig lang, de kom inn gjennom en massiv port lagd av metall og han husket det de hadde fått høre da de ankom byen. Han svelget hardt og Dulgar så smalt på ham. «Det var ikke i disse smiene, det er mange her i berget. De ligger høyere oppe, det er der vi smelter gull og andre edle metaller. Her er det stål og jern som smeltes»

Midar trakk pusten litt lettet, rommet de entret var ikke som han hadde trodd i det hele tatt. Det var en hall, med et utall av svære åpne esser og ovner, piper og rør løp overalt og en tung lyd av metal mot metal fylte lufta. Lufta dirret der nede og det luktet svidd metal, Midar følte seg veldig liten helt plutselig. Det var ikke mange dverger der men de som han så løp rundt i tykke lær klær og forklær og de hadde pakket inn hår og skjegg i tjukke hetter og bar noen slags mørke briller. Gløden av smeltet metall gjorde alt nesten uvirkelig og Midar fant at det var vanskelig å trekke pusten der på en ordentlig måte.

Dvergene skyndte seg videre og Midar så at dverger slepte rundt på noen slags små vogner og på dem sto det smeltedigler med flytende metal i. Det var et vanvittig syn. Han forsto ikke halvparten av hva han så men han skjønte at dvergene kunne dette. Antagelig var hver eneste ovn og esse styrt med spaker og spjeld og han visste at dvergstål ble sagt å være det beste en kunne komme over.

De kom seg gjennom hallen uten uhell, Meyret virket for å like seg der og hun virket genuint interessert i alt hun så. Midar på sin side kunne ikke komme seg bort fort nok.

De entret en smal korridor som gikk på skrå nedover og trappetrinnene var ganske høye og smale så det tok på å gå der. Trappa stanset i et forholdsvis stort rom som inneholdt noe som måtte være reservedeler til ovnene, i ene enden av rommet var det en sjakt og Dandar lagde en slags unnskyldende grimase. «Vi må klatre, det er ikke langt og vi har godt tau» Midar stønnet, det også. Han kunne naturlig nok klatre i tau, men i mørket? De to brødrene halte noe ut fra sekkene sine, det var noen små krystaller som begynte å skinne med intenst lys og Dulgar viste dem hvordan de skulle feste på seg et slags seletøy. Midar hadde hørt om denne typen klatring men hadde aldri prøvd det, han kunne bare stole på dvergene.

Sjakten var ikke enormt dyp, den var heller ikke særlig omfangsrik men endelig dyp nok til at en kunne ende opp som en våt flekk dypt der nede om en falt. Tauene ble festet og de to brødrene festet seg og klatret ut først, til å være så korte og kraftige var dvergene forbausende smidige og Meyret nølte ikke i det hele tatt. Hun svingte seg ut og lo mens hun firte seg ned og Midar trakk pusten dypt og lot Dulgar feste tauene for seg. Han sloss mot instinktene sine av alle krefter for å greie å slippe taket og fire seg ned. Det var svært mørkt og krystallene gav bare lys som rakk noen få meter så sjakten var som et svart gap.

Men Midar klarte å beholde fatningen og etter en stund ble han halt inn i en sideåpning av de to brødrene. Det luktet vått der og han hørte en fjern susing som fra en elv, de var garantert på riktig sted. Dandar og Dulgar festet krystaller til lærreimer og gav Midar og Meyret en hver, så de kunne henge dem om halsen. Det gjorde ting litt bedre og gangen de nå gikk i var ikke særlig forseggjort. Den var grovt uthugget og noen steder svært trang og Dulgar påtok seg rollen som lærer. «Denne gangen ble hugget fordi de merket vann i berget her, vann trengs i store mengder til smiene men denne vann åren går gjennom blodstein og var ikke ren. Dere vil se det snart.» Midar merket at lukta der var heller muggen og her og der vokste det en slags sopp på veggene. Golvet i gangen var så dekket av den merkelige guffa at det kjentes som å gå i gjørme. Dulgar skar en grimase. «Vær forsiktige, det er glatt. Her er det nesten aldri noen som vil være, vi sender som regel en eller annen ned hvert tiår, bare for å sjekke at ikke elva har endret løp eller noe. Berget er fullt av sprekker og skjulte ganger og det er lite gunstig om det brått bryter frem et nytt elveløp midt i en av hallene våre.»

Meyret trakk på smilebåndet og Midar kunne forstå det. Han kremtet og Dandar så skjevt på ham. «Ja?»

Midar så ned i golvet, gjørma rakk godt over den nedre delen av støvlene, og den stinket intenst når den ble forstyrret. «Jeg hørte en gang at dverger er svært lite glade i vann? Er det bare en myte?»

Dandar blåste i nesa og Khadram og Khidrem lagde en slags fnyselyd. «Vi elsker et varmt bad, ellers er vann noe hester drikker. Det stemmer gutt, vi liker ikke vann, særlig ikke kaldt vann og i hvert fall ikke rennende vann. Vi er elendige svømmere»

Midar så fort bort på dvergene, de var utrolig kompakt bygget og han kunne forstå det. Om de virkelig var så muskuløse som de virket for å være hadde de nok en like stor flyteevne som en blokk med bly.

Gangen gikk litt nedover og de hørte fallende vann, gangen gikk gjennom et veldig trangt punkt der de måtte klemme seg gjennom og så var de brått i en stor naturlig hule, merkelige former gled over i hverandre overalt og dryppstein hang fra taket mange steder. Hulen var svært stor, nesten like svær som de hallene de hadde vært gjennom og et underlig lys fylte den. Lyset kom fra noen blågrå krystaller som stakk ut fra veggene her og der og Midar så at vann kom skytende ut fra ene bakveggen i hulen, fra en smal revne. Det var ingen stor elv, heller en litt stri bekk men vannet så beksvart ut. Da de kom litt nærmere så han at det var rødt, som gammelt blod. Det så nesten litt grotesk ut og Dandar trakk seg i skjegget. «Inne i berget er det årer av blodstein, og vannet får steiner til å spinne og gnage på hverandre, derfor blir vannet rødt.»

Meyret skar en grimase. «Det ser ut som blod!»

Dulgar gliste litt skjevt. «Det stemmer, for mange tusen år siden var det en av våre konger som lurte en fiende til å tro at han hadde drept hele hæren deres ved å lede en slik elv ut i dagslys. Jeg tror ikke noen ville bitt på et sånt knep nå»

Meyret ristet på hodet og Midar forsto at noen kunne bli lurt. De to brødrene pekte nedover elveløpet. «Da får vi gå, vi får bare håpe at vi ikke møter på problemer, jeg vil ikke bli våt»

Khidrem virket for å få frysninger bare av tanken. Hulen elva gikk gjennom var forholdsvis stor og antagelig hadde vannføringen vært mye større før i tida for nå var elva kun en smal bekk og det var tydelige tegn til ganske kraftig erosjon høyt oppe på huleveggene. Her og der var det dype huller der stein hadde blitt rotert av strømmen til å skape store gryter og noen av dem var flere meter i diameter. Dvergene lot seg ikke affisere av det de så, for dem var det hverdagslig, noe de hadde i blodet. Midar syntes det var fascinerende og Meyret brukte også øynene ivrig. Her og der hadde elva boret seg ned gjennom lag som tydeligvis inneholdt vakre steiner og Meyret pekte ved en anledning på en rubin i taket som måtte være større enn hodet på en voksen mann. Ute i verden ville verdien vært nesten ubeskrivelig.

Hulen gikk ganske bratt nedover og flere steder gikk den i brå terrasser og over små fosser, det kunne være trangt og vanskelig å komme videre men dvergene hadde tatt med mye tau og noen geniale klatrekroker som slapp taket når en gav et spesielt rykk i tauet. Det gikk fremover og nå var de langt nede i berget. Midar følte at fjellet over dem var som en enorm vekt som presset ned og han ble litt nervøs men dvergene gikk på, de var svært uanfektet av det. Meyret prøvde å holde en konversasjon gående, hun henvendte seg til Dandar. «Gjør det ikke noe med dere at vi er så dypt?»

Dandar bare humret i skjegget. «Dypt? Dette er ikke i det hele tatt dypt»

Dulgar nikket vitende. «Vi har bare så vidt skrapt i overflaten vindrytter, noen av våre folk har vært veldig dypt men det er årtusener siden. Den kunnskapen de hadde er tapt for oss nå, vi kan ikke grave så langt ned lenger»

Midar spisset ørene. «Ikke? «

Dandar ristet på hodet og smekket med leppene, det var tydeligvis et tegn på misnøye. «Nei, det krevde helt spesielt utstyr, og det var dyrt, særdeles dyrt. Men de grov så langt ned at steinen ble myk som leire og varmen fikk utstyret til å smelte.»

Meyret rynket pannen, hun måtte bøye seg for å kunne komme seg under en svær stalaktitt. «Hvorfor grov de så dypt?»

Dulgar så skrått på henne. «Fordi de kunne forvandle selve grunnfjellet slik, skape steiner ingen andre kunne forestille seg. Hvordan de gjorde det er som sagt tapt for alle men det sies at de skapte juveler så store at ti sterke dverger ikke kunne løfte dem.»

Midar forsto det, hungeren etter juveler var noe som hadde ridd verden siden dens begynnelse og kanskje fra enda tidligere. Hulen gjorde en brå sving og bekken gikk over et bratt stup som en merkelig mørk foss. Stupet var ikke loddrett, mer som en veldig skrå vegg og dvergene festet tauene og de klatret ned temmelig forsiktig for det var glatt der. Den hulen de nå kom inn i var nesten rektangulær på form og tak og vegger og golv var dekket med krystaller. De var ikke særlig lange eller imponerende men overalt og det ble vanskelig å bevege seg siden det var sprekker og åpninger mellom dem og krystallene var heller skarpe.

Dvergene klarte det uten problemer, de hadde overraskende god balanse. Midar slet litt her og der men han greide det også. Å være en tyv og leve av å snike seg inn i de mest utenkelige bygg var en fordel her. De var nesten ute av denne merkelige geode lignende hulen da Dandar brått lagde et lite utrop og bannet. Midar hadde skjønt at dvergene hadde en forkjærlighet for å legge til diverse obskøniteter til banningen sin og dette bekreftet det bare. Meyret så at dvergen holdt seg for ene armen med en litt gretten mine. Hun så blod på ermet hans og forsto at han hadde skåret seg på en av krystallene. «Trenger du hjelp?»

Dandar smilte litt stivt. «Nei takk, det er ikke nødvendig du vakre. Det er bare et lite kutt»

Elva gikk ned i et hull og det var smalt der, de bant seg sammen og begynte å kravle nedover langs den nå temmelig beskjedne bekken. Midar undret seg på om de snart fant stedet der bekken døde, han hadde en følelse av at de hadde gått i dagevis nå. Det var varmt der og svært vått og klærne klistret seg til kroppen på ham. Meyret peste nesten som en hund og han så at Natt og Mørke faktisk fulgte dem ennå, på avstand riktignok og de hadde krympet til de ikke var stort større enn en vanlig hund. Det virket ikke for at de hadde noen problemer selv der de tobeinte måtte klatre. Brått var de bare nede og ventet på dem og Midar skulle ønske at Imla hadde gitt dem også den evnen.

De tok en kort hvil et sted der bekken ble en grunn sjø med en slags strand av mørk sand, det var lavt under taket og Midar måtte gå krumbøyd. Dvergene hadde tatt med litt mat og Midar fant ut at de hadde en forkjærlighet for kjøtt som egentlig gjorde maten deres litt tung. Det var tørket kjøtt og tørket pølse og han håpet ved gudene at dverger beholdt tennene når de ble eldre for ellers måtte de få en særdeles lite morsom alderdom. Dandar gnog fornøyd på et stykke kjøtt som lignet mest på lær og de to brødrene åt pølse som lignet mest på gamle tregreiner. Meyret fikk i seg litt kjøtt og Midar prøvde seg også på litt, men han greide bare å bite av noen få fliser og de smakte salt og lite annet. «Spiser dere bare kjøtt?»

Dvergene ristet på hodet i en synkron bevegelse. «Nei, vi eter andre ting også så klart. Vi elsker sopp, og røtter av ulike typer»

Midar måtte trekke på smilebåndet, alt var ting som vokste i jorden. Dandar tok en kjapp svelg vann fra flaska si. «Alver derimot, de eter pinedød nesten alt, til og med blader og løv! Ikke rart de har så mange merkelige tanker i de skjeggløse hodene sine»

Meyret fniste forsiktig og greide å trykke i seg siste resten av kjøttbiten hun hadde fått, med vansker. Khadram gikk først nå og gangen de fulgte videt seg ut igjen, til en forholdsvis stor og åpen en. Her og der glødet det i krystaller og underlige selv lysende sopp og Midar så at Dandar plukket med noen og la i oppakningen sin. Dvergen så smilende på ham. «Vi har ikke sett denne arten før, det kan være at den er brukbar til noe»

Dulgar blåste i nesa. «Det kan være men ikke prøv å spise den værsåsnill? Sist du prøvde sopp ingen kjente til så du syner i fjorten dager og måtte bindes til senga»

Gangen gikk brått inn i en sving og bekken økte farten, det virket for at den fikk mer vann via tilsig fra andre vannårer for den ble større igjen men var fremdeles rød. De kom ut i en svær hule nå. En som var kort fortalt enorm og Midar kunne ikke engang se taket. Brått fikk han et angrep av angst for åpne steder, han ønsket nesten å gjemme seg. Khidrem grep øksa si. «Lukt, vi er ikke alene her nede!»

Midar sniffet varsomt, det var en rå lukt der, den minnet litt om svovel men var for organisk. Meyret gispet, brått var Natt

og Mørke der igjen og nå var de enorme ulver og øynene glødet advarende. «Det er fare her»
Dvergene grep øksene sine og Midar trakk sverdet. Han følte seg brått overvåket og Dandar skar en grimase. «Det kan være hva som helst her nede, berget skjuler store hemmeligheter»
De gikk videre, varsomt og stille og brått pekte Khidrem bort på en slags voll på andre siden av elva. Noen merkelige hvitaktige ting beveget seg der og Midar rynket på pannen. «Skrukketroll?»
De var kanskje de merkelige insektene han hadde funnet under steiner som guttunge men de var svære, lengre enn ham og temmelig brede og de virket for å gnage på mosen på steinene. Dulgar bikket på hodet. «De er ikke farlige, de eter bare mose»
Khadram freste nesten. «Det er det som jakter på dem jeg engster meg for»
Midar krympet seg, selvsagt var det rovdyr der nede, der det er bytte er det alltid det. Naturens lover er de samme, selv dypt der nede under berget. Midar så at Meyret brått virket litt nervøs, hun trakk seg nærmere ham og Natt og Mørke økte i størrelse igjen, øynene glødet i mørket. De beveget seg forover, hulen var svakt opplyst og Dandar holdt øksa i et fast grep. Midar så at eggen var så skarp at den antagelig kunne splitte et fallende hår. Skrukketrollene virket ikke for å merke dem, de underlige forvokste insektene bare gnog videre på mosen og Meyret pekte. «De har ikke øyne?»
Dulgar nikket med en vitende mine. «Det er vanlig med skapninger som lever så dypt nede, de trenger ikke øyne i mørket.»
Midar så at det var ganske mange av de underlige insektene der, de beveget seg i flokker og Khadram grep en stein og veide den litt i handa. «Jeg vil undersøke noe»
Han hev steinen tett over noen av skapningene og øyeblikkelig stivnet de til og noen merkelige tagger dukket opp langs ryggen på dem. Midar hadde aldri sett noe slikt på deres

mindre slektninger ute i dagslys. «De er garantert giftige, pass dere»

Dandar løftet blikket og stirret utover, de så ikke langt men langt nok til å skjønne at hulen var særdeles dyp. Bekken fortsatte så de måtte bare gå videre og landskapet var temmelig forrevent med store steinblokker og brede områder med det som best kunne beskrives som gjørme. Midar ble var et avtrykk i gjørma, og det kom neppe fra noe skrukketroll, lite eller stort. Han pekte og dvergene så det, alle virket for å ta seg synlig sammen. «Det er noe her, noe større enn de insektene» Dulgars stemme var helt rolig, som om han beskrev gårsdagens middag men de sanset spenningen i røsten og Midar skulle til å si noe da de hørte en slags pipelyd. Den var så høy at det nesten ikke var mulig å plukke den opp men den fikk det til å skjære i ørene deres og Natt og Mørke knurret. Meyret pekte. «Til venstre, ved den store stalaktitten. Bevegelse»

Alle snudde hodene og stirret, hun hadde rett, noe beveget seg der fremme og Midar gispet. Det som sakte krøp frem over bergveggen lignet noe fra et veldig lite trivelig mareritt, det var en skapning like blek som skrukketrollene men den var mye større og nesten menneskelignende på fasong. Beina var korte og merkelig krokete og armene var tynne og lange og rester av vingehud satt fremdeles mellom dem og selve kroppen. Hodet var dominert av en enorm nese som lignet nesten på en blomkål og et par ører som var nesten like store som hodet. Det virket ikke for at skapningen hadde øyne og munnen var bred og var antagelig smekkfull av tenner.

Khidrem bannet imponert. «Det må ha vært flaggermus en gang i tida, men den kan neppe fly nå»

Dulgar rynket pannen, «Åh jo, den kan nok glidefly fra stalaktittene. Hold øynene åpne»

Midar følte seg svakt kvalm, hva den enn stammet fra, skapningen var ekkel å se på med nesten gjennomsiktig hud. Den løftet hodet og virket for å være rundt seg og brått rykket den synlig til og nesa begynte å vibrere synlig. Dandar freste nesten. «Den har været av oss»

Midar så at Meyret virket ganske intens nå, hun stirret på dyret med smale øyne og virket for å lytte. «Den kaller på flokken» Dandar så forbauset ut. «Du kan høre den?»

Meyret nikket stivt. «Jeg hører den godt, det er garantert flere av dem her»

Khidrem trakk frem sekken sin og halte noe ut fra den. Det var en slags liten armbrøst, og han ladet den fort med en slags bolt som ikke var stort lengre enn handa hans. Midar så at ståltuppen glinset litt fett og antok at det nok var en slags gift. Meyret lukket øynene. «De kommer ovenfra, jeg sanser mange.»

Dandar bet tennene sammen. «Rekker vi løpe unna? Hulen må ha en utgang?»

Meyret ristet på hodet. «Nei, de er raske»

Midar hørte det nå, en slags frenetisk pipelyd og Dulgar stirret på ermet til Dandar. «De lukter blodet ditt»

Dandar svor og vrengte av seg jakken, slengte den bort og helte noe over armen fra lommelerka i beltet. Det stinket ganske kraftig og Midar håpet at det kanskje hjalp men den gang ei. Brått kom noe susende ned mot dem fra oven og Dulgar satte i et rop og løftet øksa. Dvergen var utrolig rask og elegant, han svingte øksa i en mektig bue og kløvet beistet som kom susende mot ham i to med et hugg. Meyret skrek til, denne skapningen var større enn den de hadde sett først og vingene var mer utviklet. «Den vi så var en speider!»

Midar trakk sverdet og Khidrem siktet med armbrøsten, de så at flere kom susende og i den disige luften var de vanskelige å se. Dvergen fyrte av og traff en av beistene i hodet og den stupte i bakken med et klask. Meyret freste og dukket, en hadde siktet seg inn på henne og Khadram dro til den med øksa og etter lyden å dømme var disse skapningene særdeles lite robuste. Det hørtes ut som om en slår til en sekk med råtne grønnsaker med en klubbe og Meyret brakk seg nesten.

Stanken av disse dyrene var intens. Men de hadde stygge tenner og skarpe klør og det landet flere titalls av dem rundt dem. Natt og Mørke gikk til angrep, grep beistene og filleristet dem slik en terrier dreper rotter og merkelig mørkt blod regnet nesten over dem. Midar måtte ta i bruk sverdet sitt, han hugg og stakk og kuttet og dvergene gjorde vei i vellingen også. Øksene skar gjennom vev og bein som om skapningene var lagd av bløtt smør og etter litt kom det ikke flere.

Alle rettet seg opp og stirret på haugen med bleke motbydelige kropper og Khidrem spyttet og ristet på skuldrene. «Noe så stygt har jeg ikke sett siden kusina mi fikk en unge!»

Khadram gliste bredt og klasket ham på ryggen. «Åh jeg tror at disse faktisk slår vesle Ghanur, han er ikke noe glansbilde men ikke så stygg som de beistene»

Meyret ristet diverse ufyseligheter av klærne og hun var svakt grønn i ansiktet. «Er det barnet stygt?»

Khadram nikket. «Ghanur ble født haremynt, legene våre har greid å lukke det men fjeset hans er ikke symmetrisk i det hele tatt. Ene øyet sitter høyere enn det andre og nesa peker til siden og tanngarden ligner ikke grisen»

Midar ristet guffe av sverdet. «Så det hender at dverger også blir født med slike skader?»

Dandar smilte litt trist. «Selvsagt, alle dødelige kan komme til verden med den slags utfordringer. Før i tida ville en slik unge blitt satt ut men i våre dager er vi få, vi trenger alle som blir født så fremt de ikke er helt ødelagt»

Meyret smilte litt stivt og sørgmodig. «Jeg husker at det var skikken blant mennesker før, bare de sterkeste fikk leve»

Midar husket at han hadde hørt rykter om at folket i Hietlai satte ut barn som ikke var friske ved fødselen, han ante ikke om det var sant eller ei. Dulgar satte øksa i beltet igjen. «Vi må videre, denne plassen stinker til himmels og tida går»

De gikk videre og nå gikk begge brødrene med hver sin armbrøst hevet i tilfelle det kom noen ettersluntrere. Hulen gjorde en sving på seg etter en halv time med klatring og leting etter trygge passasjer mellom falne steiner og deretter helte den nedover og krympet mye. Berget endret seg også, det ble lysere og her og der gikk det striper med noe som bare kunne være marmor. Bekken rant fremdeles ganske stritt og her var bakken de gikk på forholdsvis jevn. Vannet hadde skurt godt og Midar så at det nok var temmelig glatt der noen steder. Og det var kaldt, merkelig nok ble det kaldere og kaldere og Dandar så forbauset ut. Dulgar la handa på en stein og trakk den tilbake med et hiss. «Det er iskaldt, det er ikke normalt?» Meyret trakk pusten dypt. «Folkens, jeg tror vi har et problem!»

Hun pekte forover og Midar måtte myse, lyset der var svært dårlig og krystallene greide ikke gjøre stort fra og til. Alt han så var skygger og de flakket siden lysene beveget seg. Meyret pekte og hun virket lettere blek. «Se, på andre siden av bekken»

Midar forsto brått at hun så bedre i mørket enn noen av dem, ulvene inkludert. Hun rygget nesten litt bakover og Midar løftet krystallen sin litt, ikke at det hjalp noe i det hele tatt. Dvergene så forvirret på henne og Meyret trakk pusten dypt, lukket øynene. Brått hang det en stor kule av lys over henne og den lyste opp hulen med en merkelig mild glans. Midar måpte, et område av hulen var dekket med rim og is, det var ikke spesielt stort men kulda spredte seg tydeligvis og kilden var en utydelig mørk flekk midt i det hvite. Dandar klødde seg i skjegget. «Hva er det?»

Brått beveget det på seg, strakte seg ut og hva det nå var, det hadde ligget der sammenkrøllet som en katt foran peisen. Nå reiste det seg opp og avslørte en lang tynn kropp med en merkelig stor brystkasse, en lang hale og en hals som endte i et avlangt hode nesten på form som hodet på et svin, bare smalere. Skapningen var dekket med kort svart pels som skinte i lyset og den virket for å være rask, og smidig. Midar hvisket. «Hva er det der? Lager den kulda?»

Meyret nikket. «En gang, for veldig lenge siden, så langt tilbake som jeg kan huske var det folk som fanget slike og temte dem, og brukte dem mot fiendene sine.»

Midar gyste, skapningen var kanskje på størrelse med et esel men fasongen var annerledes og noe ved den var ganske enkelt galt. Han kunne ikke beskrive det annerledes enn det. Brått så han noe som fikk ham til å gispe, det virket for at leddene på dyret gikk motsatt vei av det en skulle forventet og den hadde flere ledd også. Meyret hvisket. «Det ble sagt at det var en trollmann som skapte dem, ved et uhell. De er svært farlige»

Dulgar myste. «Hva fela er det den gjør da?»

Meyret snudde seg halvt mot dvergen. «Den puster frost, fryser ting til is på sekunder.»

Midar stirret på det underlige dyret, det hadde en slags skjønnhet men den var fremmed, nesten som et glimt av enn annen verden. Dulgar holdt øksa steinhardt i neven. «Hva nytte kan noen ha av noe slikt? Temme et slikt beist?»

Meyret trakk på skuldrene. «Jeg vet ikke om det er sant, men de skal være redde for ild»

Khidrem myste. «Alle dyr frykter ild, kan vi komme oss forbi den?»

Meyret ristet på hodet. «Ikke usett nei, de ser varmen fra kroppene våre, det er slik de jakter»

Midar så fort på bekken. «Hva med å kamuflere oss med isvann?»

Meyret så fort på ham, nesten litt befippet. «Det hjelper bare i noen sekunder, har dere fakler?»

De to brødrene halte frem noen fra forpakningene sine og tente dem og Meyret tok en med en bestemt mine. «Greit, ikke la den komme nærmere enn fem meter, jeg tror faklene vil holde den på avstand men skulle den komme nærmere løp. Og hva dere enn gjør, ikke stå rett foran den. Pusten gjør alt stivfrossent på sekunder»

Midar følte en brå trang til å rygge tilbake og gå en annen vei men antagelig var dette eneste muligheten de hadde. Dvergene holdt hver sin fakkel og Meyret hvisket noe til Natt og Mørke. De to ulvene hadde antagelig ingen varme å snakke om og de ruslet rolig fremover. Meyret holdt pusten, dyret løftet hodet og nå fikk den tydeligvis inn varmen fra dem og faklene for den spant rundt og snerret. Rim laget på bakken foran den ble tykkere og den reiste bust. Midar så at den lange halen svingte truende og den huket seg liksom ned, som for å bykse fremover. Meyret svingte fakkelen sin og fikk den lysende kula til å sveve nærmere. Dyret så den nok men reagerte ikke på den siden den ikke utstrålte varme. Dyret gjorde et hopp forover og åpnet kjeften, spydde ut en sky av tåke og heldigvis var avstanden for stor ennå. Ingen ble truffet men Midar kjente kulden som skarpe stikk i huden.

Dyret knurret, svingte hodet frem og tilbake men varmen fra faklene virket for å overvelde den helt, den rygget litt tilbake. Meyret så advarende på dem. «Gangen videre er der borte, vi må skynde oss.»

Is pusteren krøp sammen, dvergene svingte faklene sine ivrig og det var tydelig at ilden skremte den. «Den har øyne?»

Meyret nikket. «Ja, og i dagslys har de godt syn også»

Hun holdt ilden brennende og svingte fakkelen sin frem og tilbake for å skape en illusjon av noe som var for stort til å angripes. Dyret snerret og trakk seg enda mer tilbake men så raste den brått fremover, så fort at igjen rakk å reagere. Den siktet seg inn på Khidrem siden han ikke holdt fakkelen så langt frem som de andre og dyret var fremme ved ham før noen i det hele tatt rakk å løfte et våpen. Meyret skrek en advarsel og Khidrem spant ut av veien men dyret glefset til før det rett og slett løp ham ned og satte kurset mot hulen de kom fra. Khidrem gav fra seg et lite rop av sjokk og ramlet om og Dandar og Dulgar hev seg over ham øyeblikkelig. Khidrem hadde fått et bitt i låret, det var ikke stort og heller ikke dypt men allerede var vevet rundt såret steinhardt. Det var ganske enkelt frossent. Meyret bannet. «Jeg var redd for noe slikt, som regel holder ilden dem i sjakk men den der var uvanlig modig, eller kanskje heller uvanlig nervøs. Jeg trodde ikke at den ville ignorere faklene slik.»

Khidrem stønnet av smerte og Khadram skar av ham buksene med en vettskremt mine i ansiktet. Huden rundt bittet var blå, og det spredte seg. Meyret la handa på beinet, det var kraftig og hårete som Midar hadde regnet med og han forsto at hun prøvde å bedømme skaden. «Det er så uendelig lenge siden jeg hærte om disse vesenene. Varme hjelper ikke mot giften deres, ingen medisiner heller»

Khadram svor stygt. «Så hva hjelper da ved gudene? Det blir mer og mer av det!»

Meyret skar en grimase, det var noe nesten unnskyldende i blikket hennes. «Det eneste jeg kan huske som hjelper er amputasjon»

Khidrem var blitt likblek og svetten silte av ham, Midar så at han nok hadde enorme smerter og kroppen rykket svakt. «Amputasjon? Aldri i livet!»

Meyret bet seg i underleppa, lente seg over såret og kjente på beinet på nytt. «Det er den eneste sjansen du har, når den kulda vitale organer er du død»

Dvergen freste formelig og blikket var svart. «Jeg er sterk, bare varm noe vann, det er nødt til å hjelpe»

Meyret så tvilende ut men de to andre dvergene hadde allerede tent fyr på litt mose og nå bygde de et bål av det og pinner de fant langs bekken. Det var tydelig at et av tilsigene til bekken kom utenfra. De fikk et bål i gang på svært kort tid og Dulgar hadde en feltflaske av metal som ble fylt med vann og lagt i bålet. Etter litt var vannet svært varmt og de prøvde å rense såret med det. Eneste resultatet var at vannet formelig freste og såret var like iskaldt, og det spredte seg sakte men sikkert utover. Midar kjente en slags merkelig apati, de kunne ikke tvinge Khidrem til å la dem ta beinet men det var lite andre valg. Khadram så bedende på Meyret. «Du kan skape ild, kan du ikke gjøre noe?»

Meyret så ned, ristet på hodet. «Jeg beklager, om jeg prøver å varme opp beinet vil jeg drepe ham, blodet hans vil begynne å koke. Dere må ta beinet, før det er for sent»
Khadram så bedende på broren. «Vær så snill, du må høre på oss. Du må overleve!»
Khidrem, ristet på hodet og det halvlange skjegget ristet rent. «Jeg klarer meg, ingen skal skjære av meg noe bein! Ved gudene, jeg vil ikke ende opp som en stakkar»
Dandar klødde seg i skjegget. «Du vet at det er mange av vårt folk som mangler lemmer og som klarer seg utmerket? De er flinke til å lage proteser vet du»
Khidrem gav fra seg en slags hes knurrelyd. «Nei, jeg gjentar det ikke, NEI!!»
Dulgar ristet på hodet. «Da slår vi leir her, vi er slitne og trenger uansett en hvil.»
Meyret gjennomskuet den løgnen lett, dvergene kunne fint ha klart å gå i dagevis men Dulgar ville ikke såre Khidrems stolthet for mye. De rullet ut teppene sine og åt litt og Midar følte en merkelig rastløshet. Normalt sett kunne han rømme unna nesten enhver situasjon men nå var han fanget der, og han følte på seg at dette ikke kom til å gå bra. Meyret virket for å tenke det samme men hun sa ingenting og satte seg tett inntil ham. Midar trodde ikke at han kunne sove nå, han var for stresset og for redd men etter litt duppet han allikevel av og sov urolig med Meyret liggende i armkroken.
Han våknet til lyden av skrik, et øyeblikk husket han ikke hvor han var og hodet føltes som om det var fylt med bomull. Han satte seg opp så fort at han nesten skallet Meyret som lente seg over ham, hun så fortvilet ut. Skrikene kom fra Khidrem, dvergen lå på et teppe og sterke kramper rev gjennom den kraftige kroppen. Khadram prøvde å holde ham i ro og Dulgar forsøkte febrilsk å helle i ham et eller annet fra en liten flaske men det nyttet ikke. Øynene rullet i hodet på ham og skummet sto om munnen, kjeften var klemt sammen og Midar hørte noen ufyselige knekkelyder som bare kunne bety at bein brakk

tvers av i krampene. Beinet var helt blått nå og rundt såret var det svart. Den blå fargen strakte seg opp forbi skrittet og opp mot magen og Meyret svelget tungt. «Det er for sent, det når kroppen på ham»

Midar snudde seg med et stønn, han orket ikke å se dette. Om det hadde skjedd med et menneske ville vedkommende vært død for lengst men dette var en dverg og de tålte svært mye før de strøk med, av og til var ikke det en fordel.

Khadram hulket og prøvde å tvinge brorens kjever opp, Khidrem var mer eller mindre bevisstløs nå, smertene måtte være grusomme. Midar ønsket seg ti mil bort. «Er det ikke noe dere kan gjøre? Han lider!»

Dandar sukket lavt og trakk frem øksa si, Khadram ristet fortvilet på hodet men Dandar nikket stille. «Det må gjøres, han overlever ikke dette. Han skulle ikke vært så sta»

Khadram hev seg bakover, krøp sammen og brast ut i åpen gråt og Dulgar omfavnet ham stille, Midar så det blikket Dulgar sendte Dandar. Dandar tok øksa si og la teppet over den rykkende kroppen, blåfargen hadde allerede nådd over navlen og det var et mirakel at det ennå var liv i dvergen. Midar snudde seg bort, han hørte bare et dumpt slag og Khadram satte i et skrik av sorg. Dulgar måtte slåss for å holde ham i ro. Dandar pakket liket inn i teppet og begynte å dekke det med løse steiner og Midar og Meyret ble med, bare for å gjøre noe. Alle følte seg mer eller mindre numne av dette.

Etter litt hadde de reist en liten røys over kroppen og Dulgar tørket svetten av pannen, han lukket øynene og virket for å be og Dandar gjentok ordene stille. Khadram satt fremdeles sammen krøket og hulket og Midar forsto at det å miste noen så nær var svært traumatisk for dverger. Dulgar rettet seg opp. «Vi må videre, vi kan ikke bli her»

Khadram lagde en merkelig ulelyd, han ristet på hodet. «Jeg forlater ham ikke, jeg kan ikke!»

Dandar skar en grimase. «Vi må uansett tilbake sammen veien men ved gudene, hva om det ubeiset kommer tilbake?»

Khadram snufset. «Jeg bryr meg ikke, det kan ta meg også.»
Dulgar så tvilrådig ut. «Jeg vet ikke om vi kan etterlate deg her, det er for farlig!»
Stemmen var bedende og Dandar nikket. «Vi har ikke råd til å miste enda en av våre, det må du da forstå? Det hjelper ikke Khidrem at du blir her og ryker med av sorg»
Khadram bare hulket og Midar trakk pusten. «Vi må videre, og slik han er nå er han til liten hjelp. La ham bli»
De to dvergene så på Meyret som for å få det endelige svaret og hun trakk pusten dypt. «Det blir som Midar sa, han kan bli her til vi kommer tilbake. Er vi heldige tar det ikke så lang tid. Jeg lar noe lys bli igjen her»
Hun konsentrerte seg og en ildkule ble synlig i lufta over dem, den svevde høyt der oppe og gav nok lys til at Khadram kunne se det om farer dukket opp. Dandar slo seg på knærne. «Greit, da får vi gå, disse tavlene bør ved gudenes skjegg være verdt det»
Midar kastet et fort blikk på Khadram, han satt ved graven og hulket og virket ikke for å bry seg med dem i det hele tatt.
Dulgar kastet fra seg forpakningen sin, og la igjen feltflaska si. Deretter begynte han bare å gå og de andre tre fulgte etter, nølende og fremdeles rystet.
Gangen videre var forholdsvis jevn å gå i, her og der ble den trang men ikke så ille at de måtte krype og vannet rant stritt fremdeles. Lukta der nede var rå og kald og Midar kjente at han frøs temmelig kraftig, han hadde blitt våt fra topp til tå nå og det føltes som om han aldri ville bli varm igjen.
Det tok tid å komme seg gjennom gangen, her og der videt den seg ut og bekken ble smale sjøer som virket nesten bunnløse og det var vanskelig å komme forbi dem men de klarte det også. Midar gyste ved tanken på at de måtte tilbake samme veien. Omsider nådde de en hule igjen og denne var annerledes enn de forrige for her hadde noen bodd. Rester av murer og bygg kunne tydelig sees og dvergene måpte og stirret med store øyne. En gang hadde dette vært en by, og den hadde vært

enorm, og antagelig svært vakker. Det de kunne se av arkitektur i ruinene virket nesten eterisk og Meyret pekte mot noen merkelige søyler som sto igjen i midten av hulen. «Se, de som skar ut alt det der må ha vært meget dyktige. Hvilket folkeslag kan det ha vært?»

Dandar vætet leppene, han så ut som om han var rimelig lamslått. «Det er bare en rase som kan ha bygget dette, og jeg var sikker på at de bare var en legende.»

Han skyndte seg nedover bakken og de andre så forvirret på hverandre og løp etter ned mot ruinene. Dandar stanset foran restene av en vegg. En gang hadde den vært dekket med kalk og malt i vakre farger og her og der var det ennå rester av maleriene synlig. Han pekte på en flekk på veggen og Midar myste. Det var en menneskelignende figur men hodet var nesten som på en hund og skapningen virket litt lut og fremoverbøyd. «Rhaz-akir, det var hva vi kalte dem. De var like gode på å grave i fjellet som oss, og det var få av dem, men de var mektige. De hadde sterk magi»

Meyret virket som om hun nesten husket noe, hodet hennes lå på skakke og hun myste. «Jeg tror jeg har hørt om dem, men jeg husker ikke hva jeg ble fortalt»

Hun trakk på skuldrene, litt unnskyldende. Dandar smilte. «De har vært borte i mange tidsaldre nå, hvor de ble av er det ingen som vet. Men de behersket magi ingen andre folkeslag engang vågde å tenke på, noen tror det ble deres død.»

Midar rynket pannen, byen virket utrolig godt planlagt og selv nå var det en skjønnhet der som var merkelig fremmed men allikevel tydelig. «Hvordan da?»

Dulgar gliste skjevt. «Noen tror de brente seg selv ut, at magien åt sjelene deres og at de til slutt bare var tomme skall.»

Midar gyste, det hørtes ut som en særdeles utrivelig ende på tilværelsen. Meyret gikk sakte videre, her og der lå det rester av statuer og noe som måtte ha vært vannrør. Byen hadde brede tydelige gater og Midar undret seg på hva folk hadde levd av her nede. Det var tydelig at byen hadde vært forlatt i vanvittig lang tid for alt som ikke var av stein var blitt støv for lengst. Det lå en slags melankoli over stedet og Midar undret seg på hvordan det hadde sett ut i sine glansdager. Det glødet svakt i noen enorme krystaller i taket av hulen men en gang i tida hadde de antagelig vært som små soler der oppe og byen opplyst hele døgnet. Dandar kløv opp på en fallen søyle og speidet utover. «Om de tavlene er her så er de antagelig i det bygget der borte, det ser ut som et tempel»

Dulgar løftet hodet. «Hvorfor tror du de er der?»

Dandar pekte og gliste. «Fordi bekken forsvinner inn i tempelet men den kommer ikke ut igjen»

Meyret trakk pusten. «Greit, vi går»

De gikk bortover det som måtte ha vært en hovedgate og Midar beundret de underlige vinklene på de veggene som ennå sto, og restene av vakre farger som her og der skinte som skjulte juveler i det svake lyset. Tempelet måtte ha vært det største bygget i byen og mye av det hadde rast sammen men det var også deler som sto og Dandar virket for å være grepet av en dyp ærefrykt, steinen som formet søyler og vegger virket for å ha blitt skåret rett ut av berget og det var noe ikke engang dvergene kunne få til. Meyret rynket pannen, hun nølte foran trappa som gikk opp til inngangen. «Jeg føler noe her»

Dulgar trakk kappen sin tettere rundt seg. «Det er du fanken danse meg ikke alene om, jeg liker ikke dette stedet»

Midar så at inngangspartiet var forholdsvis uskadet og det var skåret inn merkelige geometriske symboler overalt. De var vakre men på et vis nesten illevarslende. Han undret seg på hvilke guder som ble tilbedt der inne. De kom inn i en hall bygd utelukkende i svart stein og det fantes ikke et støvnugg der inne. Det så ut som om noen hadde polert golvet dagen før og rommet var helt nakent. Det var ingen rester av noe som helst der, verken møbler eller statuer eller noe annet. Bakerst i hallen sto noe som måtte være et alter og de så at bekken de hadde fulgt forsvant ned i golvet foran det. Det så ut som om det var hugget ut en sjakt i fjellet der og de gikk sakte nærmere. Det så ut som om alteret slukte bekken og Dandar trakk seg i skjegget. «Der elven dør, vel, jeg vil tro at det stemmer med denne plassen»

Meyret nikket. «Alteret eter den, så hvor er tavlene?»

Dulgar lagde en grimase. «Jeg tror at vi skal lete men holde oss samlet, vi tar ingen sjanser for dette stedet gjør nervene mine like tynnslitt som ringbrynja til far min»

Dandar trakk øksa fra beltet og kneppet lett på alteret, steinen gav en egen syngende lyd og han ristet på hodet. «Det er obsidian, en enorm blokk med obsidian. Det er utrolig vanskelig å forme.»

Midar skulle til å bøye seg for å se på noen merkelige utskjæringer da de hørte en pussig lyd. Det var en slags pipelyd og alle løftet hodene og trakk våpnene. Midar måpte da han så det som kom pilende over golvet mot dem, han hadde aldri forestilt seg en slik skapning. Dvergene bare glante og Meyret blunket vantro. Det som ivrig raste mot dem var på størrelse med et stort ekorn eller en liten katt men det var ingen av delene, selv om det kanskje minnet litt om begge artene, dyret hadde enn lang tynn hale med en stor fane av hår i enden og kroppen var ganske langhåret og bustete og lignet en kattekropp bortsett fra at beina var kraftigere enn på en katt og føttene større med tydelige butte klør. Hodet lignet litt på et ekornhode men var flatere med enorme øyne og to svære buskete ører, den hadde barter nesten like lange som kroppen og det som var mest sjokkerende ved dyret var fargen. Meyret bare hvisket. «Den er rosa?!»

Dandar kremtet tørt. «Sjokk rosa, og skarpt turkis!»

Halen var turkis og en stripe med den skarpe blå fargen gikk oppover ryggen og endte opp i en trekantet flekk mellom øynene som var mildt blå. Dyret stanset og kikket på dem, deretter satte den seg på bakbeina og lagde en pludrelyd mens den holdt forbeina foldet foran brystet. Midar var hes. «Hva i alle guders navn er det der? Er den farlig?»

Dandar glante på det vesle dyret, han satte seg sakte ned på huk og dyret pludret igjen, den hørtes henrykt ut. «Jeg tror ikke den er farlig nei, den er bare glad ut for å finne selskap» Meyret rynket pannen. «Ja men hva er den?!» Dulgar trakk på skuldrene. «En etterkommer av kjæledyrene til innbyggerne her?»

Midar trakk en bit av det tørkede kjøttet han hadde fått ut av lommene og holdt biten frem med litt skjelven hånd. Dyret bikket på hodet, det var så yndig og søtt at det nesten ble for mye av det gode. Det lagde en litt gurglende lyd, så gikk det fremover på bakbeina og tok biten pent fra handa hans og glefset den i seg med iver. «Hardfør liten rakker, om den kan ete det kjøttet der tåler den mye»

Meyret prøvde å høres uanfektet ut men Midar så at hun var litt betatt av den. Midar rakte frem handa igjen og dyret klukket og gned seg mot den som en kjælen katt. Meyret bet seg i underleppa. «Den er bedårende, jeg sanser ingen fare fra den i det hele tatt»

Dandar reiste seg og gliste litt skjevt. «Det er vel hva de holdt i stedet for katter, rart at noen har klart seg så lenge» Meyret nikket og dyret slikket Midar på handa før den brått for opp armen hans og la seg til rette på skuldrene hans. Midar så litt forstyrret på Meyret som lo lavt. «Du har funnet en venn ser jeg»

Dulgar gliste bredt «Kall den Buskehale, for det er hva den har»

Halen var virkelig som en ekornhale og veldig myk og fin og nå lå dyret og mol som en kvern med halen rundt Midars hals. Han var allerede betatt av den og strøk den litt fraværende over ørene, det fikk den til å knipe øynene sammen i salighet og Meyret klappet den også. «Buskehale, et godt navn»

De sto og beundret skapningen da Natt og Mørke brått kom travende inn døra, de to ulvene hadde tydeligvis utforsket byen for de hadde gjørme langt opp over beina og de pep og virket opprørt over noe. Meyret så fort på Midar. «Vi må lete videre, vi kan ikke bli her særlig lenge. De sanser fare»

De to dvergene nikket og begynte å følge veggene, se etter dører og åpninger og Midar og Meyret tok andre siden av rommet. Meyret fant inngangen, den var så godt skjult i veggen at en kunne stå rett foran den uten å se den, bare en svak ujevnhet i mønstrene i steinen avslørte den. Det var en smal gang, kun en person kunne gå gjennom om gangen og Meyret trakk pusten dypt før hun gikk inn. Midar kom rett bak med Buskehale på ryggen som før og de kom ut i et lite rom som var opplyst av noen blålige krystaller i veggene. Rommet var firkantet og tomt med unntak av tre svære plater i svart stein og Dandar gav fra seg et gisp. «Tavlene!»

Meyret gikk sakte fremover, tavlene var så blanke og rene som om de var helt nye og det var skåret ut figurer i dem. Midar så drager og folk og det var vanskelig å skjønne sammenhengen. Han forsto ikke det som vistes på dem og her og der var det hugget inn merkelige symboler som kunne være en slags skrift. Meyret var allerede i gang med å gå over dem, hun virket for å forstå skriften. Dulgar kremtet. «Du kan lese det?»

Meyret nikket, øynene hennes var store og mørke og Midar fikk en merkelig følelse av kommende dom. Meyret skyndte seg videre til neste tavle, fingrene gled over steinen og leppene beveget seg og hun stormet formelig over til den tredje, leste gjennom den også og nå var hun blek. Midar så bedende på henne. «Hva er det? Hva står det på dem?»

Meyret snudde seg mot dem, blikket var svart som en stjerneløs natt og hun hadde en merkelig hard mine i ansiktet. «Dette endrer alt, alt! Jorwin hadde rett, de må aldri finne disse tavlene, da er alt tapt.»

Midar stirret på de svarte steinene, det siste bildet på dem var en slags stilisert hær av slike merkelige skapninger som dem de hadde møtt på og over dem fløy skrekkelige beist som lignet drager men ikke var det. Han følte at magen krympet seg. «Hva betyr det?»

Meyret så tungt på dem. «En invasjon»

Cian

Cian måtte slite med å skjule begeistringen han følte,
Bronseklo ble sterkere for hver dag som gikk og dragen var
like hengiven overfor ham som da han først møtte den. Den
ville hvese og glefse etter andre som kom nær den men Cian
ble ønsket velkommen med myk kurring og ivrige bukk.
Bronseklo var for liten til at noen kunne ri den, vekten ville bli
for mye for den men allikevel var den fryktinngytende nok.
Borgen var blitt et sammensveiset samfunn nå og alle visste
hva de hadde å gjøre. Cian satt ofte med Egel og hans bror og
fikk samlet det de hadde av informasjon og nå kom det ikke
flere flyktninger siden vinteren var på sitt kaldeste. Var noen
ute der nå var de i så fall døde. Lyindia trente de folkene hun
fikk i kunsten å overtale de omvendte om at de var blitt lurt og
Reinu og jentene hennes ble mer og mer dødelige. Den
kvinnelige smeden var virkelig dyktig og hun virket ikke for å
hvile i det hele tatt. Smia var varm døgnet rundt og Cian ble
imponert av standhaftigheten hennes. Noen av mennene som
hadde fulgt Lyindia kunne kunsten å slåss med stridshammer
og hjalp til med treningen og den til å begynne med vesle
styrken vokste ettersom flere kvinner ble med.
Men det å leve så tett på hverandre brakte utfordringer, mange
av flyktningene de hadde tatt inn slet med vonde minner og
noen greide ikke oppføre seg særlig høvisk lenger. Det var
mye krangel og noen prøvde å gå sine egne veier hele tiden,
som for å bekrefte for seg selv at de ennå hadde noe å si. Siden
det var en del ungdommer der var det bare naturlig at romanser
blomstret opp og det var ikke alltid like velkommen. Cian
måtte gripe inn og roe gemyttene flere ganger og en gang

måtte de sette en mann i gapestokken for å ha fornærmet en annen manns kone.

Husdyra trengte stell og stedet luktet av alt fra dyremøkk til svette. Cian hadde pålagt alle å bade en gang i uka, noe som for en del der var bortimot uhørt og han hadde gjort i stand et rom i kjelleren og fått karene til å forvandle det til et svært fint bad med mange stamper plassert i adskilte avlukker. Noen av kvinnene jobbet der hele tiden med å varme og skifte vann og til å begynne med måtte en stor andel av befolkningen bokstavelig talt hales til badet. Noen steder badet en ganske enkelt ikke, en ble vasket når en ble født, badet kanskje på bryllupsdagen og så ble en vasket igjen før en ble lagt i grava. Et par eldre gubber var så inngrodd at damene som hadde tatt på seg jobben påsto at den eneste måten å få bort møkka på var å skrubbe dem med gryte skrubber.

Cian satte pris på et godt bad og han prøvde å slappe av med en time i en varm stamp så ofte som mulig. Bakdelen var at han ble godt og grundig beglodd av de som jobbet der men han brydde seg ikke. Noen av de yngre kvinnene der prøvde å flørte med ham men han avviste dem høflig og kontant. Georg så til at forsvaret av borgen var godt, de regnet ikke med at de ville trenge å forsvare den siden det neppe kom folk innover dalene nå men brått fikk de faktisk en mulighet til å sjekke forsvarsevnen. Cian satt med en liste over hva de hadde av forsyninger da han hørte et rop og noen slo på et skjold de hadde hengt opp over porten. Det var et alarmsignal og Cian hev seg på beina og løp ut. De som hadde vært utenfor murene kom løpende inn igjen og et par av ridderne kom sprengende inn porten, de virket opprørt og Cian løp ned trappene.

De to første bukket fort for ham. «Gnomer, eller noe i den duren. Det er mange av dem, og de er på vei hitover»

Cian måtte blunke et par ganger, «Gnomer? Er dere sikre?»

Georg kom ridende inn porten, hesten hans skummet om brystet og rullet med øynene og Cian så at mannen virket rystet. «Cian, det er virkelig gnomer, kanskje et par hundre stykker. Stygge små jævler»

Han steg av hesten og brølte noen ordre og portene ble stengt med dumpe drønn. Cian hadde hørt om gnomer men han hadde aldri trodd at de var ekte, han trodde de bare var en legende, noe en skremte barn med. «Er de bevæpnet?»

Georg gliste bredt. «Nei, de er ikke som dverger, gnomer er...lite intelligente. De kan bruke våpen men lager ikke noen selv og de er sterke kun fordi de er mange. Jeg tipper at de er her om en halv time, ikke mer»

Cian svor for seg selv. «Kan de ta seg inn?»

Georg nikket og plystret på de karene han hadde valgt ut til å være offiserer. «Ja, de klatrer som maur, biter og river og er som dyr. Jeg tipper på at det ikke er mer mat igjen i fjellene nå så de har samlet seg og søker dalene på jakt etter mat.»

En av ridderne klødde seg i håret. «De er som en maurhær på vandring, de stanses ikke av noe. En kan bare prøve å kverke dem ellers kommer de tilbake.»

Cian så fort på mannen. «Du kjenner til dem?»

Mannen nikket. «Jeg er fra nordvest, fra Roz. Jeg jobbet en stund som vakt i noen av gruvene nord i Longaria og vi kom over gnomer et par ganger. Motbydelige beist»

Han spyttet på bakken og skar en grimase. Georg så litt forstyrret ut. «Jeg setter folk på murene, nå vil vi se om de hammerne er brukbare.»

Noen hadde løpt og sagt ifra for nå kom folk strømmende til og Georg ropte ordre, han virket ivrig og Cian følte seg brått litt nervøs. Selv om ikke gnomer var spesielt sterke var noen hundre et ganske imponerende antall og bare et fåtall av de som bodde der var krigere. Han så til at alle som dugde som bueskyttere fikk buer og piler og at de ble plassert strategisk til. Noen kvinner gikk i gang med å koke vann og varme noen kjeler med bek og karene fordelte seg på murene sammen med kvinnene i Reinus gruppe. Cian trakk på seg uniformen sin og fikk Tordenkile sadlet, om nødvendig måtte de ri ut og møte fienden og han ante at den store hesten kunne kverke gnomer temmelig lett med de harde hovene og mektige sparkene den var i stand til å avlevere.

Han undret seg på om Bronseklo var trygg, men ingen gnom var nok så idiot at den angriper en drage, selv en liten en. Bronseklo hadde ikke brukt ild ennå så fremt de hadde sett men det betydde ikke at den ikke hadde evnen og Cian undret seg litt på hvordan synet av en drage ville påvirket gnomene. Det gikk kanskje tjue minutter, så ble de var at noe beveget seg i dalbunnen, det så ut som insekter på avstand men da de kom nærmere så de at det var små korte skikkelser som var forbausende raske i snøen. Cian ropte en ordre. «Ikke skyt før dere vet at dere vil treffe. Vi kan ikke sløse med pilene» Folk virket temmelig forskrekket og mange så redde ut men han sanset at de fleste var fast bestemt på å klare dette. Reinu og jentene svingte hammerne sine ventende og Cian måtte tenke for seg selv at dette egentlig passet bra. De fikk prøvd seg, og sett hva det virkelig var å drepe. Gnomene raste opp bakkene mot borgen, murene var ganske sterke men ru og Cian så at disse vesenene var på størrelse med en femåring og svært ulenkelige. De færreste bar noe som kunne kalles klær men de var overhengt med alskens dingel dangel og var dekket med tegninger og tatoveringer. Det måtte være beinkaldt nå i snøen men antagelig var de så hardføre at kulda ikke gjorde dem noe. Det var virkelig flere hundre av dem og de hadde garantert kjent lukta av folk og dyr og de virket utsultet. Georg så advarende på Cian. «Ikke føl noe annet enn avsky overfor dem, det er en klar advarsel!»

Heldigvis var det ikke noen dyr igjen utenfor murene, alt var innenfor og Cian så at noen av gnomene begynte å grave desperat i jorda der noen av innbyggerne hadde prøvd å dyrke neper. Noen få frosne knoller satt igjen i bakken og de ble prompte fortært. Cian kunne ikke annet enn å synes synd på skapningene, de var menneskelignende men ikke særlig vakre, det burde allikevel ikke bety noe om de var intelligente. Han syntes synd på dem helt til han så at fem stykker gikk på en som hadde greid å hale opp en nepe og halte den i småstykker før de fortærte både den og nepa. Georg nikket stivt. «Ser du? Dette er ikke folk! De er verre enn noe dyr!»

Gnomene nådde murene og Cian løftet armen. «Fyr når dere føler for det»

Flere av bueskytterne begynte å skyte nå og gnomer ramlet med heslige hyl, gjennomboret av piler. Det virket for at de ikke var særlig kompakt bygd, pilene gikk nesten rett igjennom og Georg gliste og pekte på en som ravet rundt litt med en pil gjennom magen. «De er bløte, lite bein. Hadde vi fyrt på dverger ville det knapt ha hatt noen effekt i det hele tatt. De er nesten bare bein»

Cian gryntet og stirret over kanten på muren. Gnomene hadde ikke skjønt at de kunne klatre ennå og her og der kastet kvinnene ut bøtter med kokende vann og bek. Det fikk vesenene til å rygge tilbake med stygge ul. «Har du slåss mot dverger noen gang?»

Georg ristet på hodet. «Nei, det er århundrer siden de viste seg sist så vidt jeg vet, men de er sterke og tøffe. Hadde vi hatt en hær av dverger kunne vi tatt det med ro, de lar seg ikke stoppe av noe. De var ikke engang redde for drager»

Cian rynket pannen, han kunne ikke forestille seg at noen ikke ble livredd ved synet av en slik flygende drapsmaskin. «Virkelig? De frykter ikke ild?»

Georg ristet på hodet. «Nei, dverger er vant med ild tross alt, mestersmeder som de er»

Bueskytterne siktet nøye og det virket ikke for at gnomene prøvde å dekke seg i det hele tatt. De virket for å være så lite intelligente at de ikke forsto årsaken til at andre gnomer falt sammen slik. Brått begynte noen av gnomene å klatre, og de klatret fort også. Som aper suste de oppover de grove murene og Reina brølte noen oppmuntrende ord til de andre før hun møtte den første som kom opp over muren med et djevelsk sving med hammeren. Hun traff så nydelig at gnomen seilte ut over muren igjen og klasket i bakken langt der nede og dermed var det i gang.

Karene grep sverdene og Cian satte i et rop for å sette mot i seg selv før han hev seg inn i kampen også. Sverdet hans bet godt som alltid og før han egentlig visste av det var han i en tilstand av kamprus. Han stakk og slo og langs hele muren brukte folk det de hadde for hånden. Noen av de yngre der hadde ikke sverd men de brukte alt fra smie hammere til høygafler med dødelig intensjon og gnomene var overraskende lette å uskadeliggjøre. De bare gikk på og prøvde sjelden å forsvare seg. Det var tydelig at det var sult som drev dem for de prøvde å bite og rive og nå måtte alle virkelig kjempe for å holde horden ute av selve borgen. Det var barn og dyr der inne og det så ut som om det bare strømmet på med gnomer fra alle kanter. De kom til å bli overrent som av en myggsverm om sommeren og Cian var klar til å gi ordre om å ri ut. Da hørte de et underlig brøl og alle måpte da de så den skapningen som nå kom susende frem langs bakken. Det var Bronseklo og den var rasende. Den kunne ikke fly ordentlig ennå, vingen var for svak men den kunne bykse og flyte i lufta i noen meter og den utnyttet terrenget maksimalt og traff flokken med gnomer som et steinras. Cian så at dragen lot seg selv buklande oppå flere gnomer om gangen, den slo med vingene og dæljet overende flere titalls gnomer om gangen og etter litt rettet den seg opp litt og virket for å harke kraftig. Strupen svellet opp og ble mørkere på farge og så åpnet den kjeften på vidt gap og spydde ild. Flammene var svært mørke, og virket for å være svært varme på tross av fargen. Gnomer gikk opp i røyk med høye hvin og Cian løftet neven i været. «Vi rir ut, han hjelper oss» De fleste bare gapte, Cian hadde ikke fortalt noen andre enn Georg og noen få til om dragen og han gliste stivt. «Den er på vår side, ikke vær engstelige.»

Han løp ned fra muren og kom seg i salen på Tordenkile, hingsten blåste i nesa og de andre ridderne kom seg på hesteryggen også. De trakk blankt og så åpnet noen ene porten såpass at det gikk å komme gjennom. Cian red først, det stimet formelig med gnomer foran portene og nå ble de ridd ned ganske så brutalt. Tordenkile slo ut med beina og la på ørene, hesten kjempet like mye som Cian og de skapte en sti gjennom flokken. Cian svingte sverdet og siden han var så høy og satt høyt også måtte han bøye seg ut av salen for å nå gnomene. Han gikk for hodene, det var hva han rakk ned til og skallene var såpass bløte at sverdet skar tvers igjennom og etterlot kløvde hoder. De andre brukte samme teknikken og før mye tid var gått hadde de desimert flokken kraftig. Bronseklo fortsatte å lande på gnomer og slå dem ut med vingene og her og der grillet den noen grundig. Det virket for at den koste seg og Cian brølte oppmuntrende til den. Etter en god halvtime var det ikke en eneste gnom igjen i live, samtlige var enten skutt eller kuttet ned eller trampet på av hestene og Cian trakk et lettelsens sukk.

Bronseklo bykset fornøyd bort til ham og gned kjevene mot ham mens den mol intenst, den dryppet av blod men akkurat der og da brydde ikke Cian seg om det i det hele tatt. De hadde greid det.

Innenfor murene lå det et tykt lag med døde gnomer, de fleste hadde fått hodene eller brystet knust av stridshammere og Reinu og jentene sto sammen og sang kampsanger mens de slo hammerne sammen. Cian ante at dette skapte enda sterkere bånd mellom dem. Stemningen var nesten ekstatisk av lettelse og Georg gikk rundt og sørget for at kadavrene ble slept ut og lagt i en haug. Bronseklo knasket like godt i seg noen gnomer og virket for å like smaken også. Flere stirret på dragen med ærefrykt og Cian gjorde et stort nummer ut av å klappe en så alle kunne se det. Lyindia kom gående og hun virket lamslått.

«En drage, gudene er med oss»

Cian strøk hendene over Bronseklos ører og dragen purret og lukket øynene halvt i fryd. «Jeg håper det. Jeg tror ikke noen tør å angripe så lenge vi har denne»

Hun så smalt på ham. «Når skal vi slå til? Når skal vi befri landene for denne nye svøpen?»

Cian prøvde å smile. «Så fort våren kommer, vi kan ikke forlate borgen nå, det må bli varmt først»

Lyindia smekket med tungen. «Det er hardt å vente når en vet at folket lider, men det er vel ikke noen annen måte å gjøre det på. Trøsten er at de forbannede uslingene heller ikke reiser rundt og verver flere på denne årstida»

Cian nikket. «Det stemmer, de sitter nok godt og varmt et sted og ventet på sola. Men de vil få en stygg overraskelse når sommeren kommer.»

Lyindia smilte. «Det er sant, La oss håpe at vi er nok»

Cian smilte fort. «Det må vi være.»

Den kvelden ble det holdt en liten fest, de hadde ikke mye proviant så de kunne ikke slå seg helt løs men noen av karene hadde greid å felle noen slags ville sauer som levde i fjellene der og de hadde da litt øl og vin. Stemningen var høy og det var dans og sang og Cian følte seg fornøyd og avslappet. Karma hadde vært i kjelleren under slaget og var dødelig fornærmet over at den ikke hadde blitt sluppet ut men det var det ingen som hadde tenkt på i kampens hete: Men Bronseklo hadde visst lært den kunsten å ete gnom for den kom labbende inn porten igjen med blodige barter og et fornøyd uttrykk i ansiktet og alt var tilgitt. Nå lå den ved siden av Cians stol og mol mens den lepjet i seg litt melk noen hadde vært snill nok til å donere. Folk sang og danset og Cian måtte tenke på den tida han hadde fått som borgherre i Felderi, på hans vakre hustru og den lykken han så vidt hadde fått smake på. Hans Isabeau ville ha elsket dette, han var sikker på det. Humøret hans ramlet igjen og han stirret ned i glasset sitt, vinen lignet blod og han følte et fort stikk av kvalme.

Georg kom og satte seg ved siden av ham, strøk håret ut av øynene og strakte seg. «Folk er optimistiske, det er bra»

Cian bare gryntet og Georg bikket på hodet. «Fortell meg, er du i dårlig humør? Vi greide det, gnomene kom seg ikke inn og alle fikk testet hva de duger til. Hvorfor henge med hodet?» Cian skar en grimase. «Det vekker bare minner, jeg vil helst ikke huske»

Georg smekket med leppene. «Drikk litt til, så forsvinner det av seg selv. Ærlig talt mann, se fremover, du kan ikke henge igjen i fortida nå, det er lite konstruktivt»

Cian sukket, satte fra seg vinglasset. «Jeg vet det, men jeg føler meg rotløs Georg, jeg skjønner ikke mye. Alt som har skjedd, rubinen, det som skjedde i den krypten, Bronseklo. Jeg finner ikke hale eller hode på noe av det»

Georg klappet ham på skulderen. «Det du trenger er en real omgang i sengehalmen, det klarner hjernen ser du.»

Cian skar en stygg grimase. «Jeg kan ikke, det vet du. Den forbannede rubinen har ødelagt meg, jeg kan ikke risikere at enda en kvinne må dø slik Isabeau gjorde»

Georg lente seg nærmere og hvisket til ham. «Det er måter å gjøre det på som ikke setter noen i fare, du vet det?»

Cian rynket pannen, han forsto ikke men så lysnet det for ham og han rykket tilbake, blunket fort. «Georg, du mener da ikke at...»

Georg bare løftet et øyebryn med en litt skøyeraktig mine. «Jo, jeg er ikke fremmed for det, i en storm er enhver havn brukbar vet du»

Cian trakk pusten hardt. «Jeg har aldri vært av dem som har lyst på andre menn»

Georg trakk på skuldrene. «Det samme gjelder meg, men som jeg sa, i en storm. Du trenger å slappe av Cian, og jeg vet hvordan det kan oppnås»

Cian så vantro på sin nestkommanderende, at Georg sa seg villig til noe slikt var et sjokk, han hadde aldri trodd det om mannen. «Georg, har du...?»

Georg nikket. «Noen ganger ja, ved gudene Cian, vi trenger fysisk kontakt, folk kan bli tussete av å mangle det og har en ikke villige kvinnfolk der så ja, da kan en annen mann være like bra. Jeg har aldri angret på noe jeg har gjort i senga Cian, verken med jenter eller andre karer»

Cian svelget hardt. «Gudene bevare meg for å bli så desperat» Georg gliste. «Det har ikke noe å gjøre med desperasjon, men med det motsatte. Tro meg, du vil ikke angre»

Cian kjente at kinnene hans brant røde, han svelget og prøvde å holde ansiktet i ro men det var vrient. Tanken på å skulle...Nei, han ville ikke utnytte Georg slik, han var slik en lojal mann og hadde vært til stor nytte for ham. «Georg, du er en venn, jeg vil ikke kreve noe slikt av deg»

Georg bare blåste i nesa. «Du krever ingenting, tro meg. Jeg vil villig gi deg noen nye minner, minner som kan jage bort de gamle.»

Georg rakte ut handa og strøk den fort over Cians kinn. «La oss si det slik, når du går til kammeret ditt i kveld kan du velge å enten låse døra eller la den stå oppe. Kommer jeg til låst dør snakker vi ikke om dette igjen, det har aldri hendt. Er døra åpen derimot..»

Cian blunket, «Georg, jeg...»

Georg bare klemte neven hans fort, vennskapelig. «Du fortjener litt omtanke Cian, du trenger et klart hode nå fremover.»

Georg bare reiste seg og gikk og Cian så langt etter ham. Han kom til å låse døra, eller... Han tok opp igjen begeret sitt, tømte det i en slurk. Rundt ham festet folk som før, han så at flere satt med armene rundt hverandre og brått flammet det opp i ham av en slags sjalusi, en bitterhet. Djevlene ta den rubinen, djevlene ta alt den hadde stjålet fra ham. Han hadde alltid vært varmblodig, før kongen sendte ham for å ta over det lenet hadde han så langt ifra vært noen munk. Han hadde tatt for seg av villige kvinner, både adelige og av allmuen og det hadde aldri vært noe han følte noen skam over. Han hadde faktisk sett andre menn flørte og kjærtegne hverandre og i hoff kretsene var det forholdsvis godtatt. Han visste at flere av de som satt nærmere kongen hadde unge pasjer som neppe bare tjente dem i det daglige men på nattestid også, og han hadde bare godtatt det, for slik var det bare. Men han hadde aldri trodd at han skulle føle noe slikt overfor en annen mann, og egentlig visste han ikke helt hva de følelsene han nå hadde var. Georg var en kjær venn, og han var langt ifra stygg heller. Kunne han virkelig...

Han fylte begeret enda en gang, tømte det fort. Han hadde ikke rørt noen siden Isabeau, hadde trodd at alt slikt hadde dødd med henne men egentlig visste han at det var en løgn han hadde kokt sammen for å bedra seg selv. Han husket hvordan blodet i ham formelig kokte etter kampene han hadde vært i, og hvor hardt det hadde vært å undertrykke trangen som alltid melte seg etterpå. Det var som om kroppen krevde å føle liv så mye sterkere enn før når han hadde stått ansikt til ansikt med døden, enda han slettes ikke kunne dø. Det måtte være et slags instinkt. Den rubinen hadde stjålet noe vakkert og verdifullt fra ham, gleden av intimitet og kanskje var dette faktisk en måte å omgå forbannelsen på. Det var ingen sjanse for at han kunne skape enda et slikt monster om han lå med en mann i stedet for en kvinne. Enda et beger med vin gikk ned, han begynte å bli full nå. Tvil blandet seg med lengsel, bare det å føle varm hud mot sin egen, kjenne at han ikke var helt alene. Han reiste seg brått, gikk ut på muren, trakk frisk luft. Det var bitende kaldt men han brydde seg ikke, sto der og stirret mot den overskyede himmelen til føttene kjentes som istapper. Da gikk han inn igjen, nølende. Han stanset ved døra si, gikk inn, stengte den bak seg.

Han slo låsen for, gikk bort til senga og fikk av seg klærne, trakk på seg den lange nattskjorta han brukte å sove i. Senga var stor, og de hadde fylt alle madrassene der med halm så den var myk og forholdsvis varm men den var allikevel et ensomt sted, et han unngikk i det lengste. Han sov, og det var alt. Georg hadde rett, han burde la fortiden hvile, mye sto på spill og det å bli deprimert på grunn av alt han hadde tapt var ikke noen klok taktikk. Hun hadde ønsket at han skulle bli lykkelig igjen. Tanken hang i ham, han bet seg i underleppa, ante ikke helt hva han skulle gjøre, Han husket følelsen han hadde fått da han først rørte den store røde steinen, av at den var forurenset, skitten. Han bannet og gikk bort til døra, åpnet låsen igjen før han nesten løp tilbake til senga og la seg, blåste ut lyset. Ondskapen i den rubinen skulle ikke få ødelegge også dette for ham, det var trass i blikket hans da han la seg til og trakk teppene over seg.

Han tenkte vagt på den medaljongen og det kjedet som lå gjemt sammen med rubinen, alt hang sammen men hvordan? Og hva med visjonen av den sølvfargede dragen? Han fikk bare ta ting som de kom, det var ingenting annet å gjøre med det. Han hadde nesten sovnet da han hørte et svakt knepp fra døra og han stivnet til, brått angret han på den raske beslutningen om å la døra være åpen Han hørte at noen beveget seg, lyden av klær som blir fjernet og så kjente han at madrassen sank ned. Han holdt pusten, brått nervøs som en guttunge og han kjente at han var stiv over alt, nesten skjelven. Han kjente lukten av Georg, den korte kraftige karen luktet alltid av noe friskt, han var nøye med å bade og holde seg ren og Cian satte pris på det. De var ikke barbarer noen av dem. «Cian?»

Stemmen var lav og hviskende og Cian trakk pusten dypt, snudde seg halvt. «Ja, jeg er våken»

Georg gled inn under teppene, det var så mørkt at Cian ikke så noe som helst men han merket nærværet og det var merkelig betryggende. Georg tok handa hans, strøk den nesten trøstende. «Slapp av, ikke tenk. Bare konsentrer deg om hva du føler, du vil like dette.»

Cian svelget hardt, hjertet hamret i ham og han merket at han var merkelig forvirret. Brått kjente han en varm kropp tett inntil sin egen, varme hender gled over huden hans og varm pust var som et kjærtegn i seg selv mot ansiktet hans. Hendene var ikke som Isabeaus, de var ru og harde og store men berøringene var like gode som hennes hadde vært og han gispet høyt. Han hadde savnet det, det å bli berørt på en slik måte. Han hadde ikke engang vært i stand til å vedgå hvor mye han hadde savnet det. Brått brant det i ham, en lengsel og en trang han ikke engang kunne beskrive. Det spilte ingen rolle hvem det var som rørte ham, eller hvordan, så lenge det var et annet levende pustende menneske.

Georg kysset ham på halsen, et åpent kyss med et snev av tunge og den kilende fornemmelsen fikk ham til å trekke pusten hardt, Georg lå på siden inntil ham og han følte at vennen pustet, og varmen fra ham var som en vegg. Cian følte en brå lyst til å trekke ham enda nærmere, til å glemme tvilen og frykten han følte og gjemme seg for den, i en omfavnelse. Georg lot handa skli under nattskjorta, og det var himmelsk. Cian kunne bare lukke øynene og prøvde å innbille seg at det var Isabeau men klarte det ikke, det var for annerledes. Georg visste hvordan han skulle gjøre dette, visste hvordan han skulle erte og stimulere og tvinge frem reaksjoner Cian aldri hadde forestilt seg at en manns berøring kunne vekke i ham. Snart lå han der og skalv og Georg hadde et håndlag som var imponerende. Cian hadde selvsagt lekt med seg selv, ganske ofte faktisk da han var yngre men det å føle en annens hånd var merkelig og mye bedre enn han hadde trodd. Georg visste akkurat hvor mye press som trengtes før det ble ubehagelig, hvor raskt han burde gjøre det og Cian ante ikke av det før han stønne og vred seg, desperat etter den følelsen han ikke hadde opplevd på svært lenge nå.

Georg lo lavt, så skjøv han seg nedover i senga og Cian ropte ut da han følte at handa ble erstattet med en varm munn. Isabeau hadde aldri gjort det for ham, og han hadde aldri spurt henne om det heller. Det var himmelsk, andre ord kunne ikke beskrive følelsen som raste gjennom ham og han la handa på Georgs hode rent instinktivt, følte rytmen og visste at det kun sto om sekunder. Hele kroppen stivnet til og han kjente at hoftene løftet seg i det han raste inn i en orgasme så sterk at han bare så stjerner og lysglimt og skalv fra fot til hode. Georg fortsatte med det han gjorde til Cian var i ferd med å komme til seg selv igjen, matt og svett og totalt overveldet. Han hadde hørt andre snakke om hvor godt det var, men han hadde ikke egentlig trodd på det, før nå.

Georg klukket svakt, krøp oppover igjen og la seg inntil ham på nytt. «Føler du deg bedre?»

Cian kunne bare nikket, han følte seg utrolig lettet, både fysisk og psykisk og han var nesten på gråten merkelig nok. «Ja»

Georg lente seg fremover og kysset ham på kinnet. «Bra, da er alt vel. Det var det jeg ville. Sov nå, du trenger ordentlig hvile»

Cian orket ikke engang svare, følelsen av en varm kropp tett inntil hans egen var så utrolig behagelig og før han ante noe av det sov han som en stein, bedre enn på svært lenge.

Han våknet av at noen rusket i ham, varsomt. Han slo øynene opp, underlig forvirret men så husket han. Georg lå på siden av ham og smilte forsiktig, dagslys strømmet inn gjennom gluggen øverst ved taket og rommet var kaldt. «Du bør ikke sove lenger nå, da blir du bare mer trøtt»

Cian følte seg uthvilt, underlig fornøyd og han trakk Georg nærmere og gav ham et fort kyss på pannen. «Takk, jeg har ikke sovet så godt på…jeg husker ikke sist»

Georg bare nikket og Cian så at han var mager men veltrent, akkurat som ham selv. Men Georg hadde mer hårvekst og var mørk og kontrasten mellom dem var brått merkelig fengslende. Han kunne ikke la være å rekke ut handa, la den leke med det mørke håret på Georgs brede brystkasse og vennen smilte skjevt og lot ham gjøre det. «Det er ikke så veldig annerledes enn å være i seng med en kvinne, jeg tror du skjønner det nå.»

Cian rødmet bare, men det føltes godt å ligge der, den delte varmen var velsignet og han ville brått ikke stå opp ennå. Det var for behagelig å bare bli der under teppene, glemme dagen som ventet og plikter og arbeide. Georg klukklo. «Du liker å ligge her ikke sant?»

Cian smilte litt skjevt. «Det er varmt og godt, senga føles ikke som et ensomt osean nå»

Georg nikket og presset seg mot Cian og den blonde ridderen kjente at hans nestkommanderende var hard og merkelig varm. Han gispet og kjente at han faktisk reagerte på det, at hans egen kropp fant følelsen interessant. Georg mumlet mykt. «Du har nektet deg selv enhver form for nytelse for lenge, det lønner seg ikke. Det er unaturlig»

En ru hand snek seg ned mellom Cians ben igjen og han kunne bare legge hodet bakover og gi seg over, guder, det var så deilig at han fikk tårer i øynene. Georg bikket ham over på siden så de lå mot hverandre, mage mot mage og deretter presset han skrittet mot Cians, tok dem begge i et grep.

Følelsen var vanvittig, Cian kunne bare klynke og presse seg mot Georg som beveget handa med utsøkt teknikk. Georg stønnet også og lyden fikk det til å gå skjelvinger gjennom Cian, ilden som flammet opp i ham var så intens at han snaut greide puste. «Du vet, mange steder var det presteskap som skal holde sølibat, men det er aldri noen som driver med mer snusk enn akkurat dem.»

Cian bare gryntet, det steg i ham igjen, som ustoppelige bølger og han presset ansiktet mot Georgs skulder for å dempe skriket som presset seg frem da han kom enda en gang, hardt og ukontrollerbart. Georg peste og presset seg tilbake mot Cian og stønnet navnet hans mens han også kom og Cian kjente at varm væske dekket dem begge nå. Tanken på at de hadde kommet sammen slik var underlig øm, hvorfor ante han ikke. Han ble liggende å hive etter pusten og Georg trakk teppene til side og kom seg opp. Han fant et fat med nesten frossent vann på det vesle skapet Cian hadde og greide å lokalisere også en vaskeklut. Cian bare lå der mens Georg vasket dem begge, han var døsig og avslappet og for en gangs skyld følte han seg ikke så tungsindig som før. Georg bare gliste og klapset ham på baken, nesten lekent. «Kom deg opp, før folk begynner å lete etter deg.»

Cian gjespet langt og strakte seg, kroppen føltes bedre enn på lenge, han var ikke sliten og akkurat nå kunne han ikke ha brydd seg om det så kom et stormangrep. Senga var simpelthen for god å ligge i, merkelig, bare dagen før hadde han ikke kunnet komme seg opp fort nok. «Jeg vil heller bli her i dag, med deg»

Georg smilte bredt. «Som jeg skulle sagt det selv, men beklager, vi må opp.»

Cian rullet seg opp og gjespet igjen, Georg kledde fort på seg og kastet noen plagg over til Cian. «Jeg går nå, møt meg i hallen etterpå»

Cian bare nikket og Georg gikk, rommet føltes øyeblikkelig tomt og ensomt igjen og han svelget en brå følelse av frykt før han kom seg på beina og begynte å kle på seg. Han hadde aldri trodd at han noen gang ville la en annen mann røre seg på det viset men nå hadde han tatt det steget også. Og det hadde vært forbausende frigjørende. Han var på vei mot døra da en ny tanke traff ham, var det virkelig klokt å la Georg bety så mye for ham? Folk han brydde seg om hadde en lei tendens til å dø. Angst grep brått rundt hjertet hans og han lente seg mot veggen, nesten kvalm av frykt for at han nå hadde spredt forbannelsen videre. Nei, han kunne ikke tenke slik, Georg var like dyktig som ham selv, hadde overlevd lenge og var tøffere enn gråstein. Det var ingen grunn til å være mer redd på hans vegne enn de andres, enhver kriger vet at morgendagen ikke eksisterer, at dagen i dag er alt som er. De gleder en kan ta er gleder en må ta, før det er for sent. Han rettet seg opp og greide å roe seg, han var paranoid, det var alt. Nå skulle han spise og så fikk han se om han kunne få hjelp av Lyindia og noen av flyktningene til å lage et godt kart. De ville trenge det når våren kom, og felttoget kunne starte.

Khelebil

Snikmorderen hadde våknet igjen, Khelebil hadde fått beskjeden med en gang mannen åpnet øynene men de ville ikke forhøre ham med en eneste gang. De ville gi ham rikelig med tid til å tvile og bli nervøs. Noen av Haneks menn gjorde stor seremoni av å forberede alskens torturredskap slik at fangen faktisk kunne se det og ingen brød seg med å gi mannen mat eller vann. Ikke noe skulle gi ham noe inntrykk av at de hadde interesse av å holde ham i live. Khelebil likte ikke tortur, og Hanek respekterte det. Han var tross alt en sivilisert mann, ikke en barbar som ikke brydde seg om andre. Men for å vise sin styrke som hersker var det av og til ikke andre valg å ta enn å bruke brutale metoder og folkene hans var klare til å bruke alle de knep de kunne for å få mannen til å snakke. De ventet til kvelden før de hentet Khelebil igjen, fangen var ikke blitt alvorlig skadet av flaska Hibu kastet i hodet på ham, det verste var nok kun en gedigen kul. Fangen så temmelig surmulende ut da Khelebil ankom, kledd i sine mest dystre klær. Hibu var ikke der, Khelebil hadde forbudt det for gutten trengte ikke å se at de torturerte noen. Hanek var også der, han hadde en viss stivhet i bevegelsene som røpet at han hadde vært skadet men ellers var han seg selv og antagelig gjorde smerten fra såret at han ble enda mer innbitt enn før. Fangen satt på golvet i buret og to røslige veteraner halte ham ut temmelig brutalt. De behandlet mannen som en sekk med råtne poteter og Khelebil holdt fjeset helt nøytralt. Det gjorde ikke ham noe at det krypet fikk noen blåmerker. De hadde fått flere tropper over elva nå og hadde det ikke vært for strømmen kunne de ha bundet båtene sammen og lagd ei slags midlertidig bru. Men å ferge folk og utstyr over gikk overraskende fort og greit siden alle var dødsens leie av å bare sitte der og vente på noe å gjøre. De hadde fått de fleste av hestene der til å svømme over og hadde reist staller av seilduk på andre siden så ikke dyrene ble for kalde. Khelebil var optimist, Haneks strateger var dyktige men de visste så alt for lite om fienden og hva han var kapabel til. Kanskje det ville forandre seg nå?

Hanek satte seg ned i en behagelig stol, noen bar frem et lite bord og plasserte en skål med frukt og et beger med vin på det, bare for å terge fangen som sikkert var tørst og sulten nå. Fangen ble plassert på en slags benk og bakbundet med hendene lenket til benken og en av vaktene bar frem et fyrfat med glødende kull. Hanek så forskende på mannen, det pistrete håret og møkka som klistret seg til huden gjorde ham til et ynkelig syn men det var liten medfølelse å finne i kongens blikk. «Du har forsøkt å myrde meg, og har drept to gode vakter. Tro ikke at du kan unnslippe med livet i behold men vit at du selv bestemmer hvordan du vil dø. Raskt og smertefritt eller langsomt og i uendelig pine.»

Mannen spyttet på bakken og skjelte stygt, det virket for at ordene gjorde inntrykk men han prøvde å late som om han slettes ikke brydde seg. De to soldatene Hanek hadde valgt ut til å stå for selve avhøret var svære og grove og begge to virket temmelig ubehøvlet og rå. Antagelig var de svært gode menn siden de tjente Hanek men utseendet kan bedra. En av dem trakk frem en liten metall flis, så grundig på den og la den på kanten av glofatet. Mannen stirret stivt på den og selv Khelebil kunne se at den sakte ble rødglødende. Hanek så kaldt på mannen. «Ja, vi vil få den informasjonen vi ønsker, og vi har ingen skrupler i så måte. Hva heter du, og hva vet du om Olric og hans hær?»

Mannen skar en grimase, prøvde å spytte igjen men det gikk ikke. Han var for tørr i munnen. «Det rakker ikke deg»

Hanek vinket kort til vakten som rev støvelen av mannen og grep tak i ene foten. Mannen sparket og sprellet men foten ble fanget i et jerngrep og den andre av de svære mennene grep en liten tang og løftet den rødglødende metall flisa fra glofatet. Det var tydelig at de aktet å dytte den inn under en negl. Mannen bannet grovt og det var kommet noe nytt i blikket, noe som fortalte Khelebil at hans lojalitet lå hos ham selv i første rekke. «Jeg er Gerlag, bare det»

Hanek nikket. «Se det, det var ikke så vanskelig nå var det vel, Olric takk»

Gerlag svelget og stirret stivt på det varme flisa som ennå ble holdt temmelig nær foten hans. «Han er mange folk, kanskje en sju åtte tusen men det kan være flere nå, lenge siden jeg forlot ham»

Hanek rynket pannen. «Du forlot ham sier du, hvorfor prøvde du å myrde meg da?»

Gerlag vred seg. «Alle vet at han har satt en pris på hodet ditt, ti tusen gullmynter»

Hanek måpte, så gapskrattet han. «Ti tusen gullmynter, jeg hadde aldri trodd at dette gamle stygge hodet skulle være så mye verdt, ved gudene, det er imponerende. Så du vil heller bli en snikmorder og tjene fete penger enn å berge landet»

Gerlag stirret i bakken og vred seg, Khelebil ante at denne karen så avgjort var av det slaget som overhodet ikke tenker på konsekvenser, bare på seg selv. «Så. Olric har mange menn, jeg regner med at de er leiesoldater og alskens sleng?»

Gerlag trakk pusten. «Ja og nei, mange er leiesverd men han har mange gode krigere også»

Det siste kom med et ondskapsfullt glis og Hanek nikket mot vakten med flisa. Mannen langet ut og gav fangen et realt slag over kjeven og Gerlag hostet og spyttet ut blod og en tann. «Reelle fakta takk»

Gerlag trakk pusten. «Han har en arving, en guttunge han har tatt til seg. Shaad heter han visst, er med ham overalt.»

Hanek rynket pannen. «Han har ikke familie noe sted?»

Gerlag spyttet mere blod. «Jo, et sted i nord, et hjem for sinnssyke visstnok. En kone og to unger. Men dem har han visst glemt helt. Den guttungen arver alt om Olric dør»

De to vaktene så litt forbauset ut og den av kongens rådgivere som sto der for å gjøre notater løftet øyebrynene sjokkert. «Er det noen grunn til at Olric favoriserer den gutten? Hvor gammel er han?»

Gerlag gliste stygt. «Åh, det er en pen gutt, kanskje en tretten fjorten? Vondt å si egentlig, kan være eldre og yngre også for alt jeg vet. Men han har sikkert en stram og fin bakdel, og er nok vant til å suge så det er ikke noe rart at Olric liker å ha ham nære»

Khelebil kjente at han rødmet fort og Hanek så ukomfortabel ut. «Du sier at Shaad arver alt, inkluderer det kommandoen over hæren?»

Gerlag nikket. «Ja, Olric har en øverste offiser som heter Jakar, en jævel og det sier jeg bare, den mannen eier ikke samvittighet. Selv han må bøye seg for gutten ja, om det trengs.»

Rådgiveren så strengt på fangen. «Er gutten lojal mot Olric?»

Gerlag trakk på skuldrene. «Ja, han ser visst opp til gubben som om han var den rene skjære guden. Rart egentlig med tanke på at han sikkert får trykket gamlingen sin stake langt opp i ræva hver kveld men dere vet, unger vet ikke sitt eget beste alltid.»

Khelebil vred seg, var virkelig Olric så pervers? Vel, ikke at det var noen overraskelse. Hanek lente seg forover. «Har Olric kavaleri?»

Gerlag svelget synlig. «Noe, jeg vet ikke hvor mange ryttere og hester, var aldri i den delen av hæren.»

Hanek begynte å stille mer inngående spørsmål rundt det Gerlag hadde hørt og sett og Khelebil satt der litt i egne tanker. Noe av det fangen sa fikk ham til å reagere, hvorfor ante han ikke men det gjorde ham litt forvirret. Hvordan kunne en gutt så ung være så lojal mot en eldre mann som misbrukte ham?

Khelebil var ikke fremmed for de mer intrikate sidene av menneskesinnet, han visste at det er lett å bli forført og bli ledet til å tro at selv en ondsinnet og brutal person egentlig vil det beste for en. Men var det virkelig så enkelt?

Hanek fortsatte å stille spørsmål en god stund og Gerlag avslørte en god del som var nyttig men Hanek fikk ikke noe direkte svar på hvor mange soldater Olric kunne stille med, og om han hadde flere spioner og snikmordere der ute. Khelebil kjente et stikk av motvillig beundring, Olric var virkelig en verdig motstander for enhver styrke og han undret seg på hvordan ting hadde vært om ikke dolkens spiss hadde blitt sluppet løs.

Hanek gav beskjed om at fangen skulle få mat og vin og at han skulle henges morgenen etter, så hele hæren så det. Det var en forholdsvis human avgjørelse, Gerlag ville neppe rekke å lide og Hanek ville opprettholde ryktet om at han var en hensynsfull hersker. Khelebil ble med Hanek til teltet hans for å sjekke såret etterpå, det virket for å gro allerede og Hanek sukket og virket sliten. «Jeg har gode folk Khelebil, dyktige offiserer og medarbeidere men jeg skulle allikevel ønske at vi var flere. Et eller annet sier meg at noe er i gjære, noe langt mer enn det vi til nå har sett»

Khelebil vasket varsomt såret med en myk klut og la på ny bandasje. «Hva får deg til å si det herre konge?»

Hanek sukket og lukket øynene, for et øyeblikk så en virkelig at han ikke var en ungdom lenger men en mann godt opp i årene. «Det er bare en følelse jeg har. Vi har tross alt bånd til flere av slektene og særlig Macallif, mange av dem var synske ble det sagt»

Khelebil bare smilte servilt og gjorde seg ferdig. «La oss håpe at det ikke er noe i det, vi trenger ikke flere bekymringer nå. Sekten og Olric er mer enn nok»

Det kom et kaldt vindkast og fikk teltflappen til å riste, et kort øyeblikk var det som om Khelebil kjente en slags vag lukt av noe råttent og eldgammelt, så ble det borte og ristet av seg den frysende fornemmelsen. Hanek klappet ham på skulderen. «Takk for hjelpen min venn, nei, la oss håpe at vi vil kunne knuse Olric snart, landet lider så lenge han har makt og folk under sin kommando»

Khelebil nikket og ryddet unna sakene sine, snart kunne de flytte hele leiren over elva og han så frem til det. Han var godt og grundig lei av dette stedet og moralen hadde godt av at de flyttet seg fremover igjen. Han gikk og fikk seg mat, fikk Hibu til sengs og så la han seg også, i håp om at ting nå ville gå fremover.

Neste morgen ble fangen hengt, folk der pepret formelig karen med alt fra råtne egg til møkk, Hanek var populær og antagelig var det en lettelse for Gerlag da mannen som var utvalgt til bøddel dyttet ham ned av stigen til et kort fall med brå stopp. Liket hang der etterpå til skrekk og advarsel og ingen hadde lov til å ta det ned. De neste dagene gikk med til å flytte hele leiren over og endelig var elva krysset. Olric hadde ikke vist seg på noe vist og Hanek var nervøs, det betydde garantert at mannen planla noe. De hadde vært på andre siden og prøvde å planlegge den videre fremrykningen da to av Hanek's ryttere raste inn i leiren, mellom dem red en yngre kar på en temmelig møllspist gammel gamp og ham bar på en slags kasse. Karen var likblek og så ut som om han ventet å falle død om hvert øyeblikk og Khelebil var hos Hanek for å sjekke såret igjen så han så alt. De to rytterne bukket høflig. «Herre, vi møtte på denne karen her på veien, han påstår at han må snakke meg deg herre konge»

Hanek så skarpt på mannen, fyren kunne neppe være mer enn en sytten atten og skalv synlig. De heller elendige klærne fortalte at han var en vanlig landarbeider og han var mager som en gammel katt og stinket av svette og skitt. «Hvem er du gutt, og hva er det du vil?»

Gutten hulket faktisk. «Jeg…jeg heter Burdoran herre konge, jeg jobbet for Embrekt, din slektning»

Hanek stivnet til, ansiktet ble blekt. «Fortsett»

Burdoran svelget, ansiktet lignet papir nå. «Olric...Olric sendte meg...med ...dette»

Han rakte frem kassen han bar og Hanek nikket fort, en av vaktene tok kassen og den virket ikke særlig tung. Khelebil kjente en tung lukt fra den og magen hans føltes som en tung klump. Han svelget hardt, han ante hva dette var. Vakten åpnet kassen og slapp den øyeblikkelig, rygget bakover med et vræl mens kassen traff bakken og et avhugget hode spratt ut og rullet bortover teltgolvet. Hanek stønnet høyt, øynene var beksvarte. «Embrekt!»

Khelebil la handa over munnen, hodet var grotesk. Det var tydelig at Embrekt hadde blitt torturert for ørene virket for å ha blitt svidd av og tennene var knekt. Det ene øyet var stukket ut og noe var dyttet inn i munnen på den arme personen. Ene vakten trakk dolken sin og brukte den til å fiske det ut, Khelebil måtte snu seg, det var antagelig Embrekts egne kjønnsorganer og innenfor et par som antagelig kom fra en svært ung gutt. Hanek var blitt grønn og han skalv synlig. Han så fort på Burdoran. «Hva gjorde han?»

Burdoran skalv så han ristet. «Vi var beleiret lenge men sto i mot, godset var godt bygd. Men Olric...»

Stemmen brast og gutten gråt synlig. «Han krevde at Embrekt sendte ut en tjener for å forhandle, herren valgte meg for jeg har ingen slekt i live»

Hanek nikket stivt. «Fortsett gutt»

Burdoran gispet. «De tok meg og bant meg fast til et tre, så jeg måtte se. Deretter...de kastet olje på godset og brant det. Og når folk kom ut drepte de dem, alle sammen. De sparte herren, men pinte ham og tvang ham til å se at de... Åh guder, det de gjorde mot familien hans»

Hanek lukket øynene. «Det er greit gutt, du har ingen skyld i dette, Olric er et ondsinnet monster.»

Hanek reiste seg. «Begrav hodet, ordentlig. Gi gutten mat og rene klær, han kan gå hvor han vil nå»

Burdoran bøyde hodet dypt. «Herre konge, la meg tjene deg. Jeg …jeg har ikke noe annet sted å være, jeg kan være til nytte»

Hanek sukket tungt. «Greit, du kan være pasje, min butler vil hjelpe deg inn i jobben. «

Burdoran bet seg i underleppa. «Herre, ikke at det er min sak, eller noe jeg forstår meg på, men Olric…Han er slu herre, og han vil at krigen skal vare ved. Han vil bruke alt han kan mot deg.»

Khelebil så skarpt på den skjelvende unge mannen. «Si meg, var det en gutt sammen med Olric, en pen ung gutt?»

Burdoran så litt forbauset ut. «Ja, mørk, veldig pen faktisk. Jeg så ham, han var alltid ved Olrics side, fulgte ham som en hund. Men…»

Khelebil så at den unge mannen nølte litt. «Ja?»

Burdoran gispet lavt. «Det var noe galt med ham herre, noe i øynene. Som om noe manglet, eller, noe var unormalt. Han hadde kalde øyne, kalde som døden»

Khelebil kjente at det gikk kaldt nedover ryggen på ham, hvorfor ante han ikke. Det var bare noe ved det Burdoran sa som fikk ham til å få gåsehud over det hele. Hanek virket svært bedrøvet og han var fremdeles blek, Khelebil skyndte seg bort til ham med litt vin, Hanek tok begeret med et fort nikk, øynene var fjerne og Khelebil merket pinen i dem. «Guder, jeg trodde aldri at…»

Han gned seg over neseryggen, lutet forover. «Olric vil lokke oss til å angripe, få oss til å miste besinnelsen. Det vil ikke skje. Jeg vil sørge over Embrekt men han er bare en av talløse døde nå, jeg kan ikke la hensynet til min egen slekt og egne venner drive meg til å gjøre forhastede beslutninger.»

Khelebil holdt pusten. «Hva tenker du på å gjøre min herre?»

Hanek trakk pusten dypt. «Sende en utsending, se om Olric kan la seg lokke til å forhandle. Jeg bryr meg ikke om at det kan få meg til å se svak ut, hensikten helliger middelet. Jeg vil ikke la gode menn slaktes i unødvendige slag»

Khelebil skar en grimase. «Jeg tror ikke Olric vil godta en slik løsning, han vil at krigen vedvarer»

Hanek nikket. «Jeg vet det, men det kan kjøpe oss litt tid, tid til å rekognosere og få et bedre overblikk over situasjonen. Jeg må ta den sjansen»

Khelebil svelget fort. «Vi er med deg herre, det vet du»

Hanek la handa tungt på skulderen hans. «Jeg vet, du er en god gutt Khelebil, og alle mine soldater er lojale og gode, jeg vil ikke risikere deres liv kun for å beholde egen stolthet.»

Khelebil følte et stikk av ren stolthet, han tjente i sannhet en stor konge.

Wulf

Elvedalen Wulf fulgte var temmelig bratt, og normalt sett ville han aldri ha valgt en slik rute men nå gjaldt det å komme seg over fjellene fortest mulig og han kunne ikke følge de vanlige veiene, de var for lange. Han hadde forlatt Vardhys og de andre fire dager tidligere og Barech, Fhadan og Ushara var allerede på vei nordvest over for å finne den vismannen. Det å skille gruppen slik hadde vært vanskelig men det eneste fornuftige og han håpet bare at hans venner klarte det og fant den sinnsforvirrede halv alven. Men drager og gamle skriv var det han minst av alt bekymret seg for nå, han var ennå bare halvveis gjennom fjellkjeden og det var langt til Tholir og enda lengre til lavlandet rundt bukta. Han regnet med at han ennå var i Ebanar og vinteren gjorde ikke reisen noe lettere. Da han krysset fjellene på jakt etter Lathisa hadde han krysset lengre nord, og siktet på Bheki og Zhymorne, der var fjellene bredere men mindre ville og forrevne. Her var de bratte og fulle av smale daler og ville stup og det var langt fra enkelt å finne en trygg rute.

Han hadde tre hester med seg, gode dyr Vardhys hadde gitt ham, og samtlige var bra trent og sterke. Han måtte prøve å utnytte styrken deres best mulig, og unngå å slite dem ut. Han hadde ridd gjennom flere bygder på veien og så godt at noe var forferdelig galt. Mange landsbyer var totalt forlatt og andre lagt i grus og her og der så han små grupper med folk på vei mot kysten. De fulgte veiene, og han lå langt unna dem. Og allerede første kvelden så han spor etter troll og sjelløse, og restene av et reisefølge som hadde blitt angrepet. Kartene han hadde fått var enkle men forholdsvis gode, og han merket av angrepene på dem, nesten bare ut av makaber nysgjerrighet. Enten reiste disse monstrene vanvittig fort eller så var de svært utbredt allerede. Men de unaturlige vesenene var ikke det eneste en måtte passe seg for, mange hadde mistet alt de hadde og som Vardhys og hans følge hadde erfart så tydde noen til å rane andre for å holde liv i seg. Wulf var ikke spesielt rikt kledd, han reiste som en vanlig soldat eller kanskje en leiesoldat men han hadde tre hester og et godt sverd og det kunne være nok for noen til å prøve. Derfor holdt han seg unna veiene, han kunne ikke tillate seg selv å bli forsinket på grunn av noen idioter som anså ham som et høvelig bytte.

Vardhys hadde imponert ham, gutten var blitt en mann å regne med på få måneder og evnene han åpenbart hadde ville gjort Wulf betenkt normalt sett. Nå derimot så han et håp i dem og han visste at den unge ridderen virkelig kunne gjøre en forskjell. Gudene hadde valgt ham, uten tvil. Wulf hadde litt oppakning på ene hesten, kun mat og vann og noen tepper samt et svært enkelt telt. Han kunne ikke frakte mer, og trengte det ikke heller. Klærne han bar var gode og varme og han hadde fått en svært god kappe av en av kvinnene i landsbyen der Vardhys holdt til, den var lagt av skinnet fra et av de merkelige dyrene som nå nesten ikke fantes lenger og han hadde aldri hatt et så varmt plagg før. Han fulgte en smal liten vei nå, en som sauegjetere og jegere brukte, ingen kart viste hvor den gikk og han red på instinkt alene. Her og der var veien borte under snøen men han stolte på at hesten greide å finne frem, det lønte seg å stole på dyrene i slike situasjoner for de visste mer enn folk var klar over.

Han måtte tenke på Ublan, det merkelige dyret hadde skremt ham til å begynne med men nå fant han den ganske så interessant tross alt. Det var ingen tvil om at en gigantisk halv drage burde skremme nesten noen og enhver men måten den oppførte seg på var sjokkerende. Barech hadde underholdt seg selv i flere timer med å kaste en stor balle lagd av stampet ull rundt og Ublan hadde vært som en særdeles forvokst kattunge,

dasket til ballen og hoppet etter den og la seg på rygg og sparket den rundt. Det hadde vært noe av det mest absurde han noen gang hadde vært vitne til. Ublan kunne gjøre vei i vellinga, ingen tvilte på, det var tydelig at Ushara var den som den likte best men nå hadde den åpenbart fått en slags forkjærlighet for det merkelige dyret Vardhys hadde med seg. Skapningen som hadde vært en lindorm men som nå var blitt et eller annet ingen forsto. Ublan hadde blitt igjen med Vardhys, Ushara hadde vært svært lei seg for det men samtidig, han var ikke akkurat enkel å skjule og sammen med Vardhys og Ildøye kunne den gjøre mye større nytte for seg. Wulf ville savne den, det var sikkert og visst. Wulf var glad været var forholdsvis stabilt på denne tida, området lå langt inn i landet men uansett fikk denne delen av Dheesa en god porsjon nedbør sørfra og alt landet som regel i fjellene som snø. Det var bitende kaldt og det i sin tur betydde at få var ute nå. Wulf trengte ikke stort for å klare seg, han var vel vandt med å ta til takke med lite og var godt trent. Han hadde også brevene fra Hanek med seg og de gav ham adgang til alle garnisoner og militære anlegg han måtte komme over. Han kom ned i en smal lang dal med en liten sjø, sjøen var frossen men isen var ikke særlig tykk så han red langs stranda enda den var temmelig ufremkommelig noen steder. Han hadde bra med proviant, det var liten vits i å prøve å fange noe, han kunne ikke kaste bort tiden på det. Han hadde overnattet i et skar mellom to ganske så bratte klipper den natta og han hadde sovet godt, han nøt godt av at mange kavalerihester var trent til å legge seg så han hadde ligget mellom to av hestene og hadde hatt det godt og varmt.
Han var på vei nedover en ganske bred skogdekket dal da han hørte bråk i det fjerne, det var ennå tidlig og sola var ikke helt oppe, dalene lå i skyggen enda sollyset strakte seg nedover klipper og fjell som forgylt maling. Hestene stanset og klippet nervøst med ørene og han grep leietauene og trakk dem nærmere, holdt dem stramt og hindret dem i å knegge. Det var skrik han hørte, og brøl, og noe som måtte være trær som ble

splintret. Det var troll, lite annet kunne lage slikt leven og det måtte være folk der fremme. Han bannet lavt, det var ingenting han kunne gjøre, absolutt ingenting. Han var bare en person, og selv en godt trent ridder har ingen sjanse mot troll. Han ventet bare, i skjul bak noen svære forvridde grantrær. Etter en stund ble det stille og han så at skogen beveget seg et stykke unna, trollet eller trollene var på vei bort, østover så det ut til og han ventet enda en stund før han smattet på ridehesten og begynte å bevege seg videre.

Han visste hva han ville få se og allikevel var det et sjokk. De arme menneskene hadde ikke hatt en sjanse, det eneste som var igjen var forrevne kroppsdeler og rester av en vogn samt en ponny. Han så av de fargerike klærne at dette var medlemmer av et folkeslag som holdt til i fjelldalene sør i Tholir, de var bofaste der men vandret rundt innen territorier bestemt mellom de ulike slektene. De levde av å jakte og fiske, lage småting i horn og treverk og å sanke urter og vakre steiner. Noen likte dem ikke siden de hadde rykte på seg for å være uærlige men Wulf visste at det var feil. De var bunn ærlige men hadde en annen måte å se på folk utenfor slekta enn de fleste andre, de ville aldri drømme om å bedra en slektning men de som ikke var av samme folk ble på et vis ikke regnet som folk på lik linje med dem selv og dermed kunne de prøve å lure dem med god samvittighet. Det hadde vært en familiegruppe, kanskje en sju åtte personer hvorav sikkert halvparten var kvinner. Wulf visste at dette folket var matriarkalske, alt som fantes av eiendom ble arvet fra mor til datter og mennene eide ingenting annet enn klærne de sto og gikk i. De hadde kun en oppgave og det var å se til at kvinnene var trygge og sørge for at de fikk de barna de ønsket seg, fortrinnsvis jenter. Men mannfolkene var ikke sveklinger på noe vis, de var faktisk svært så maskuline og Wulf hadde vært borti noen i hæren. De var regnet som svært gode krigere og de holdt ut det utroligste. Likrestene stinket av blod og trollene hadde som vanlig ikke spist av kroppene, bare slitt dem i småbiter. Wulf visste at han ikke kunne bruke tid på å begrave dem, det ville være for tidkrevende. Han kunne bare ri videre og håpe at noen fant de sørgelige etterlatenskapene og fikk dem i jorda. Han snudde hesten og skulle til å ri videre da han hørte en lyd som kom fra en stor stein som lå like ved restene av vogna. Han trakk sverdet, nærmet seg sakte og forsiktig. Han ante ikke hva dette kunne være så han tok ingen sjanser. Steinen var kløvet på midten og et lite tre vokste over kløfta, røttene dannet nesten et slags nett som dekket den og det var helt mørkt der nede siden løv og mose dekket de fleste hullene. Wulf holdt sverdet klart, han holdt pusten da han hørte mer bevegelse. Noe blått kunne skimtes mellom greinene, så jobbet en liten skikkelse seg frem gjennom et hull. Det var en gutt, kanskje sju åtte år og han var kledd i vakre fargerike klær og gode støvler. Han så skremt ut og det var vel temmelig normalt ved tanke på det han hadde sett. Han strakte seg ned og halte noe med seg ut av hullet, det var en jente som kanskje var fem seks år, hun var pen og nett med svært fine smykker rundt halsen og håndleddene og øynene var enorme av sjokk. Wulf bannet for seg selv, han kunne ikke etterlate to barn der alene, ikke med troll og sjelløse i området. Han satte sverdet tilbake i slira, prøvde å smile. «Jeg er Wulf, jeg er ikke farlig.»

Gutten holdt rundt jenta med en tydelig beskyttende mine, han så ut til å være en tøff liten kar men Wulf så spor etter tårer på kinnene. «Jeg er Lukin, dette er søsteren min Ikha, vi…vi gjemte oss, far sa at vi skulle gjemme oss…!»

Wulf nikket. «Det var smart, trollene ville ha drept dere. Har dere noen andre av deres folk i nærheten?»

Lukin nikket, øynene var fremdeles enorme og svarte og Wulf forsto at gutten var i sjokk. «J…ja, i nabodalen. Onkel og hans klan er der nå, de sanker myrull»

Wulf smilte litt brydd. «Bra, kan dere ri? Dere kan ikke bli her alene og vi må skynde oss før det blir mørkt igjen»

Lukin svelget synlig. «Ja, tar du oss til onkel?»

Wulf nikket. «Det gjør jeg, men dere må fortelle veien.»

Lukin trakk jenta opp på kanten av steinen og Wulf trakk ene hesten bort til dem. Lukin klatret over på hesteryggen som en ape og jenta ble halt på plass foran ham. Hun suttet på tommelen og skalv, antagelig var traumet så stort at hun ikke maktet ta noe inn over seg ennå. Wulf syntes synd på dem, disse barna kom neppe noen gang til å slippe unna hva de hadde sett. Lukin lagde en slags hulkelyd. «Hva kommer til å skje med dem, med far og de andre?»
Wulf smattet på hesten. «Vi forteller hva som har skjedd, så kan folket deres komme hit og begrave dem.»
Lukin nikket kort og Wulf ante at gutten allerede var vel vant med ansvar. Guttene skulle tross alt beskytte søstrene sine og stå til tjeneste for dem, det var en ære å bli regnet for å være en dyktig beskytter. Lukin kom med lavmælte forklaringer og Wulf fant veien ganske lett, det kostet ham tid men han kunne ikke bare ri ifra uskyldige barn, han ville aldri kunnet tilgi seg selv om han gjorde det. Terrenget der var ikke særlig vanskelig og da sola begynte å synke mot horisonten igjen så Wulf en ansamling med glorete telt som sto oppslått langs kanten av en stor myr. Noen kvinner løp rundt og sanket myrull mens noen menn stelte en flokk små raggete hester og barn løp rundt og lekte. Noen så hestene som kom nedover dalen og gjorde anrop og Wulf så at mennene øyeblikkelig slapp det de hadde i nevene og grep til våpen. Disse folkene brukte ikke sverd for stål var tross alt dyrt og tungt. De brukte noen klubbe lignende våpen med skarpe skiver av obsidian presset inn i treverket og det var brutale våpen selv om de var primitive. Uansett var de mestre med dem. Wulf sørget for å ri med hendene synlig og Lukin tvang hesten sin frem med høye rop. Mange så forbauset ut og Wulf så at en av mennene der, en høy smekker kar med svart hår brått ble blek. Det måtte være Lukins onkel for de lignet hverandre. Lukin prøvde å være tapper men stemmen sprakk. «Troll, troll...de...de drepte alle»
Mannen sank i kne og flere av kvinnene begynte å skrike. Et par yngre karer hjalp Lukin og søsteren ned av hesten og

Lukins onkel jamret seg høylydt. Wulf prøvde å holde seg rolig. «De ble overfalt i nabodalen, øverst i skogbeltet ved en liten bekk. Det...det er en stygg scene, jeg tror dere bør prøve å begrave dem fort for...åtseleterne vil garantert komme til allerede i natt»

En annen mann steg frem, han var eldre og gråsprengt og hadde den tradisjonelle lange fletten bundet rundt hodet, slik skikken var. Wulf visste at det var tegnet på at mannen var en av klanens eldste og en person som ble lyttet til. Wulf senket blikket i respekt og mannen bukket kort. «Vi takker for at du har brakt disse barna i sikkerhet, tror du at trollene kommer tilbake?»

Wulf trakk pusten dypt, han ante virkelig ikke hva han skulle si. «Jeg antar det, det er noen andre monstre løs også, merkelige bleke skapninger med svarte øyne og skrekkelige gap. De er enda verre»

Den eldre mannen gyste synlig. «Vi kaller dem ghun-shriem, sagtenner. Vi har gamle legender om dem, og nå har legendene blitt realitet.»

Wulf nikket. «Det er sanne ord. Jeg var ikke i stand til å gjøre noe, jeg er kun en enkelt mann»

Den eldre karen så skjevt på Wulf. «En ridder, antagelig også en offiser. Hva gjør du her i fjellene?»

Wulf forsto at denne karen faktisk hadde skarpe øyne, og at han var vant med å bedømme folk. «Jeg er Wulf, jeg er en av Haneks nærmeste offiserer. Jeg er på vei til ham nå, for advare om trollene og disse andre ubeistene»

Mannen nikket sakte og sindig, Wulf så at de to barna ble tatt inn i et telt av noen hulkende kvinner og noen yngre karer hadde kastet seg på hver sin hest og red ut i hver sin retning. Antagelig skulle de stå vakt et stykke unna leiren. Den eldre karen bøyde nakken fort. «Jeg er Gelhidan, barnas onkel heter Obram. Vi er som sagt svært takknemlige for hjelpen»

Wulf bare nikket. «Det er hva enhver anstendig person ville gjort. De greide seg fordi de gjemte seg i en sprukket kampestein, under noen trerøtter.»

Gelhidan klemte øyebrynene sammen, han virket for å myse litt. «Du skal advare Hanek? Det blir en lang reise, han er i Tholir nå sies det, for å stanse krigen»

Wulf nikket. «Jeg vet det, men han må få vite at folket er ubeskyttet. Alle soldatene hans er trukket nordøstover. Garnisonene er nesten tomme, det er ingen igjen her som kan forsvare landet»

Gelhidan rakte ut handa. «Det stemmer, men all verdens soldater hjelper ikke mot troll og de sagtannede. Kom ned av hesten, du kan ikke ri videre nå i mørket, og vi er beæret om du vil tilbringe kvelden hos oss»

Wulf visste at den eldre karen snakket sant, han var velkommen der og han kunne ikke ri videre nå. Han steg av hesten og tok oppakningen sin, noen yngre gutter kom og tok dyrene for å vanne og fore dem. Gelhidan smilte men det var sorg i blikket hans. «Vi har mistet noen alle her, for en uke kom en gruppe ut for de sagtannede, vi måtte drepe to av våre egne, de var...infisert»

Wulf kjente at det vrengte seg i ham. «Jeg har hørt om det, de bruker folk for å klekke ut flere ikke sant?»

Gelhidan nikket stivt, blikket var temmelig mørkt. «En grusom skjebne, en mange vil dele om ikke dette stanses.»

Wulf fulgte mannen inn i det største teltet der, det var forholdsvis luksuriøst med tykke pelser på golvet og et ildsted der en yngre kvinne lagde mat. Hun hadde vakre tegninger i ansiktet og det så eksotisk ut men var antagelig skikken i hennes klan. Hun nikket bare til Wulf og fortsatte med arbeidet og Wulf satte seg nølende ned. Gelhidan satte seg også, han så skarpt på offiseren og la armene over brystet. «Hanek er en god konge, en av de få bra. Vi respekterer ham, for han har aldri sett ned på oss. Og han vil folkets beste, tenker ikke på å bli skittent rik selv. Det er sjelden i disse dager»

Wulf nikket. «Hanek er en stor mann, men han vet neppe om faren som truer landet nå»

Gelhidan smilte og strakte beina mot ilden, han kunne være alt fra seksti til åtti, det var umulig å bestemme alderen hans og Wulf så stor visdom i det klare blikket. «Ingen skjønner faren som truer Wulf, ingen andre enn noen ytterst få. Mitt folk har tatt vare på gammel visdom for vi har ikke endret oss, for oss er verden som den alltid har vært, vi følger dyrene og årstidene og bryr oss ikke om det som hender der ute. Det er et budskap du må sørge for at din konge mottar»

Wulf følte seg litt forbauset, hva kunne det være? Gelhidan lente seg litt bakover, blikket var fjernt. «For fem hundre år siden så hadde vi en blant oss som hadde evner få andre besitter, han så fremtiden og han forutså dette. Han visste at troll og monstre igjen ville vandre over landene, samtidig med at dragene vender tilbake.»

Wulf rynket pannen. «Dragene vender tilbake?!»

Gelhidan gliste av det sjokkerte uttrykket. «Åh ja, det har allerede skjedd. Dragetind har født dem alle Wulf, fra smådrager til den siste store, og deres velde vil igjen bli sett i landene»

Wulf rynket pannen. «Vi har ikke sett noen drager?»

Gelhidan nikket. «Nei, for tiden er ikke inne for dem ennå, noen få vil bruke sin styrke allerede, i nord og over slettene. Nei, det som teller nå er at invasjonen stanses. Troll og sagtannede er ikke det verste som er på vei, langt ifra.»

Wulf så vantro på mannen. «Du kan ikke være alvorlig?!»

Gelhidan så langt på ham. «Jeg er alvorlig, tro meg. Mørket er på vei Wulf, og med det krefter ingen kan forestille seg. Vi kan bare be om at maktene er på vår side»

Wulf svelget hardt, det var vanskelig å tro hva han ble fortalt men noe i ham fortalte ham at han burde tro på det. Det var ikke noe valg egentlig. Gelhidan vinket på en jente som satt i et hjørne av teltet og lekte med et slags spill. Det var en treplate som noen hadde boret en hel rekke med hull i, hullene satt i et slags spiralmønster innover på platen og selve plata var malt i felter med ulike farger, det var et vakkert stykke arbeide og i hullene satt noen trepinner også malt i de glade fargene som var brukt på brettet. Gelhidan tok brettet og holdt det opp. «Ser du dette? Det er et populært spill for barn, poenget er å få sin pinne først inn i midten av spiralen uten å bli sperret av de andre som spiller. Det ser enkelt ut men skjuler en gammel hemmelighet.»

Han pekte på hullene og gjorde en slags gest som for å vise hele mønsteret. «En gang i tiden var dette spillet noe ganske annet, det viste hærførere hvor fienden hadde sine styrker, og hvor de kunne håpe å overvinne dem.»

Gelhidan så skarpt på Wulf. «Når du møter din konge skal du dele en hemmelighet med ham, en vårt folk har båret i århundrer. Tiden er inne for at den blir delt med resten av verden.»

Han ropte på noen og en gutt kom inn med en liten eske i hendene. Den var ikke stor men virket tung og gutten bukket kort og la fra seg esken foran Gelhidan. Den aldrende mannen la handa på den med en nesten kjærlig mine. «Vet du hvordan trollene finner folk? Hvordan de jakter?»

Wulf rynket pannen. «Nei? Jeg...jeg har ikke tenkt på det, ikke egentlig.»

Gelhidan smilte fort. «Det er ikke mange som tenker på det når de blir angrepet av de ubeistene men sannheten er at de jakter via lukt. De blir tiltrukket av lukta av liv, av kjøtt. De kan ikke ete av ofrene sine for de er annerledes skapt enn oss men de hater alt av vår verden. Det er i deres natur, ikke noe som kan endres eller benektes. Et troll har ingen tanker Wulf, det er som en ljå. Det er en maskin, følger forutbestemte handlinger. Det er deres svakhet, deres største svakhet»

Wulf følte et stikk av iver, dette hørtes ut som noe som kunne brukes. «Og?»

Gelhidan smilte, han så at offiseren hadde blitt interessert. «Folket vårt fant en måte å bruke det på i eldgammel tid, en måte å lure dem på.»

Mannen åpnet esken og en intens stank spredte seg i teltet. Kvinnen som satt og lagde mat sendte dem et meget indignert blikk. Wulf måtte nyse, lukta boret seg inn i nesa og den var nesten kvalmende sterk og temmelig skarp. Gelhidan lukket esken igjen og gliste kort. «Den er ganske ille ja, men effektiv. Den som smører seg med dette griseriet her blir som usynlig for trollene. De vil ikke merke at en er der før det er for sent»

Wulf skar en grimase. «Allikevel, kan de drepes av vanlige våpen? Jeg trodde det snaut var annet enn sollys og magi som kan kverke dem»

Gelhidan nikket. «Normalt sett ja, men vi har mer enn bare denne salven her Wulf, vi har en som vil lokke dem til seg. Den lukter enda mer forferdelig og ingen aner hva den egentlig etterligner men vi tror det kan være noe som tilsvarer lukten av et hunntroll i brunst. Det kan brukes som et våpen.»

Wulf så nytten i det om det virkelig fungerte. Han rynket pannen. «Dere kan ikke ha så veldig mye av det?»

Gelhidan gliste kort. «Vi har oppskriftene. Vi kan ikke lage det selv for vi aner ikke hva halvparten er, men om Hanek har dyktige folk kan de sikkert greie å lage mer.»

Wulf svelget kort. «Om dette stemmer kan det faktisk være svært verdifullt, men hva med de andre beistene, de dere kaller sagtannede?»

Gelhidan nikket sindig. «De er selvsagt mye verre, troll er som sagt forutsigbare, disse demonene er det ikke. Men vi har noe som også påvirker dem»

Han trakk pusten. «Disse beistene er ikke som troll, de er rent mørke og ondskap men de har intelligens, selv om den er begrenset. De lar seg ikke lure og de er vanskelige å drepe. De liker ikke sollys men kan bevege seg ute om det bare er litt overskyet. Og de er mange, det er aldri bare en liten gruppe,

møter en på dem er det alltid minst femti seksti stykker og en kan bare be om at en blir drept. Alternativet er for grusomt.»
Wulf nikket og følte seg svakt kvalm igjen, han husket det Vardhys hadde fortalt, mannen i hulen...Den aldrende karen rettet på buksebeina, skar en grimase. «Det er også en slags salve, men en bruker den på våpen, og på seg selv. Den er ytterst giftig for disse beistene. For øvrig er de svært sårbare for drageild, og for pusten fra frostdrager»
Wulf måtte rynke pannen. «Frostdrager?»
Gelhidan nikket og smilte litt skøyeraktig. «Ja, det fantes frostdrager og sagnene våre forteller om en siste, den veldige. De pustet intens kulde i stedet for ild. De kunne fryse en hel hær til is på bare minutter, neppe noe særlig bedre enn å bli brent men selvsagt mer estetisk tiltalende»
Det siste kom noe beskt og Wulf så at karen hadde et litt ironisk glimt i øynene. «Vi har oppskriften på giften også, bruker dere alt dette har dere et forsvar men det kan ikke stanse det som kommer. Det må stanses ved roten.»
Wulf så litt vantro på den andre mannen. «Roten? Hvem kan gjøre noe slikt?»
Gelhidan smilte litt skjevt. «Det vil maktene avgjøre Wulf, vi er alle deler av et pinnespill gutt, og gudene spiller med oss. Be bare om at den som flytter din brikke er på din side»
Kvinnen som hadde lagd mat kom bort til dem med to boller med noe som måtte være stuing og Wulf fikk den ene og en treskje. Han takket høflig og hun smilte litt skjevt og gikk og satte seg igjen. Maten var god, og Wulf presset leppene sammen. «Hva med folket ditt, dere er forsvarsløse?»
Gelhidan ristet på hodet. «Ikke helt, vi vil samle klanene nå, det har ikke skjedd før men tiden er inne. Det er hemmelige steder i fjellene der vi kan søke tilflukt, hellige steder. Skapninger av mørket kan ikke entre disse stedene, de blir avvist.»
Wulf smilte fort. «Det er godt å høre.»

Gelhidan sukket tungt og la fra seg bollen sin. «Ja, men det er forbannet å skulle være blant de levende når slike tider igjen kommer. Vi kan bare be forfedrene om støtte og hjelp»

Wulf ante ikke hva han skulle si til det og Gelhidan tørket seg om munnen. «I morgen får du med deg oppskriftene, og en av våre blir med som kjentmann. Vi kjenner raske veier ut av fjellene, veier ingen andre vet om»

Wulf smilte litt lettet. «Jeg er takknemlig for det, jeg har aldri vært i denne delen av landet»

Gelhidan klukket lavt. «Det er forståelig, fjellene her er ikke innbydende om en ikke kjenner dem. Men mitt folk har eksistert her i alle tider og vi elsker dem akkurat som de elsker oss. Vi blir født her og returnerer til deres skjød når tiden er inne, det er slik det skal være.»

Wulf tømte bollen, det føltes meget godt å få magen fylt. Gelhidan stirret inn i ilden. «Jegeren skal jage, og berge landet her i sør, i nord må andre trø til.»

Wulf så spørrende på Gelhidan men den eldre mannen sa ikke mer og Wulf kjente at han ble svært sliten nå som magen var fylt og adrenalinet var borte. Gelhidan nikket mot noen pelser som lå langs veggen. «Sov, det er sent allerede og vi vil gå til ro nå. Mennene våre holder vakt, det er lite fare i natt og særlig ikke her. Verken troll eller sagtannede liker myrer og vann av en eller annen grunn»

Wulf måtte søvnig innrømme at det var forståelig, hvem likte vel ei hengemyr? I hvert fall ikke de militære og han gikk bort til pelsene og rullet seg inn. De var myke og varme og han la merke til at flere kom inn og la seg, snart hørte han hvordan flere mennesker pustet rolig og avslappet og han seg ned i søvnen uten flere tanker.

Da Wulf våknet var det til lukten av nystekt brød og lyden av hester som løp bort. Han gjespet og gned seg i hodet, følte seg uthvilt og forbausende vel. En jente med det tradisjonelle skautet mange av dette folket bar satte frem et brett med brød og ost og noe som måtte være en slags vin foran ham og han takket og strakte seg. Det knaket i kroppen, han var ikke noen ungsau lenger men han var glad han ennå var i sin fulle kraft. Han trodde han ville få bruk for det nå. Han skyndte seg å spise og etterpå gikk han ut, noen drev å la sammen teltene og lastet dem på små kjerrer og barna hjalp ivrig til. De hadde ikke skjønt faren og for dem var dette bare et velkomment avbrekk i de daglige pliktene. Wulf finger gredde håret og rettet på klærne og kjente at han var klar for å ri videre.

Gelhidan kom gående sammen med en gutt på rundt sytten, han var lang og smal og ulenkelig og hadde et vakkert ansikt med noen få enkle tatoveringer. Den eldre mannen bukket fort for den kvinnen som tydeligvis var ansvarlig for å rydde leiren og gikk bort til Wulf. «Her er oppskriftene, vokt dem med livet»

Det var en konvolutt lagd av skinn og den var ganske stor. Wulf la den inn under tunikaen, mellom den og den tette undertrøya si. Ingen ville se den der. Gelhidan la handa på skulderen hans. «Vi har lagt en krukke med salve i saltaskene, den bør beskytte om dere kommer over troll»

Wulf smilte litt nervøst. «Takk, jeg setter stor pris på det.» Gelhidan nikket. «Vi reiser til de hellige dalene nå, alle sammen. Vi har lite av den salven så bruk den med andektighet. Det er uendelig viktig at Hanek får de oppskriftene»

Wulf smilte takknemlig og han håpet at alle kom seg trygt til bestemmelsesstedet. «Jeg vet det!»

Gutten steg frem og Wulf målte ham med blikket. Han var kanskje ung men det var tak i ham, det var ganske tydelig. «Dette er Judla, han har allerede tatt livet av en bjørn med klubben sin og er regnet som en mann. Han vil vise deg veien»

Judla tok handa hans og ristet den, det var stolthet i blikket og Wulf fant at han likte gutten allerede, dette kom til å bli en verdifull reisepartner. Hestene var allerede salet opp og gjort klare og Judla red en stor svart hoppe som virket rask og sterk. Det måtte være den beste hesten denne klanen hadde og Wulf følte et fort stikk av takknemlighet. Det var tydelig at dette folket nå satte sin lit til ham og han håpet at han ikke ville skuffe dem. Gelhidan smilte litt trist. «Vi har sendt ryttere for å begrave de døde, jeg regner med at trollene angrep for fort til at de rakk å komme seg bort, det var sol i går men litt tåke, det kan være nok til at de ubeistene klarer å ta seg frem. Husk det!»

Wulf svang seg i salen og trakk på seg kappen sin, det var en egen sur vind så langt opp i fjellene og den bet godt i ubeskyttet hud. Judla så beundrende på sverdet hans og festet klubben sin i salen, det primitive våpenet var egentlig svært skremmende og Wulf visste at det til og med kunne brukes som kasteskyts i nødsfall. Gelhidan trykket Wulf sin hånd. «Ri i fred, og husk hva jeg har sagt. Om beistene får spre seg utover landene er alt tapt.»

Wulf nikket og smattet på hesten og Judla sporet hoppa si og la i vei bortover, han virket svært ivrig. Antagelig var han stolt over å ha fått et slikt oppdrag. Wulf la seg rett bak og gutten fant fort en sti som var temmelig smal og kronglete men allikevel trygg. Hestene var stø på beina og Wulf begynte å bli optimist. Judla kjente antagelig hver en stein der og kunne vise Wulf passasjer ingen kart viste. Det var en god ting og Wulf lot gutten bestemme tempoet som var forholdsvis høyt selv i de bratteste partiene.

De red hele dagen, stanset bare for å la hestene drikke og Wulf ble imponert over hvor dyktig gutten var. Han leste terrenget på en måte ingen byboer noen gang ville være i stand til og etter selv timer med hardt terreng virket han like sterk og uthvilt som før. Disse folkene var i sannhet tilpasset landet de bodde i. Da det ble mørkt fant Judla et enormt tre i et holdt av høye furuer, det var bygd en slags plattform over de øverste sterke greinene og det gikk en enkel taustige opp dit. De klatret opp og det var et enkelt rekkverk på plattformen og den hadde tydeligvis blitt bygd for å holde folk trygge. Judla smilte stolt.

«Fra nede under treet ser en den nesten ikke, i mørket er den usynlig. Vi har flere slike rundt omkring»
Wulf måtte stryke hendene over de tette og glatte plankene, det var utmerket håndarbeid og svært solid. «Dere bruker dem jevnlig?»
Judla nikket stolt. «Ja, det er en eldgammel skikk, antagelig stammer den tilbake til tider da troll og slikt ennå fartet rundt og drepte folk. Og mitt folk har beholdt skikken, bare for å være forberedt.»
Wulf rullet ut teppene sine, han beundret det at de hadde vært så forutseende, de fleste glemte alt som hadde skjedd kun få tiår tidligere. Treet beveget seg svakt i vinden og det var en litt merkelig følelse men Wulf sovnet for det, Judla satt og nynnet litt for seg selv før han også la seg. Neste morgen kom med tett tåke, været hadde slått om og det var blitt mildere, Judla så ikke glad ut. Wulf forsto det, med all snøen som lå mange steder gjorde mildvær at faren for ras ble stor. Og tåka skjulte dem riktignok men den skjulte også andre ting, ting de burde sett. Da de red videre hadde gutten en sur mine og Wulf måtte smile litt skjevt, Judla var av det stolte slaget, det var ganske tydelig, han ville gjøre en god jobb. På et vis minnet han Wulf om Vardhys men han eide ikke den naiviteten som hadde kjennetegnet den unge ridderen før han ble etterlatt hos bøddelen og hans familie. Judla hadde sett mye og lært mer og var å regne som en mann med alt det ansvaret det brakte med seg.
Også neste dag kom med tjukk tåke og Judla fortalte villige vekk om dalene der og hemmelighetene de skjulte. Alt fra gamle glemte ruiner ingen lenger ante hva hadde vært til steder der svært dyrebare urter vokste. Wulf fant det svært interessant og forsto at disse folkene var ett med landet, de kunne neppe klare seg andre steder siden det kun var i dette fjellområdet de var kjent. Judla fortalte om skikkene deres, om helter som hadde vært støv i århundrer, om deres tapre matriarker som ledet folket gjennom tider med hunger og nød. Wulf visste at

dette folket ikke hadde noe skriftspråk, alt ble husket om det skulle tas vare på og det gjorde at de fleste hadde en fenomenal hukommelse. Wulf husket vagt at en rådgiver til en av Haneks forfedre hadde vært av dette folket og enda nå husket folk at mannen hadde hatt hele lista over kongens eiendommer, verdier og undersåtter i hodet.

De hadde vært på veien i fire dager da de nærmet seg et område som var uvanlig vilt. Her gikk stien på en smal hylle langsmed noe som best kunne beskrives som et juv og de måtte gå av hestene og leie dem. Stien var temmelig smal og uframkommelig og glatt ikke minst. Judla viste Wulf hvordan de surret små biter med skinn på føttene, med pelshårene vendt forover. Pelsen var stri og litt stiv og Wulf antok at det måtte være fra et eller annet dyr som bare levde der oppe for han hadde aldri sett maken før. Men det fungerte, pelshårene nærmest sugde seg fast til isen og gav feste og hestene fikk noen slags sandaler tjoret til forbeina og de gjorde samme nytten. Judla hadde tint opp betraktelig i løpet av de dagene de hadde vært der ute, nå var han munter og åpen og lo mye og Wulf fikk ham også til å demonstrere hvordan han brukte klubba si. Guttene ble visst trent med våpenet fra de var bare en fire fem og når de var nådd manndoms alder var de eksperter allerede. Noen brukte bue også, det var ikke regnet som et like mandig våpen men de få bueskytterne de hadde var meget dyktige og kunne treffe nesten hva som helst, selv i fart. Tåka hang fremdeles lav og Wulf lyttet til Judla sine beretninger og koste seg egentlig, han glemte nesten årsaken til reisen til tider. Her i det stupbratte terrenget trengte de ikke være redde for troll. Judla fortalte at de aldri trakk ned i disse områdene for et troll er ikke særlig smidig, mister det balansen faller det som en stein av en eller annen grunn.

De var på vei rundt en bratt kurve da Wulf brått hørte en uventet lyd, det hørtes ut som en kvist som knakk høyere opp i lia og han forsto at de hadde glemt en viktig ting, troll og sjelløse var ikke de eneste farene der inne. Han spant rundt for å advare Judla men brått kjente han et hardt slag i brystet og han ble formelig kastet bakover og grep desperat etter noe å holde i men det var for sent. Han kjente at han ikke hadde noe å sette beina på og før han tumlet nedover stupet rakk han å sende ut et brøl for å få Judla til å rømme unna. Det var røvere, en temmelig grovspikket pil stakk frem fra brystet hans og alt han rakk å tenke før han traff et eller annet hardt var at det burde gjort mere vondt.

Wulf åpnet øynene sakte, alt svingte og han hadde forferdelig vondt i hodet, noe seigt klebet øyelokkene sammen og han lå opp ned? Han prøvde å stryke ene handa over fjeset, kjente at han antagelig hadde fått et slag i hodet og det klebrige måtte være hans eget blod. Han tvang øynene opp og gav fra seg et lite skrik av sjokk. Han hang på kanten av et realt stup, minst en to tre hundre meter og kappen hans hadde reddet ham. Den hadde hektet seg fast i en grov tornebusk og Wulf følte at en intens angst kjempet om herredømme over ham mot hans trening og fornuft. Han tvang seg til å puste rolig, pila gjorde merkelig nok ikke særlig vondt ennå og han trakk pusten dypt bare for å sjekke at den ikke satt i en lunge. Han hang mer eller mindre med hodet ned og prøvde å få et overblikk over situasjonen, hvordan kunne han trekke seg opp igjen på en trygg måte?

Til slutt fant han ut at han måtte ta en sjanse og stole på at kappa satt så fast i busken at den holdt vekten hans selv når den ble forskjøvet, han grep plagget med stive hender og la merke til flere kutt og sår men det kunne han ikke bry seg med nå. Sakte dro han seg opp, stirret stivt på den uanselige busken som hadde reddet livet hans. Den satt godt, med dype røtter og greinene var utrolig seige med torner lange som en tommel, ikke rart han følte seg oppklort for han måtte ha rullet gjennom den. Busken vokste på kanten av en hylle og Wulf fikk tak med føttene og greide å skyve seg opp siste biten, hjertet hamret desperat i ham og han skalv over det hele. Store høyder hadde alltid vært en utfordring for ham, oppvokst som han var på flatlandet. Han satte seg ned i snøen, kjente seg kvalm og uvel men visste at han måtte komme seg opp. Stien var der oppe et sted og med den Judla og hestene og de som antagelig hadde angrepet dem. Han kunne ikke la noen gjøre gutten noe, og enda viktigere, Hanek måtte få beskjed om trollene. Wulf grep pila og kjente at den satt i noe og han gispet kort, den hadde blitt stanset av konvolutten med oppskriftene! Det var en dårlig smidd pil, spissen var ikke særlig god og den hadde bøyd seg på vei gjennom den tykke vamsen hans, det seige læret hadde vært for hardt. Han kunne ha kysset den guden som var ansvarlig for dette mirakelet, der og da!

Han gjorde en rask skade beregning, han hadde mange rifter i fjeset, en gedigen kul i bakhodet men forhåpentligvis ingen brudd på skallen, ene kneet verket intenst men det var ikke brukket bare vridd. Uansett ville det gjøre vondt som bare pokker men han bet tennene sammen, nå gjaldt det å komme seg ut av gjelet og finne Judla og hestene før det var for sent. Hylla var smal og hellet nedover, over den var det enda brattere og naken is hang på steinen flere steder, det var ikke mulig å komme seg opp der. Men hylla hellet svakt oppover i ene enden og fra den gikk det en smal kant som kanskje kunne bli redningen. Den var også isete og temmelig smal men fulgte han den kunne det være at han kunne nå stien der oppe igjen. Han kom seg på beina, nektet å se ned for synet av stupet ville skremme livskjiten av ham så han så bare oppover. Heldigvis satt pelsen ennå på støvlene hans og han hadde ikke mistet kniven sin heller, den ble god å ha nå.

Sakte hugget han seg fremover, et steg om gangen, det ble mørkere men han kunne ikke la det affisere seg. Kanten var av og til så smal at føttene snaut fikk plass og han berget seg fra å gli og falle mange ganger kun på at han festet kniven i sprekker og holdt fast for harde livet. Det var mørkt før han nådde stien, han verket og hadde spydd et par ganger og var svimmel men han kunne ikke la det stanse seg. Han fant stedet der han hadde falt utfor, så tegn på en kort kamp og så ledet

146

sporene videre langs stien, nå var det i hvert fall fire personer til der skulle han tolke antallet fotspor. Han visste at han var temmelig svekket, langt ifra i sin beste form men han måtte bare finne dem. Han haltet bortover, regnet med at de trodde han var død og det var jo en fordel. Han hadde gått kanskje en halv time da han så flakkende lys mellom trærne og hørte stemmer. Det hørtes nesten ut som om de feiret, ikke at det var stort å feire for Wulf hadde ikke hatt med seg mye men var det landeveisrøvere var vel hestene og sverdet hans verdt en god del. Wulf var ekstra takknemlig for pelsen på føttene nå, den dempet all lyd og han snek seg frem mellom trærne. Det var heldigvis svært mørkt og akkurat der var det flatt og fremkommelig med en god del store kampesteiner spredd ut over skogbunnen. De gav utmerket dekke og han beveget seg målrettet og stille. Dette kunne han, han var trent til dette og ønsket bare at han hadde hatt bedre våpen.

Hestene sto bundet sammen i en liten klynge og Wulf trakk et lettelsens sukk, de var ikke engang salt av og saltaskene var åpnet men ikke tømt. Hestene var slitne, de sto og hang med hodene og siden de nå kjente ham reagerte de snaut da han kom snikende. Han hvisket mykt til dyrene og løsnet dem, om de fordømte røverne prøvde å ri bort skulle han ikke gjøre det enkelt for dem. Esken med salven lå ennå i saltasken på merra han hadde ridd, han skar en grimase og stakk den innenfor jakka, om hestene stakk av hadde han i det minste den. Det viktigste var at ikke overfallsmennene kom seg unna. Han snek seg videre, opp mot stedet der et leirbål var tent og han saknet farten. Det var latter og snakk og noe som lignet stønn? Wulf kjente at det gikk kaldt nedover ryggen på ham, Judla var en vakker ung mann, og slike som bare skyter andre uten å nøle har neppe skrupler av noe slag. Wulf bannet innvendig, krøp sammen og brukte en fallen trestamme som dekke. Leiren var liten, en enkel gapahuk var reist mot en granlegg, et bål var rasket sammen og fem karer var samlet der. Alle kledd i det som best kunne betegnes som filler og rester av vanlige klær og over bar de enkle kapper av dyrehud. De lignet lasaroner med ukjemt skjegg og langt pistrete hår og Wulf visste at dette var den verste sorten. Dette var ikke mennesker som hadde valgt å rane reisende ut ifra nød og desperasjon, dette var reale illegjerningsmenn som antagelig hadde levd slik lenge.

Med Hanek i Tholir var det ikke lenger soldater i landsbyene og slike menn fikk fritt spillerom, Wulf kjente at raseriet kokte i ham. Judla var ikke vanskelig å få øye på, gutten lå over en trestamme bak ved gapahuken, han var bundet ned over den så han lå på magen og beina var tjoret også, ut til siden. Wulf lukket øynene, kjente smaken av galle i munnen. Det var tydelig at de hadde benyttet seg av ham allerede for gutten var blodig og Wulf kunne snaut forestille seg hvor forferdelig dette måtte være for ham. En av mennene reiste seg og lo rått, de andre sa noe som måtte være en spøk og karen ruslet bort til Judla og sank ned på kne bak ham. Wulf så bort, han ville ikke se, hørte bare at gutten skrek til i smerte og mannen begynte å grynte og stønne. Lyden av rytmiske klask fortalte resten. Wulf var glad han allerede hadde spydd, magen var tom nå, han hadde ikke mer å gi. Etter litt gav mannen fra seg et brøl og bevegelsene stoppet, han pakket seg inn igjen og gikk tilbake til de andre og Wulf tvang seg til å puste, til å tenke logisk. Han snek seg litt bakover igjen og begynte å sirkle rundt leiren, kom tilbake mot den der Judla lå. Det var vanskelig å se noe som helst nå men Wulf så at gutten var bevisst, og ansiktet var grimet av tårer og oppskrapt med flere blåmerker. Han måtte ha kjempet i mot så lenge han greide det.

Karene virket for å forberede seg for natten og de rullet seg inn i noen skinn og la seg til og Wulf måtte bare vente til de sovnet. Han syntes minuttene lignet århundrer og han følte hvordan hans egen blåslåtte kropp protesterte mot dette men han tvang ubehaget tilbake, det betydde lite. Etter litt ble det stille, bare noen snork og litt gedigen fising kunne høres og Wulf krabbet nærmere, sakte og med hjertet i halsen. Om en av karene våknet til og måtte late vannet eller noe ble han sett nå, han var rett foran Judla. Gutten løftet hodet sløvt, øynene var merkelig tomme og Wulf ante at dette var nok til å knuse en som ham totalt, skammen måtte være forferdelig for den slags var totalt tabu blant fjell folkene. Det ble godtatt at noen menn bare fant andre menn tiltrekkende men kun om begge var villige og ingen ville tvinge en annen til å bli med på slike aktiviteter. Judla lagde en liten klynkelyd og Wulf la en finger over leppene, han så at tauene var solide og svært stramme og gutten var brutalt bundet. Blodomløpet i armer og bein måtte være sterkt begrenset. Han fant kniven sin og skulle til å begynne å skjære da nesa hans brått fanget opp en merkelig litt rå lukt. Han hadde kjent den før, da han reddet de to barna. Det var troll!

Panikk raste gjennom ham, Judla var skadet og kunne neppe gå og selv var han heller ikke akkurat i toppform. Og han ante ikke hvor de kunne gå for å komme unna, terrenget var totalt ukjent. Judla hadde kjent lukten også, øynene ble enorme av skrekk og han skalv synlig. Guder, hva nå? Så husket Wulf salven og rev ut esken fra jakka, vippet av lokket og tvang seg til å tenke fort. Han gned Judla med den, i rasende fart, så seg selv der han greide å komme til og han gned på klærne også. Judla var naken og iskald og Wulf innså at disse karene ville ha reist fra ham igjen morgenen etter og bare etterlatt ham for å dø. Tanken gjorde ham iskald av raseri. Trestammen Judla var bundet til var ganske stor, bred og den hvilte på bakken i ene enden og på flere grove avbrutte greiner i den andre. Wulf nølte ikke, han skar over tauene og halte Judla ned fra treet, gav blaffen i at det antagelig gjorde avsindig vondt for gutten. Fort trakk han den iskalde kroppen etter seg inn under treet, sørget for å havne innunder der greinene skjermet litt og Wulf velsignet igjen den store kappen av lamaskinn. Den var stor nok til at han kunne tulle dem begge to inn i den. Judla ristet over det hele, fra seg av smerte og skrekk og Wulf la an hånd over munnen hans, hvisket stille. «Hva du enn gjør, ikke rør deg, og ikke lag lyd»

Judla nikket, varme tårer rant nedover kinnene og Wulf ,kjente lukta av blod og andre kroppsvæsker. Det gjorde ham akutt kvalm igjen, kom det til å bli folk igjen av Judla i det hele tatt? Lukta av troll ble sterkere, og nå kjente Wulf en svak dirring i bakken, som om noe tungt beveget seg. Han tvang seg til å ligge stille, gikk gjennom alle de bønner han kjente til i hodet. Judla var iskald og Wulf håpet at nærheten ikke gjorde dette verre for gutten, han måtte bare ligge der så tett inntil ham som fysisk mulig. Troll så ikke så godt, forhåpentligvis så de ut som en mosedekket stein eller noe slikt.

Brått hørte de et merkelig håst brøl og karene våknet, de kastet seg rundt, grep etter våpnene sine og prøvde å komme seg på beina og Wulf la handa over Judlas øyne. «Ikke se!»

Gutten adlød, ristet fremdeles som et ospeløv. Mennene ropte og samlet seg, de forsto antagelig ikke faren de var i og plutselig raste to gigantiske skapninger frem fra mørket. De var overraskende raske og smidige og Wulf så to nesten ape aktige kropper med små hodet på toppen. Trollene virket for å ha små mørke øyne og de manglet øyensynlig ører men hadde store brede neser og en svær kjeft som var fylt med brede firkantede tenner. De så groteske ut, som gjørme menn barn har prøvd å lage. En av mennene snudde og løp, han kom kanskje fem steg før et av trollene grep ham med lange armer og bokstaveligtalt rev ham i to. Mennene skrek og en prøvde å hugge til trollet med en øks, bladet virket ikke for å gjøre skade i det hele tatt og mannen ble slengt ut i skogen som en fille og traff et tre med et dumpt brak. De tre gjenværende gikk til angrep med sverdene sine, modige var de kanskje eller heller desperate og etter bare litt var de også døde, en var bitt i to, en annen ble ganske enkelt trampet på og den tredje ble grepet av en enorm neve og knust. Deretter gikk trollene løs på restene, alt ble revet i småbiter og trollene buret og knurret og virket aldeles forstyrret av raseri. Wulf bare holdt pusten, telte sakte, prøvde å holde hodet kaldt på tross av frykten.

Trollene rev gapahuken, kastet de få gjenstandene mennene hadde hatt rundt og deretter kastet de stein på bålet. Antagelig hatet de alt menneskelig intenst. Wulf bare ba om at salven faktisk holdt det den lovet og det virket faktisk slik, ingen av trollene reagerte på trestammen og etter litt ekstra buring og noen reale brøl sjokket de to enorme skapningene inn i skogen igjen mens de dengte løs på trestammer og slikt. Wulf ble liggende lenge, han kjente at hjertet hugget i ham, svetten rant og han skalv også. Judla klynket konstant og Wulf kjente lukta av urin, gutten hadde pisset på seg av skrekk og offiseren holdt det ikke i mot ham akkurat. En slik reaksjon var naturlig for trollene hadde vært aldeles forferdelige, noe så unaturlig og feil at Wulf snaut hadde ord som kunne beskrive det.

Han ventet et kvarter, to, deretter kravlet han sakte ut fra under treet, trakk Judla med seg. Gutten gråt og skrek av smerte siden blodomløpet nå kom i gang igjen og Wulf satte seg ned på kne og gav seg til å massere hender og føtter på ham. Begge deler var hovne og mørke på farge og Wulf bannet matt, det kunne være at gutten hadde varige skader allerede. Judla sa ikke noe, blikket var enormt og merkelig matt og Wulf visste at han var i ferd med å gå i sjokk. Det var lite trolig at trollene vendte tilbake nå, så han plystret på hestene og til alt hell hørte de og kom. Wulf fikk reparert gapahuken og lagde en provisorisk leir av det, han rullet ut teppene deres og fant litt mat og gav Judla en gedigen svelg med brennevin fra en lommelerke han hadde i ene saltaska. Det var gammelt og heller bittert på smak men sterkt og Judla hostet og gispet etter luft. Wulf gned de verste merkene med brennevin og så la han gutten ned på teppene. «Jeg må undersøke deg Judla, se hvor store skader du har. Jeg er lei for det, det er ingen utvei» Judla hikstet og krympet seg. «Jeg…Jeg…Å guder…» Wulf la en hånd varsomt på en skjelvende skulder. «Det er greit Judla, bare gråt, ikke vær redd. Jeg vil passe på deg»

Gutten bare hulket og Wulf skyndte seg å gjøre det han måtte, han krympet seg da han så hvor ille det var. Smertene måtte være forferdelige og han så at Judla også var hoven, antagelig hadde de sparket ham i skrittet for å uskadeliggjøre ham. Han hadde ikke noe å vaske gutten med, ikke vann eller bandasjer og klærne hans virket for å ha blitt borte. Det eneste han hadde var en ekstra kappe som hadde ligget i ene saltaska og nå fant han den og rev litt av den, lagde et slags lendeklede. Resten ble en slags poncho og Judla lå der og ristet hele tiden, tennene klapret i kjeften på ham. «Jeg trodde du var død»
Stemmen var tonløs og merkelig fjern og Wulf ristet på hodet. «Ukrutt forgår ikke så lett. Vi blir her til i morgen, da reiser vi videre»
Judla lukket øynene, stønnet hult. «Jeg…jeg tror ikke at jeg kan ri!»
Wulf nikket. «Det tror ikke jeg heller, du må sitte opp hos meg. Hvil deg nå, det er over, du er trygg»
Gutten gav fra seg et høyfrekvent hvin av pine, Wulf undret seg på om det var fysisk eller psykisk. «Jeg kan ikke vende hjem igjen, aldri»
Wulf svelget hardt, trakk gutten inntil seg og pakket lamaskinn kappen tett om dem. Han visste at han neppe ville kunne sove denne natten og han bare lå der og prøvde å fordøye det han hadde sett. Salven fungerte visst utmerket, velsignet være Gelhidan. Men nå var det enda viktigere enn før å nå Hanek i tide, Wulf hadde sett hva troll gjør og sannheten var enda mer skremmende enn han hadde kunnet forestille seg. Judla sovnet etter en stund, utmattet av smerte og blodtap og frykt og Wulf bare lå der, strøk ham over det tette mørke håret og håpet at han ville klare seg.
Morgengryet var grusomt da det kom, nå så de virkelig hva trollene hadde gjort, snøen var flekket av blod overalt og restene som lå strødd temmelig groteske. Wulf samlet hestene i en linje, fikk den svarte hoppa til Judla til å knele og klatret stivt opp i salen med gutten i armene. Judla var helt sløv,

apatisk. Blikket var tomt og han reagerte ikke på noe.
Antagelig var de fysiske og psykiske skadene i ferd med å bli
for mye for ham. Armene og føttene var ennå hovne og mørke
og Wulf visste at gutten trengte en dyktig helbreder, en som
kunne dette. Men hvor fant en slike her i fjellene? Han fikk fart
på hestene og fant stien igjen, lot den svarte hoppa finne veien
og den virket for å forstå for den holdt god fart og vek ikke
unna selv for å nappe til seg litt gras. Wulf holdt gutten på
tvers av fanget, sørget for at han satt varmt under kappen.
«Hvor skal vi ri nå? Finnes det landsbyer her? Folk som kan
hjelpe oss?»
Judla bare nikket sløvt. «Ta vestover ved den sjøen vi snart
når, ri nedover langs elva. Det er en landsby et par mil nedover
den, de avler sauer. De er gode folk»
Wulf bare håpet at Judla hadde rett og at det faktisk var folk
der nå, for alt de visste kunne trollene alt ha drept dem og. Han
smattet på merra og savnet reisekameratene, de hadde vært en
større trøst for ham enn han hadde vært klar over før.

Daithe

Etter Nins begravelse hadde ting blitt merkelig dystre, Daithe kunne ikke beskrive det annerledes. Og da hun fikk vite om det Lamara hadde gjort fikk hun nesten sjokk, hun hadde vært på nippet til å eksplodere av sinne for hvordan kunne jentungen virkelig gjøre noe slikt? Eide hun ikke respekt for andre? Nå forsto hun hvorfor hun hadde følt seg så merkelig når Lamara og Aidan var nær ved, hun sanset Lamara sine følelser og hun måtte gå en tur i skogen for å roe nervene og samle tankene. Fhirdhag hadde virket overraskende avslappet, som om det ikke betydde noe for ham at Lamara hadde lurt dem alle og Aidan i særdeleshet. Noe i blikket hans fikk henne til å lure på om han visste mer enn han ville ut med. Men spørsmålet forble ubesvart, hvor skulle de gjøre av seg nå? Hadde Lamara rett? Skulle de videre nordover? Til den ruinen eller hva det nå var? Og hva ventet på dem der?

Hun ble halvgal av alle spørsmålene og ønsket hele greia pokker i vold, hun hadde en merkelig følelse av at hun ikke lenger kjente seg selv en gang og det skremte henne. Før hadde hun alltid visst hvem hun var, hun hadde aldri stilt spørsmål rundt sin egen identitet og skjebne og den hadde gitt henne stolthet og et mål.

Fhirdhag virket for å vite når hun følte seg forvirret og han distraherte henne med vilje, det var som om den ilden han tente i henne aldri brant seg ut, et ord eller en berøring, en gest var nok til at hun brant etter ham igjen og han feilet aldri i å få henne til å føle seg aldeles fantastisk. Noen ganger bare oppsøkte han henne og de elsket fort og hektisk og hun hadde mistet oversikten over hvor mange ganger han hadde fått henne til å skrike i ekstase. På et vis følte det litt merkelig at hun hadde blitt så ivrig og aldri stilte spørsmål om hvorvidt dette var lurt av henne. Før ville hun vært mer kritisk men nå var det som om hun slettes ikke evnet å kontrollere seg selv. Og for hver dag var det som om noe endret seg i henne, mer og mer. Hun hadde en pussig følelse av at lyset ble skarpere, at lyder ble tydeligere og at lukter hun aldri før hadde reagert på nå ble merkelig plagsomme.

Men hun prøvde å tilbringe tid med de andre, hun ville så gjerne bli bedre kjent med dem og spesielt Tåkesang fascinerte henne for nå var det som om hun følte et merkelig slektskap med skapningen. Når Tåkesang satt der og så ut som om hun lyttet til et eller annet var det nesten så Daithe hørte det også, men hun ante ikke hva det var. Tåkesang virket også for å vite et eller annet, det lå i det svake smilet hun sendte Daithe hver gang de møttes, og i blikket som var uutgrunnelig og umenneskelig. Moyesh virket frustrert, nesten frenetisk på et vis. Hun vedgikk at hun følte at hun sviktet det oppdraget hun hadde fått, men samtidig følte hun sterkt at det ikke lenger var nødvendig å finne den jenta hun var sent for å bringe hjem, i hvert fall ikke med en gang. Noe hadde endret seg, prestinnene hadde ikke evnet å se det. Men hun forsto ikke hva hun ellers var der for, det måtte være en mening ved det. Gudinnen gjorde aldri noe uten at det lå en mening bak det og Moyesh grublet mye nå.

Cherdis og Ighal holdt seg mye sammen, og Daithe hadde fått en merkelig følelse når hun var i nærheten av Cherdis, av at den vakre kurtisanen egentlig var noe mye mer enn hva en så. Daithe lurte av og til på om hun var i ferd med å bli halv gal for hun mente å se ting, ting som ikke var der. Og hun følte så uendelig mye mer enn før, ute i skogen var det som om hun var omringet av andre sinn enn sitt eget, veldige og merkelige sinn som tenkte tanker hun ikke var i stand til å engang finne ord for men de var virkelige og de var der. Når hun nevnte det for Fhirdhag bare smilte han og kysset henne og svarte ikke på spørsmålene og hun kjente gjerne et stikk av sinne da, som fort ble til lyst når han begynte å kjærtegne henne igjen. Hun var sikker på at han gjorde det med vilje så hvorfor protesterte hun ikke? Hun bare godtok at han distraherte henne slik, før ville hun eksplodert om noen prøvde å avspore tankene hennes på en slik måte.

Det var ikke før en kveld et par uker etter Nins begravelse at hun begynte å forstå hva som egentlig foregikk, hun var i Fhirdhags hytte og de var som vanlig i senga. Daithe sto på kne og lente seg mot veggen og Fhirdhag var bak henne, holdt et grep i håret hennes og den andre handa hans lå på hofta hennes mens han støtte ivrig inn i henne bakfra. Daithe hadde allerede kommet en gang og hun var svett og hadde en følelse av at alt var blitt sleipt og seigt, hjertet hamret i henne og han var så utrolig dyktig til å finne en rytme som holdt henne helt på kanten av en ny orgasme uten å bringe henne helt frem. Det var frustrerende og hun skrek til ham og tryglet ham om å la henne nå helt frem men han bare klukklo og fortsatte som før, lente seg forover og kysset henne i nakken, nippet i huden med skarpe tenner. Hun tvilte ikke på ham når han sa at hun var dyrebar for ham, at han elsket henne. Hun visste dypt i sjelen at de ordene var sanne, noe sa henne at ingen av hans folk er i stand til å lyve om slike følelser. Men hva betydde det egentlig for henne og hennes skjebne?

Hun kastet hodet bakover, kjente at musklene strammet seg i påvente av et nytt klimaks og hun snudde hodet litt, fikk øye på sitt eget speilbilde i en blankpusset kobber plate som sto som pynt på bordet. Daithe åpnet munnen i et gisp, øynene hennes glødet, som ildfluer og det var som hun glødet over det hele. Huden lyste formelig og det samme gjaldt Fhirdhag, han grep håret hennes igjen, tvang hodet hennes rundt og kysset henne hardt, støtte fort og hardt og kvalte skriket hennes i det hun kom enda en gang, så voldsomt at hun var redd hun ville besvime av det. Hun kunne bare riste og dirret i det faste grepet hans og Fhirdhag gryntet hardt og kom også, hun følte at han fylte henne til grensen for smerte. Begge to kollapset ned på madrassen og ble liggende å pese mens de kom seg igjen og Daithe lurte på om hva Cherdis ville trodd om dette. Hun hadde garantert vært mer elegant og kanskje kunnet reise seg fra senga igjen og sett like frisk og uberørt ut som om hun ikke hadde gjort noe i det hele tatt. Daithe følte seg slapp og strakte seg ved siden av Fhirdhag, han kysset henne matt og lukket øynene, hun verket etter å spørre ham om hva gløden skulle bety men ante at hun ikke fikk noe svar fra ham.

Etter litt sovnet han og hun kjente at hun måtte late vannet, det var et slags lite tilbygg til hytta en kunne komme seg ut i gjennom en liten dør og hun stiltret seg opp og snek seg bort til den. Det var en klassisk utedo og heldigvis var den ikke åpen under for i kulda var det ikke trivelig å sette seg på en slik om vinden kom opp fra undersida, Hun husket med gru noen av toalettene i palasset, de hang på utsiden av murene og en gjorde sitt fornødne rett ned i vollgrava. Om vinteren var det aldeles forferdelig å skulle sitte der og de aller fleste brukte kammerpotter. Noen få hadde fått lagd til egne stoler med hull i sete og en potte under men det ble ansett som en smule dekadent. Daithe måtte fnise, hun hadde egentlig ikke sett for seg at alver også måtte lette seg slik mennesker gjorde men det måtte de, kroppene deres hadde de samme funksjonene som på mennesker, de var bare mer fininnstilt virket det for.

Hun gjorde seg ferdig og kjente at hun trengte et bad, hun stinket av kroppsvæsker fra dem begge to og hun husket hvor sjokkert hun hadde blitt de første gangene hun hadde ligget med Feargus og oppdaget at sæden hans faktisk ikke bare ble borte i henne men at den rant ut igjen. Med de mengdene Fhirdhag produserte var det ikke så rart at hun kjente seg temmelig seig, det virket ikke for at han trengte hvile i det hele tatt mellom omgangene og han var alltid klar for mer. Hun begynte å forstå at hun var veldig heldig på mange måter, Hun strøk noen forfløyne lokker med hår bort fra fjeset, håret hennes hadde vokst noe helt vanvittig i det siste, blitt mye lengre og blankere enn før og hun skyldte på den gode maten, hun hadde hatt en helt vanvittig appetitt i det siste. Brått kjente hun noe merkelig, noe hun ikke hadde bitt seg merke i før, hun satt der helt stiv helt til hun samlet motet sitt og førte handa tilbake mot øret sitt. Hun tok feil, hun måtte ta feil. Hun lot en finger gli langsmed kanten av det og rykket til, brått var det mye mer følsomt enn før og hun gav fra seg et kort kvink. Øret hennes var ikke lenger rundt, det endte i en elegant spiss, akkurat som på Fhirdhag og de andre alvene og hun forsto brått hvorfor alt var blitt så annerledes. Hun var blitt en alv! Hun raste tilbake til senga, hjertet hamret i henne, hun følte seg varm og kald om hverandre og sjokket fikk henne til å dirre. Hun hev seg ned ved siden av ham, ristet i ham og han åpnet øynene halvt og så søvnig på henne. Hun hulket formelig. «Hva har du gjort med meg?!»

Fhirdhag grep henne, trakk henne ned til seg, hendene hans var kjærlige men sterke, for sterke til at hun kunne gjøre stor motstand. «Sørget for at du aldri vil dø fra meg, at kraften din aldri vil svinne»

Daithe gispet høy lydt. «Det er umulig!»

Han så sindig på henne, det var et svakt smil om den vakre munnen. «Nei, det er fullt mulig min kjære, vårt folk kan forvandle en person av en annen rase til en alv om den personen er vår sanne make. Slik unngår vi at det ender i sorg og elendighet»

Daithe kjempet mot en følelse av hysteri.

«Hva...hvorfor...Jeg...»

Han kysset henne varsomt. «Ikke bekymre deg mitt lys, du er ment for meg, har alltid vært det. Sjelen din er unik Daithe, og den har sin andre halvdel i meg»

Hun klynket, følte seg forvirret. «Men...alt jeg har følt...»

Han strøk handa beroligende nedover armen hennes, lekte med håret hennes. «Alt har sin naturlige forklaring Daithe min, du våkner til ditt nye jeg nå, ditt nye sterkere og mye visere jeg»

Daithe lukket øynene. Hun var en alv, ved gudene, det var litt for mye å ta inn over seg, det var umulig men hun visste at det var sant. Hun var ikke lenger menneske. «Kan det reverseres?!»

Fhirdhag ristet på hodet med et lite smil. «Nei, du er en av oss nå, udødelig, evig ung. Du vil snart se hva jeg har gitt deg»

Daithe svelget kort. «Men...hva med de andre? Hva er meningen med alt sammen? Hva med...visjonene til Lamara?»

Fhirdhag løftet seg opp på albuen og hun kjente at hjertet hoppet i henne, ved alle guder, han var så vakker at det gjorde vondt å se på ham. Brått så hun forbi det, forbi gløden i huden og forbi det rent korporlige og hun følte et gjenskinn av hans følelser. Han elsket henne virkelig, en følelse som gikk så uendelig mye dypere enn et menneskes og hun kjente at noe i henne strakte seg ut til ham, gled i ett med ham. Han smilte og kysset henne på halsen. «Vi er ett Daithe, sjelemaker, forbundet for evigheten. Det er ikke noe som noen av oss kan kjempe mot, det bare er. En kan like gjerne prøve å stanse sola fra å stå opp, det er umulig.»

Hun hev etter pusten. «Så hva skal jeg gjøre? Hva er så spesielt med meg?»

Fhirdhag lot handa gli gjennom håret hennes. «Det vil du se, du kontrollerte dyr gjorde du ikke? Din sti er enn annen enn dine venners, jeg vet bare at mørket truer, og du vil ha en viktig rolle i kampen mot det. Dine venner er også viktige»

Daithe så storøyd på ham. «Svar meg, er visjonene til Lamara ekte eller bare oppspinn? Du vet sannheten, jeg kan føle deg»

Han gliste skjevt. «Det nytter ikke å lyve for deg lenger Daithe min, ikke når du har åpnet sjelen og akseptert hva du nå er. Hun har delvis rett Daithe, det er noe der i nord, noe hun må finne. Og noe venter men hva hun må gi er ikke hva hun tror»

Daithe så at blikket hans var merkelig fjernt og hun fikk en merkelig frysende følelse. «Hva da, hva må hun gi?»

Fhirdhag så ned, blikket var fremdeles fjernt men det var kommet noe hardt i blikket hans. «Seg selv, intet mindre enn det.»

Daithe svelget hardt. «Hva mener du med det?»

Fhirdhag kjærtegnet kinnet hennes. «Det vil hun finne ut, når tiden kommer.»

Daithe stønnet frustrert. «Så de må dra nordover, og nå hater Aidan henne og hun tviler på seg selv, jeg har sett det»

Fhirdhag nikket sindig, handa hans la seg rundt hofta hennes med en slags beroligende gest. «Som det skal være, hun var for sikker på visjonene Daithe, men en som henne kan ikke stole på hva hun ser slik hun har gjort det.»

Daithe rynket pannen. «Hva mener du? Visjonene hennes har da vist sannheten så langt? I det minste delvis?»

Fhirdhag bikket på hodet, det mørke håret var som silke rundt ham og øynene var uutgrunnelige. «Ja, hun har sett småting, ubetydelige ting som kun har hatt betydning for de få. Nå vil evnene hennes virkelig våkne Daithe, hun vil bli hva hun er ment å være og det vil overvelde henne. Hun er tråden som binder veven sammen Daithe, den som viser vei. Om noen netter er det fullmåne, da vil hun bli vist sannheten. Tiden er inne Daithe, tegnene er klare»

Hun så skarpt på ham. «Nå snakker du i gåter igjen, hva mener du?»

Han skar en grimase. «Du vil vite veien videre ikke sant? Den vil bli avslørt den natten, gjennom Lamara. Vi har gamle sang som forteller om denne tiden, om faren som våkner. Dere er i fare nå, for mørket vil ikke tillate at noen stanser det, og dere vil bli et avgjort mål»

Daithe svelget stivt. «Hva er det du sier?»

Han kysset handa hennes. «At noe kommer Daithe, noe forferdelig og bare gjennom Lamara kan vi vite hvordan og når, hun må vekkes og hennes indre øye åpnet fullt. For øyeblikket sover evnen hennes og det hun har sett har vært drømmer»

Daithe forsto, hun så ned i pelsene, prøvde å organisere tankene sine. «Ingen av oss er hva vi trodde vi var er vi vel?» Stemmen hennes var tynn og han ristet på hodet, smilte litt trist. «Nei Daithe, ingen av dere er hva dere engang var, for skjebnen har kalt dere alle sammen, som den har kallet meg.» Hun trakk pusten dypt. «Jeg skal snakke med Lamara, hun vil høre på meg tror jeg. Men hva med Aidan, jeg…jeg aner ikke hvor han hører hjemme i alt dette?»

Fhirdhag så smalt på henne. «Gutten er en løs tråd i mønsteret Daithe, en som kan snu alt, en pil skutt ut av en blind bueskytter. Han kan være et gode, eller det motsatte, bare skjebnegudene selv vet hva slags skjebne han vil få»

Daithe rynket pannen, kanskje det forklarte den litt merkelige følelsen hun av og til fikk når Aidan var nær ved. «Han er en god gutt»

Fhirdhag nikket stille. «Ja, det er han. Men han har en fortid som er styggere enn vi tror, Lamara har sett litt av den, men selv hun har bare skrapt litt i overflaten. Det er mye han har fortrengt og enda mer han ikke engang husker i drømme. Han er ustabil.»

Daithe nikket og Fhirdhag kysset henne mykt. «I morgen snakker du med Lamara, hun trenger å forberede seg til seremonien. Fortell henne at det er den eneste måten hun kan nå sitt fulle potensiale på»

Hun svelget. «Jeg vet ikke om hun vil høre på meg, hun har blitt merkelig etter…etter det som skjedde»

Fhirdhag nikket og strøk handa nedover ryggen hennes, lot den gli over enden hennes nesten litt ertende. «Det er å vente, hun gjorde noe meget galt da hun forførte Aidan på det viset, og hun vet det. Men at hun mistet barnet var bra, om hun hadde beholdt det ville det ha ødelagt det meste, skjebnen ville tatt en annen vei, en som ville ledet til mye elendighet til slutt»

Daithe så fort på ham. «Hvordan vet du det?»

Fhirdhag smilte sakte, det var noe farlig i blikket. «Vi er ikke uten krefter Daithe, det vet du. Vårt folk er ikke mennesker, vi ser lengre og dypere enn de dødelige. Lamara sørger nå, men før eller siden vil hun skjønne at det var til det beste»

Daithe fikk en merkelig følelse i halsen, av å nesten kveles. Hadde Fhirdhag…? Hun håpet ikke det, men hun forsto brått at han var i stand til det, til å gå så langt som å sørge for at en kvinne aborterte mot sin vilje. Gudene alene visste hvilke urter og hva slags magi han egentlig kjente til, hun ville neppe noen gang kunne si at hun kjente ham. Fhirdhag klapset henne på baken, det sved litt men var mer som en utfordring enn noe annet. «Vi er alle brikker i gudenes spill Daithe min, før eller siden vil du se at noen brikker kan vende spillet helt»

Hun tillot ham å trekke seg ned i en tett omfavnelse, fremdeles følte hun seg forvirret og skremt og en smule rasende også men det gled sakte bort. Lukten av ham var beroligende og hun hørte at han nynnet sakte og greide ikke annet enn å slappe av.

«Si meg, hvordan har du egentlig forvandlet meg? Magi?» Stemmen hennes var døsig og han klukklo. «Ikke noe så merkelig min skjønne, hver gang jeg har hatt deg og kommet i deg har du blitt mer av oss og mindre menneske.»

Daithe skar en grimase, fantastisk, hun var blitt forvandlet til alv gjennom å bli godt og grundig pult utallige ganger, Ikke rart at han var så ivrig på det, det trengtes sikkert rimelig mye for å få en normalt dødelig kropp til å endre seg så mye. Hun ante ikke om hun burde være takknemlig eller ei, evig ung, hvor mange var det ikke som sikkert ville ha stilt opp for den behandlingen frivillig om de fikk den samme æren? Hun måtte fnise og kjente at hun var ved å døse av, Fhirdhag kysset henne på øret. «Sov nå min vakre, la meg vokte deg til daggryet kommer»

Da Daithe våknet var Fhirdhag allerede oppe, han hadde fått en badestamp brakt inn i rommet og den var fylt med varmt vann. Han sto der splitter naken og Daithe måtte rødme, alver hadde ingen følelse av blyghet for de som bar inn stampen og vannet måtte ha sett ham i all hans prakt. Hun kom seg opp av senga, følte seg lemster og støl og han tok handa hennes og støttet

162

henne i det hun steg over i stampen. Vannet var varmt men ikke så varmt at det ble ubehagelig og hun vasket seg fort. Fhirdhag rakte henne en såpe som luktet svakt av lavendel og hun gned seg ivrig. Han la hodet på skakke. «Du er skjønnere enn noen annen kvinne jeg har sett Daithe, for du er både vakker og sterk, som en gudinne.»

Hun rødmet og vasket håret, det hadde blitt så utrolig tykt nå og hun forsto at det var en del av forvandlingen. Han sto bare å beundret henne og det føltes litt merkelig, nesten som om hun følte at det ble litt for mye. Da hun var ferdig kom hun seg opp av vannet og han tok over stampen, det så komisk ut med ham i den for han var litt for lang og måtte strekke beina ut av stampen hver gang han skulle vaske en fot. Daithe måtte fnise og Fhirdhag lo og sprutet vann på henne, han smilte fra øre til øre og hun innså at dette var en side få hadde sett av ham. Han kunne være bekymringsløs og munter og nesten litt barnslig til tider, når han slapp seg løs og viste sitt sanne jeg. De fikk på seg klærne og han hjalp henne med å sette opp håret. Hun gruet seg til å snakke med Lamara, hun ante ikke hva hun skulle si egentlig. Lamara hadde trukket seg inn i seg selv i det siste og hun var heller tverr når noen snakket til henne og Aidan skydde henne som pesten selv. Ikke at Daithe klandret ham akkurat.

Fhirdhag kysset henne på nesa. «Ikke vær redd, la henne se hva du har blitt. Det vil vise henne sannheten»

Hun bare nikket og svelget litt stivt. «Hva går seremonien ut på?»

Fhirdhag strøk en finger langs kjeven hennes, kysset henne på pannen. «Det vil en av sjamanene våre vise henne om hun går med på det»

Daithe bet tennene sammen. «Er det ikke noe jeg kan fortelle henne? Noe som kan berolige henne?»

Fhirdhag smilte skjevt. «Greit, hun vil måtte drikke noen urte drikker og hun vil måtte være naken. Mer kan jeg ikke si nå.»

Daithe gyste synlig. «Naken, jo takk, det blir nok godt tatt i mot av henne tenker jeg»

Fhirdhag gliste bredt. «Om hun vil nå sitt fulle potensiale er det ikke noe valg, vi bruker den samme seremonien for å innvie våre sjamaner, hun er beæret over å få tilbudet. Våre hellige pleier ikke å la dødelige få ta del i hellige riter i det hele tatt»

Daithe sukket. «Du sier noe, vel, jeg skal prøve»

Han klemte handa hennes. «Gjør det, ingen krever mer av deg. Og når du har snakket med henne kommer du tilbake hit, og forteller hvordan det går. Jeg skal sørge for at det er mat klar for deg»

Daithe hadde skjønt at det blant alvene ikke var noe fastlåst kjønnsrolle mønster, menn kunne gjerne stelle hjemme for en kone som var jeger eller bli helbredere og andre ellers feminine yrker og kvinnene kunne være alt fra smeder til krigere. Det var egentlig litt befriende. Daithe trakk pusten dypt og gav ham en fort klem før hun gikk, hun ante ikke hvordan Lamara ville reagere på dette, om hun ville si ja eller nei. Det var opp til henne selv men Daithe fikk en merkelig følelse av at alt sto og hang på at Lamara sa ja. Hvorfor ante hun ikke men hun visste at de trengte å vite hva de nå skulle gjøre. Det var et eller annet de skulle fullbyrde, en oppgave av noe slag. Men hun følte ikke lenger at hun var en del av gruppen, hun var Fhirdhags make nå, hans kone om en kunne bruke ordet. Og alver virket ikke for å godvillig forlate maken, selv ikke for korte perioder. Hun måtte kjenne på den følelsen tanken på å ikke se Fhirdhag på en stund gav henne og den var gyselig, som om hun ble kvalt. Nei, hun trengte ham, hun kunne bare håpe at han også trengte henne.

Daithe gikk gjennom landsbyen og nå merket hun virkelig at alvene der oppførte seg annerledes overfor henne enn da hun ankom. Hun hadde ikke tenkt over det før men nå var det åpenbart. De visste tydeligvis, og hun trakk pusten dypt og gikk mot elva. Lamara pleide å sitte der nå, i egne tanker nesten hele dagen.

Denne dagen var ikke noe unntak, hun satt på en trestamme ved vannet og virket for å stirre ned i det glitrende vannspeilet og Daithe gikk litt nølende bort til henne og satte seg. Lamara så nesten ikke på henne, bare et kort nikk avslørte at hun visste at Daithe var der. Daithe svelget fort. « Lamara, det er noe jeg må snakke med deg om...»

Lamara så ikke på henne. «Hva da, at jeg har gjort noe aldeles avskyelig og fortjente det som skjedde?»

Daithe trakk pusten og trakk håret til side. «Nei Lamara, se på meg»

Lamara rynket pannen og snudde blikket sakte, det gled mot det nå synlige øret og øynene hennes ble et øyeblikk enorme før hun kom med et merkelig klynk og rakte ut en hånd, rørte det varsomt. «Daithe?! Men....Det er umulig!»

Daithe svelget litt stivt. «Det trodde jeg også, men alver kan visst forvandle folk, om de hører sammen.»

Lamara blunket, stirret på Daithe. «Du har endret deg, men jeg har ikke tenkt over det, åh gudinne, du er en av dem nå.»

Daithe så ned, gned hendene mot hverandre som for å avreagere stresset hun følte. «Ja, jeg er en av dem nå, en alv. Det endrer mye for meg, egentlig endrer det alt.»

Lamara strøk ei hand gjennom Daithes hår, blikket hennes var blankt. «Jeg ser deg ikke lenger»

Daithe rynket pannen, rettet seg litt opp. «Hva mener du?»

Lamara skar en grimase. «Du er borte fra visjonene mine, jeg...jeg ser så lite nå, det er som om noe hindrer meg, og drømmene mine...De er mørke Daithe, og jeg er redd når jeg våkner.»

Daithe prøvde å smile naturlig. «Det er derfor jeg er her nå Lamara, det er noe du kan gjøre med det. Noe alvene kan hjelpe deg med. Fhirdhag sa at evnen din egentlig aldri har blitt vekket fullt ut, du har bare sett avspeilinger av hva du egentlig kan få til.»

Lamara snudde seg fort, hun så vantro ut. «Hva?
Men….Visjonene mine har alltid vært sterke, klare.»
Daithe trakk på skuldrene. «Åpenbart ikke så sterke som du
har trodd, eller så enstydige. Du gjorde en feil Lamara, du
trodde du så noe som ikke stemte men om du gjør dette vil du
aldri mer tvile»
Lamara så temmelig usikker ut. «Hva er det jeg skal gjøre da?»
Daithe bet seg litt i underleppa, så ut over elva. Skjønnheten
gjorde dette merkelige snakket nesten litt absurd på et vis.
«Det er en seremoni, ledet av sjamanene her.»
Lamara åpnet munnen og lukket den igjen, blunket flere
ganger. Så lente hun seg forover og stirret stivt på Daithe. «Det
er en pris å betale for det, jeg vet det bare»
Daithe skar en grimase, selvsagt, Lamara var synsk, hva annet
hadde hun egentlig ventet seg? «Du må være naken, og jeg vil
tro at seremonien kan være ubehagelig, noe annet vil egentlig
forundre meg»
Lamara ble stille, blikket var fjernt. «Du vet, jeg er født med
evnen. Jeg har alltid sett, men på en måte har jeg alltid visst at
jeg aldri helt nådde frem! Noe stengte, og de tingene jeg så
Daithe, de var så ubetydelige, så små! Jeg trodde det var slik
det skulle være, at jeg bare så hvem som skulle gifte seg med
hvem, og om noen hadde gjort noe galt. Prestene sa jeg var
mektig, at jeg hadde store evner. Jeg trodde dem»
Daithe husket tempelet, følelsen av at alt der var dekadent og
temmelig uspiselig. «De ville ikke ha kunnet forstå om du
plutselig våknet fullt ut Lamara, du ville ha skremt dem. Du
var svak, de kunne styre deg. Det var alt som betydde noe.
Antagelig trodde de at du hadde nådd ditt fulle potensiale»
Lamara knurret nesten. «Jeg husker det nå, ser det som en
utenfra ville sett det. Jeg var som et dyr Daithe, et pyntet og
velfødd dyr som ble trent til å bukke og gjøre kunster når folk
krevde det. Og jeg trodde det var slik det skulle være»
Daithe smilte fort. «Du var et barn Lamara, du visste ikke
bedre»

Jenta så brått litt skummel ut, hun skulte og blikket var mørkt. «Og da det skjedde og jeg ikke var brukbar lenger i deres øyne kastet de meg bare vekk, som et par utgåtte sokker.»

Daithe krympet seg, bitterheten i stemmen var merkelig kald, det lignet ikke den Lamara hun hadde lært å kjenne men kunne hun egentlig si at hun kjente Lamara i det hele tatt? Antagelig ikke. «De var noen svin vil jeg tro, uten noen særlig forståelse for noe annet enn egne mål»

Lamara nikket kaldt. «Og det målet var rikdom, kun rikdom. Jeg ser det nå.»

Hun ble stille og stirret ned i vannet igjen, holdningen stiv og blikket litt fjernt. «Jeg gjør det, si det til Fhirdhag. Jeg vil gjøre det. Jeg vil fri meg, bli mer enn jeg trodde jeg var. Jeg bryr meg ikke om prisen, jeg har allerede betalt»

Hun reiste seg bare og Daithe så storøyd etter henne, det var en merkelig myndighet i stemmen og Daithe innså at Lamara var blitt voksen, på flere måter enn en. Kanskje dette virkelig ville endre ting, hun kunne bare håpe det.

Hun gikk tilbake til hytta og Fhirdhag hadde holdt det han lovte, bordet var dekket til og fylt med mat. Daithe var fremdeles sulten som en ulv og greide snaut styre seg, hun hev i seg mer enn dobbelt så mye som hun før brukte å spise og Fhirdhag gliste skjevt. «Det er deg vel unt, det vil vare i noen dager til vil jeg tro.»

Daithe svelget en munnfull med ost og sendte en svelg med tynn vin etter den. «Er det på grunn av forvandlingen?»

Fhirdhag nikket sindig og nippet til vinen sin, med håret ubundet og løst og tunikaen åpen var han så fristende at Daithe snaut kunne styre seg. «Ja, det trengs. Men du er egentlig ferdig forvandlet nå Daithe min, du trenger bare litt ekstra styrke»

Daithe nikket takknemlig. «Det er bra, jeg eter som om jeg eter for to»

Hun rykket til, en tanke hadde sneket seg inn i hodet hennes, heller uventet. «Guder, kan jeg bli med barn?»

Fhirdhag gliste bredt, klapset henne på låret. «Bare om du ønsker det intenst, og jeg også har et ønske om det. Om det ikke er tilfelle skjer det ingenting, uansett hvor ofte vi har oss» Daithe trakk et lettelsens sukk. «Å guder, det er godt å høre. Jeg var redd for…Å glem det kjære deg»

Han smilte fremdeles. «Vi alver er ikke som mennesker, vi formerer oss svært langsomt om i det hele tatt og for oss handler intimitet mer om å knytte bånd og nyte kroppene vi har enn å skape nytt liv»

Daithe måtte fnise. «Det høres naturlig ut, om dere fikk barn like ofte som folk ville verden vært overfylt av alver»

Fhirdhag nikket sindig. «Gudene er vise, de vet å begrense ting. For mange mennesker er ikke bra, da kommer pesten.»

Daithe skar en grimase. «Jeg forstår det, men jeg er nysgjerrig. Det er andre raser også, dverger så vidt jeg vet, gnomer. Hva med dem?»

Fhirdhag satte seg bedre til rette, han smilte mykt. «Dvergene er som oss, de får ikke mange barn og de fleste vil aldri gifte seg. Det er få hunner blant dem, og de som er blir regnet som noe nesten hellig. For dverger er en datter mer verdt enn diamanter og de blir grundig bortskjemt og beskyttet.»

Daithe så litt skjevt på ham. «Hos mennesker er det motsatt, jenter blir ikke sett på som folk engang mange steder»

Fhirdhag trakk pusten dypt. «Jeg vet det, og det er forferdelig egentlig. Gnomene er mer som folk, de formerer seg som kaniner men de er mer eller mindre som dyr og har kun styrke i antall»

Daithe skar en grimase. «De høres ikke ut som et særlig trivelig folk.»

Fhirdhag klukklo. «De er ikke trivelige i det hele tatt, tro meg. Skitne og stinkende og ondsinnede. De vil gladelig ofre sin egen bror for å få slått kloa i det de vil ha, det være seg mat eller noe blankt. De er som skjærer, blanke fine ting er uimotståelige for dem»

Daithe måtte le, så for seg en merkelig stygg liten sak over hengt med dingeldangel og Fhirdhag strakte seg frem og kysset handa hennes. «Daithe, du er min make nå, og deler min posisjon. Folket vil se opp til deg, det er som det skal være" Hun trakk pusten. «Jeg har merket at de oppfører seg annerledes. Jeg...jeg vet ikke helt hva jeg synes om det» Han strøk en finger over håndbaken hennes, øynene var myke. «Du var en dronning kjære deg, du er en dronning igjen. Ikke prøv å stille spørsmål ved det, det er.» Hun nikket og gjorde seg ferdig med maten, trakk pusten dypt. «Jeg antar at jeg må fortelle dette til Cherdis og de andre, det er ingen vits i å utsette det» Fhirdhag nikket sakte og kysset handa hennes igjen, dvelende. «Gjør det du, tiden for hemmeligholdelse er over min vakre. Nå må dere være åpne overfor hverandre og spille med åpne kort.» Daithe nikket. «Kommer sjamanene til å kontakte Lamara?» Fhirdhag nikket fort. «Ja, allerede i kveld tenker jeg. Hun må som sagt forberedes.» Daithe kom seg opp fra benken og trakk på seg kappen sin, hun frøs ikke lenger men var vant til å gå med den. Hun gav Fhirdhag et fort kyss og gikk ut igjen, egentlig ville hun bli der i hytta men noe trakk henne ut. Cherdis og Ighal brukte å henge sammen og Moyesh og Tåkesang brukte å være i skogen. Hun gikk dit først og så at Moyesh satt og stelte de to arphaene. De to kattene koste seg og Tåkesang satt og nynnet for seg selv. Begge to hilste da Daithe gikk ut på lysningen og arphaene gryntet misfornøyd siden Moyesh sluttet å børste dem. Tåkesang smilte sakte, Moyesh så storøyd på Daithe og hun føltes seg brått som et merkelig dyr. «Ja, jeg...jeg er en alv nå» Moyesh la handa over pannen et øyeblikk, en slags ærbødig gest og Tåkesang bikket på hodet og lagde en klukkelyd. Moyesh reiste seg og la handa på Daithes skulder. «Jeg bare ventet på noe slikt, du er velsignet nå Daithe, ikke lenger en vanlig dødelig»

Daithe rødmet og Moyesh smilte varmt. «Gudinnen har sine egne planer med oss, ante vi bare hva de er»

Daithe trakk på skuldrene og Tåkesang nynnet et eller annet, øynene skinte. Arphaene kom bort og gned seg mot Daithe, de virket for å vite at noe var annerledes og hun følte på et vis at de så på henne på en ny måte. «Vet dere hvor Cherdis er?»

Moyesh trakk på skuldrene. «Sist så vi henne nede i hytta der alvene vever, hun prøver å lære deres teknikk. Ighal og Aidan er i smia.»

Ighal hadde på et vis tatt Aidan under sine vinger etter at Lamara mistet barnet, han skjermet gutten og sørget for å distrahere ham. Ighal var en svært fin mann, bedre enn de fleste. Daithe smilte fort. «Da vet dere i det minste at jeg nå er Fhirdhags kone, jeg kan antagelig ikke følge dere videre. Hvor er Bhikoor forresten?»

De to så på hverandre. «I skogen, han jakter. Menneskene her vil være redde for ham.»

Daithe kunne ikke holde det mot dem akkurat, alver er en ting, en skapning som ham noe helt annet. Hun skulle til å gå da det brakte i skogen og Moyesh rynket pannen. «Når en snakker om sola…»

Bhikoor raste frem fra skogen, den enorme skapningen peste og øynene var ville, det rant blod over skuldrene på den og Daithe så mange kutt og sår. Hun gapte og Moyesh løp bort, synlig skremt, «Hva er galt?»

Bhikoor trakk pusten dypt, ansiktet som lignet litt på hodet på en vær var fortrukket. «Fare, angrep, mørke jegere»

Daithe så storøyd på de to andre og Moyesh snudde seg brått. «Daithe, løp, si ifra til alvene. Vi blir angrepet, de er ute etter Lamara!»

Vardhys

Vardhys satt lent over kartene, blikket hans var fjernt og han så at Hala og de andre stirret avventende på ham. Ansvaret var hans nå, han måtte finne ut hva de skulle gjøre. Han lot en finger følge den hovedveien som var tegnet inn, mot hovedstaden i fjell landet. Det kom til å være mye folk der nå, folk på flukt. Han strøk hendene gjennom håret og skar en grimase. Wulf og de andre hadde reist videre nå, de hadde sine oppgaver og Vardhys visste at Hanek måtte advares men han savnet Wulf. Offiseren hadde mye mer erfaring enn ham selv, og en autoritet som han følte at han ennå trengte mange år på å opparbeide seg.

Iarda satt i en stol og virket litt molefonken, hun stirret stivt fremfor seg med stiv leppe og Vardhys visste at hun ble irritert over måten landsbyboerne behandlet henne på. De så henne som en vanlig ungjente og antok at hun var akkurat som jentene de var vant med men det var langt fra sannheten. Iarda var hard og kunne nok være rå også og Vardhys respekterte henne. Hun hadde også en rolle å spille i dette og hennes evne til å merke hvor beistene var kom til å bli uvurderlig, han ante det. Han tok seg sammen, tok en beslutning. «Vi setter kurs mot hovedstaden, om trollene søker folkemengder er det ingen større enn i den byen.»

Alfons myste litt, snudde seg mot Saemon. «Hvor mange tror du bor i den byen normalt sett?»

Den gamle mannen trakk på skuldrene. «Åh, jeg er ikke sikker, men det er en stor by sett i våre øyne i hvert fall. Jeg tror at det nok må være minst fem tusen som bor der, i hvert fall var det så mange før saue pesten slo til. Nå aner jeg ikke ærlig talt. Mange reiste ut mot kysten etter at sauene døde. «

Hale så skarpt på Vardhys. «Gang det tallet med fem minst, alt som kan krype og gå har garantert søkt seg dit nå, Saemon, er murene gode?»

Den gamle mannen skar en grimase. «Gamle kong Habhar bygde gode murer en gang i tida, de er høye og var sterke men det er århundrer siden og byen har vokst utenfor dem. Nå har de en ringmur, tror den er lagd av lokal stein og treverk»

Vardhys gyste synlig. «Treverk?! Å guder, bare solid stein står mot troll, og kun om det er bygd godt»

Hala så fort på Vardhys. «Reiser vi i morgen?»

Vardhys nikket. «Vi kan ikke vente stort lenger kan vi vel? Om gudene vil er byen trygg ennå, men jeg orker ikke tenke på hva som kan skje med landsbyene rundt omkring»

Alfons bare mumlet. «Vi vet allerede hva som har skjedd med dem, det er lite tvil er det vel?»

Vardhys nikket sakte. «Spørsmålet er hvor mange troll og sjelløse som er her allerede.»

Iarda gryntet og gned seg i ansiktet. «Mange, jeg føler det. Det er som å ha maur under huden, det kribler hele tiden.»

Saemon vætet leppene nervøst. «Hva skal vi gjøre?»

Vardhys sukket lavt. «Følge oss, det er ikke annet valg Saemon, dere er ikke trygge her. Det er et par tre dagsreiser til byen om vi har flaks. Det vil gå sakte men vi får bare be om at vi ikke blir angrepet»

Saemon nikket skjelvent. «Det blir hardt for mange, å forlate dette stedet. Det er hvor vi har hatt våre liv»

Hala så hardt på den gamle. «Og om dere vil beholde det livet så bør dere høre på Vardhys, her vil dere være helt forsvarsløse. Hva som helst kan skje med dere! Tro meg, dere vil ikke la de sjelløse nå dere mens dere er i live»

Saemon nikket stille. «Jeg vet, vi skal kun pakke det nødvendige»

Vardhys smilte kort. «Det er bra, vi har ikke nok hester til at alle kan ri på en gang så store oppakninger må unngås. Kun klær og mynt eller smykker, ting som kan byttes for mat» Saemon så trist ut men gikk for å informere de andre der om beslutningen. Vardhys regnet med at noen faktisk ville nekte å forlate landsbyen men de ville bli tvunget til å bli med. Ble de igjen her var de forsvarsløse. Iarda svelget stivt. «Tror du virkelig at vi kan gjøre noe fra eller til?»

Vardhys prøvde å smile. «Jeg tror det, det er en grunn til at ting har blitt som de er»

Hala satte seg ned ved siden av dem og han så stivt på kartet. «Vardhys, jeg er en enkel mann, jeg har aldri vært en offiser eller en lærd. Men jeg har vokst opp med sunt bondevett og noe ved dette henger ikke på greip!»

Vardhys rynket pannen. «Hva snakker du om?»

Hala så på kartet og gjorde en slags gest over det. «Se her, troll og sjelløse har angrepet her i fjellandet, der det er lite folk sammenlignet med ute langs kysten. Ved gudene, her er det milevis med heder og skoger uten så mye som en gård! Om de er ute etter å drepe folk og kun det burde de ha angrepet der, tenk deg Sølverhøy? I hovedstaden bor det flere titalls tusen!»

Vardhys nikket tenksomt, han forsto hvor Hala ville. «Så det må være en grunn til at de har gjort seg til kjenne her mener du?»

Hala nikket. «Ja, det må være noe spesielt ved fjellene, noe som vi ikke har sett ennå!»

Iarda lukket øynene. «Jeg tror jeg vet hva»

Mennene snudde hodene fort og så på henne. «Hva?»

Hun løftet hodet, øynene var fjerne. «De kommer fra et eller annet sted ikke sant? Hva om det stedet er her i fjellene?»

Vardhys svelget stivt. «Du mener at de har holdt til her i fjellene?»

Iarda ristet på hodet. «Nei, jeg mener at de kommer fra…et annet sted. Men at de kommer hit, gjennom en port eller noe, her i fjellene et sted»

Vardhys hadde tenkt tanken selv og han rynket pannen og så litt beundrende på jenta. «Du har rett Iarda, det må være slik. Men om de virkelig gjør det må det stedet kunne finnes.»

Han snudde seg mot soldatene som satt og spiste og de lokale som ennå befant seg i hallen. «Alle, et øyeblikks stillhet vær så snill»

Alle stirret mot ham og han reiste seg. «Beistene kommer fra et eller annet sted inne i fjellene, er det noen gamle spesielle steder der inne, steder nevnt i gamle sagn, steder som ingen går til?»

De lokale stirret på hverandre og mumlet litt seg imellom. En tynn spjæling av en kar reiste seg, Vardhys hadde merket seg ved ham før og undret seg over hva slags yrke han kunne ha hatt for han virket ikke for å ha hatt store krefter i kroppen noen gang. «Det er gamle fortellinger ja, som forteller om riktig gamle tider.»

Vardhys så utålmodig på den gamle. «Ja?»

Fyren var tannløs og smekket med leppene. «Det ble nevnt en ring av mørke, hva det betyr er det ingen som vet men det er et område sørvest for her hvor folk aldri ferdes. Det er svært vanskelig terreng så årsaken kan være det»

Hala bikket på hodet. «I hovedstaden kan det jo kanskje være folk som kjenner sagnene bedre?»

Den gamle nikket ivrig. «En av de forrige kongene vi har hatt samlet gamle sagn og eventyr og alt bør ennå være i biblioteket der.»

Vardhys ble ivrig. «Et bibliotek? Se der kan det være nyttig informasjon. Vi må oppsøke det når vi kommer frem.»

Alfons så litt tvilende ut. «En ring av mørke, jeg undres på hva det skal bety?»

Vardhys trakk på skuldrene. «Jeg aner ikke, det kan være en metafor for noe?»

Alfons bare skulte og Vardhys reiste seg. «Karer, for hestene godt og se om dere kan finne noen pakk sadler. Vi må uansett frakte med oss litt av hvert.»

Alfons la armene over brystet. «Vi blir utsatt på ferden, jeg håper du er klar over det?»

Vardhys nikket. «Det er en sjanse vi må ta Alfons, vi kan ikke bli her. Her får vi ikke gjort stort. Vi har Ildøye og Ublan, jeg får tro at vi kan greie å takle et angrep»

Alfons måtte trekke på smilebåndet. «Ublan ja, om den er like uredd som jeg tror bør den kunne gjøre stor skade»

Vardhys trakk på smilebåndet. «Jeg satser på det ja»

De gikk tidlig til ro den kvelden, noen satt vakt og kvinnene forberedte mat for ferden. Noen ville som ventet ikke reise men familie og venner gikk på dem med dødsforakt og tvang dem mer eller mindre til å gi seg. Morgengryet kom med sur tåke og et heller ufyselig vær og Vardhys likte det ikke i det hele tatt. Tåka gjorde det umulig å se mer enn et par hundre meter og den kalde vinden gjorde folk mindre årvåkne. Men de kom seg av sted, hestene var gjort klare og landsbyboerne fikk ri, soldatene gikk langsmed rekka og alle var væpnet og klare og Alfons og Vardhys red. Ildøye travet langsmed gruppa og virket for å glede seg til ferden og Ublan hoppet og spratt og oppførte seg helt som en leken valp. Det var et utrolig bisart syn. Iarda red på en ponny og hun virket like sur som dagen før, det var noe merkelig tungt i blikket og hun stirret ned i mana foran seg uten å si stort. Vardhys prøvde ikke å spørre henne ut, han visste at hun ville fortelle hva som plaget henne når og om hun følte for det.

Første delen av ferden gikk over et heller åpent område på heden, det var lett å ferdes der og de gjorde god fart. Midt på dagen tok de en pause og spiste og lot hestene drikke, Vardhys følte seg rastløs, merkelig nervøs. Han hadde ansvaret for disse menneskene og det hvilte tungt på ham. Tåka lettet da de red videre, og landskapet var faktisk vakkert med snøen som glitret i sola og åser og fjell på alle kanter. Alfons red rundt på Flamme og virket for å se ting så langt vekk at ingen av de andre kunne helt forstå det og Iarda satt på ponnien med lukkede øyne og virket for å be.

De slo leir i en kløft den kvelden, tente bål og sørget for at folk hadde det noenlunde behagelig. Vardhys sov lite, han var for stresset og Alfons virket litt bekymret på grunn av det. Vardhys trengte ro skulle han kunne gjøre nytte for seg. Men ingenting skjedde den natta annet enn at noen av landsbyfolkene snorket så kongelig at de fikk seg noen spark bare for å få dem til å holde kjeft. Neste morgen var det kaldt og klart og alle var lettet. Troll liker ikke sollys så det var lite trolig at de ville få noen angrep den dagen, sola var skarp selv om den sto lavt og terrenget var fremdeles enkelt å ferdes i. Ublan hadde fanget en hjort den natta og delt den med Ildøye og begge skapningene virket meget godt fornøyd og labbet rundt med det som best kunne beskrives som ganske fete glis. De hadde ridd noen timer da Alfons gjorde anrop, på himmelen foran dem så de en flokk med ravn og kråke som kretset og flere kom til og Vardhys kjente at det gikk kaldt gjennom ham. Han løftet handa. «Holdt, ingen rir frem før vi har undersøkt dette. Alfons, Hala, med meg.»

Vardhys sporet Skygge og galopperte fremover og de to andre fulgte ham. Det var mye fugl der, en enorm flokk og årsaken ble snart klar. Synet fikk Vardhys til å stønne og Hala ble grønn i ansiktet. Ildøye hadde fulgt dem og Ublan kom også løpende, den var vill i blikket. Det hadde vært et stort følge, kanskje hundre mennesker med hester og sauer og eiendeler. Nå var alt spredt utover og kroppsdeler og blod var slengt rundt. Men det var ikke bare troll som hadde vært der, noen av likene var hele og merkelige svarte sår var synlige på kroppene. Alfons pekte. «Der, ved den vogna»

Vardhys snudde hodet og så, han måtte svelge hardt. Det var minst sju personer som lå der, et par var bare barn og alle var oppsvulmet og merkelig groteske for de beveget seg. Alfons svor stygt, «Det er som han i hulen, det er noe i dem, noe levende»

Hala knurret nesten. «Heller udødt spør du meg!»

Den ene kroppen rykket til og de hørte en tydelig spjærelyd, noe svart og blodig kjempet seg ut fra den sprukne buken med hvese og pese lyder og Ildøye blåste seg formelig opp som en sint katt før den satte i et vræl av noe som best kunne beskrives som avsky. Den raste frem og før noen rakk å gjøre noe grep den tak i den svarte skapningen med kjevene og bet den i to med et motbydelig knas. Skapningen lagde et vilt skrik og sprellet men ble stille og Ildøye slapp liket, tok to steg bakover og spydde en solid søyle av lys over det, et fort blaff og alt var borte vekk, som om det aldri hadde vært der. Ublan hoppet frem og grep en av personene som var omgjort til klekkeri og rev kroppen i småbiter. Det ufødte beistet ble prompte tråkket flat og Ildøye sørget for at det ble totalt ødelagt. Deretter spydde den lys også over de andre kroppene og ødela dem. Vardhys så imponert på de to, Ublan hveste av avsky og tørket av kjeften på graset, den lignet en hund som har smakt på noe absolutt motbydelig og Ildøye løftet stolt på hodet og lagde en slags malelyd. Alfons red bort og klappet den på hodet. «Flink gutt Ildøye, du gjør virkelig vei i vellinga»

Vardhys følte seg hjelpeløs, de kunne ikke gjøre noe for de døde nå, de måtte tenke på de levende og han skar en grimase. «Vi rir en omvei, ingen trenger å se dette»

Hala nikket. «Enig, det er for grotesk»

De snudde og red tilbake og Iarda var blek. «Mange døde?»

Vardhys smilte stivt. «Ja, du vil ikke vite, ærlig talt»

Han gestikulerte mot gruppen. «Vi rir, kom igjen. Det er ikke noe vi kan gjøre for det følget uansett»

Mange mumlet og virket skremt og Vardhys følte på seg at ferden ble farligere enn de hadde trodd. Det var en heller trykket stemning nå og mange gråt. De tok bare en liten pause den dagen og da kvelden kom slo de seg ned på en liten åstopp. Der hadde de utsyn utover og noen store steinblokker var et ypperlig vern. Vardhys hadde den merkelige rastløse følelsen igjen og Iarda satt og vred seg bortimot hele tida, ikke hadde hun særlig matlyst heller. Årsaken ble tydelig litt over midnatt, Alfons satt vakt og gjorde anskrik, han sanset at noe nærmet seg og Vardhys kjente den rå troll lukta rive i nesa. Han kom seg opp og skrek ordre og bål ble tent. Ildøye og Ublan tråkket rundt, knurrende og hvesende og Alfons glødet nesten i det han hoppet opp på Flamme. Vardhys holdt seg på bakken, han så ikke så godt i mørket som Alfons og det var tydeligvis flere troll der. Iarda klynket og øynene hennes rullet formelig i hodet på henne, hun ristet svakt.

Vardhys så dem, helt brått og uten forvarsel dukket de opp fra mørket og disse var større enn de som hadde angrepet den landsbyen, lemmene var lengre og de virket smidige og raske. Alfons brølte en advarsel til soldatene, noen sto klare med brennende piler og Vardhys lot dem fyre løs. Det var fem troll i alt, og de så ut som pinnsvin noen har tent fyr på temmelig fort men piler gjorde dem ikke noe og ilden bare bidro til å gjøre dem desorientert. Trollene nølte ikke men sjokket fremover og Alfons svingte på armene og igjen skjøt merkelige våpen av lys frem av hendene hans. Han red rett på og bladene kuttet gjennom midjen på et av trollene som om det var lagd av smør. Vardhys følte sinnet som var alt disse skapningene følte, han kjente det som et press i hodet og ønsket at det var sol å oppdrive men det var mørkt nå. Ublan brølte, så raste den fremover og grep et troll om midten og filleristet det. Trollet var stort og sterkt og prøvde å slå halvdragen i hodet men Ublan knekte det trollet hadde som ryggrad og beistet kunne ikke bevege seg mer. Ublan slapp det og rev hodet av det, blod sprutet ut og det var tykt og svart som olje.

Ildøye spydde lys igjen, svidde troll og spratt rundt så fort at de ikke fikk tak i ham og Alfons tok hodet av et troll med et sving av de merkelige våpnene. Vardhys trengte ikke gjøre noe, de gjorde slutt på trollene for ham og han følte seg nesten flau for det var så fort gjort at han ikke rakk å så mye som heve sverdet. Fem troll lå døde og Hala virket imponert. «Ublan og Ildøye er en velsignelse»

Vardhys nikket og Alfons steg av Flamme igjen. «Det er de så avgjort, men det var bare fem troll. Hva om vi møter femti?» Hala gyste. «Ikke snakk om det, vi vil ikke klare det» Han så at folk var vettskremt, ingen av dem hadde sett troll før og han gikk for å berolige dem. Saemon og Berthilda satt tett sammen og virket nesten lamslått og Iarda var blek og gned seg i hodet. «Det er ikke flere her i området, men jeg føler mange sørover» Vardhys nikket. «Bra vi ikke skal dit da, vi rir videre så fort det blir lyst nok.» Ildøye slepte trollene bort og Ublan hjalp ham, den slengte litt rundt på de døde kroppene som en katt leker med en død mus og Vardhys måtte gyse når han tenkte på hvor sterk halvdragen var. Ingen sov mer den natta, den tunge stanken av troll lå i lufta og skrekken red ennå mange hardt. Morgenlyset var en salighet, alle kom seg opp og i salen og Vardhys trengte ikke gi ordre om oppbrudd i det hele tatt. Nå ble terrenget verre, de nådde noen ganske bratte daler før det ville gå oppover igjen. Hovedstaden lå på et platå slik de fleste byene her i landet gjorde og Vardhys bare håpet at de slapp flere problemer. De red på, folk hjalp hverandre og soldatene som gikk var godt trent og kunne småløpe der det ikke var for bratt. Alfons red rundt og holdt utkikk og det var tydelig at Flamme ikke var noen hest, den trengte ikke hvile så ofte og var langt mer aggressiv. Nedoverbakkene var glatte mange steder og de måtte holde avstand. Hestene var godt skodd og Vardhys så til at ingen plasserte seg så de kunne bli skadd om noen begynte å skli og slik gikk dagen med små pauser og få hendelser. Iarda gikk og lot en gammel kvinne låne ponnien og hun gikk på baken et par steder og bannet stygt men før kvelden nådde de dalbunnen og kunne ta det med ro. Vardhys regnet med at de kunne nå hovedstaden neste kveld og det var en lettelse. Saemon fortalte dem at Gråhaug en gang bare hadde vært en liten gjeterlandsby men den lå slik til at de kunne samle alle handelsrutene i den og den hadde blitt en virkelig by over årene. Byen var opprinnelig nesten et lite fort plassert på en haug og der hadde den fått navnet men den opprinnelige haugen var nå helt borte i bebyggelsen.

Morgenen kom med mildvær, det var ikke særlig velkomment men det var ikke noe de kunne gjøre med det og følget tok hensyn til det. Nå bar det oppover igjen og Vardhys var nervøs. Det ble glatt om alle fulgte det samme sporet så han fikk dem til å spre seg utover og Alfons og noen av soldatene holdt vakt hele tida. De kom seg opp av dalen før sola fikk virkelig tak, og sletta foran dem var heller flat men hellet slakt oppover. De kunne skimte åsene foran seg nå og foran dem var byen. Her var det veier og noen av dem hadde blitt brukt, de så temmelig ferske spor og alle ledet mot byen. Vardhys ante hva de ville få se, antagelig var det smekkfullt der nå. En by originalt bygd for et par tre tusen kunne ikke romme mange ganger så mange uten problemer og mens de sakte nærmet seg så de stadig flere spor. Veiene var hardpakket av spor og her og der lå det igjen ting folk tydeligvis bare hadde kastet fra seg i farta, desperate etter å nå i sikkerhet.

Følget økte farta, akkurat som en hest som merker at det går hjemover til stallen og Vardhys syntes det var merkelig at de ikke faktisk møtte følger på veien. Det var ingen å se, enten var alle som kunne flykte allerede ankommet eller så var det ikke folk igjen i live der ute. Det var en skremmende tanke. Det begynte å bli mørkt da de så murene og Vardhys kjente at det sakk i ham. Murene hadde vært angrepet, det var svært tydelig. Grove trestammer var blitt splintret som tannpirkere og stein revet utover. Alt var svidd så det var tydelig at det å tenne på hele muren hadde vært eneste forsvar og Alfons mumlet noe som hørtes lite pent ut. Iarda var blek igjen og soldatene så lite imponert ut. Muren var kanskje fem meter høy på det høyeste og det var lite når det var troll som skulle holdes ute. Her og der var den mer av en palisade enn en ren mur og Vardhys trengte ikke være murer for å se at steinene som dannet basen var heller dårlig satt sammen. Et dytt fra et troll og mye av den ville rase. Han trakk pusten dypt, raseri begynte å forme seg i ham, det var ganske tydelig at ingen hadde prøvd å forbedre den og Alfons skulte. «Den som har ansvaret her er en slabbedask»

Vardhys måtte glise av uttrykket. «Der sa du ordet Alfons, la oss se hvor ille det er»

De satte kurs mot porten og Vardhys så at to menn sto vakt, porten var lagd av tømmer og forholdsvis solid men den ville ikke holde mot troll, det var patetisk. De to vaktene rettet seg opp, glante storøyd på de fine hestene og uniformene og begge to skrek nesten da Ildøye og Ublan kom løpende. Vardhys la på seg sin mest hovmodige mine og visste at han så adelig ut, det burde gjøre vei i vellinga. Begge vaktene bøyde seg, så langt så bra. «Herre, hva…hva er det?»

Ene vakta pekte på de to skapningene og Vardhys smilte vennlig. «Åh det, de er ikke farlige for dere, de jakter troll»

Vaktene så på hverandre. «Troll?!Vi ble angrepet av troll for et par netter siden, tror vi!»

Vardhys så skjevt på dem. «Tror?»

De to nikket nesten som nikkedukker. «Ja, vi aner ikke hva de var, men karene satte fyr på muren, det jagde dem bort. De var svære og så ut som stein»

Vardhys sukket. «Troll! Ingen tvil, det må da ha kommet mange hit som har blitt jagd av de ubeistene?»

Vaktene nikket igjen, helt synkront, det ville vært komisk hadde det ikke vært så alvorlig. «Ja, byen er overfylt herre, mange er livredde»

Vardhys så smalt på de to, det var tydelig at det var noe de ikke ville ut med. «Og?»

Vaktene skulte litt. «Borgermesteren vår tror det er overdrevent, at det kun er overtro, og at folk kommer for å snylte på byen her. Han tror ikke det er troll, og han tror ikke at det er farlig»

Vardhys trodde knapt det han hørte. «Hva? Er mannen gal? Tror han at alle som kommer til byen har sett syner? At de døde har blitt drept av mygg?»

Vaktene skar grimaser, de virket nesten brydd. «Æh ja, han skylder på overtro. Borgermesteren her er sønn av en lavadelsmann, har fått litt skolegang Det har ikke tjent ham vel for å si det pent. Han er skrekkelig arrogant dessverre»

Alfons så stivt på de to. «Dårlig likt?»

Begge vaktene rødmet svakt. «En kan jo si det slik, han har krevd toll av alle som kommer til byen, uansett hvilken tilstand de ankom i. Men han sitter med nøklene til byens skattkammer og ingen her er egentlig krigere, vi vakter har snaut fått noe opplæring»

Vardhys så det, begge vaktene bar de korte sverdene sine på en måte som indikerte at de slettes ikke var vant med å være bevæpnet og Vardhys så at de nok hadde vært alminnelige arbeidere før. «Så han har bare valgt ut tilfeldige menn som vakter?»

De to nikket stivt. «Ja, ikke for å være feige eller noe men vi har ikke våget å protestere, han ser kun penger den karen, og bryr seg ikke om folk i det hele tatt»

Alfons blåste nesten i nesa som en sint katt. «En tyrann med andre ord, det forundrer meg lite i bunn og grunn.»

Vaktene trakk på skuldrene. «Det kan en trygt si, er herren sikker på at han vil inn?»

Vardhys smilte kaldt, han trakk pusten. «Ja, dere kan slippe oss inn, for vi lar oss ikke tråkke på tærne av en idiot. Landet er i fare og alle må bare godta det.»

Vaktene svelget synlig, antagelig var de brødre for de var påfallende like. «De sier at det er sett andre monstre også, noen bleke motbydelige skapninger»

Vardhys nikket. «Sjelløse, de er enda verre enn trollene.»

Den eldste av vaktene skalv synlig. «Hvordan er det mulig? De trollene som angrep murene var forferdelige, de gav seg bare på grunn av dagslyset tror vi»

Alfons nikket «De tåler ikke direkte sollys nei, hvordan kan borgermesteren deres tro at troll ikke er virkelige, så han ikke angrepet?»

Den yngste vakta riste på hodet. «Nei, han tror det var en jordbjørn, eller villmenn fra fjellene.»

Alfons rullet med øynene. «Jeg skulle likt å se den villmannen som greier å rive en grov trestamme fra hverandre med bare nevene.»

Vakten gliste fort. «Jeg også, men her er borgermesterens ord lov, folk er for redde for ham til å si noe. Protesterer de setter han opp skattene eller sørger for at de ikke lenger har inntekt.»

Vardhys rynket pannen. «Høres ut som en mann som har hatt litt for mye makt litt for lenge. Kanskje vi kan endre på det?» Han hadde fått et av fullmaktsbrevene Wulf hadde brakt med seg, og synet av kongens eget segl burde sette selv en oppesen borgermester på plass. Vaktene smilte litt stivt. «Kan dere det vil folket her takke dere. Byen burde vært stengt for lengst men han har sluppet alle inn, mot betaling. Disse murene tåler ikke angrep herre, de er ikke solide nok»

Vardhys nikket tungt. «Det er temmelig synlig ja, vi kan beskytte byen til en viss grad, men trenger mer opplysninger og skal murene holde må de oppgraderes kraftig.»

Vaktene så tvilrådige ut. «Han vil neppe gi penger til noe som helst, grådig er hva han er»

Alfons strøk seg over haka. «Har han familie?»

Vakten skar en slags grimase, spyttet i bakken. «Han har en sønn, en motbydelig guttunge på rundt ti som behandler alle andre som søppel, totalt bortskjemt. Og han har en kone som kanskje er en fjorten femten, han liker dem unge ser dere!»

Det siste kom med en betraktelig mengde gift og Vardhys gyste. «Tenk, jeg kan forestille meg det da. Men gå nå og si ifra til alle andre som er valgt til vakter at dere må tenne fakler langs murene og våre soldater vil stå vakt. Det kan komme nye angrep når som helst»

Vaktene bukket bare. «Som herren ønsker. Hva navn skal vi gi de andre?»

Vardhys prøvde å se selvsikker ut. «Jeg er Vardhys av Eikelansen, av Tholir, en slektning av kongefamilien der.»

Det fikk vaktene til å bli vide i blikket, og den ene gliste. «Jeg tror ikke at Bortram har noe å stille opp mot det, han er så lavadel som de kan bli»

Vardhys bare nikket og smattet på Skygge og de red inn gjennom porten. Alfons og Hala fordelte soldatene så halvparten ble igjen som vakt og den andre halvparten ble med Vardhys og de andre. Vardhys hadde kjent den karakteristiske lukta av by på lang avstand men nå ble den overveldende, det var en stank av tett sammenpakkede folk med få muligheter for renslighet og gaten de kom inn i var smal og fylt med folk. Mange hadde lagd seg provisoriske skur og husene som var små og fattigslige så nære porten var også overfylt. Vardhys gyste, en brann der…. Det var et mareritt scenario og han smattet på hesten og red resolutt fremover. Landsbyboerne plasserte de på et lite herberge oppe i byen og betalte for dem, i det minste var de trygge nå. Vardhys kjente at raseriet bygget seg opp i ham hele tiden, den stuten av en borgermester tenkte nok ikke lengre enn til lommeboka for det fantes snaut mat der. Tiggere stimlet sammen og tryglet om en mynt og mange virket for å være utmagret og syke.

Kom troll seg inn der ble det en massakre, og sjelløse? Å guder, det kunne bli det rene ragnarokk, ingen der kunne slåss. Iarda hveste nesten. «Jeg føler ham Vardhys, auraen hans. Han er en stor idiot»

Vardhys så forskrekket på henne. «Jeg trodde du bare sanset troll og sjelløse?»

Iarda skar en stygg grimase, det skjøt lyn fra øynene hennes. «Men han er like ille, bare dum i stedet for direkte ondskapsfull.»

Vardhys nikket og nå så de det bygget som sikkert var rådhus der i byen. Det var en gang imponerende og fremdeles skilte det seg ut fra resten av arkitekturen der men det var helt klart at eieren satset på glorete pynt i stedet for virkelig vedlikehold. Fasaden var flott men Vardhys så at murpussen flasset og grunnmuren virket skjev. Han steg av hesten og nikket til to av soldatene, de fikk passe på dyrene. Ildøye og Ublan hadde blitt igjen utenfor muren for ikke å skape panikk men Flamme var såpass merkelig at han ikke regnet med at noen vågde seg nær. Vardhys trakk kappen sin tettere om seg og rettet seg opp, han fikk satse på å jekke karen ned fra første øyeblikk, det var ikke annet en kunne gjøre.

Han fant frem brevet han hadde fått og smilte til Alfons. «Se truende ut, og Iarda, hold deg bak oss»

Iarda nikket bare, hun hadde allerede karen godt opp i halsen. De gikk inn, en slags tjener møtte dem rett innenfor døra og han måpte stort da han så at det var fint folk. Han lignet litt på en oppskremt hare for han sto bare å hoppet lett i noen sekunder. «Æh, min herre, æh, hvem..»

Vardhys så kaldt på mannen. «Jeg er Vardhys av Eikelansen, av Tholir, Jeg er her i landet for kong Hanek, for å prøve å bekjempe den ondskapen som nå sprer seg. Si til din herre at jeg krever å snakke med ham»

Tjeneren blunket fort, øynene bulte nesten, så raste han av gårde og Vardhys smilte fort til Alfons og Hala. «La meg snakke, men stå klare til å gripe inn om fyren blir for idiot»

Tjeneren kom rasende tilbake med panikk i blikket. «Herren er klar til å ta i mot dem min herre, bare følg meg»

Vardhys la handa på sverdskjeftet og sørget for at det var godt synlig. Han fulgte etter og Alfons og Hala kom hakk i hel, soldatene marsjerte etter dem. De så at dette rådhuset også var borgermesterens private hjem og det var så gyselig overhengt med alskens pynt at Vardhys fikk en brå trang til å brekke seg. Iarda gyste synlig og hvisket. «Karen må være fargeblind?!»

Hun pekte på et teppe i lilla som var hengt opp på en vegg i noe som best kunne beskrives som skittent oransje. Vardhys måtte fnise for seg selv. De kom inn i et værelse som sikkert var vakkert en gang men nå var det nærmest dekket med malerier og de fleste var ikke akkurat hva en kan kalle stor kunst. Vardhys måtte nesten gni seg i øynene, en stor andel var hva en kan kalle lett pornografiske og Alfons plystret fort. «Det store der over peisen? Jeg tror ikke noen kvinne har så store…fordeler!»

Vardhys blåste i nesa. «Kunstneren har overdrevet noe grundig, det er sikkert og visst»

En dør gikk opp og en mann kom ut, han var kort og nesten skallete og temmelig voluminøs. Vardhys så bare stivt på ham, karen var kledd i ganske gode dyre klær og han luktet som et helt drogeri. Antagelig svømte han formelig i parfyme og det tynne pistrete håret som vokste rundt månen var tungt av pomade. Mannen hadde et temmelig pregløst fjes med en bart som egentlig bare så tåpelig ut og han hadde små lyseblå øyne som minte Vardhys stygt om en gris han en gang så. Grisen hadde sett uendelig mye mer intelligent ut. Vardhys bikket på hodet. «Jeg er Vardhys av Eikelansen, jeg antar at du er Bortram av Gråhaugen?»

Bortram nikket, det var noe i blikket som vitnet om sjokk. Han hadde antagelig ikke regnet med å møte en adelig der, og i hvert fall ikke en ridder med soldater og tydelig makt. «Det stemmer ærede, jeg er borgermester her i denne ydmyke byen, Hva kan jeg stå til tjeneste med?»

Vardhys visste at slike menn oftest reagerer best på en blanding av pisk og gulrot, han smilte stivt. «Jeg vil først og fremst takke deg for at du har åpnet portene for befolkningen på landsbygda, situasjonen er en meget intens en og liv har blitt reddet slik, uten tvil»

Bortram så like forvirret ut som en fjert i en kurvstol, han var egentlig en temmelig patetisk type og Vardhys regnet med at han prøvde å kjøre opp sin egen selvtillit ved å behandle andre som møkk under skoene. «Æh, det var vennlig av dem min herre, men er virkelig situasjonen så ille? Noen bønder som tror de har sett skrømt er neppe noe å ta på vei for?»

Vardhys så kaldt på mannen og han krympet seg. «Det er ikke skrømt dessverre, trollene er reelle, vi har allerede kjempet mot dem, og sett hva de gjør. Byen er i fare og hele befolkningen med den. Murene må forsvares for enhver pris, ellers er folket, og de også min herre, fortapt»

Bortram så heller tvilende ut, han rynket pannen. «Men, troll er da bare eventyr?!»

Alfons hadde vært taus til da, nå steg han frem og Bortram stirret målløst på det umenneskelig vakre ansiktet. «De er ekte, se på dette her»

Alfons slengte noe på bordet, Vardhys hadde ikke engang sett at han tok noe med seg men det var en troll hånd, antagelig det som var igjen av et av de trollene Ublan hadde drept. Handa var enorm og ru med bare tre fingre og den stinket allerede. Bortram rygget bakover med et feminint lite skrik og Alfons smilte sakte. «De kan rive disse murene fra hverandre som en unge ødelegger en papirdukke.»

Vardhys nikket. «Jeg har fullmakt fra kongen, enten hjelper dere til med forsvaret frivillig eller vi rekvirerer alt vi trenger, da får dere ingen erstatning fra kronen»

Bortram bleknet som et nyvasket laken, han krympet seg. «Uh, guder, vi hjelper til, selvsagt, alt dere trenger, selvfølgelig»

Tanken på å miste verdier uten at de ble erstattet var tydeligvis nok til å skremme vettet av karen. Han pep og svettet og Vardhys følte på seg at det var til pass. En dør til åpnet seg i enden av rommet og en gutt kom løpende inn, han var like rund som faren og manglet egentlig bare barten og det tynne håret på å være en tro kopi av ham, bare mindre. Han skjøv ut underleppa og skulte på de fremmede, antagelig tålte han ikke at noen andre fikk oppmerksomhet fra faren. Bortram la en hånd beskyttende på guttungens skulder. «Dette er min kjære sønn Sibian»

Vardhys bare bukket kort og stivt og Sibian geipet enda mer. Vardhys følte en brå trang til å legge guttungen over kneet og gi ham en real oppstrammer. «Hvorfor er de her?!»

Bortram prøvde å smile. «Fordi kongen ønsker det, vi skal prøve å beskytte byen mot trollene»
Sibian fnyste, noe annet kunne ikke beskrive lyden. «Troll er for unger»
Alfons plukket opp troll neven og hev den bort til guttungen som tok den men slapp den med et skrik. Han så himmelfallen ut. «Troll er ikke for unger nei, de er virkelige og de kommer. Her er det masse levende mennesker og de hater det, de vil drepe alle om de kan»
Sibian så på faren. «Jeg liker dem ikke, be dem gå!»
Bortram virket klemt mellom barken og veden. «Det går ikke kjære deg, kongen har befalt det»
Sibian lagde en merkelig pipelyd, så sparket han faren i skinneleggen. «Jeg bryr meg ikke, få dem bort!»'
Bortram gispet av smerte og hoppet på et bein og Alfons rullet med øynene og sukket tungt. Gutten var antagelig ødelagt allerede. Da Bortram ikke reagerte løp gutten bort mot Alfons med nevene knyttet og skulle tydeligvis slå til ham, men han kom ikke så langt. Alfons langet ut, la ene handa på hodet til guttungen og holdt ham på avstand mens Sibian prøvde å nå ham med desperate slag. Gutten ulte formelig av sinne og Alfons grep ham kort og godt, slengte ham ned over en stol og trakk det korte sverdet han bar i beltet. «Du angriper en av kongens utsendinger? Vær glad du er et barn, var du voksen ville vi ha hengt deg på torget!»
Alfons gav guttungen noen harde rapp over den fyldige baken og Sibian vrælte som en stukken gris i vantro og smerte. Antagelig hadde aldri noen disiplinert ham på noe vis. Bortram så lamslått ut og Vardhys smilte stivt. «Om den valpen din prøver å legge hånd på en av oss igjen, eller så mye som ser stygt på oss vil vi tvangsverve ham. Han er god og feit, trollene vil garantert like en så mør»
Bortram ble blek og Sibian hylte som en bleieunge nå, så sint at ansiktet var glorødt. Alfons satte sverdet tilbake i slira og Vardhys så glimtet av morskap i blikket hans. Dette likte han

tydeligvis. Bortram prøvde å se rolig ut. «Hva trenger dere mine herrer?»

Vardhys skulte nesten. «Flere menn, vi har allerede menn plassert ved murene men de er få. Vi trenger treverk å brenne for troll er redd ild, og murene må styrkes for enhver pris. Tømmer og stein må kjøres til»

Bortram rullet med øynene. «Det vil bli meget kostbart!»

Vardhys bare gliste stivt. «Kongen vil betale. Gjør din plikt nå som borgermester i stedet for å sitte å gnikke den feite ræva di, folk dør der ute.»

Bortram grep en penn og et blekkhus og begynte å skrive noe i rasende fart. Han svettet synlig. «Jeg håper at dere ikke vil ødelegge noe av dette bygget?»

Vardhys blunket fort til Alfons. «Kommer trollene gjennom blir det ikke stein tilbake på stein her, bare så du er advart. Hus overlever ikke lenge om et troll vil inn i det»

Bortram så lamslått ut og Sibian hylte fremdeles, guttungen virket utrøstelig men Vardhys følte ingen sympati for ham. De skulle til å si noe om penger da en av soldatene de hadde satt igjen ute kom løpende inn, han var litt blek. «Herre, det er sett troll på slettene nå, de er på vei hitover. Det blir mørkt snart»

Vardhys trakk pusten dypt, de rakk ikke forberede murene. Nå sto og hang alt på dem og han smilte kaldt til Bortram. «Da begynner det min herre, be om at de ikke kommer forbi oss»

Han gjorde en stiv honnør og snudde på hælen, marsjerte ut og håpet bare at ikke dette ble slutten, om de overlevde natten måtte noe drastisk gjøres, og det fort! Denne byen var som en sukkerskål for en tue med maur, og den var så godt som uten forsvar.

Ushara

Fhadan og Barech var gode reisekamerater, Ushara kunne ikke klage over det. Begge viste henne all tenkelig respekt og var vennlige og forståelsesfulle men hun fant fort at hun egentlig savnet Wulf litt. Den stillfarne væremåten hans hadde vært en styrke for dem alle og erfaringen likeså. Hun visste at Barech var en offiser som Wulf men han hadde andre kvaliteter. Der Wulf ville trådd tilbake og vurdert situasjonen raste Barech frem og tok sjanser og Ushara visste ikke om hun likte det helt. Det verdifulle skrivet var godt gjemt, de tok ingen sjanser med det så Vardhys hadde lagd flere kopier med stødig hånd og de hadde også et par pluss originalen som var sydd inn i salkappen på Fhadans sal. En måtte demontere salen for å finne det, og hvem gidder vel å gjøre noe slikt?

De hadde valgt en annen rute enn Wulf, en som var lengre og ledet mere nordover men den førte ned til slettene igjen ikke langt fra der Lathisa og hennes livvakt hadde tatt kursen inn i fjellene. Ushara gruet seg for slettene, om det virkelig var så ille der ute kunne de havne i trøbbel og det fakta at Barech var en av Haneks menn kunne beskytte dem fra å bli tvangsvervet men ikke fra Haneks fiender. Det virket ikke for at de to var spesielt bekymret over noe som helst, de pratet å lo mens de red og Ushara følte seg som det femte hjulet på vogna til tider. Terrenget der var slakere enn det Wulf måtte forsere, det gikk noen daler nordvest over og flere elver ledet ned mot Tholir og de fleste endte opp i Tholir bukta, planen var å følge dem. Her var det lite folk så det var langt mellom landsbyene og Ushara undret seg over hvorfor. Det så ut som om dette området var mye bedre egnet for landbruk enn høyslettene men Fhadan forklarte at jordsmonnet var fattig og fullt av stein, dessuten var det alt for lite gras der for sauene og kun geiter klarte seg på de grisne slettene som fantes her og der mellom de tjukke holtene med furu og gran. De få landsbyene som klarte seg i dette området mellom høyslettene og flatlandet livberget seg stort sett på jakt og fiske og håndverk. Barech var full av kunnskap om landene og Ushara koste seg egentlig når han la ut om ting han hadde opplevd. Riktignok overdrev han kongelig til tider men det var en del av sjarmen ved ham. Ushara kunne forstå hvorfor Fhadan var så betatt av ham, selv om Barech lignet litt på en bjørn så var det en bjørn av det sjarmerende slaget, helt til han måtte skifte taktikk og bli en kriger.

Ushara savnet Ublan også, men hun visste at de ikke kunne ha tatt med seg halvdragen ut mot slettene, synet av den ville skapt panikk og det måtte de unngå. Dessuten var den temmelig vanskelig å kontrollere og å gjemme den var umulig. Fhadan var stifinner, halvalven var svært dyktig til å velge de beste rutene og han fant alltid trygge steder å tilbringe natta. Det var garantert troll i nærheten og antagelig sjelløse også men de sørget for å holde seg i sola og unngikk skyggefulle områder. Elvene grov dypt flere steder og de red langsmed dype gjel gravd ut over årtusener og Ushara kjente en slags stille fryd over å se nye steder og nye landskap. Hun var endeløst nysgjerrig på hva de ville finne bak neste sving og Barech måtte smile av entusiasmen hennes mer enn en gang. Ushara hadde snaut nok sett noe av verden, området rundt dvergbyen hadde nok vært et vilt terreng men nå så hun ting hun aldri før hadde forestilt seg. Svære flate myrer dekket med stivt gras og myrull, lier dekket med store grove kampesteiner der det å komme seg frem var et mareritt, skogområder med enorme furuer og åpen skogbunn dekket med et tykt lag nåler. Hun drakk alt inn og reagerte med en slags uskyld vanlige folk antagelig ville reagere på. Hun var på mange måter som et barn, men samtidig hadde hun slik en merkelig utstråling at de fleste uten videre ville skjønne at hun ikke var menneskelig. Fhadan hadde fortalt henne at ikke alle godtok at to menn levde sammen som maker og om de traff på folk var det tryggest om Ushara lot som om hun og Fhadan var et par, de var begge av alveblod og lignet alver og Barech kunne late som om han bare var en venn av dem. Ushara fant det litt merkelig men gikk med på det, hun antok at folk i slike avsidesliggende områder kunne være noe gammeldagse av seg. Om nettene lå hun like ved de to og de var så høflige at de ikke begynte på noe mens hun var i nærheten, hun kjente at kinnene brant bare hun så de to kysse og forsto ikke sin egen reaksjon. Hun hadde ingen grunn til å bli brydd? Men hun savnet Wulf nå, også på det viset. Det han hadde vist henne hadde vært fantastisk og hun merket at hun gjerne skulle ha gjentatt det. Men det var ingen sjanse for det nå, og hun håpet at Wulf ville nå Hanek og få advart ham i tide til å unngå en katastrofe. De møtte ikke på folk før de nådde en ganske lang og smal sjø omkranset av slake lier. Området var forholdsvis høyt oppe og nesten som et slags pass mellom to dalfører og Fhadan så dem først, det var et lite følge med folk og de virket for å være på vei nedover mot slettene akkurat som dem selv. Ushara kunne telle kanskje tretti personer og de hadde med seg mye eiendeler og dyr, det gikk ikke fort med dem.

Barech så smalt på flokken som var på vei langsmed vannet. «Så mange samlet? Det er ikke bra, med troll i området er de et lett mål»

Fhadan sukket stille. «Ja, men vi kan ikke gjøre noe med det Barech, vi kan ikke slåss mot trollene, bare unngå dem.»

Barech nikket stivt og Ushara ante at han nok hadde mer medfølelse enn han avslørte utad. Han var en godhjertet mann men en med et vilt hjerte og et røft utseende. De red nærmere følget som oppdaget dem og sakket av. Noen menn samlet seg og Ushara ante at de var nervøse, men tre ryttere er uansett ikke mange og Barech sørget for at de ikke nærmet seg på en truende måte. En av karene så ut til å være en leder av noe slag, han var liten og satt og skallet men hadde en slags autoritet og blikket var fast men tungt. Ushara sanset at disse menneskene hadde opplevd noe temmelig rystende. Barech stanset hesten og nikket kort. «Vær hilset, er dere på vei mot slettene?»

Mannen så stivt på ham. «Ja, og dere er?!»

Barech trakk frem en medaljong fra vamsen, det var en slik offiserer bærer og han smilte vennlig. «Vi er utsendinger fra kongen, vi har vært på høylandet for å forhøre oss om situasjonen der og er på vei tilbake til Tholir for å om mulig slutte oss til Haneks styrker igjen.»

Mannen slappet synlig av. «Ah, kongens folk, men når ble slike en del av kongens styrker?»

Han pekte på Ushara og Fhadan og Barech bare smilte avvæpnende. «Åh de er mine tjenere, han er min væpner og hun er kona hans. Dere vet, ungdom, de klarer ikke å holde hendene unna fristelser og så går det som det ofte gjør, med ekteskap»

Fhadan holdt ansiktet helt nøytralt, det kunne ikke være helt lett for Fhadan var antagelig mange ganger så gammel som selv den eldste blant disse menneskene. Karen kaklet lett og flere humret forståelsesfullt. Isen var brutt og den korte mannen bukket fort. «Jeg er Serig av Abadhna, vi er de siste overlevende fra den landsbyen»

Barech stivnet til, han så smalt på dem. «Troll?»

Serig ristet på hodet og så enda tristere ut enn før. «Nei, vi har mistet folk til trollene i det siste, det kan ikke benektes og fordømt være gudene som har vekket de uhellig fødte til live igjen men det var mennesker som brant landsbyen vår og slaktet de fleste av oss»

Fhadan måpte nesten og Ushara passet på å se passe sjokkert ut også. «Mennesker?»

Serig nikket sakte og et par yngre karer kom med en slags stol han satte seg ned i, antagelig var han såpass opp i åra at det å bare stå der fikk ledd og muskler til å verke. «Mennesker, om en kan bruke beskrivelsen på dem»

Ushara så på minen til Barech at han fryktet at det var folk infisert av de sjelløse men Serig gned hendene sine og la dem i armhulene. «Det var en landsby til der vi kommer fra, gode folk var de og vi var gode naboer, mange var i slekt med hverandre og vi hjalp hverandre ofte. Men så kom trollene og et eller annet skjedde der, vi er ikke sikre på akkurat hva det var men de fikk panikk, ble som gale av frykt»

Fhadan rynket pannen og Ushara så at mange glante på ham, skjønnheten hans var oppsiktsvekkende nok og hun merket at mange også så på henne enda hun hadde gjemt hodet i en dyp hette og var enkelt kledd. «Hva gikk galt?»

Den melodiske stemmen var rolig og Serig skar en grimase. «De trodde at gudene var rasende på dem, at de hadde gjort et eller annet som hadde vekket eldgammel vrede og de prøvde å blidgjøre gudene»

Barech bare sukket og lukket øynene et øyeblikk. «Åh ved alle mine forfedre, jeg tror jeg vet hva resultatet var»

Serig så ned, han skalv lett. «Først ofret de dyr, men trollene ble ikke borte for det, så ofret de en ungjente og deretter barn og da det ikke nyttet ble de som besatt. De angrep oss og drepte for fote, i håp om at det skulle hjelpe»

Barech så skarpt på ham. «Dere unnslapp?»

Serig gjorde en omfavnende bevegelse, Ushara så at de fleste der var yngre folk. «En av folkene fra nabo landsbyen var en svoger av meg, han var ikke like gal som de andre og prøvde å stagge dem, han advarte oss men kun disse få rakk å komme seg vekk»

Barech stirret stivt på gruppen, det var flere kvinner og ungdommer blant dem og han så at det hadde vært en fattig landsby, det var lite å se av verdi der. «Hva med angriperne, har de roet seg eller vil de fortsette å søke blodoffer?»

Serig vætet leppene. «De ble ved landsbyen, et par av guttene her gjemte seg for å se hva som skjedde, om de forfulgte oss.

Antagelig skulle de ofre noen av de skadde men de glemte det de prøvde å blidgjøre. Det kom en hel skokk med troll løpende og vel, dere kan antagelig se for dere resten»

Barech nikket tungt. «Ja, men dere tar en forferdelig sjanse ved å reise nå.»

Serig nikket og virket brått veldig sliten. «Jeg vet det, møter vi troll er vi ferdige alle sammen. Men vi kan ikke bli her oppe, det er ingenting å leve av og vi vil prøve å finne en ny landsby»

Barech smilte litt vemodig. «Det er langt mellom bosetningene her oppe, vet dere om noen andre landsbyer?»

Serig nikket litt stivt og gned seg i bakhodet. Ushara ante at mannen faktisk var syk for han var litt grålig i huden og det var mørke skygger under øynene. Instinktet hennes var å tilby hjelp men hun visste at hun ikke kunne gjøre det, ikke nå. «Det er en landsby lengre ned langs denne elva, vi har hatt litt kontakt med dem før og jeg håper bare at de ikke har lidd samme skjebne som våre brødre og søstre.»

Barech smilte vennlig. «Om de ligger nærmere slettene kan det være at de har klart seg så langt, vi skal i samme retning så vi kan fortelle at dere er på vei»

Serig trakk et dypt åndedrag. «Vi vil være svært takknemlige for det»

Fhadan så på gruppen. « Tenn bål når dere hviler og prøv å skynde dere. Jo lenger dere er her oppe jo større er sjansen for at noe går galt»

Serig nikket stille. «Vi vet det, vi har snaut hvilt på et par dager nå, takk gudene for at de fleste er unge og sterke»

Barech snudde hesten. «Vi må videre, men må gudene være med dere gamle mann, og hold øynene åpne!»

Serig bøyde hodet høflig. «Takk det samme, ri varsomt, fjellene er ikke hva de engang var»

Barech bare gjorde en kort honnør og red videre og Ushara og Fhadan red etter, Ushara så at mange av folkene der virket svært slitne men det var en slags seig trass i blikkene.

Fjellfolkene var tøffe, de ville klare seg og gå videre, det var slik det var. Elva som hadde sitt opphav i sjøen var temmelig stri og stor og de fant en godt brukt vei som tydeligvis førte nedover dalen mot mere bebygde trakter. Barech red først nå, han var stor og så respektinngytende ut og noen ganger var det alt som trengtes for å stanse folk som hadde uærlige intensjoner. Ingen av dem var spesielt rikt kledd og de hadde lite oppakning men de desperate ser sjelden så dypt. De nådde ingen bebyggelse den dagen, de måtte slå leir i en smal kløft og det var bitende kaldt så Ushara fikk sove sammen med de to andre. Varmen fra dem var merkelig behagelig og hun sov faktisk godt. I det siste hadde hun begynt å føle seg litt plaget, hun trengte blod igjen og hadde drept noen murmeldyr og en hare og det hadde stagget det litt men hun trengte snart noe større. Dessverre var det ikke særlig med vilt der og Fhadan mente at det meste av vilt og slikt var jagd bort av trollene. Hun håpet at de kunne kjøpe en sau eller noe slikt når de nådde neste landsby, hun følte at trangen ble stadig sterkere. Neste morgen kom med snø og stiv kuling og den bitre kulda gjorde at de måtte pakke seg godt inn, elva gikk ned i et gjel igjen men dalen var forholdsvis flat og veien tydelig og mye brukt så de travet av gårde. Hestene var gode og sterke og Ushara stolte såpass på vallaken hun red at hun satt med hendene inne i kappen og lot hesten styre seg selv. Hun frøs, alveblodet i henne gjorde at hun var mer motstandsdyktig mot kulde enn et menneske men det var så surt at selv hun følte det. Fhadan så ut som en mumie så innpakket var han og Barech satt og småbannet for seg selv hele tiden.

De måtte ta en stans midt på dagen fordi ene hesten begynte å halte og det viste seg at den hadde plukket opp en stein så de måtte fjerne den og la dyret hvile litt. Ushara var glad for pausen, hun var ikke vant med å ri og merket at baken og lårene verket til tider. Det gikk mot kveld da de så lysene fra en landsby, den var ikke stor og Barech rynket pannen og skar en grimase. «Kanskje en fem seks familier, neppe mer. Men vi trenger litt forsyninger og nyheter ikke minst»

Han smattet på hesten og Ushara stirret på lysene, de var svake og da de nærmet seg så de at dette var en temmelig fattigslig landsby, om en kunne bruke ordet i det hele tatt. Bygningene var lagd av flettverk dekket med leire og torv og det var bare fem av dem, tre bolighus og to svære bygg som antagelig rommet husdyr og en smie. Et tett gjerde lagd av flettede greiner lå rundt bebyggelsen og Barech hadde en litt merkelig rynke i pannen. «Dette er gammeldags, veldig gammeldags. Men effektivt, jeg ser ingen sauer her, eller kyr. De må leve av et eller annet.»

Han sendte et fort blikk til Fhadan og Ushara og red mot porten. Den var enkel, kun en trestokk som stengte for inngangen til plassen foran byggene og en mann steg frem fra skyggene, antagelig en portvakt. Ushara så smalt på karen, han var middels høy og litt grovbygd, klærne var av ull og virket varme men lite forseggjort og han hadde langt ustelt hår og så egentlig ikke ut som en person en vil stole på slik rent umiddelbart. Karen hadde et arr over ene kinnet og virket for å halte på venstre bein og han kastet et heller grettent blikk på de tre rytterne. Barech bukket fort. «Min herre, vi er utsendinger fra Hanek vår konge, vi er på vei til slettene i Tholir. Vi har møtt et følge lenger opp i fjellene som er på vei hit, overlevende fra et overfall.»

Mannen skar en grimase. «Fordømte troll, vi har ikke sett noe til de ubeistene på århundrer og nå kryr det formelig av dem»

Barech sa ingenting for å avkrefte det mannen sa, han bare smilte forbindtlig. «Vi ønsker å overnatte her, vi kan betale for oss»

Det fikk mannen til å lytte, han så brått mye mer tjenestevillig ut. Han trakk til side stokken. «Vi har alltids rom for kongens utsendinger. Vær velkommen»

Barech nikket og red gjennom og Ushara og Fhadan fulgte etter, Ushara kjente et gys gå nedover ryggen, noe der var feil og hun følte det men visste ikke hva. Barech stanset hesten og steg av og mannen smilte bredt, han manglet noen tenner og Ushara så at han holdt avstand fra dem, noe ved væremåten sa at han var redd for hester. Det var temmelig uvanlig siden hester tross alt er noe av det viktigeste som finnes i slike avsides samfunn. Han bukket servilt. «Bare følg meg, jeg skal få noen til å ta seg av hestene deres, vi har en stall men ingen egne hester lenger. Vi tror trollene har jagd dem bort»

Barech sendte Fhadan et kort blikk som fortalte halv alven at de måtte være på vakt. Mannen nesten løp foran dem opp til det største bolighuset og Ushara trakk hetten tettere om seg, hun foretrakk at ingen så alt for mye av hvem og hva hun var. Døra til huset var i kortenden og den var lav og lagd av treverk, mannen gikk gjennom og gjorde anrop, Ushara så at huset var stort. Det var et langhus med et eneste stort rom og en åpen åre midt i der ilden brant ganske friskt. Det luktet innestengt der og var temmelig mørkt men hun så godt i mørket. Et par kvinner satt ved åren og virket for å lage mat og et par andre satt på benker ikke langt unna og sydde. Et par barn lekte på jordgolvet og noen menn satt samlet langs ene langveggen, de satt også med håndarbeid og så opp i åpenbar forundring da Barech og de andre kom inn. Vakten slo ut med neven. «Dette er utsendinger fra kongen, de er på vei til slettene»

En av kvinnene rettet seg opp, hun var godt opp i årene og håret var grått og langt og ansiktet merkelig dratt. Ushara sanset at dette var en person som hadde lidd mye og hun var kledd i en enkel ullkjole med et slags forkle som var pent brodert. «Kommer kongen til å hjelpe oss? Snart kan ingen bo her oppe lenger, trollene blir bare flere og flere og vi har mistet mange»

Barech så høflig i golvet. «Frue, vi tror ikke at Hanek vet om situasjonen men vi har håp om å fortelle ham om det. Han vil gjøre noe, han er en god konge og han bryr seg om folket.»

En av mennene steg frem, han så trivelig ut med et vennlig og åpent ansikt og han var bedre kledd enn de andre. «Det er han, riket har aldri hatt en så dyktig leder før. Men dere har reist langt vil jeg tro, hvordan står det til på høylandet? Vi har ikke sett noen derfra på lenge»

Barech hengte av seg kappen og en av kvinnene ryddet plass for dem på en benk, alle virket vennlig innstilt men litt forskrekket over det uventede besøket. Ushara holdt seg bak Fhadan hele tiden, om hun skulle late som om hun var hans kone så var det best at hun spilte rollen godt. Barech beholdt et vennlig men noe strengt uttrykk på ansiktet og han bar våpnene sine synlige. Fhadan sørget for å virke servil, om han skulle være Barech tjener kunne han ikke fremstå som for fremfus. En av mennene der kom bort til dem og satte seg, han var over sin ungdoms år men fremdeles sterk og håret var tykt selv om det var stenket med sølv. Ansiktet var forholdsvis edelt og noe ved væremåten røpet at karen neppe var født og oppvokst i fjellene. Han smilte men Ushara så at de mørke øynene var vurderende og skarpe, dette var ikke en kar som lot seg manipulere eller lure. «Dere er kongens utsendinger, hvorfor har ikke kongen kommet til unnsetning? Folket lider i disse dager»

Barech smilte litt unnskyldende. «Sannheten er at vår kjære konge neppe vet om situasjonen her oppe, han er på vei vestover for å stanse krigen som herjer og vi er på vei for å om mulig varsle ham»

Mannen virket nesten lettet, Ushara ante ikke hvorfor hun fikk den følelsen men den var der, det var noe i blikket, i posituren. «Hanek er langt vekk da, han kan neppe nå tilbake før tidligst på sensommeren. Og jeg tror ikke det er folk tilbake her i fjellene da.»

Barech trakk på skuldrene. «Det er godt mulig, men det kan være soldater igjen i noen av garnisonene opp i dalene, de kan kanskje hjelpe»

Mannen skar en grimase. «Mot troll? Jeg vil ikke tro at en mann som deg tror på eventyr. Folk må enten flykte eller dø, så enkelt er det»

Barech hørte den litt harde tonen i stemmen og valgte ordene sine med omhu. «Jeg vet ikke, det er sannheten. Vi har sett mye men overlater til vismenn og kloke å komme med noen svar.»

Ushara så at mannen trakk på det, det var noe nesten sarkastisk over minen. Barech tiltet på hodet. «Vi nådde igjen et følge med overlevende fra et angrep på vei hit, de er også på vei i denne retningen»

Et øyeblikk stivnet mannen til synlig og Ushara så at de andre mennene der også for et øyeblikk stirret på hverandre med tydelig tvil i blikket. «Er de mange?»

Barech trakk pusten. «Det var et ganske stort følge ja, mest yngre folk.»

Ushara holdt pusten, mannen så et øyeblikk litt for fornøyd ut. «De er selvsagt velkomne, vi fjellfolk må holde sammen i disse harde tidene»

Han vinket på noen av kvinnene. «Finn frem mat, og litt vin.»

Kvinnene nikket bare og Ushara sanset at de var temmelig kuet, det var uvanlig for vanligvis var kvinnene der i fjell landet forholdsvis sterke og frie. Hun likte dette mindre og mindre. Hun kjente at et stikk av den gamle hungeren slo til, hun ville trenge blod snart, og antagelig mye av det også. Det var lenge siden sist og hun forbannet den arven hun var gitt for gudene visste hvilken gang. Mannen smilte, smilet var brått svært vennlig og åpent og han virket for å ha skiftet personlighet totalt på noen få minutter. «Jeg har vært uhøflig, mitt navn er Loswan, jeg er opprinnelige fra kysten, ikke langt fra grensen til Bheki»

Barech nikket. «Jeg hørte at aksenten din var litt fremmed ja, hvordan har det seg at du har havnet her oppe?»

Loswan slo ut med hendene. «Tilfeldigheter, jeg har vært leiesoldat og solgte sverdet mitt her, de var ille plaget med ulv

og jeg jaktet her i noen år før jeg fant meg en kone og slo meg
ned her»

Barech smilte så vennlig han kunne, han gav inntrykk av å
være en harmløs type, stor ja, men heller ufarlig. «Det går
gjerne slik, hvor er din hulde viv nå?»

Loswan sukket lavt. «Hos sine foreldre, lengre sør. Vi sendte
de fleste ned i mot de lavere dalene da de første trollene dukket
opp. Jeg kan bare håpe at hun er trygg»

Fhadan hadde vært taus men nå kom det mat på bordet og han
takket fort for bollen med stuing. Ushara dekket seg fremdeles
til, hun stolte ikke på disse folkene. Barech klappet Fhadan på
skulderen. «Dette er Fhadan, min tjener og væpner og hans
kone. Ushara.»

Loswan løftet et øyebryn. «Det er uvanlig at en væpner gifter
seg?»

Barech humret litt. «Ja, men de tok ham på fersken og slekta
hennes forlangte det. Det var enten det eller kniven»

Loswan smågliste også og stirret på Fhadan med et
uutgrunnelig uttrykk i ansiktet, Ushara kunne ikke tyde det.
Barech tømte begeret med vin han hadde fått og tørket seg om
munnen. «Vi er uansett takknemlige for at vi får bli her i natt,
det er ikke trygt der ute nå»

Loswan nikket stivt og noen av de andre karene kom også til
bords. Det var flere menn der enn kvinner og Ushara sa
ingenting men hun så at kvinnene var forholdsvis unge og
pene, og de var temmelig tause også. Hun luktet frykt, stedet
stinket av det. Fhadan tok handa hennes, klemte den varsomt,
det var en vennlig gest som en kan vente seg fra en ektemann
men hun følte på seg at det var en advarsel. Hun spiste i
stillhet, maten var god men ikke særlig mettelig og hun ante
ikke helt hva hun skulle gjøre. De hadde åpenbart lite der, og
det å bare spørre om å få kjøpe et dyr ville vekke spørsmål hun
slettes ikke var sikker på at hun kunne svare på, uten at folk
ble veldig mistenksomme. Kunne det være vilt i området? Hun
håpet bare det.

En av kvinnene kom gående, blikket i bakken og stemmen lav, nesten uhørlig. «Vi har redd til seng for dere, si ifra om dere vil lauge dere også»

Barech ristet på hodet med et vennlig smil. «Det er vennlig av deg frue men vi trenger ikke det. Vi skal videre i morgen uansett og sover gladelig i det vi står og går i.»

Ushara følte seg ikke søvnig, nervene hennes lå på utsiden av huden føltes det for og hun var nesten pinefullt klar over alle som var der i rommet. Loswan løy så det rant av ham, hun bare visste det. Alle der spiste, også kvinnene som samlet seg i en liten klynge ved et annet bord og Ushara syntes at de kikket rart på henne, noen av blikkene var nesten advarende og hun trakk pusten dypt og lot som ingenting. Kunne de finne en unnskyldning for å reise videre? Antagelig ikke og hun håpet at Barech og Fhadan var så på vakt som de brukte være.

Mennene begynte å trekke seg tilbake til de brede benkene som var satt opp langs veggen, Barech nikket fort til Fhadan og de reiste seg. «Da tar vi også kvelden. Takk for maten»

Fhadan tok Ushara i handa og leide henne med seg, hun følte seg litt fjollete, hun var ikke noe ulydig barn men for disse folkene virket det kanskje normalt. Senga var stor og bred og dekket med gode laken lagd av lin og skinn som var mesterlig sydd og preparert. Noen puter var plassert der og Barech rynket pannen. Han trakk av seg støvlene men ikke mer. Sverdet satte han ved hodeenden og han sjekket at han hadde de andre små våpnene sine tilgjengelig. Både han og Fhadan hadde små kniver gjemt nær sagt overalt. «Ushara, du sover mellom oss»

Hun nikket bare og klatret opp i senga, hun følte seg direkte fanget der.

Fhadan la seg godt inntil henne, la en arm rundt henne og hun stivnet til først, men så følte hun at det ble behagelig og merkelig trygt å ligge slik. Fhadan var svært varm slik de fleste med alveblod i seg er, og hun kjente at hun merkelig nok ble søvnig etter litt. Det hadde vært harde dager med mye

202

spenning og senga var behagelig og myk. Barech gryntet litt og flyttet på seg. «Vi sover på skift, jeg vekker deg når det har gått noen timer Fhadan»

Han hvisket så bare de hørte det og Fhadan bare gryntet kort til svar, trakk Ushara tettere som om han sov allerede. Ushara stolte på Barech, hun tillot seg selv å falle i søvn men brukte tid på det. Fhadan sov allerede, hun hørte det på den dype tunge pusten hans og sakte ble hun tung og avslappet og gled bort fra verden.

Hun var halvvåken et par ganger, merket at Barech vekket Fhadan, at noen antagelig la på mer ved på ildstedet, hørte at et par av mennene der hostet. Det var normale nattelyder og allikevel... Hun sov med ørene åpne. Fhadan vekket Barech igjen og de byttet på å holde vakt og Ushara sovnet på nytt, en litt merkelig lukt kilte henne i nesa men hun brydde seg ikke med det.

Da hun våknet var det med et rykk og et sjokk, hun forsto brått ikke hvor hun var for dette var ikke senga hun hadde ligget i. Hun gispet og kjente at hodet verket intenst, hun var lett kvalm og kroppen føltes som om den var lagd av bly. Det var svært mørkt rundt henne, og rått og kaldt og hun kjente på lukta at dette var en hule eller kjeller av noe slag. Hun trakk pusten, lyset kom fra et glofat plassert nær en vegg, den var tydeligvis av naturlig uthugget stein, en kjeller med andre ord. Hun følte varme bak seg og snudde hodet med et stønn, det var Fhadan og han var bevisstløs, en stor blålig hevelse kunne sees over det høyre øyet hans og han virket for å ha slåss. Hva i alle guders navn hadde skjedd? Hun klynket og kom seg opp, de lå på en slags grovt uthugget benk og nå som hun fikk tid til å la synet tilpasse seg mangelen på lys så hun at det var en slags celle de var i. Det var en dør der men den var lagd av solid eik og antagelig forsterket med stål på utsiden. ʼ

Hun svelget stivt, de var ikke lenket eller noe slikt, døra var antagelig så sterk at den kunne holde hvem som helst da, men hvor var Barech? Hun ristet i Fhadan, panikk begynte å bygge seg opp i henne og hun kjempet mot hysteri. Hun var vant til små trange rom, det var ikke det, men hun hadde aldri vært innestengt slik før. Fhadan stønnet og hun kom seg på beina, heller ustøtt. Han virket uskadd bortsett fra kulen og det var tydelig at klærne hans var blitt gjennomsøkt for våpen. Ushara sjekket fort sine egne klær, de hadde visitert henne også, fordømt! Hun var uten støvler og kappen var borte, de hadde sett ansiktet hennes og hun tvilte ikke på at disse mennene fant henne lokkende. Kunne hun bryte opp døra? Hun vaklet seg bort til den, hun var sterkere enn noe menneske og faktisk sterkere også enn de fleste alver men hun kjente fort at døra var bygd for å stanse en flokk elefanter i fullt firsprang. Den var så forsterket at det egentlig var litt komisk. Hva i alle guders navn hadde de egentlig tenkt å holde der nede?

Hva hadde skjedd? Hun hadde sovet gjennom noe som normalt sett burde ha vekket henne, det var i hvert fall tydelig. Lukta hun hadde følt før hun sovnet igjen sist gangen? Der lå svaret, hun forsto det nå. Antagelig hadde de blitt bedøvd med et eller annet de hadde pustet inn, det var både genialt og djevelsk og Ushara kjente hvordan skrekk og raseri kjempet om å få herredømme over henne. Hun svelget igjen og igjen, svetten rant av henne og hun følte at en klo av hunger strammet seg om innvollene hennes. Guder, hun måtte virkelig snart ha blod, det var ikke noen vei utenom det. Fhadan gispet og stivnet til, slo øynene opp med et gisp og Ushara kastet seg ned ved siden av benken, tok handa hans. «Fhadan, hva skjedde, hvor er vi?» Stemmen hennes røpet panikken og han blunket forvirret og gryntet av smerte. «Åh guder, hodet mitt!»

Ushara la handa på kulen, svært varsomt. Det var ingen ting som indikerte et brudd, han hadde bare blitt slått ut men slaget hadde vært hardt. «Ligg stille, det kan være at du har en hjernerystelse»

Fhadan lukket øynene igjen, han svelget tungt og Ushara følte formelig forvirringen som strømmet fra ham. «Jeg…åh guder, jeg husker ikke…»

Hun prøvde å ignorere omgivelsene, prøvde å tenke logisk.
«Du ble slått ned, jeg vet bare at jeg sovnet i senga mellom deg og Barech og våknet her»
Fhadan blunket igjen, så prøvde han å sette seg opp, Ushara måtte holde ham nede. «Barech!»
Halv alven virket for å gå rett inn i en tilstand av panikk og hun holdt rundt ham. « Han er ikke her, husker du noe som helst?»
Han gned seg i hodet, det lange lyse håret var flokete og svett og han var temmelig blek. «Jeg…jeg våknet, men greide ikke røre meg. De…De bant ham. Barech»
Ushara rynket pannen. «Bant ham? Sa de noe, husker du mer?»
Fhadan stønnet igjen, beveget seg med en plaget mine.
«Loswan, han…han sa at vi ikke måtte nå kongen, det ville ødelegge planene»
Ushara svelget hardt. «Barech identifiserte seg som offiser, det var feilen han gjorde i så fall.»
Fhadan nikket bare, øynene røpet at han var livredd for at noe alvorlig hadde skjedd Barech. «De sa ikke mer om hva planene var, jeg prøvde å komme meg opp og noen slo meg med et eller annet»
Ushara sukket og strøk ham over håret. «De skilte oss, det forteller meg at de i det minste ser oss som noe annet enn Barech, kanskje mindre av en trussel.»
Fhadan bet seg i underleppa. «Jeg aner ikke, er dette en kjeller?»
Ushara nikket. «Mer av et fangehull egentlig, tror du at det finnes en eller annen festning ikke langt fra landsbyen? For jeg tror ikke vi er i landsbyen, det var ikke kjellere under de husene»
Fhadan svelget synlig, han lukket øynene. «Jeg er så svimmel, åh guder, alt snurrer»

Hun grep ham og la ham ned, lot ham hvile med hodet i fanget hennes. «Ligg stille, jeg skal prøve å hjelpe deg som best jeg kan men evnene mine er begrenset»

Fhadan bare nikket. «Selv begrensede evner er bedre enn ingen, jeg har ikke arvet den gaven i det hele tatt»

Ushara visste at mange alver har evnen til å helbrede folk, i varierende grad. Hun hadde den bare i begrenset grad men det stoppet henne ikke, hun prøvde i det minste å hjelpe. Fhadan bare lå der og hun konsentrerte seg om smerten han følte og prøvde å løfte den bort som best hun kunne. Etter litt åpnet han øynene med et vagt smil. «Det hjalp litt Ushara, takk»

Hun bare nikket og kjente at usikkerheten og frykten trengte seg på igjen, hva ville disse folkene med henne og Fhadan?

Hun holdt ene handa hans, bare for å føle at hun ikke var alene. «De kan ikke holde oss her for alltid, det er noe de vil, vi vil sikkert finne ut hva det er»

Ushara nikket stille. «Heller før enn siden, jeg …jeg må jakte snart»

Fhadan så storøyd på henne. «Å guder, du trenger…blod?»

Hun nikket. «Ja, jeg har ikke jaktet på en stund, det begynner å bli ille»

Fhadan så smalt på henne. «Du frykter det gjør du ikke?»

Ushara så skremt på ham, han leste nesten tankene hennes. «Selvsagt, jeg vet at om jeg drikker noe annet enn dyreblod så vil det ikke være noen vei tilbake. Thyega var klar der, hun fortalte meg alt jeg trengte å vite om hva jeg er, hva mitt blandede blod betyr.»

Fhadan så litt nervøs ut. «Jeg har aldri møtt en som deg Ushara, det må jeg ærlig innrømme. Men er det så ille? Jeg mener, hva skjer om du faktisk drikker menneskeblod? Du er ikke en fullblods vampyr»

Ushara lukket øynene, trakk pusten dypt. «Nei, jeg er ikke fullblods, men jeg har dessverre fått tørsten inn med morsmelken kan en si. Og om jeg gir etter så mente Thyega at jeg vil bli forvandlet på mange måter, at jeg kanskje ikke vil være i stand til å kontrollere meg selv lenger. Jeg er unik Fhadan, Thyega hadde aldri hørt om noen som meg før, og hun visste ikke hvordan jeg vil reagere, bare at jeg antagelig vil bli svært sterk. Mye sterkere enn nå. Hun aner ikke om alveblodet i meg vil være sterkt nok til å kontrollere den delen av meg som er vampyr»

Fhadan sukket. «Det er et dilemma. Jeg ser det.»

Hun trakk pusten dypt. «Jeg er redd Fhadan, om vi blir tvunget til å være her nede lenge, jeg aner ikke hvordan jeg vil reagere. Jeg har aldri gått så langt at jeg har blitt virkelig plaget før, jeg vet ikke hvor sterk vilje jeg har»

Fhadan strøk henne over handa. «Du vil klare det, du er sterkere enn du tror»

Ushara kunne bare prøve å smile og Fhadan lukket øynene og utrykket hans fortalte henne at han var virkelig stresset. «Jeg føler ikke Barech, jeg finner ham ikke»

Ushara rynket pannen. «Du har evnen til å føle de som står deg nære?»

Fhadan nikket. «De jeg elsker ja, alver er telepatiske, Barech er menneske så vi kan ikke snakke sammen sinn til sinn men jeg burde være i stand til å føle på meg hvordan han har det»

Ushara så fortvilelsen i blikket hans og forsto. «Det kan være at han er bevisstløs? Det trenger ikke bety at han er…»

Fhadan skar en grimase. «Jeg ville følt det om han var død Ushara, jeg er sikker. Han lever, men jeg er redd han er langt borte.»

Hun bare holdt ham, varmen hans var god siden det var kaldt der og hun følte seg litt mindre sårbar slik. Hos dvergene hadde hun vært sterk, hun hadde hatt status og et godt navn og hun var respektert men dette var som en ny verden for henne og hun forsto hvor lite hun egentlig kunne. Det var merkelig, hun hadde sett mer av verden på noen få måneder enn i hele sitt liv og reisen hadde om ikke lært henne noe særlig om folk i det minste latt henne se nye steder og nye miljøer. Men hun måtte lære å omgås folk også, selv om hennes erfaringer så langt ikke var spesielt positive. Fhadan sukket og la armene rundt henne, det føltes merkelig intimt og hun skar en grimase. «Du trenger ikke klemme meg, jeg er ikke noe barn» Fhadan bare småsmilte med øynene lukket. «Du føles bare så god å holde rundt, jeg håper det ikke plager deg?» Ushara rynket pannen. «Du er Barech make?» Fhadan nikket. «Ja, men han deler meg gjerne, så lenge den han deler meg med er kvinne. Andre menn bør holde nevene unna men damer går greit» Ushara så forbauset på ham. «Jeg trodde du bare likte menn?!» Fhadan ristet på hodet. «Jeg svinger begge veier, Barech liker godt å se på at jeg har det litt moro med en eller annen villig liten sak, det gjør ham temmelig yr til tider» Ushara måtte trekke på smilebåndet, hun husket alle lydene i natten og tanken på at Barech kunne bli enda mer yr enn det var egentlig litt forstyrrende. Hun måtte bare fnise litt usikkert og Fhadan sukket lavt og sa ikke mer, han bare lå der og Ushara ble stille også. Begge to var nervøse og Ushara kjente lukten av frykt fra ham. Hva kom til å skje med dem nå? Hva slags planer hadde disse folkene som hadde fanget dem? Ushara sovnet igjen, hvordan hun greide det ante hun ikke men hun våknet av at det knaket i døra og hun var oppe i løpet av et brøkdels sekund. Det var en luke i døra, den var så liten og satt nede ved golvet og hun hadde ikke lagt merke til den før nå. Den ble skjøvet opp og to boller ble dyttet inn før den ble trukket i lås igjen. Ushara hørte skritt på andre siden, ørene hennes var særdeles gode og hun presset dem mot treverket, nesten desperat. Hun hørte at noen snakket, men ordene var nesten umulige å høre, hun greide bare å snappe opp navnet Loswan og noe om å beholde.

Bollene var av treverk, gamle og slitte og de inneholdt en slags velling og uttynnet øl. Hun bar dem tilbake til benken og Fhadan løftet seg opp på albuen og skar en grimase. «Velling? Det ser ut som grisemat»

Han luktet på bollen og uttrykket hans var et av mild bestyrtelse, Ushara måtte trekke på smilebåndet. Han grep den enkle tre sleiva som var med og tok en prøvende smak. «Det er bare velling, ikke gift eller noe slikt. Men det er lite smak, og enda mindre næring vil jeg tro»

Han tok en smak til. «Jeg er sulten, og vi trenger å bevare styrken vår men ved gudene, jeg ville ikke rørt dette ellers»

Ushara følte at hun neppe ville greie å spise velling nå, hun var for desperat og tanken på det grålige massen var nok til å gjøre henne lett kvalm. Fhadan spiste litt, med tydelig avsky og han tok en slurk av ølet og hostet lavt. «Jeg har hørt om piss som har vært mer appetittvekkende. Gha, dette er ille!»

Ushara prøvde å svelge litt av det også, men spyttet det ut igjen. «Du har rett, det er motbydelig. Sikkert det som var igjen nederst i tønna etter bryggingen. Men de prøver da i det minste ikke å sulte oss, det er da positivt?»

Fhadan spyttet. «Mon det, vi kan klare oss uten mat lenger enn et menneske, men vet de det?»

Ushara trakk på skuldrene. «Jeg aner ikke, jeg kunne ikke lese reaksjonene deres på å se oss.»

Fhadan nikket sakte. «Det stemmer, folk pleier å reagere mer på å se en halv alv og særlig to. jeg vet ikke om jeg liker det»

Ushara rynket pannen. «Hvorfor ikke?»

Fhadan trakk på det. «Ikke spør så vanskelig, jeg kan ikke svare. Men jeg har møtt mange merkelige reaksjoner opp gjennom årene, jeg må bare innrømme det. Utseendet mitt tiltrekker oppmerksomhet, av flere slag»

Ushara satte seg ved siden av ham igjen, trakk opp beina. Den rå lufta der nede var temmelig ubehagelig. «Slik som ?»

Fhadan gren på nesa. «Noen syns jeg er for feminin og tror de kan yppe til bråk uten konsekvenser, de pleier som regel å angre på det temmelig fort»

Ushara smilte litt skjevt. «Det tror jeg på»

Han lente seg mot veggen, lukket øynene. «Andre…andre greier ikke å holde fingrene av fatet, guder så mange ganger jeg har blitt antastet av folk som ikke kan styre seg»

Hun følte seg litt sjokkert. «Dverger er aldri slik, de respekterer folk»

Fhadan nikket sakte. «Det er nok riktig, men mennesker er ikke slik Ushara. Om de ser noe de vil ha pleier de sjelden å gi seg med det første. Jeg er vakker, og jeg vet det. Dessverre ser jeg mer ut som en alv enn som et menneske og til tider er det en stor hemsko»

Ushara svelget sakte. «Jeg ser også mest ut som en alv, hvordan tror du det vil bli mottatt?»

Fhadan bet seg i underleppa. «Ushara, du er nydelig, faktisk nesten umenneskelig vakker, og du er kvinne. Tro meg, du vil bli nødt til å holde øynene åpne hele tiden mens vi er rundt mennesker, for mange vil du være ytterst lokkende»

Hun følte at et gys gikk nedover ryggen på henne. «Du tror ikke at de som har fanget oss har …slike tanker?»

Fhadan så ned, blikket hans var litt fjernt, og nervøst. «Jeg vet ikke, men jeg frykter det! Jeg så det i blikket på flere av de mennene, at de ikke er særlig hensynsfulle overfor andre.»

Hun trakk pusten dypt. «Jeg vil ikke la noen røre meg Fhadan, jeg lot Wulf få…gjøre det han gjorde fordi jeg var nysgjerrig, og ville se hva det dreier seg om, men jeg valgte det, og jeg styrte det.»

Fhadan tok handa hennes. «Takk det samme, jeg har gitt meg til Barech frivillig men jeg lar ingen andre ta meg, jeg håper bare ved gudene at de ikke planlegger å… Nei, jeg vil ikke la det skje, ikke uten kamp.»

Ushara kjente en sur smak i munnen, av ren avsky. Da Wulf lå med henne hadde det vært vidunderlig, noe hun ville huske svært lenge, men å bli tvunget? Hun ante ikke hva som kom til å skje om noen prøvde det, hun visste at noe hvilte i henne, noe som ennå sov, noe hun neppe kunne kontrollere. Hva ville skje om det brøt seg løs? Fhadan lukket øynene og lente seg mot henne igjen og det ble stille på nytt. Ingen av dem orket å si noe og Ushara kjente seg temmelig rastløs, det krøp maur over henne, overalt. Fhadan virket for å falle i søvn, pusten hans gikk sakte og dypt og hun misunte ham roen. Han var mer erfaren, hadde nok vært i harde tak før og visste hvordan han skulle takle det. Hun lente seg mot veggen, lukket øynene og prøvde å slappe av. Det var så godt som umulig, hun var for nervøs. Hun prøvde å dagdrømme seg tilbake til fjellet, til da alt var greit og hun og Kalek utforsket tunellene dypt under dvergbyen men tankene hennes spratt rundt i alle retninger som lekne kaniner og hun greide ikke kontrollere dem. Hun var tilbake til en gang da de hadde oppdaget en stor sjø dypt der nede da Fhadan brått rykket til, ansiktet hans var likblekt og han gav fra seg et langtrukkent stønn, øynene var svarte og minen hans en av intens pine. Ushara rykket til, grep tak i ham, ristet ham i panikk. «Hva er det, er du hardere skadet enn vi trodde?!»

Fhadan ristet på hodet. «Nei, noe skjedde med Barech, noe forferdelig! Åh guder, jeg føler det, han lider!»

Ushara kunne bare stirre hjelpeløst på Fhadan som vred seg på benken, svetten rant av ham og hun husket hva hun hadde blitt fortalt om de tette båndene alver skaper med dem de elsker. Barech kunne være døende i dette øyeblikket, og det var ingenting de kunne gjøre med det. Hun hadde aldri vært så hjelpeløs noen gang.

Shaad

Planen gikk fremover, han hadde allerede greid å vinne hjertene til alle av Olrics offiserer, bare Jakar gjensto og Shaad visste at den mannen var vanskelig å vinne. Jakar elsket kun en ting og det var å utgyte blod og skape elendighet og han tilba formelig Olric. Olric hadde latt ham få frie tøyler og Shaad hadde god grunn til å hate den jævelen, enhver som var så lojal mot Olric fortjente å dele skjebne med ham. Men han viste det ikke, når Jakar var nær brukte han å nærmest tilbe mannen og lyttet andektig hver gang han snakket. Enten måtte han greie å finne en svakhet, og bruke den, eller så måtte Jakar dessverre ha en ulykke. Det var ingen annen utvei selv om den var brutal, om mannen ikke kunne kontrolleres måtte han fjernes, så enkelt var det.

Han hadde egentlig flere på lista, menn som alle hadde gjort som Olric og ødelagt liv og håp for andre men nå var det kun Olric som betydde noe. De andre kunne vente til han hadde fullbyrdet den eden han hadde sverget.

Olric var allerede hans, og Shaad visste at mannen så på ham som en sønn, som en person han antagelig ville gjøre alt for. Det var en liflig tanke og til nå hadde alt gått etter planen, men ting endret seg og han begynte å føle at det hastet med å få ting gjort. Hanek hadde fått mennene sine over elva nå, og Olric var nervøs på grunn av alle ryktene som spredte seg på grunn av sekten. De var en utforutsett komplikasjon, en kraft som virket for å vokse fra dag til dag og selv om Olric satte pris på kaos gikk det ikke rette veien. Det var ikke hva han ønsket og Shaad merket at Olric var temmelig frustrert. Men det var på en måte en fordel, Shaad innsmigret seg hos flere og flere av mennene som fulgte Olric, leste personlighetene deres og tilpasset seg, samlet dem om seg som en rik mann samler penger og han visste allerede hva han til slutt måtte gjøre, og han så frem til det.

Men Jakar, han var en ulv i en saueflokk, en løs kanon på dekk og Shaad var usikker på hvordan han skulle takle ham. Jakar var verdifull, han var en mann en kan bruke som en kriger bruker et godt sverd og Shaad ønsket egentlig ikke å kvitte seg med ham. Han hadde bevist sin verdi da de omsider brakte godset til Embrekt til fall, blodtørsten og iveren hadde vært påtagelig men samtidig kontrollert. Jakar var et våpen, hadde han råd til å miste det? Angrepet på godset hadde vært forferdelig, men Shaad hadde sett verre, hadde vært en del av mye som var verre og ikke noe han så fikk ham til å miste masken og røpe hva han egentlig tenkte og følte. Han hadde sittet der i bakgatene og sett mord og vold skje nesten daglig og ha hadde selv fått blod på hendene flere ganger, alt for å overleve lenge nok til å oppfylle den eden han hadde sverget, om hevn.

Han fulgte Olric som en lojal hund følger sin eier og mannen overøste ham med gaver og oppmerksomhet. Han hadde oppdaget at det lønte seg å spille på ungdom og uskyld, at det virket for at nettopp slike egenskaper var hva Olric så etter siden han så åpenbart hadde vendt ryggen til alt han en gang var.

Shaad sov i samme telt som Olric nå, og han brukte øynene hver dag, noterte seg hvilke rutiner Olric hadde, hvordan han reagerte på ulike ting. Det kom til å bli så mye søtere å vinne når han visste at han hadde ødelagt alt hva Olric var, og sto for. Ingen offer var for store når målet var innen rekkevidde, han var villig til å satse alt. Men Jakar var også i hælene på Olric stort sett hele tiden og Shaad hadde begynt å innse at mannen neppe hadde noen svakheter han kunne bruke, i hvert fall ikke av det slaget andre fant motbydelige med mindre de var godt skult. Det var egentlig bare en ting å gjøre, og Shaad var ikke fremmed for det. Folk pleide å snakke når de fikk magen full av vin og Jakar elsket vin. Shaad hadde sett at mannen faktisk drakk hardt og han var ikke kresen men det var tydelig at han elsket dyre viner og det var det sjelden at han fikk. Shaad visste hvordan han skulle få folk til å røpe seg, og han begynte å arbeide på en plan. Olric skulle ut og inspisere troppene snart, de hadde planlagt å dele opp hæren i to avdelinger hvorav den ene skulle trekke mot fjellene for å om mulig falle Hanek i ryggen og den andre skulle være lokkemat og lure ham til å strekke forsyningslinjer og desslike ut så de ble sårbare. Det var en god strategi og Shaad var enig i den, skulle Hanek slås måtte de tenke utradisjonelt. Shaad hadde sine egne ideer hva Hanek angikk, og sine egne motiver, men han røpet dem aldri og han støttet alltid Olric i hans forslag. Alt mens han stirret beundrende på sin nye stefar og prøvde å skjule sine sanne følelser som best han kunne.

Det var nettene som var vanskelige, det var da marerittene kom og han kunne ikke røpe seg ved å rope eller snakke i søvne så han hadde skaffet seg en medisin som gav drømmeløs søvn. Han brukte den lite men av og til var det nødvendig, han sørget for at Olric aldri mistenkte at bakgrunnen hans var en annen enn den han hadde oppgitt og han var svært nøye med oppførselen sin også. Alt han sa og gjorde bygget opp under det bildet han hadde malt av sin fortid og sin person, det var mesterlig gjort og han slappet aldri av på kravene han stilte til seg selv. Det var nervepirrende til tider men han var modig, og drevet av et hat som var blitt preget inn i selve margen i ham. Når Olric møtte sin ende ville det være Shaads triumf, og en storslått en. Han husket alt i de nettene, ensomheten, skrekken og ydmykelsen hver gang han ble nødt til å selge seg for mat eller et trygt sted å være. Han husket henne, husket ord hvisket i natten, ord fulle av hat og sorg, ord som fortalte om et forferdelig svik og en likegyldighet som selv nå fikk ham til å riste av raseri. Han husket hvordan krigen hadde ødelagt landet og tvunget ham ut på leting etter nettopp den ene mannen, den som var skyld i alt sammen, i all elendigheten han hadde opplevd, mannen som hadde ødelagt livet hans totalt, uten engang å være klar over det. Men Olric skulle få vite sannheten før slutten, skulle få vite hva han hadde gjort, hva han hadde skapt. Det var uhyrer i sagnene hun hadde fortalt ham om kvelden når han prøvde å sove, men selv var han blitt et monster så mye verre enn noen av dem, og det gjorde ham lite.

Men Jakar var den som kunne skape problemer, han kunne ikke bare stole på at mannen ville være lojal mot ham når Olric ikke var mer, Jakar var for sterk, for ukontrollerbar. Shaad ventet til Olric reiste for å se hvordan fordelingen av troppene gikk og han hadde forberedt seg godt. Jakar hadde ikke blitt med for han trengtes ikke for en slik enkel oppgave. Jakar var et sverd en ikke trakk med mindre det var absolutt nødvendig og Shaad hadde funnet en unnskyldning for å oppsøke mannen, en som virket tilforlatelig. Jakar var en mester med kastekniver, i stand til å drepe på lang avstand og Olric hadde prøvd å lære Shaad den kunsten men til nå hadde gutten feilet stort og Shaad samlet motet og påståeligheten sin og gikk til Jakars telt. Mannen hadde et telt som lå et stykke unna de andre og det var enkelt og temmelig spartansk utstyrt. Jakar var ikke en mann som fant glede i pynt og dilldall, han var kun en stridens mann og Shaad banket på teltstolpen litt nervøst. Han hadde to flasker med vin i nevene, begge var møysommelig preparert og han tok på seg sitt mest troskyldige ansiktsuttrykk. Jakar trakk teltflappen til side og stirret på Shaad og på vinflaskene. Han rynket pannen og Shaad gned føttene mot hverandre, så ned. «Min herre, jeg…jeg lurte på om du kunne hjelpe meg med et problem? Olric vil gjerne at jeg lærer å kaste kniv men jeg får det bare ikke til og du har slik en perfekt teknikk. Jeg tok med litt vin for strevet, om du er villig til å vise meg hvordan du kaster?»

Jakar bikket på hodet, i hans øyne var Olric en tosk som tok til seg en vanlig bastard på det viset men det var ikke noe han trengte bry seg med. Han fikk gjøre det han gjorde best og slik sett var det greit at Olric ikke blandet seg inn i hans foreliggende. To flasker med god vin? Det var så klart en fristelse og hvorfor ikke? Gutten kunne sikkert ha godt av å lære litt og som Shaad sa, han hadde perfekt teknikk. Han nikket bare og gryntet, hentet to kniver fra et skap i ene hjørnet og grep Shaads håndledd. «Se her, hold det stivt, ikke slapp av. Kast fra skulderen»

Han viste Shaad den perfekte måten og gutten repeterte med store øyne og tydelig takknemlighet. Gutten var likandes, det var da noe. Vinen fristet mye og etter litt åpnet han ene flaska, litt vin gjorde ingenting for treffsikkerheten og han fant at det var utmerket vin også. Den beste han hadde smakt på lenge. Han måtte glise litt til guttungen. «Vet Olric at du tok disse flaskene?»

Shaad rødmet. «Nei min herre, men jeg tror ikke han vil savne dem. Han har mange»

Jakar smilte og viste et korrekt kast igjen og Shaad begynte å få taket på det men knivene var litt for lange og tunge for ham og Jakar holdt hendene hans og lot gutten få prøve mens han sørget for at Shaad ikke senket armen for mye. Gutten var faktisk svært lærevillig, og så respektfull. Han likte det, og mer vin ble helt i begeret hans og han begynte å føle seg svakt susete. Ved gudene, Shaad kunne bli god med litt mer trening, riktig trening, gitt av ham selv. Jakar tømte første flaska uten engang å tenke over det, han sjanglet svakt og bevegelsene var blitt ustabile men han var ennå ved sine fulle fem, trodde han. Shaad så forandringene i ham og skjulte et glis, ved gudene, fyren var virkelig blitt full men det var ikke rart ved tanken på urtene han hadde tilført vinen. Jakar snøvlet mer enn snakket og brått endret oppførselen seg temmelig mye. Ru hender begynte å beføle Shaads bakdel og rygg og Shaad måtte smile i skjul. Så det var Jakars svakhet, hans last. Shaad hadde sett ham drepe og torturere og det virket ikke for å påvirke ham i det hele tatt, han hadde ikke blitt sett sammen med noen av leir horene som fulgte hæren og nå forsto Shaad hvorfor.

Shaad var forberedt også på slik oppførsel, han smilte beundrende til Jakar og viftet med øyevippene. «Min herre, du har vært så vennlig mot meg, gjort meg slik en tjeneste, kan jeg få gjøre deg en tjeneste til gjengjeld?»

Jakar så ned på gutten, han var virkelig pen, faktisk direkte vakker og ved gudene for en myk hud og slike dype øyne. Han strøk hendene gjennom de lange lokkene med mørkt hår og pustet allerede tungt. «Hva slags tjeneste mener du gutt?»

Shaad smilte søtt og lot seg gli ned på kne foran Jakar, la handa over skrittet til mannen med en temmelig talende bevegelse og kjente at det allerede var hardt under buksene.

«En det vil være meg en glede å gi»

Jakar bare gryntet og blikket røpet at han var henrykt, Shaad åpnet beltet og knappene i buksa med raske fingre, han var vant med dette. Han hadde vært nødt til å ty til slikt mange ganger for å overleve og dette var ikke noe annerledes enn de andre gangene han hadde gjort det. Hensikten helliger middelet og han fikk Jakars stolthet frem fra buksa og gikk til aksjon med en gang. Jakar kastet hodet tilbake, stønnet hult og la handa på hodet til gutten, viste ham hvilken rytme han ønsket. Ved gudene, guttungen kunne virkelig suge, og Jakar tok en svelg fra den andre vinflaska, dette var virkelig en bra dag.

Shaad var dyktig, han visste hvordan han skulle bringe en mann til klimaks raskt og brukte tunga og strupen for alt det var verdt. Det gikk ikke lenge for Jakar stivnet til og gryntet håst mens han tømte seg ned i halsen på Shaad som lydig svelget alt sammen. Jakar sto der og svaiet litt og Shaad smilte igjen, sendte ham et løfterikt blikk. «Var jeg god min herre?»

Jakar nikket og sjanglet bort til senga, ramlet om på den med et grynt. «Den beste jeg har hatt gutt, Olric fortjener ikke en som deg, han har vel ikke benyttet seg av deg vil jeg tro? For en idiot, du har virkelig teknikk»

Shaad blunket litt blygt. «Min beskytter har ikke slike lyster min herre, men du, du er…så mandig»
Shaad visste hvor han hadde Jakar nå, og hvordan mannen kunne manipuleres. Han kunne holdes i live litt til, hans evner i kamp var verdifulle og mange av leiesoldatene var først og fremst lojale til Jakar, ikke så mye Olric. Shaad måtte veie fordelene opp mot bakdelene nå, og spille et vanskelig spill. Han kjærtegnet Jakars hårete lår og smilte igjen, et søtt men litt skjelmsk smil. «Om herren ønsker det kan jeg komme tilbake en annen dag? Du er så sterk, og så…fristende»
Jakar gliste bredt, så gutten fant ham tiltrekkende, ved gudene, slettes ikke dårlig. Han nikket og slikket seg nesten om munnen. «Ja, kom tilbake gutt , og da vil jeg føle hvor trang den lille enden din er.»
Shaad bøyde seg frem og kysset Jakar på munnen, et temmelig vått og lystent kyss som ikke kunne misforstås. «For deg min herre, alt!»
Shaad følte seg meget fornøyd da han gikk tilbake til teltet han delte med Olric, han visste mer om Jakar nå enn før og det var verdifullt. Men det gjensto ennå en del problemer, han visste at han til slutt måtte bli kvitt Jakar også men kanskje han kunne bruke karen til å oppnå sine aller høyeste mål? Det måtte være en måte å gjøre det på og Shaad satte seg ned og prøvde å skape seg et overblikk over situasjonen. Jo, om Olric ble avledet med noe annet kunne det meste skje nesten av seg selv. Hva slags hendelse kunne distrahere Olric nok? Shaad smilte skjevt for seg selv, han måtte vedgå at det var en vidunderlig ironi i den ideen han fikk. Karma kan av og til være både nådeløs og oppfinnsom.

Kanir

Zaribi hadde kollapset etter at hun satte fri Frostblad fra isen
og Kanir holdt henne foran seg i salen, hun var varm og skalv
og han merket at hun føltes svært annerledes nå. Det var ikke
den samme jenta som før, energien hennes var totalt forvandlet
men hun var ennå kjøtt og blod og avhengig av hjelp. Hun
hadde mistet mye blod og han var redd for å komme for sent.
De hadde ridd ned av breen og Blodøks hadde greid å holde
seg på beina selv om den var sliten. Kanir husket at
helbrederen holdt til like ved en liten elv og en ganske bratt
klippe og han så en slik formasjon foran seg nå. Han smattet på
den røde hingsten og den økte farten, ante at de var ved målet.
Zaribi jamret seg av og til og vred seg og Kanir ante ikke helt
hva han skulle tro. De fleste som bodde der nord visste om den
som bodde i en enkel hytte ved klippen, de færreste hadde møtt
vedkommende men alle hadde hørt at det var en person med
store evner. Han så at terrenget der var temmelig ødslig, bare
stein og litt mose her og der og han undret seg på hva slags
person det var som kunne overleve der oppe alene.
Hytta var ikke enkel å finne, den var lagd av stein fra området
og bare en svak røyklukt røpet at det var folk der. Kanir var en
dyktig sporfinner og selv hans trenede øyne hadde vansker
med å finne sporene som fortalte at noen faktisk levde der.
Noen steiner lå litt merkelig til, mosen var slitt her og der,
noen biter med gammel drivved var plassert i hauger som et
slags lager. Hytta var lav og ganske stor og den hadde bare en
dør. Kanir svelget og stanset hesten, stirret mot det enkle
bygget. Han følte at dette var et spesielt sted, et sted der
merkelige krefter samlet seg og noe fortalte ham at det var

skjebne bestemt at han skulle komme dit. Han steg ned og løftet Zaribi ut av salen, nølte et øyeblikk og døra gikk opp. Et par øyne glitret i mørket og han hørte en stemme som temmelig utålmodig nærmest bjeffet ut. «Kom med henne, det haster»

Han adlød, makten i denne personen fikk nesten lufta til å dirre som varme på en solrik dag og han måtte nesten bøye seg dobbelt for å komme gjennom døra. Innenfor var det helt annerledes, gulvet lå lavt og han kunne stå oppreist. Hytta var temmelig stor, og vakkert innredd med møbler som virket eldgamle. Han måtte måpe, det var et vakkert sted og flere ildsteder gav god varme. Han så på den som slapp dem inn, det var en lav liten kvinne som virket spebygd og nett og hun hadde store nesten fiolette øyne og langt svart hår som virket utrolig mykt. Men Kanir så dypt, dette var bare en forkledning, skapningen foran ham var ikke et menneske. Hun bøyde hodet. «Legg henne her, jeg må undersøke henne. Hun har blitt svekket og kanskje hun har gitt mer enn hun burde.»

Kanir protesterte ikke, han la Zaribi på en benk dekket med et teppe og kvinnen begynte å trekke av den bevisstløse jenta klærne. Kanir snudde seg høflig og kvinnen kaklet lavt, som om hun fant det morsomt. Han fikk et fort glimt av Zaribis rygg og måpte, sårene var borte, men det var stygge arr der og en bølge av medfølelse strømmet gjennom ham. Kvinnen mumlet noe, han kjente lukta av urter og en slags kvass stank som måtte være en eller annen slags medisin. Så hørte han at hun messet noe, lavt og intenst og hun virket ikke for å stoppe i det hele tatt. Messingen gjøre ham susete og han måtte sette seg og han vågde ikke engang se på det som skjedde bak ham. Han så skarpt lys og hørte underlige lyder og kvinnen stanset messingen og lyset ble sakte borte. Hun gikk bort til Kanir og la en hånd på skulderen hans. «Hun er av de merkede nå, som det skal være.»

Kanir rynket pannen. «Hva mener du?»

Han reiste seg og snudde seg, Zaribi lå på magen og var ikke våken og han så mer enn han burde men det som trakk på blikket var merket. Arrene var borte, nå hadde hun et merke som Ardred men det var ikke noe kattedyr som prydet hennes rygg. Det var et dragehode og Kanir følte seg brått nesten liten og ubetydelig. Kvinnen kaklet lavt. «Du har også din rolle å spille Kanir, jordens krefter hviler i deg som i din bror, det vil bli verdifullt.»

Kanir svelget hardt. «Er hun ok?»

Kvinnen nikket stivt. «Så ok som hun kan bli etter hva hun har vært gjennom, hun er svak og vil bruke dager på å få kreftene igjen, En slik opplevelse som den hun har vært gjennom tapper en, uansett hvem en er i utgangspunktet. Men jeg vil hjelpe henne, noen dager her og hun vil være klar for å møte verden igjen»

Kanir trakk pusten. «Hun vekket den siste mektige»

Kvinnen gliste skjevt. «Ikke den siste Kanir, det er enn til, den sorte, og den siste sanne drage vil en dag møte dem begge. Men Frostblad er mektig nok, et våpen dere vil trenge mot mørket som sprer seg»

Kanir bikket på hodet, øynene var smale. «Si meg, hvem er du?»

Kvinnen kaklet igjen, det var slik makt i de merkelige øynene og hun var kanskje god men ikke bare snill, han merket det. Hensynsløs var kanskje et ord som passet på henne, i stand til å sette alle vanlige hensyn til side og gjøre det som gjøres må. «Om du må ha et navn kall meg Imla»

Kanir lente seg bakover, så smalt på henne. «Det er bare et navn»

Hun nikket. «Og dette kun et av mine mange ansikter, frykt meg ikke Kanir, for jeg vil kun det beste for skaperverket. Det som kommer vil kreve dere alle»

Kanir bet tennene sammen. «Det som kommer?»

Imla nikket og smilte nesten, et farlig smil. «Ja, trollene og de sjelløse spretter ikke bare opp fra bakken som paddehatter av seg selv.»

Han trakk pusten. «Mer kommer?»

Hun nikket fort. «Mye mer, mye verre. Tro meg. Men gi ikke opp, lyset vil kjempe, som det har gjort igjen og igjen»

Kanir følte seg brått redd, Gardahavn hadde føltes som et trygt sted men nå hadde en følelse av at stedet ikke lenger var hva det hadde vært. Hvorfor ante han ikke.

Imla trakk et teppe over Zaribi, nesten kjærlig. «Hun vil sove en stund, og jeg vil ha mat klar til henne når hun våkner. Hun trenger en god del god næring fremover»

Kanir svelget stivt. «Det tviler jeg ikke på, Ardred vil sørge»

Imla nikket bare uten å se på ham. «Selvsagt, han er en god mann, men han vil lære hva han har i henne etter hvert. Dere vil bli kallet begge to, når tiden er inne»

Kanir rynket pannen, lente seg frem. «Hva mener du med det?»

Imla gikk bort til et ildsted og satte en gryte over ilden, helte noe ned i den fra en liten krukke. «At dere er bundet til henne, som hun er bundet til dere. Når hun blir kallet til sitt folks land vil dere følge henne. «

Kanir så forvirret på henne. «Hun er av Ardot opprinnelig? Men...»

Imla la en finger over munnen i en nesten skjelmsk gest. «Ingen men...Dere vil se, med tiden»

Hun rørte litt i gryta og fant frem en bolle, helte i den fra gryta. Det luktet godt og Kanir kjente at magen ulte litt. Hun gikk bort til ham, rakte ham bollen. «Du trenger mat også, jeg skal ta meg av hesten din mens du spiser. Vær ikke redd, dere er trygge her, ingen finner dette stedet om de ikke er velkomne»

Kanir gryntet kort. «Lite gras å se her, har du høy?»

Imla fniste . «Selvsagt, jeg har alt jeg trenger her. Den vakre hesten din vil ikke mangle noe mens dere er her»

Kanir tok bollen, det var en slags stuing og den så virkelig god ut. Imla rakte ham en skje og nikket mildt. «Klippehare og urter, jeg er en god kokk, tro det eller ei»

Han tvilte ikke på det, hun gikk ut og han begynte å spise, stuingen var faktisk utrolig god og han spiste alt selv om det hadde vært en kongelig porsjon. Etterpå ble han søvnig og merkelig døsig og han la seg nedpå en av benkene der men vågde ikke sove før Imla kom tilbake. Zaribi hadde ikke våknet ennå og han var bekymret. Men han tenkte på Ardred også, han følte en trang til å vende tilbake til Gardahavn snarest men visste at det avhang av om Zaribi kom seg igjen. Ardred kom til å bli fortvilet, og rasende også antagelig. Men det var ingen vei utenom det Kanir hadde gjort, skjebnen måtte bare skje fyllest og hadde han ridd mot Gardahavn med Zaribi ville hun vært død nå. Han bare visste det.

Ardred hadde alltid vært den roligste av dem på noen måter men også den som kunne eksplodere i aksjon om det trengtes. Han var kanskje den som lignet mest på deres far, og Kanir undret seg på hvorfor. Urdar var den som hadde arvet Gudruns forkjærlighet for religion og hennes åndelighet, Kanir hadde aldri følt seg trukket i den retningen og han forsto at han egentlig hadde vært temmelig rotløs hele livet. Hvor Iliana hadde fått sin ondsinnethet fra var det ingen som visste, de som husket sa at Gudruns mor Borgrun hadde vært et hespetre av sjeldent kaliber men ingen hadde nevnt noe om at hun var slik som Iliana. Kanir hadde hørt sin bestemor bli omtalt som et råskinn av et kvinnfolk med en vilje av stål men hun hadde vært et redelig menneske som aldri bedro sin mann eller klandret andre for sine egne svakheter. Gudrun hadde fortalt at hennes mor døde da hun var bare femten, på grunn av en stygg lungebetennelse og hun sa at Borgrun hadde vært vis og stri men rettferdig. Gudrun hadde hatt to brødre men begge hadde dødd før hun ble gift og fikk barn, av og til undret Kanir seg på hvordan hans onkler ville ha vært.

Kanir satt der og smådormet, det var varmt og behagelig der og han husket den første jenta han hadde blitt oppsøkt av, en han hadde vært gode venner med. Han ante ikke hvorfor slike tanker kom til ham nå men det kunne være at han misunte broren på et vis. Hun hadde vært datter av en fisker og var temmelig ung og allikevel svært moden. Det var ikke uvanlig at jentene der i landet var å regne som voksne alt i fjorten femten års alderen siden de fikk stort ansvar og ble høyt respektert. Eralin som hun het hadde vært en barndomsvenn av ham og Ardred, de hadde lekt sammen til de to guttene nådde den alderen da jenter brått endrer rolle. Eralin hadde blitt sveket av en hun hadde forelsket seg i aldeles pladask, en sjøfarende fyr som hadde lovet henne gull og grønne skoger og nå ventet hun barn og sto der uten noen å støtte seg til. Kanir ante ikke hvorfor han hadde gjort det, tatt på seg skylda når han ikke engang hadde vært i seng med jenta men noe i ham hadde sagt at det var rett. Han hadde betalt en stor erstatning til henne og faren hennes og ryktet hans begynte å endre seg, sakte men sikkert.

Kanir lukket øynene og svelget. Han hadde fått samme trening som Ardred og alle visste at han hadde overgått sin bror i det meste men han eide ikke Ardreds evne til å fokusere totalt på en oppgave. Av og til hadde han hatt en følelse av at tankene hans hoppet frem og tilbake som en hare om våren. Han sovnet etter litt, benken var god å ligge på og han var sliten. Imla la et teppe over den sovende mannen, han var perfekt for sin oppgave, akkurat som sin bror. Begge var skapt for dette, maktene valgte i sannhet godt. Hun gikk bort til ilden og satte seg ned, stirret inn i den. Brikkene var på vei dit de skulle være, men det var en farlig balanse. Om noe gikk galt kunne alt snu og hun trakk pusten dypt. Selv hennes krefter var begrenset, hun fulgte lovene men hun visste at hennes motpol ikke brydde seg om noe slikt. Nei, spillet var åpent, hvem som helst kunne gå av med seieren nå.

Kanir våknet etter en stund, han føltes seg behagelig uthvilt og Imla satt ved ilden og virket for å strikke. Hun nikket vennlig mot ham, «Hesten din trenger å stelles, gå til høyre ut døra, det er en stall gjemt bak bygget»

Kanir nikket og gikk ut, lufta var kald og sur så nær breen og han hørte fremdeles dumpe drønn siden den ennå kalvet og beveget seg. Frostblad hadde hvilt i breen lenge, den hadde formet seg rundt dragen og nå var ikke den støtten der lenger så det var ikke så merkelig at den raste sammen over store områder. Stallen var overraskende stor, også senket ned i bakken og genialt konstruert. Det var bare en hest der og Blodøks snudde hodet og humret til ham. Han klappet den på nakken og fant en børste og en kam. Begynte å strigle og gre den og han så at krybba var fylt med utmerket høy og havre. I det minste kom ikke Blodøks til å lide noen nød så lenge de var der. Han gjorde seg ferdig og undret seg på når de kunne vendte tilbake til Gardahavn, det var litt av en strekning de måtte krysse og han visste at de ble nødt til å reise langs kysten. Han vågde seg ikke inn i landet nå, selv med hans evner var det ikke sikkert at han så eller hørte troll eller sjelløse før de var for nære til at han kunne gjøre noe.

Imla satt og virket avslappet og temmelig vanlig, en liten kvinne som satt med håndarbeid ved ilden, hun strikket virkelig på noe, men trådene hun brukte var merkelige, fargen endret seg hele tiden og hun trakk litt i en tråd og stirret på den med smale øyne. Ting endret seg, folk endret seg, veven ville endre seg med dem. Hun smilte sakte og fingrene hennes beveget seg, sakte formet et nytt mønster seg i det hun lagde. Noen sjeler kunne påvirke alt, av og til var det de en minst venter skal ha noe å si. Hun visste det, spørsmålet var om de andre var klar over det samme?

Dahdegar

Det hadde vært hardere enn han trodde, å finne tilbake til seg
selv. Han hadde hatt en motbydelig følelse av at ingenting
passet lenger, det var som om lyder og lukter på et vis byttet
plass og han grep etter ting som ikke var der. Ennå var ikke
bindet for øynene fjernet og han visste at han trengte å lære en
del før han fikk lov til å virkelig se igjen. Men han så mye med
sitt indre øye nå, alt rundt ham var som en slags uferdig skisse
i farger, utflytende og utydelig men han så former og forsto
hva det var han så, for det meste. Ruphus kom med mat til
ham, vasket ham og hele tiden hvisket han lærdom til ham,
ting han måtte vite. Dahdegar følte seg ikke lenger hjemme i
sin egen kropp, alt var fremmed og nytt og den minste berøring
føltes så voldsomt, han lyttet til halv alvens spinnende stemme
og sakte fikk han kontroll over seg selv og det han følte.
Ruphus lot ham sitte i hytta i mørke i tre dager, Dahdegar
begynte å bli temmelig utålmodig da vennen omsider mente at
det var på tide at han fikk vende tilbake til verden. Han fjernet
bindet for øynene og Dahdegar så først ingen forskjell fra før
og trodde at noe hadde gått galt. Så la han merke til at Ruphus
glødet svakt og etter som øynene vendte seg til lyset igjen
forsto han at ting virkelig var blitt endret. Han blunket og
måtte se ned i bakken, overveldet og forvirret.
Ruphus la en hånd på skulderen hans. «Det vil ta tid å venne
seg til dette, men frykt ikke. Jeg vil lære deg det du trenger for
å mestre det.»
Dahdegar svelget og stirret på alt rundt dem, det meste var
omgitt av en merkelig glød og han så bevegelser som ikke
virket for å ha noen opprinnelse, Ruphus rakte ham klærne

hans og Dahdegar kledde sakte på seg. Han var støl og stiv og følte seg litt uvel men ellers var han den samme gamle.
Ruphus ryddet etter dem og de gikk tilbake til vertshuset, Ruphus bar på en død hare, påsto at de hadde prøvd å jakte og vertshus eieren var takknemlig for kjøttet, selv om det var lite. Dahdegar lengtet etter en ordentlig seng og Ruphus betalte for et ordentlig bad igjen, det var himmelsk og han følte seg bedre med en gang. Ruphus sørget for at de hadde både vin og mat før de tok kvelden og Dahdegar ble lovet at de skulle begynne dagen etter. Det var på tide at de begynte å gjøre noe reelt og stakk pinner i maskineriet for Eghil.
Da Dahdegar våknet dagen etter var det med en følelse av forventning, han spiste og Ruphus tok ham med ut i skogen til en åpen glenne. Snøen var ikke så tykk der og halv alven snudde seg og så stivt på Dahdegar. «Det vi skal gjøre er farlig, jeg håper du forstår det? Å reise astralt bør en bare gjøre om en virkelig ikke har en annen utvei, og uansett hva vi ser, vi kan ikke gripe inn direkte»
Dahdegar nikket, munnen var tørr og han kjente at hjertet hamret hardt. «Jeg forstår»
Ruphus mumlet noe og en flekk av skogbunnen var brått snøfri, han knelte ned på den og Dahdegar gjorde det samme. «Lukk øynene og hør på meg, konsentrer deg bare om min stemme»
Dahdegar adlydde, han lukket øynene og svelget i det Ruphus begynte å messe et eller annet han ikke forsto. Alt svingte og han følte seg merkelig lett, og svimmel. Brått var det et rykk og han blunket, han sto ved siden av Ruphus men samtidig satt han der på kne på bakken og han så at Ruphus var gjennomsiktig og merkelig lysende uten særlig detaljer. «Ta tak i meg, jeg leder vei»
Ruphus stemme var fjern og hul og Dahdegar grep tak i vennens astral legeme og brått beveget verden rundt dem seg med vanvittig fart og de raste av sted med et tydelig mål. Dahdegar hadde snaut tid til å tenke før de passerte over

Arzam havet og suste innover en av de mange fjordene i nord enden. Farten minsket og de så en slags festning i det fjerne, den var stor og velholdt og lå ute på en slags halvøy med bare en smal tange med land som forbindelse med fastlandet. Halvøya var mer eller mindre en klippe og festningen var bygd på snedig vis så det så ut som om den grodde ut av steinen. Dahdegar visste at han så på noe som var bortimot uinntagelig, den smale forbindelsen til stranda var utstyrt med porter og vakter og så smal at kun en tre fire mann kunne marsjere over side ved side. Dahdegar bet tennene sammen, dette kunne bli interessant. Ruphus fløt nærmere borgen og Dahdegar fulgte etter. Det var ikke en rik borg, de så lite luksus der, ting var gamle og solid bygget og det var et fargeløst og lite innbydende sted. Dahdegar telte menn, det var mange der, og de fleste så ut til å være lokale. Mange av dem var elendig kledd og han ante at de fleste var mer eller mindre treller. Noen få var godt kledd og gikk bevæpnet og de så et par som måtte være riddere for de bar våpenkjoler og hadde gode rustninger.

Dahdegar undret seg over hvordan broren hadde greid å samle slike menn om seg, antagelig ved hjelp av løgner og bedrag. Selve borgen var like ødslig inne som ute, få møbler, nakne vegger og trekkfullt og kaldt. Noen tjenere raste rundt og så livredde ut og Ruphus så litt nervøs ut. Dahdegar krympet seg hver gang de gled gjennom en vegg men ingenting skjedde, det bare føltes helt unaturlig. De kom inn i en hall etter litt, den var litt bedre enn de andre rommene, det var varmt og veggene var dekket med broderte tepper. En kvinne satt i en stol ved peisen og to barn på kanskje tre og fem lekte på golvet ved henne. Hun var forholdsvis ung med langt krøllete mørkt hår og forholdsvis mørk hud, fjeset var søtt og øynene store og nøttebrune men hun så sliten ut. Klærne var pene og sikkert dyre men hun virket utilpass og hun var tydelig med barn igjen. Dahdegar fikk et inntrykk av at hun var temmelig hjelpeløs, det var ikke noe hun kunne gjøre for å bedre ting for seg selv. Barna så friske og sunne ut og det var liten tvil om hvem som var faren for begge hadde Eghils blå øyne.

Begge barna så opp da en dør gikk opp og de virket nervøse, det var en tjenestejente som kom inn og hun virket kuet og ydmyk men både kvinnen og barna slappet synlig av da de så hvem det var. Tjenestejenta satte seg på kne ved kvinnen og begynte å massere føttene hennes med tydelig omsorg og kvinnen sukket lettet og la fra seg håndarbeidet. «Takk Yshra, de verker ille i dag»

Dahdegar så at kvinnen antagelig ikke burde vært gravid, hun virket svak og huden var svakt gusten. Ruphus ristet svakt på hodet, det var ingenting de kunne gjøre der og da. De gled videre og kom ut i et rom som var svært luksuriøst, her var det pynt overalt og det måtte være Eghils egne gemakker.

Dahdegar rykket til da han så broren, mannen hadde endret seg mye og det var ikke til det bedre. For det første hadde han latt seg forfalle temmelig mye, han var blitt feit og ansiktet var blitt dratt og utflytende. Håret var blitt tynt og øynene var blitt smale og mistenksomme. For det andre var hele væremåten hans endret, Eghil hadde vært brå og rett på sak, en mann som sa det han mente rett ut og som kanskje var litt for ukontrollert til tider men nå var hele kroppsspråket endret til noe snikende og kunstig. Dahdegar kjente stor avsky når han så på broren, lyset rundt ham var blitt svært svakt og det var som om skygger seilte rundt ham hele tiden. Eghil sto med et beger vin i neven og lyttet til en eldre kar i en slags kutte som gestikulerte mot et kart. Eghil så fornøyd ut og bare det fortalte Dahdegar at noe var i gjære og at det ikke var bra. Det virket for at mannen i kutten forklarte en slags fremrykking og Ruphus hvisket til Dahdegars sinn. «Sekten, de holder øye med hvordan den sprer seg»

Dahdegar ville følt seg kvalm om han hadde en mage, det var helt tydelig at Eghil styrte mye av det som foregikk og at han var dypt involvert. Stemmene var merkelig fordreide der og Ruphus følte seg tydelig litt forvirret, det var noe i lufta der og

Dahdegar følte det også. Eghil viftet mannen av og karen
bukket lavt og rygget ut av rommet, som for en konge. Eghil
hadde virkelig blitt temmelig høy på pæra for å kreve slik
behandling. Dahdegar så at broren stengte døra og snudde seg
med et temmelig mørkt flir om munnen, øynene glødet
formelig og mannen gned seg i hendene Han gikk bort til et
skatoll som var plassert langs veggen og åpnet det, trakk ut en
boks av noe slag og åpnet den. Ruphus gispet og Dahdegar
følte at en kald vind virket for å fly gjennom rommet. Eghil
holdt en svart kule i hendene, hva den var lagd av var umulig å
vite men mens mannen strøk hendene over den begynte den å
gløde svakt og merkelige lysende punkter begynte å danse
rundt i den.

Eghil hvisket noe og kula svevde i luften nå, spant sakte rundt
seg selv og plutselig hørte de en stemme, men det var ikke en
stemme som alle andre, det var en stemme som kun hørte til et
sted og det var i det dypeste hemmeligste juvet i
underverdenen. Ruphus grep tak i Dahdegar og mannen kjente
brått at han ble røsket tilbake til kroppen sin, temmelig brutalt
og brått og han rykket til og åpnet øynene med et gisp. Ruphus
satt på bakken ved siden av ham og peste, øynene var ville og
svarte og Dahdegar forsto at de hadde vært vitne til noe ikke
engang Ruphus hadde forutsett. Halv alven kom seg på beina,
fremdeles vill i blikket og han hjelp Dahdegar opp, mannen
følte seg meget forvirret og ikke minst skremt. «Hva skjedde?»
Ruphus svelget synlig. «Ikke her min venn, vi går tilbake til
vertshuset, vi trenger en stiv oppstrammer før vi snakker om
dette»

Dahdegar bare nikket og de gikk tilbake, begge to temmelig
våte og Dahdegar kjente at han var forholdsvis sliten også,
kroppen verket faktisk og han var svimmel. Ruphus bestilte to
glass med en lokal spesialitet, det var det lokale brennevinet
blandet med sterkvin og det kunne svi hårene av et villsvin.
Ruphus kastet sitt glass inn som om det var vann og hostet
grunt, Dahdegar tok bare en slurk av sitt og fikk en følelse av

at strupen hans brant. Ruphus trakk pusten dypt og trakk noen ville lokker med hår ut av ansiktet, det var umulig å si om han var blek eller ikke i og med at han var albino. Dahdegar så skjevt på ham,. «Så, hvorfor trakk du oss ut slik?»

Ruphus skar en grimase og satte glasset sitt fra seg på bordet. «Du forsto at Eghil er den som styrer sektens fremrykkinger?» Dahdegar nikket. «Ja, men jeg vet ikke hvorfor han har befattet seg med dem, hva kan han oppnå slik?»

Ruphus bet seg i underleppa og holdt stemmen lav. «Det du så forklarer det min venn, og nei, jeg ante ikke noe om noe slikt på forhånd. Jeg hadde aldri trodd at Eghil ville blande seg bort i den slags»

Dahdegar rynket pannen. «Med den slags så mener du?»

Ruphus lukket øynene og det var et nesten forpint uttrykk på ansiktet hans. «Mørket selv, den totale ondskap. Sekten er kun et redskap Dahdegar, de vet det ikke selv men de er bare noe som er nyttig for øyeblikket. Eghil har antagelig blitt lovet mye for å sette i gang den galskapen som nå rir landene»

Dahdegar sukket. «Vær så snill, forklar, jeg forstår lite nå»

Ruphus nikket og det var et trist smil som gled over ansiktet. «Selvsagt, du er ikke befaren med svartekunster. Det er gamle legender Dahdegar, som forteller om den tiden vi går inn i nå. Mørket vil bruke alle sine ressurser for å overta verden, forvandle den til et forferdelig sted. Krigen som brøt ut er kun et av varslene, sekten er et annen. Mye vil skje min venn, lite av det godt er jeg redd»

Dahdegar følte seg brått enda mer forvirret. «Men...gamle legender?»

Ruphus nikket og kjærtegnet formelig glasset sitt. «Ja, spådommer. De er sanne, jeg vet det. Jeg har sett. Mørkets barn vil vandre over landene og det vil være lite vi kan gjøre for å forsvare oss om ikke maktene sørger for at de som er gitt kraften og kunnskapen er klare»

Dahdegar så skrått på vennen, han ville normalt ha avfeid alt slikt som kvinnfolkpjatt men han forsto at Ruphus aldri ville ha spøkt med slikt. «Mørkets barn?»

Ruphus nikket sakte. «Ja, troll, og demoner av mange slag. Mennesker besatt av tanken på makt og innflytelse, mange som ikke engang vet at de tjener mørket»

Dahdegar var vokst opp ved kysten, for dem var det drauger og desslike som gikk igjen i eventyr og fortellinger. «Troll?!»

Ruphus nikket, han så trist på glasset sitt. «Ja, for alt jeg vet har det allerede begynt.»

Dahdegar trakk pusten dypt. «Hva kan gjøres?»

Ruphus så ut som om han hadde smakt på noe særdeles surt. «Lite, men som sjaman kan jeg selvsagt prøve å finne ut så mye som mulig om det. Jeg tviler bare på at det er noe vi kan få noen innvirkning på. Legendene forteller om så mangt, om drager som skal komme tilbake, om verden som vil endre seg totalt»

Dahdegar kjente en slags kulde men den var ikke fysisk, den var sjelelig. «Min bror er i ledtog med krefter utenfor vår verden ikke sant?»

Ruphus nikket sakte og han så ikke direkte på Dahdegar i det hele tatt. «Ja»

Dahdegar kjente at det gamle sinnet våknet i ham. «Da har det krevd mange liv allerede, flere enn bare mine barn. Jeg vil ikke la det vinne, hører du? Vi må finne ut mer! Det må være svakheter, feil Eghil gjør som kan brukes mot ham og det han tjener»

Ruphus så smalt på vennen. «Jeg ser hvor du vil min venn, men jeg vil ikke anbefale det. Vi er bare to Dahdegar, du er ikke trent og jeg...jeg har aldri vært en av dem som våger å utfordre mørket selv. Det er ikke min oppgave.»

Dahdegar snerret nesten, klappet vennen på armen. «Det er din oppgave nå! Og min, du sier troll og demoner? Jeg har ikke sett noen slike før, så et sted må de komme fra.»

Ruphus rullet med øynene. «Greit, jeg vil prøve å få et overblikk over ting men er du sikker på dette? Du vil hevne deg på din bror, jeg husker ikke noe om at du også ville redde verden»

Dahdegar sendte halv alven et kort glis. «Det går ut på det samme gjør det ikke? Jeg akter ikke å se på at det svinet ødelegger for flere, jeg er ikke en slik mann Ruphus»

Halv alven smilte skjevt. «Jeg vet at du ikke er en slik mann men det er ikke noe en bør gjøre med et lett hjerte, å blande seg inn i slike ting er som sagt farlig og farene er av en type du neppe er forberedt på å møte.»

Dahdegar trakk pusten. «Jeg er ikke redd»

Ruphus blåste i nesa. «Men det burde du være min venn, du har aldri sett det jeg har sett, det er ting der ute som vil ete sjelen din til frokost og det uten engang å anstrenge seg»

Dahdegar så ned i bordet. «Og våre liv er mer verdt enn alle de som nå lider der ute? De som blir lovet falsk frelse, som blir frastjålet den siste biten av verdighet?»

Ruphus la handa på hans. «Nei, det er ikke det jeg sier. Det jeg mener er at vi ikke kan rase frem uten en plan. Vi må forberede oss, sanke informasjon, lære fienden å kjenne»

Dahdegar trakk på smilebåndet. «Kjenn fienden, ja, det kjenner jeg igjen. Far terpet alltid på det»

Ruphus gliste litt trist. «Han var en stri en, men deres fiender var ikke stort annerledes enn dere selv. Hva vi må møte vil være helt fremmed, forstå det.»

Dahdegar bare nikket stivt. «Jeg forstår, hva gjør vi?»

Ruphus virket for å tenke hardt en kort stund. «Jeg reiser ut, men ikke astralt. Jeg bare projiserer tankene mine, et astrallegeme kan oppdages og skades.»

Dahdegar så skuffet ut. «Men, hva skal jeg gjøre da?»

Ruphus smilte igjen, klappet Dahdegar nesten kjærlig på armen. «Du skal holde vakt og se til at ingen forstyrrer meg. Kan du klare det?»

Dahdegar nikket sakte. «Ja, men hva tror du at du vil få se?»

Halv alven trakk på skuldrene. «Jeg vet ærlig talt ikke, men om spådommene er sanne vil jeg oppdage det, det er det eneste jeg er sikker på.»

Dahdegar bikket på hodet. «Så hva venter vi på?»

Ruphus gliste bredt. «Såda, ikke så utålmodig min venn, i kveld, etter at månen er oppe. Da vil jeg forsøke, ikke før. Slapp av nå, hvil og spis. Vi vil trenge den styrken vi har om det jeg frykter er virkelig.»

Dahdegar stirret ut døra, sola var på sitt høyeste, det ville bli en lang dag, en veldig lang dag!

Eirannes

Havfruen var så definitivt ikke å sammenligne med
Sølvmåken, skuta var for å si det enkelt temmelig stri og det
hjalp ikke at den var skadd. Eirannes måtte flere ganger be
styrmannen legge ny kurs siden de hadde forlatt den peilingen
han opprinnelig ønsket og det virket av og til som om skuta
hadde en egen vilje, og det var ren vrangvilje også. Men det
gikk fremover og med nytt vann om bord og fersk proviant
fikk moralen en oppsving av de sjeldne. Nå virket mannskapet
klart til å takle det meste og de sørget for å følge den høye
merkelige muren hele tiden. De så ikke flere skuter og havet
hadde roet seg men det fløt vrakgods overalt og utkikken
hadde en stri jobb siden de helst burde unngå å treffe flytende
trestammer og slikt. Etter en uke hadde de kommet til det som
en gang hadde vært hoved innseilingen til de store havnene
nordvest i Ardot, nå var det bare en vegg der også så de måtte
sette kursen videre sørover og Eirannes begynte å føle seg
nervøs. Det var ikke mulig å legge til noe sted, Ardot hadde
blitt som en festning og han begynte å tro at landet nå måtte
klare seg uten noe særlig skipsfart. Det ville være ille for folk i
Zhandoria, mye varer kom fra Ardot hvert år og mange
familier tjente seg rike på handelen.
Men etter ytterligere en uke med en god del uvær og stri sjø
nådde de et sted der det var mulig å legge til. Det var en stor
bukt som var formet slik at den dannet en perfekt havn og det
lå flere skuter der. Eirannes kjente at hjertet hamret av lettelse,
han var ikke den eneste kapteinen igjen der ute på havet, noen
hadde greid seg. Det var kanskje tjue skuter forankret i den
nylig formede naturlige havna og samtlige virket for å ha vært

i hardt vær men de var ikke synkeferdige og reparasjoner var i gang. Bukta lå på baksiden av en øy som nå var blitt mye større enn før og det var et smalt strekke med åpen sjø mellom den og selve hovedlandet nå. Bebyggelsen på øya var rasert, de fleste av husene var rast sammen og det var tydelig at enorme bølger måtte ha slått over den, her og der så landskapet rett og slett skurt ut. Men det var folk der, en god del innfødte som måtte ha kommet over med kanoer og noen Eirannes antok var Zhandorianere.

Skutene var fra omtrent alle de kystene han kjente til og han kjente igjen noen av dem. De fleste var frakteskuter av det mere solide langsomme slaget men han så også et par smekre skip av det slaget marinen bruker. Han ropte ordre og mannskapet adlød ivrig, de så frem til landlov selv om havna ikke hadde noe særlig å tilby nå av underholdning og utskeielser. Eirannes la Havfruen for anker like ved siden av en frakteskute han visste var fra Tholir, den var bred og butt og temmelig gammeldags men svært stabil i sjøen og han kjente kapteinen av omtale. Havfruen var den største skuta i havna der nå, og hun skilte seg ut. Eirannes kjente at det verket i hjertet ved tanken på hans kjære Sølvmåke men det var ingen grunn til å gråte over tapet, skuta hadde tjent ham vel og i det minste møtt en verdig ende. Han ble rodd i land og så fort han satte fot på landjorda ble han praiet av kapteinen på frakteskuta. Mannen var en kort men kraftig kar med et digert skjegg og nesten skallete hode, han var kledd i de tradisjonelle selskinnsklærne mange sjøfolk nordfra brukte og han gikk med en medaljong som røpet at han var en del av det gamle sjømannslauget. Eirannes bukket høflig og den andre kapteinen tok handa hans og trykket den hardt. «Ved gudene, jeg hadde ikke trodd at noen flere ville søke havn her nå, det virker for at alle de gode skipene har gått ned. Si meg, var ikke du kaptein på en klipper?»

Eirannes nikket. «Ja, men hun ble skadet og jeg fikk overta Havfruen da hennes kaptein gikk bort, Sølvmåken sank dessverre»

Mannen tørket svetten av ansiktet, det var rødmusset og han virket sliten og stresset på samme tid. «Guder, jeg trodde aldri at jeg skulle si dette, men fordømt være alle de guder jeg kjenner til. Verden er ved sin ende er jeg redd»

Eirannes svarte ikke på det, han nikket mot frakteskuta som for øyeblikket virket for å få tilpasset en ny mast. «Dere fikk juling også?»

Kapteinen spyttet i bakken. «Juling? Åh ja, det vil jeg si, men vi var heldige. Vi fløt etterpå, det var det mange som ikke gjorde. Havet oppfører seg ikke som normalt Eirannes, svære bølger kommer ut av ingenting og et sted kokte sjøen og ved gudene, det stinket verre enn noe annet jeg har kjent»

Eirannes måtte se to ganger på ham. «Havet kokte?!»

Mannen smilte stivt. «Så sant som at mitt havn er Ubhuur av Tholir så kokte det ja, vi seilte vekk så fort vi kunne. Vi var rundt ti skuter som seilte sammen sørover fra Bheki bukta og kun vi kom hit. Resten har sunket»

Eirannes svelget tungt, det betydde at et par hundre gode sjøfolk var borte. Ubhuur skar en grimase. «Denne havna er god, en skulle tro gudene har lagd den for oss. Men det er allerede en fordømt horcsønn av en adelsmann som tror han kan utnytte oss sjøfolk, han krever toll av alle skipene, påstår at det er på vegne av Arcan slekten»

Eirannes så smalt på Ubhuur, han gyste svakt. «Arcan? Gudene tilgi meg, men det er noe forbannet skjit. Ardot tilhører da ved havgudene ikke Zhandoria?!»

Ubhuur så litt stjålent på ham. «Åh men det gjør det, du kjenner til gamle Oshwart av Nurmadag? Ryktene sier at han egentlig eier alt og alle her nede, i hemmelighet»

Eirannes hadde også hørt slike rykter, men han hadde alltid avfeid dem som nonsens. Alle visste at Nurmadag hadde hatt sin storhetstid for århundrer siden og at den nå var kun et minne. Ubhuur trakk på skuldrene. «Uansett, lord Banhlar av Arcan Theris Adhar tror han eier alt her nå, og behandler de innfødte som møkk. Alle er redd ham, han har en bande med spyttslikkere som er like hensynsløse som ham selv.»

Eirannes følte seg brått temmelig gammel, og sliten. «Javel, så jeg kan regne med besøk?»

Ubhuur nikket med en tung mine på ansiktet. «Ja, relativt raskt også, han følger med det svinet. Jeg måtte betale sju gull daler for havneplass»

Eirannes bet tennene sammen så det knaket, sju gull daler? Det var hårreisende mye for en havneplass, normalt lå prisen på rundt fem sølvdaler. Og det var for en stor skute, som Havfruen, ikke for en liten en som Bølgedanser. Han hadde snaut gull nå, og det vesle han hadde var tiltenkt reparasjoner av skuten. «Si meg, er det ingen flere havner sørover?»

Ubhuur ristet på hodet så skjegget formelig vibrerte. «Nei, den fordømte havbunnen har steget hele veien rundt Ardot, tro meg! Jeg har snakket med et par andre som kom sørfra, Ardot er brått dobbelt så stort som før, gudene skal vite at ting vil endre seg fra nå av.»

Eirannes lente seg mot noen tønner, han kjente en merkelig følelse av ærefrykt, et helt land, løftet opp på det viset. «Hva mener du?»

Ubhuur lente seg nærmere og hvisket bare. «De innfødte, de er leie av å bli hundset av Zhandorianerne. Det sies at mange har blitt fjernet, og at makten nå er på vei tilbake der den bør være, hos folket.»

Eirannes så litt forbløffet på Ubhuur som nikket med viktig mine. «Er det sant?»

Ubhuur smilte skjevt. «Ja, mange har dødd Eirannes, og de fleste var Zhandorianere, de innfødte virket for å vite hva som kom til å skje og kom seg i sikkerhet. Hele byer er skylt på sjøen og i innlandet sier de at fjellene har sunket ned. Jeg vet ikke om det er sant men det forundrer meg ikke lenger.»

Eirannes måtte smile litt skjevt, han husket mange havne
mestre av Zhandoriansk opprinnelse som behandlet folket som
søppel. «Men her er det altså en Zhandorianer som har tatt
makten?»
Ubhuur nikket stivt. «Så til de grader, jeg håper at han får som
fortjent snart.»
Eirannes så seg rundt, det var få bygg igjen som sto og rundt
havna var det naturlig nok ingen siden den var formet da en del
av øya gled ut i havet. «Hva er det mulig å få tak i her av
utstyr?»
Ubhuur rullet med øynene. «Nesten ingenting, jeg skal være
ærlig, jeg fikk tak i det jeg trengte fordi noen skyldte meg en
fet tjeneste. Ellers koster det skinnet og mere til, bare godt
trevirke er vanskelig å få tak i. Tau er umulig å slå kloa i og alt
annet kan du mer eller mindre glemme»
Eirannes kastet et trist blikk på Havfruen. Gudene skulle vite at
hun trengte temmelig mye nå, ikke bare tau og tømmer men
også strie og harpiks og nye avstivere for lasterommene. Men
det var antagelig umulig å skaffe noe slikt nå. «Tror du at det
går å krysse tilbake til Zhandoria nå?»
Ubhuur blåste i nesa og var vill i blikket. «Er du gal? Ingen
våger ut på storhavet nå, det er selvmord.»
Eiranncs følte seg fanget, denne havna var den eneste som var
å oppdrive? Han hadde ingen andre alternativer? Det var
vanvittig! Ubhuur la en tung neve på Eirannes skulder. «Hold
deg her i havna så lenge du bare kan, havet kan ingen stole på
lenger»
Eirannes svelget stivt, han ønsket å fortelle om det de hadde
sett da de var i land etter ferskvann, de merkelige uhyrene men
han fikk ikke frem et ord. Det var som om hjernen nektet å
samarbeide med ham, han bare nikket tamt og Ubhuur satte
kursen mot en lettbåt. Eirannes så at havna var reist i all hast.
Det var tømret til noen få utløpere og en slags vei var lagd
langs kanten av klippene men det var alt. Skutene lå for anker
uten å være fortøyd til land og det var egentlig lite der som

minnet om en havn. Han forsto denne Banhlar, om han greide å holde kontrollen med denne ene havna som var igjen på nordvest kysten av Ardot ville han bli skittent rik. Eirannes forsto at han neppe ville klare å skaffe noe av det han trengte der, de innfødte han så virket opptatt med å reparere ødelagte hus og det var neppe særlig mat å oppdrive der. Han trakk pusten dypt og så skjevt på skutene som lå der, i de fleste tilfellene ante han at det var rå flaks som hadde berget dem. Han gikk en kort tur rundt havna, ingen brydde seg med ham og han stirret på klippene rundt havna og kjente et merkelig gys gå nedover ryggen. Han ante ikke hvorfor. Etter litt vendte han tilbake til havfruen og gav karene ettertrykkelig beskjed om at de ikke skulle tilbringe natta i land. Han stolte ikke på denne selvoppnevnte havnemesteren og noe ved stedet gav ham dårlige forutanelser. Vidiel var litt skuffet for han ville gjerne se på resultatet av jordhevningen men Eirannes lovte at han skulle få se alt han ønsket så fort de fikk klarhet i situasjonen. Det gikk ikke lenge før de ble praiet av en lettbåt, en svær kar i en slags uniform sto midt i båten og virket umåtelig viktig og fem magre lokale karer rodde. Alle så ut som om de hadde tygd på en særdeles sur sitron. Eirannes hadde advart mannskapet om den nye havnemesteren og hans lakeier og dette måtte være en slik lakei. Karen så ut som om han var av det slaget som ville solgt sin egen mor som hore om det kunne ha tjent ham. Eirannes hadde advart om at ingenting av verdi måtte synes og skuta så faktisk temmelig medtatt ut der og da. Noen driftige sjeler hadde til og med gjemt messingen på roret og mannskapet hadde trukket i de verste fillene de hadde. Eirannes hadde tatt på seg en gammel frakk som var full av hull og Vidiel sto og hostet i et grått lommetørkle. Harbalan hadde ikke villet gå i land der, han ante ikke om hans slektninger var i live men det var ingen vits i å prøve å finne dem slik. De var uansett lengre inne i landet nå om de ikke var døde og et eller annet sted måtte det da være en annen havn. Nå sto han der og hadde kledd seg fint, han så virkelig ut som en adelig og det var med vilje. Det kunne være at denne Banhlar lot seg imponere av det.

Mannen så på Eirannes og det var et glimt av rå grådighet i blikket, karen så ikke vettug ut og Eirannes stålsatte seg. Han hadde et stort mannskap nå, og de fleste var røslige karer, de kunne kaste karen over bord som bare det men først måtte de se hva han sa, og om han i det hele tatt hørte på fornuft. Gjorde han ikke det var saken temmelig enkel.

Mannen spyttet på dekket og smilet var smalt og blikket hovmodig, Eirannes kjente typen. Menn som kun føler seg vel om de kan spre skrekk og uro blant andre. «Er du kapteinen på denne holken?»

Eirannes nikket stivt, han følte formelig hvordan mannskapet samlet seg i et felles hat mot denne fremmede. Å kalle Havfruen en holk var en stygg fornærmelse, en ingen sjømann ville brukt. «Da har du å betale havne avgift, på ordre av Banhlar av Arcan. Han er havnemester her»

Eirannes smilte kort. «Javel, og hva slags avgift krever så din herre?»

Han sa de siste ordene på en slik måte at ingen med vett mellom ørene kunne unngå å forstå hva han mente med det. Karen trakk på skuldrene. «For en slik diger balje som dennc? Ti daler i gull»

Eirannes følte en trang til å rulle med øynene. «Det er hundre ganger normal havne avgift, selv for en fullrigger som denne» Karen gliste stivt. «Dette er den eneste havna her, om du ikke kan betale kan du ha deg til havs igjen»

Eirannes følte at et merkelig sinne grep ham, havet hadde drept utallige sjøfolk, gode dyktige mennesker han hadde verdsatt og respektert. Og nå kom dette vesenet og påsto at de ikke kunne bruke havna uten å betale i dyre dommer? De få sjøfolkene og skutene som var igjen måtte tas vare på, ikke utnyttes.

Eirannes gjorde en fort gest med ene handa. «Jasså, så din herre er havnemester, nå, hvilke kapteiner valgte ham til den ærefulle stillingen? Jeg vil gjerne ha de navnene. En mann kan ikke kalle seg havnemester uten at minst fem kapteiner i sjømannslauget har stemt for ham»

Karen ble litt usikker. «Min herre er adelig, og den eneste her av sivilisert ætt. Det er jo bare halvaper her ellers, noen må holde orden»

Eirannes så at mannskapet trakk nærmere, alle hadde klubber, huggerter og andre redskaper i hendene og Harbalan hadde trukket kården sin. «Jeg tenker at din herre er en grådig jævel som vil suge penger og verdier ut av de stakkars skutene som ennå seiler, en samvittighetsløs taper som utnytter andre menneskers ulykke.»

Han tok et steg frem og smilte kaldt. «Fortell din herre at Havfruen ikke betaler et rødt øre til ham, at sjømannslauget vil sørge for at han blir sendt hjem med neste krøtterskute om han ikke tar seg sammen»

Karen freste nesten. «Vær forsiktig gammer'n. synd om denne fine skuta skulle begynne å brenne»

Eirannes satte øynene i karen. «Vet du, jeg brente nylig min egen skute, true ikke med ild om du er redd for å bli brent selv. Dere er ikke mange, de lokale trenger bare noen få menn for å bli kvitt dere og vi sjøfolk hjelper dem gladelig»

Karen flakket med blikket, han la merke til alle sjøfolkene og bannet hult før han satte kursen mot ripa. En av karene spente bein for ham så han gikk på nesa over bord og landet med et gedigent plask ved siden av lettbåten. Karene om bord lo hjertelig og mannen kloret seg opp spyttende og hostende, han bannet så stygt at det var et mirakel at vannet ikke tok fyr.

Vidiel tok et skjelvende åndedrag, han virket lettet. «Får bare håpe at det svinet ikke kommer tilbake»

Eirannes sukket lavt. «Han kommer tilbake, tro meg, med flere andre. Men vi er mange, og vi har vist dem at vi ikke lar oss skremme. Jeg vil ha doble vakter fra nå av, og en mann i utkikken hele tida. Ha våpnene klare til enhver tid»

Mannskapet bare gliste og nikket og Eirannes følte seg stolt over dem, de var gode menn og klare til å forsvare sitt yrke og sin levevei. Ingen havnemester ville ta så mye av en skute og i hvert fall ikke en som har vært i hard sjø. Nei, Eirannes aktet ikke å finne seg i slikt, og det håpet han at de andre kapteinene gjorde også. Han vinket på førstestyrmannen og smilte litt skjevt. «Ta lettbåten og ro rundt til alle skutene. Si ifra til alle kapteinene at Eirannes på Havfruen nekter å betale havneskatt og at han krever å se bevis på at denne Banhlar er godkjent av lauget.»

Førstestyrmannen bare gliste og gikk for å følge ordren og Eirannes stirret innover havna. Det ble snart mørkt og han var fremdeles nervøs i mørket, han klappet Vidiel på armen. «Vi tenner lamper overalt, og setter fakler i alle fester vi har. Jeg tar ingen sjanser min venn»

Vidiel nikket kort, han virket nervøs også og Eirannes ante at det de hadde sett hadde vært et enda verre sjokk for skipslegen enn for de andre. Vidiel var kanskje litt halvgal og merkelig til tider men han var ikke overtroisk, han trodde på det han kunne se og forstå og dette hadde vært uforståelig. Eirannes unte seg et glass vin før sengetid, om noe skjedde skulle han vekkes øyeblikkelig og han sov lett, et glass vin endret lite i så måte. Til alt hell fikk han sove uforstyrret helt til sola steg og mannskapet var travelt opptatt med de reparasjonene de kunne gjøre uten å kjøpe mer utstyr. Eirannes spiste fort og hjalp karene med å trekke om tauverket på ene formasta, det var egentlig ingen vits for de hadde ikke seil til den men i det minste var det klart om de fikk tak i seil et sted. Vidiel hadde gått med på å hjelpe noen skadde sjøfolk fra andre skuter og i løpet av dagen kom den ene etter den andre og ba om legehjelp så Vidiel var en opptatt mann. Eirannes så at flere av de innfødte trakk nærmere havfruen og utpå dagen kom det småbåter diskret sigende og de brakte om bord alt fra ekstra tau til frukt og slikt. Det var tydelig at Eirannes hadde blitt temmelig berømt over natta for å ha kastet skatteinnkreveren over bord og nå sto han høyt i folks tanker.

Vidiel behandlet også noen lokale for mindre skader og tok ikke betalt for det og Eirannes snakket med noen av de mennene som kom om bord og fikk snart et bilde av Banhlar som ikke var vakkert. Mannen var en tyrann og en galning som kun så adelige fra Zhandoria som mennesker og attpåtil som folk under ham i rang. Han hadde drept flere lokale allerede og kun tilfeldigheter hadde gjort at han hadde havnet der. Han hadde vært i en skute som strandet på revet der og han benyttet sjansen til å håve inn penger da havna formet seg. Eirannes smilte kaldt for seg selv, karen skulle bli blå for å snoke til seg mere av folks ærlig opptjente penger. Men de lokale fortalte noe langt mer bekymringsverdig, om øyer der folk var blitt sporløst borte, om syn av merkelige hvite skapninger i natten og Eirannes ble kald over det hele. Han forlangte å få vite alt de visste om dette og de lokale fortalte villig vekk, og det bare bekreftet det han allerede mistenkte. De underlige bleke skapningene var livsfarlige, og de spredte seg, kom fra en annen verden og de var tegnet på at verden var i ferd med å endre seg, og endre seg mye.

Eirannes var en sjømann, havet hadde vært hele hans liv og de fleste sjøfolk var temmelig overtroiske, faktisk så overtroiske at det til tider ble litt for mye av det gode men han visste hva som var verdt å frykte og hva som kun var oppspinn. Dette var ikke oppspinn og han skjønte at de innfødte på Ardot hadde tatt vare på gamle legender og fortellinger selv om Zhandorianerne hadde gjort sitt ytterste for å utslette minnet om hva som en gang var. Etter sigende var det fremdeles en igjen av den gamle kongeætten og en dag ville vedkommende returnere og frelse dem fra ulykken. En gammel kvinne som sikkert var godt over hundre år fortalte ham at disse bleke skapningene han hadde sett var kun begynnelsen, og at verden kom til å gå under om ikke lyset var med dem alle. Eirannes ante ikke helt hva han skulle tro om det men det ble sagt at det gamle presteskapet fremdeles fantes også, i skjul. Han hadde ofte sett hvordan Zhandorianerne hadde undertrykket folket der og det hadde smertet ham å se men det var ikke noe han kunne gjøre, han var bare en kaptein på en frakteskute og ikke noen stor helt.

Men hans motstand hadde fått andre til å løfte hodet også og nå nektet de andre kapteinene også å betale havneskatt og til Eirannes glede kom det to skuter til i løpet av de neste dagene. Begge var raske små tremastere og kapteinene dyktige og ærlige menn som med en gang forsto situasjonen og nektet havnemesterens folk adgang til deres skuter. Eirannes visste at det kom til å få konsekvenser og ganske riktig, tidlig en morgen ble han vekket av styrmannen og da han løp opp på dekket så han at det var en real slåsskamp på gang inne i havna. Han så ti menn med havnemesterens uniform og de sloss mot en skokk med sjøfolk. Det var tydelig at alle ti var råskinn, antagelig forhenværende leiesoldater og desslike og samtlige var vant til at en trussel om vold fikk folk til å vike tilbake. Men dette var sjømenn, de var minst like hardbarkede og langt mer hensynsløse siden livet i havnekneiper og smale smau kunne være svært ubarmhjertig. De ti møtte en vegg og Eirannes sto og så på med et bredt glis om munnen mens de ti fikk godt og grundig grisejuling. Uniformene ble revet av dem og de ble nærmest kjeppjagd opp fra havna mer eller mindre nakne. Noen kvinner sto langs den smale stien og kastet et eller annet på dem, antagelig var det råtten frukt.

Vidiel kom bort og stilte seg ved siden av Eirannes, han fniste lavt. «Vakkert, det må jeg bare si. Men hva med deres herre?» Eirannes sukket. «Holder til i et av husene på toppen av øya, et av de få som faktisk er nesten uskadd. Det er solid, jeg tviler på at folket her vil bryte seg inn til ham, selv om det ville vært det beste. Karen tror at han har makt, vel, får tro at dette beviser for ham at han tar feil, en gang for alle»

Den neste dagen kunne en av sjøfolkene fra skuta Langålen bekrefte at Banhlar hadde tatt en lettbåt over til hovedlandet igjen, med alle ti av lakeiene sine, og en god porsjon med verdier. Eirannes håpte inderlig at han ble kvalt av dem, eller at de ti gikk på ham, han regnet med at lojaliteten bare varte til pengene var slutt. Skutene prøvde å hjelpe hverandre nå, byttet utstyr og sakte fikk de reparert det aller verste av skadene. Noen lettbåter ble ofret for å skaffe treverk og noen kom tauende med de sørgelige restene av et par små frakteskuter som var funnet drivende i sjøen. Om en slaktet dem fikk en reparert mange skader. Eirannes og de andre var travelt opptatt i mange dager, uten den såkalte havnemesteren hengende over dem som en annen mare gikk alt mye lettere og Eirannes sørget for at de holdt seg inne med de innfødte ved å betale godt for varer og tjenester.

Det var gått nesten to uker siden de ankom da de en morgen våknet til et voldsomt lurveleven, Eirannes så at en større folkemengde hadde samlet seg og det ble gestikulert og ropt temmelig høyt. De fleste var lokale men han så også en del Zhandorianere og han forsto at det hadde kommet en hel mengde folk til øya den natta. Noe fikk ham til å kaste på seg frakken og bli rodd i land, det var sikkert minst to hundre personer der og flere kom til etter hvert. Det var hele familier og samtlige virket vettskremt og fortvilet. Eirannes så at en del av kapteinene der prøvde å roe folk ned for å bedre få et overblikk over hva det egentlig var som skjedde. Ubhuur vinket til Eirannes, han så temmelig oppskjørtet ut. «Eirannes, verden står ikke til neste solverv, det kom flere hundre hit i natt, folk flykter»

Eirannes så skremt på den store forsamlingen med folk. «Flykter? Fra hva?»

Ubhuur blåste stygt i nesa. «Skrømt sier de, noe som dreper og eter folk levende også.»

Eirannes ble kald. « Hva? Er det sant?»

En lang kar med tykt svart hår og skjegg hadde steget opp på en tønne og prøvde visst å samle folk, mange ropte til ham og Eirannes banet seg vei gjennom mengden. Han plystret høyt og folk ble stille, stirret på ham med ville blikk. «Hør, hva skjer? Hvorfor er dere kommet hit?»

Den høye karen virket temmelig oppskremt. «De kommer, sjelløse! De er på vei hitover»

Eirannes samlet seg. «Javel, de er på vei hitover, men de beveger seg ikke i dagslys ikke sant? Hvor mange flyktninger er på vei hitover?»

En annen kar steg frem, han var godt oppe i årene og arrene på armene fortalte at han hadde vært slave og båret lenker. «De driver folk foran seg, mot kysten, det er ingen vei bort. Mange prøver å komme unna på dagtid men de demonene er nesten overalt nå, det virker som om de bare spretter ut av bakken»

Eirannes sukket tungt. «Jeg tror deg, men hvor mange tror dere kommer hit?»

Den høye mannen trakk på skuldrene. «Jeg aner ikke, men flere hundre til. De som er blitt tilbake er døde nå»

Eirannes grep en av mennene der. «Er du lokalkjent i området?»

Fyren flakket med blikket men nikket nølende og Eirannes grep en pinne og jevnet ut sanda under dem. «Tegn opp omrisset av dette området slik du tror det ser ut nå»

Karen ble brått ivrig og tegnet gladelig et omriss. Eirannes kjente at hjertet sank i ham. Akkurat der formet den nye kystlinja en slags lang smal tange med denne øya som slutt. De som valgte å trekke langsmed kysten havnet i en felle om de virkelig ble forfulgt av disse udøde beistene eller hva de nå var.

En zhandorianer som hadde stått taus hele tiden løftet armene og manet til stillhet. «Det er ille, faktisk virker det for at disse vesenene vil gjøre alt for å utrydde folk her. Men det er noen som gjør motstand. Min forhenværende herre har samlet sine menn og de prøver å stå i mot beistene i en borg som ennå er uskadet. Og de innfødte flykter innover i landet, de sier at det er trygge steder der»

Eirannes var glad for å høre at det i det minste var noen anstendige mennesker der som ikke hadde sitt opphav i dette landet. Men en borg? Han tvilte på at det hjalp særlig lenge. En

kvinne brast ut i gråt og flere jamret seg høylydt. «Vi kommer ikke videre, vi er fanget her. Å gudinne, vi er fortapt!»
Eirannes kjente en merkelig ro, hvorfor ante han ikke. «Hør, alle sammen. Vi har noen og tjue skuter her, og de er seilbare. Vi kan ikke evakuere dere alle, det går ikke men dette er en øy. Den bør kunne beskyttes og selv om stredet mellom hovedlandet og øya er smalt er det dypt. De demonene kan ikke svømme så vidt jeg vet?»
Ubhuur bikket på hodet. «Du vil prøve å forvandle øya til en forsvarssone?»
Eirannes nikket kort og ansiktet var blitt lukket. «Det er hundrevis av folk i fare nå min venn, uskyldige liv. Vi er ikke menn om vi ikke gjør vårt for å hjelpe dem»
Ubhuur trakk seg i skjegget. «Greit, jeg er med deg, ved gudene, noe må vi jo gjøre, å bare ligge her i havn får en til å råtne opp»
Eirannes smilte. «Godt, ro ut og fortell det til de andre kapteinene også, de som vil hjelpe kan komme til havfruen midt på dagen. Vi må legge planer!»
Ubhuur gliste og gjorde en slags honnør og han skyndte seg gjennom folkemengden. Eirannes så at mange stirret på ham, noen med vantro og andre igjen med fornyet håp og han steg opp på tønna. «Lytt til meg, om vi skal klare dette må vi stå sammen. Alle må hjelpe hverandre. Jeg så folk brenne da vi flyktet fra øyene ytterst i Bheki bukta, jeg vil ikke bli nødt til å seile fra folk i nød enda en gang.»
Zhandorianeren smilte skjevt. «Det er lite mat her, og lite utstyr. Hva forsvar har vi?»
Eirannes hadde rettet ryggen. «Havet, de beistene kan ikke krysse stredet.»
Zhandorianeren spyttet og så tvilende ut. «Det er smalt, en kan kaste en stein over om en er sterk. Vil det være nok? Øya har ikke plass for ubegrenset mange»
Eirannes nikket. «Det stemmer, men lengre sør må det være trygge steder, vi kan frakte folk dit og la dem finne veien til de

trygge områdene de vet om. Jeg vil sende skuter langs kysten for å berge folk fra å bli fanget mellom havet og demonene, og noe forsvar skal vi vel klare å komme opp med»

Mange klappet og jublet og Eirannes følte seg litt brydd. «Vi må som sagt stå sammen, de som har deler med de som ikke har, ingen skal stå utenfor nå.»

Han gikk ned fra tønna og mange rakte ut hendene for å berøre ham i det han gikk gjennom mengden. Bare tanken på at folk ble nærmest jagd fremover av de forferdelige ubeistene gjorde ham kvalm. Han gikk om bord igjen og da sola nådde senit kom det lettbåter fra alle de andre skutene. Det virket for at Ubhuur hadde vært veltalende for samtlige kapteiner ville hjelpe og Eirannes følte på seg at dette var menn som virkelig var verdige å ha overlevd katastrofen. De var ikke egosentriske idioter som kun så seg selv og sine som verdifulle og han var stolt over å være en del av denne samlingen med gode skuter og menn. De samlet seg på akterdekket og Eirannes så at mennene der ventet på at han skulle snakke, brått var han blitt en leder og han visste at sjøfolkene hadde fortalt om Sølvmåkens siste seilas og det han hadde greid å gjøre med den gamle skuta. Han følte seg brått ydmyk og merkelig rørt.

«Venner, vi har et valg. Vi kan vende oss bort og la folk dø eller vi kan risikere alt vi har og kanskje berge mange hundre fra en forferdelig skjebne»

Kapteinen på Sjøløven, en av de mindre frakteskutene trakk på munnvikene. «Vi er mennesker Eirannes, noen mener at folket her i Ardot ikke er annet en aper men slike pleier vi å kjølhale et par tre ganger, det bruker å omvende dem»

Flere lo og Eirannes holdt opp et kart Vidiel hadde lagd. Han pekte på det. «Folk på denne landtangen har ingen andre steder å dra enn hitover, vi må hjelpe dem å unnslippe»

Han pekte på den grovt inntegnede kystlinjen. «Jeg vil sende fem av de raskeste skutene langs kysten, to på sørsiden av landtangen og tre på nordsiden siden det var flere øyer og mere folk der før landhevingen. Ta med mange lettbåter og tenn lanterner om natten så dere kan bli sett»

Han dasket en finger mot kartet. «Stredet er snaut en kabellengde bredt, har noen en ide om hvordan vi skal forsvare øya om de beistene kommer helt hit?»

En av kapteinene nikket sindig, han styrte en av de militære skutene og det var noe hardbarket i ansiktet som sa at karen hadde sett kamp mange ganger før. « Vi har fem tønner med eksplosivt pulver, noe vi fikk tak i sist vi var i Zetir. Gudene vet hva det egentlig er til men om en tenner fyr på en liten mengde av det går det i lufta. Klippene der borte er ru og heller vi ut en del pulver der og tenner det med brannpiler bør det smelle bra. I det minste brenner det godt en stund»

Eirannes smilte bredt. «En god ide, beistene liker ikke ild gjør de vel? Flere ideer?»

En annen mann løftet handa, han var en av de yngre karene der og hadde antagelig vokst opp på sjøen. «Olje, sekker med olje. Vi har en enkel katapult om bord, pleide å jakte på de svære selene som holder til på skjærene utenfor Tholir kysten og vi jagde dem på sjøen slik.»

Eirannes rynket pannen. «Jagde dem på sjøen? Jeg vil tro at det er enklere å knerte dem når de ligger på land?»

Kapteinen nikket og gliste. «Ja, det skulle en tro ikke sant? Men vi brukte nett ser dere, og de drektige hunnene blir liggende i land nesten uansett hva en gjør, de er for tunge til å røre seg. Vi tok bare hanner og ungdyr, en vil ikke røske bort den greina en selv sitter på vil en vel?»

Eirannes nikket sakte, han var ingen jeger og antok at det var en alminnelig holdning å ha. «Om vi bombarderer beistene med oljesekker bør de kanskje få en grunn til å tenke seg om to ganger»

Eirannes smilte fornøyd. «Andre forslag?»

Noen av karene mumlet og en nikket. «Vi har et par veldig gode bueskyttere blant oss, og mye piler.»

Det var gode nyheter og Eirannes begynte å tro at de faktisk kunne gjøre det, beskytte folk der. Vidiel skar en grimase. «Jeg vet om et annet knep, noe jeg så en av mine kollegaer gjøre for mange år siden. Han blandet noen oljer og kjemikalier og fikk til en slags væske som brenner uansett. Det hjelper ikke om en kaster seg i vannet, det brenner like fordømt»

Eirannes blunket fort og et par av kapteinene nikket sindig. «Det stemmer, vi har hørt om det, det ble brukt i gamle tider. Kan du lage det?»

Vidiel så temmelig usikker ut. «Jeg vet ikke om jeg har ingrediensene tilgjengelig, jeg trenger mange typer olje og de kjemikaliene? Jeg tviler på at de er å oppdrive her?»

Eirannes skulte litt. «Lag en liste og send den rundt, det kan være at noen har noe liggende»

Ubhuur bikket på hodet. «Problemet er ikke beistene Eirannes, problemet er mat og vann og andre livsnødvendigheter. Folk kan ikke klare seg uten. Det er allerede lite vann her, den ene kilden som finnes kan kanskje gi vann til halvparten av de som allerede er her. De rasjonerer det alt nå.»

Eirannes nikket. «Nettopp, men se på kartene deres, det skal ligge en liten øy sørvest for her, den var kun en flekk på kartene men det var vann der, og litt skog. Nå er den antagelig mye større men sjansen for at det er slike beist der er minimal, det er ikke folk der. Jeg tenker at Sjøløven og Havdanseren seiler dit og fyller alle tønner dere kan finne med vann. Det er ikke langt og selv nå burde strømmene være rimelig svake der. Ta med alt dere finner som er spiselig, jeg vet at Bølgerytteren har en last av salt, ta alt dere trenger av den og salt alt, muslinger, skjell, kjøtt, alt som kan spises»

Flere så på hverandre og det var blitt tent en slags ild i blikket på mange av karene. De kunne neppe satse på å livberge seg med frakt igjen på lenge, nå ble skutene brukt og de fikk brukt kreftene og kunnskapen sin til noe nyttig. Han så utover forsamlingen. «Er det andre av dere som har nyttig last? Hva som helst kan komme til nytte nå, husk det»

En av mennene så litt skjelmsk ut. «Jeg har to hundre femliters kagger med zetirsk brennevin, og et tonn med te.»

Eirannes gliste stivt. «Ok, da har vi i hvert fall noe å drikke, og te kan brukes til så mangt. Noen flere?»

Kapteinen på den andre militære skuta reiste seg. «Mitt mannskap er forhenværende soldater, samtlige er godt trent og ivrige etter å gjøre nytte for seg. Vi har våpen Eirannes, mye av det. Jeg vil tro at det tryggeste vil være å bruke spyd mot slike ubeist, da kan en drepe på avstand.»

Eirannes trakk på det. «Jeg vet ikke om vanlige våpen i det hele tatt virker mot slike skapninger. Det kan være at det kun er sollys og ild som kan skade dem»

En av sjøfolkene som hadde rodd over sin kaptein ristet på hodet, «Nei, de kan drepes. Det krever mye og de er seige jævler men om en kapper hodet av dem dør de. En skal bare passe seg for blodet deres er giftig. Og de dør ikke av et sverd gjennom hjertet, så mye er sikkert.»

Eirannes så forskrekket på karen. «Hvordan vet du det?»

Karen la armene over kors over brystet. «Jeg snakket med en innfødt mann som hadde unnsluppet en sann massakre, de hadde prøvd å forsvare seg men bare noen få greide å komme seg unna, fordi de kunne ri og greide å få tak i hester og ri bort»

Eirannes nikket stivt. «Jeg forstår, og disse beistene bruker folk som ynglekasse ikke sant? De planter avkom i dem?»

Mannen nikket stivt. «Ja, jeg vil ikke gå i detalj på hvordan det skjer, men jeg tror de fleste blir brukt slik ja, de dreper ikke alle. Jeg tror de kverker folk som er svake eller syke men alle andre blir...verter»

Eirannes svelget stivt, han trakk pusten dypt. «Det er forferdelig, men vi skal gjøre hva vi kan for å berge folk ikke sant?»

De andre nikket og Eirannes slo handa i bordet. «Da er det avgjort og vedtatt. Dere vet hva dere har å gjøre. Mitt mannskap vil lage flåter og ferge over folk fra fastlandet og hit etter hvert som de kommer. Jeg vil ha en skute klar i stredet, bevæpnet med bueskyttere. Noen må se til at bål brenner langs strendene til enhver tid, vi må ha lys. Det er mye tørr tang liggende langs strendene nå, bruk den.»

Kapteinene kom seg opp og skyndte seg til sine egne skuter og nå ble det brått en febrilsk aktivitet overalt. Eirannes gikk i land og fikk tak i lokale som visste hvor det bodde folk og alle bosetninger ble tegnet inn på kart kapteinene fikk. Noen innfødte ble med hver skute siden mange bare snakket Ardotisk og ikke ville stole på en som ikke snakket språket og så Zhandoriansk ut. Ikke at Eirannes akkurat klandret dem for det. Tønner ble samlet inn, sjekket og brakt om bord i skutene som skulle frakte vann og etter et halvt døgn med intenst arbeid seilte de to skutene ut. De som skulle se etter flere flyktninger trengte ikke så mye forberedelser men det ble lagd taustiger og stiger og de seilte ut med tidevannet. Ting var begynt å skje og Eirannes så at flyktningene nå begynte å få håpet tilbake. Kvinnene samlet seg og fikk hjelp til å plukke spiselige skjell fra den nye tidevannssonen og barna fisket og sanket tang og tare. Noen arter var spiselige om de ble kokt og alle ressurser de hadde ble tatt i bruk. De skulle klare dette, hvert menneske som ble reddet var verdifullt. Eirannes var vant til å lede et mannskap, nå ledet han mange hundre personer og merkelig nok trivdes han med det. Jo, han kunne greie dette, og greie det godt. Om bare gudene var på deres side selvsagt.

Lyenera

Lyenera hadde ikke sovet stort, faktisk tvilte hun på at hun i det hele tatt hadde lukket øynene. Hun følte seg sliten da en av tjenestejentene omsider kom inn for å vekke henne. Rommet hun hadde sovet i var lite og smalt og antagelig et som var kun for de som jobbet der og senga hadde vært smal og hard. Afrenith kom til henne mens hun spiste, de blå øynene var alvorlige. «Alt står eller henger på deg nå, du må bevise for Oshwart at du er fra Hietlai, eksotisk nok til at han fatter interesse. Han vil neppe røre deg men du kan regne med at han vil se for seg å gi deg bort til noen av hans tilhengere.»

Lyenera trakk pusten dypt. «Jeg regner ikke med at en hietlaianer vil være særlig lett å kontrollere, i hvert fall ikke om vedkommende er der på grunn av tvang.»

Afrenith nikket stivt. «Du vil være bundet når du blir presentert for ham, og muligens kneblet også. Tror du at du tåler det?»

Lyenera gyste synlig men nikket. «Om det hjelper saken skal jeg greie det»

Afrenith helte noe i enn kopp fra en brun krukke, det luktet stramt. «Her, det gir en mot, og roer en ned»

Lyenera nølte men tok koppen og tømte den, det var temmelig stramt på smak men etterlot en behagelig varme i magen. «Er du sikker på at ting vil gå i din retning om din far blir borte?»

Afrenith skar en grimase. «Jeg bryr meg ikke om hvilken retning det går i, bare planene hans går i vasken. Han eier alle Lyenera, alle! Om du elsker ditt hjemland nøler du ikke, jeg vet at han allerede har begynt å planlegge å frakte folk fra Ardot til Zetir som slaver. Kongen tillater ikke slaveri, men det bryr ikke far seg om. Han eier mange nok av kongens folk til å kunne trumfe det gjennom uansett.»

Lyenera kjente at det gikk kaldt nedover ryggen på seg, folket i Ardot hadde vært slaver i generasjoner allerede. De bar ingen lenke men allikevel var de bundet, og hadde ingen frihet å snakke om. Det kunne ikke bli verre enn det var, hun kunne ikke la det skje. Afrenith bikket på hodet. «Du er en farlig kvinne Lyenera, spill på det. Det er en mann som bor i haremet, fars trofaste evnukk. Fyren er en sadistisk jævel som nyter å plage kvinner, om du ekspederer ham gjør du verden en tjeneste. Far vil neppe sørge over det tapet, men det vil være med på å gjøre deg mer troverdig»

Lyenera måtte trekke på smilebåndet. «Jeg føler meg snart som en kommende massemorder.»

Afrenith så stivt på henne. «Ikke vær redd, du blir aldri så ille som far. Jeg kan ikke telle de antall liv han har ødelagt, direkte eller indirekte. Husk, du gjør verden en stor tjeneste nå.»

Lyenera nikket og Afrenith smilte litt skjevt. «Du vil bli fraktet i en kjerre, håper du ikke har noe i mot å ha det trangt også.»

Lyenera bare gryntet og Afrenith gikk foran henne gjennom en smal gang, den endte ved en liten dør som ledet ut til en gårdsplass der en temmelig enkel liten kjerre ventet. På den var flere stabler med gamle tepper og Afrenith trykket henne i handa. «Bruk øynene, vær modig og ikke nøl»

Lyenera nikket og to eldre karer som så vennlige ut rullet henne inn i et teppe og la henne i haugen. Det var trangt og varmt og støvete og Lyenera angret på at hun gikk med på dette men ved gudene, hun skulle klare dette. Kjerra var trukket av en gamp som måtte ha spist lim for det gikk pinefullt sakte nedover mot byen og brosteinen fikk alt til å riste og dirre. Lyenera undret seg over hvordan vognhjulene tålte presset. Hun kjente på lukta at de nærmet seg havna, antagelig skulle teppene skipes ut og kjerra stanset foran et lager som så ut som om det var klart til å klappe sammen som et korthus når som helst. En rå stank av gammelt sjøvann hang i lufta og teppene ble halt inn i mørket. Lyenera ble rullet ut igjen av to karer som var ikledd merkelige plagg, begge to var godt voksne og røslige og de hadde fått tegninger i ansiktet akkurat som henne. De skulle forestille hietlaianere og Lyenera måtte glise av den ene av dem. Han hadde fått et slags tegn plassert på haken og Lyenera kjente nok til det gamle alfabetet de hadde brukt på Ardot til å vite at det betydde noe slikt som «baller».

Karene festet noen lette lenker til håndleddene hennes og gav henne også en slags knebel men den satt ikke hardt og de var varsomme. «Du er modig, må gudene være med deg og styre din hånd, Oshwart er en byll på verdens rass, en verkende avskyelighet»

Lyenera nikket bare, hun kunne ikke snakke nå og de to karene hjalp henne gjennom noen skjulte dører til et annet lagerhus som lå vegg i vegg med det falleferdige. Her var det dyrere varer og Lyenera så noen kasser som tydeligvis var klargjort. De to karene fikk et par bærere til å plassere dem i en slags bærekasse og Lyenera ble satt i en bærestol. Hun syntes det var særdeles ubehagelig å sitte der men hun hadde ikke noe valg. Hun forberedte seg mentalt på det hun skulle gjøre og håpet bare at Afreniths medsammensvorne var godt forberedt og klare. Det gikk ikke fort gjennom gatene for det var folk overalt og Lyenera så at mange stirret mot bærestolen, det var normalt sett bare veldig rike folk som brukte den slags fremkomstmidler. Da de stanset var Lyenera svakt svimmel og hun kjente at hun svettet. Klærne var varme og slettes ikke passende for et slikt klima og hun ante at hun allerede stinket. De passerte flere porter og flere gårdsplasser og Lyenera ble sittende der i bærestolen en stund helt til en tjener kom og snakket med de to. De grep lenkene og noen tjenere bar kassene og Lyenera trakk pusten hardt og tvang seg til å glemme frykten. Hun var en slags krigerdronning så da fikk hun ved gudene te seg som en også. Hun gjorde blikket hardt og hatefullt og rettet seg opp, holdt haken oppe.

De gikk gjennom haller som var kjølige og elegante, med lyse duse farger og overalt var det blomstrende planter og vakre møbler. Oshwart hadde i det minste stil, det var det ingen tvil om. De stanset foran en siste dør, den var smykket med elegant kalligrafi i flere språk og alfabet og Lyenera så at det var Oshwarts navn. Men det var stavet forskjellig og ble sikkert uttalt på mange ulike måter også og hun antok at han utnyttet det, og fremsto som flere personer. Hun rakk å lese Joshwerth og Uswaert før vaktene åpnet døra og de ble nikket inn. De to mennene passet på å holde lenkene stramme, som om hun virkelig var farlig og Lyenera passet på å slenge utav seg noen passende skjellsord, den hietlaianske jenta hadde lært henne mye på kort tid. Rommet kunne best beskrives som et tron rom, andre ord kunne ikke beskrive det. Lyenera brukte øynene godt, det var fem vakter der inne, alle sammen var godt trente menn og antagelig lojale mot sin herre til døden. Tre slaver sto ved siden av den store stolen, samtlige var vakre og høyreiste menn, to bar skrive redskap og en sto der med en slags vifte og skulle tydeligvis holde herren kjølig.

Lyenera ante egentlig ikke hvordan Oshwart så ut, hun hadde dannet seg et mentalt bilde av ham men det stemte ikke. Oshwart av Nurmadag var ikke spesielt stor, faktisk ville noen ha kalt ham en mann av middels kroppsbygning men han var allikevel forholdsvis kraftig. Det var lite fett på ham, og ansiktet var av det slaget en sjelden glemmer. Oshwart var en mann en god del ville sagt var tiltrekkende på en litt hardbarket måte, han hadde en slags rå og utemmet energi en vanligvis ikke forbinder med folk på hans alder og Lyenera måtte vedgå at han ikke så ut som om han var en dag over førti fem. Håret var kort og velstelt og hadde en dyp sølvgrå farge stort sett over det hele og han hadde et tett og kort skjegg også. Øynene var isblå, og harde og Lyenera forsto hva Afrenith hadde ment når hun sa at faren ikke eide skrupler. Dette var blikket til et rovdyr, nådeløst og uten empati. Hun rev litt i lenkene og freste og de to karene slengte noen bannord til henne. Kassene ble båret frem og satt foran Oshwart og en tjener åpnet dem. Den høyeste av de to karene bukket dypt. «Herre Oshwart, dette er gaver sendt til deg fra din svigersønn, vår aktede og fryktede Takesh.»

Oshwart så forbauset men fornøyd ut og tjeneren begynte å løfte ting ut av kassene. Det var skinn for det meste og Lyenera visste at de antagelig var vanvittig kostbare, hun hadde aldri sett så vakre pelser før og under dem var det flere små kasser med noe som bare kunne være uslepne edelsteiner. «Vår Takesh setter stor pris på din gavmildhet og ditt vennskap. Din datter er en god hustru, hun trengte lite temming»

Oshwart bare humret og han fikk en av pelsene brakt opp til seg, det var et svart skinn av et eller annet slag og han strøk handa kjærtegnende over det. «Hvem er den kvinnen?»

Den andre av de to vætet leppene. «En gave, en kriger dronning fra en rivaliserende stamme. Vår Takesh mente at du ville finne det underholdende å temme henne»

Lyenera presterte å lire utav seg de verste bannordene hun greide å finne på der og da, at de færreste var på hietlaiansk tvilte hun på at noen merket seg ved. Vaktene så smalt på henne og hendene var aldri langt unna våpnene. Oshwart løftet et øyebryn i en grimase som både kunne være skeptisk og et uttrykk for morskap. «Så, han sender meg leker, så hensynsfullt. Er hun virkelig så farlig?»

Den første av de to karene nikket og passet på å se lett skremt ut. «Ja herre, hun har drept mange menn. Hun er et dyr!!»

Oshwart reiste seg og gikk ned fra den tron lignende stolen, han kretset rundt Lyenera som fortsatte å hvese frem bannord under knebelen. «Hun er virkelig noe for seg selv, det må jeg si. Hun stinker!»

Karene så litt brydd ut. «Ingen har våget å bade henne herre, hun biter og slår og spytter»

Oshwart trakk en finger gjennom skjegget, øynene var vurderende. «Hun kan slåss?»

De to nikket unisont. «Selvsagt, alle kvinner fra Hietlai kan den kunsten. I det minste av den stammen, de er barbarer» Oshwart nikket og gikk tilbake til stolen. «Godt, jeg har venner som vil nyte å knekke et slikt villdyr. Dere kan fortelle deres herre at jeg er ytterst takknemlig for gavene, og at jeg akter deres Takesh høyt»

De to smilte og bukket og to av vaktene overtok lenkene. Lyenera gjorde stort spill av å slåss mot dem, hun knurret og freste og Oshwart kaklet lavt. «Ta henne med til haremet, lås henne inne i et av de mer solide rommene. Jeg tror ikke jeg vil risikere noen av mine dyre slaver på henne, hun kan presenteres som hun er.»

Lyenera kjempet mot lenkene mens de to halte henne bort, så langt hadde alt gått etter planen, men hva nå? Hun ble tatt med gjennom flere bevoktede dører og så gjennom en svært solid en. En lukt av parfyme og vin hang tung overalt der og det var helt tydelig et harem, det satt kvinner overalt og de fleste var svært vakre og velstelt men øynene røpet at de kjedet seg grenseløst og at de også var redde hele tiden. Lyenera slåss fremdeles, hun kjente seg som en kloss sammenlignet med disse skjønnhetene men det var bra. Hun ble trukket med til et lite rom og døra ble ettertrykkelig låst etter at en av vaktene med tydelig nervøsitet fjernet knebelen. Lyenera prøvde å bite ham og en av de andre vaktene dro til henne i ansiktet men hun lot seg ikke merke med det, hun bare ulte av sinne. Og det var ikke engang skuespill. Rommet var enkelt, en slags benk og et lite bord som var skrudd fast i veggen. Det var mer av en celle enn et rom egentlig og det luktet innstengt der. Lyenera satte seg ned, så Afrenith ønsket at hun skulle sette seg i respekt med en gang. Det burde gå, om denne evnukken var vant til at kvinner var svake og forsvarsløse kunne hun så avgjort overraske ham ganske grundig. Og hun visste hvordan en dreper, det hadde hun lært temmelig godt. Noen av folkene hun hadde hatt i sin tjeneste var godt trent og de hadde lært henne alt de visste. Det å være sterk handlet om mye mer enn fysisk størrelse og muskler, det handlet også om ren teknikk og hun trodde hun kunne greie det, i hvert fall måtte hun prøve. Det gikk en god stund, så ble døra varsomt åpnet og en tjenestejente som bar et enkelt slør bar inn en bolle med mat og et krus med utvannet vin. To vakter sto der med sverdene trukket og Lyenera så at jenta virket nervøs, nesten redd. Antagelig gikk ryktene allerede og hun passet på å snerre mot karene og mumle diverse som sikkert hørtes temmelig truende ut.

Døra ble låst igjen og Lyenera så grundig på maten, den så normal ut og luktet ikke noe spesielt annet enn krydder. Det var en stuing av grønnsaker og noe som måtte være kanin og hun spiste alt. Hun ville trenge styrken sin og vinen var så utvannet at den neppe gjorde henne sløv eller langsom. Hun la øret mot veggen, i det fjerne kunne hun så vidt høre at noen snakket, det var kvinnestemmer men hun kunne ikke høre hva de sa, det ble bare et fjernt surr. Hun visste at intrigene inne i et slikt lukket samfunn kunne bli utrolig intrikate, og ondsinnede også. Men her var samtlige forenet i deres felles hat og frykt for deres herre og mester og det gjør en sterk. Hun hadde selv sett at kvinner ikke viker tilbake for noe om de står samlet og hun ante at ingen der ville sørge over Oshwart, heller tvert i mot.

Det gikk enda en stund og Lyenera begynte å kjede seg, hun satt der og fiklet med vesten sin, prøvde å unngå å klø seg i hodet siden håret klødde intenst fremdeles og hun følte seg stresset, oppgiret uten noen mulighet til å slippe det løs. Men så hørte hun steg og reiste seg, hun samlet seg og døra ble åpnet. En fet og temmelig kortvokst mann kom inn, han bar en pisk i beltet og ansiktet var kopparret og lite pent. Men øynene var verst, dette var en person uten skrupler og mens Oshwarts blikk hadde røpet en god porsjon intelligens var denne mannen kun slu og sadistisk. Det var temmelig tydelig og han glante kritisk på henne. Lyenera så at han levde godt, kroppen var ikke særlig godt tatt vare på, mye av det som burde vært muskler var kun flesk og han fløt åpenbart kun på evnen til å være totalt uten skrupler. Lyenera avventet hans første trekk, lenkene satt ennå på henne, men de var lette og forholdsvis lange og hun visste at de kunne bli et våpen i de riktige hendene.

Hun hadde aldri trodd at hun skulle bli en kriger, at hun skulle måtte ta liv med sine egne hender men ved gudene, hun kom ikke til å angre på dette. Evnukken var tydeligvis arrogant nok til å tro at han kunne takle henne alene, det var ingen vakter der og han ristet ut pisken og gliste, det sto dårlig til med tanngarden hans og Lyenera lot som om hun sto der helt avslappet men i virkeligheten bedømte hun måten han sto på og beveget seg på. Han var langsommere til å løfte armen på høyre side, og han hadde et arr i skulderen som kunne indikere en gammel skade. Der var det svake punktet. Mannen ropte et eller annet til henne, det var en tydelig kommando og han virket for å være temmelig sikker på at han ville bli adlydt. Han hadde riste ut pisken og da Lyenera ikke reagerte hevet han armen og sendte snerten rett mot henne, og han siktet tydeligvis på ansiktet. Lyenera dukket lynraskt, pisken hvinte over hodet på henne og hun grep tak i den, satset to steg og var i lufta. Hun brukte bordet som springbrett og slengte lenkene over hodet på evnukken, lot seg selv stupe fremover bak ham og spant rundt, lot føttene treffe golvet før hun rykket til med hele sin vekt. Lenkene strammet seg om strupen på evnukken som slapp pisken og løftet armene for å gripe lenkene og Lyenera sparket til ham i ene knehasen samtidig som hun holdt igjen av alle sine krefter samtidig som hun dreide på seg. Evnukken var ingen ungdom, og han var ikke godt trent og heller ikke en person som tok vare på seg selv på andre måter. Nakken var svak, og røk med et temmelig høyt smell som fikk Lyenera til å gyse. Men karen ble slapp og hun lot ham gli ned på golvet der kroppen ble liggende i rykninger. Hun følte en merkelig eufori, en slags makt. Hun var sterk, hun kunne klare dette. Oshwart var neste, hun kom ikke til å feile.

Det gikk en stund, så kom en av vaktene og det var tydelig at mannen allerede var nervøs men da han så liket på golvet hvinte han som en jentunge og slengte døra igjen. Lyenera bare gliste stivt og satt der, terningen var kastet, nå kunne alt skje. Flere vakter kom løpende, to sto der med sverdene rettet mot henne og skremte ansikter og to like nervøse menn halte liket ut. Lyenera hørte noen spredte skrik og gliste svakt, det var liten tvil om at kvinnene i haremet ville se hva hun hadde gjort. Hun var temmelig sikker på at de ville være på hennes side i dette.

Døra ble låst og ikke noe skjedde på mange timer. Lyenera regnet med at det var natt nå, at det var sent. Det var ingen vinduer der og lyset kom fra en enkel lampe på veggen, det virket for at den var av det slaget som trekker olje fra en beholder i veggen. Hun sov litt, strakte seg litt og gjorde noen bevegelser for å løse seg opp, hun var fremdeles rastløs men noe av den intense energien hadde fått utløp i angrepet. Hun var redd Oshwart ville kreve at hun ble henrettet for dette men hun trodde ikke han ville velge den løsningen. Han var en praktisk mann, lot ikke følelser styre seg. Han ville utnytte alt og alle og å drepe noen var bortkastet om de kunne brukes igjen. Litt mat ble skjøvet inn gjennom døra igjen og hun spiste kontrollert og sakte. Hun antok at det var neste dag før noe mer hendte, døra ble brått låst opp og flere vakter kom inn, de holdt spyd rettet mot henne og hun sto der, så harmløs ut eller i det minste så harmløs som hun kunne. Lenkene hennes ble grepet av minst tre karer og hun ble halt ut av rommet og ut i et mye større et. Det var tydeligvis hoved kammeret for haremskvinnene for det var mange der og rommet var enormt, det var to åpne basseng i midten av det og overalt var det plassert store krukker med planter i dem for å skape en slags illusjon av en hage. Det var vakkert men kunstig og Lyenera så at de fleste kvinnene der stirret på henne med redde øyne. De var vakre og unge og hun så at storparten av dem var fra Zetir, de hadde store dådyr øyne og mørkt hår og var temmelig mørke av let. Lyenera følte seg som en klossete kjempe sammenlignet med dem.

En av kvinnene satt i en sofa og hun virket for å jobbe på et håndarbeid, blikket hun sendte Lyenera var heller likegyldig og hun virket ikke for å bry seg med det inntrufne men Lyenera la merke til at kvinnen for et kort øyeblikk holdt blikket hennes med sitt eget samtidig som at hun tilsynelatende rettet på håret. Det satt en vakker kam i det oppsatte håret og Lyenera forsto. Her var hennes våpen og hun så ikke engang på kvinnen da hun ble halt forbi henne. Det var en slags alkove i et hjørne og hun ble tatt med dit, det var et rom som åpenbart var herrens, der han tilbrakte tid med de kvinnene han valgte seg ut. Oshwart satt i en stol der og hadde et vinglass i handa, han så litt mellomfornøyd ut. Han bikket på hodet da han så henne. «Så den barbariske krigerdronningen er ikke bare et pent ansikt, jeg burde ha ventet meg det»

Han reiste seg og Lyenera så at hun faktisk hadde tatt litt feil av ham da hun så ham første gangen, han var ikke så normalt bygget som hun hadde trodd. Han var fet, men på en slapp måte så en så det ikke så godt når han satt og noe sa henne at han antagelig hadde gått kraftig ned i vekt og at det var rester av fordums fedme en nå kunne se. Han smekket med tungen. «Du kostet meg en verdifull slave men jeg holder det ikke mot deg kvinne, han var for glad i sin egen makt. I det minste fikk han en verdig ende. Men hva skal en gjøre med en som deg?» Lyenera senket ikke blikket, hun passet på å se trassig ut og han smilte skjevt. «Jeg tenkte på å gi deg bort men jeg tror faktisk jeg har en større nytte av deg her.»

Han gestikulerte mot en stol som sto der og hun ble trukket dit og tvunget til å sitte. Vaktene sto der med våpnene trukket og hun valgte å ignorere dem. Det fikk huden hennes til å klø å vite at de var der men hun skulle liksom være vant med våpen og krig. Oshwart så beregnende på henne. «En mann som prøver å få innpass mellom lårene dine vil antagelig møte sin død vil jeg tro, og neppe en behagelig en heller. Men du er fra

Hietlai, og jeg trenger informasjon. Jeg lar deg leve mot at du forteller meg alt du kan om ditt hjemland»

Lyenera la med vilje på en tykk aksent. Jenta i Afreniths bordell hadde hatt en spesiell måte å snakke på og Lyenera hadde blitt flink til å herme andre. Det hadde vært nødvendig mange ganger for å lure hennes avdøde manns folk. «Hvorfor, hva vet jeg du ikke allerede vet?»

Hun var mutt og blikket hardt og Oshwart tok en slurk av begeret sitt. «Du er sterk, jeg vet allerede det. Jeg vil hate å ødelegge en slik velbygget kropp men jeg gjør det om jeg må. Så, hva kan du fortelle meg om den mannen som fanget deg?»

Lyenera hveste nesten. «Den de kaller Takesh? Tvi, horesønn»

Hun spyttet på golvet og Oshwart kaklet lavt. «Såda, ingen grunn til å være så ubehøvlet nå er det vel? Han er Takesh ja, det vet jeg, men hva slags mann er han?»

Lyenera skulte. «Hva bryr det deg?»

Oshwart smilte sakte. «Han er min svigersønn, jeg vil gjerne vite alt om slekten, absolutt alt»

Lyenera tvang seg til å smile, et ubehagelig smil. «Du vil bruke det mot ham ja? Da skal jeg snakke»

Oshwart nikket. «Jeg tenkte meg det, så bare begynn du, hva heter du forresten?»

Lyenera lot som om spørsmålet satte henne litt ut av balanse. «Gefrid, hva rakker det deg?»

Oshwart bare hevet begeret litt. «Jeg vil gjerne ha en sivilisert samtale med deg, og da bruker en navn.»

Lyenera forsto at Oshwart faktisk kunne være høflig og enda til sjarmerende om han måtte, han var svært farlig slik. Hun trakk pusten dypt. «Greit, skal jeg begynne med den forpulte slekta hans eller alle de fordømte gangene han har vunnet i krig?»

Hun brukte et vulgært språk med vilje, lot ham se hva han ventet seg. Oshwart smilte nesten vennlig. «Familien hans takk, hva slags posisjoner har de, og hva slags makt?»

Lyenera trakk pusten og begynte å fortelle, hun utbroderte nok litt men ikke noe som hørtes ut som overdrivelser og hun var glad hun hadde lært så mye som hun hadde. Hun hadde alltid hatt en glimrende hukommelse og nå kom den til sin rett. Hun la ut om Ardreds slekt og familie, la ikke skjul på noe og var glad for de heller saftige detaljene hun hadde fått prakket inn i hodet. Oshwart lyttet og Lyenera forsto hvordan han hadde greid å opparbeide seg slikt et imperium. Han lyttet virkelig, lagret all informasjon og visste hvordan han skulle bruke den senere. Det sto det respekt av, men samtidig viste det bare hvor beregnende og slu han var. Oshwart nikket til slutt. «Det er nok for i dag, i morgen vil jeg vite mer om byen deres, og hvordan de slåss.»

Lyenera bare nikket stivt og Oshwart reiste seg. «Ta henne til et av de bedre rommene, gi henne ordentlig mat og drikke og en god seng. Hun er nyttig»

Hun ante at det å bli kalt nyttig var et stort pluss når det kom fra ham, hun ble halt med og denne gangen fikk hun faktisk et meget fint rom som antagelig var reservert for de beste av konkubinene hans. Lyenera hadde fremdeles lenkene på så hun fikk ikke fjernet klærne men brydde seg ikke. Om hun stinket svette burde det i det minste sikre at ingen prøvde seg på henne. Hun spiste, en stor tallerken med grønnsaker og en med grillet kylling var satt frem og ordentlig vin også. Hun fikk nyte godt av godene mens hun hadde dem. Hun satt og smådøste da hun brått hørte en merkelig lyd, det var en krafse lyd som kom fra veggen og først trodde hun at det måtte være en mus men så la hun merke til at en liten bit av veggen brått bulte ut på en merkelig måte. Hun rynket pannen og plutselig skjøt en bit ut og landet på golvet, det var et lite hull der, ikke stort men stort nok til at hun så en hånd som vinket. Hun seg sakte ned på golvet, litt forbløffet. Hullet ledet inn i et annet rom, og hun så så vidt et annet ansikt der inne. En av konkubinene. Jenta satt helt inntil veggen og hun hvisket formelig. «I morgen, det vil være klart i morgen»

Lyenera trakk pusten. «Du er også med på dette?»

Jenta nikket. «De fleste av oss tilhører Afrenith, noen få vet ikke noe om planene for de er ikke å stole på. Her lærer vi å holde på hemmeligheter, livene våre avhenger av det»

Lyenera nikket. «Jeg regner med det ja, så hva akter dere å gjøre?»

Jenta hvisket fort. «Du dreper herren, vi tar oss av vaktene hans. De er lojale mot ham, kan ikke kjøpes. Vaktene spiser hovedmåltidet i et eget rom, en av oss er god med gift. Hun vil se til at alle ramler sammen samtidig.»

Lyenera trakk pusten. «Kammen er skarp?»

Jenta nikket fort og rettet på sjalet sitt. «Som et barberblad, og forgiftet. Vhiduel har gitt oss giften.»

Lyenera rynket pannen. «Så dere kjenner til henne»

Jenta smilte, hun hadde et veldig pent smil. «Ja, herrens sannsigerske. Vi har sjelden sett henne for hun har egne rom og får aldri forlate dem. Men ja, vi vet om henne, hun har sagt at du vil drepe ham, vi stoler på deg»

Lyenera sukket lavt. «Godt, jeg vil gjøre mitt ytterste i hvert fall. Det svinet bør ikke få gjøre alvor av alle planene sine»

Jenta rakte handa gjennom hullet, det var en bitteliten pakke i den. «Her, ta denne. Det er en kopi av herrens signetring. Med den kan du styre hele imperiet hans. Du er den som skal snu vinden»

Lyenera tok pakken, den var ikke spesielt tung og jenta pekte på det som lå på golvet. «Stapp det tilbake i hullet og jevn kantene. Ingen kan se det om du gjør det. Vi snakker sammen slik, uten at vaktene ser det»

Lyenera tok det opp, det så ut som stein men var mye lettere og det var et slags hvitaktig leiraktig stoff klint over så det passet i hullet igjen. Antagelig var det en slags papp masse av noe slag dekket med kitt. Da hun hadde glattet over var det umulig å se noe som helst. Hun trakk pusten og la seg på senga, gjemte ringen inne i klærne under ene brystet. Den var hard og kald men snart merket hun ikke noe til den. I morgen, i

266

morgen kom alt til å bli avgjort, hennes skjebne ville være beseglet på ene måten eller den andre. Men gudinnen var med henne, hun var sikker på det.

Hun fikk faktisk sove på tross av spenningen, og da hun våknet sto det allerede mat på bordet for henne. Hun kom seg opp og prøvde å rette på klærne og hun følte seg temmelig motbydelig siden det var lenge siden hun hadde fått bade. Men det var likegyldig nå, hun trakk pusten dypt og roet seg ned. Hun ante egentlig ikke helt hva slags planer kvinnene i haremet hadde lagt så hun fikk bare spille med. Det var ennå tidlig på dagen, i det minste føltes det slik så hun brukte tida på å rekke opp en liten duk som prydet et bord i hjørnet og tvinne tråden til et lite rep. Hun stakk det i lomma på vesten, noe måtte hun gjøre for ikke å gå aldeles på veggen av kjedsomhet. Hun gjorde noen øvelser for å myke opp kroppen og brukte senga og bordet som motvekt og sakte men sikkert greide hun å samle seg og bli fokusert igjen. Hun lyttet til de lydene hun hørte ute fra haremet, sang, av og til latter og noen ganger rop. Hun ante at damene der ute lot som ingenting og antagelig var de svært dyktige på akkurat det.

Lyenera savnet døtrene sine, men håpet at de var trygge der de var, prestinnene ville beskytte dem og hun visste at de også ville få mye og nyttig kunnskap ved å tilbringe tid i tempelet. Noen ganger satt hun bare og lot seg trekke inn i minner fra de få gode stundene hun hadde hatt som husfrue og hun måtte trekke på smilebåndet. Hun hadde vært privilegert på mange måter men samtidig hadde det vært et fengsel og hennes husbond hadde hengt over henne hele tiden som et annet truende spøkelse. Å være fri fra ham var virkelig den største velsignelsen hun noen gang hadde kunnet forestille seg og hun måtte smile når hun tenkte på den hun hadde vært og den hun var nå. Hun var ikke mindre slu, mindre beregnende men nå handlet det om så mye mer enn hennes egen og døtrenes sikkerhet. Hun var en del av noe viktig, noe som angikk hele Ardot og hun var i ferd med å oppdage en ny styrke i seg selv.

Hennes mann hadde vært av den oppfatning at kvinner var svake av natur og ute av stand til å gjøre noe på egenhånd. Hun skulle bevise for verden at hun var minst like farlig som en mann.

Hun fikk mat en gang til, en tjenestejente bar inn et par fat og da Lyenera løftet ene bollen med stuing av fatet fant hun en liten lapp under den. Det sto egentlig ikke noe på den, det var bare tegnet inn en slags rune men Lyenera kjente den igjen. Det var en ardotisk rune for bokstaven V og hun forsto at Vhiduel var klar. Hun åt og hvilte seg litt og etter et par timer kom to vakter for å hente henne. Lyenera trakk pusten dypt og skulte på dem, det lønte seg å holde på maska nå og ikke glippe på noe vis. Oshwart ventet på henne i det samme rommet som før og Lyenera fikk et glass med vin som hun tømte med synlig mistro. Oshwart la fingrene mot hverandre.

«Så, jeg vil gjerne vite litt mer om Gardahavn, hva slags by er det, har den noen forsvarsverker?»

Lyenera skar en grimase. «Det er en treby, med en stor hall og et tårn i stein. Det er ingen murer der»

Oshwart nikket og begynte å stille spesifikke spørsmål og Lyenera svarte som best hun kunne og spedde på med små anekdoter som virket tilforlatelige og bidro til å gjøre det interessant å høre på henne. Oshwart lyttet nøye og de to vaktene som sto der virket avslappet nå. Lyenera la merke til at de ble mindre på vakt etter hvert. Hun virket ikke for å være en trussel og hun undret seg på når ting ville begynne å skje. Hun måtte vente en god stund, hun var nesten tom for informasjon da en av jentene i haremet kom løpende med en annen hakk i hel, det var tydelig at de kranglet og de brakte sammen i en haug midt på golvet foran Lyenera og Oshwart, de kløp og slo og lugget og hylte og Oshwart virket både litt sjokkert og lettere overrasket over oppstyret. Det var tydelig at stridens kjerne var et armbånd som den ene tviholdt på og en tredje kvinne kom løpende og prøvde å hale dem fra hverandre. Det var jenta med kammen og Lyenera så at den var klar. Oshwart gjorde ikke noe for å bryte opp kampen, det virket heller som at han fant det morsomt å se på at de tre jentene prøvde å slåss slik og Lyenera forberedte seg. De to opprinnelige slåsskjempene kom seg opp og gikk på igjen, begge skrek som stukne griser og Lyenera lot som om hun var sjokkert. Hun lente seg tilbake i stolen og måpte og Oshwart lo faktisk. Jenta med kammen fikk et realt slag i magen og ravet bakover og landet så å si i fanget til Lyenera som grep henne temmelig brutalt og slengte henne fra seg, men nå var kammen i hennes hender. De to slåss bikkjene ravet bakover og kolliderte med vaktene og rev dem overende og Lyenera skjøt frem, nesten uten å tenke. Tilsynelatende var hun ute etter jenta som hadde kollidert med henne, blikket festet på den vesle mørke kvinnen og hun snerret og så ut som om hun var klar til å gi kvinnen en real omgang juling og Oshwart reagerte ikke før det var for sent. Han så at Lyenera var for nær men rakk ikke reise seg eller engang heve armene. Lyenera førte armen i en tett bue med kammen i et fast grep og de hadde ikke løyet. Den var skarp som barberblader, skar gjennom Oshwarts hals som om det var smør og ikke hud og kjøtt og brusk.

Mannen kunne ikke skrike, bare lage noen merkelige gurgle lyder mens han grep om den flerrede strupen. Lyenera ble sjokkert, blodet sprutet minst et par meter ut fra det gapende såret og Oshwart sank sammen i stolen, øynene store av sjokk. Det var antagelig lite smerte, det skjedde for fort og sjokket var for stort og blodspruten gjorde alt sleipt og rødt. Det så temmelig grotesk ut og Lyenera så at de to slåsskjempene hadde trukket hver sin skjulte dolk og stukket vaktene ned. Hun rettet seg opp, de tre jentene så på henne med ild i blikket og overalt fra haremet hørte hun skrik og rop. Hun nikket til de tre og jenta med kammen løp frem med en liten nøkkel og fikk av Lyenera lenkene. Det føltes godt.

De gikk ut i haremet og overalt lå det vakter, de som ikke hadde dødd av giften ble tydeligvis slått i hjel med vaser og alt annet tungt som var for hånden og våpnene deres spredd blant kvinnene. Lyenera følte seg brått som en hærfører, som en virkelig krigerdronning og dører ble låst opp og hele huset ble fylt med sinte og bevæpnede kvinner. Det gikk en halv time, så var vaktene og de som var lojale mot Oshwart tatt av dage og løpere sendt ut med bud til Afrenith. Lyenera var sjokkert over hvor stort huset var, og hvor mange mennesker det var som arbeidet der men mange av dem var som slaver å regne.

Lyenera følte seg litt forvirret, det var brått aktivitet overalt, mange løp rundt for å organisere ting og få roet ned gemyttene og noen stengte portene og sørget for at ingen kunne komme inn som ikke var godtatt. Lyenera hadde satt seg i en stol og var lettere svimmel da en dør brått åpnet seg der det ikke hadde vært en dør før og Vhiduel kom ut. Hun bar en nesten gjennomsiktig kjole i rødt og var utrolig vakker og hun smilte. Øynene skinte rent og Lyenera reiste seg, alven så ut som om hun rent glødet. «Du klarte det, han er død!»

Lyenera så ned på seg selv, hun var dekket med blod fra topp til tå og så grotesk ut. «Jeg vil si det ja, han reiser seg ikke igjen»

Vhiduel tok henne i handa, tennene glitret i det mørke ansiktet. «Guder, jeg trodde aldri denne dagen ville komme. Takk gudinnen Lyenera, og nå vil alt forandre seg»

Lyenera så skarpt på alvekvinnen. «Ja, men hva nå, hva gjør vi?»

Vhiduel trakk på skuldrene. «Afrenith vil komme hit, brødrene hennes vil bli varslet og så overtar vi styringen over forretningene hans»

Lyenera la hodet på skakke. «Er ikke sønnene hans de lovlige arvingene?»

Vhiduel smilte djevelsk. «Ikke om det finnes papirer som bekrefter at andre er gjort til arving i stedet for dem»

Lyenera måtte smile også. «Og slike papirer har du?»

Vhiduel nikket selvsikkert. «Selvsagt, Du er hans nye arving med Afrenith som del arving, sønnene er arveløse og jeg tror ikke de gråter av den grunn. Afrenith er på vei til kongen i denne stund for å forklare for ham hva faren har drevet med. Jeg tror han vil få et lite sjokk»

Lyenera trakk pusten. «Det kan en jo kalle en lett underdrivelse, men hva med meg?»

Alven tok henne i skulderen. «Du skal bade og vaskes og pyntes og skyves frem i lyset som vår frelser. Folk vil følge deg Lyenera, de følger de sterke. Og med Oshwarts rikdom i ryggen kan du gjøre mye godt, også for ditt eget folk»

Lyenera trakk pusten dypt. «Jeg vil hjem til Ardot, så fort det lar seg gjøre. Jeg vil se jentene mine igjen, og hjelpe til med å bygge landet»

Vhiduel nikket bare mykt. «Selvsagt, så fort vi har ting på stell her skal jeg sørge for at du får vende hjem, det er et løfte»

Lyenera lukket øynene for et kort øyeblikk, bare tanken var som en drøm i seg selv. Jo, hun ville vende hjem, og Ardot ville neppe bli det samme riket som det hadde vært etterpå, for hun ville ikke la Zhandorianerne sitte ved makten særlig mye lenger.

Ardred

Nattemørket hadde blitt en forbannelse nå, det var ingen som vågde seg utenom hus lenger og Gardahavn var stille. Ardred kunne ikke huske at byen hadde vært så stille noen gang, det var snaut nok lyd å høre for kun de som kunne slåss var tilbake der. Han satt ved palisadene og gnog på litt tørket kjøtt, nervene føltes som om de satt på utsiden av ham og det rykket i en muskel i kinnet hans. Han var nervøs. Khebar sto og instruerte noen av sine menn og Ardred tenkte at i det minste brakte denne krigen de to folkeslagene sammen som aldri før. Dagen før hadde det kommet en budrytter på en halvdød hest, han hadde ridd helt fra en av bosetningene nesten nord ved isen og kunne fortelle at de hellige stedene faktisk beskyttet folk, men de var få og langt i mellom også. Det var tydeligvis noe i de gamle fortellingene om steder der glemte helter hadde gjort stordåd for sirklene og de gamle ruinene slapp verken troll eller sjelløse inn. De ble stanset som av en usynlig vegg og Ardred visste at Gardahavn nå også skulle ha den samme beskyttelsen. Noen mente at det enkleste var å ganske enkelt forlate byen og landet og seile ut, og vente der ute til beistene forsvant av seg selv men Urdar hadde snakket lenge med Khebar og andre kimatier og også med noen av sjamanene deres og alle visste at beistene aldri ville trekke seg tilbake. De var ute etter blod og fikk de det ikke ventet de bare.

Hæren av monstre kom nærmere for hver time og nå var den kun timer unna Gardahavn, Ardred hadde fått alle som ikke kunne slåss over på skipene som ventet ute i havna og våpen og utstyr var gjort klart. De aktet ikke å overlate denne byen til fienden, de måtte ha et sted å slå tilbake fra, et brohode. Han var livredd for Kanir og Zaribi, han visste hva broren var nå, og han visste også hva han hadde gjort. Urdar hadde visst, og aldri sagt et eneste ord om det, selv ikke til Gudrun. Det var så uendelig mye ved Kanir de ikke hadde ant noe om, den mannen var full av hemmeligheter og Ardred angret på at han ikke hadde sett dypere og tenkt mer over merkverdighetene han hadde sett før han lyste broren fredløs. Men det var i fortiden, nå var Kanir igjen en av de fremste i landet, og Ardred håpet bare at han kunne sikre at Zaribi klarte seg. Uten henne var ikke noe av dette bryet verdt, han kunne ikke se for seg et liv uten henne.

Khebar hadde fått med seg noen merkelige gamle buer, de var krummet tilbake og lagd av laminerte lag av horn og treverk og sener. Ardred hadde aldri sett buer som disse og Khebar sa de var gamle og svært verdifulle. Og de var fremdeles fullt brukbare, det var det mest imponerende. Det krevde en enorm styrke å spenne dem og Ardred ble nesten litt stolt av seg selv da han greide å ikke bare spenne en men også skyte godt. Khebar hadde gitt ham en bue og Ardred var svært takknemlig. Sjamanene hadde vært svært aktive de siste dagene og de hadde velsignet både våpen og utstyr og en god del av krigerne også. Kimatiene hadde samlet seg og danset i flere timer, de hadde drukket og sunget og Ardred så at de fleste av dem nå sto der i krigsmaling. De færreste hadde klær på overkroppen, og håret var flettet i intrikate mønstre og bundet opp. De så temmelig barbariske ut men det var en slags stemning av stille aksept der nå. Disse mennene var klare til å gi livet for landet og folket sitt og Ardred måtte glise litt. Kveldene forut for den merkelige seremonien hadde blitt tilbrakt med mye fyll og enda mere hor. Kimati kvinnene hadde nærmest gått på rundgang og Ardred forsto hvorfor også. Det var en god mulighet for at disse få kveldene ville sørge for at folket ikke ble utryddet, antagelig ble det født temmelig mange barn om ni måneder og blant kimatiene spilte det ikke så stor rolle hvem faren var så lenge ungen var frisk og sunn.

Ardred tenkte over det den gamle kvinnen hadde sagt, og det Urdar hadde snakket om også. Han forsto fortsatt ikke mye av det men i det minste adlød kimatiene ham også, ikke bare Khebar. De hadde kanskje tusen mann der nå, alle var dyktige og godt trent og Ardred var for en gangs skyld glad for at kimatiene kunne være temmelig rå. De nølte ikke med å slå til på måter som andre ville ansett som æreløse og det kunne være forskjellen på liv eller død nå. Han hadde sørget for at området foran bymurene var godt preparert, de hadde gravd fallgroper og lagt ut fotjern overalt og i det minste trollene burde bli hindret om de tråkket skarpe jern opp i føttene på seg. Dagslyset var en velsignelse nå, fienden beveget seg sjelden noe særlig om dagen, det virket ikke for at de likte det og det gjorde det mulig å evakuere en god del folk men avstandene var så store der i nord at mange bare måtte bli der de var. Og Ardred visste også at mange nå hadde lite mat, lite vann og mangel på stort sett alt mulig. Troll og sjelløse brydde seg lite med fysiske gjenstander som ikke var levende, de var ikke som andre fiender som brente og plyndret. De ødela sjelden hus og andre bygg og om de skapte ødeleggelse var det stort sett bare fordi de gikk rett på, som om de var blinde for alt annet enn målet. Trollene tråkket ned gjerder og trampet ned frukthager, de dyttet ned uthus og skur og virket ute av stand til å vike fra kursen de hadde satt seg ut. Ardred hadde forstått at de skremmende skapningene var utrolig lite begavet, faktisk var de så dumme at det var litt merkelig at de i det hele tatt fungerte. Khebar sa at trollene var skapt kun for ødeleggelse og ingen visste hvordan de formerte seg eller hvordan de egentlig overlevde. De åt aldri av ofrene sine og noen mente at de faktisk åt stein, for alt Ardred visste kunne det stemme. De sjelløse var lang mer skremmende i og med at de tydelige hadde en slags intelligens, og de var raske og smidige og ved alle guder, han hadde fått skrekken da han fant ut hva de gjorde med folk. Han var glad de hadde hatt tid til å evakuere så mange som mulig. Alle tilgjengelige skuter var brukt og lå langt fra land og der ute kunne de klare seg lenge. Folket der i Hietlai var tross alt sjømenn og vant til havet. Det eneste de trengte å være redde for var en storm, om de måtte trekke nærmere land kunne det blir farlig. Ardred hadde sagt ifra til alle kapteinene han kjente at de måtte sette kursen mot Zhandoria om det verste skjedde. Det var havner der og de kunne garantert vente der til det ble trygt å vende tilbake. Ardred stirret utover området foran bymurene for gudene visste hvilken gang, han visste hvor alt var og smilte litt vemodig mot de av karene som sto nærmest. Før hadde dette vært enger der de lot hester og andre dyr beite og åkre der de dyrket grønnsaker og andre nyttevekster. Nå var alt pløyd opp for å skjule fellene og med jevne mellomrom var det gravd groper fylt med kull. Når de ble truffet av en brannpil ville de gi lys og forhåpentligvis ville ilden sette en skrekk i trollene. Ardred hadde vært ute der flere ganger, sett hvordan fienden avanserte og han hadde skjønt at det var flere typer troll. Faktisk hadde Khebar fortalt at de gamle sagnene fortalte om fem typer men de hadde bare sett tre så langt. En type var nesten å sammenligne med de sølemennene barn lager, merkelig utflytende og fordreid og de var de minst intelligente av dem og de gikk bare rett på uansett hva de støtte på. Khebar mente at de var svært vanskelige å stanse, simpelthen fordi de ikke følte noe som helst. Den andre typen var større og lignet mer på stein, eller heller forsteinet trevirke. De var også grovskårne og uten særlig med ansiktstrekk og de hadde lange armer med digre hender og klofingre. Ardred ante at disse var særdeles farlige men de var også langsomme og etter hva Kimatiene sa det, de var lite smidige og kunne veltes om en greide å bikke kroppsvekten deres fremover. Den tredje typen de hadde sett var mer menneskelignende, de var smekrere enn de andre og huden glattere og hodene mindre i forhold til kroppsstørrelsen. Khebar fortalte at fortellingene sa at disse faktisk kunne bruke våpen, de kunne kaste stein og andre tunge gjenstander og de hadde en viss intelligens. De var de farligste av de slagene de hadde sett men det var to typer til som ingen hadde sett så langt. En type var enda mer menneskelig og de var svære og raske og hadde faktisk hår og skjegg og kunne fort bli en fem seks meter høye. Khebar mente å ha hørt at de faktisk kunne snakke men de var blodtørstige beist og disse åt faktisk kjøtt og kunne bære enkle rustninger. Den siste typen gjorde Ardred oppriktig nervøs. Sagnene sa at de var svært sjeldne og at det aldri var sett mer enn et lite antall av dem men disse skapningene var like store som den andre typen og de virket for å kunne forvandle andre skapninger til monstre bare ved å berøre dem. Khebar sa at de var svarte som bek og faktisk vakre på et vis, som en stor krigshund kan være vakker. De hadde glødende røde øyne og merkelige lysende mønstre i huden og de kommuniserte med merkelige plystresignaler. Ardred hadde spurt hva slags monstre de skapte og Khebar hadde trukket på skuldrene og sagt at det var det ingen som visste lenger. Men det var visstnok slik at det alltid var et rent vrengebilde av hva og hvem en hadde vært.

Ardred håpet at de slapp å møte på noen av de typene troll, de som var blitt sett så langt var ille nok, og de sjelløse? Nå der hadde du noe som virkelig skremte vettet av hvem som helst. Men hæren nærmet seg og Ardred håpet at de greide å holde fienden stangen der ved bymurene. Så lenge kampen sto der kunne det være at folk andre steder fikk en mulighet til å komme seg unna. Det kunne umulig være ubegrenset mange av disse uhyrene. Speiderne mente at fienden ville nå byen den kvelden og Ardred gikk til tempelet en siste gang. Han skulle gjerne ha ofret til gudene men han hadde lite igjen av verdi nå, ikke noe som var mer verdifullt enn det offeret han allerede hadde gitt. Det var som om det lå en slags sang i luften nå, en underlig klagesang som bar en god del kraft i seg. Han hørte den nesten og av og til drev det ham nesten til vanvidd siden han ikke greide å skyve det til side. De tente på alle fyrgropene og her og der hadde de også samlet gammel halm og buntet den sammen og helt olje over. Det burde brenne godt og lenge og tømmer var også samlet sammen og klart til å settes fyr på. Bakken ristet svakt, Ardred kjente det. Han hadde ikke engang tall for hvor mange det var som nærmet seg og Khebar sto ved siden av ham og det var et kaldt smil om munnen på kimati lederen. «En halv time, så er det i gang»

Ardred nikket,, hjertet hamret i ham og han var tørr i munnen. Khebar klappet ham på skulderen. «Kjemp godt, gudene hjelper den som hjelper seg selv, husk det.»

Ardred skar en grimase, han tvilte på at gudene brydde seg nevneverdig mye om de vanlige dødelige nå. De virket for å ha snudd ryggen til hele skaperverket for å gjøre hva det nå var guder gjorde for å underholde seg. Khebar gned skjeftet på sverdet sitt, alle visste at direkte kamp var siste utvei. De hadde ingen sjanse om de måtte ut der og trekke stål, det var bueskytterne de måtte stole på nå, og fellene. Alle hadde lagd piler natt og dag og Ardred strenget buen han hadde fått med en ettertenksom mine. Den hadde lang rekkevidde og han var temmelig sikker på at han kunne felle selv troll med den. Om han fikk pilen dit han ønsket det vel og merke. De møtene de hadde hatt med fienden hadde bevist at det kun var hodeskudd som felte et troll og da var hjernen målet. Og det var et lite mål, en måtte treffe trollet så å si midt mellom øynene, ellers sjokket det bare videre som om ingenting hadde skjedd.

De så fienden nå, en mørk linje i solnedgangen og de virket for å øke farten. Urdar sto også på palisadene og han virket for å be. Han hadde trukket på seg full rustning men bar også kappen som viste at han var en gode og han hadde bundet opp håret og så både trist og majestetisk ut. Ardred bare nikket mot ham, de hadde snakket ut, det var ikke mer å si nå. Om de overlevde natta kunne de takke gudene men nå måtte de bare konsentrere seg om kampen som skulle stå. En hel rekke av sjelløse raste fremover, skrikende og vrælende og Ardred ventet med hjertet i halsen. Brått forsvant bakken under mange av dem i det de nådde den første av flere fallgroper og de hørte lyden av vev som blir gjennomboret helt bort til murene. Spydene var skarpe og godt plassert og Ardred så til sin skrekk og gru at mange av uvesenene faktisk beveget seg på tross av at de var blitt spiddet og prøvde å trekke seg selv av spydene. En rekke troll kom bak dem, de var av den mest primitive typen og rugget seg fremover i en tung rytme mens de brukte de lange armene å støtte seg på. Khebar gliste stivt. «Det til venstre, klarer du det?»

Ardred spente buen og takket Urdar for ideen med kull gropene. De gav lys langt utover og han siktet nøye og lot pila fly. Det var en av dem sjamanene hadde velsignet og den virket nesten for å lyse blått i det den kløyvde lufta på sin ferd mot målet. Pila traff, trollet ravet bakover og falt som en stein og Ardred kjente et stikk av triumf. «Skyt alt dere orker, sørg for å treffe»

Bueskytterne begynte å legge an, de kunne ikke bare sikte ut over hæren slik de normalt ville gjort det, de måtte plukke ut spesifikke mål og den første bygen med piler var utrolig tett. De fleste krigere i Hietlai lærte å skyte med pil og bue så fort de var lange nok til å spenne en barnebue og det var til og med en del kvinner blant dem. En god del troll gikk i bakken og Ardred nikket fornøyd. De første sjelløse nådde muren og der var det stopp, det var som om noen hadde satt opp en glassvegg, og gjennom den kom de ikke. De bare sto der og vrælte og skrek og slo mot det usynlige stengselet. Khebar lo høyt. «Det er dere vel unt fordømte uvesen. Stå der og ul til sola går opp!»

Ardred og de andre skjøt hele tiden nå, de siktet grundig for hver pil telte og snart lå det hauger med døde troll der. De sjelløse var vanskeligere å drepe, de var små og raske og piler virket nesten ikke for å ha noen virkning. Noen løp rundt og så ut som piggsvin men det stagget dem ikke og Ardred fant ut at for å drepe dem med et skudd måtte en ha piler med langt og smalt hode og de måtte være velsignet. Vanlig stål gjorde ingenting og en måtte av en eller annen grunn treffe lavt i buken på dem for å drepe dem. Og den kroppsdelen var faktisk nesten pansret av et tykt lag med noe som måtte være brusk. De var overhodet ikke som et menneske anatomisk sett. Urdar så litt fascinert ut, han stirret utover havet med skapninger og blikket var kvast. «Om vi klarer oss gjennom natta vil jeg se litt nærmere på en død en. Det kan være at jeg kan finne en vekhet vi kan bruke til vår fordel»

Ardred bare nikket, det var som et hav rundt bymurene, bare områdene nær stranda var frie for ubeist og det var som om vesenene vek unna sjøen. Noen av trollene hadde tråkket på fotjernene og haltet rundt og fall gropene hadde tatt livet av en god del også. Men fienden var ikke bare en ubestemmelig masse av kjøtt som presset seg fremover, noen troll hadde begynt å hive steiner inn over murene og de kunne hive selv svært store stein langt og de landet med forferdelig kraft. Det sto ingen bygg helt inntil murene, det var en gammel skikk som Ardred nå var glad for. Men noe stein traff byggverk allikevel og noen stein smalt inn i murene så det riktig dundret. Murene var lagd av solid tømmer og kunne tåle mye men ikke hva som helst og Ardred fikk noen til å løpe og forsterke de skadede områdene med sterke planker. Det verste ved å ha fienden så nær var ikke skrikene og vrælene de liret utav seg, det var lukta. De luktet som noe som har ligget og råtnet i sola i dagevis og mange av karene hadde allerede spydd seg tomme. Men de kom ikke gjennom muren av magisk beskyttelse og natta seg sakte over dem. Hver time føltes som et år men omsider begynte det å lysne i øst og trollene begynte å vræle og riste på seg. Det dampet faktisk av huden deres og hæren trakk seg tilbake, det var et dalsøkk ikke langt fra byen og de virket for å sikte seg inn på det. En merkelig mørk sky formet seg over området og Ardred rynket pannen. Hvorfor formet ikke skyen seg over byen? Da kunne fienden ha fortsatt å kjempe videre hele døgnet? Var det en slags begrensning der? Var det noe de kunne utnytte?

Men monstrene hadde trukket seg bort og de kunne ikke kaste bort noe tid, portene ble åpnet og flere hastet ut for å fjerne kadavre fra fallgropene og fylle i mer kull i bålgropene. Ingen av dem var blitt dekket med jord eller noe slikt, en skulle tro at det ville være det første en fiende ville gjort men antagelig var de ikke smarte nok til å gjøre det. Noen av karene trakk et par kadavre med inn, det var et skur ikke langt fra porten og Urdar hadde fått halt inn et par bord dit og han hadde vært nede ved havna der slakteren normalt holdt til og funnet kniver og annet han trengte. Det var to sjelløse som begge var drept med piler og Urdar så fascinert ut, men det var også avsky i blikket. De stinket mildt sagt til himmels og hovgoden ristet på hodet og skar en grimase. Ardred var også nysgjerrig og Khebar holdt en fille over nesa og prøvde å puste grunt. Urdar nølte ikke, han rev av de merkelige fillene som var klær for disse beistene og Ardred løftet et øyebryn med en spørrende grimase. Det var liten tvil om hva slags kjønn denne skapningen hadde for den var generøst utstyrt for å si det pent. Khebar virket imponert og Urdar plystret. «Den har…litt av et utstyr, men hvor er ballene dens?»

Ardred måtte blunke. «Nettopp, den har ingen pung?»

Khebar virket plaget og rødmet på samme tid og Urdar løftet litt på skapningen. «Nå har jeg sett det også»

Han trykket på innsiden av låret på vesenet og det bulte brått ut i lysken på den, på begge sider. «De har testiklene inne i kroppen, og de er enorme»

Khebar skar en grimase. «De er skapt for å formere seg, for å spre seg. Drepe og knulle, det er hva de er for»

Ardred fjernet fillene fra den andre skapningen og den var akkurat likeens. «Denne er også en hann»

Urdar rynket pannen. «Vet dere, jeg tror de er hanner hele gjengen. Det er ingen forskjell på dem, se selv! De er like som to dråper vann»

Ardred så det og gispet, de var virkelig helt like. Khebar måtte nyse. «Og stinker helt likt også, kom igjen gode, la oss se hva som er inni disse uvesenene.»

Urdar smilte stivt og fant en skarp kniv, han begynte å åpne kroppen med sterke raske bevegelser og Ardred måtte snu seg. Stanken ble øyeblikkelig så sterk at han fikk tårer i øynene. Khebar løp ut og Urdar var grønn i ansiktet og svettet. Urdar jobbet fort , det skulle han ha, han svettet og skar og etter litt måtte Ardred ut, han var like ved å si adjø til alt han hadde fått i seg den dagen.

Urdar kom ut etter litt, han var dekket med ubeskrivelige væsker helt til albuene og lukta var så intens at noen hunder lenger nede i byen begynte å ule. Han stakk armene i en tønne med halvfrossent regnvann og gyste synlig. «Ingenting stemmer, jeg fatter det ikke. De har hjertet, eller det jeg tror er hjertet, nede i buken, under det laget med brusk, Og jeg fant noe jeg tror er tarmer og lunger men resten er bare…fyll»

Khebar så temmelig forvirret ut. «Fyll?»

Goden nikket og tørket seg på noen filler som hang der. «Bare vev uten noen tydelig funksjon. De bør ikke kunne leve men de gjør det allikevel. Det er magi, tro meg. Særdeles mørk og djevelsk magi»

Khebar klarte å lage et slags glis. «Men baller har de?»

Urdar skar en grimase. «Ja, til overmål også. Fylt med en slags motbydelig svart væske.»

Begge de to andre gyste synlig og Khebar var blek. «Flere av stammene har fortalt om folk som har blitt tatt levende, for å bli voldtatt av de beistene og nye beist har sprengt seg ut av magen på dem. Og noen har blitt helt forvandlet og gjør det samme med andre folk også»

Ardred sukket lavt. «Vi får gi ordre om at enhver som blir fanget av de beistene skal skytes, det er å være barmhjertig.»

Khebar nikket sakte. «En ren død, ingen kriger vil dø med et slikt uvesen i buken»

Ardred trakk pusten. «De kommer tilbake til natta, få i dere mat og hvil. Vi trenger kreftene våre. De vil neppe gi seg på lenge ennå»

Khebar smilte stivt og gikk, Urdar bet seg i underleppa

«Ardred, disse skapningene kan ikke være i live, det er umulig. De er ikke naturlige på noe vis. Det er som om de er blitt skapt av noen, kun med et formål»

Ardred nikket. «Det er noen som står bak, noen med enorme krefter. Noen som styrer dem, kontrollerer magien som gir dem liv og krefter. Men den kraften er ikke like sterk om dagen, jeg undres på om det kan utnyttes?»

Urdar så litt forbauset ut. «Du har rett bror, det bør kunne utnyttes på noe vis. Ante vi bare hvordan»

Ardred klappet ham på armen. «Tenk på det Urdar, nå skal jeg gå og ta meg et bad, få meg mat og prøve å sove litt.»

Urdar smilte mykt. «Gå bror, det er deg vel unt.»

Ardred gikk til badehuset, det var tent opp der siden mange ville trenge å bade etter natten og han vasket seg grundig. Han hadde sett at de som holdt seg rene sjeldnere ble syke enn de som var skittferdige og særlig om de ble såret. Han flettet håret og fikk på seg nye klær og følte seg nesten som en ny mann. Siden dagslyset var kommet tilbake hadde noen kvinner blitt ferget i land og lagde mat, svære gryter var satt over ilden og en enkel med god stuing ble servert og Ardred spiste med god appetitt. Han var nødt til å bevare styrken sin, og han stappet i seg til han følte seg aldeles sprengt. Deretter gikk han til rommet der han og Zaribi hadde holdt til og la seg. Lukta hennes satt ennå i puten hun hadde brukt og han trakk den i seg i dype trekk. Han undret seg på hvor hun var, om hun var trygg. På et vis ante han at hun kanskje var tryggere enn ham akkurat nå og han lukket øynene og så henne for seg igjen, slik hun hadde vært første dagen da de møttes. Det hadde vært et merkelig møte og et enda merkeligere bryllup men han angret ikke. Ved alle guder, han ville aldri angre på det. Han trakk pusten og prøvde å sove og sakte gled han ned i søvnen, kroppen var øm og stiv etter å ha trukket buen så mye og han visste at natta som snart kom ville bli vanskelig. Det kom til å bli en beleiring, og han ante at fienden hadde ubegrenset med monstre å sende mot dem. Ante de bare hvor de kom fra, et eller annet sted måtte de da dukke opp? De kunne ikke bare brått være der, som manet frem av tynne lufta? Eller kunne de det?

Han sovnet sakte og gled over i forvirrede utydelige drømmer. Han så for seg hæren og Urdar som skar i de to kadavrene, han så Zaribi ri på den svarte hoppa si og han så Kanir knele foran deres mor, hvor bildene kom fra ante han ikke. Så svevde han brått over fiendens hær og den var enorm men det var en bakende på den. Han seilte over hæren og bak den var det et tydelig spor, bakken var rotet opp av tusener av føtter og det var enkelt å følge det. Han følte seg vektløs og merkelig forvirret, som et løv som drev med vinden men han greide å tenke klart og visste hva han så. Han gled over landet og kjente seg igjen de fleste stedene men så svingte sporet inn mellom fjellene og han innså at dette var et sted han aldri hadde vært. Det lå såpass nær isranden at ingen reiste dit opp for det var ingenting å jakte på der.

Han svevde nærmere kanten på den enorme breen, den lå der som et lokk over den nordlige delen av landet og ingen visste hva som var nord for den, om det var noe i det hele tatt. Gamle fortellingen fortalte at det gikk sørover igjen etter et visst punkt og om hav og øyer men ingen trodde på dem. Sporet var like sterkt, og nå svingte det inn i en kløft. Den var smal og dyp og tydelig skapt av vann og han så at den forsvant inn under isen. Det var som en gapende kjeve der nede, et åpent gap mot et eller annet skjult sted for han sanset ondskapen som sto ut av det hullet som en slags sky av noe en kan føle men ikke se. Han gyste og følte på seg at det var noe han måtte se, noe han måtte huske. Noe ved dette stedet gav et svar. Han svevde der og brått var det bevegelse der nede, tusener av sjelløse og troll kom løpende ut av mørket, i en tett stim som hadde lite med vanlig militær disiplin å gjøre.

Ardred så at det var flere troll blant dem enn i den første bølgen, og de var større, og styggere også. Og det var andre skapninger blant dem også, vesen som nesten fikk ham til å skrike ut i forskrekkelse og avsky. Guder, så han noe som skjedde nå eller noe som ville skje? Men blikket hans ble trukket oppover og han så at isen nesten hang over åpningen på et vis, og over isen…Ardred trakk pusten dypt og åpnet øynene med et rop. Han forsto, han visste hva som måtte gjøres nå. Det var ingen annen utvei. Men han trengte hjelp, og han visste at Kanir var den som kunne hjelpe ham nå, vekke det som visstnok sov i ham. De måtte bare klare seg til hans bror vendte tilbake. Og be om at det ikke ble for sent.

Midar og Meyret

Midar så smalt på henne, han hadde vansker med å skjønne hva hun egentlig sa. «En invasjon?»

Hun nikket og steg tilbake, stirret på tavlene som om de på et eller annet vis bar en forbannelse av noe slag. Det var ren avsky i blikket hennes og Midar strakte ut handa og rørte skulderen hennes varsomt, hun skalv formelig. «Den er allerede i gang Midar, de er alt her. De uhyrene vi møtte på, de bleke skrekkelige vesenene, de er fortroppen»

Dvergene så på hverandre, blikkene deres var skremte og Dandar vætet leppene nervøst. «Det er drager her, jeg kjenner da igjen dem om ikke annet, men hva er det der?»

Han pekte på noen av figurene og Meyret freste nesten. «Dragene fra den mørke verdenen, uhyrer som snaut kan beskrives.»

Dulgar virket for å nesten krympe litt, drager skremte dverger som lite annet. «Men det kan stanses? De kan bekjempes ikke sant?»

Meyret sukket, hun virket lut, nesten sliten. «Ja, men sjansen er liten. De er mange, og sterke og vil angripe fra mange steder. Det er porter der ute, mellom vår verden og deres og de kan også skape porter de kan ferdes gjennom. Det er noen få sjeler der ute som kan snu det, noen få som kan bekjempe dem, her i vår verden og i deres»

Midar blunket. «I deres?!»

Hun nikket. «Ja, vi har alle roller å spille nå Midar, om vi feiler er alt tapt. Det er en grunn til at tavlene aldri må finnes av fienden, for gjennom dem kan de finne de utvalgte, og drepe dem før de rekker å gjøre det maktene har valgt dem ut for. «

Midar så nærmere på tavlene, han så en ridder på en enorm hest med en drage ved siden og en kvinne som virket for å stå i bresjen for en hær men ikke av mennesker. Det var mange flere der også og han så spørrende på Meyret. «Men da må tavlene skjules ikke sant?»

Meyret ristet på hodet. «De må ødelegges, det er eneste utveien.»

Dandar skar en grimase. «De er solide, tror de er ren obsidian.»

Meyret nikket «Ja, men den steinen er skjør.»

Dulgar løsnet øksa si og slo den prøvende mot kanten av ene tavlen, en ringende lyd bekreftet at dette var særdeles hard stein. «Jeg tror ikke vi kan slå dem i stykker, uansett hvor skjør den er.»

Meyret nikket stille. «Det stemmer vel, men jeg er den som skal gjøre dette.»

Midar rørte ene tavla varsomt, den var et kunstverk og det var nesten litt synd å skulle ødelegge den. «Hvorfor?»

Hun snudde seg mot ham, øynene var triste. «Fordi kun den siste drage kan ødelegge dem, og det Midar min, er jeg»

Dandar rynket pannen. «Men det har våknet flere drager til live nå har det ikke?»

Meyret nikket. «Ja, mange, svært mange. Men de er ikke av det gamle slaget, av mitt slag. Det er kun to igjen som kan måle seg med meg, mørket og skyggene lever i dem. Og selv de er ikke helt som mitt slag. De kan ikke skifte skikkelse»

Midar svelget. «Det er…trist»

Meyret trakk på skuldrene. «Er det virkelig det? Min rase var som guder etter at våre mestre forsvant, og slik makt ødelegger selv den som er edel av sinn. Jeg savner dem, men jeg vet at verden er bedre uten dem»

Dandar skar en grimase. «Så hvordan har du tenkt å ødelegge disse tavlene?»

Hun smilte fort. «Jeg skal ikke snakke dem i stykker om det er hva du frykter. Jeg skal se til at de kun er støv»

Hun steg tilbake litt, stirret på tavlene og så begynte hun brått å nynne, en merkelig lav og intens nynning som ikke lignet noe Midar hadde hørt før. Det var stolthet i den, og sorg og samtidig en makt som fikk veggene til å dirre. Det lød et slags sukk fra tavlene, så ramlet de ganske enkelt ifra hverandre som om de egentlig bare var støv som hadde blitt presset sammen. Dulgar og Dandar stirret med åpne øyne og lignet litt på en O. Buskehale pep, det merkelige dyret vippet med halen og røsket Midar i håret og han så forbauset på den. Noe ved den fortalte at dyret var opprørt over et eller annet og han prøvde å klø den men den freste og raste frem og tilbake over skuldrene hans.

«Den har merket et eller annet»

Dulgar så nervøs ut og Dandar nikket. «Den nynningen må ha blitt hørt gjennom hele berget her»

Meyret bet seg i underleppa «Jeg beklager, men det var ikke annet å gjøre. De måtte ødelegges.»

Dulgar smilte stivt til henne. «Jeg vet det vesla, men du har alt i hodet nå håper jeg?»

Hun nikket fort «Ja, ingen fare. Jeg glemmer ikke.»

Midar snudde seg. «La oss skynde oss, om noe er på vei hit er det neppe særlig vennligsinnet er jeg redd»

Han gikk mot døra og de andre fulgte på, tempelet så mer forfallent ut nå, og han rynket pannen. Hadde det de så da de ankom vært en illusjon? Byen så i hvert fall ut som før og det virket rolig der men Buskehale holdt et forferdelig leven nå, den klikket med tunga og pep og halen dirret som på et opprørt ekorn. Midar skar en grimase, klørne dens skar i huden og det var ubehagelig. «Ved gudene, hva er det den reagerer på?»

Dandar løftet hodet og dvergen så et øyeblikk litt forbauset ut. «Kjenner dere den lukten?»

Meyret snuste synlig, hun rynket pannen. «Roser? Men, det vokser da ikke roser her nede?!»

Dvergen løsnet øksa si og de to andre kopierte ham, de så svært anspent ut. «Nettopp, noe er aldeles galt her nede» Midar skulle til å si at roselukt neppe var skadelig da en underlig lyd skar gjennom lufta, det var et skjærende ul som steg og sank et par ganger før det døde ut i en slags hulkelyd. Meyret bannet. «Det har blitt lysere her, og lukta er sterk. Kom igjen, vi løper» Hun la på sprang og Midar husket hvordan han hadde lært henne å sette pris på den kroppen hun nå hadde, hun var enda raskere nå og dvergene slet virkelig med å holde følge. Begge to peste og jamret seg og Midar syntes synd på dem. Men lukta var faktisk blitt kvalmende nå, og under den lå en annen lukt, mye verre. Det var en lukt av råte og død og det var blandet med et eller annet Midar ikke kunne identifisere men det gav ham gåsehud. De nådde frem til der det gikk oppover igjen mot gangen de hadde kommet gjennom og Meyret stanset et øyeblikk. Stirret bakover mot byen og gav fra seg et kort skrik av vantro og avsky. Bakken levde bak dem, Midar kunne ikke beskrive det annerledes. Mellom husene var det som om grunnen var forvandlet til en slags leire og byggene sank sakte ned samtidig som at merkelige tentakler virket for å strekke seg ut av gjørma og trekke til seg alt de fikk tak i. Midar svelget stivt. «Hva i alle guders navn er det der?» Meyret ristet på hodet. «Jeg aner ikke og jeg vil ikke vite, videre!» De løp videre opp skråningen og kom seg et stykke opp da Buskehale satte i et skrik og rev Midar i håret. De ble forfulgt. Bak dem var noe på vei opp mot gangen og Midar måpte. Det som kom glidende opp etter dem var en stor flokk med noe som best kunne beskrives som en slags merkelig blanding av blekksprut og insekt. De hadde en underkropp med merkelige tentakler som tydeligvis gikk for å være bein mens overkroppen var som på en slags forvokst maur av noe slag med enorme kjever og gripeklør på de fremste beina. Det som var mest motbydelig var derimot at disse skapningene var døde og hadde vært det lenge, de var dekket med mugg og sopp og det virket som at tentaklene hadde revet bort det som var den egentlige underkroppen på vesenene og deretter tatt dens plass. Dulgar bannet og Dandar skrek nesten. «Å guder, hva i helsike er det?»

Meyret grep tak i en av dem og halte ham med seg oppover og hun var sterk, sterkere enn Midar hadde vært klar over. Han grep Dandar og kylte dvergen etter de andre og de løp oppover så sand og jord og småstein raste bak dem. Buskehale brukte grov kjeft hele tiden, halen rykket og gikk og dyret virket nesten hysterisk. Gangen med elva var forholdsvis liten der og Meyret så seg om, nesten frenetisk. «De må ikke få følge etter oss, vi må stanse dem på et eller annet vis»

Dulgar peste. «Selvsagt, men hva er de?!»

Meyret gren på nesa. «Skapninger som har levd her helt naturlig, fordreid av en eller annen gammel kraft, antagelig noe de som bodde her vekket. Det må være en grunn til at denne byen er forlatt»

Hun grep noen steiner. «Jeg har en ide, holde dem vekk mens jeg forbereder meg»

Midar så smalt på henne. «Hva tenker du å gjøre?»

Hun gren på det. «Noe vilt. Jeg er kanskje ikke i stand til å forvandle meg ennå, men jeg er da ingen svekling for det. Sjelen i meg er fremdeles en drages, og vi har store evner også på det viset. Jeg har bare ikke brukt dem, på lenge. Jeg tror ikke halskjedet kan hindre meg i å bruke dem»

Midar trakk sverdet, de motbydelige halvråtne tingene var kommet faretruende nærme nå og dvergene svingte øksene sine prøvende. De første nådde frem til åpningen og Midar bannet og svingte sverdet i en rask bue. Det skarpe bladet skar gjennom de merkelige tentaklene som om de var smør og en forferdelig stank spredte seg. Dvergene gikk til aksjon også, siden de var kortere enn Midar fikk de enda større sving på det når de gikk til angrep på tentaklene som bar disse marerittene av noen udøde beist og gørr og insektdeler fløy gjennom lufta.

Noen av tentaklene prøvde å feste seg til dem, som om det virkelig var en slags blekksprut men rustningene gav ikke feste og Midar kappet et av beistene i to så hardt at underdelen falt ut av overdelen. Det var virkelig en slags blekksprut av noe slag, men det som var hode på den var uten øyne og det var en samling små myke tentakler på toppen av det. Antagelig var det de som ble brukt til å styre de svære insekt kroppene de nærmest brukte som en motbydelig hatt.

Meyret konsentrerte seg, hun var våt av svette og hjertet hamret i henne, en menneskelig kropp skulle egentlig ikke tåle det hun nå prøvde å gjøre men hun måtte bare greie det, koste hva det koste ville. Hun skrek til de andre. «Løp inn i gangen nå!»

Midar og de tre dvergene adlød og løp og Meyret blottet tennene og samlet seg i et voldsomt gys av ren energi. Hun skrek ut og brått begynte det å regne stein fra taket. Drønn og brak fylte lufta mens steinstøv og grus skapte en tykk tåke og brått lød det et slags sukk og hele taket gav etter. Bakken skalv, de to dvergene skrek av redsel og Midar kjente at et støt av luft slo inn gjennom åpningen til gangen og så var det brått stille. Hele den enorme hulen hadde styrtet sammen og Meyret sto der og svaiet, hun var blek og øynene var enorme. Midar kunne ikke tro det, hun hadde gjort noe han ville ansett for å være komplett umulig og hun snudde seg sakte og smilte litt skjevt. «Det gjelder å finne den ene steinen alle de andre hviler på og trekke den ut, verre er det ikke»

Hun svaiet og han løp bort, grep tak i henne i det hun ramlet sammen. Dulgar svor. «Gudenes verketenner, jeg hadde aldri trodd jeg skulle se noe slikt. Men vi må komme oss vekk, elva vil snart fylle denne gangen, raset blokkerte elveleiet helt»

Midar så at dvergen hadde rett. Det var ikke noe igjen av gangen ut mot hulen, bare en vegg av knust stein og han løftet Meyret og Buskehale la seg om halsen på ham igjen, den purret lavt og fornøyd. Nå kjente de veien tilbake men det betydde ikke at det gikk fort og Meyret var mer eller mindre bevisstløs. Hun bare stønnet om en snakket til henne og Midar var redd hun hadde brukt for mye energi. Men hva det nå var som hadde levd i den hulen, det kom ikke til å følge dem lenger og han var glad til for han hadde aldri noen gang sett noe så merkelig og motbydelig.

Meyret forble bevisstløs ganske lenge, de begynte å nærme seg hulen der Khidrem hadde dødd og de håpet at Khadram ventet der ennå, han burde ikke ha våget seg bort fra stedet om han ennå brukte hodet som han burde. De gikk varsomt nå, det frost skapende beistet kunne ennå være der og de håpet å slippe å møte på det igjen. De så at graven de hadde bygget for Khidrem var uberørt, men Khadram var ingen steder å se og de to dvergene stanset og så forvirret og bekymret ut. «Han kan ikke ha gått tilbake alene. Det er ikke noe lys, og han vet bedre.»

Meyret gned seg i hodet, hun var svett og virket omtåket og forvirret. «Vi kan ikke vente her, han må komme tilbake fort ellers må vi bare forlate ham»

Midar så skjevt på henne. «Hva haster slik?»

Hun skar en grimase. «Vi må til den dalen Midar, jeg har ting jeg må gjøre, ting som ikke kan vente stort lenger»

Han så litt forstyrret på henne. «Virkelig? Jeg forstår mindre og mindre av alt dette!»

Hun smilte litt skjevt. «Det er du ved gudene ikke alene om. Jeg tror jeg vet hvorfor Imla var så kryptisk, om hun fortalte alt som det var ville vi nok ha løpt vår vei, hylende»

Dandar la hendene på bakken, følte etter vibrasjoner og Dulgar la hodet bakover og gav fra seg et kort bjeffende rop. Ekkoet raste langs gangene og Midar forsto at det var et slags kontakt rop dverger brukte om de kom fra hverandre i mørket. Ingen lyd kom tilbake, det var helt stille og Dandar rynket pannen. «Han kan ikke ha gått for å gjøre ende på seg?»

Tonen av vantro i stemmen avslørte at det antagelig var bortimot utenkelig for en dverg. Midar så litt nysgjerrig ut og Dulgar skar en grimase «En dverg som frivillig oppsøker døden kaster skam over hele ætten. Vi gjør ikke slik, kort og godt.»

Meyret skulle til å svare noe da de hørte en fjern lyd, det var fottrinn og Dandar og Dulgar trakk et lettelsens sukk men Midar fikk en brå følelse av uro og Buskehale pep igjen, trakk ham i håret. Stegene var så tunge, nesten subbende og han trakk sverdet fort. Khadram kom gående ut fra en av sidegangene, blikket var tomt og han var våpenløs. Dandar myste. «Khadram?»

Den unge dvergen reagerte ikke, men hodet svingte sakte fra side til side og det var noe merkelig målbevisst i bevegelsene. Meyret trakk pusten fort, det lød som et gisp. «Det er ikke Khadram, det er ikke ham, ikke nå lenger.»

Midar la merke til at dvergens bukser var blodige og det var noe som måtte være blodige klor over skuldrene på ham. Dandar gav fra seg et skrik av avsky og Dulgar stønnet. «Sjelløs»

Det som hadde vært Khadram sjokket videre mot dem med armene utstrakt og Midar så at øynene var blodskutt og blikket var grotesk. Meyret brølte. «Ikke la ham røre dere, hugg ham ned.»

Dandar og Dulgar nølte, for en dverg var det å skulle drepe en av sine egne nesten utenkelig, det var ganske enkelt noe de ikke gjorde. Midar nølte ikke, han løp frem og svingte sverdet og brått ble det fart på det som hadde vært Khadram. Dvergen fanget faktisk bladet med nevene og hva som enn hadde skjedd med ham, han var ikke lenger normalt kjøtt og blod for det var som å treffe en gråstein. Midar kjente anslagsenergien raste oppover hele armen og Khadram blottet tennene og hveste. Det var i hvert fall ikke en normal lyd og Dandar var blitt blek. Han hev seg mot ungdommen og strammet grepet rundt halsen på ham som for å tvinge ham ned i kne men det virket ikke for at Khadram i det hele tatt brydde seg om det. Han prøvde tydeligvis å trekke Midar nærmere så han kunne bite ham og dvergen var blitt grotesk sterk. De tomme øynene var forferdelige å se på og Dulgar trakk en dolk som måtte ha blitt smidd i dvergsølv og prøvde å stikke Khadram med den. Bladet prellet av, og nå hørte de mange føtter som nærmet seg. De måtte bort, nå!

Meyret lukket øynene, hun hadde hatt et uttrykk av ren avsky klistret over hele fjeset men nå ble det byttet ut med raseri og hun løp bort og grep Khadram om kjevene med ene handa. Skapningen som hadde vært en ung dverg brølte hest og prøvde å vri seg fri men hun var sterkere enda og hun freste i det hun løftet andre armen og siktet mot den åpne kjeften. Med et hyl kylte hun en glødende kule av lys ned i gapet på den sjelløse og skapningen lyste brått opp innenfra som en skinnlampe før den ravet bakover med sinnssyke vræl mens den klorte mot sin egen mage. Det røk ut av kjeften på den, øynene rullet og det virket for at den nesten råtnet i en vanvittig hastighet før den gikk i bakken med et brak. Den lå der og vred seg litt før den ble stille og sank sammen til en haug med stinkende aske og nå kom det brått strømmende flere bleke ufyselige beist ut av en av gangene. Midar kjente dem igjen men disse var større og enda styggere enn de som hadde forfulgt dem og kjeftene brede og svarte med nålespisse tenner.

Meyret bannet på et eller annet språk Midar ikke forsto, hun blottet tennene igjen. «Disse smitter en via bitt, og de er på vei oppover, mot byen»

Dandar ble blekere enn før og Dulgar hikstet. «Vi må stanse dem»

Midar svingte sverdet prøvende. «Om de er som Khadram nytter det ikke med stål»

Meyret kylte en ildkule mot dem og den traff et par som sank sammen med høyfrekvente ul som skar i ørene. Men hun vaklet etterpå og Midar visste at hun ikke hadde så veldig mye mer energi å ta av. Dandar trakk seg i skjegget. «Vi må løpe»

Dulgar ristet på hodet. «Vi kan ikke løpe fra det der, er du gal?»

Midar skulle til å si noe da en mørk skygge brått raste forbi dem i en sky av frostrøyk. Det var dyret som hadde drept Khidrem og det hadde tydeligvis tatt med seg flere for tre til kom rasende frem fra sideganger og samtlige braste inn i gruppen med sjelløse. Dyrene virket aldeles gale av raseri og knurret og vrælte og bet, de bet hvor de kom til og disse tennene skar gjennom selv de sjelløse som en varm kniv gjennom sirup. Beistene prøvde å forsvare seg, de bet tilbake men dyrene gav seg ikke og var for raske til at de primitive våpnene disse uhyrene bar rakk gjøre skade. Meyret skar en grimase. «Kom igjen, de vil stanse dem. Men flere kommer, vi må forberede byen»

Midar grep henne om livet og de løp så fort de greide. Dandar og Dulgar peste og pustet som blåsebelger og de slet seg forbi de vanskelige partiene men nå begynte de å nærme seg kjente stier for dvergene. De rundet en sving og brått sto Natt og Mørke der, de to ulvene hadde vært søkk borte mens de flyktet fra byen og Meyret knurret nesten «Så der er dere, vi kunne trengt hjelp bak der?»

Begge logret svakt og Meyret blunket fort, hun så forvirret ut. «De var kalt bort av gudinnen? Hvorfor?»

Natt satte seg foran henne og skapningen bikket på hodet, Meyret svelget fort. «Dere fant de is vesenene? Og fikk dem til å ville angripe? Det var… Takk»

Midar var litt forbauset. «Jeg skjønner meg ikke på dem»

Meyret trakk på skuldrene. «Ikke jeg heller, men de passer på oss, de følger bare ikke våre regler tror jeg. De kan komme og gå som de vil, er ikke bundet til den fysiske verden i det hele tatt»

Midar gryntet. «Jeg misunner dem. Jeg er våt og kald og sliten og fremfor alt sulten. Guder, er det langt igjen nå?»

Dulgar ristet på hodet. «Noen timer til, så er vi ved første sjakten.»

Midar stønnet og Meyret klappet ham på handa. «Vær tapper, det går fort»

Faktisk gikk det forholdsvis fort for alle var skremt nå og løp på adrenalinet og Midar var glad for at tauene fremdeles hang på plass. Det var lett å klatre opp og han hadde nytte av sin bakgrunn som tyv nå. Meyret slet litt mer og han måtte hjelpe henne. De raste gjennom hallene og smiene, Dandar fant en heis som gikk oppover og nå hadde ikke engang Midar noe i mot den, bare de kom seg opp fra mørket der nede fortest mulig. Buskehale satt fremdeles på skulderen hans og pep av fryd og han klødde dyret litt fraværende på ryggen. De kom opp til nivået der de hadde startet ferden og Dandar svelget synlig. «Vi må informere våre ledere om dette, og det fort.» Dulgar nikket. «Og samle folket også, de må få vite om faren» Midar svelget og øynene hans ble smale. « Ah, ikke for å være påtrengende men dere har en slags konge ikke sant?» Dulgar nikket og blikket var litt skjelmsk. « Ja, Arhin, sønn av Erbhan. Men han ble såret i angrepet så mens han kommer seg igjen har vi en rekke valgte ledere. Jeg er en av dem» Midar smilte litt stivt, det forbauset ham ikke. Dandar gliste bredt. «Her betyr ætt alt, en er ingenting uten slekta si. Og alle kan navnene på forfedrene mange titalls generasjoner bakover» Meyret så storøyd på Midar. «Åh guder, det er temmelig mange navn!»

Noen dverger kom stormende mot dem, og Dulgar og Dandar begynte å snakke svært fort på dvergenes eget språk og noen skrek og ropte mens andre brast i gråt. Thyega kom løpende også og hun så sjokkert ut og gruppen beveget seg etter hvert inn i et stor hall der flere dverger var samlet. De fleste var godt opp i årene og svært vakkert kledd og samtlige virket verdige og svært klar over sin egen innflytelse.

Midar satte seg og Meyret satte seg ved siden av ham, hun virket nesten tappet for energi og Natt og Mørke dukket opp igjen og slikket henne på handa. Thyega kom bort til dem, hun smilte litt stivt «Kom barn, dere har gjort mer enn nok og fortjener litt hvile og et bad»

Midar tvilte ikke på det, i hvert fall ikke det siste, han stinket til himmels og var seig over det hele. Meyret var heller ikke akkurat ren og Midar kjente at magen ulte som på kommando. Thyega smilte litt skjevt. «Kom så, alt er klart for dere»
Midar hjalp Meyret opp og hun sukket og lente seg mot ham, blikket var merkelig fjernt og han undret seg på hva hun tenkte på nå. Thyega gikk foran med raske steg og de kom inn i et lite rom som måtte være en slags spisesal for gjester for det var kun et langbord der og benkene var dekket med puter og behagelige å sitte på. Det var satt frem boller og fat med mat og lukta var himmelsk. Meyret mol nesten ved synet og hun hev seg ned og tømte mjød i en bolle før hun tømte den helt med velbehag. Midar fylte sin mat bolle med stuing og prøvde å huske det han en gang hadde lært om gode manerer men det var ikke lett. Han var så utrolig sulten. Thyega kom med en slags pudding til slutt, antagelig var det en dessert dvergene var glade i men Midar hadde vansker med å svelge selv en liten bit Den var god på smak men så sterk og søt at det sved i munnen og Thyega gliste og klappet ham på skulderen «Våre barn elsker denne, men så er de hardføre også!»
Meyret nikket og kremtet, tårene sto i øynene på henne. «Om de vokser opp på dette er det ikke rart at de blir tøffe som gråstein»
De to gjorde ferdig måltidet og Thyega klappet dem på kinnet. «Det er godt å se to ungdommer med god appetitt. Det er et sunnhetstegn.»
Meyret bare rødmet, å bli kalt en ungdom var merkelig for henne, men denne kroppen var en ung kvinnes så det var kanskje ikke så rart. Hun så ned i bordet. «Vi er svært lei oss for det som skjedde med de to guttene, de var…tapre»
Thyega bare smilte litt trist. «Vi regner med tap vindrytter, dette er harde tider og hardere vil de bli. I det minste døde de her, i berget hvor sjelene deres vil finne veien hjem. Ikke sørg, vær takknemlig for at dere fikk gjort det dere skulle»

Meyret bare nikket sakte men Midar følte seg lett deprimert ved tanke på hvor mange som allerede var gått tapt der og nå hadde de sørget for at enda to var blitt borte. Thyega smilte skjevt. «Det er gjort klart et bad for dere.»

Midar nikket og de fulgte dvergen til en avdeling der varmen sto mot dem. Lufta var våt og merkelig på lukt og Thyega gliste fornøyd. «Det er vann fra dypt i berget, det er varmt og godt og inneholder mineraler og annet som en trenger.»

Midar så at det var små avdelte avdelinger der samt store basseng som sikkert var felles. De to ble geleidet bort til en av de avdelte rommene og det var et stort nedsenket badekar der og håndklær og såpe lagt frem. Thyega pekte på en luke i veggen. «Slipp de møkkete klærne deres inn der, så blir de vasket mens dere hviler»

Midar så at det lå noen badekåper der av tykt og mykt stoff og han forsto at dverger kan dette med luksus. En skulle ikke tro det men de var faktisk svært renslige av seg, når de hadde muligheten vel og merke. Meyret rødmet svakt før hun begynte å trekke av seg klærne, når alt kom til alt gledet hun seg egentlig til å bli ren igjen, hun husket ikke sist hun hadde badet og ante at hun stinket så ille at hun rett og slett ikke merket noe til det selv lenger. Midar nølte ikke, han formelig rev av seg fillene så fort Meyret hadde hjulpet ham med rustningsdelene og han hev seg i vannet med et gisp av lettelse. Det var faktisk gjennomstrømning i vannet og han satt og slappet av mens Meyret ble ferdig med å flette opp igjen håret og fikk av seg de siste klærne. Hun var blitt noe tynnere igjen, men ikke skjemmende mye og de elegante linjene hennes var virkelig uvanlige på mange måter. Hun måtte ligne mer på en alv enn et menneske nå, han var temmelig sikker på det og hun rødmet litt og sank ned i vannet, blikket hennes senket. Han beundret hvordan den lange halsen gled over i elegante skuldre, hvordan den smale midjen videt seg ut til vakkert formede hofter og han hadde vansker med å akseptere hva hun egentlig var. Meyret sukket og dyppet hodet under, hun lukket øynene i lettelse. «Guder, jeg har savnet dette, uten å engang vite det!»

Midar gliste og vætet sitt eget hår, det hadde grodd temmelig mye men han gadd ikke klippe det, egentlig syntes han at han kledde det. Han hadde begynt å få et ganske respektabelt skjegg nå og det var han mer usikker på om han skulle beholde men det kunne være en ide å vente med å fjerne det til de var ute av dvergbyen. Dverger har en tendens til å respektere folk med skjegg litt mer enn de uten. Såpa luktet forbausende godt, dvergene måtte ha handlet med folk fra ute ved kysten der de dyrket blomster som ble foredlet til parfyme. Meyret gned seg inn og Midar trakk pusten dypt og fylte hendene med mer såpe. «Her, snu deg så skal jeg hjelpe deg med håret.»

Hun adlød og han begynte å gni håret hennes med såpe, det var som silke nå og vokste forbausende raskt og han gned hodebunnen hennes kraftig og hørte at hun sukket av velbehag. Etterpå lot han hendene vandre nedover, gned nakken og skuldrene og litt nølende strøk han nevene enda litt lengre nedover. Da hun ikke protesterte ble han modigere, en hånd gled opp mot brystene og begynte å kjæle med dem mens den andre tok for seg den spenstige baken hennes. Meyret gispet og lente seg mot ham og Midar fant ut at han nå hadde problemer med å tenke samt å trekke pusten. Han kysset henne i nakken og hun lagde en liten nesten malende lyd og snudde hodet mot ham, han kom henne i møte og kysset henne og Meyret var ivrig med på det. Midar bare håpet at ingen dverger buste inn nå med ekstra håndklær eller noe slikt, det ville vært for ille. Slik hun tøyde seg fikk han bakenden hennes trykket inn mot skrittet og han greide ikke styre seg stort lenger, han fikk henne til å legge hendene på kanten av bassenget og siden hun var ganske langbeint hadde han ingen problemer med å gjøre det på denne måten. Han nølte litt, usikker på om hun virkelig ville men Meyret presset seg mot ham nesten utålmodig og han trakk pusten og gikk i gang. Det varte ikke lenge, han måtte ærlig innrømme det men hun nøt det og kom lenge før ham uansett og etterpå satt de i vannet igjen og slumret, opplent mot hverandre og med en følelse av lettelse i kroppen. Det hadde aldri vært så overveldende med noen av de han hadde vært sammen med før, og han visste at han hørte sammen med Meyret, uansett hva som skjedde.

De satt der enda en stund og så fikk de vasket av seg den siste såpa og kom seg opp, fikk på seg badekåper og ble geleidet til rommene sine av en særdeles blid dvergjente som hele tiden fniste og lo så ille at Midar begynte å mistenke at hun hadde smuglyttet på dem hele tiden. Rommene var store og åpne og forbausende luksuriøse og begge hadde fått et nytt sett med klær lagt frem. Sengene var ikke særlig lange og særlig for Midar ble det litt merkelig men han sovnet uansett, aldeles utmattet men med en god følelse i kroppen.

Da de våknet igjen var det til en dvergby i fullt kaos, det var dverger løpende rundt overalt og samtlige var væpnet. Meyret virket nervøs og Midar kjente energien der inne som noe rent fysisk. Dandar kom løpende, han var iført full rustning og lignet litt på en slags pansret skapning fra et eller annet sagn for rustningen hadde merkelige detaljer som fikk ham til å tenke på gamle tegninger av fantasidyr. Dandar peste og hvilte seg mot veggen, svetten rant av ham. «Dere er ventet i rådsrommet»

Midar rynket pannen og fulgte dvergen, Meyret så storøyd at til og med kvinnene der hadde trukket i rustninger, ikke så forseggjorte som mennenes men allikevel temmelig sterke. Rådsrommet var ikke særlig stort, et bord sto midt i det, og det var rundt og temmelig lavt siden alle skulle kunne se alt som foregikk på det. For øyeblikket var det dekket med kart og figurer og Dulgar og noen andre yngre dverger sto og gestikulerte ivrig. Et svært kart lå foran dem og Meyret bikket på hodet. Det måtte være et kart over selve byen, alle nivåene og gangene der og det var særdeles komplekst og innviklet. Hun rynket pannen, noen hadde tegnet inn noe som måtte være sperringer her og der og hun forsto at dvergene hadde en plan.

Dulgar gliste da han så dem og bukket på hodet. «Vi har brukt tida godt som dere ser, men vi har ennå noen få ting vi må bli enige om her»

Noen eldre og ærverdig utseende dverger så ut som om de hadde smakt på noe surt og en surmulende dverg ser virkelig gretten ut. Midar så ned på kartet, han forsto ingenting. Dulgar pekte på det. «Ser dere? De beistene kommer nedenfra, vi akter å sperre dem av på nivået under smiene»

Meyret løftet hodet. «Sperre dem av?»

Dulgar nikket. «Ja, det er ikke noe vi dverger ikke kan få til med stein. Det er bygd inn falldører i de fleste hovedgangene. Sjaktene er et problem men om de ikke har tau er det vanskelig å klatre opp, veggene er glatte som speil og det er gjort med vilje.»

Meyret så tvilende ut. «De kan åpne porter og komme seg videre slik»

Dulgar gliste skjevt. «Kanskje, men denne byen har mange overraskelser, hadde vi vært klar over det angrepet som kom og fått forberedt oss ville det gått annerledes.»

Midar så ut over gruppen av dverger. «Allikevel vil jeg si at dere tar det veldig pent»

Dulgar trakk på skuldrene. «Kanskje, vi er stoiske, det er i blodet vårt. Men de av kvinnene som ikke slåss og barna og de gamle er sendt ut, vi har hemmelige skjulesteder rundt omkring i fjellene, og de finner en ikke med mindre en er en av oss. Tro meg»

Meyret nikket. «Jeg tror deg, men bare å sperre av et nivå er vel neppe nok?»

Dulgar trakk frem et annet kart, det var mindre enn det store med færre detaljer men Midar så at det viste noe helt annet. «Dette er et kart over vannkanaler i fjellet. Vi har temt dem kan du si, fører vann dit vi trenger det, blant annet badene. Vannet i badene er en blanding av vann fra dypet som er særdeles varmt og vann fra vanlige vannårer, så får vi en god temperatur. Men vi har lagre i fjellet, svære haller fylt med glovarmt vann.»

Meyret måtte flire. «Dere vil skylle dem ut?»

Dulgar nikket stolt. «Drukne dem som rotter. De liker ikke ild gjør de vel? Vi regner med at kokende vann er like ille. «

Midar måtte trekke på smilebåndet også. «Jeg vil tro det ja, jeg har sett hva som skjer om noen havner i kokende vann, det er ikke pent. Selv om de sjelløse er lagd annerledes enn oss bør det ha en effekt.»

Meyret lente seg over kartet. «Men hvordan vet dere at de er der nede? Dere kan da vel ikke ofre enda flere?!»

Stemmen hennes var temmelig opprørt og Dulgar pekte på noen fargerike flekker på kartet. «Nei, ingen fare. Vi kan ikke sløse med liv. Vi har feller der nede, om de blir utløst åpnes lukene seg og vannet slippes løs.»

Midar vætet leppene. «Si meg, hvor dypt går egentlig hoved sjakten?»

Dulgar så fort på et par av de andre dvergene og de utvekslet noen ord. «Det er det ikke lenger noen som vet. Den ble avsluttet for svært lenge siden, det er svært varmt der nede, det er alt vi vet»

Meyret nikket sakte. «Den gir varme til byen ikke sant? Varm luft stiger gjennom den»

Dulgar nikket. «Om de beistene blir skylt bort havner de i hoved sjakten, og jeg tror ikke temperaturen der nede er direkte helsebringende for de ubeistene, selv om de skulle overleve selve fallet.»

Meyret smilte fremdeles, det var noe nesten illevarslende i øynene hennes. «Jeg regner ikke med at det er de neste fellene dere har?»

Dulgar så litt skyldig ut. «Selvsagt ikke. Vi kan å forsvare oss, en dvergby er normalt sett veldig vanskelig å innta. Men da de udøde uhyrene angrep var det ingen forvarsel og vi kunne gjøre så lite mot slike angripere, og de var få også.»

Meyret nikket, hun strøk hendene over kartet. «Det er styrke i antall, jeg tror det er den strategien denne fienden bruker. Er fellene klare?»

Dulgar nikket sindig. «Ja, samtlige er armert og dørene er senket. Og om de virkelig klorer seg fast kan vi tappe rennende slagg fra smiene rett ned i gangene.»

Midar ristet på seg. De var virkelig blodtørstige. Men han hadde stor erfaring med feller av alskens slag og dvergene gjorde som mange rikfolk, bare i større skala. Meyret så på det store kartet igjen. «Kan dere stanse dem lengre oppe også?»

Dulgar nikket og pekte på noen punkter i kartet. «Vi stenger av samtlige nivå oppover, sjakta er eneste veien opp eller ned og alle heisene trekkes opp til toppen. Vi tviler på at de er smarte nok til å se kablene og vite hva de kan brukes til. Skulle de mot formodning ha nok vett til å bruke kablene kan de enkelt slippes løs fra toppen av sjakta. Det er enkelt for oss å trekke systemet om igjen.»

Midar så for seg det svarte gapende dypet og gyste fra hode til fot, å prøve å klatre opp kabelsystemet var noe han tvilte på at noen intelligent skapning ville prøve men de sjelløse? Han regnet med at de ville gjøre alt for å komme seg oppover.

Meyret la hodet på skakke. «Dere vet at de aldri må få nå dere? Om dere blir bitt forvandles dere til sjelløse også, og de har andre og enda verre metoder også ellers kan du kalle meg et esel.»

Dulgar nikket. «Ja, men de er lite glade i dagslys. Vi vil ikke forlate byen her om vi ikke absolutt må men blir det nødvendig evakuerer vi stedet. Vi kan klare oss der ute i fjellene, flere små grupper er neppe så attraktive som en stor samling dverger å synke tennene inn i»

Meyret smilte og blikket hennes var fjernt. Midar så smalt på henne. «Hva tenker du på?»

Hun trakk på skuldrene. «Noe jeg husker, eller, jeg vet ikke om det er mitt minne eller et jeg har fått fra en annen drage, for uendelig lenge siden. Vi kunne dele minner, om vi stolte på hverandre og var vennlig innstilt»

Midar ble forbauset. «Du kan huske mere nå enn før? Og det du gjorde der i den store hulen, du kunne ikke bevege ting før, eller lage ildkuler. Du blir sterkere»

Hun virket usikker, hendene beveget seg litt rykkvis. «Ja, eller, kanskje. Jeg kjenner meg ikke noe annerledes men jeg tror at magien som bant meg svekkes. At jeg får tilbake mer og mer av kreftene mine»

Midar klemte handa hennes. «Det er bra er det ikke?»

Hun rødmet svakt. «Jo, men jeg skjønner det ikke. Kroppen jeg bærer er menneskelig, den har slike begrensninger!»

Midar lente pannen mot hennes. «Du er en drage Meyret, ikke noe kan endre det. Det er kjernen i hva du er. Om du nå fysisk sett er menneske aldri så mye så kan det ikke endre sjelen i deg. Husk det.»

Hun skar en grimase. «Jeg håper bare at jeg slipper å kjempe igjen, jeg var så sliten Midar, så forferdelig sliten. Og det etter noe som før bare ville vært en bagatell.»

Han strøk ei hand gjennom det merkelige sølvfargede håret. «Det kommer tilbake Meyret, du blir sterkere. Tro meg»

Dulgar slo hendene sammen. «Vi har forberedt oss vel, og vi kan egentlig bare vente på at beistene går i fella.»

Det var forventning i blikket hans og Meyret trakk på smilebåndet. «Synd vi ikke kan se det som skjer»

Hun snudde seg og brått sto Natt og Mørke der, Buskehale satt på ryggen av Natt og stelte pelsen, den raste bort til Midar og vaglet seg på skulderen hans som før og hvinte frydefullt. Meyret knep øynene sammen. «Eller?»

Hun gikk bort til de to enorme ulvene. «Natt og Mørke, kan dere flytte dere ned dit og holde et øye med ting, og la meg vite hva som skjer?»

Begge logret med halen og slikket henne på handa og brått var de borte, som sunket i bakken. Meyret blunket og øynene hennes var blitt mørkere på farge, nesten svarte. Dulgar måpte og glante på henne og de andre dvergene hadde et uttrykk av ærefrykt på de skjeggete ansiktene. Meyret var brått langt der nede i fjellet, det var mørkt og råttt og gangen var temmelig smal men hun visste på et eller annet vis at alle gangene der endte opp i hoved sjakta og de helte svakt mot den. Det var stille men hun kjente lukter og slikt bedre enn før og forsto at hun så gjennom øynene på en av ulvene og delte dens sanser. Brått hørte den noen svake pipelyder og en slags skraping og opp gjennom gangen presset det seg en sann masse med sjelløse. Det var flere hundre av dem og de virket svært ivrige og hveste og knurret til hverandre. De presset seg frem som en ustoppelig masse og virket ikke for å se ulvene, antagelig var de to skapningene i stand til å gjøre seg selv usynlige. Gangen endte brått rett etter en sving med en litt større utvidelse før en dør. Den var særdeles solid og så ut som om en del av fjellet var falt ned i dertil egnende falser og det gjorde det umulig å skyve den vekk eller opp igjen. De sjelløse skrek rasende, fordreide klo hender rev mot steinen og brått sank en liten del av bakken foran døra ned, kun et par centimeter men et svakt klikk var hørbart og Meyret visste at ene fella var utløst. «En felle ble nettopp løst ut»

Stemmen hennes var tonløs og hun gispet lavt. Nå så hun til fulle hvor dyktige dvergene var til å forsvare seg. Luker åpnet seg overalt i gangen, de var ikke store, kanskje en tre fire tommer i hvert retning men de var genialt plassert. Noen kom rett ovenfra mens andre var rettet inn sidelengs og noen åpnet seg også langs golvet. Massive stråler av vann skjøt ut av lukene og vannet var kokende varmt, dampen fylte gangen totalt. De sjelløse skrek vilt, desperate vræl og de ble feid med av det voldsomme trykket og Meyret følte en trang til å hyle av fryd mens de sjelløse raste nedover gangen og siden alt hellet mot den enorme hoved sjakta raste vannet mot den. Skåldede og halvdøde sjelløse skjøt ut i løse luften over det som nå var et nytt fossefall og de forsvant ned i mørket. Ingen av disse skapningene hadde klart å klore seg fast, samtlige ble skylt ned. Meyret så at skyer av damp steg opp fra sjakta og hun svelget sakte. «Fellen virket perfekt. De fikk en varm flytur» Dulgar gliste og nikket. «Nettopp, forfedrene våre var gode til å lage feller.»

Midar trakk et lettelsens sukk. «Da er vi rimelig trygge her?» Meyret så litt tvilende ut. «Ja, jeg vil tro det, med mindre de har noe djevelskap vi ikke har støtt på til nå»

Midar så smalt på henne, han håpet at hun tok feil, ved alle guder som han håpet det.

Cian

Vinteren hadde vært en hard påkjenning om de ikke hadde hatt borgen, med så mange mennesker samlet ville det blitt vanskelig å brødfø seg og overleve i villmarka men nå var de i den situasjon at de i det minste hadde ly. De husdyrene de hadde brakt med seg gav da i det minste noe mat og det var fremdeles en del vilt der. Men de levde ikke akkurat i luksus og alt måtte rasjoneres, brød var det snaut med så de spedde på det vesle melet de hadde med bark og mange slet med hard mage og den slags plager som resultat. Det var ingen festing der slik Cian var vant med, de festene de hadde hatt var tamme sammenlignet med hva han hadde opplevd før men ikke mindre helhjertet, kanskje mer enn de storslåtte gildene han hadde deltatt i før. Folk var glade for at de var i live, så enkelt var det. Men matmangelen økte mens våren sakte krøp nærmere dag for dag, det lysnet igjen men snøen lå fremdeles dyp mange steder og Cian begynte å frykte for at de skulle gå tomme for mye. De hadde sanket mat på vei dit og de hadde prøvd å dyrke litt i de solvendte liene før snøen kom men det holdt ikke lenge. Hestene hadde ennå høy nok for det hadde vært lagre med det gjemt bort i et lager som faktisk hadde vært både tørt og tett. De få kyrne de tok med melket lite, røverne som hadde drept eierne deres hadde neppe visst mye om dyrestell så samtlige hadde sett mer eller mindre ut som sagkrakker men noen av flyktningene som hadde kommet til visste å drøye foret med mose og lav og andre ting også og nå så dyra bedre ut. Cian unnet seg sjelden noe ikke de andre også fikk nyte glede av, han kjente at den dårlige kosten tæret på styrken hans men han greide seg forbausende bra sammenlignet med mange andre. Allikevel var det mange bekymringer som tårnet seg opp,, det var barn og ungdom blant flyktningene og de trengte et godt kosthold for å holde seg friske. Mange var slappe og svake og mødrene var svært nervøse.

Det var Reinu som kom med et forslag, de greide neppe å finne mer vilt for området var uansett ikke særlig rikt på den slags men en av sidedalene lengre ned mot lavlandet hadde en svært stor og stri elv og der burde det være fisk, og kanskje andre spiselige ting også. Reinu mente at slike elver gjerne har muslinger og hun visste hvordan en fisker slike. Hun hadde alt smidd noen redskaper som kunne brukes til den fangstformen og flere andre hadde også prøvd det før. Dessuten kunne det graset som vokste på elvesteiner brukes som for og noe av det var spiselig for folk også. Cian godtok ideen med en gang, og han hjalp til med å organisere det. Flere lag ble sendt ut til ulike deler av elva og utstyr ble lagd og utplassert. Det var farlig arbeid, kaldt og hardt også så kun de sterkeste og dyktigeste fikk lov til å prøve. Noen ungdommer ble også med for å lete etter nøtter og slikt i skogene rundt der, en av de kvinnene som hadde kommet til visste hvordan en finner de forrådene ekorn og andre dyr legger til side for vinteren og selv om det ikke var mye en fant om gangen hjalp det på utrolig. Cian hadde aldri trodd at så mye egentlig kunne brukes for å spe på maten, noen barn ble satt til å fange mus og andre smågnagere som kunne sprøstekes og spises slik, og til og med maur var brukbare. Grov en seg ned i tuene fant en larver som kunne stekes og i døde trær var det fete åmer som også kunne spises. De aller fleste ble travelt opptatt med å få folk og dyr gjennom vårknipa.

Den store sjauen med å skaffe mer mat gav folk noe å fokusere på, noe som tok tankene vekk fra vanskene de hadde møtt og stedet ble mer livat etter som nye ting ble brakt inn. Når snøen minket ble det mulig å ferdes litt mer rundt og en ettermiddag kom en av vognene de hadde sendt ut tilbake helt fylt med en slags viltlevende knoll noen hadde funnet i en solfylt li der jorda hadde tint allerede. Knollene var store som en manns underarm og en smule treete men når de ble malt opp og blandet med litt honning var mosen både nærende og god. Noen andre fant også en slags sopp som ble spiselig etter å ha vært frossen og etter hvert begynte matlagrene å fylle seg igjen. Cian visste at det trengtes, soldatene var i trening og behøvde alt de kunne få tak i for å bli sterke nok til å slåss og nå som veiene sakte ble farbare igjen måtte de også være på vakt overfor farer. Bronseklo og Karma patruljerte området med iver, de brakte hjem vilt rett som det var men hjortene var radmagre og noen kaniner og harer bunner lite når det var flere hundre munner som måtte mettes. Fisket viste seg å være en brilliant ide for elva hadde en stor bestand av svære fisk som lignet litt på laks men var mer langstrakte. De var delikate stekt og skinnet var så seigt at det kunne garves og brukes til å sy ting. Muslinger var det også der i mengder og noen av de sterkeste karene trakk en slags metall rive over bunnen og fikk opp store mengder elvegras.

Cian savnet vin, virkelig god vin som den som hadde blitt servert ved Marcellius hoff men det var lite å gjøre med det. De hadde bare hatt med noen få krukker med vin og den var drukket opp selv om den var temmelig sur. Lyindia og de andre kvinnene der gjorde sitt beste for å skape god mat av de merkelige ingrediensene og sakte men sikkert fikk folk fargen tilbake i fjesene og energien returnerte også. Mange av de som var kommet til hadde mye nyttig å fortelle og Cian hadde skrevet ned alt av interesse nå, han satt ofte og prøvde å finne hode og hale på alt og Lyindia var ekstra nyttig siden hun var belest og kjente landene ganske godt. Det hendte at Cian lot døra være ulåst om kveldene nå, ikke ofte men av og til og Georg ville komme til ham nesten hver gang. Bare det å sove inntil en annen varm kropp roet ham ned betraktelig og han nøt også de andre gledene vennen gladelig gav ham.

Men ettersom vårsola steg på himmelen kom også frykten for at flere flyktninger ville dukke opp, Cian satte ut vaktposter ytterst i dalen og gav ettertrykkelig ordre om at alle som nærmet seg måtte stanses og forhøres. De kunne ikke med god samvittighet be folk pelle seg vekk, men de kunne ikke risikere at noen av de omvendte kom seg nær nok til å skape problemer. Cian hadde følt seg temmelig sikker på at disse tiltakene var nok men en temmelig kald og vindfull dag forsvant brått to ungdommer som var gått ned til elva for å hente noen fisk som var hengt opp i den enkle røykings bua over natta. Først trodde alle at de to bare hadde tatt seg en tur på egenhånd for å ha litt privatliv men de var og ble borte og Georg og et par andre menn gikk ut for å lete. Det kunne være at de to hadde sett dyr eller noe og besluttet å følge etter, enda de langt ifra var dyktige jegere.

Da heller ikke Georg og de to kom tilbake før det ble mørkt forsto Cian at noe virkelig var galt, og han ble svært nervøs. Noen eller noe var der i dalen med dem og han likte det slettes ikke. Han engstet seg for Georg, mannen betydde mye for ham nå og tanken på å miste ham var forferdelig. Karene hadde vært til fots så de kunne ikke ha kommet lagt av lei, det tydet på at det som hadde hindret dem i å vende hjem var forholdsvis nær men siden de ikke hadde sett ild eller røyk tydet det på at det ikke var mange, om det var folk. Cian samlet ti soldater og neste morgen gikk de ut, før soloppgang og samtlige var væpnet og hadde trukket på seg kapper lagd av hvitfarget sekkestrie. Karma fulgte ham som en skygge og Reinu var blant de ti han valgte ut. Hun var i stand til å kjempe, og hun var såpass nett at hun kunne overraske en fiende med styrken hun tross alt hadde.

Skogen var taus og de fant sporene og fulgte dem, det var ikke enkelt for sola hadde fått snøen til å råtne og alle spor så like ut nå men Cian forsto at ungdommene virkelig hadde gått til elva. Han forsto godt hvorfor dette området ble henvist til som de tre vinders fjell for med retningen på dalførene fanget de opp vind fra alle retninger og skapte en sur bitende trekk som bet uansett hvordan en kledde seg. De som bygde borgen hadde neppe tenkt på det men heldigvis var den plassert i le for de verste vindkastene. Her nede i dalføret med elva var det derimot iskaldt og en temmelig rå eim fra de mange strykene gjorde bakken farlig og glatt der folk hadde gått. Det var Reinu som fant spor først, ferske så dann. Og de var ikke etter noen av de som hadde forlatt borgen for støvlene var tydelig lagd av pels og temmelig primitive. Det fikk hjertet til å synke i Cian, det tydet på at dette kunne være enda en gruppe med simple røvere og ille gjerningsmenn og han signaliserte til mennene at de nå gikk i angrepsposisjon. Karene spredte seg ut, beveget seg sakte og Cian kjente brått en eim av sur røyk. Det var ikke mye men noe og han kjente også lukta av svette og vått lær. Sakte snek de seg fremover, det var et søkke i terrenget der og en tett klase med forvridde grantrær spredte røyken fra det som måtte være et nødtørftig sammenrasket bål. Cian krøp fremover, Reinu fulgte ham og hun hadde to hammere i beltet og en kraftig kniv. Hun var så avgjort ikke av det slaget som trekker seg tilbake og lar andre gjøre jobben for seg.

Cian trakk pusten dypt, det var mange der nede, minst femten mann kledd i skinn og slitt ull og han så flere fanger bundet sammen bakerst i søkket mellom noen steiner. Han så Georg og trakk et lettelsens sukk da han skjønte at mannen var i live men hvordan skulle de fri ham og de andre lettest mulig? De to ungdommene var også tjoret der men Cian så at det var enda flere personer i gruppen av fanger. Bakerst skimtet han i hvert fall to personer som satt med ryggen til og begge to virket for å ha svært langt hår. Kvinner? Han kunne skjønne hvorfor kvinner ble kidnappet men ungdommene og de tre karene? Hva ville disse mennene oppnå?

En av de femten var tydelig lederen for han bar på et forholdsvis godt sverd og selv om han var liten og en smule merkelig bygget virket han hensynsløs og rå. Det var noe i ansiktet som fikk Cian til å gyse. Mannen gikk frem og tilbake foran bålet og det glimtet i en slags medaljong på brystet hans. Cian svor innvendig, han hadde sett tegninger av slike, lagd av flyktninger. Denne mannen var en av de som fulgte den nye gudinnen, en prest eller noe lignende. De måtte ha sneket seg inn i dalen om natta siden ingen av vaktene hadde sett dem og Cian så seg rundt, karene var alle skjult og klare og han gav tegn til at de fikk vente. Han ville høre så mye som mulig før han gjorde noe som helst.

Karen der nede fikk overrakt en bolle med noe som måtte være suppe fra en heller duknakket mann som var tydelig skamklipt og også rimelig blåslått. Antagelig var dette hakkekyllingen i denne flokken av misdedere og han så temmelig ung ut også. Cian smilte svakt for seg selv, et svakt punkt var funnet, nå gjaldt det å utnytte det. Han krøp sakte tilbake mot karene og nikket til en av dem. «Jorgan, du er en ekspert på å herme dyr, kan du klare å høres ut som en skadd hjort?»

Jorgan nikket, han gliste bredt for han forsto planen. Han snek seg bort og fikk god avstand mellom seg selv og den bolleformede fordypningen mens Cian snek seg tilbake til der han hadde ligget. Det gikk en stund, så hørte de et svakt men tydelig forpint hvin som bare kunne komme fra en hjort med alvorlige skader. Karene der nede i gropa så på hverandre og gliste og ledcren hugg tak i den yngre karen og en annen mann og kylte dem formelig oppover bakken. Det var tydelig at de var sendt for å skaffe lettvinn mat. Cian så at den yngre karen haltet stygt, og han bar på et spyd mens den andre mannen hadde et sverd og en øks i beltet samt et mye bedre og skarpere spyd. Cian plystret svakt som en meis og i det de to rundet en rotvelte ble det prompte slått i bakken bakfra. Den unge karen ble bakbundet og halt bort og den andre mannen ble kneblet og skjult under granbar og snø i tilfelle noen kom for å se etter dem før Cian var klar til å gå til motangrep.

Cian fikk Reinu og et par av de andre til å stå vakt før de vekket ungdommen med litt snø rett i fjeset. Fyren gispet og rullet med øynene og så ble han helt blek og stirret med vantro blikk på Cian. Karma sto rett bak dem så antagelig var det katten som gutten la merke til først og Cian trakk pusten dypt og så skarpt på karen. Han var virkelig svært ung, kanskje ikke mer enn rundt femten seksten og svært tynn. Cian veide dolken sin i handa, betraktet den ettertenksomt. «Hvem er dere, og hva gjør dere her? Snakk frivillig og vi vil se til at du får mat og drikke og blir tatt vare på, hold kjeft og du blir middag for s'hagaen min her.»

Gutten pep, han stirret fremdeles på Karma og det rykket i beina på ham. «Ok, la oss begynne med noe enkelt. Hvem er sjefen deres?»

Gutten blunket febrilsk. «Han...han er Ahmedar, av Arzam. Han...han kan magi!»

Cian knep øynene sammen. «Han kan magi. Vel, det er jo enestående kvalifikasjoner, hva mer?»

Gutten peste rent. «Han drepte forrige sjefen vår, med magi. Kvalte ham bare med viljen, han vil lede oss til storhet, i gudinnens navn»

Cian trakk pusten. «Akkurat ja, så gudinnens tilhengere verver uslinger og banditter også nå, godt å vite til senere. Hva slags planer har han?»

Gutten så ned i snøen. «Han....han vet om at det er folk her inne, har sett røyk. Han vil tvinge alle til å omvende seg, ved å presse med fangene»

Cian rynket pannen. «Det blir neppe noen sann omvendelse da tror jeg, det vil bare virke til han snur ryggen til. «

Gutten nikket. «Han har magi sier jeg, han kan vende viljen til folk med den. Han sier at gudinnen selv har gitt ham den makten. Han skal stanse de som prøver å flykte inn i mot fjellene, gudinnen har vist seg for ham og bedt ham gjøre det, så blir han mektig.»

Cian følte et fort stikk av uro. «Så magien hans kan få folk til å miste vettet, hvordan gjør han det?»

Gutten snufset. «Jeg vet ikke, jeg er aldri med når han oppsøker folk, jeg er bare en kokk»

Cian sukket. «Jeg ser det, du er alt for ung til å gjøre stort utav deg annet enn som tjener. Vi skal ikke skade deg, vi skader ikke barn. «

Gutten snufset. «Takk, jeg…jeg ble tatt med av dem, for snart et halvt år siden, siden jeg kunne lage mat»

Cian reiste seg sakte og uttrykket hans var tankefullt. Han skar en grimase. Han var udødelig, og antagelig temmelig immun mot magi også, han regnet med at den forbaskede juvelen hadde gjort krav på ham i så måte. Men de andre var ikke usårlige og han forsto at om det virkelig var noe i det gutten sa så måtte Ahmedar tas ut først. Ellers gikk alt skeis. Og den som måtte ta seg av det var ham. Han snudde seg mot Reinu.

«Du så fangene, kan du snike deg ned dit og skjære dem løs?»

Reinu nikket og to av karene ble med henne, Cian så stivt på de andre. «De av dere som kan skyte med pil og bue, gjør dere klare. Jeg går etter lederen, jeg tror jeg er den eneste som kan gjøre det uten fare. Om han kan forvrenge hodet på slike råskinn som dette er det noe i det. Jeg vil finne ut akkurat hva!»

Noen av karene så litt nervøse ut. «Men om han har magi…»

Cian bare gliste. «Tro meg, jeg kan hanskes med det, jeg vil bli kvitt dette før det vesenet får spredt giften sin videre.»

Han rettet seg opp og visste at han for øyeblikket ikke så ut som noen borgherre akkurat, han bar de samme klærne som de andre men han var høy og velbygd og selv en blind kunne se at han var mer enn bare en vanlig arbeider. Han nikket mot karene. «Vær klare, når jeg har uskadeliggjort den karen tar dere de andre. Reinu vil befri fangene, jeg tviler ikke på at hun klarer det»

Han plystret på Karma og den enorme katten slikket seg om munnen og labbet etter ham med forventning i blikket. Nå var den nesten høyere enn ham og like stor som Tordenkile, de fleste som ikke hadde sett den før svimte nesten av når de så den. Cian sjekket at sverdet satt løst og så gikk han. Han aktet ikke å vente med dette, nå var tydeligvis hele banden samlet der og han hadde muligheten til å virkelig finne ut hvor mye makt disse prestene hadde. Noen hadde gitt den til dem, men han tvilte på at det var noen gudinne, god eller ond. Det smakte av verdslig makthunger eller noe enda verre og han flekket nesten tenner. Han var usårbar, nå fant han ut om det også gjaldt såkalt magi. Han hadde mer tro på at dette var taskenspill av noe slag men han hadde alltid hatt et åpent sinn. Han gav Karma signal til å vente bak ham og katten blottet tennene i noe som lignet på et smil, om noe gikk galt kom Karma garantert til å kunne distrahere fienden. Han gikk rett på, kom frem til fordypningen med sola bak seg så de ikke så detaljer riktig med en gang. Han satset på å oppføre seg om en ridder, en utsending eller noe slikt. Han trengte ikke å røpe at han var lederen der ennå. Han bare håpet at Reinu greide å befri fangene, han kunne ikke ta sjansen på at de ble brukt som levende skjold. Han hadde slengt av seg den hvite kappen og klærne han gikk i var godt brukt men fine nok til å skape en følelse av respekt. Mennene der nede reagerte med tydelig sjokk, flere grep etter våpnene sine og Cian sto bare der, armene i kors over brystet og stirret ned på dem. Han lot som om han var forbauset og han så at Ahmedar løftet handa, gav tegn til at våpnene skulle senkes.

Reinu hadde krabbet ned i fordypningen bak noen trestammer og hun utnyttet det fakta at hun var smidig og rask. Fangene satt slik til at det var vanskelig å komme til dem men hun var sterk og hun hadde en god kniv klar i beltet. De var bundet med reimer av råhud og hun så at de to fremmede var de første hun måtte befri siden de satt nærmest. Hun ventet bak steinene, Cian måtte avlede oppmerksomheten før hun gjorde noe og hun beundret motet hans og måten han utsatte seg selv for den største faren i stedet for å risikere andre. Hun så at han dukket opp og mennene snudde seg mot ham og hun krøp frem uten en lyd. De to ukjente personene satt side ved side, begge lente seg fremover som om de var utslitt og Reinu så at ansiktene var dekket med langt brunaktig hår. Det var merkelig silkeaktig og begge var lange og smekre, hun fikk en merkelig følelse og kremtet lavt. Begge to løftet hodet og hun gispet nesten men greide å holde seg stille, de var ikke mennesker. Hun hadde aldri sett slike skapninger før, hun ante ikke hva de kunne være for noe i det hele tatt.

Begge to var utrolig vakre men trekkene var ikke menneskelige, øynene var for store og smale og skrå med pupiller som på en katt og dypt lysende gylne. Ansiktene var trekantet på form med høye kinnbein og en smal og elegant buet nese som minnet henne om en slags snute, munnen bred med smale lepper og hun så at begge hadde hoggtenner. De var katt aktige, noe annet ord beskrev dem ikke godt. Ørene var svært store og pelsdekket og de stakk frem av det lange håret og de rørte seg svakt. Reinu antok at det var en hann og en hunn, begge var kledd i de samme enkle skinnklærne men den ene hadde smykker om halsen og trekkene var finere, mer elegante. Hun hvisket lavt. «Jeg er her for å befri dere, skjønner dere?»

Begge to nikket svakt, de så overrasket ut men lagde ikke en lyd i det hun gled nærmere. Hendene var temmelig brutalt surret og hun ble ikke forbauset da hun så at begge to hadde forholdsvis store hender med lange fingre og de hadde klør i stedet for negler. Hva i alle guders navn var disse skapningene? Hun skar seg gjennom råhuden med letthet og begge to gned håndleddene og slapp henne forbi dem. Georg var bevisst og ble var henne og øynene lyste opp. De to andre var ikke bevisst og hun kjente lukta av blod og ble nervøs. Fort skar hun dem løs, ingen av karene der ute stirret i retning av fangene og Georg hveste fort. «Den djævelen der er et utyske, jeg aner ikke hva han egentlig er men det han gjør er ikke menneskelig.»

Reinu bare nikket og krøp videre til de to ungdommene. Hun fikk løs dem også, begge to virket svært redde og gutten hvisket til henne. «De ville vite hvor mange folk det er i borgen og hvem de er, vi løy og sa at vi ikke er mange, og at vi bare er flyktninger. Vi sa ikke noe om soldatene og Cian» Reinu klappet dem fort på kinnet. «Godt, kryp opp bak steinene, la dere ikke bli sett.»

Georg ristet ut stivheten i armene. «Olab og Iver ble slått ut, de prøvde å tvinge ut av dem hvor mange menn vi er til sammen men de nektet å si noe. Jeg lot som om jeg var halvtussete og svarte bare helt borti natta så de hev meg hit.»

Reinu smilte og sjekket de to. Begge var i live så avgjort men hadde en del stygge kutt og blåmerker og hun ble bekymret for Iver for han virket temmelig medtatt. De to fremmede satt på andre siden av steinene ennå, stirret på henne med de merkelige nesten lysende øynene. Hun følte et stikk av uro når hun så på dem, de var rovdyr, hun sanset det, og var de vennligsinnet eller en ny fiende?

Cian stirret ned på gruppen av menn, han bikket på hodet. «Jeg er Sobhar av Solemida, hvem er dere og hva gjør dere her?» Han gjorde stemmen autoritær og lederen så skjevt på ham.

«Vær hilset Sobhar, jeg er Ahmedar, vi er reisende kan du si. Hva gjør en kriger som deg her i villmarka?»

Cian smilte innvendig. Karen prøvde å smigre og samtidig fiske etter opplysninger. «Jeg tjener min herre Pedram av Sølverhøy.»

Ahmedar rynket pannen. «Sølverhøy, hva gjør han her i fjellene, så langt nordøst?»

Cian trakk på skuldrene. «Prøver å komme vekk fra krigen så klart»

Ahmedar smilte forbindtlig. «Så din herre er av adelen, har han mange menn?»

Cian lot som om han var litt tett i pappen. «Noen, kanskje tjue? De fleste stakk på veien hit, forbaska feiginger»

Ahmedar smilte enda bredere. «Vi har dessverre havnet på villspor, og leter etter ly og mat.»

Cian gryntet kort. «Dere er ikke alene, vi har sendt bort mye pakk i det siste, går visst en vei over fjellene her et sted»

Ahmedar fikk et beregnende uttrykk i ansiktet. «Du sier ikke det. Jeg vil svært gjerne få snakke med din herre, jeg tror jeg har informasjon som vil interessere ham»

Cian skar en grimase. «Min herre vil ikke møte folk, han er veldig spesifikk på det. Bare adelige er velkomne hos ham»

Ahmedar så brått litt irritert ut og han prøvde å se vennlig ut. «Om du bare tar oss med til ham kan jeg nok overbevise din herre om at det er i hans egen interesse å lytte til det jeg har å si»

Cian ristet på hodet. «Niks, herren har gitt oss ettertrykkelige ordre, ingen får bli med til borgen»

Cian så at Ahmedar spisset ører som en annen hund da han nevnte borgen, og brått gjorde Ahmedar en slags bevegelse med handa og hvisket noe. Cian følte seg brått omringet av et intenst mørke, annet kunne ikke beskrive det og noe i det minnet prøvde å tvinge ham til å adlyde Ahmedar, som om Ahmedar var den eneste som virkelig tilbød fornuftige alternativer. Han bet ikke på, det var som å helle vann på en gås for denne makten fikk ikke feste i ham, men han strakte seg ut inn i mørket og brått så han noe som fikk ham til å gispe. Han så ting gjennom Ahmedars øyne og så hans opplevelser. Han så at Ahmedar hadde vært en vanlig leiesoldat, men at han ble oppsøkt av en prest som lovet ham stor makt og Ahmedar bet på. Ahmedar hadde brått stirret rett inn i noe som fortonet seg som et sant helvete og et eller annet der hadde bundet seg til ham og gitt ham kraften til å overtale og omvende folk. Cian rakk å se horder av forferdelige skapninger i bakgrunnen før forbindelsen ble brutt og han var tilbake i sin egen kropp. Makten presset på og ville ha innpass i sjelen hans men han begynte å gå lei nå så han stengte sinnet av helt brått og han hørte at Reinu etterlignet en hakkespett. Fangene var trygge.

Han stirret på Ahmedar som virket litt lamslått, ingen hadde motstått kreftene hans før, hva var dette. Cian plystret og Karma svarte med et brøl fra avgrunnen, den enorme katten

dukket opp på kanten av fordypningen og flere av karene måpte. Cian snerret. «Åh men dere reisende er ikke velkomne her, for jeg vet hva dere er og hva dere egentlig tjener.»
Han hadde ikke slitt seg gjennom time på time med våpentrening for ingenting. Han var raskere enn en skulle tro og han nølte ikke lenger med å drepe. Han hadde skjønt at noe ganske annet enn gudinnen lå bak sekten som spredte seg, at det var noe mye mer ondsinnet som lå bak og at det hastet mer enn noen gang å utrydde denne falske troen. Sverdet hans gled inn i magen på Ahmedar som om mannen var lagd av smør og karen stirret ned i vantro, det var lite smerte i blikket for han skjønte ennå ikke hva som skjedde. Cian sendte ham et sardonisk glis. «Jeg løy, du er ikke såpass til prest engang at du kjenner igjen løgn så jeg tviler på at de du tjener er særlig gudelige, uansett hva de vil ha folk til å tro. «
Han vred bladet og trakk det ut og Ahmedar spyttet blod og sank sakte i kne, ansiktet uttrykte ren vantro, kanskje han hadde trodd at det ville gjøre ham usårlig men der tok han feil. Mennesker betydde ingenting for det som sto bak alt dette. De andre mennene sto der i taust sjokk helt til piler begynte å suse ned og brått var det en kamp på gang. Reinu raste frem fra bak steinen med en hammer i hver hånd og hun felte to menn med velplasserte slag. Karma raste frem og knuste en mann med et voldsomt slag med labben og Cian spant rundt og tok hodet av en som prøvde å stikke av. Det var voldsomt men fort unnagjort, soldatene var dyktige og det gikk bare et par minutter før samtlige av disse banditтene var døde. Cian spyttet på liket av Ahmedar og Georg kom ruslende frem, han var en smule medtatt men ok og Cian klemte ham fort. «Det svinet der prøvde å gjøre noe med de to andre men de var nok for sterke»
Cian skar en grimase som om han hadde smakt på noe motbydelig. «Ja, det funker nok best for enkle folk. De som ikke venter fare og er klare til å tro på alt som gir dem håp»

Georg strøk en hånd gjennom håret. «Guder, jeg er så skamfull, de slo oss ned bakfra og vi rakk ikke reagere i det hele tatt»

Cian smilte svakt. «De var feiginger, og bare ute etter å spre denne giften utover, ødelegge all motstand.»

Georg så litt nervøs ut. «Du gav ikke etter heller, men så er du sterk også.»

Cian nikket og la handa på skulderen hans. «Jeg så noe Georg, i sinnet hans. Det er ikke noen gudinne de tjener, de tror det men noe langt verre ligger bak. Noen vil ødelegge alt Georg, jeg følte det.»

Georg så brått nesten skremt ut. «Du tar neppe feil Cian, jeg kjenner deg»

Cian nikket og så at Reinu kom gående mot dem sammen med de to ungdommene og Cian sperret øynene opp da han så de to høye skapningene som fulgte henne. Georg bet seg i underleppa og de andre der glante åpenlyst. Reinu stanset og gliste skjevt. «Jeg gjorde som du sa, disse var blant fangene»

Cian så at de to var like høye som ham og det merkelige dyriske ved dem var svært påtrengende. Han følte at de vurderte ham like mye som han vurderte dem og han bøyde hodet fort i en gest som han håpet uttrykte respekt. «Jeg er Cian av Ohdrasar, av Felderi.»

De to bukket tilbake, de var virkelig vakre, på samme måte som Karma var vakker eller Tordenkile. Det som måtte være hannen av dem gjorde en gest foran dem. «Vi er Shuray og Ebhry av Nith. Vi er takknemlige»

Stemmen var dyp og merkelige behagelig å høre på, stemmen til et kultivert vesen og Cian ble svært nysgjerrig. «Vi gjorde bare det som trengtes, men tilgi meg min uvitenhet, jeg har aldri møtt deres rase noen gang?»

Ebhry smilte, de skarpe tennene lignet på katte tenner og fortalte i hvert fall at dette var farlige skapninger. «Få har møtt vårt folk for vi hører ikke lenger til i deres verden. Vi forlot

den for mange lange tideverv siden. Vi har ikke vært her siden
før dragenes herrer hersket.»
Cian rynket pannen. «Ikke i denne verden? Jeg forstår ikke?»
Shuray la armene over brystet, det virket for at han kanskje var
litt sterkere enn Ebhry men ikke mye. «Det er mange verdener
menneske, og vårt folk er glemt av din. Men vi var en gang en
del av den»
Cian følte seg forvirret og temmelig dum også, han hadde sett
litt vel mye på en gang. «Så hvorfor er dere her da?»
Begge to så på hverandre og det virket for at de snakket
sammen, men det var ikke en lyd å høre. Antagelig snakket de
direkte sinn til sinn. «Fordi vi vil hjelpe dere, våre seere vet at
vi må gjøre vårt, ellers vil også vår verden falle i fare og nød.»
Cian husket hva som hadde blitt sagt, de glemte venter... Han
trakk pusten dypt. «Javel, men hvordan kan dere hjelpe og med
hva?»
Shuray lagde en klikkende lyd. «Dere har ikke sett faren ennå,
men den kommer. Du er ikke som andre, skjebnen har valgt
deg. Så vi følger deg.»
Cian rynket pannen. «Hvordan kunne disse folkene fange
dere? Dere ser ikke ut som forsvarsløse skapninger akkurat»
Ebhry spyttet og freste som en sint katt. «Vi sov etter å ha blitt
fraktet til denne dimensjonen, vi var utmattet. Og de fant oss
før vi rakk å våkne.»
Shuray nikket. «Det var ren uflaks, jeg tror de ville se om de
kunne fange våre sjeler også men det lar seg ikke gjøre, den
magien virker ikke på vårt folk i det hele tatt.»
Cian mumlet bare. «Godt å vite til senere. Jeg så ting i sinnet
til denne Ahmedar, mørke ting»
Ebhry smilte stivt, skjønnheten var merkelig og fengslende.
«Hva vi er kommet for å advare dere mot. En eldgammel
fiende er i ferd med å vende tilbake.»
Georg trippet nesten der han sto, som noen som er tissetrengt.
«Ikke for å være uhøflig, men Iver er temmelig dårlig og ingen
av dem har våknet igjen. Jeg vil få dem hjem igjen, nå!»

Cian lukket øynene, følte seg skamfull. «Å guder Georg, jeg er så lei meg, selvsagt. Vi skal få dem hjem med en gang, og de to ungdommene også. Foreldrene er fra seg nå»

Han snudde seg mot de andre soldatene der. «Legg likene i en haug og dekk dem med tørre greiner, tenn på. Det er bløtt rundt her så liten fare for en skogbrann.»

Han grep tak i Olab som virket for å sakte komme til bevissthet igjen og la ham over ryggen på Karma. Georg tok Iver og Reinu ble med de to unge og så til at de ikke ble hengende etter. Begge virket rystet fremdeles men de var gode og sterke ungdommer. De ville komme seg raskt, bare de fikk tid på seg. Ebhry og Shuray fulgte etter dem som lydløse skygger og Cian ble fengslet av elegansen deres. De beveget seg så uanstrengt og det var som om de danset mer enn gikk. Olab våknet med en forferdelig hodepine og greide å sitte på Karma og klorte seg fast som best han kunne mens Georg bar Iver, Cian tok over av og til og da de omsider sto foran borgporten igjen var det sent. Foreldrene til ungdommene raste frem, fra seg av lettelse og Cian sukket lettet. De var trygge igjen, for enn så lenge.

Han så til at de to skadde karene ble tatt med til de som fungerte som helbredere og Georg ble der for å holde øye med dem. Cian tok Reinu og de to fremmede med seg til rommet som fungerte som spisesal og mange måpte av synet men ingen gikk eller oppførte seg uhøflig. De hadde tross alt en drage, hva gjorde vel to merkelige vesen som dette fra eller til? Han sørget for at begge fikk hver sin bolle med en slags stuing og begge åt ivrig, de var tydelig sultne og spiste behersket og allikevel raskt. Han så smalt på dem. «Det dere sa i skogen fortalte meg lite, kan dere utdype det?»

Shuray tørket seg om munnen og nikket. «Den enkleste måten å si dette på er at det er et angrep på gang, et angrep som vil skje ikke bare et sted men mange og som vil kaste alt ut i en evigvarende natt av død og fortapelse. Noen få sjeler kan snu det, og du er en av dem. Angriperne kommer fra en dimensjon

som er svært ulik denne men de er dødelige og mer
forferdelige enn dere kan fatte. Og deres herrer prøver allerede
å fjerne all motstand i de områdene der de ikke allerede har
kunne bryte igjennom til denne dimensjonen»
Cian bannet. «Det er de som står bak sekten ikke sant?»
Ebhry nikket sakte. «De vil drepe alt og alle, det er alt de
eksisterer for. Derfor må denne giften hindres i å spre seg. Det
er din oppgave Cian»
Han svelget stivt. «Jeg så meg selv i en drøm, det var drager
der, en enorm sølvfarget, en svart og en hvit»
Shuray smilte svakt, blikket var kvassere enn en hauks.
«Riktig, den siste drage vil gjenvinne sin fulle kraft via deg, og
være vårt endelige våpen mot fienden.»
Cian lukket øynene. «Juvelen, den forbannede rubinen ikke
sant?»
De to nikket bare og han gned seg i hodet, følte seg merkelig
sliten. «Så hva eksakt må jeg gjøre? Vi har allerede planlagt å
ri ut og kjempe mot prestene.»
Ebhry gjorde en slags flytende gest med handa. «Det vil være
nytteløst uten et eksakt mål, det vil være som å pirke en
kjempe i siden med en tannpirker.»
Cian måtte trekke på smilebåndet. «Vi har vel et slags mål, det
blir sagt at en av lederne holder til i vest, antagelig i retning av
Arzam havet.»
Ebhry nikket og blikket var fjernt. «Ja, han vil være et verdig
mål, gjennom ham kan mye oppnås men han vil møte også en
annen fiende, av eget blod. Det blir ikke det første målet du må
slå til i mot Cian, det er et mye nærmere.»
Shuray bikket på hodet. «På slettene, to hærer vil møtes, og i
kaoset vil de ikke kunne forsvare folket.»
Cian tenkte fort. «Kong Hanek og han de kaller dolkens
spiss?»
Ebhry ristet sakte på hodet. «Nei, noe forstyrrer der, noe vil
gripe inn og endre alt, en annen leder vil tre frem. Men du må
ta dine folk til slettene og vi vil vise dere veien. Det er et sted

dere må være på til rett tid, før fienden får muligheten til å ta kontroll over begge de to styrkene som er samlet der»

Cian sukket. «Javel, jeg får vel bare godta det. Men kan dere bidra med noe, annet enn å vise vei?»

De to smilte mykt, det glitret i blikkene. «Du vil se, tro oss, du vil se»

Cian himlet nesten med øynene, oppgitt og sliten. Enda flere gåter, greit, han var begynt å bli vant med det nå. Hadde han i det hele tatt noen ting å si når det angikk hans egen skjebne? Åpenbart ikke!

Lamara

Lamara satt ved elva igjen for å tenke gjennom ting da et par
alver brått kom løpende, de virket temmelig oppskjørtet og hun
forsto at et eller annet var svært galt. Hun reiste seg usikker og
nervøs og den ene, en høy lyshåret mann grep tak i henne. «Du
må bli med oss ærede, det er fare på ferde»
Lamara så vantro på dem. «Hva slags fare?»
Alven skar en grimase. «Mørkets skapninger, de vet at du er
her.»
Hun lot seg bli halt med gjennom underskogen. «Men...er de
ute etter meg?!»
Alvekvinnen nikket stivt. «Ja, de er nok redde for at du skal se
hvordan de kan bekjempes»
Det var i og for seg logisk og de to alvene halte henne med til
en lysning i skogen der en sirkel av enorme steinstøtter
nærmest formet en slags katedral. Lamara følte makten der,
den var som varme kjærtegn mot huden og hun måpte da hun
så at mange av steinene rommet vakre krystaller som virket for
gløde intenst. «De andre?»
Mannen smilte stivt. «De vil være med å forsvare landsbyen
her, du er trygg her Lamara. Sjamanene vil komme nå, og
forberede deg til å innvies. Vi kan ikke vente, at fienden har
dukket opp forteller oss at tiden begynner å bli knapp»
Lamara hørte rop i det fjerne, og noe som lignet håse brøl,
Bhikoor? Hun stirret storøyd på de to. «Åh guder, jeg...jeg
trodde ikke at det skulle skje så fort»
Kvinnen smilte svakt. «Det gjorde ingen av oss men Fhirdhag
har gitt ordren, om du er vekket er du sterkere enn nå, og kan

gjøre mer enn før. Bry deg ikke med kampene og fienden, vi vil holde dem unna»

Lamara følte at kald uro gled nedover ryggen hennes, hun så at flere alver dukket opp, de var kledd i merkelige enkle antrekk av skinn og samtlige hadde tatoveringer og underlige mønstre tegnet over huden. Noen bar på trommer og fløyter og andre hadde store kar og boller i hendene. Hva som var i dem var umulig å vite. En av mennene der virket for å være en leder, han var kun iført et lendeklede og håret var ubundet og så langt at det rakk ham til leggene. Lamara måtte beundre den dype ravnsvarte glansen i det, hun var fremdeles fengslet av den merkelige skjønnheten til dette folket. Den var menneskelig og allikevel ikke. Merkelig eterisk og flytende var kanskje det som beskrev dem best. Hun ante at disse alvene var utrolig gamle men det var ikke synlig, en bare sanset det på et vis. Det var visdom der så uendelig mye dypere enn den noe menneske kunne håpe å oppnå.

Hun så at det løp alver rundt overalt nå, samtlige bevæpnet med pil og bue eller sverd og det virket for at de var i ferd med å danne en slags forsvarslinje. Cherdis kom løpende også, hun var villøyd og så skremt ut og hun lente seg mot en av steinsøylene og peste rent. «Ighal sendte meg hit, han mente jeg var trygg i sirkelen. Jeg er ikke noe særlig til kriger er jeg redd.»

Lamara så smalt på kurtisanen som tørket svetten av pannen. «Hva skjer egentlig?»

Cherdis trakk pusten dypt. «Bhikoor var ute på jakt, han så en arme med uhyrer på marsj hitover, De prøvde å angripe ham men han er smartere enn vi tror for han vet hva de er»

Lederen for sjamanene nikket fort. « Selvsagt, han er en av lysets skapninger, og han vil være en verdifull kriger for oss»

Cherdis fortsatte. «De er på vei opp dalen, og alvene forbereder seg på et slag. Moyesh og Tåkesang er der ute også, de vil gjøre hva de kan for å stanse fienden»

Lamara husket det hun hadde sett på ferden dit, hun tvilte ikke
på at Moyesh og Tåkesang kunne gjøre vei i vellinga og
lederen for sjamanene smilte mildt. «Egentlig er ikke tiden
optimal for dette ritualet ærede men vi kan ikke vente nå. Vi
kan gjennomføre det uansett. Sirkelen vil hjelpe oss med det»
Lamara svelget nervøst, hvordan skulle hun kunne konsentrere
seg om noe slikt mens det pågikk en kamp på liv og død rundt
dem? Sjamanen la handa på skulderen hennes, blikket hans var
fast og rolig og hun følte seg brått mye lettere til sinns. De
ville beskytte henne, det ville bli som det skulle være og hun
ville endelig se hva hun egentlig var født til å bli. Det var bra
slik. «Hva skal jeg gjøre?»
Sjamanen gjorde en fort gest, noen alvekvinner sto i en liten
gruppe for seg selv bakerst i sirkelen og de hadde et stort kar
mellom seg. «Du må renses først, og forberedes.»
Lamara svelget, hun følte seg skjelven. «Jeg er redd»
Han la en finger på haken hennes, smilte varmt. «Ikke vær det,
ikke noe ondt kan nå deg her i sirkelen. Seremonien vil være
vanskelig for deg på mange måter men den handler mye om å
ta steget forbi de grensene en tror en har og utvide sin horisont
på mange måter.»
Hun trakk pusten. «Jeg forstår»
Han grep henne i handa og nikket til de alvene som sto der
med instrumenter. De begynte å spille en merkelig monoton
men samtidig energisk rytme og hun kjente at den nærmest
gikk i blodet på henne med en gang. Hun fikk lyst til å danse
og Cherdis sto der og trippet nesten. Sjamanen nikket
oppmuntrende til henne. «Bare dans du vakre, det vil styrke
magien her»
Lamara ble tatt med bort til gruppen av kvinner og en av dem
gav henne en bolle med et eller annet i, det kunne være en
slags urtedrikk og den smakte temmelig beskt. Lamara fikk en
merkelig høytidelig følelse nå, en stemning av nesten eufori.
Magien der var så sterk, som noe rent fysisk. Det føltes som
lufta rett før et tordenvær og hun lot dem trekke av henne de

enkle klærne hun nå gikk i. Egentlig plaget det henne ikke noe særlig å være naken, oraklene i tempelet hadde sittet der foran folkemengdene nakne, kun dekket med hellige tegn og hun hadde vel egentlig trodd alt prestene sa, at hun var gudommelig og høyt hevet over alt menneskelig.

De hørte ikke lydene fra utenfor sirkelen lenger, det var som om en mur hadde senket seg rundt den og stengte verden ute og musikken var hypnotiserende. Lamara ble nesten løftet opp i karet som inneholdt vann, akkurat passe varmt. Kvinnene vasket henne sakte og høytidelig, håret hennes ble børstet ut og hun ble tørket av og fikk tegn skrevet på huden med et slags blålig blekk. Sjamanene hadde begynt å nynne, merkelige uforståelige ord var iblandet nynningen og Lamara følte seg svakt svimmel, om det var drikken hun hadde svelget eller stemningen var vanskelig å si. To av kvinnene steg frem igjen, med en kopp i handa og Lamara stønnet innvendig, enda mer gyselig og tvilsom drikke? Hun tok den første koppen, innholdet lignet mest på halvstivnet rødmaling og det luktet stramt av jern. Hun nølte noen sekunder men tømte den, heldigvis var det lite i den, en snau munnfull. Smaken fikk henne til å riste fra hode til tå, den var det bitreste hun hadde smakt noen gang. Den neste koppen fikk henne til å nøle enda lenger, var dette noe like forferdelig? Det luktet ikke like ille og hun tok en forsiktig svelg. Dette var tydelig kun noe som skulle fjerne den forferdelige smaken for det var en slags blanding av bær og honning og hun sukket lettet.

Cherdis hadde begynt å danse nå, bevegelsene var utrolige og hun hadde lukket øynene og gav seg åpenbart helt over til dansen. Lamara begynte å kjenne seg underlig lett, som om hun ikke lenger hadde vekt og på en måte var kroppen noe som bare holdt henne tilbake. Lederen leide henne til midten av sirkelen der det sto et lite alter av noe slag. Det var mer som en stein egentlig, rund og flat oppå og ikke mye høyere enn en vanlig stol men det var merkelige symboler hugget inn på den og hun følte en slags energi komme fra den. Hun lot seg bli ført bort til steinen og satte seg lydig ned på den. Lederen så alvorlig ut. « Dette vil bli vanskelig for deg Lamara, vi vil presse grensene dine på alle måter, men du må ikke stritte i mot. Å få det indre øyet åpnet helt kan være traumatisk, særlig for dere dødelige. Men ingenting farlig vil skje deg, du har mitt ord. «

Hun svelget stivt. «Jeg stoler på dere»

Hun så at det var flere der nå, mange sjamaner og noen dansere også som nå hadde dannet en sirkel innenfor steinsirkelen. Alle hadde lenket armene sammen og de svaiet og beveget seg i en slags tung rytme. Lederen la handa på hodet hennes og fire andre sjamaner kom frem og to la handa på skulderen hennes og en på ryggen og en på brystet over hjertet. Så begynte de å synge, og Lamara hadde aldri hørt sang som det før. Hun visste at sterk lyd kan føles like mye som høres men dette sendte sjokkbølger gjennom alt, steinen hun satt på dirret rent og hun kjente at en underlig rastløshet steg i henne, hun lengtet brått etter å bevege seg, etter å bli ett med rytmen hun følte. Cherdis danset rundt innenfor sirkelen av alver, hun var fortryllende å se på nå, som om hun glødet innenfra og hver bevegelse var så utrolig sensuell og elegant. Lamara rykket til, hun så brått mer enn før, hver person der virket for å ha en slags glødende sone rundt seg og den var mangefarget. Hun hadde aldri sett noe vakrere og glante storøyd, Cherdis var annerledes, det kunne være at det var fordi hun var menneske, hennes glød var ensfarget men fargen var en intens og utrolig vakker lys blå tone som var merkelig beroligende å se på.

Brått gikk det et slags intenst gys gjennom henne, hun kjente det som om hodet hennes skulle sprenges og hun skrek i men hørte ingen lyd. Hun så bare hvitt lys, hørte bare et fjernt sus som fra en stor foss og kroppen rykket hjelpeløst i det en enorm mengde energi raste gjennom henne. Hun var sikker på at hun besvimte i noen sekunder, det var så voldsomt at hun ikke engang kunne beskrive det. Hun ristet på seg og oppdaget at hun ikke lenger var i steinsirkelen men i et slags tomrom som kun var hvitt lys. Under seg så hun et merkelig mønster av lysende stier, som årene i et blad og hun så fascinert på det, mønsteret beveget seg og endret seg hele tiden og hun ble brått var at alle fem sjamanene sto der rundt henne, alle sang fremdeles, øynene var fjerne og mørke og Lamara følte at et eller annet rev i henne, at noe truet med å gå i oppløsning. Hun følte en intenst trang til å stritte i mot men brått gled det underlige mønsteret nærmere henne og begynte å krype oppover henne, som om tyngdekraften ikke eksisterte i det hele tatt. Hun forsto at hun ikke var der fysisk, dette var hennes åndelegeme og hun gav etter, kjente en merkelig smerte som ble borte igjen som om den aldri hadde vært der.

Hun følte sinnene deres, følte hvordan de konsentrerte seg om oppgaven, hvordan de stengte verden ute for å oppnå dette. Lamara forsto at hun var vekket, at evnene hennes nå slo ut i full blomst. Det var en brå følelse av å falle, så slo hun øynene opp igjen og var tilbake i steinsirkelen. Rytmen fra trommene var blitt hardere og raskere og danserne spant rundt, gled rundt hverandre. Hun følte at steinene sang til hverandre, ladet med kraft og liv og hun var mer rastløs enn noen gang før. Hele sirkelen var dekket av en slags kuppel av lys nå, hun visste ikke om andre ville ha vært i stand til å se den. Danserne kom nærmere, Cherdis også, hun var naken nå, kroppen glinset av svette og hun beveget seg som flytende vann over glatt metal. Øynene hennes glødet nesten, og Lamara forsto brått at også danserinnen var så mye mer enn hva de hadde trodd. Nå var samtlige av danserne og sjamanene trykket sammen rundt steinen, kun en liten sirkel var åpen rundt alteret og de fem sjamanene. Lederen tok Lamara i handa, hun hørte brått lite, selv trommene var kun en svak dur i bakgrunnen og kun nynningen fra de fem var virkelig. Stemmene var blitt annerledes, i stedet for å synge om makt sang de om glede, og frihet. En av dem åpnet en slags flakong og helte noe over henne, det måtte være en slags olje og den luktet godt, en slags myk sensuell duft. Brått hadde hun hender overalt, hender som gned oljen inn i huden hennes, over hele kroppen. Hun gispet, trangen til å komme seg vekk var sterk, nå forsto hun til fulle hva lederen hadde ment da han sa at hun ville måtte sprenge grenser i denne seremonien. Den handlet også om underkastelse, og om å skyve til side gamle tankemønstre og måter å oppføre seg på. Hun husket det som hadde skjedd med henne, det hadde vært forferdelig og sjeleknusende men dette var annerledes, det var ingenting ondsinnet eller egoistisk i dette i det hele tatt. Det var kun for å feire livet selv, og for å fullbyrde oppvåkningen hennes.

Hun gav seg over, kjente at hendene ble mer vågale, berøringene ble kjærtegn og hun ble løftet så hun sto på steinen. Cherdis spant rundt, håret fløy rundt henne og hun gned seg mot danserne. Det var både menn og kvinner blant dem og Lamara så at samtlige nå var nakne, glinsende av svette og øynene var mørke og slørete på samtlige. Det virket som om de var i en slags transe og de svaiet med musikken. Energien i sirkelen var nesten uutholdelig sterk nå, en pulserende livskraft som fikk gnister til å fly mellom krystallene og Lamara følte hvert et sinn der, som svale vindkast som strøk forbi henne. Som på et signal grep en av danserne tak i Cherdis, og hun gled inn i favntaket med iver. Lamara så at samtlige der virket opphisset, det var ikke så merkelig for energien var så avgjort også seksuell av natur og hun følte en varm tung følelse i kroppen. Hendene som gled over henne rørte også brystene hennes og hun hadde også følt berøringer mellom beina og nå forsto hun at den underlige varmen hun kjente var lyst. Cherdis gled ned på bakken med danseren over seg og Lamara gispet da hun så at Cherdis slo beina sammen rundt ham og lot ham ta seg. Hun kunne ikke trekke blikket bort fra synet, kjente at det gjorde henne merkelig svak i knærne, at hun pustet tungt og at kroppen hennes var klar for akkurat det samme.

Hender pirret brystvortene hennes, gled over baken hennes, hun ble kysset, tenner nippet i følsom hud og hun stønnet og vred seg, brant etter mer. Hun husket hvordan det hadde føltes da hun tok Aidan, hun hadde likt det, og hun tvilte ikke på at Cherdis likte det skulle en tolke de ekstatiske grimasene hun lagde. Lederen hadde lagt armene rundt henne, en kyndig tunge lekte med brystvortene hennes og han hadde et godt grep om baken på henne også. En annen av dem hadde handa opp mellom lårene hennes, kjælte varsomt med de mest følsomme stedene hun hadde og hun følte det som om hver nerve i henne var i full fyr og flamme. Hun jamret seg. Gned seg mot handa og kjente at hun snart ikke greide mer. Lederen kysset henne på halsen, han pustet tungt også og var mørk i øynene. «Gi deg helt over, la nytelsen fullbyrde oppvåkningen din.»

Hun greide ikke styre seg lenger, det kunne være at drikkene hun hadde fått i seg styrte dette men hun var ikke lenger redd, hun følte ingen tvil eller nervøsitet. Luften der dirret rent, steinene sang til hverandre og den hun sto på vibrerte formelig. Hun følte energien i jorda under dem, livskraften som spredte seg ut som blodårer over landskapet og hun følte også fienden som nå kjempet utenfor landsbyens grenser men det var ubetydelig, ikke noe å tenke på. Lederen for sjamanene bøyde seg ned, holdt henne om hoftene og lot tunga gli inn mellom de nedre leppene hennes, de andre trakk seg unna, stemmene deres steg igjen, i en merkelig harmoni med altet og Lamara skrek nesten. Gnister av nytelse raste gjennom henne og hun presset seg mot ham, noe var i ferd med å endre seg, sjelen hennes føltes som om den strakk seg ut, ble større enn før. Cherdis skrek, korte hulkende rop av ekstase og Lamara jamret seg, hun brant av lengsel nå. Lederen messet et eller annet, stemmen hans var hes og andpusten men han greide å si det som skulle sies. Han snudde henne og fikk henne ned på kne på steinen, så grep han henne om hoftene igjen og Lamara så bare gnister og stjerner i det han sakte gled inn i henne bakfra. Hun kunne knapt puste, det var for overveldende og for skjønt og alt som het tanker forsvant. Hun kastet hodet bakover, dirret i grepet hans og det var som om steinene ble tause, som om energien som dirret i dem ventet på noe. Hun var så fylt at det var på grensen til å bli smertefullt men var det ikke og hele kroppen spente seg, hun ville bevege seg mot ham, følge rytmen hans men greide det ikke. Stemmene rundt henne nådde et merkelig fulltonende klimaks og lederen stønnet et eller annet langtrukkent og Lamara skrek. Hun hørte sitt eget ville skrik av fryd i det hele kroppen ristet i ekstase, alt ble hvitt igjen og kun den vanvittige følelse av nytelse var reell. Steinene svarte, magien i dem tidoblet seg, det spraket i luften og lys brast frem, som om sirkelen var en lampe rettet mot et tett mørke. Lamara skrek igjen i det lyset i et kort sekund brant gjennom henne, svidde bort alt hun hadde vært og trodd hun var. Det var ikke lenger noe som holdt henne tilbake, ikke lenger noen stengsler og farger og merkelige bilder raste gjennom sinnet hennes.

Rundt dem hadde alle havnet på bakken med en eller flere partnere, rop og stønn fylte luften og steinene trakk på den rene rå energien der, lagret den og styrket seg og Lamara følte at den energien nå ble brukt i forsvaret mot fienden. Hun gispet ennå av nytelse og lederen lente seg over henne og brølte ut i det han kom, hun følte varmen fra sæden hans i seg og var på nippet til å komme igjen. Den underlige transelignende tilstanden alle der var i seg inn over henne også, tiden eksisterte ikke lenger, ikke verden eller noen bekymringer. Alt var nytelse og fryd og hun klynket skuffet da han trakk seg ut med et gisp, øynene hans var matte og han peste. «Du er vekket, det er fullbyrdet. Du vil se»

Lamara så hvordan nesten samtlige der nå var i ferd med å elske og hun fniste bare da en av de andre sjamanene snudde henne over på ryggen og tok henne på toppen av steinen. Hun grep tak i ham og møtte støtene hans ivrig og hun kunne ikke fatte at det var så deilig, så perfekt. Bare for et par dager siden ville tanken på å ligge med flere gjort henne fra seg og nå var det bare naturlig, en del av det. Hun stønnet og skrek av nytelse, vred seg under den som tok henne og lot seg bære inn i en ny ekstase. Cherdis lå like ved alteret nå, en annen av danserne tok henne og Lamara smilte dovent og misunte kurtisanen litt, i det minste hadde hun følt dette mange ganger før. Men energien der hadde ikke brent seg ut ennå, Lamara følte det som om hun aldri kunne få nok, aldri bli lei av det. Den ene etter den andre av sjamanene trengte inn i henne, hvisket ord som på et eller annet vis fylte henne med mer og mer kraft, gjorde henne mer og mer selvsikker og klar over hva hun kunne gjøre. Det ble en tåke, en slags drømmeaktig tilstand der ingenting og alt var ett og bare nytelsen bestemte. Hun var på bakken og på alteret, over og under og lot orgasmene rive gjennom kroppen, hender kjærtegnet henne mens hun hadde atter en ny elsker i seg og til slutt måtte hun rett og slett ha svimt av for hun kom sakte til seg selv i en haug av varme kropper og kjente at hun var så full av energi at hun formelig skalv. Hun slet seg på beina, utenfor sirkelen var det mørkt nå og steinene lyste opp som bauner. Hun var seig over det hele og kjente seg bortimot full og hun sjanglet bort til alteret. Lederen sto der, han var temmelig medtatt også men la armene rundt henne, kysset henne på pannen. «Kom, en siste gang på steinen»

Han satte seg ned og hun så at han faktisk var klar fremdeles, hun følte også den lengselen fremdeles og satte seg skrevs over fanget hans, la beina rundt ham og han løftet henne på plass. Lamara gispet, trakk ham nærmere og beveget hoftene, bestemte rytmen mens fryden steg i dem begge to. Han støttet henne med hender på baken hennes og Lamara lukket øynene og følte kraften fra sirkelen bli ført gjennom steinen, gjennom ham og inn i henne selv. Det var som om stemmer hvisket til henne uten at hun hørte hva de sa men de sang i fryd og hun økte rytmen og hylte vilt i det hun kom enda en gang, så voldsomt at hun snaut greide røre seg. Han støtte hardt inn i henne et par ganger og så ropte han også ut i nytelse. Lamara følte at hun fløt, at verden på en merkelig måte gikk i oppløsning rundt henne og ble satt sammen igjen i samme sekund men på en ny måte og hun kollapset over ham, totalt utmattet. Han klasket henne på baken litt lekent og så ned. «Du gav deg helt over, som det skal være, det var fantastisk. Hvordan føler du deg?»

Lamara svelget, hun måtte føle etter. «Sterk, og jeg...jeg føler det som om jeg har gått med bind for øynene helt til nå»

Han nikket og løftet henne, la dem ned på graset ved siden av alteret. «Godt, nå hviler vi, og etterpå kan du begynne å utforske det du kan få til. Men vit at energien vi vekket nå allerede har gjort stor nytte for seg, dine venner vil fortelle deg det»

Lamara var brått ufattelig sliten, hun greide ikke holde øynene åpne. «Det er bra, jeg...»

Hun kom ikke lenger før hun sovnet og sjamanen la handa på hodet hennes og smilte svakt. Hun var et uvanlig sinn på alle måter og det de hadde vekket til live i henne var forhåpentligvis kun av det gode. Han lukket øynene og lot seg selv gli inn i søvnen. Sirkelen lot ingen ond makt komme til dem, de var trygge.

Daithe

Landsbyen hadde blitt forvandlet til et kontrollert kaos i løpet
av få sekunder, det virket for alle visste hva som skjedde i
løpet av få sekunder og hun forsto at det var fordi de snakket
sinn til sinn. Daithe fikk ikke tid til å tenke, brått var hun i
hælene på Fhirdhag og noen andre alver og de var på vei ut
mot der dalen åpnet seg. Bhikoor løp med dem og etter litt
kom også Moyesh og Tåkesang løpende. Ighal og Aidan var
ikke å se noen steder men antagelig var også de et sted i
mengden. Daithe hadde fått et sverd i hendene og det var
velbalansert og så skarpt at det antagelig kunne kappe et
fallende hår i to. Fhirdhag virket for å rope ordre og hun sanset
at de brått var veldig mange til stede, det var alver overalt men
de var ikke enkle å se. Men Bhikoor hadde ikke sagt så mye
om hva eksakt det var som angrep dem og nå hørte Daithe en
slags fjern dur og Fhirdhag svor og senket farten. Han pekte på
området foran dem, dalen der var skåret i en v form og en slags
voll gikk halvveis over den. Det virket for at alvene nå tok
posisjon der, stengte av dalen og Moyesh og Tåkesang løp
frem og forsvant i skogen. Det vokste ganske kort men tett
skog langs dalsidene og Daithe rakk å se at Tåkesang hadde
begynt å gløde svakt. Skapningen var antagelig i ferd med å gå
inn i skogen på flere måter enn en.
Fhirdhag stanset, noen av alvene delte ut rustinger lagd av tett
lær og antagelig var det lagre skjult i skogen der. Flere kom
løpende med både pil og bue og noen bar også lange spyd med
tverrstenger under spissen. Duren var sterkere nå og Daithe
forsto at det var en hær hun hørte, hundrevis av trampende
føtter. Hun ble skremt og Fhirdhag så fort på henne. «Det er ok

kjære deg, landsbyen er trygg. Sjamanene vil vekke Lamara nå med en gang, og kraften de bruker vil beskytte også området rundt.»

Hun nikket og tok i mot en lærrustning en høy mørkhåret alv rakte henne. Den passet forbausende godt og hun følte brått en slags stolthet. Hun var klar for dette, hun var tross alt en kriger, hun hadde trent for dette hele livet. Det var alt hun noen gang hadde ønsket. Hun så at Bhikoor sto og blåste i nesa, de to arphaene til Moyesh hadde også dukket opp og de virket for å sikte seg inn mot skogen på andre siden av den smale dalen. Daithe gikk fremover, noen alver til hest nådde dem igjen og de var kledd i bedre rustninger av metall og hestene var også utstyrt med beskyttelse av tykt lær og ringbrynje. Da hun nådde toppen av vollen måtte hun nesten knipe seg i armen, det var flere hundre på vei mot dem og det var ikke mennesker. Dette var en slags skapninger hun aldri hadde sett før og hun så fort på Fhirdhag som sto der med et temmelig beskt uttrykk i ansiktet. Han bar to sverd over ryggen og hadde en liten øks i beltet og han hadde også fått på seg rustning. Hans var svart med et elegant mønster av sølvfargede vinranker gravert inn og den var vakker men så illevarslende ut.

Daithe så at det ikke kunne dreie seg om lang tid før fienden nådde dem og hun så vantro på hæren som marsjerte oppover mot dem. Det var skapninger på fasong som et menneske men de var svært grove på fasong med forholdsvis små hoder og store never og føtter. Samtlige hadde den samme merkelige rustningen og noen hadde hjelmer på de hårløse hodene.

Daithe så at de bar spyd og sverd som så primitive men stygge ut og hun gyste av synet. «Hva i alle guders navn er det der?» Fhirdhag ropte noen flere ordre, flere alver bar frem glofat med ferdige glør i og de bar piler med spesielle hoder. «De er en uting skapt av mørket selv. De hører ikke til her. De er en slags type troll.»

Daithe rynket pannen. «Hva?»

Fhirdhag sukket. «Mørke tider vil komme Daithe, det er bare slik det er. Vår verden vil falle om ikke brikkene i spillet er i riktig posisjon.»

Hun gned seg i hodet. «Jeg forstår ikke noe av dette, guder, hva snakker du om?»

Han smilte skjevt. «Nå er ikke tida til å snakke om det. Men de vi ser der ute er farligere enn de ser ut til å være, raske og sterke og svært seiglivet. Heldigvis kjenner vi de svake punktene deres og et av dem er at de er dumme som utgåtte skosåler.»

Hun så at noen av dem bar andre våpen enn resten og virket større, Fhirdhag nikket. «Offiserer. Vi vil ta ut dem først»

Daithe visste at det var en klok strategi. «Dere har kjempet mot dem før?»

Fhirdhag nikket kort. «Ja, for svært lenge siden, men vi glemmer ikke, og deler våre erfaringer med de uerfarne. Vi bør kunne seire så lenge ikke noe går aldeles galt»

Hun gyste svakt. «Og de er ute etter Lamara?»

Fhirdhag gliste skjevt. «De er ute etter oss alle Daithe, de er kun her for å sikre at de som kan snu kampen blir fjernet før de rekker å skjønne hva de er i stand til å gjøre.»

Hun bet tennene sammen. «Hvordan kjemper dere mot slike?»

Fhirdhag pekte på bueskytterne. «Med bueskyttere først, så kavaleri, fotsoldater er siste løsning. Vi dreper så mange som mulig før vi kjemper ansikt til ansikt»

Hun forsto det, skapningene der borte så faktisk svært skremmende ut. Han trakk sverdene sine sakte og svingte dem i hendene nesten prøvende. «Det at de er så dumme er også en styrke, de er ikke redde og viker ikke tilbake uansett hvor dårlige odds de har. De vil ikke gi seg Daithe, ikke før den siste av dem er død»

Hun løsnet også sitt eget sverd, det var noe betryggende ved å kjenne det i hendene. «De kan ikke ha tenkt på å angripe fra flere kanter? Å angripe dalen i fra begge ender?»

Fhirdhag ristet på hodet. «I andre enden er det en sjø, og bratte vegger på begge sider av den. Den er grunn men de skapningene der hater vann som katter.»

Hun måtte trekke på smilebåndet. «Så de har vannskrekk? Men noen har sendt dem, noen med mere vett enn dem selv?» Fhirdhag nikket til en av de andre alvene der og bueskytterne begynte å tenne på piler. «Ja, og det er dem vi skal frykte, ikke disse her. De er kun bruksgjenstander til å benyttes og ofres.»

Fienden hadde blitt nødt til å klumpe seg litt mer sammen i og med at dalen ble smalere og skogen sto tett oppover lia, Fhirdhag senket armen og den første skura med piler skjøt ut over hæren. Daithe ble imponert, samtlige bueskyttere skjøt aldeles fantastisk og så synkront at en skulle tro de var en person. Og så fort en pil hadde forlatt buestrengen hadde de en ny klar og spente buene og slapp enda en ny skur løs, i en litt annen bane denne gangen så de som rakk å søke dekning fra den første ville bli rammet av den neste. Brennende piler fløy sammen med de vanlige og skapningene der ute bar skjold, og de virket for å ha blitt lagd av et slags trevirke men det var antagelig langt sprøere enn trærne Daithe var vant med for de som ble truffet med brannpiler brast i flammer så å si øyeblikkelig og eierne kastet dem fra seg med dype burende brøl. De var visst like lite glade i ild som i vann.

Fhirdhag hadde rett da han sa at disse skapningene var seiglivet, flere ravet rundt med flere piler i kroppen og Fhirdhag skrek en ny ordre, stemmen hans var svært sterk og ljomet over slagmarken og denne gangen skjøt bueskytterne etter spesifikke mål. De siktet seg inn på offiserene og Daithe så til sin forskrekkelse at selv om samtlige skudd traff var det ikke alle som falt selv med piler stikkende ut av hodet. Det så ut som om hjernene på skapningene var så små at en måtte treffe midt i for å få en reaksjon. Bare litt til siden og de merket det knapt. Bueskytterne skjøt lenge, men fienden rykket fremdeles fremover og nå gav Fhirdhag en ny ordre, han så temmelig bister ut der han sto, helt åpenlys som i trass

338

mot de som vågde å invadere deres dal. Han ropte noen ordre av og til og alle adlød øyeblikkelig. Han var virkelig en leder og en vell verdt å respektere også.

Daithe så at rytterne gjorde seg klare, de hadde lange svakt krummede sverd og red med noen spesielle sadler som gjorde det svært vanskelig å trekke dem av hesten. Noen hadde en slags lanse med en krok i enden og Daithe gyste da hun forsto at den var slipt så den ville skjære gjennom det aller meste. Fhirdhag gliste rått. «Ypperlig til å ta hoder med»

Hun tvilte ikke, Bhikoor hadde stått der og formelig trampet av iver og nå nikket Fhirdhag til ohrusen som brølte og raste frem. Daithe hadde sett hva Bhikoor kunne gjøre på ferden dit men nå forsto hun til fulle hvor sterk den var. Den enorme overkroppen var pakket med muskler og beina likeså og den traff de fremste rekkene som et steinskred. Det regnet formelig soldater rundt ham i det han slo seg frem som om de grove beistene var lagd av fjær. Hun så med makaber fascinasjon at han formelig rev dem i småbiter, fikk han tak i et lem røsket han det av enten det var et bein eller en arm eller et hode. De to arphaene angrep fra andre siden, de var ikke så store men de sterke kattene var mye raskere og kjevene var forferdelige å komme ut for. Hun så at de knuste hoder som egg og samarbeidet som en skapning. Kavaleriet raste frem, hestene var godt trent og trampet ned fiendens soldater, sparket og slo og rytterne tok hoder overalt. Noen av soldatene kom forbi og nå løp fot troppene frem. Ingen av disse beistene skulle få komme forbi dem. Daithe så at skogen brått ble levende, antagelig prøvde noen å ta seg forbi ved å bruke dalsidene og Tåkesang forvandlet tærne til mordere. Greiner og røtter beveget seg brått, grep og knuste og rev og en merkelig knurrende lyd hørtes.

Daithe undret på hvor Moyesh var men så ble hun var den merkelige kvinnen, hun angrep fra ene flanken, øynene lyste blått og hun bar noe som lignet glødende sverd i hendene. Uansett hva det var så skar det gjennom fienden som om de var lagd av papir. Fhirdhag nikket kort. «Kom Daithe, la oss hjelpe til, vi kan også gjøre vårt»

Hun trakk pusten og samlet motet og så løp de. Daithe hadde trent som ridder, hadde vært forberedt på slag men allikevel ikke. Hun hadde ikke vært i stand til å fatte hvilket kaos en slagmark fort blir. Hun og Fhirdhag kjempet som et par, rygg mot rygg og hun var skrekkslagen og overfylt med adrenalin på en og samme tid. På nært hold var fienden langt frykteligere enn hun hadde trodd det var mulig å være og de små svarte øynene var som dype hull ned til et eller annet forferdelig sted. Hun lot instinktene ta overhånd, var raskere og sterkere enn før og hun så at sverdet hennes faktisk skar inn i skapningene, selv om det krevde krefter å få det til. En slags merkelig blålig glød strakte seg over dalen og Fhirdhag lo høyt. «Sjamanene vekker Lamara, og kraften i dalen her. Den vil hjelpe oss!»

Hun dukket unna en temmelig brutalt utseende klubbe og kjørte sverdet inn i kjeften på en av beistene til hjaltet før hun trakk det fritt og angrep en annen. Fhirdhag var som en danser, han beveget seg som et løv i vinden, aldri forutsigbar og alltid dødelig. Grønnaktig blod fra fienden regnet formelig rundt ham og han bare gikk på, helt uredd og totalt i kontroll over seg selv og sine egne følelser.

Daithe var imponert og skremt på en og samme tid, hun var livredd for at han skulle bli skadet men antagelig var dette snaut nok en utfordring for ham. Brøl og skrik fylte lufta og det virket ikke for at det ble færre av fienden uansett hvor mange de drepte. Daithe kjente at armene verket nå, noen løp rundt og trakk vekk sårede og hun forsto at også deres side ville ha tap når dette var over. Den blålige gløden ble sterkere, og hun hørte en svak dur og plutselig var det som om steinene og bakken selv begynte å lyse blått. Lyset var merkelig behagelig for øynene men fienden likte det så definitivt ikke for kom de borti steiner og jord begynte det øyeblikkelig å ryke av dem og de vrælte av smerte. Det virket for at kontakten brente dem og Daithe gliste bredt. Moyesh saknet ikke farten, hun raste fremdeles rundt og kappet seg vei over slagmarken og Bhikoor hadde fått tak i en klubbe og svingte den med brutal energi. Normalt skulle fienden ha vært på full retur nå men det skjedde ikke. Det så ut som om flere kom til bakfra og Daithe forsto at det var flere tropper og antagelig enda flere på vei. Dette kunne gå fille veien.

Bueskytterne rykket frem igjen, formet en linje og skjøt seg frem, det var en langsom og metodisk utrenskning og noen av dem var faktisk i stand til å sende pilene i vinkel ved å bruke steiner og slikt til å snu retningen på pila i lufta. Fhirdhag brølte ordre nå og da, fotsoldatene dannet små grupper som spant rundt og hugg som en person og det var en meget god taktikk. Rytterne raste frem mellom dem og de holdt fienden på avstand slik men for hvor lenge? Daithe begynte å lure på om de hadde noen sjanse til å vinne da den blå gløden raste fremover som en slags puls og de var brått under en slags blålig kuppel. Den duret av magi og skapningene som ble fanget inne i kuppelen begynte å vræle desperat. De raste tilbake i retningen de kom fra men de ble stanset som av en solid glassvegg og ingen kom gjennom, verken fra ene eller andre retningen. Fhirdhag løp frem og fotsoldatene fulgte ham, Daithe også. De nådde igjen de flyktende fiendene og hugg dem ned for fote, beistene prøvde ikke engang forsvare seg og Daithe så forbauset at noen av dem faktisk brast i flammer når de nærmet seg den gjennomsiktige muren. Trerøtter og slikt skjøt fremdeles frem og rev av mange beina og Bhikoor knuste et par hoder til og lente seg på klubba. Den var dekket med blod og gliste vilt og så ganske enkelt forferdelig ut.

Moyesh sanket farten, de glødende bladene ble borte og hun virket nesten normal igjen og de to kattene kom travende og slikket henne på hendene. Fhirdhag beordret at de sårede ble brakt til landsbyen med en gang og Daithe ble bedrøvet da hun så hvor mange det var. De fleste hadde brudd og knuse skader og noen få hadde også stygge sår. Noen hester var skadd og ble leid bort haltende og Daithe trakk pusten dypt. Hun forsto nå at dette var mye større enn hun hadde trodd, at verden var helt noe annet enn det hun hadde sett for seg. Lamaras spådommer hadde virkelig ført dem inn i noe av et mareritt men antagelig hadde de aldri hatt noe valg. Det måtte bli slik, uansett. Fhirdhag satte sverdene i slirene igjen og vogner kom fra landsbyen og fraktet sårede bort. Noen helbredere løp rundt og tok seg av de akutt skadede og Daithe følte seg slapp og kvalm og ikke minst sliten. Hun kunne ikke huske å ha vært så sliten før, og hun var dekket med blod og så antagelig forferdelig ut. Fhirdhag gliste og løftet henne opp, han nikket til Bhikoor.

«Godt gjort min venn, de lærte å frykte deg i dag!»

Bhikoor gliste bredt tilbake, han så stolt ut og slo med hodet.

«Bhikoor sterk, sterkere enn mørkets yngel»

Moyesh ruslet bort til dem og Tåkesang kom gående ut av skogen, hun så ut som om hun hadde vært med i midten av en tornado for hun var dekket med bark, løv og gress og stinket av et eller annet merkelig jordaktig. Moyesh smilte sakte. «Ved gudinnen, jeg hadde aldri trodd at jeg skulle bli nødt til å bruke kreftene jeg har fått slik. Men de var virkelig skapt av mørket selv, jeg sanset det»

Tåkesang nikket. «Jorden gråter over at de har trådd på henne, de er urene. Kroppene må brennes.»

Fhirdhag smilte kort. «Det vil bli gjort. Kom, dere har gjort mye, og vår takknemlighet er stor. Dere trenger et bad og hvile og mat»

Daithe lente hodet mot skulderen hans og lukket øynene. Et bad hørtes ut som et tilbud som kom rett fra himmelen selv nå. Moyesh gyste synlig. «Vil de komme tilbake, vil de kunne komme gjennom?»

Det var fremdeles mange igjen utenfor kuppelen og Fhirdhag ristet på hodet. «Sirkelen er vekket og vil beskytte dalen. I morgen tidlig er det ingen igjen, dalen selv vil ta seg av dem.»

Daithe rynket pannen. «Hva? Dalen selv?»

Fhirdhag nikket stille. «Det er stor magi her, du må ha merket det? Eldgamle krefter er samlet hos oss og voktet og æret og i natt vil de vekkes og vandre og mørkets yngel er ikke noe de vil vike tilbake for»

Daithe forsto at hun allerede hadde stilt for mange spørsmål som det var, hun holdt kjeft og lot seg bli båret. Hun skulle ønske hun kunne gjort mer men hun hadde kjempet godt, hun fikk være takknemlig for det. Landsbyen var opplyst, alver løp rundt i et kontrollert kaos, mange fylte opp igjen tomme kogre og forsvant på nytt for å stå vakt og andre kom bærende på tepper og utstyr helbrederne trengte. Daithe ble sluppet av ved en stor hytte som for øyeblikket var gjort om til et bad. Noen løp frem og tilbake med vann og stamper var satt frem. Daithe satte seg ned på en benk, trakk av seg de stinkende klærne og Moyesh satte seg ved siden av henne, de merkelige blå øynene var matte og hun svaiet svakt. Daithe så smalt på henne. «Er du ok?»

Moyesh lukket øynene, lente seg mot veggen. «Jeg aner ikke, jeg...jeg visste ikke engang hva jeg gjorde der ute Daithe. Jeg har aldri gjort noe slikt før!»

Daithe bikket på hodet. «Du drepte da det beistet vi møtte på i fjellene? Det flygende uhyret?»

Moyesh nikket stumt, hun gned seg over armene som om hun frøs. «Ja, men kraften min har blitt sterkere, så uendelig mye sterkere enn før. Jeg klarte ikke å kontrollere den, eller meg selv. Det skremte meg. Jeg aner ikke hvorfor dette skjer!»

Daithe svelget stivt, hun følte en dyp uro koke i magen. «Du er ikke alene om det Moyesh. Jeg skjønner lite nå, mindre og mindre faktisk.»

Moyesh nikket, det tykke svarte håret var fylt med seigt blod og hun skalv svakt. «Jeg trodde jeg visste hva jeg skulle gjøre Daithe, jeg var så sikker. Men nå er alt bare et kaos og jeg vet ikke om jeg kan finne den siste av den gamle ætten i det hele tatt. Jeg vet ikke om det er min oppgave lenger»

Daithe klappet henne på armen. «Lamara skal vekkes, er vel alt vekket tenker jeg, hun vil se hva vi skal gjøre. «

Moyesh smilte fort. «Ja, la oss tro det. Jeg trenger å få av meg alt dette gørret, jeg føler meg aldeles seig av det» Daithe nikket og fikk av seg de siste klærne, det sto et par stamper ledig og de nølte ikke med å hoppe oppi. Et par alvekvinner styrte det provisoriske badet og sørget for at de fikk såpe og håndklær og at ingen ble for lenge i vannet. Det var mange som trengte det nå og Daithe skyndte seg med vasken. Det var uansett gudommelig å bli kvitt svette og skitt og hun fikk en slags enkel badekåpe å slenge rundt seg etterpå. Hun og Moyesh gikk ut igjen og ble møtt av Ighal og Aidan, begge to var i rustning og hadde slåss men Daithe hadde ikke sett dem på slagmarka. Ighal tørket blod av ene ermet sitt og gliste og Aidan var villøyd og ristet rent av adrenalin og utmattelse. «Hvor var dere?»

Ighal smilte bredt. «Vi var bak dere, på flanken. Vi holdt igjen de som kom forbi alvene, det var ikke mange må jeg vedgå men ved gudene, de var seige.»

Aidan nikket. «Jeg skar en nesten i to og allikevel kom den fortsatt mot meg. Og en traff meg nesten med en klubbe men jeg rakk å hoppe unna»

Ighal klappet ham på ryggen. «Han kjempet godt, gutten er rask, og svært modig»

Aidan rødmet dypt av rosen og Daithe smilte mot ham. «Du får ta deg et bad, dere trenger det begge to. «

Aidan gjorde en slags honnør og gikk inn og Ighal skar en grimase. «Kan vi risikere å møte noe lignende igjen? For ved gudene, uten den magien…»

Daithe trakk på skuldrene. «Jeg aner ikke, tro meg.»

Ighal sukket. «Vel, vi lever, vi får være takknemlige for det. Jeg hadde aldri trodd at jeg noen gang skulle møte på noe så utrolig stygt.»

Daithe følte et stikk av intens takknemlighet. «Du hadde ikke trengt å slåss, vi er gjester her»

Ighal så fort på henne. «En gang sverget jeg å være lojal mot deg og dine Daithe, og jeg holder mitt ord. Å kjempe for deg og ditt nye folk er en ære for meg»
Daithe kunne ikke si noe på det, hun bare nikket svakt og bøyde hodet i respekt. Fhirdhag kom gående, han så sliten ut nå og det var skygger i blikket. Hun så avventende på ham. «Vi har mistet minst tjue gode krigere, det er for mange, nesten hundre er skadet men vil klare seg. «
Det var svært lave tall sammenlignet med hva en skulle forvente seg etter en slik batalje men disse var alver, ikke mennesker. Daithe sukket lavt. «Tjue er for mange, du har rett. Hva nå?»
Han kysset henne fort på håret. «Det er mat i hoved hytta, gå dit. Og etterpå går du og sover, det er en ordre.»
Moyesh sto formelig og sjanglet og Fhirdhag klappet henne på kinnet. «Du kjempet som en løvinne, vær stolt. Hvor er Tåkesang?»
Moyesh smilte stivt, øynene hennes gikk nesten i kors. «Hun er i skogen igjen, og renser seg. Hun rørte for mye ondskap, trenger å få den ut av systemet»
Fhirdhag smilte varmt. «Det er forståelig. Hvil deg, i morgen vil Lamara forklare mer, jeg er sikker»
Daithe grep Moyesh og halte henne med seg til den store hytta, det var satt frem benker overalt og noen rørte i store gryter over det åpne ildstedet. Det ble kokt en slags grøt og Daithe fikk en kongelig porsjon klemt inn i hendene av en av kokkene. Det luktet fruktig og godt og hun satte seg ned og så at Moyesh faktisk hadde vansker med å holde bollen sin. Hun hjalp prestinnen med å støtte den og Moyesh åt sakte. Daithe fikk i seg sin egen grøt, den var utrolig mektig men god og etterpå ble hun akutt søvnig. Hun så til at Moyesh kom seg til sin hytte, Cherdis var ikke der og Daithe undret seg litt på hvor kurtisanen hadde gjort av seg men orket ikke bry seg med det. Hun var sikkert trygg og Daithe sjanglet til hytta hun delte med Fhirdhag. Hun sank sammen på senga og rakk snaut å trekke

teppene over seg før hun sovnet og ble liggende urørlig på senga.

Daithe sov tungt men brått visste hun bare at hun drømte. Hun sto på slagmarka igjen og månen kastet et kaldt lys over området. Kadavrene var dratt sammen i hauger men utenfor den glødende kuppelen sto fremdeles fienden og prøvde å trenge seg frem. Det var noe utrolig imbesilt og samtidig gement ved det, de tenkte bare på å rykke fremover, drepe og ødelegge og Daithe så at gløden var sterk fremdeles. Hun kjente stanken fra skrottene og samtidig kjente hun kulda fra nattevinden, det var som om hun ennå var der ute. Dempede brøl kunne høres fra fienden og de hamret våpnene mot den blå veggen så gnistene sprutet. Men hun ble var noe nytt, dalsidene ble sakte fylt med lys, ikke lys som hun var vant med men underlig nesten flytende lys, som om det var en væske og det spredte seg ikke noe særlig utover. Lyset var tydeligvis noe som rørte seg og hun ble stående med store øyne og se på at merkelige eteriske skikkelser sakte gled frem, noen steg opp fra bakken og andre kom frem fra trærne og samtlige virket for å være lys i fast form. Det var skapninger hun ikke hadde ord for, merkelige og vakre og samtidig groteske og de ble stadig flere. De sto der i linjer som en annen hær og Daithe kunne ikke telle dem, det var vanskelig å skille dem fra hverandre slik. Men en skikkelse skilte seg ut, fargen på lyset var annerledes, klarere og mer glødende og fargen var intens men ubeskrivelig, som om alle farger gled over i hverandre kontinuerlig.

Det var en kvinneskikkelse og hun sto foran resten, større enn dem og som en dronning å se til. Daithe holdt pusten, brått raste hæren av lysende vesen fremover og gjennom muren og hun gispet da hun så at fienden ganske enkelt begynte å brenne som fakler når de kom i kontakt med disse lysvesenene. Ville vræl hørtes og hun så at mange av de lysende åndene eller hva de nå var faktisk fløy, de svevde fremover gjennom lufta og angrep fra alle kanter og Daithe fikk en intens følelse av at dette var noe ingen egentlig var ment å se.

Hun ønsket å lukke øynene men kunne ikke, det var ikke mulig. Ilden kastet et varmt skinn over dalen og snart ble det stille, det virket for at fienden ganske enkelt brant til aske og sakte ble den blå gløden svakere til den forsvant og tok kuppelen med seg. Daithe stirret ut over en dal som nå var tom for fiender, alt var borte, hvert et spor av dem utradert og de glødende skikkelsene forsvant ned i bakken eller inn i skogen igjen. Men to ble tilbake, kvinnen og en enorm drageaktig figur som sakte vandret mot henne. Daithe følte en intens trang til å løpe sin vei, for det som nå skjedde ville forandre alt for henne. Men hun måtte bli, sto der til den lysende drage skikkelsen stanset rett foran henne og bikket på hodet. «Datter av lyset, den to ganger fødte. Når tiden kommer kall på oss og vi vil følge deg i striden, inn i mørket, inn i krigen» Drageskikkelsen falmet bort og kvinnen kom nærmere, hun krympet til en normal menneskestørrelse og Daithe så at trekkene hennes var merkelige, nesten utflytende og de endret seg hele tiden. Det var umulig å si om en så på en ung jente, en kvinne i hennes fulle kraft eller en eldre person fylt med visdom. Daithe ristet rent. «Hvem er du?»

Skikkelsen pekte utover slagmarken. «Betyr det noe? Dalen er trygg igjen. Men dere er ikke trygge, for deres vei går fra fare til fare. La den vekkede vise dere vei, det er stier å følge for dere alle»

Daithe svelget hardt. «Min sti, hvor fører den meg? Hva er jeg?»

Kvinnen smilte mykt. «En dronning, en leder. En hærfører, de vil lyde deg Daithe, dagen vil gry da du vil skjønne hva du er født til å være, dagen vil komme da du vil kunne lede oss til seier»

Daithe trakk pusten. «Seier, over hvem? Hva foregår egentlig?»

Den lysende skikkelsen løftet hodet stolt. «Du vil forstå, og vi vil sees igjen, men for nå er det farvel. Du må samle dem, vindens brødre og søstre. Bruk gaven din, den venter deg.» Daithe følte en trang til å rive ut håret og ule i frustrasjon. «Jeg forstår ikke!! Ved gudene, hvem er du?!»

Skikkelsen bikket kokett på hodet. «Jeg bærer mange navn og ingen men du kan kalle meg Imla»

Daithe så at Imla forsvant i ingenting og hun følte en trang til å banne styggere enn noen gang tidligere men hun sovnet igjen, og ble liggende å sove tungt til Fhirdhag vendte tilbake til hytta. Han rusket svakt i henne og hun gryntet og slo øynene opp, Fhirdhag så forbauset ut. «Daithe, har noe skjedd? Har noen vært her?»

Hun løftet seg opp og gned seg i øynene, de føltes hovne og tørre og hun gjespet. «Nei, hvordan det?»

Han løftet opp en slags kasse fra golvet. «Denne lå ikke her da jeg gikk fra hytta»

Hun rynket pannen. «Den lå ikke her da jeg la meg heller, jeg ville ha snublet over den og gått på fjeset. «

Fhirdhag løftet kassa opp, den var litt over halvannen meter lang og helt svart. Vakre mønstre var skåret ut i den og den måtte ha vært lagd av et eller annet slags hardt treverk. Daithe så beundrende på den. «Er den lagd av alver?»

Fhirdhag ristet på hodet. «Nei, den skriften er ikke vår, og jeg kjenner ikke det materialet.»

Daithe satte seg helt opp, hodet spant og hun følte seg veldig forvirret. «Hva tror du den inneholder?»

Fhirdhag så litt tvilende ut. «Den er tung, men ikke veldig tung. Det er en lås her»

Han rørte den litt nølende og Daithe forsto at han var usikker på hva dette var. Hvem hadde lagt den inn der mens hun sov?

Låsen spratt opp og lokket gled til siden, Fhirdhag gispet lavt og Daithe lente seg frem. Kassa var fylt med svart fløyel og i fløyelen lå det to våpen hun aldri hadde sett maken til. Det var to blader på rundt to fot hver med et langt skaft på hver og de var både sverd og spyd på samme tid, selve bladene var svakt s formet og utrolig elegante med dobbelt egg og nydelige mønstre av vinranker og blomster virket for å være etset inn i metallet. Begge våpnene var mesterverk og skaftene dekket med et slags skinn som virket mykt og samtidig solid og den avrundede enden av hvert skaft var formet av en eneste stor krystall. Bladene var helt identiske med unntak av den krystallen, den ene var hvit og den andre var rød. Selve designet var utpreget alvisk men utrolig forfinet og Daithe bare glante. Hun hadde aldri sett vakrere våpen og metallet i dem virket for å være sterkere enn stål.

Fhirdhag virket himmelfallen og han strøk en finger nesten ærbødig over det nærmeste bladet. «De var tapt for alltid...» Stemmen hans røpet en god porsjon sjokk og vantro og Daithe glante på de to våpnene, de så helt nye ut men hun forsto at de var velkjent for ham. «Vet du noe om disse våpnene?».

Han nikket. «Ja, vi har legender om dem. De ble skapt av gudene, og gudene tok dem tilbake da de ikke lenger var nødvendige. Men nå er tydeligvis tiden inne for at de skal smake blod igjen»

Daithe svelget stivt. «Jeg har aldri brukt slike våpen noen gang»

Fhirdhag smilte stivt. «Det er det få som har Daithe min, men de er for deg. De er kun smidd for en kvinnes hender.»

Hun husket drømmen, en hærfører. Hun følte seg overveldet og forvirret og på en måte litt stolt, de våpnene var så utrolig vakre, og hun skulle bruke dem? Hun strakte seg og la handa på ene hjaltet, det føltes som om hun brått var blitt gjenforent med en lenge tapt venn og hun smilte sakte. Noe gled på plass, noe føltes brått riktig og hun kjente seg sterk, uovervinnelig nesten. «Har de noe navn?»

Fhirdhag nikket og blikket hans var vemodig. «Isvind og Blodregn.»

Hun forsto at det hentydet til fargen på krystallene, navnene passet dem. Hun tok dem varsomt ut av kassa og de var perfekte. Andre ord kunne ikke beskrive dem. De var våpen som kunne drepe på avstand så vel som i nærkamp og hun strøk hendene langsmed bladene og følte at de på en måte nesten mol som en katt under berøringen. «Og de er mine?» Fhirdhag nikket. «De er dine Daithe, du er valgt, de vil aldri svikte deg»

Hun trakk pusten dypt. «Jeg er beæret, hva nå?»

Fhirdhag smilte og kysset henne. «Nå hviler vi litt til, og så skal vi samles i sirkelen. Lamara bør kunne fortelle oss mer nå.»

Daithe la bladene tilbake i kassa, lukket den ærbødig. «Ja, la oss håpe at vi får litt mer klarhet i sakene»

Fhirdhag la kassa ned under senga og la seg inntil henne og Daithe sovnet igjen, denne gangen uten å drømme noe som helst.

Wulf

Å ri i det vanskelige terrenget med Judla foran seg i salen var ikke lett, særlig ikke med tanke på at han nå begynte å kjenne at kroppen hadde fått solid juling. Det verket overalt og han var redd han kunne ha skadet seg alvorlig men han bet tennene sammen og red på. Det var ikke enkelt å finne frem, det var fremdeles bratt og kronglete og svært glatt også mange steder men hestene var gode til å holde seg på beina og han skiftet hest ofte så de ikke ble for slitne. Judla var apatisk, satt bare der og gav lavmælte ordre når de skulle svinge og Wulf forsto at det som hadde skjedd virkelig hadde skadet gutten dypt. Antagelig var det bare pliktfølelsen som hadde holdt ham i live og Wulf fryktet hva som ville skje om Judla bestemte seg for å gi opp. Det tok over et døgn å finne landsbyen gutten hadde nevnt, den var ikke stor i det hele tatt, kun noen få hytter bygd av stein og torv plassert innunder en stor klippe og de så nesten ut som steinblokker til en kom på nært hold. Noen enkle kve røpet at det var folk der, men kveene var tomme og det røk ikke fra noen av ljorene. Wulf kjente at hjertet sank i ham, de trengte virkelig hjelp og om folk hadde forlatt stedet var det neppe noe igjen der som var til nytte på noe vis. Folk tok verdisaker og slikt med seg når de flyktet, så fremt de kunne. Han stanset hesten og så på hyttene, de fleste var eldgamle og enkelt oppmuret av stein funnet på stedet, de var solide men ikke særlig store og han undret seg på hvordan det var mulig for folk å overleve der. Sauene gav vel kjøtt og melk og ull men alt det andre et menneske trenger for å leve? Den svarte merra knegget og stampet med beina, den hesten var stri og sterk og ville videre og Wulf rykket i leietommen for å få henne til å holde munn. Det lød en svak lyd fra en av hyttene, en luke åpnet seg og Wulf så lys, svakt flakkende lys. «Ved gudene, er det skikkelige folk så vær velkomne men er dere pakk så ri forbi, her er ingenting av verdi»

Stemmen var tynn og skjelven og tilhørte noen som var langt opp i årene, Wulf holdt hendene synlige. «Vi er skikkelig folk, ikke røvere. Vi ble overfalt men kom oss unna, gutten her er skadd»

Luka åpnet seg enda mer og Wulf så at noen beveget seg. «Så stig ned og kom inn, sett hestene i kvea. Det er litt høy der, ikke mye men noen sekker skal ligge igjen inne ved de store hvite steinene»

Wulf steg av og hjalp Judla ned, gutten gispet av smerte og sank sammen og Wulf støttet ham opp mot en stein før han slapp hestene i kvea og fant høyet. Det var to sekker med dårlig høy, tjukt og stivt og nesten for treverk å regne men om hestene tygde det godt gikk det vel ned. Wulf grep Judla om livet og halte ham med seg opp til hytta, luka sto åpen ennå og Wulf trakk gutten etter seg inn. Hytta var liten og lav under taket og det oste surt av et enkelt ildsted. Det var et fattigslig sted om han hadde sett noe før og innbyggeren som hadde snakket til dem var en utgammel gubbe. Han var så krokrygget at han nesten sto dobbelt og så skitten at hudfargen var vanskelig å bedømme. Klærne var stort sett filler og han stinket ille av urin og gammel møkk. Fyren bikket på hodet «Om dere kom dere unna det pakket som herjer her i fjellene hadde dere flaks»

Wulf gryntet bare og slapp Judla ned på en slags enkel stråmadrass i hjørnet. «Det kom troll, vi greide å gjemme oss» Den gamle nikket sakte. «Troll, ja mot de kan få slåss, selv ikke mordere og banditter.»

Wulf sukket. «Det stemmer, vi trenger å hvile, og Judla her er skadet, de...forgrep seg på ham»

Mannen smekket med tungen, de innsunkne kinnene fortalte at han antagelig ikke hadde tenner igjen. «Jeg er ingen helbreder

352

dessverre, kona kunne litt men hun vandret for ti år siden, og takk gudene for det. Verden har gått av hengslene.»

Wulf rynket pannen. «Er du alene her gamle mann?»

Karen nikket kort med hodet og trakk noen tynne fjoner med hvitt hår ut av ansiktet. «Ja, de andre tok sjansen på å reise mot flatlandet for litt over en uke siden, De vågde ikke bli lenger, trollene har tatt alle sauene her og noen hester også, og for to uker siden fant en av karene her et reisefølge de hadde slitt i småbiter. Han greide ikke ete noe på mange dager etterpå.»

Wulf sukket lavt. «Du har ikke noe vi kan bruke som medisin? Mat, har du det?»

Mannen trakk på skuldrene. «Jeg har litt brennevin, men det er ikke bra. Og det ligger igjen noen urter her etter Malia, ja det var kona mi. Jeg er Kimbar.»

Wulf presenterte seg fort og Kimbar trakk bort noen steiner i ene veggen og avslørte et lite hulrom som inneholdt en slakk liten lærsekk. Han halte den frem og langet den over til Wulf som åpnet den tvilende. Det var flere små poser med tørkede blader og de fleste var mer eller mindre støv og neppe virksomme men han måtte prøve. Han helte noe av det i et krus med det heller tvilsomt utseende brennevinet og lot dem løse seg opp før han prøvde å la Judla drikke det. Gutten spyttet og svor men det gikk ned og Wulf visste at i hvert fall en av de urtene var smertestillende. Han kunne trengt litt selv men Judla fikk alt, han behøvde det mer.

Wulf følte seg motløs og redd, han måtte komme seg videre fort, Hanek måtte advares før det ble for sent og han visste at tida gikk, og det alt for fort også. Kimbar så unnskyldende ut. «Det er lite mat her er jeg redd, kun en gammel saueskank er igjen, de tok alt ellers. Jeg er gammel og for svak til å ri så de etterlot meg her.»

Wulf følte at et intenst sinne bygget seg opp i ham. «Det er en ussel ting de gjorde, å etterlate noen til sin skjebne slik»

Kimbar bare humret. «Jeg har ikke lenge igjen uansett, det er noe i magen på meg. Nei, jeg er fornøyd, jeg har levd hele livet

her. Jeg så dagens lys i denne hytta og det har vært et godt liv.
Jeg er tryggere enn de som reiste, og det sa jeg til dem.
Trollene angriper ikke de som er under bakken ser du, det er
som om de ikke kan se deg om det er stein i mellom. Er en i
hus over bakken derimot skjønner de det av en eller annen
grunn, stein eller ikke stein»
Wulf rynket pannen og så litt forbauset på gamlingen. «Er det
sant?»
Kimbar nikket høytidelig. «Ja, de finner folk lett de ubeistene,
men ikke om en er inne i steinhytter som disse. Gudene vet
hvorfor for lukta bør de kjenne lell men det er som om de ikke
evner å skjønne at folk kan gjemme seg slik, halvveis nede i
bakken»
Wulf trodde han forsto, troll var så stokk dumme at de ikke
evnet å fatte begrepet hus og bo. De så nok bare en samling
stein og greide ikke vri hjernene til å skjønne at det var folk
der, vanlige bygninger derimot kunne vel selv et troll kjenne
igjen som en kunstig struktur. Kimbar fant frem skanken, det
var litt kjøtt igjen på den men det var steinhardt og så beskt at
Wulf ikke greide å få ned en bit av det. Judla bare ristet på
hodet og Wulf ble litt bekymret da han innså at gutten svettet.
Det var kaldt der nå, på tross av ildstedet og svette tydet på
feber som igjen tydet på infeksjon. Han bannet og la handa på
guttens panne, den var glovarm og Wulf følte at iskald uro seg
gjennom ham. En infeksjon her og nå var umulig å gjøre noe
med, og Judla var svekket av blodtap også. Han hadde ingen
sjanse.
Kimbar ristet på hodet. «Han er av fjellfolket er han ikke? Da
er det best å la ham slippe, han vil aldri klare seg uansett. Om
slike udyr brukte ham har han tapt all ære, han får det bedre
hos forfedrene»
Wulf sank sammen på golvet og lukket øynene. «Jeg har mistet
for mange ved gudene, jeg vil ikke miste enda flere. Han
skulle vise meg den raskeste veien ned til slettene. Det haster»

Kimbar sjokket sakte over til bakveggen igjen, han trakk frem et stykke skittent lær. «Her, det er et kart. Raskeste veien er merket inn i rødt, men vær forsiktig. Det er ikke bare troll en må passe seg for her i fjellene. Viltet har flyktet og både jordbjørner og fjelløver har vært helt innpå husveggene her» Wulf skar en grimase. «Det høres utrivelig ut men jeg frykter ikke dyr Kimbar, kun udyr.»

Kimbar smilte skjevt. «Kloke ord»

Han hostet og rotet litt i ildstedet. «Om du rir på kan du nå slettene på en snau uke herifra, men da må du virkelig holde farten oppe»

Wulf stønnet, en uke. Og så var det å finne Hanek og hæren. De var neppe plassert inne ved fjellene nå men mange dagers ritt ute i riket, kanskje helt innerst i Tholir bukta, eller enda lengre. Og det tok også mangfoldige dager selv i strak galopp på uthvilte hester. Hadde han vært ti år yngre og vært uskadet hadde han bare glist av utfordringen og lovet seg selv å klare det på rekordtid men nå? Ikke fela, han gyste bare ved tanken. Men han måtte bare prøve. «Jeg blir til det blir lyst igjen, da må jeg ri. Kan du ta deg av gutten?»

Kimbar nikket og det var noe vemodig i blikket hans.

«Selvsagt, Han skal slippe å være alene. Det er ikke første gang at noen har trukket sitt siste pust her i hytta. Malia prøvde å hjelpe da pesten for gjennom området her for snart en mannsalder siden, jeg tror ikke hun greide berge noen, men hun prøvde. Ved gudene som hun prøvde.»

Wulf nikket og forsto at Kimbar en gang hadde vært en mann av betydning, en som andre hørte på. Nå var han bare en byrde og en ingen brydde seg om, det var trist slik.

Det ble mørkt ute nå og Wulf ble nervøs ved tanke på hestene, kom det troll kunne de være i fare men Kimbar beroliget ham. Det hadde ikke vært troll der i området på en stund og han hadde en gammel hund som holdt til lengre oppe i dalen. Kom det troll ville den gjø så de hørte det. Judla var nesten bevisstløs nå, kroppen skalv av feber og Wulf kjente igjen lukten av blodforgiftning. Han visste at Judla ikke hadde lenge igjen og bannet igjen, gutten hadde ikke fortjent dette. Han lovet seg selv at han skulle gjøre sitt ytterste for at familien hans skulle få kompensasjon for tapet, og for at Judlas navn skulle huskes og æres. Det var ikke mye brennbart materiale igjen i hytta så bålet gikk ut og det ble bekmørkt. Wulf la seg ned på golvet i kappen sin og den gamle rullet et par utslitte tepper rundt seg. De beste var pakket rundt Judla og Wulf våknet flere ganger gjennom natta av at gutten stønnet og vred seg i smerte. Da morgengryet kom var han stille, pusten var svak og huden voksaktig og blek og Wulf visste at det dreide seg om timer. Infeksjonen hadde spredt seg i hele kroppen og han var hinsides redning.

Wulf kom seg stølt på beina. Kimbar var allerede oppe og hadde åpnet luka, frisk luft strømmet inn og Wulf visste at han ikke kunne vente stort lenger. Hestene var uthvilt og han trykket Kimbar i handa. «Takk, for losjiet om ikke annet» Kimbar hostet grunt og smilte tannløst. «Ikke mye å takke for, men jeg fikk selskap i det minste. Kom deg av gårde gutt, jeg skal ta meg av resten. Jeg tror vi vil hvile her begge to, at denne hytta blir en grav er bare passelig, ingen vil flytte tilbake hit opp, det er for hardt et liv»

Wulf måtte være enig med det, livet i lavlandet var mye mer fristende, og innbringende. Han samlet hestene og salte dem opp, kom seg opp på den svarte merra og hun skar ut med en gang, ivrig etter å løpe. Kartet var godt, og enkelt og han håpet bare at ikke flere hendelser ville stanse ham nå, han hadde ingen tid å miste.

De neste dagene red han så å si konstant, han byttet hest hver tredje time og sov i salen når han måtte og han kjente tydelig at han ikke lenger var en ungsau. Han var stiv og blåslått og sulten rev i ham for provianten var oppbrukt nå og han rakk sjelden å fange noe vilt av noe slag. Han drakk vann og kverket noen harer og levde på det og heldigvis ble fjellene slakere og dalene grunnere. Det snødde en av dagene men han presset på selv om han skalv av kulde og han greide å holde stien selv der den var vanskelig å finne. Han var nærme de nedre dalene før slettene da han omsider så tegn til folk igjen. Noen hadde hugget tømmer i en dalside og det var ferskt for det luktet ennå sterkt av sevje og bark og sporene var ikke smeltet helt bort. Her lå snøen igjen i flekker og Wulf så at tømmeret var slept frem av hester. Han tvilte på at noen ville bruke så mye tid på å bygge nytt nå i slike tider så antagelig var dette en desperat handling utført av folk som var ute etter beskyttelse. Han kom noen fjerdinger lenger ned i dalen før han så at han hadde rett. Noen hadde reist en slags enkel palisade langsmed en stor klippe og flokkene med kråke og ravn som fløy rundt fortalte ham resten. Det hadde vært mange mennesker samlet på et sted, ergo, trollene ble trukket dit som av en magnet.

Noen hester kom løpende mot ham, vrinskende og overlykkelige over å se artsfrender og han så at det var gårdshester, grove sterke dyr som neppe hadde særlig med hastighet men stor utholdenhet. Et par hunder kom også til og han så at palisaden var blitt revet ifra hverandre som papir i nevene på en unge. Grovt tømmer var ikke nok til å stanse troll, disse folkene hadde ikke hatt en sjanse.

Kvalmen rev i ham da han sjekket forholdene bak det enkle stengselet. Det måtte ha vært minst femti personer der med stort og smått, antagelig ei hel bygd og det lignet et slaktehus en tornado har rast igjennom. Han kunne ikke gjøre noe fra eller til der og følte ingen skyld da han snasket med seg noen skinn med vin og et par skinker som hang igjen i restene av et telt. Med mat i magen følte han seg mye bedre, skadene var i ferd med å hele seg selv nå og han fikk litt mer energi nå som selve veien ikke var så farlig lenger. Han kunne holde et høyere tempo og han hadde rasket med seg også noen korte men godt smidde kastespyd og en bue samt et fullpakket kogger med piler. Hestene og hundene fulgte ham nå og han kunne ikke gjøre noe for å holde dem vekk så han lot dem bli med. De holdt godt følge så det gjorde ikke noe og hundene kunne varsle om farer. Wulf hadde heldigvis tilbrakt mye av livet på hesteryggen, ellers ville han ha hatt ridesår fra helvete nå, sadlene var godt lagd og tilpasset lange ritt og han lot hestene beite i noen timer hver dag. Han hadde ikke havre men her og der red han forbi forlatte løer og det var høy i noen av dem.

Det var snaut folk å se noe sted og han forsto at samtlige hadde trukket sørover, mot hovedstaden. Folk gjorde gjerne det i ufred, de trodde at tykke murer betydde sikkerhet men han tvilte på at selv Sølverhøy kunne holde ute troll og sjelløse om de gikk til angrep. To dager senere nådde han flatlandet ut mot Tholir bukta og han forsto at sitasjonen for folk flest nå var prekær. Her ute var det ikke troll, ingen her ante engang om det problemet men sult og krig var det som hadde ridd dette landet hele vinteren. Også her sto gårdene forlatt, noen var brent og plyndret og andre sto der som om eierne bare var ute på jordet en stund og snart kom tilbake. Landsbyene virket befolket, i hvert fall noen av dem, og samtlige var bevoktet og han så hauger med lik som ingen engang hadde brydd seg med å begrave. Det hadde stått slag mange steder, noen ganger mellom adelige og andre ganger virket det for at landsbyene hadde angrepet naboen helt på eget initiativ, kun for å plyndre. Det var et land som var opprevet og ødelagt og han holdt seg langt vekk fra folk. Han måtte slippe løs to av hestene han hadde fått av Vardhys, dyrene hadde fått salsår og en av dem var gått halt, det var liten vits i å pine dem så han foretrakk og bare la dem gå. Den svarte hoppa Judla hadde ridd var like sterk som før og like stri og han likte den hesten bedre og bedre på tross av at hun bet og la på ørene når han skulle sale henne opp. Den hesten ville løpt gjennom drageild om det så var, han var ganske enkelt imponert.

Han hadde vært på slettene i fem dager da han omsider møtte på annet enn flyktninger og vettskremte bønder. Det var en liten tropp med soldater og han så at de øyeblikkelig trakk våpen da de så at de ble forfulgt av en rytter. De samlet seg og Wulf holdt hendene oppe, lot dem se at han ikke hadde annet enn vennlige hensikter. Han holdt skrivet fra Hanek i ene handa og offiseren som ledet troppen rynket pannen og red frem. Han så at Wulf bar en uniforms trøye under kappen og at han hadde et offisers sverd. Mannen blunket litt forvirret, så lysnet han opp og pekte. «Ved alle fordervede guder og deres avkom, Wulf?! Er det deg?!»

Wulf nølte, han kjente ikke igjen mannen med en gang, så klarnet det. «Degobhar, jeg kjente deg ikke igjen, du har blitt…slank»

Degobhar hadde vært en av Hanek's fremste offiserer men en skade i et kne hadde låst ham i administrativt arbeide og siden han var svært glad i kaker hadde vekta økt til folk spøkte med at ingen hest lenger kunne bære ham. Men nå var karen faktisk blitt slank og han så mye yngre ut. «Feltlivet gjør det med en Wulf, hvor har du vært? Hva har skjedd? Hanek har savnet å ha deg ved sin side»

Wulf samlet seg, prøvde å se offisersaktig ut men det var ikke enkelt, det var lenge siden han hadde levd i den rollen nå. «Jeg har ikke tid til å fortelle for tro meg, det er en forbasket lang historie og neppe en du vil tro med det første men hvor er kongen nå? Jeg har et bud til ham og det er livsviktig, det må nå ham med en gang»

Degobhar så litt forbauset ut men nikket. «Kongen står for øyeblikket noen fjerdinger nord for elva som går ut i bukta, det er kanskje fem dager nord for her. Vi er ute å rekognoserer, det er banditter her ute som plager de få folkene som ennå våger å holde seg her og vi prøver å bli kvitt dem. Den forbanna krigen har snudd opp ned på absolutt alt»

Wulf bare trakk pusten dypt. «Du tuller ikke, men ved alle guder, jeg må til kongen så fort som mulig. Krigen og røverne og alt det andre er bare barnemat i forhold til hva som kan skje»

Degobhar så skremt ut. «Virkelig? Men…hva da?»

Wulf så bistert på den noe yngre offiseren. «Tro meg, du vil helst ikke vite det.»

Degobhar tok seg synlig sammen, han gestikulerte mot tre av karene der. «Ok, disse tre kan eskortere deg til leiren, de er de raskeste rytterne vi har. Jeg må si at du ser noe...sliten ut»

Wulf måtte glise. «Jeg har ridd i to uker, annet er ikke å vente for pokker. Jeg kan vaske meg og barbere meg og ordne meg når beskjeden er overbrakt.»

Degobhar så smaløyd på den svarte merra, han gren på nesa. «Jeg må si at du ikke lenger er kresen når det gjelder ridedyr, det der er så avgjort ikke av den klassen du foretrakk før.»

Wulf lo nesten, Degobhar var kjent for å være ekstremt forfengelig når det gjaldt valg av hest og han red aldri annet enn det aller beste, og fortrinnsvis peneste han fant. Noen sa at det gjaldt valg av elskere også for samtlige visste at Degobhar foretrakk andre menn. Wulf hadde også foretrukket gode velavlede hester men han var ikke så nøye med utseendet på dem om de bare var sterke og raske. Wulf snudde hoppa. «Åh, denne løper livet av de tynnskinna blodshestene dere rir, hun er tøffere enn en drage med tannverk»

Som for å understreke det prøvde hoppa å bite ut en bete av den vallaken Degobhar red på og offiseren trakk hesten sin ut av faresonen med et rop. «Jeg ser det ja, men lykke til, Hanek vil bli overlykkelig over å se deg igjen»

Wulf smilte fort og smattet på hoppa som la ørene bakover og raste av gårde igjen som om hun hadde stått på stallen i en måned. De tre karene la seg bak ham og han så at samtlige var veteraner og antagelig svært erfarne. Det var en lettelse. Fem dagers ritt, mye kunne skje på den tida, men Wulf bet tennene sammen. Han måtte sørge for at hæren var forberedt om de kom ut for denne nye fienden. De kunne kanskje slåss mot de fleste normale hærer men dette? Det ville bli et ufattelig blodbad om de ikke ble advart. Wulf håpet at de ikke ble sinket på noe vis, om nødvendig la han eskorten bak seg, han kunne antagelig ri enda fortere alene. Mennene hadde saltasker med

mat og vin og utstyr, han ville presse dem som aldri før og om
de var verdige den æren det var å tjene Hanek kom de til å
klare det, selv fem dagers ritt med lite eller ingen hvile. Han
var eldre enn dem med minst et tiår, om han klarte det burde
ved alle guder de også klare det.

Vardhys

Vardhys følte seg merkelig kald mens han løp etter de andre, han ante ikke hvordan dette skulle gå for hvordan i alle guders navn skulle de kunne stanse trollene? Murene holdt ikke, det var bortimot garantert. De hadde ikke så mange menn heller og alle menneskene som hadde trykket seg sammen der i landsbyen var ikke krigere. Alfons hev seg på Flamme og Vardhys kastet seg i salen på Skygge, de red alt det remmer og tøy holdt mot porten og karene holdt følge med dem. Mørket falt fort og han var lettet da han så at fakler var tent så å si overalt. Karene ventet og de var bleke men fattet. Vardhys slengte seg av Skygge og en lang ulenkelig mann kledd i enkle skinnklær bøyde kne for ham. «Herre, jeg er Caerlam, jeg er en lokal jeger. Jeg så en flokk troll og de var på vei hitover, jeg har ridd hardt»

Vardhys så en pesende kortbeint hest som sto ved muren, dyret var dekket med svette og skalv i beina. «Takk Caerlam, du har gitt oss litt tid»

Jegeren kom seg opp. «Om jeg kan få hjelpe til gjør jeg det gladelig, søsteren min er i byen her med ungene sine»

Vardhys så fort på mannen, han kunne kanskje være i slutten av tredve årene og han så forholdsvis robust ut, som en person som vet hva han er verdt og som er til å stole på. «Du kjenner byen her? Hvor mange er det her inne nå tror du?»

Caerlam bøyde seg og grep en pinne, tegnet i støvet. «Jeg kjenner byen, og kun muren bak fattigkvartalet er sterk nok til å holde troll borte. Den er her»

Han pekte på tegningen, den var et grovt riss av byen og Vardhys så smalt på mannen. En som tenkte så godt trengte de, det var åpenbart at denne mannen ikke alltid hadde vært en enkel jeger. Caerlam fortsatte med stø stemme. «Det er kanskje så mange som tretti tusen her nå, alt som lever av folk i området har trukket hit, selv fra de øvre dalene ned mot slettene.»

Vardhys nikket, det var forferdelig mange, alt for mange.

«Hvor mange tror du er døde allerede?»

Caerlam trakk pusten dypt. «Et vanskelig spørsmål, for området her er tynt befolket. Det er langt mellom landsbyene og gårdene men færre enn fem tusen tror jeg neppe. Trollene utraderer alt når de slår til, og de virker for å være overalt»

Vardhys husket snakket om biblioteket, om de overlevde natta måtte de prøve å finne det og se om de kunne identifisere kilden trollene kom fra. «Hvor mange troll så du?»

Caerlam spyttet i bakken. «Jeg så kanskje en tjue femogtjue stykker. De er vanskelige å se i halvmørket. De er her snart»

Vardhys så at Iarda neste hang på muren, hun var grønn i ansiktet. «Du føler dem?»

Hun nikket, øynene var enorme i det smale ansiktet . «Ja de vil utslette byen, det kommer sjelløse etter dem»

Vardhys stønnet, hvordan stanset en noe slikt? Alfons skar en grimase. «Vi klarer trollene, jeg er sikker på det. Vi må ri ut og møte dem, drepe så mange som mulig før de i det hele tatt når byen.»

Vardhys svelget stivt. «Hvordan i alle guders navn klarer vi det? Og de sjelløse, Iarda, hvor mange er det?»

Hun stønnet. «Hundrevis, de er kulde og mørke, så onde»

Vardhys kjente at kald skrekk steg i ham, han svettet rent.

Alfons klappet ham på skulderen. «Ikke fortvil Vardhys, husk hva du gjorde med de trollene som angrep den ødelagte landsbyen? Du kan klare dette! «

Han så smalt på Alfons som så helt kald og rolig ut. «Jeg styrte ild for pokker, det er ikke ild der ute!»

Alfons bare trakk på skuldrene. «Du vil finne noe, jeg vet at du vil. Du er jegeren Vardhys, og trollene er ditt bytte. Tro meg, du vil se hva du kan gjøre»

Ublan kom labbende og den gryntet og grov i bakken, Ildøye løp rett bak og den strittet med de ville hårene langs ryggen. Øynene glødet og den blottet tennene. «Ser du? De er med oss, Ublan kan drepe mange, Ildøye også, tvil ikke på dem»

Vardhys følte seg svakt kvalm men nikket. «Jeg tviler ikke på dere mine venner, jeg tviler på meg selv!»

Iarda skalv rent. «Ri nå, før det er for sent.!»

Hala steg frem. «Vi forbereder murene, det er tjære å finne her i byen, og matolje, vi kan brenne det. Vi har mange piler og vi kan holde stand, jeg sverger at vi ikke vil vike tilbake»

Vardhys svelget stivt. «Greit, vi rir ut, men jeg aner ikke hvordan dette vil gå.»

Alfons gliste kort og hoppet opp på Flamme. «Det vil gå bra, la det lede deg Vardhys, du er mer enn du tror du er. Stol på meg!»

Vardhys trakk seg opp på Skygge med hjertet i halsen. Caerlam så stivt på ham. «Trollene er på vei opp en smal sidedal fra øst. Den kommer ut på sletten kanskje en halv mil herfra, og de er forbausende raske. De sjelløse kommer antagelig etter dem»

Vardhys nikket fort, han samlet seg og smilte blekt til Iarda før han sporet Skygge. Ublan brølte hest og la ut så bakken skalv og Ildøye kom med et merkelig ul og løp etter. De to skapningene la seg på hver side av Vardhys og Alfons og det var noe merkelig betryggende i å ha dem der. Skygge holdt tritt med Flamme utrolig nok, hesten var raskere enn en skulle tro var mulig og tråkket ikke feil i mørket en eneste gang. Han begynte å tro at heller ikke Skygge var et vanlig dyr og de la byen bak seg fort. Vardhys så at skyene trakk seg bort, månen kom frem og de så fjelldalene foran seg, området der høysletta stupte nedover i flere retninger. Og han så støvskyen som trollene la bak seg.

Alfons glødet igjen, Flamme blåste i nesa og brølte og igjen holdt rytteren lange krumme blad. Ublan og Ildøye løp ut til siden, de hveste og knurret og Vardhys følte seg brått svimmel, han klamret seg til salen og lukket øynene og da han åpnet dem igjen var brått sletta lys som om dagen. Han blunket forvirret men det var ikke sola som skapte lyset, det var at han brått så uendelig mye bedre i mørket enn før. Noe presset på, underlige ord han ikke forsto men han ropte dem ut og han så at en krystall-aktig glød la seg rundt ham og Skygge, som en slags rustning og det var faktisk det som formet seg, en rustning. Han glødet akkurat som Alfons og med ett føltes det som om alt krympet. Han så det ikke selv men han og hesten var brått dobbelt så store som før, og han var kledd i en merkelig rustning som lignet dragehud, på hodet hadde han en hjelm med underlige horn og i handa holdt han en øks. Det var ikke en øks som de han hadde brukt før, til å hugge ved eller slikt. Denne hadde et blad som var formet som en nymåne og det skinte i månelyset. Vardhys følte en slags eufori, brått var alt riktig, alt falt på plass og var slik det var ment å være. Han ropte en utfordring og raste fremover og Alfons lo høyt og vilt, det lange røde håret var som et banner bak ham og trollene der fremme saknet farten litt, usikre på alt lyset.

Ublan traff dem som et steinskred ned en bratt skrent, dyret rev troll overende som kjegler i et spill og Ildøye spydde lys og svidde dem av. Alfons tok ene flanken og Vardhys den andre, øksa gled gjennom trollene som om de kun var luft og de ramlet med en gang han kom nær dem med våpenet. Kun et risp var nok. Han var brått sterk, uredd og uovervinnelig og han følte en slags dyp inderlig hunger, en ulik noe annet han hadde kjent. Han begjærte blodet til disse uhellige skapningene, deres død og ødeleggelse. Han var jegeren og de var hans rettmessige bytte og han lo i det han pløyde seg gjennom flokken med troll. Det tok dem ikke mange minutter å redusere flokken med troll til aske og rykende kropper men nå dukket de sjelløse opp fra dalene og de var mange flere og langt raskere. Disse nølte ikke, de raste frem med vanvittig hastighet og Ublan og Ildøye hev seg frem, de to skapningen var så store at de rett og slett trampet beistene ned og det så grotesk ut men den hærskaren som nå stormet mot dem var så mange at det mest lignet på en tue med hærmaur på vandring. Alfons og Flamme skjøt inn i massen. De rev etter ham og den merkelige gangeren men Flamme sparket og slo og Alfons tok hoder med flytende eleganse. Vardhys lo, han og Skygge formelig danset over slagmarken og de sjelløse falt som korn for ljåen når han kom nær dem, det var som om lyset fra jegeren ganske enkelt slukket livskraften i dem, brått og totalt. Men de var mange, svært mange og noen kom forbi, de løp i stø kurs mot byen og selv med ild på murene var det lite forsvar mot disse uhyrene. Ublan og Ildøye gjorde sitt ytterste men mengden var ganske enkelt for stor, de ble som katter i et hus overrent med rotter, selve mengden gjorde dem forvirret og selv to jegere greide ikke drepe alle. Vardhys så at minst en seksti sytti var på vei mot byen, om de red etter kom bare flere til å komme til, det måtte være noe de kunne gjøre. Vardhys stanset Skygge, hesten skrek og slo med forbeina og han løftet øksa mot himmelen, mørke skyer hadde samlet seg der nå, kvernende og sydende som innholdet i en heksekjele og han brølte et eller annet. Øynene glødet rødlig nå og Alfons stirret på ham med forventning, som om han hadde ventet på dette. Skyene tetnet og så skar det lyn gjennom lufta, intense blålige lyn som raste gjennom øksa og rytteren og et merkelig mønster av ild spredte seg over sletta. Det glødet fra bakken og de løpende beistene ble slengt i været som konfetti og kom rykende ned igjen.

Brått var det ingen igjen av de som var kommet forbi dem og Vardhys ropte ut igjen, pekte øksa mot området de sjelløse kom fra og lynene raste fra himmelen som ivrige jakthunder og fløy langs bakken og grillet sjelløse. Vardhys for frem, svingte øksa og plukket ned de som slapp unna og brått var det ikke flere der, sletta var dekket med skrotter men lufta luktet oson og graset spraket av statisk elektrisitet. Vardhys lo helt til han brått kollapset fremover i salen, han krympet tilbake til normal størrelse og gløden ble borte. Han prøvde å rette seg opp men greide det ikke, han var veik som en reivunge og besvimte tvert. Alfons red bort til ham og trakk ham over på Flamme, holdt ham foran seg på dyreryggen.

Ublan og Ildøye kom løpende, begge var dekket med merkelig svart blod og så forferdelige ut. Ublan hadde noen stygge klor langs flankene men det harde panseret hadde beskyttet ham godt og han gryntet fornøyd og gned seg mot Ildøye som mol tilbake. De to dyrene likte tydeligvis hverandre svært godt.

Alfons red tilbake til byen i sakte tempo, Vardhys var bevisstløs og han visste at gutten hadde brukt mer krefter enn han egentlig hadde. Men han hadde lært, og ville bli flinkere etter hvert. Byen var reddet og nå gjaldt det å finne ut om det virkelig var et enkelt sted der i fjellene som ble brukt som ankomst for disse ubeistene. Det lysnet nesten da han begynte å nærme seg murene igjen, de hadde brukt mer tid enn han var klar over, alt hadde gått så fort virket det for men egentlig hadde det bare føltes slik. Han så at mennene var klare og han smilte fort. De hadde vært klare til å ofre seg for byen om nødvendig. Han red frem til porten og Hala åpnet den , bleknet da han så Vardhys. «Guder, ikke si at...»

Alfons ristet på hodet. «Han er utkjørt, ikke død. Han trenger mye hvile og når han våkner må han få god mat, og mye drikke. Han vil være tørst som en tømmerhugger og antagelig trenge flere liter med vann»

Han så at det var mange mennesker samlet der, alle så storøyd på dem og Alfons visste at det neppe ble det siste angrepet på byen. Det var mange mennesker der, de måtte ganske enkelt regne med at det ble forsøkt på nytt. Men kunne de klare å holde hordene av sjelløse borte en gang til?

Iarda var i et av husene nær muren, de hadde rekvirert det og mange var allerede i gang med å rive rønner og skur for å bruke dem til bygge materiale. Det var hektisk aktivitet der nå for mange hadde fått håpet tilbake og med det iver og styrke. Hala overvåket det arbeidet og Caerlam hadde tatt ansvaret for å fordele folk til de ulike oppgavene. Mange kjente og stolte på ham og adlød uten å mukke og det var verdifullt. Alfons så til at Vardhys fikk hvile i en god seng og Iarda våket over ham mens Alfons gikk for å finne biblioteket. Det var i rådhuset og en skjelven tjener viste ham veien. Alfons hadde lært å lese en gang i tiden, en av væpnerne hadde vært en vennlig mann som anså at en kvikk hjerne som ikke lærte alt det den kunne var bortkastet og han følte seg lettere motløs da han så hvor mange bøker som var der. Svære hyller fylte rommene fra golv til tak og alle var tette av bøker og Alfons stønnet lavt. Det var en mann som jobbet der, en eldgammel gubbe som var halvt døv og nesten blind. Han plirte med øynene og lyttet til hva Alfons mer eller mindre brølte til ham og nikket med hodet og smilte tannløst hele tiden. Alfons tvilte på at fyren i det hele tatt hadde skjønt hva han var ute etter helt til han forsvant mellom hyllene som et forskremt lemen og kom tilbake med bunkevis med bøker så svære at det var et under at han i det hele tatt kunne løfte dem. Mannen så ut som om det minste vindkast kunne bære han vekk som et løv om høsten men det var visst litt krefter i ham uansett. Alfons så på den voksende haugen med bøker og jamret seg, han kunne lese men det gikk pinefylt sakte og han skjønte neppe det eldgamle språket i disse bøkene. Han fikk hente hjelp og det med en gang for gudene visste hvor lenge det ville ta før fienden vendte tilbake. Med et oppgitt hikst løp han for å be tjeneren samle folk som kunne lese, de måtte komme til bunns i dette, og det fort!

Ushara

Hun ble sittende å prøve å roe ned Fhadan men det var ikke
enkelt når hun selv var minst like urolig. Hun tvilte ikke på at
de som hadde fanget dem var i stand til å skade andre alvorlig,
det hadde vært noe kaldt i øynene til Loswan som fortalte
henne at han neppe lot noe stå i veien for hans planer. Hun
vugget Fhadan sakte i armene og undret seg på hva den
kjeltringen ville med dette, det var tydelig at noe stort var på
gang men hva? Hun var for naiv, det var problemet. Hun visste
så inderlig lite om hva folk får seg til å gjøre mot andre og hun
fryktet for vennene sine. Kunne disse folkene være like gale
som de den gamle mannen fortalte om? Kunne de tro at offer
ville berge dem? Ingen kunne da vel være så tåpelige, troll bryr
seg ikke om slikt, men kanskje er det noe i det at folk trenger
håp uansett og er villige til å bite på hva som helst som virker
lovende.

Fhadan virket helt apatisk og Ushara ble litt skremt av det, hun
visste at alver er annerledes enn mennesker og dverger på
mange måter, de var særdeles følsomme mentalt sett og tapet
av en make kunne faktisk ta livet av dem. Hun håpet at Fhadan
var nok menneske til å tåle sterk sorg. Rommet var fordømt
lite, hun trengte å røre på seg også og begynte å vandre litt
rundt, kjente at irritasjon gnog på henne. Det å ikke vite noe
var uansett forferdelig og hun prøvde å roe seg ned men det
var vanskelig. Fhadan satt der og ristet svakt og hun bet
tennene sammen, hun ville ikke la noe skje med ham. Om noen
prøvde å skade dem ville hun bli nødt til å slippe det fri, det
som hvilte i henne. Hun ante ikke hva som ville skje da men
hun håpet bare at hun ville være i stand til å kontrollere det.

Fhadan kom seg på beina etter en stund, sjanglet bort i ene hjørnet og snudde ryggen til henne, hun forsto ikke først men så hørte hun en sildrende lyd og måtte rødme. Hun hadde ikke tenkt på den typen nødvendigheter og hun sukket lavt, det var ikke noen bøtter eller noe der, en måtte bare gjøre fra seg på golvet og hun bannet for seg selv. Dette var ikke et fangehull ment for annet enn å bryte folk ned, og hun gyste ved tanken på å tilbringe mye tid der nede. Fhadan kom seg tilbake til den smale brisken og så motløs ut. «Jeg klarer ikke å sitte innesperret over tid, det er ikke naturlig for mitt folk»
Ushara satte seg ved siden av ham og han lente seg mot henne. «Ditto, ante vi bare hva de vil med oss»
De ble sittende der, glofatet gav bare litt svakt lys og hun ante at det snart ble helt mørkt der. Hun tålte det, men hun tvilte på at Fhadan hadde nerver for det. Hun kjente at hungeren rev i henne, det var som ild i magen nå og hun følte seg svimmel og merkelig tung i hodet. Fhadan svelget stivt. «Du er ikke syk?»
Hun ristet på hodet. «Nei, ikke ennå. Jeg har aldri vært uten blod så lenge før, jeg…»
Hun greide ikke si mer, det kunne antagelig bli aldeles uutholdelig for henne om det varte ved. De ble sittende der å stirre tomt ut i ingenting, det var lite annet å gjøre og Ushara hadde for lengst mistet følelsen av tid. Det kunne ha gått dager allerede for alt hun visste og hun lengtet etter sol og vind. De hadde sittet der svært lenge da de hørte fjerne lyder, det var skrik og rop og lyden av lenker og Fhadan stivnet til, kroppen var brått anspent som en fjær. Ushara hørte bedre enn ham, det var flere personer og hun grep tak i ham. «Det er mange, vi kan ikke slåss, ikke her og uten våpen»
Han stønnet og vred seg men hun holdt ham hardt. Døra fløy brått opp og noen skikkelser ble mer eller mindre kastet inn før den ble smelt igjen. To av dem krabbet seg opp på knærne og en ble liggende urørlig, Ushara blunket forferdet. Det var tre ungdommer, snaut mer enn barn og det var en jente og en gutt og den som ble liggende var også en gutt på kanskje en tretten

fjorten. De to som kom seg opp var litt eldre, muligens rundt seksten og nesten nakne. Jenta hadde rester av et underskjørt på seg og gutten hadde tullet noe som måtte ha vært et ullteppe rundt livet. Jenta prøvde å dekke brystene med armene og hun hulket hele tiden, begge to hadde lenker om beina og gutten som lå der var også lenket. Ushara så hvorfor han ikke reiste seg, han var bevisstløs og årsaken var lett å se. Han hadde blitt pisket temmelig stygt. Kroppen skalv synlig og Ushara kjente lukta av feber, antagelig var sårene infisert. Hun gyste, det var lite hun kunne gjøre med noe slikt, hun hadde ingen urter og evnene hennes var begrenset.

Jenta så storøyd på dem og virket vettskremt men gutten myste og virket litt mer modig. «Dere er de vi møtte på, ikke sant?» Ushara forsto, de var i følget de hadde truffet på, de overlevende. Og nå dette, skjebnen var grusom til tider. «Ja, hva har skjedd med dere barn?»

Jenta bare snufset men gutten strammet seg opp. «Vi ble invitert inn og alt virket bra, men så slo de ned de voksne og tok oss barna og ungdommene, det var mørkt men jeg tror vi er i et slags gammelt fort»

Ushara lente seg fremover. «Vet dere hvorfor? Sa de noe om hva de vil med dere?»

Gutten nikket usikkert, han var en tynn spjæling men det var styrke i blikket hans. Antagelig var han vant til å ha ansvar og Ushara syntes uendelig synd på dem alle sammen. «De vil selge oss, de sier at når kongen er ferdig med å kjempe vil det bli etterspørsel etter slaver, og om han dør kan de gjøre som de vil.»

Fhadan hadde vært stille til nå, men brått bannet han på noe som måtte være alvisk. «Jeg var redd for noe slikt!»

Han så vennlig på de to ungdommene. «Han har store planer har han ikke?»

Jenta nikket og snufset. «Ja, jeg hørte dem snakke. De vil gi de voksne til slike galninger som tror at trollene kan overtales til å gå bort om de får offer»

Ushara kjente at raseriet rev i henne. «Og hva mer? Det er mer ikke sant?»

Gutten svelget og tårene tegnet blanke mønstre over de møkkete kinnene. «Folkene som var i de husene, kvinnene, de var tvunget til å være der, til å late som ingenting. Det er mange her, kjellerne er fulle av fanger. Og...»

Han snufset fort. «Loswan lot karene sine...gjøre stygge ting med jentene.»

Ushara så fort på den skjelvende jenta og hun ristet på hodet.

«Jeg...jeg blør, de...de lot meg være i fred»

Ushara trakk et lettelsens sukk. «Takk gudene dine for det da jente, det har berget deg. Hva har skjedd med han som ble kastet inn med dere?»

Jenta svelget fort, blikket var blankt. «Han prøvde å forsvare søsteren sin. De...de drepte ham nesten»

Ushara lukket øynene sakte. Loswan var verre enn de hadde trodd. Slavehandel, bare en virkelig djevel prøvde seg på noe slikt, han satset på at samfunnet ville ha rast helt sammen når alt dette var over og aktet å sko seg på det, og på andre menneskers ulykke og sorg. Hun kunne hylt av raseri. Jenta hulket. «Hva vil skje med oss, og Uhram?»

Ushara så fort på henne. «Det er vennen deres her ikke sant?» Hun snudde gutten og så at han var gråblek og kaldsvett. Antagelig hadde han ikke lenge igjen, blodtapet var stort. «Ja, han er en fetter av meg»

Gutten svarte og Ushara kjente forsiktig på halsåren til den syke, pulsen var svak og uregelmessig og hun svelget hardt. Lukten av blod var skrekkelig, en fristelse hun snaut nok kunne kjempe mot. Fhadan så på de to, blikket var tryglende. «Den store mannen som var sammen med oss, har dere sett ham?»

Jenta så på gutten, de virket for å tenke seg om begge to. «En av karene nevnte ham, sa at han var hard, men ville knekke»

Fhadan trakk pusten dypt, blikket ble vilt og han snudde seg mot Ushara. «Å guder, vi må hjelpe ham!»

Ushara smilte mot barna, så vennlig hun kunne. «Barn, sa de noe mer? Hvorfor de ville knekke ham?»
Gutten trakk på skuldrene. «Noe med kongen, og arvefølge?»
Fhadan snudde seg halvt, slo nesten neven i veggen. «Guder, om kongen dør uten en arving blir det kaos, de vil sikre at landet ligger på kne lenge»
Ushara måpte. «De kan da vel ikke…?»
Han smilte bistert. «Jo, så avgjort. Loswan er antagelig adelig, og han kan de lover og regler som gjelder når en konge har gått bort. Om de kommer seg til Sølverhøy og fjerner alle som kan være en potensiell arving kan de i praksis sørge for at alt som heter orden og organisasjon faller i staver totalt.»
Ushara svelget hardt. «Kan vi gjøre noe?»
Fhadan nikket. «Drepe dem, alle sammen. Loswan er neppe den eneste men vi må tross alt fullføre vårt eget oppdrag. Men å spenne bein for planene deres greier vi så avgjort»
Ushara fikk en brå tanke, hun så skjevt på de to ungdommene. «Barn, dere sa at det er mange her, hvor mange da tror dere?»
De to så bare rådville ut. «Mange? To hundre?»
Gutten virket svært usikker og Fhadan lente seg mot veggen. «Vet du hva Ushara, dette stedet er rene spisskammerset for trollene, de vil merke at så mange mennesker er samlet, tro meg»
Hun kjente at det gikk kaldt nedover ryggen. «Alvorlig? Men…»
Fhadan åpnet et øye, han så sliten ut. «Loswan er en gedigen tosk, når det ikke lenger er folk igjen på høylandet, hvor tror du at trollene og de sjelløse søker seg hen da? Jo, nedover dalene og det betyr hit!»
Ushara reiste seg ustøtt, den syke gutten var uansett fortapt, det var ingenting de kunne gjøre for å hjelpe ham. «Du har rett, hvordan kan han være så ignorant?»
Jenta pep nesten. «Han har magi som beskytter dem, en av mennene sa det»
Fhadan spant rundt «Hva? Hva slags magi da?»

Gutten skjøv kjeven frem og skulte. «Noen slags symboler malt på stolper, med blod. Men det virker ikke, en gård ikke langt fra hjemme gjorde det, og trollene kom allikevel» Halvalven sukket og så tungt på Ushara. «Det er gammel overtro. Jeg har sett det før, men mange har en klippefast tro på det. Det vil ikke stagge trollene i det hele tatt.» Ushara kjente seg brått vettskremt, flere hundre mennesker samlet på et sted? Det var som å ringe med middagsbjella for trollene, og de sjelløse? Åh guder, det ville bli forferdelig! Fhadan så hardt på henne. «Vi må ut, nå! Og vi må slippe alle fangene løs også» Ushara klynket nesten. «Hvordan? Døra er for sterk» Fhadan trakk henne med seg bort i en krok, hvisket innett. «Er den virkelig det? Du er sterk, du kan få oss ut» Hun så storøyd på ham. «Hva mener du?» Han tok hendene hennes. «Du blir sterkere om du drikker blod ikke sant? Hvor mye trenger du egentlig?» Hun så villøyd ut med ett, blikket ble svart. «Fhadan, jeg våger ikke å...!» Han bet tennene sammen. «Du må Ushara, for oss alle. Du kan klare det, du kan kontrollere det! Du er sterk!» Hun blunket, følte seg skremt og forvirret. «Men...hvordan...» Fhadan trakk henne nærmere, la pannen mot hennes. «Trenger du mye?» Hun ristet på hodet. «Nei, ikke fra et menneske, jeg tror bare litt er mer enn nok» Han så henne inn i øynene, holdt henne hardt. «Gutten er døende Ushara, vi kan ikke redde ham, men han kan bidra til å redde oss» Hun gispet. «Mener du at jeg skal... Åh guder, jeg kan ikke...» Fhadan svor. «Ushara, det kan være troll og sjelløse på vei hit allerede. Vi må ut! Hører du, vi må vekk!» Han ristet henne nesten og hun trakk pusten dypt. «Det er galt Fhadan, så galt!»

Han trakk henne inn i en klem. «Nei, det er å berge oss alle, ikke vær redd, du kan klare det»

Hun jamret seg nesten. «Guder, jeg…»

Hun så at de to ungdommene sto der som før, skjelvende og redde og hun husket den intense trangen til å redde liv, til å bekjempe hva hun var innerst inne. Men noen ganger må en bare godta hva en er for å kunne redde andre og hun nikket motvillig til Fhadan. «Greit, ok, jeg…jeg skal prøve»

Fhadan kysset henne på pannen. «Bra, du er tapper. Jeg skal distrahere barna»

Han slapp henne og gikk bort til de to, trakk dem bort til glofatet som så vidt lyste opp. «Hør etter, vi skal prøve å bryte oss ut, dere må gjøre som vi sier hele tiden, forstår dere?»

Ushara lot som om hun bøyde seg for å kjenne på pulsen til gutten, den var nesten ikke til å merke nå og hun hulket svakt, dette var forferdelig, men hungeren var for sterk nå, blodlukta for fristende. Hun brukte en spiker hun rev ut fra benken til å punktere en åre og la såret til munnen, Fhadan holdt på oppmerksomheten til barna ved å forhøre dem om veien til fangehullet. Hun kjente at en vanvittig følelse av kraft raste gjennom henne, åh guder, det var vidunderlig, hun drakk dypt og desperat og da det ikke var mer igjen skalv hun over det hele. Hun hadde aldri trodd at noe kunne være så mektig, så kraftfullt. Hun skrek nesten i det en intens eufori fylte sjelen og hun følte seg brått hel, som om hun hele livet hadde manglet noe vitalt uten å være klar over det. Men hun hungret etter mer, hun slapp armen og gned blodet bort fra munnen, dekket kroppen med restene av et teppe, prøvde å late som ingenting.

Fhadan kom bort til henne, hvisket. «Var det nok?»

Hun ristet på hodet. «Trenger…litt mer»

Han grep spikeren hun holdt og rispet litt i en finger, noen få bloddråper rant ut og hun hev seg på, sugde dem bort. Det føltes som et hestespark, som en bråstopp fra fritt fall, Hun lente seg fremover med et hest klynk, blodet fra Fhadan fikk

hennes eget til å koke, hun trengte så avgjort ikke mer, men
hva ved alle guder hadde de få dråpene gjort med henne? Hun
forstå brått at alveblod er annerledes enn et menneskes på
mange måter, hun ante ikke hva det gjorde med henne. De to
ungdommene sto der og så urolige ut og Ushara fjernet blod
fra leppene igjen, hun kom seg opp. «Han...han er død barn,
men...han hadde ingen sjanse»
De to reagerte lite på nyheten, antagelig hadde de skjønt at
vennen ville omkomme alt før de ankom fangehullet. Gutten så
ned i golvet. «Hvordan kan vi komme oss ut? Døra er sterk»
Fhadan smilte så vennlig han kunne. «Vi er ikke mennesker, vi
er sterkere enn dere. Vi kan klare det»
De to ungdommene så tvilende på hverandre. «Javel?»
Fhadan så på Ushara, hun kjente seg merkelig, nesten full.
Men sterk, veldig sterk, og hun hadde brått håp igjen. «Vi
prøver sammen, på tre?»
Hun nikket og la handa på døra, den var lagd slik at den støttet
mot dørkarmen på utsiden og slo inn i rommet, de måtte trekke
den mot seg for å kunne åpne den og antagelig var det solide
stålsperrer som gikk inn i fjellet når den var låst. Fhadan fikk
tak i en av plankene den var lagd av og spente musklene.
Ushara tok tak i metall beslagene og Fhadan smilte skjevt.
«En, to og tre!!»
De tok tak, Fhadan trakk alt han hadde og han var sterk men
Ushara følte en pussig følelse nå, som om det solide treverket
og metallet hun tok i egentlig kun var bare luft. Hun rykket til
og de hørte en knakelyd. «En gang til!»
Hun satte beina hardt i golvet og samlet seg, trakk det hun
hadde og det kom et smell og brått slo døra inn så hardt at hun
nesten mistet balansen og gikk på ryggen. Fhadan ble ivrig.
«Kom, fort, skynd dere»
Han kastet teppet fra benken over jenta som var storøyd og
skremt og gutten virket for å be. Ushara følte seg brått som et
monster og kanskje var det akkurat hva hun var. Gangen bak
døra var svært smal og dårlig opplyst og Fhadan lyttet nervøst.

Brakene burde ha blitt hørt om det var vakter der nede men antagelig stolte de på låsene så det ikke var folk der nede til å vokte fangene. Ushara kjente lukten av flere mennesker, det føltes som om sansene hennes hadde åpnet seg på en helt ny måte og hun nikket til Fhadan. «Vi går, det er ikke flere her nede. Vi må opp et nivå tror jeg»

Hun gikk foran med ungdommene bak seg og de nådde snart en trapp. Den var ikke lang men mørk og Ushara snek seg opp. Det var en ny korridor der oppe, den gikk på tvers av den retningen de hadde fulgt til nå og langs denne korridoren var det mange dører, mer vanlige celler med metallgitter og det var folk i alle sammen. Hun stønnet, et par hundre? Det var ingen overdrivelse akkurat. Hun begynte å rive opp låser med bare nevene, folk så vantro og skremt på henne men de forsto at de ble befridd og kom seg ut. Fhadan prøvde å organisere dem og de var forbausende rolige. Ushara løp frem, hun følte seg nesten frenetisk, åpnet dører nesten desperat og snart hadde hun en hel folkeskare i hælene. Hun kjente igjen noen fra følget og andre var ukjent for henne, gangen kom til en ende i en ny dør og hun rev den opp. To karer kom stormende mot henne men hun freste og dukket unna sverdene som om disse mennene beveget seg som snegler og brakk nakken på begge mot veggen bak. Det var en ny korridor, bredere og ganske godt opplyst og hun kjente blodlukt, hun nærmet seg varsomt og hun kikket inn en bred og høy dør som luktet røyk. Det sto varme fra stedet og hun forsto hvorfor. Dette var et torturkammer og det var tydeligvis blitt brukt for det var blod på golvet og Fhadan jamret seg. «Barech, han kan være her i nærheten. «

Ushara nikket. «Ja, men vi må folk vekk»

Fhadan hørte ikke på henne, han raste rundt og forsvant bak et hjørne og hun hørte at han gav fra seg et merkelig skrik. Hun løp etter, folkene hadde stanset opp, usikre på hva de skulle gjøre og hun veivet med armene. «Det er våpen her, ta dem!»

Hun sprintet etter halvalven og han satt på kne i en blodig dam med Barech i armene, han rugget frem og tilbake og lagde merkelig klynkelyder. Årsaken var smertefullt tydelig, Barech måtte ha blitt torturert lenge for han var nesten ugjenkjennelig. De måtte ha brukt varme jern på ham og trukket leddene ut av posisjon og han hadde sår nær sagt overalt. Fhadan skrek, et vilt hyl av smerte og sorg og Ushara forsto at Barech var død, hun følte sorgen som noe lammende og hardt og hun visste at Wulf ville sørge hardt over dette. Hun la handa på Fhadan. «Vi må videre, vi kan ikke bli her. Han har fred nå, ingenting kan skade ham lenger. Kom.»

Fhadan ulte formelig men hun fikk løftet ham på beina og trakk ham etter seg, halvalven virket for å være i sjokk så nå var det hun som måtte holde dem trygge. De kom opp et par trapper til og befridde enda noen flykninger før de nådde det som måtte være en borggård og der var det flere vakter. Ushara kjente ikke igjen noen av dem, men de virket for å være forhenværende soldater og hun kjente at noe som lignet et iskald villsinne steg i henne. Hun grep et sverd noen hadde satt igjen ved et fyrfat og nikket til Fhadan. «De drepte Barech, det er din rett å ta hevn»

Han knurret, brått var blikket svart og han snerret. Den vakre halvalven var brått skremmende å se på. Han fant et spyd og Ushara nikket kort. «Vis ingen nåde, drep alle»

Han skalv formelig så hun så det. «Det trenger du ikke fortelle meg!»

De raste frem fra bak hjørnet og siden de kom fort rakk ikke mennene der å reagere før det var for sent. Fhadan var en mester med våpen og Ushara var sterkere enn noen skulle tro nå, hun kappet seg en blodig vei og nølte ikke. Det var som en rus, en forferdelig og knusende fryd over å være herre over liv og død og hun gav seg ikke før alle der lå døde. Hun peste og Fhadan nikket stivt til henne. «Det må være ting her vi kan bruke, du søker bygget, jeg går gjennom stallene og uthusene»

Hun løp inn, det var en svært enkel festning, temmelig gammel og primitiv med store åpne rom med åpne ildsteder og det var tomt for møbler der men det var mye gjenstander der.

Antagelig slikt som var tatt fra flyktningene og hun gav fra seg et lite utrop da hun fant deres oppakning samt våpnene deres i et hjørne. Hun grep alt samt noen ekstra våpen og løp ut igjen.

Flyktningene var påkledd men ellers hadde de ingenting og hun beskrev veien til rommet med alle tingene. De løp for å finne sitt og Fhadan kom løpende fra stallen. «Det er mange hester her, våre også, og sadlene våre. Jeg har salt på dem.» Ushara trakk et lettelsens sukk. «Da er ikke skrivet tapt. Hva nå?»

Fhadan festet sverdet sitt med en stiv bevegelse, det var tårer på kinnene hans men han så bestemt ut. «Loswan og slenget hans må fjernes, de bruker den gården som en felle.»

Ushara svelget. «Hva med flyktningene?»

Fhadan så hardt på henne. «De har alt de trenger her nå, hester og vogner og utstyr. De kan komme seg videre og bør reise så fort de kan også. Men jeg vil ikke la det fordømte beistet slippe unna»

Ushara trakk pusten dypt. «Ikke jeg heller Fhadan, jeg forstår» Han var blek og hun så at blikket ennå var svart. « Godt, denne festningen ligger bare et par fjerdinger fra den gården, i le bak åsen. Vi er der raskt om vi rir nå»

Hun så opp. Sola var på vei ned. «Er det lurt?»

Han snerret og blikket var merkelig tomt. «Nei, men jeg bryr meg ikke»

Ushara snudde seg og gikk tilbake til flyktningene, hun forklarte situasjonen og at de skulle hevne dem alle og folkene virket lamslått over at de ville gjøre det. Hun så til at de var sånn noenlunde organisert og Fhadan kom fra stallen med hestene deres og et par ekstra dyr. Han hadde bundet Barechs utstyr til hesten hans og ansiktet var hardt. Ushara visste ikke om hun likte det. Mange av flyktningene var temmelig medtatt og hun tvilte på at de egentlig var i stand til å reise videre men det var opp til dem. De var frie nå og hadde utstyr mat og slikt så de kunne klare seg der, men det hele avhang av om det kom troll eller ei.

Ushara kom seg i salen på hesten sin og fulgte Fhadan ut porten, han red hardt og hun så at folkene stengte porten bak dem. Var de kloke ventet de til morgenlyset kom før de reiste, selv om det var fare for troll om natta. Det var ikke langt til gården og Fhadan stanset hesten bak noen store steiner og stirret ned på husene. Det så stille ut der og Ushara så at det lyste i byggene, antagelig var Loswan der nede og hun visste at de bare var to, uansett hvor sterke de var. Hun ante ikke hvor mange menn Loswan egentlig hadde, og hun ville ikke sette uskyldige i fare. Hun skulle til å spørre Fhadan hva slags planer han hadde da hun hørte et merkelig ul i vinden og en kald følelse grep henne. Hun stirret utover i mørket og nå var det brått som om alt ble mye lysere enn før, hun så at noe beveget seg mot gården og hun gispet. «Sjelløse, Fhadan, det er sjelløse på vei mot gården»

Fhadan bannet og han nølte. «Kan vi rekke å redde folk?»

Ushara så bort på stedet med desperat blikk, de fremste av de sjelløse var snart ved den enkle muren og hun ristet på hodet. «Nei, det er for sent!»

Fhadan svang seg av hesten og grep tak i buen sin, han fant en pil og surret en slags ull substans rundt den. «Ushara, se etter i glohornet på hesten min, er det liv i noen glør?»

Hun løsnet det og kikket ned i det, noen svake glør lyste opp, de måtte ha brukt det etter at det ble tatt fra oppakningen deres. Fhadan stakk pila ned i hornet og etter litt blaffet den opp og han nølte ikke. Han trakk strengen bakover til det knaket i buen og sendte pilen av gårde i en høy bue. Ushara forsto, pilen landet i taket på hovedbygget og siden taket var tekket med strå tok det fyr nesten med en gang. Fhadan spente buen på plass igjen. «Vi kan ikke slåss mot de uhyrene kan vi vel?»

Ushara vætet leppene. «Jeg vet ikke, og det er sant.»

De fremste hadde nådd husene og Ushara snudde seg vekk, hun bare stirret på Fhadans vakre ansikt, det glitret ennå av tårer i øynene hans og hun forsto hvor hardt tapet hadde vært for ham. Hun hørte skrik og noen kom løpende ut men ble grepet av de bleke uhyrene, hun ville ikke se hva som skjedde med dem. Taket brant nå, huset ville brenne ned og det var lite sannsynlig at noen der inne kunne overleve uansett hva de var. Ushara følte en svak stank i lufta og løftet hodet, hun rykket til. «Det er en flokk på vei hitover også, vi må vekk» Fhadan snerret. «Jeg vil se at Loswan dør Ushara» Hun pekte mot huset. «Se, du får ønsket ditt oppfylt» De så at Loswan og noen av karene hans kjempet seg ut med sverd i hånd og de svingte fakler og virket for å holde beistene unna men det ble for mange. Mennene forsvant under en sydende masse med sjelløse og huset kollapset rett og slett og falt sidelengs over både karene og beistene så gnistene sprutet. Fhadan lo, en skjærende og hånlig latter. « Måtte åndene jage deg i det hinsidige og ved alle guder, Barech bør være fremst av de jegerne.»

Han svang seg på hesten igjen og Ushara skulle til å komme seg opp på sin egen da hun hørte noe og snudde hodet. Det var en sjelløs, den sto bare et par meter unna og blottet de skarpe tennene, de svarte øynene var kalde og livløse og hun kjente den merkelig kalde døde lukta fra den og gyste. Beistet var tydeligvis ganske selvsikkert men Ushara følte brått en intens varme innvendig, hun var rasende, som aldri før. Hun krøket seg sammen og i det beistet bykset frem mot henne møtte hun det. Hun følte og så hvordan neglene hennes strakte seg til klør og de skar gjennom beistet som knivblader. Hun ulte og grep den sjelløse i halsen, løftet den klar av bakken og rev hodet av den med andre handa. Iskaldt sinne brant formelig i henne og hun så at flere kom løpende men de stanset og brått så de nervøse ut.

Fhadan så vantro på henne. «Ushara, du gløder!»

Hun så ned. Hun var omringet av en slags rødlig aura og hun følte en intens trang til å drepe, til å rive i småbiter og lemleste. Hun ulte igjen og brått var hun i bevegelse, så raskt at ikke noe menneske kunne sett det. Hun slapp det løs, rev inn i de bleke motbydelige kroppene som om de var lagd av smør og for hver hun drepte følte hun seg sterkere, mer hel, nesten lykkelig. Det var som om hver død gjorde henne sterkere og hun gav seg ikke. De rev etter henne, prøvde å holde henne fast men klørne fikk ikke feste, og de begynte å ryke når de kom nær henne. Da Ushara omsider saknet farten var det ingen igjen av flokken, de lå der i en haug og hun knurret og blottet tennene. De var hennes rettmessige bytte, og ingenting skulle stå mellom henne og dem.

Fhadan svelget nervøst. «Ushara, du er ok?»

Hun rettet seg opp, kjente seg klisset over det hele av blod.

«Jeg er meg Fhadan, ikke noen ny fare»

Hun kom seg i salen på hesten som blåste i nesa av lukta. «Vi rir, det er ikke mer her for oss nå. Om gudene vil greier flyktningene seg.»

Fhadan lukket øynene, tårene rant av ham igjen. «Du har rett, ikke mer, ingenting mer»

Hun likte ikke tonen men smattet på hesten. Hun følte på seg at det skrivet burde være verdt det, ellers skulle en eller annen få svi.

Olric

Hanek hadde sendt en representant for å diskutere situasjonen, det forundret ham ikke i det hele tatt. Hanek var en dyktig konge, en av de svært få og Olric hadde aldri vært så dum at han undervurderte mannen. Men han måtte da kunne utnytte dette på et eller annet vis? Om han måtte slåss mot Hanek oppnådde han svært lite, i verste fall tapte han og hans plan gikk i vasken. Hanek ville ikke bidra til noen ny orden, til å la verden fødes på nytt. Han ville sikre folket og holde den adelen som var tilbake i tøylene og ting ville bli som de en gang var. Det var ikke hva Olric så for seg. Representanten skulle ankomme denne dagen og Olric ville i det minste vise at han hadde folkeskikk, at han var en mann som kunne å oppføre seg. Representanten ville bli mottatt med all mulig respekt og luksus og Olric gjorde det med vilje. Om han fremsto som en svakere og mindre viljesterk person enn han egentlig var kunne det være at Hanek gikk for langt og gjorde en tabbe. Han hadde gitt alle mennene sine ettertrykkelige ordre og alt burde gå etter planen. Sekten var noe han bekymret seg mer for, egentlig hadde han planlagt å la de få spre enda mer kaos og kanskje også sparke bein for Hanek, det var merkelig hvor fort den religiøse vekkelsen spredte seg og noen mente at det ble brukt magi i noen tilfeller. Olric trodde ikke på den slags, han trodde bare på det han så og kunne berøre og ingenting han hadde lært eller opplevd talte for at magi var virkelig.

Nei, det var så avgjort desperasjonen i folket som drev dem til å overgi seg til denne nye troen, det de hadde funnet ut om den fortalte jo at den gav håp til de som var på flukt og var desperate. Han likte ikke rapportene som sa at de omvendte samlet seg til de rene armeer og han kunne ikke kjempe på to fronter. Vel og merke var disse folkene kun allmue, de kunne ikke slåss men det er styrke i antall.

Hæren hans var sterk, han hadde alt fordelt den rundt ved tanke på et angrep på Hanek og han brukte det han kunne om strategi. Hanek hadde ikke mange flere menn enn ham men de han hadde var virkelige soldater. De var trent og disiplinert og de hadde gode våpen og gode offiserer. Det var som forbannet at planen han hadde hatt angående den sykdommen hadde gått i vasken, de sa at kongen hadde en lege som var utrolig dyktig. Men den mannen var vel også bare en alminnelig dødelig, det burde la seg gjøre å bruke noe tilsvarende igjen. Det var forbasket at de leirhorene han hadde hyret ikke hadde greid å kverke karen. Haneks representant kom ridende den ettermiddagen, han kom med bare to menn og ingen av dem var krigere, de var antagelig tjenere for mannen virket for å være adelig og Olric undret seg på hvem han var. Hanek hadde en del slekt, men ikke noen nær familie. Om ryktene snakket sant støttet ætten hans ham helhjertet og ingen ville drømme om å motarbeide ham, det var dumt for Olric kunne så avgjort ha brukt en mann som det i sin tjeneste. Det måtte være en måte å komme nær kongen på. Det å lyse ut en pris på hodet hans var selvsagt en metode som kunne slå tilbake, Hanek var antagelig svært godt bevoktet nå men er en mann desperat nok stanser det ikke ham. Uansett unte han kongen den nervøsiteten.

Representanten ble godt tatt i mot og Olric så at karen oppførte seg som om det var ventet. Han var selvsikker og beveget seg rolig, som om han var mellom likemenn. Olric lekte med ulike tanker og planer, det var mange muligheter nå, svært mange muligheter. Mannen presenterte seg som Alberto av Sølverhøy, en firmenning av kongen og det var en viss likhet der som fortalte om slektskapet. Det betydde at mannen var i hvert fall å regne som en greve eller enda høyere på adelstreet og Olric viste ham stor respekt, i hvert fall utad. Alberto var ingen tåpe, han var en godt opplært og vis mann, en som kunne bedømme folk og Olric prøvde å fremstå som jovial og vennlig. Det brøt antagelig hardt med det inntrykket han hadde gitt før men hva betydde det? Han ville forvirret kongen, og en mann som er i stand til å gi ordre som strider mot hans indre natur er alltid mer verdt å frykte enn en som bare kan fulgte det hans egen personlighet dikterer.

Alberto var høflig, han la ikke frem Haneks bud før etter at de hadde snakket litt sammen, og Olric lyttet nøye. Hanek var villig til å gi ham et eget lydrike å styre, et eget kongedømme. Han kunne selv bestemme hvor og hvor stort innen visse rammer, og han ville slippe å betale skatt de første ti årene, om han overgav seg og la ned stridsøksen for godt. Det var et godt tilbud, et Olric ikke hadde ventet egentlig. Det var svært generøst av mannen og det fikk ham til å undres, hadde Hanek en baktanke med dette. Alberto godtok at Olric måtte tenke på dette og diskutere det med sine rådgivere og Olric så til at Alberto fikk et meget flott telt og det beste de kunne oppdrive av mat. Han ville selvsagt ikke gå med på kravet men han ville gi inntrykk av at han faktisk vurderte det.

Den kvelden var det vindstille og området nord og øst for det innerste av Tholir bukta var kjent for nattekulde på denne tiden av året. Tåka hang tykk og kald og klam og flere flokker med gudinnens tilhengere hadde samlet seg i et par landsbyer der. De var omvendt uten bruk av magi, deres enkle sinn overveldet av utsiktene til et nytt og bedre liv, et uten frykt og sult og en vei ut av elendigheten krigen hadde ført med seg. Nå var de hellig overbevist om at de fulgte den ene sanne vei og prestene hadde fort kvalt ethvert forsøk på å stille spørsmål ved troen. Samtlige der var i stand til å myrde sin egen mor nå om det gav dem en plass i det paradiset de ble lovet skulle oppstå etter at alle var omvendt til denne ene sanne troen. At de drepte de som ikke lot seg omvende var bare rett og rimelig og ofringer var jo nødvendig for at gudinnen skulle bli sterk nok til å beskytte dem alle. Alt var nøye planlagt og lagt til rette for å redusere deres evne til å stille spørsmål til noe nærmest ikke eksisterende. Nå hadde de fleste gått til ro for natten, prestene var selvsagt plassert i de beste rommene og de hadde fått noen pene ungjenter som var svært ivrige etter å varme sengen for slike hellige menn.

Natta var svært mørk og ingen så den svake grønnaktige gløden som seg gjennom tåka, det var en ås like bak landsbyene og på den sto noen mørke skikkelser. De var helt dekket med kapper og de rørte seg ikke, ikke engang en lyd kunne høres fra dem og de kunne nesten mistas for å være lange tynne steinsøyler siden de var svært høye. Men de var levende, i det minste på et vis og gløden seg fra dem. Som om den var væske som sakte forlot deres kropper og gled utover bakken. Det var på tide å utnytte det prestene hadde sådd, de ante ikke hvem de egentlig tjente men det spilte ingen rolle. Snart var de alle like, og alle skulle tjene de sanne herrer. Gløden nådde landsbyene, ingen sto vakt for hvem fryktet de vel? Den seg inn over bakken, gled opp over dørstokker og opp trapper som et levende glidende vesen. Her og der møtte den på en sovende person og virket for å gli i ett med vedkommende før den forsvant sporløst og sakte fordelte den seg mellom alle der. Til og med prestene fikk sin dose og når de våknet til morgenlyset ville de være sanne tjenere av verdens nye herrer, slaver av mørket, ute av stand til å sette seg opp mot de ordre de fikk. Prestene hadde forberedt dem, men nå var det fullbyrdet. Det var ting som måtte gjøres, og testes ut og den hæren som sto ikke langt unna var et ypperlig sted å begynne. Den måtte desimeres skulle planene kunne settes ut i live i full skala. Hvor mange som måtte ofres var et likegyldig spørsmål, ingen var uerstattelige av disse ynkelige menneskene. De sjelløse var gode soldater men kunne en ofre fiendens egne for egne formål var det selvsagt mye bedre. Ting skulle endres, og ingenting skulle stå i veien for dem. De mørke skikkelsene virket for å falle ned i bakken, og ble borte men bak åsen var alt en stor flokk sjelløse på vei, sammen med horder av troll og andre skapninger. Disse usle menneskene skulle bli en distraksjon, før den endelige utslettelsen.

Alberto mottok nyheten om at Olric ikke bøyde seg for Haneks krav med ro, han hadde antagelig ventet seg noe slik og Olric prøvde å gi inntrykk av at det hadde vært enn hard beslutning men selv et barn ville se at det var en tynn løgn. Shaad var der sammen med ham og Alberto så smalt på gutten som sto og så ut som uskylden selv. Olric gav Alberto noen småting som gaver til Hanek, det var tross alt skikk og bruk å gjøre det og Shaad hadde også noen ting han ønsket å gi kongen, antagelig bare fordi det sikkert føltes storslått å kunne gi noen til en konge. Det var en enkel ring en eller annen sikkert hadde gitt gutten, men den var alt for stor naturlig nok, og et pent halstørkle i silke med et vakkert mønster av roser langs kantene. Det var alt for feminint og Olric måtte glise for seg selv, han tvilte på at Hanek ville gå med noe slikt, Shaad hadde god smak som gav det fra seg.

Alberto og de to tjenerne red bort, Olric regnet med at det ville gå et par dager, så ville Hanek komme med et nytt forslag og han tvilte ikke på at kongen ville prøve å unngå å spille blod i lengden. Men skulle noe oppnås måtte Olric tvinge frem en reaksjon og han betraktet kartene sine nøye. Alle Haneks tropper var tegnet inn sammen med landsbyer og desslike og han bestemte seg for et mål. Hanek burde kunne lures inn i et bakhold, om han bare greide å provosere kongen nok. Han gikk til sine fremste offiserer og la frem planen, de var enige og gikk for å sette planen ut i live. Olric så på kartene igjen og smilte for seg selv, han ville vise tenner og klør nå. Endelig skulle han få sett hva hæren hans virkelig kunne utrette.

Olric kunne ikke vite det men Shaad hadde også sine egne planer, og han var klar over alt hans nye stefar var i ferd med å planlegge. Han hadde lojale tilhengere nå, mange yngre soldater var misfornøyd med den strenge disiplinen Olric hadde innført etter de første månedene med fri plyndring og herjing og Shaad hadde mer eller mindre hintet om at de fikk mer frihet under hans styre. Nå red en av dem av sted i den tidlige grålysningen, forkledd som en vanlig bondegutt på et heller slitent muldyr. Olric sine styrker ville møte mer motstand enn de hadde regnet med, mye mer motstand. Shaad var en mester til å skjule sine følelser, han var sitt vanlige beundrende jeg resten av dagen, og han visste at han snart ville slå til. Olric skulle miste alt, også sitt gode navn og rykte. Det var et løfte han var villig til å ofre alt for å få til.

Khelebil

Hanek var rasende, ingen undret seg over hvorfor, det var temmelig enkelt å forstå. Olric hadde avslått hans forsøk på å skape fred og alle visste hva det ville bety. Hanek ville bli nødt til å brukte makt og det betydde at liv ville gå tapt. Offiserer og rådgivere var samlet og gikk over det de visste om Olrics ressurser og Hanek var svært opptatt nå. Han snakket mye med Alberto som redegjorde for alt han hadde sett og hørt og Hanek virket ikke imponert. Det var liten tvil om at Olric var fast bestemt på å slåss og ingen hadde noen gode forslag til hvordan han kunne stanses. Hanek kviet seg for å senke seg til den mannens eget nivå, å sende noen for å prøve å myrde Olric var under hans verdighet, og det ville uansett bli meget vanskelig. Khelebil hadde forholdsvis lite å gjøre disse dagene, det skjedde skader temmelig ofte under trening men de var sjelden særlig alvorlige og gav ham ingen utfordringer. De andre feltskjærene tok seg av dem. Han tok seg av Hibu og gutten overrasket ham med sitt skarpe vett og gode evne til å lære. Hibu kunne bli en lege så god som noen med litt tid på seg og han var også svært lydig og trivelig å omgås. Khelebil anså det som vel så viktig som et skarpt intellekt, han hadde vært borti andre blivende feltskjærer og leger som sikkert var dyktige og kunne mye men de manglet så til de grader evnen til å omgås folk og forstå dem og da sto de der uten pasienter uansett hva de ellers gjorde. Noen mente at en lege burde oppføre seg som om vedkommende var den skinnbarlige selv men Khelebil likte ikke snobberi. Alle var tross alt kjøtt og blod, uansett hva slags opphav de hadde. Han hadde ofte nok sett at blått blod slettes ikke var en garanti for at en kan oppføre seg folkelig, heller tvert i mot, og det var i hvert fall ingen garanti for god helse.

Det hadde gått et par dager etter Albertos tilbakekomst da en av offiserene fra en fremskutt avdeling kom galopperende, Olric sine styrker hadde gått til angrep på dem tidlig om morgenen og det kunne blitt et forferdelig blodbad om ikke en bondegutt ridende på et utgammelt muldyr hadde advart dem om at det var en hær på vei mot dem. De hadde vært klare for angrepet og takket være gode offiserer hadde de gått av med seieren forholdsvis lett. Det var sårede og døde og de ble fraktet til leiren i denne stund og Khelebil fikk brått mer enn nok å gjøre. Skadene etter et slag var mye verre enn de han hadde behandlet til nå og han ble skremt over alt han så. Flere døde mellom hendene på ham men han trøstet seg med at han gjorde sitt aller beste. Det ble mye amputasjoner og sying og han og de andre var travle hele den dagen og langt inn i den neste. Det Khelebil var mest redd for var infeksjoner så han sørget for at alt var gullende rent, ingen ante hvordan infeksjoner slo til men han hadde sett at det ble mindre slikt der det var pinlig rent så han tok ingen sjanser. Alt av utstyr ble kokt etter bruk og de delte skadene inn i grupper og plasserte de sårede i henhold til det. Folk med skader i buken eller hodet ble ikke plassert sammen med de som bare hadde kuttskader i bein og armer og de med åpne brudd eller brannsår ble plassert for seg selv.

Khelebil elsket det, han elsket den intense spenningen, utfordringene og det å rive et liv tilbake fra dødens hender i siste øyeblikk. Han elsket å styre de andre feltskjærene, å lære fra seg og prøve nye metoder og han visste at folk allerede hadde en mye bedre sjanse i hans hender enn i hendene på andre mer tradisjonelle feltskjærer. Hanek gikk rundt som en rasende okse, han visste at Olric prøvde å fremprovosere en reaksjon og han visste også at han ikke kunne la det skje. Han måtte bite tennene sammen og holde sinnet i tømmene til det ble tid til å bruke det. Det virket for at Olric var sjokkert over tapet, ryktene sa at han hadde nektet å tro det til å begynne med og Hanek hadde godtet seg over det. Nå var det ikke særlig mange sivile igjen på markene rundt omkring, de fleste hadde søkt tilflukt i landsbyene eller flyktet ut til bukta og Hanek var glad til, Olric ville garantert ha brukt befolkningen og det på en lite hyggelig måte.

Khelebil ble med ene troppen ut til der slaget hadde stått og de gikk over de døde og lagde rapporter over skadene slik at de kunne være forberedt på hva slags våpen fienden brukte.

Khelebil hadde insistert på det og de fant ut at Olric hadde godt utstyrte soldater, men ikke så bra som Hanek. Våpnene var ikke så dyre og godt smidd og Khelebil visste at Olric ville bli nødt til å satse på mindre angrep fra flankene eller bakfra om han skulle ha en sjanse. De var på vei for å avløse en annen tropp da en rytter kom mot dem, det var en av offiserene fra den troppen og mannen virket urolig. Han stanset hesten og gjorde honnør og offiseren Khelebil red med besvarte det høflig. «Vær hilset. Som du ser får dere avløsning nå»

Mannen de møtte skar en grimase. «Dere er mer enn velkomne, vi frykter problemer»

Khelebil så forbauset på ham. «Hva slags problemer?»

Offiseren tørket pannen. «Det er en flokk med sivile på vei mot oss, langs hovedveien, og noe er galt. De oppfører seg så merkelig»

Khelebil følte en merkelig fornemmelse, som om det brått ble mye kaldere der. «Hva mener du med det? Merkelig?»

Offiseren skar en grimase og snudde hesten. «De sier ikke noe, er helt tause, de bare går fremover uten et ord, det er temmelig unaturlig»

Offiseren Khelebil kom med rynket pannen. «Hva mener du? Hvor er de på vei?»

«De er på vei rett mot leiren vår, sakner ikke farten eller noe»

Khelebil visste brått at noe var galt, ingen oppfører seg slik. «Har de våpen?»

Offiseren ristet på hodet. «Nei, de er ubevæpnet»

Khelebil strammet tøylene. «La oss ri, og fort. Jeg føler på meg at dette er noe ganske annet enn en skulle tro» Han lot hesten gå over i galopp og de andre fulgte ham, temmelig forvirret.

Avdelingen hadde vært sendt ut for å rekognosere og se om det var sivile fanget mellom de to hærstyrkene, det var kanskje hundre mann og de var en del av Haneks kavaleri. Det gikk hester i to store innhegninger der og noen telt var satt opp for mennene, de fleste var samlet nå, en offiser løp rundt og ropte ordre og Khelebil reiste seg i stigbøylene. Leiren lå i enden av en stor åpen eng og i enden av enga hadde det begynt å dukke opp folk. Offiseren som møtte dem hadde rett, det var unaturlig og svært skremmende. Disse menneskene gikk fremover uten en lyd, uten å se seg om. De gikk som søvngjengere, som om noen trakk dem etter seg med et usynlig snøre og Khelebil så at de snaut nok virket bevisst. Hva i alle guders navn feilet det disse menneskene? Soldatene virket for å være i villrede, dette var sivile, både menn og kvinner og av alle aldre og hva skulle de gjøre? De var ikke trent til å slåss mot uskyldige mennesker, det gikk i mot deres moralske holdninger og offiserene forsto ikke situasjonen.

Khelebil snudde seg i salen, så på mennene som fulgte ham og offiseren. Det var kanskje tjue menn til hest, bevæpnet med ryttersverd og samtlige var dyktige krigere. «Ikke stig av, bli i salen, jeg tror vi vil bli angrepet»

Offiseren som fulgte Khelebil så vantro på ham. «Angrepet? Du tuller? Det er en flokk med ubevæpnede bønder, de er da vel ikke dumme nok til å angripe en stor avdeling med kavaleri?»

Khelebil skar en grimase. «Jeg er redd dette ikke dreier seg om dumskap og vett men noe mye verre»

Flokken hadde snart nådd leiren nå og den unaturlige stillheten fikk mange av soldatene til å trekke seg tilbake, flere grep etter våpnene sine og offiserene begynte å rope ordre om kamp formasjon. En del løp også til innhegningene og begynte å sale opp hester. Khelebil stanset hesten sin, han kjente en underlig lukt som kom fra folkene der fremme, den var tung og moskus aktig og slettes ikke normal. Han frøs nedover ryggen, dette var ikke mennesker, dette var noe helt annet. En liten jente gikk i fremste rekke, brått løp hun frem med et hvin som hørtes ut som når noen river en metall plate i fra hverandre og hun raste frem mot en av soldatene med kjeften åpen og tomt blikk. Det var helt tydelig at hun ville prøve å bite mannen og han rygget bakover og slo til jentungen med sverdet sitt så hun stupte i bakken. Det stagget henne ikke, hun spratt opp med et vræl og gikk på igjen og Khelebil reiste seg i salen igjen og brølte. «Det er ikke mennesker, disse er besatt av et eller annet, forsvar dere»

Folkemassen hadde vært stille men nå hadde de begynt å messe et eller annet utydelig med hese hule røster, det hørtes ut som Theru og Khelebil antok at de prøvde å si navnet på gudinnen hvis dyrkelse spredte seg så ukontrollert. De raste frem nå, rett mot soldatene som nå forsto alvoret og falt inn i stramme rekker.

Hanek trente sine menn godt, de kunne å slåss og de nølte ikke da de forsto at dette ikke var normale sivile. Sverd ble svingt og skjold brukt til å dytte og slå med men disse menneskene vek ikke tilbake og Khelebil så til sin makabre fascinasjon at de ikke stanset selv med store skader. Blodet kunne sprute av dem men de gikk på. Flere soldater ble overrent av mengden og revet i bakken og skrikene fortalte alt for tydelig hva som skjedde med dem. Noen gikk målbevisst mot innhegningene og et par snartenkte soldater åpnet grindene og slapp hestene ut før disse vandrende marerittene fikk tak i dem. Khelebil så at offiserene var så sjokkert at de ikke visste hvordan de skulle reagere, han veivet med armene mot de tjue som red bak ham og de av soldatene der som hadde kommet seg til hest. «Ri, vis ingen nåde. Ri dem ned, drep dem!»

Stemmen hans brast og det ble et hyl mer enn et barskt stridsrop men soldatene rev seg ut av transen og sporet hestene og Khelebil så til fulle hvor stor skade en tropp med kavaleri kan forårsake. Hestene var trent til å slåss og braste inn i folkemengden som kampestein, rytterne svingte de lange svakt krummede sverdene med innøvd eleganse. Hestene spant rundt så ikke noen kunne gripe tak i dem eller rytteren og slo med voldsom kraft etter alle som nærmet seg. Khelebil sto der og glante helt til noen av disse merkelig forstyrrede personene kom nærmere, han red en kavaleri hest og var ingen god rytter så dyret begynte å gjøre som den var trent til. Den snøftet og begynte å slå etter folk, bykset fremover og Khelebil klamret seg til salen, han var vettskremt og forsto lite. Disse menneskene var hinsides alt han hadde opplevd før og han stirret på de som stimlet sammen rundt ham og så at blikkene var tomme og svarte. De virket ikke for å føle noe som helst, skader som ville brakt en hver normal person i bakken sporenstreks virket ikke for å engang sakne dem av og han så at soldatene nå hadde felt snart halvparten av angriperne. Disse skapningene var sterke men ingen utfordring for skarpslipt stål, soldatene forsto at de ikke kunne la disse marerittene komme nærmere så de nølte ikke og hugg etter armer og hode med en gang. Blod fløt rødt over bakken og allikevel vek ikke fienden tilbake. De gikk på uansett og Khelebil kjente seg kvalm da han innså at alle måtte drepes om de skulle stanses. Han var omringet av mennesker nå, personer med uttrykksløse døde ansikter og han klamret seg til hesten med desperasjonens styrke. Dyret kjempet vilt og Khelebil skulle ønske han hadde gjort som faren hans krevde å tatt timer i ridning for dette var verre enn noe han hadde opplevd. Han greide å holde seg på helt til hesten hans gjorde et byks opp i luften og slo ut med bakbeina så den lå flat. Khelebil mistet grepet med et rop i det dyret fikk beina i bakken igjen, han tumlet i bakken med et smell og rullet seg instinktivt unna selv om det slo lufta ut av ham. Han hadde ingen våpen og disse underlige folkene vendte oppmerksomheten mot ham øyeblikkelig. Han greide ikke å komme seg til hest igjen, dyret ville slå også etter ham og han ante ikke hva han skulle gjøre. Svarte unaturlige øyne stirret på ham og han skrek om hjelp mens han prøvde å holde dem fra livet, hender klorte etter ham og prøvde å holde tak mens åpne munner glefset og snerret og forsøkte å komme til å bite. Khelebil visste at gale hunder oppfører seg slik, var dette en slags form for rabies? Nei, det ville ikke påvirket så mange så fort, og dyr med rabies dør fort, og er redde sollys, vann og skarpe lyder. En soldat ropte til ham og et sverd kom susende gjennom lufta, slo ned i bakken ved siden av ham og Khelebil svelget et skrik og grep skjeftet, svingte våpenet med fryktens styrke. Våpenet var langt og forholdsvis tungt, det var et bastardsverd som kunne brukes med både en og to hender og Khelebil hadde lært å fekte men det var med et mye mindre slankere sverd. Dette var et våpen beregnet til å drepe og ikke bare imponere med og han ble forbauset over hvordan vekten fikk ham til å svinge ut av balanse men han tok seg inn igjen. Han hugg mot de som nærmet seg ham og eggen var skarp som et barberblad og skar igjennom klær og vev og bein som gjennom smør. Men Khelebil var ingen soldat, han var ingen voldelig mann og han hadde aldri drept noen.

Han hadde smaken av galle i munnen i det han hugg til mot en eldre kvinne som hveste og klorte mot ham, han kjempet mot trangen til å brekke seg, mot panikken. Han spant rundt, panikken fikk ham til å hugge og stikke langt fortere enn normalt og han skrek hele tiden, fra seg av avsky og skrekk. Frykten gav ham krefter og han hugg seg vei til armene skalv og kroppen skrek at han måtte hvile. Han holdt på til han brått sto der uten flere å angripe og en stemme ropte navnet hans. Han blunket og så opp, våknet til igjen. Det var en av offiserene, han sto der og holdt hendene opp mens han stirret på Khelebil. Feltskjæren svelget hardt, så snudde han seg og spydde voldsomt. Det var ingen igjen av angriperne, alle var døde og kroppsdeler lå strødd utover. Stanken var intens og

Khelebil var redd han skulle svime av. Dette var mer enn fryktelig, det var grotesk og han støttet seg til sverdet og stønnet, prøvde å ta seg sammen.

En av offiserene kom med en kopp vin, han svelget den ned og smaken og den brennende fornemmelsen i magen roet ham ned, hjalp ham å fokusere. Han ristet på hodet, blunket, rettet seg opp. «Hvor mange mistet vi, har vi sårede?»

Offiseren trakk et lettelsens sukk. «Vi mistet rundt førti mann, kanskje en ti tolv stykker er såret»

Khelebil forsto det høye antallet døde, disse beistene hadde slitt folk i stykker om de kom til og det etterlot få sårede om noen. Han bet seg i underleppa. «La meg få se dem med en gang»

Offiseren nikket og han fulgte etter mannen bort til et telt der folk allerede var i ferd med å ordne et provisorisk lasarett. Khelebil så med en gang at de fleste sårede hadde brudd og sår som kom fra rive skader. Noen var alvorlig skadet og hadde tapt mye blod men heldigvis var det bare en tre fire stykker. Men han så at noen av karene hadde fått bitt skader og han likte det ikke. Om dette allikevel var litt som rabies kunne det smitte via bitt og han tok en brå beslutning. Han visste at den eneste måten en kunne redde folk som ble bitt av gale hunder på var å brenne sårene med en gang og han begynte å rope ordre. Han delte inn de som var blitt bitt i en egen gruppe og isolerte den med egne forheng. Noen soldater brakte glofat og han varmet opp noen kniver i dem. Det var primitivt og lite effektivt men det eneste han kunne gjøre.

Han kjempet mot følelsen av vantro og skrekk, det de hadde sett var en umulighet men Khelebil nektet å la den følelsen overvinne seg. Han jobbet seg gjennom de vanlige sårede før han tok for seg mennene med bitt. Det var fire stykker og samtlige hadde bittene på armene. Han fikk to røslige soldater til å holde dem mens han brant sårene og karene skrek av smerte men Khelebil følte på seg at det var nødvendig. Dette kunne redde livene deres, dermed var det noe han ikke kunne utsette eller la være å gjøre. Det ville bli stygge arr av det men å ha arr er bedre enn å være død. Han sørget for at alle sårene ble vasket med sterk vin etterpå og grundig bandasjert og han fokuserte totalt på de sårede. Offiserene gikk rundt og organiserte opprydningen, de halte likene in hauger og soldatene slet med å røre de døde. De var redde for at de skulle våkne til live igjen helt plutselig. Det var ikke før Khelebil hadde gjort alt han kunne at han omsider fikk tid til å se på kadavrene. Noe hadde gjort at disse menneskene oppførte seg som en flokk med rabide hunder, men hva?

Han fikk en av offiserene til å bære et av likene inn i et eget telt, han skysset alle ut og betraktet kroppen med smale øyne. Tilsynelatende var den normal men øynene var ennå svarte og den var allerede blitt stiv. Han sukket, liket var av en ung gutt på kanskje tolv og de barnslige trekkene var grotesk fordreid, dette var virkelig aldeles forferdelig og han skar fort av kroppen de enkle klærne. Gutten var felt av et hugg som nesten hadde skåret hodet helt av og kroppen var i seg selv temmelig uskadet. Khelebil så at gutten var temmelig mager og hendene hadde træler, dette var en person av allmuen og antagelig fra de lavere lag også. Han antok at dette var en av de mange som var blitt drevet fra hus og hjem av krigen. Khelebil nølte litt, så begynte han å åpne kroppen, om dette var noe fysisk burde det være mulig å finne det, i det minste et hint om hva det var. Han fant fort noe som fikk ham til å myse og lene seg fremover i undring. Han så at nervene i kroppen virket for å ha nesten forsvunnet, de var kun rester av hva de burde ha vært og han åpnet skallen ved hjelp av en sag og litt lite elegant bryting. Det han fant der inne virket normalt helt til han rørte ved hjernemassen, da falt den nærmest fra hverandre som gammel tørr havregrøt og Khelebil bannet matt og måtte sette seg litt ned. Hva det enn var, det ødela folks evne til å føle, gjorde dem til marionetter for et eller annet han ennå ikke kunne sette navn på. Han samlet seg og gikk, gav ordre til at liket skulle brennes med de andre, han måtte rapportere om dette til Hanek. Om flere mennesker ble angrepet av hva det nå var kunne det bety store problemer for dem.

En av soldatene fant en uthvilt hest til ham og han fikk med seg to andre ryttere, de måtte skynde seg nå. Khelebil sa ifra til offiserene at alle mennesker som nærmet seg leiren måtte anses som en fiende helt til de beviste at de faktisk var oppegående og normale. Turen tilbake til hovedleiren ville bli lang men han tvang hesten over i galopp, han følte at han måtte skynde seg. Heldigvis kunne de rekke tilbake før det ble mørkt og veien var velkjent for ham nå, han brydde seg ikke om at han var en elendig rytter, følelsen av hastverk økte mens han red. Han fikk en følelse av at dette han nettopp hadde sett kun var starten på noe som kunne gjøre krigen til ren barnemat. Khelebil red inn i leiren akkurat i det sola gikk ned, noen kom for å ta den svette hesten hans og han løp mot kongens telt, tankene hans var fokusert på det han hadde overlevd og han kolliderte nesten med en av kongens adjutanter som kom løpende i stor fart. Mannen tok seg inn igjen med et rop og grep ham om armene. «Takk alle guder, jeg er sendt ut for å finne deg Khelebil, kongen har blitt syk»

Khelebil følte det som om magen sank i ham, han hev etter pusten. «Syk? Hvordan syk?»

Adjutanten hev ennå etter pusten. «Det er ganske ille, kom!» Khelebil løp etter, var verden i ferd med å gå aldeles av hengslene? Hva var dette? Han håpet at det kun var noe helt naturlig, som matforgiftning eller effektene av dårlig vin. Han så at flere var samlet utenfor kongens private telt og han raste inn gjennom åpningen i en vill hastighet som nesten fikk ham til å miste balansen. Kongen satt på senga si og han var rød i ansiktet og slet med å puste, den hvesende lyden Khelebil hørte fortalte ham at det var alvorlig og han bannet tynt. Hanek var dekket med svette og selv om han virket rolig var blikket fylt med panikk. Khelebil gikk over i lege modus der og da, han begynte å undersøke kongen grundig. Halsen hans var hoven og det virket for at musklene i kroppen var kraftløse.

Det var en stygg kombinasjon og en Khelebil ikke riktig forsto. En hoven hals kunne være forårsaket av allergi, han hadde sett det skje før. Men muskelsvekkelse? Det hang ikke på greip og han snudde seg mot kongens personlige tjener. «Har han spist noe uvanlig i det siste? Noe han ikke har spist ellers?» Tjeneren ristet på hodet. «Jeg har selv smakt på alt han har spist, alt var ok, og det var ikke noe han ikke har spist hver dag siden vi reiste ut.»

Khelebil bare visste det, det måtte være en form for gift, men hvilken? Og hvordan var den kommet i kontakt med kongen? Han så seg rundt, prøvde å tenke logisk, å se om noe der inne var annerledes enn dagen før da han besøkte kongen. Alt virket normalt. «Hvor lenge har han vært slik?» Tjeneren så litt usikker ut. «I noen timer, siden middag tror jeg? Han kalte på meg for noen timer siden, han var varm og svettet mye, pustevanskene er kommet nå nylig»

Khelebil prøvde å tenke, frykten han følte gjorde det vanskelig men han var trent til å holde hodet kaldt. «Greit, da kan det ikke ha vært noe som virker dødelig med en gang, eller en lav dose med hva det nå er.»

Han la en våt klut på Haneks panne og rykket til, kluten ble svakt misfarget og han løftet den igjen og så vantro på den. Det var en svak rødlig farge og nå så han at det var flekker med farge også på kongens krave og i håret hans. Khelebil gav fra seg et lite rop, på en stol ved siden av senga lå det noen klær og blant dem var et lite tørkle med pene blomstermønstre. Fargen matchet den på kongen og han grep det, luktet på det. Det luktet stramt av mannfolksvette og bak det lå en annen mer skarp lukt. «Har han brukt dette?» Tjeneren nikket. «Ja, til å tørke svetten med, det kom med Alberto, en gave fra Olrics stesønn visstnok»

Khelebil bannet, selvsagt var tørkleet forgiftet, hvem mistenker vel en liten lapp med pent tøy? Men nå kunne han jobbe med noe og han gikk igjennom de giftene han kjente i hodet. Han hadde en veldig god hukommelse og han visste at han ikke hadde mye tid. Hanek ble verre og han ba tjenerne hente de andre feltskjærene. Han kom til at giften som var brukt var en temmelig skummel en som var forbausende lett å komme over, en lagde den av roten til en plante som vokste i myrlendte strøk og antagelig var det meningen at Hanek skulle gå med tørkleet om halsen og dø temmelig brått men siden han bare tørket svetten med det ble effekten mye mindre. Det gav håp. En av de andre feltskjærene ble beordret til teltet der de oppbevarte medisiner og Older sto der og så temmelig nervøs ut. Han hadde ansvaret der når ikke Khelebil var til stede og var redd han ville få skylda for dette på noe vis. Hanek kjempet for å få luft nå og Khelebil sto og småtrippet til han som var sendt ut vendte tilbake. Han hadde med alt han trengte og Khelebil gikk i aksjon med en gang. Det var et kjent botemiddel mot den giften og normalt sett ble det inntatt oralt men siden Hanek hadde vansker med å svelge var det umulig. Khelebil arbeidet med raske bevegelser, blandet noen pulvere og løste dem ut i sterk vin før han silte alt gjennom noen meget fine linkleder. Det som var igjen trakk han opp i en sprøyte han selv hadde konstruert, han så til at det ikke var noe fremmedlegemer igjen i væsken før han satte sprøyta i kongens arm. Dette var ikke noe han hadde gjort før men de måtte prøve, før Hanek ble kvalt. Motgiften skulle være svært effektiv og i og med at dosen Hanek hadde fått i seg gjennom huden var liten burde det virke fort. Khelebil holdt pusten, alle der gjorde det samme. Samtlige visste at kaos ville bryte ut om Hanek døde, hvem skulle lede dem da? Hvem var regnet som en egnet arving? Hvem skulle lede hæren? Alt sto og hang på at mannen overlevde og Khelebil var ikke en som ba ofte men nå gjorde han det, svært så inntrengende. Det gikk en halv time, så greide Hanek å puste normalt igjen, hevelsen gikk sakte ned og han sluttet å svette og skjelve. Khelebil kunne ha grått av lettelse og samtlige der var fra seg av glede. Khelebil tok tørkleet som var årsaken til elendigheten og la det i en liten pose av lær, det kunne være at det kunne komme til nytte senere.

Hanek var svært medtatt og sliten og Khelebil satt med ham hele den natten. Hibu ble passet på av Older og kongen sov urolig og ujevnt. Khelebil orket ikke uroe ham med nyhetene om det som hadde skjedd, i stedet gav han ordre til adjutantene om at de fikk videreføre beskjeden til de øverste offiserene. Om noen folkemengde nærmet seg leiren uten å gjøre anrop eller gi seg til kjenne måtte de ansees som fiender og felles med piler, før de rakk å komme nærmere.

Hanek våknet tidlig den neste morgenen, han verket og var kvalm og svimmel og han orket bare et glass med vin men han var utenfor fare. Khelebil kunne ha kysset mannen der og da, det hadde gått bra. Men det hadde vært et utrolig guffent attentatforsøk og Khelebil ante at Olric måtte ha planlagt det godt. Allikevel var det noe ved metoden som fikk ham til å stusse litt, det lignet ikke en adelsmann å gjøre slike ting. Han kjente til Darasher slekten og de var ikke giftmordere, de kunne så avgjort være brutale og enda til ondsinnede men giftmord var ikke deres stil i det hele tatt. Olric hadde snudd ryggen til alt, så kanskje han nå var villig til å bruke urene metoder mer enn før, gudene alene visste men det var ingen tvil om at Hanek nå ikke lenger ville anse fredsforhandlinger som et alternativ. Khelebil ventet med å fortelle om det inntrufne til langt utpå ettermiddagen, da var Hanek ganske så restituert og i stand til å være oppe. Kokken hadde fått beskjed om å lage en kjøttsuppe til ham og Khelebil var ganske nøye med at mannen ikke fikk noe sterkere enn vin å drikke den dagen. Hanek hadde forstått hva som hadde skjedd og han var rasende, men han besinnet seg og nektet å la seg lokke til å handle overilt. Khelebil beundret det, det var en god egenskap å ha. Men kongen aktet ikke å vente lenger, han ville ikke la Olric styre denne dansen som han kalte det, han aktet å vise at han faktisk ikke hadde sittet med makten i landet i snart en mannsalder uten å lære noe. Han kalte generalene sine til seg nesten med en gang og begynte å legge planer, det måtte være en måte å slå til mot Olric på som ville lamme ham nok til at han også gjorde noe dumt. Hanek var en mann av den gamle skolen, slag ble utkjempet i sluttet orden og med disiplin og strenge regler men denne situasjonen kalte for noe nytt.

Det ble diskutert til langt på natt og Khelebil så til de syke i leiren i mens. Deretter tilbrakte han litt tid med Hibu som begeistret fortalte at Older hadde latt ham få lov å være med å blande urter og brette bandasjer og det var noe forfriskende ved å se guttens entusiasme. Det var slik en kontrast til hva Khelebil hadde opplevd og han undret seg på hva det var som hadde endret de menneskene så til de grader. Kunne det være at noen visste? Han gikk til de bøkene han hadde med seg fra akademiet i Sølverhøy men de nevnte ikke noe slikt noe sted, det eneste som lignet var meldrøye forgiftning men det gav forskjellig utslag for hver person og det rammet aldri så mange mennesker samtidig, og fikk dem til å oppføre seg helt likt.

Hanek hadde bestemt seg for å angripe Olric sine styrker men ikke på den tradisjonelle måten. Et stort angrep ville bli byttet ut med mindre raske utfall og Hanek ønsket å fremstå som totalt uforutsigbar. Det var den eneste måten en kunne slåss mot noen som Olric. Generalene bråkte litt og noen brukte også en smule kjeft men de jenket seg etter kongens vilje. Hæren ble forberedt på et angrep den dagen, ordre ble gitt og avdelinger fordelt og gitt utstyr og hester. Khelebil jobbet utrettelig med å forberede lasarettet, det ville bli bruk for det nå og han kjente at hjertet hugget av spenning. Hva kom utfallet av dette til å bli?

Hanek og Khelebil visste det ikke men Olric hadde sendt en tropp nordøstover for å finne en ås eller noe slikt der de kunne bygge et slags fort de kunne bruke som utsiktspunkt.
Slettelandet var flatt som en pannekake og det var ikke en stor fordel når en bedriver krig. Troppen hadde forlatt hovedleiren for snaue to timer siden da de brått kom over en flokk med

okser som tydeligvis var blitt drept av et eller annet slags dyr. Det var bare kroppsdeler igjen, strødd utover i vill uorden og soldatene ble urolige. Mange av dem var leiesoldater og de fleste slike er temmelig overtroiske. Oksene hadde ikke vært døde lenge, kanskje bare noen få timer og stanken var ennå ikke spesielt sterk. Mennene stimlet sammen, hestene var nervøse og siden det var en ganske kald morgen hang det ennå tåke temmelig lavt og den var tykk. De trakk våpnene sine og red frem mens de holdt skarpt øye med omgivelsene. Det var ikke nok, selv de skarpe øynene til disse karene greide ikke plukke opp faren de red inn i. De var brått omringet av skrekkelige skapninger med merkelig døde svarte øyne og skrekkelige gap og det virket ikke for at sverdhugg og stikk gjorde noen skade på vesenene i det hele tatt. De bare sjokket frem og mennene ble revet ned av hestene som også ble angrepet og revet i småbiter. En mann greide imidlertid å komme seg vekk, han hadde blitt hengende etter de andre siden han red en heller motvillig fet gamp som aldri adlød når han prøvde å jage på den. Mannen var egentlig en tjener for en av offiserene og hadde blitt beordret til å følge denne lille troppen for å sørge for at de ikke benyttet anledningen til å drive dank i stedet for å jobbe og på grunn av det var han allerede hatet av de andre karene og de holdt behørig avstand til ham. Nå reddet det livet hans, han rakk å snu gampen og gi den av sporene og han raste forbi noen av beistene for fort til at de rakk å gripe tak i ham. Panikken lyste i blikket til hesten og nå var den ikke lenger lat men la ut som om den prøvde å slå ny rekord på veddeløpsbanen i Sølverhøy. Rytteren ville ikke klart å stanse den selv om han prøvde. Mannen red for livet hele veien tilbake til leiren, gampen var kanskje ikke rask men den var forbausende utholdende og greide turen tilbake, mest på grunn av skrekken den følte. Vaktene som var plassert ut rundt Olrics hovedleir så forbauset på ham da han omsider greide å stagge det vettskremte dyret og fikk den ned i skritt. Hesten skummet og skalv og rullet med øynene og mannen på ryggen av den var svett og villøyd. Han skled ned av salen med samme eleganse som en sekk med ål og sto der temmelig bredbeint siden han ikke var vant med å ri i det hele tatt. «Jeg må snakke med vår herre, med en gang. Troppen jeg red ut med er døde, det er monstre der ute, forferdelige monstre!»

Vaktene så på hverandre med smale øyne og trakk på skuldrene, denne karen måtte ha kikket litt vel dypt i brennevinsglasset. «Jeg snakker sant, dere må tro meg. De rev soldatene i småbiter!!»

Vaktene var på nippet til å be ham roe seg, men brått skar en merkelig lyd gjennom tåka og den var så skjærende og motbydelig å høre at de nesten slapp taket i spydene sine. Plutselig trodde de på hva denne tjeneren sa og en av dem la på sprang for å vise vei, om det virkelig var uhyrer der ute på slettene ja da endret det mye. Det endret faktisk alt!

Kanir

Kanir undret seg atter en gang over hva Imla egentlig var, hun kunne gå ut døra og forsvinne i timevis og det var ingen spor å se. Andre ganger satt hun ved grua og nynnet på merkelige strofer mens hendene hennes virket for å jobbe av seg selv. Han våget ikke stille flere spørsmål nå, det var noe ved væremåten hennes som sa at det ikke ville bli tatt nådig opp. Zaribi våknet etter nesten et døgn, hun var forvirret og redd og Imla satt ved henne lenge og virket for å roe henne ned bedre enn Kanir ville gjort. Zaribi virket ikke for å ha forandret seg på noe vis, hun var den samme og hun var knust ved tanken på barnet hun hadde mistet. Hun var redd Ardred ville klandre henne men Imla greide å få henne til å skjønne at han aldri ville legge skylden på andre enn den som sto bak elendigheten og det var Iliana. Antagelig hadde Ardred straffet søsteren på ganske så brutalt vis allerede og Kanir skulle gjerne ha hatt muligheten til å piske det skarnet selv men han stolte på at broren hadde gjort et eksempel av henne.

Han husket godt barndommen og hvor overlegen og merkelig selvsikker søsteren hadde vært, hvordan hun lekte seg gjennom livet og knuste hjerter i hytt og pine uten å bry seg noe om andres følelser. Nå som han hadde det på avstand kunne han se at jo, de som sa at Iliana hadde vært syk i hodet hadde rett. Noe hadde vært aldeles galt med henne. Men for Kanir hadde Urdar vært den sterke storebroren som gikk i mellom og meglet mellom søsknene når noen prøvde å terge og lage bråk. Han hadde alltid vært så moden og ansvarsbevisst, antagelig hadde hans vei mot rollen som gode vært utpekt allerede fra fødselen av. Gudrun hadde skjermet Kanir mye, hindret ham i å gjøre noe som kunne avslørt at han var en blodfødt. Det føltes bittert på en måte men samtidig kunne han forstå, Gudrun hadde sett mye og sett dypt og hun hadde antagelig forstått at Kanir ville bli viktig i fremtiden.

Imla foret Zaribi med styrkende kost og Kanir undret seg over hvor hun fikk tak i det, der i steinødet var det lite å leve av annet enn en og annen sel eller fisk. Og selv det var sjeldent men hun gav jenta sterk kjøttsuppe og stuinger og godt brød og Zaribi ble langsomt sterkere igjen. Hun satt ofte ved grua og stirret inn i ilden og Kanir ante ikke hva han skulle si til henne, det var vanskelig å bryte igjennom muren av taushet mellom dem for hva sa en egentlig? Kanir hadde sett en isdrage bryte seg ut av isbreen, og Zaribi hadde kontrollert den. Bare det var nok til å lamslå noen og enhver og det Imla sa var også temmelig tankevekkende. Han satt med noe kjøtt og prøvde å opparbeide seg nok appetitt til å spise det da Zaribi kom og satte seg ved siden av ham, blikket hennes var fjernt og hun virket tankefull. «Kanir, forstår du noe av alt dette?»

Han svelget fort, renset stemmen. «Æh, nei., egentlig ikke.»

Zaribi snudde ansiktet mot ham. «Jeg ser ting nå Kanir, ting jeg ikke kan forklare eller forstå. Enorme vidder under kalde stjerner, svarte bølger over døde strender. Jeg tror det er et annet sted, et sted som ikke er her. Og det skremmer meg»

Han trakk pusten. «Har du fortalt Imla om det?»

Hun nikket. «Ja, men hun sier bare at jeg vil forstå når tiden er riktig. Det er ikke stor trøst»

Kanir skar en grimase. «Vel, hun er kryptisk, hvem hun nå er. Jeg tror vi bare får stole på henne»

Zaribi trakk pusten. «Vi må skynde oss tilbake til Gardahavn Kanir, Ardred trenger oss, jeg føler det.»

Kanir så smalt på henne. «Vi reiser så fort du er sterk nok og nei, det er ikke min avgjørelse i det hele tatt. Imla vil si ifra når vi kan reise»

Zaribi vred seg. «Jeg vet, men det føles så underlig å være her. Som om jeg har maur under huden, det er irriterende.»

Kanir følte at et spørsmål sprengte seg på. «Dragen, føler du ham på noe vis?»

Hun nikket. «Ja, han er i nord, han jakter og blir sterkere, han venter. Jeg kan ikke beskrive sinnet hans, det er så merkelig, så fremmed. Men han er lojal mot meg, i hvert fall inntil videre»

Kanir skulte. «Hva mener du med inntil videre?»

Zaribi slo ut med armene. «Det er noe han skal gjøre, jeg bare føler det. Noe større enn oss, viktigere. Han vil hjelpe oss men så vil han bli kallet av andre, om skjebnen vil det slik.»

Kanir følte et stikk av uro, hvorfor ante han ikke. «Hvem andre?»

Zaribi lukket øynene og han ble lamslått av hvor eksotisk hun var, av den uvanlige skjønnheten som var så annerledes enn det som var normen der i nord. «En kvinne med hår av sølv, som ikke er en kvinne. En mann døden ikke våger røre, en som vandrer på begge sider av livet.»

Kanir måtte trekke på smilebåndet. «En døden ikke våger røre? Det høres merkelig ut»

Hun snudde ansiktet mot ham, øynene var milde men det var en hardhet i dem som ikke hadde vært der før. «Ja, men det er sant. Gudenes sverd mot mørket, den de alle vil frykte»

Den drømmende tonen hennes var nok til å få ham til å undre seg over hva hun egentlig visste nå. Han trakk pusten igjen. «Du er merket, som Ardred.»

Hun så bare ned, hendene lekte med den enkle kjolen hun hadde fått på. «Ja, det Iliana gjorde meg er forvandlet til en styrke, til noe godt.»

Kanir bet seg i underleppa. «Jeg tror Iliana for lengst er død nå. Ardred vil neppe ha nølt med å henrette henne for det hun gjorde mot deg»

Zaribi satt stille, i noen sekunder satt hun som en statue.

«Godt, hun var en mørk sjel, det er mange slike der ute, noen vil gå i mørkets tjeneste uten selv å vite det.»

Kanir prøvde å holde tonen hverdagslig. «Jeg vet så lite om deg, liker du deg i Gardahavn?»

Hun skar på smilebåndet, et skjevt flir, hun så eldre ut slik. «Ja, til å begynne med forsto jeg ingenting og jeg syntes alle var merkelige. Men nå elsker jeg stedet, og folket. De er så mye bedre enn min fars tjenere»

Kanir hadde hørt litt om hennes bakgrunn men ikke mye. «Du vokste opp i et harem?»

Hun nikket, trakk kjolen tettere om seg, rakte føttene mot ilden som for å varme seg. «Ja, min mor var en slavejente fra Ardot og jeg ble regnet som en halvblods bastard uten verdi. Men nå vet jeg at hun var en prinsesse, og at det gamle blodet lever i meg. Mine forfedre var dragemestre Kanir, jeg har sett det. Jeg må til Ardot før eller siden, det er noe jeg må gjøre der, men jeg vet ikke hva, ikke ennå»

Kanir trakk pusten. «Jeg tror Ardred vil følge deg hvor som helst, til verdens ende om det så er, men bare når folket her er trygt»

Hun nikket. «Ja, det er noe vi skal gjøre, snart. Noe viktig. Vi må være samlet for at det skal virke, det er jeg sikker på.»

Kanir sukket lavt. «Ja, men jeg forstår ikke hva jeg kan gjøre fra eller til. Det føles som om dette går langt over hodet på meg»

Hun smilte fort, klappet ham på handa. «Ikke vær redd, du vil også se hva du har blitt gitt av gudene. Kanskje før du aner også»

Hun sa ikke noe som forklarte det siste og nå kom Imla inn og ristet litt regn ut av håret. «I morgen kan dere reise videre om været tillater det»

Kanir så skarpt på den vesle kvinnen. «Du kan ikke styre været?»

Hun gliste skarpt. «Selvsagt kan jeg styre været, men en gjør ikke det uten at det er totalt nødvendig. Å flytte regnet og snøen som faller gjør bare at noen andre får problemer, naturen liker ikke at en leker med den, effekten er aldri den en ønsker og bivirkningene kan være særdeles sure over tid.»

Kanir bare smilte stivt og Imla satte seg ned, la et par flådde kaniner ved ilden og Kanir rynket pannen. Det fantes ikke slike kaniner der i nord, det var en art som levde i sør, antagelig i fjellene i sørøst delen av Zhandoria. Denne skapningen var antagelig overalt, og han fikk en følelse av at hun var som en marionett mester som skjuler seg for alt og alle, selv sine egne dukker. Imla begynte å lage en stuing av kaninene og noen grønnsaker og lukta fikk munnen til å løpe i vann. Hva hun enn var, hun var virkelig en god kokk og Kanir visste at Zaribi trengte solid kost. De spiste og Imla la mere ved på ilden før hun smatt ut igjen, uten å si et ord. Det var ganske sent så Kanir fant benken sin igjen og la seg. Zaribi ble sittende å glo inn i bålet igjen og hun var taus lenge, men så begynte hun å snakke, og det så brått at Kanir skvatt og nesten rullet av benken. «Jeg var livredd for Ardred da jeg så ham første gangen, ingen hadde fortalt meg noe som helst om hva det betydde å være gift, og jeg trodde han kom til å gjøre forferdelige ting med meg»

Kanir skar en grimase. «Kjenner jeg Ardred rett har han aldri vært noe annet enn høvisk mot deg»

Hun nikket. «Det stemmer, og jeg kan ikke se for meg livet uten ham. På en måte er jeg takknemlig overfor min far for å sendt meg hit, men jeg tror ikke han tenkte å være snill da han gjorde det. Han ville bare sikre en avtale, og jeg var pant»

Kanir nikket stivt. «Ja, jeg vet det. Rådet snakket om det»

Hun bikket på hodet. «Du var vel ikke i rådet?»

Han ristet på hodet. «Nei, men jeg hadde kontakt med Urdar av og til, han oppdaterte meg på alt som skjedde i byen»

Hun trakk det lange håret frem, flettet det sakte. «Det som skjer her skjer også andre steder, jeg føler det. Men alt har en årsak, alt har en mening.»

Kanir sukket lavt. «Når du sier det. Jeg tenker bare på folket her i Hietlai, og hvordan de skal berges fra de sjelløse og de uhellig fødte»

Zaribi smilte fort. «Vi vil se det, snart. Vi vil kjempe, og de vil frykte oss»

Hun snudde seg og sa ikke mer og Kanir trakk på skuldrene, hun var like kryptisk som Imla nå, om ikke mer.

Kanir greide å sovne etter litt, han var urolig for turen som ventet dem for det å reise langs kysten var langt vanskeligere enn å ri gjennom høylandet men der var det for mange fiender nå. Kysten var forreven og vill og hadde han hatt en båt ville det gjort alt mye enklere men han tvilte på at Imla kunne skaffe noe slikt. Det gikk en handelsvei langs kysten sørover, den var gammel og ble sjelden brukt nå for tiden men han visste om den og trodde han kunne følge den ganske greit, men den var bratt og farlig mange steder og de ville bruke tid på turen, tid de kanskje ikke hadde. Han sov lenge, Imla vekket ham ikke før sola hadde stått opp og da var Zaribi klar til avreise og Blodøks salt på og ivrig etter å røre på seg. Ved siden av hingsten sto et stort muldyr som antagelig var det styggeste beistet Kanir hadde sett. Det var direkte møllspist og de lange ørene hang miserabelt men han visste at utseendet antagelig var et rent bedrag. Kjente han slike muldyr rett var de både raske og sterke og de kunne løpe livet av en hest over større distanser. Og de var rolige, de lot seg sjelden vippe av pinnen og i en farlig situasjon ville de angripe en fiende i stedet for å stikke av som en hest. Imla sto der og så nesten utålmodig ut, som om hun ikke kunne få dem ut av hytta fort nok. Kanir fikk i seg litt brød og ost og en stor bolle med øl og så slengte han på seg yttertøyet og en kappe Imla hadde lagt frem og kom seg ut. Zaribi var allerede i salen på muldyret og han skar en grimase og kom seg opp på hingsten. Det blåste friskt og kaldt og det var yr i kastene. Zaribi var godt pakket inn og han håpet bare at det var nok og at det ikke ble for kaldt for henne.

Imla hadde lagt ved ganske mye mat i saltaskene på muldyret og Kanir var glad for det, de ville trenge det for turen. Zaribi var ivrig etter å komme seg av sted, hun lengtet etter Ardred og for et kort øyeblikk følte Kanir seg igjen sjalu. Broren hadde så mye han neppe noen gang ville oppnå.

De ville måtte ta det ganske langsomt til å begynne med, terrenget var preget av mindre breer som måtte krysses og noen temmelig bratte pass over smale skarpe fjellrygger. Imla bare forsvant inn i hytta igjen uten engang å si adjø og Kanir skar en grimase og smattet på hesten, han hadde en følelse av at de ville møte på den merkelige kvinnen igjen, før eller siden. Zaribi sa ingenting mens de red, Kanir måtte lede an og han følte seg nesten ignorert til tider. Hun bare satt der helt passiv og han visste ikke om han likte det. Området var svært vakkert men været var slettes ikke bra og de måtte av og til søke ly når vinden tok seg opp. Kanir kjente landet, han visste hvor det var fare for ras eller styrtflom og han var selvsikker i så måte men hva kom de til å møte på når de nærmet seg Gardahavn? Han følte på seg at byen allerede kanskje var beleiret og han fryktet for befolkningen, både hietlaianere og kimatier. Det eneste gode med situasjonen var at de neppe kom til å ryke ut for banditter igjen, hadde de vett hadde de også flyktet ut til kysten og tatt vannveien fatt.

Den første kvelden slo de leir i en liten hule, Kanir fant den ved en tilfeldighet da han så dyrespor som ledet mot noen bratte klippevegger og de delte den med to rever og en familie med røyskatter som nesten invaderte kappene deres. Zaribi lo over de lynraske små skapningene men Kanir visste at den rent nådeløse nysgjerrigheten til de små dyra kunne være plagsom til tider. Han visste om jegere som hadde fått hele lagre av pels ødelagt av røyskatt og mår og jerv var enda verre. Zaribi sov trygt, rullet inn i pelser og med en røyskatt dandert i håret. Kanir holdt vakt og dormet bare gjennom natta. Neste morgen red de videre i kaldt men klart vær og nå nærmet de seg den gamle veien. Kanir brukte formiddagen på å finne den, det var mer som et svakt dyretråkk så langt nord men han visste at den ledet til en gammel og nå forlatt boplass som hadde huset noen familier som livberget seg med pelsfangst for et par mannsaldre siden.

Når veien var funnet var resten langt enklere, i det minste visste han hvor han skulle ta veien og de kom ganske langt den dagen. Her var det ennå forholdsvis flatt og selv om det var steinete var det enkelt å komme frem. Zaribi sammenlignet dette med ørkenen i Zetir, bare at dette var stein i stedet for sand og Kanir hadde moro av å vise henne at det ikke var så dødt der som en skulle tro. Her og der vokste det grønne vekster på tross av kulde og vind og det var dyreliv også der, selv om en måtte vite hva en så etter når en lette etter det. Han underholdt henne med historier han hadde hørt om livet der i nord, om fangst av hvalross og sel og de merkelige skapningene en trodde bodde i havet der ute. Noen mente at det var havfruer der langs skjærene og at de prøvde å lokke folk på grunn for så å ete dem men det var bare overtro. Kanir visste at det antagelig var vanlige seler en hadde sett dandert i sjøgras og var en god og full kunne nok det se ut som en forførende havfrue, på avstand og i motlys vel og merke. Zaribi løsnet mer opp for ham etter hvert, hun ble mer snakkesalig og fortalte om hvordan hun savnet Hebba og de andre kvinnene og hun prøvde å fiske etter informasjon om Ardreds barndom og ungdom. Kanir nølte ikke, han la ut om både morsomme og pinlige episoder og Zaribi lo og fniste og han kjente en underlig varm følelse i brystet når han hørte den lyden. Den kvelden nådde de det første av mange pass og de hvilte der. Det var et enkelt telt lastet opp på muldyret og Kanir satte det opp fort. De kunne ikke tenne bål men det ble varmt der allikevel og han stolte på at Blodøks holdt vakt så han tillot seg selv å sove litt. De måtte sove tett sammen og for ham var det uvant, han var sjelden så nær andre mennesker over så lang tid og selv om det føltes merkelig behagelig på et vis skapte det også nye og uvelkomne tanker hos ham, Hva om hun hadde vært hans? Tanken var lokkende men forbudt, hun var brorens hustru og ville aldri bli hans, uansett hva som skjedde. Det var å plage seg selv å tenke slik.

De red i et par dager før de møtte på noe som helst som indikerte at noe var galt i landet, de red ned på en stor flat slette mellom noen lave men bratte fjell og området var kjent for å huse store flokker med noen forholdsvis små men kompakte dyr som lignet litt på en mellomting mellom en geit og en stor gris. Skapningene var dekket med utrolig lang stri ull og var viden beryktet for et iltert temperament og et kjøtt som var så seigt og illeluktende at ikke engang sultne hvitbjørner orket å komme nær dem.

Kanir var redd for å møte på en flokk med disse dyra for de gikk til angrep med en gang de så noe de trodde kunne være farlig og de var raske som en hest og utrolig dumme. Han hadde sett en hel flokk angripe en kampestein en gang og de gav seg ikke før hele flokken lå der i halvsvime. Men nå så han ikke en eneste en av disse steinoksene som folket brukte å kalle dem, dalen virket for å være bortimot renset for liv og det var ikke engang spor å se. Men her og der hang det pelsdotter fra de små stri buskene som voks langs de utallige grunne elveløpene og det tydet på at dyra hadde vært der før på vinteren, i røyteperioden. Disse dyrene hadde få naturlige fiender siden et angrep førte til at hele flokken kom dundrende og selv en snøbjørn ville bli forvandlet til mos om den havnet under klovene på en slik flokk. Noe hadde så avgjort drevet dem bort.

Kanir brukte øynene godt og i en åsside så han tegn på at noe hadde gravd. Dyr var det neppe, for gravingen virket planmessig og han følte seg litt forvirret. Hva kunne dette være? Zaribi satt helt rolig på muldyret og både det og hesten hans virket rolige også. Hva det enn var så var det ikke der lenger men da de kom nærmere så han at grusen virkelig var gravd opp, og det av noe som måtte være stort og sterkt. Han stirret ned i gjørma som hadde dannet seg, svære fotspor var synlige. De var flere dager gamle men lignet ikke noe han hadde sett før, formen var litt som foten på et menneske men i så fall hadde det pels. Han så også noen tuster med lang hvit pels på noen busker der og det var ikke pels fra steinokser. Det virket for at dette isødet skjulte hemmeligheter selv ikke han kjente til. De red videre og nå begynte han å føle en merkelig uro, en slags dragning. Zaribi virket urolig også og de gjorde hvilepausene korte. Et sted jaget de opp en flokk med snøulver, og i en smal dal så de spor av en snøbjørn men ellers var det lite liv å se. Men Kanir følte på seg at de nå nærmet seg områder med mere folk, og der kunne det nå være både troll og sjelløse så de måtte ri svært varsomt. Veien gikk utover mot selve kysten her og fulgte den hele veien. De red med havet på ene siden gjennom smale fjorder og åpne bukter og det gjorde turen mye lengre men noe tryggere. Kanir visste om en bosetning i dette området, en liten landsby befolket av sjøfolk. Om de hadde vett hadde de gått ut i båtene og forlatt området og han regnet ikke med at de ville møte folk i det hele tatt. Han var derfor svært forbauset da han så at det røk fra et par piper bak den enkle muren som var reist rundt de få husene. Byggene var lagd av laftet drivved og de gikk i ett med steinen rundt, bare de merkelige formene røpet at det var menneskeskapte bygg og ikke noe som var lagd av naturen selv. Kanir hadde alltid beundret de standhaftige og sterke folkene som holdt til der i nord, det var ikke et enkelt liv, ingenting var sikkert på noe vis men det var et fritt liv på alle måter. At det ennå var noen igjen der var litt urovekkende og han bestemte seg får å stanse der. Kvelden var kommet og ridedyrene trengte en hvil.

Zaribi så på husene med smale øyne. «Hva lever de av her?» Spørsmålet kom så brått at Kanir nesten skvatt, hun hadde ikke sagt noe hele den dagen så han hadde ikke ventet seg å høre stemmen hennes. «Jakt, og fiske. De er mestere til å skjære ut vakre ting i hvalrosstenner, og de er også meget dyktige til å sy ting av fiskeskinn»

Zaribi nikket og de red sakte mot porten som for øyeblikket var stengt. Det var en ynkelig port egentlig, bare en stokk som var lagt over åpningen i muren og et par kortere stykker med treverk var lent mot den. Det kunne ikke stanse en treåring en gang og var mer symbolsk enn effektiv. Kanir steg av Blodøks og ropte ut. «Er det mennesker her? Vi er reisende på vei sørover»

En dør åpnet seg i hytta nærmest porten, det var to hytter det røk fra så de, og begge var små men solid bygget. En mann kom ut, han rettet seg og så storøyd på dem. «Ved alle guder, jeg trodde ikke noen vågde seg ut nå. Det er sett troll i fjellene her»

Kanir la handa over brystet som tegn på respekt. «Vi er ikke her fordi vi ønsker det men av nød. Hva gjør du her? Du er ikke alene vil jeg tro?»

Mannen ristet på hodet. «Nei, vi er noen få. Min kone og jeg og min mor samt en tjenestejente. Min kone venter barn, vi kunne ikke flytte på oss»

Kanir så smalt på mannen. «Dere tar en sjanse da, hun vil være tryggere ute på en båt»

Mannen sukket lavt. «Prøv å si det til henne, hun er redd draugene vil ta ungen om den kommer til på havet. Min mor støtter henne, forbaskede overtroiske kvinnfolk»

Kanir måtte trekke på smilebåndet. «Jeg forstår, men har dere en båt liggende?»

Karen trakk det lange lyset håret ut av ansiktet og pekte mot stranda nedenfor hyttene. «Ja, en god båt og den er klar, bare å skyve den ut.»

Zaribi så at det lå en båt der, av det smale lange slaget mange der foretrakk. Den virket svært solid og vellaget og hun håpet at disse folkene tok til vettet og brukte den. «Har din hustru lenge igjen?»

Mannen ristet på hodet. «Ungen kan komme når som helst, alle de andre stakk til sjøs for mange dager siden. Det kom en skute sørfra og sa ifra om situasjonen der, og en av jegerne våre så troll så vi er bare trygge der ute på bølgene»

Kanir svelget fort. «Min venn, du har evig rett. Er det noe du kan gjøre for å overtale kvinnene om å forlate landsbyen?»

Fyren trakk på skuldrene. «Jeg tror ikke det, jeg har prøvd alt jeg kan, tro meg!»

Zaribi rettet seg i salen. «Jeg er Ardreds hustru, og dette er hans bror Kanir. Om han sier at dere skal gå i båten bør dere gjøre det. Han er mer enn en vanlig mann»

Fyren måpte. «Å guder, den blodfødte, ja vi hadde noen naboer som var kimatier og de fortalte om de greiene der.»

Kanir smilte litt stivt. «Ja, og de greiene der forteller meg at dere er i fare. Dere må forlate landsbyen med en gang!»

Mannen bøyde hodet. «Jeg skal høre med dem om jeg kan klare å overtale dem, de bør lytte til den blodfødte, dumme er de ikke»

Kanir mumlet for seg selv. «Mon det!»

Zaribi måtte fnise og mannen stakk inn i hytta og ble borte en stund, han kom ut igjen med en eldre kvinne som var aldeles inntullet i tøy, ansiktet var rynkete og temmelig skittent og øynene var matte og røpet at hun antagelig ikke så særlig godt.

«Det er farlig å ta en barselkvinne ut på havet, havgudene kan kreve barnets sjel»

Zaribi så kvast på kvinnen. «Og om trollene kommer og dreper dere? Hva tror dere skjer med sjelene deres da?»

Den gamle bare blåste i nesa og mumlet noe som sikkert ikke var særlig høflig men sønnen hennes tok henne i albuen og så rystet ut. «Mor, det er hustruen til vår Takesh, og Kanir. De farer ikke med tomme løgner»

Kvinnen skar en grimase. «Barnet kan komme når som helst, hun trenger en varm hytte nå, ikke en båt som rugger og vugger og er kald og våt»

Mannen rullet med øynene. «Jeg er enig i det ja, men om det kommer troll har vi ikke en sjanse. Vi må ut på sjøen!»

Den gamle la armene i kors over det innsunkne brystet.

«Kommer ikke på tale!»

Kanir skulle til å si noe temmelig bryskt men plutselig ble de overdøvet av en merkelig lyd fra åsen bak den vesle landsbyen. Det hørtes ut som en slags langtrukken buring og den var så sterk at bakken ristet. Kanir bannet. « Troll! Kom dere i båten, nå!»

Kvinnen skrek og trippet nesten på stedet i noen sekunder før hun raste inn i hytta og mannen løp som et pisket skinn ned til stranda og løsnet fortøyningene. Zaribi så at noe beveget seg i åsen, noe massivt. Den gamle kom ut igjen med en yngre kvinne som helt tydelig var svanger, hun var så stor at hun hadde vansker med å gå og bak dem kom en annen jente med armene fulle av tepper og annet utstyr. Kanir snudde seg mot åsene, han følte trollene. Det var merkelig men for ham var de som merkelige fakler av mørke i stedet for lys og han kjente at et merkverdig sinne grodde i ham. Disse skapningene hadde ikke noe med å komme der og ødelegge for folk.

Han så at folkene fikk kona i båten og tjenestejenta løp frem og tilbake noen ganger som et pisket skinn med mer utstyr og de la ut så fort som årene greide å gå. Zaribi så rolig på Kanir.

«Du føler det ikke sant? Landet er rasende, slipp det fri»

Kanir visste at de blodfødte var regnet som bundet til jorda på et vis, til dets ånder og energier og han følte seg usikker og skremt men visste at hans oppgave startet nå. De så trollene nå, fem svære skapninger som sjokket frem og de virket nesten ustoppelige. Men sinnet i ham var iskaldt og på et vis ikke hans eget, han følte seg nesten som en fremmed i sin egen kropp i det han knelte på den harde bakken og kylte begge hendene ned i sanda. Området bort til åsen var temmelig nakent, bare noen få tuster med gras vokste her og der og resten var rullestein og grov småstein. Han trakk pusten dypt og brått eksploderte raseriet i ham, huden føltes som om den brant og han skrek ut et eller annet han ikke forsto. Zaribi bare sto der, ansiktet var helt rolig og merkelig passivt og trollene saknet farten, noe skremte dem og en merkelig dur kunne høres over lyden fra bølgene mot stranda og knirkingen i fra ting som beveget seg i vinden. Det var en skarp lyd og Zaribi gispet høyt da hun så at lyden kom fra stranda selv, steinene beveget seg. De vibrerte mot hverandre og hele stranda hevet seg flere tommer, trollene gikk noen steg til men nå forsto hun hva Kanir var blitt gitt av evner. Trollene sank ned i grusen, som om den var forvandlet til kvikksand og skapningene buret rasende og kjempet i mot men de var ikke smidige nok til å løfte beina høyt og dessuten greide de ikke å snu seg nå. Når de prøvde å løfte et bein fikk de mer vekt på det som var igjen og sank dypere ned og før Zaribi egentlig forsto det sto trollene der i grus og sand til over livet. De slo løs på sanda med enorme never så stein spratt himmelhøyt men de slo bare seg selv dypere ned og Kanir snerret, øynene hans glødet merkelig i gyllent og Zaribi så at han for et øyeblikk minnet henne om en snerrende ulv.

Trollene sank enda dypere, og de stanset ikke før hodene var nesten borte i grusen, da ble brått stranda solid igjen og skapningene skrek vilt i det vekten av all steinen brått samlet seg rundt dem. Det var grotesk, som å se på at noen klemmer på en pølse fylt med blod til den sprekker, merkelig grålig væske eksploderte ut av hodene, og Zaribi tvilte ikke på at dette var nok til å drepe dem. Kanir reiste seg sakte, vantro sto skrevet på ansiktet hans og Zaribi klappet ham på armen. «Ser du? Det er virkelig sannhet i gamle legender, den blodfødte er ikke som alle andre»

Kanir bare blunket og følte seg underlig tappet. Han hadde aldri trodd at han skulle kunne gjøre noe slikt, noen gang! Men nå visste han at det var mulig å bekjempe fienden og han kjente at beslutsomheten økte i ham, og økte sterkt. «Vi blir her i natt, i morgen rir vi videre. Ardred trenger vår hjelp»

Zaribi nikket sindig. «Ja, Ardred trenger oss, og landet trenger oss og om gudene vil det skal vi snu tidevannet av mørke»

Thacun

Raseriet som brant i ham var eldgammelt, og ville aldri slukne.
Han følte det hele tiden, det lå der og krøp like under huden på
ham og han ble aldri fri fra det. Det var noe han var blitt født
med, en gave han var gitt fra det øyeblikket han først trakk luft
ned i lungene. Det lå der i alt han var, til og med i navnet hans.
Thacun betydde simpelthen bytting på deres språk og hans
skjebne var utpekt fra det øyeblikket han så lys for første gang.
For deres folk var svakhet den største synd, og han var svak,
mindre enn de andre. Det var kun det faktum at hans far var en
av de mektige som berget livet hans, hadde han vært avlet av
en vanlig hann ville han ha blitt kastet ut som for til et eller
annet rovdyr. Av og til skulle han ønske at det hadde vært
skjebnen hans, i det minste ville han ha vært spart for et liv
med nedverdigelse og hat. Ikke for det, hat var en naturlig del
av livet for dem alle men hans var personlig, dypt og intenst og
rettet i første rekke mot den hannen som hadde avlet ham.
Dhurzeb hadde mange sønner, og alle var mektige, viktige
krigere som eide både krefter og hensynsløshet. Han var
unntaket, en skjemmende plett på Dhurzebs skinnende fasade,
noe som ikke burde vært født. Hunnen som hadde båret ham
hadde blitt drept etter fødselen, om hun bare avlet svakelige
unger var hun ikke noe å samle på, de hadde avlere nok og de
mørke ville ikke godta annet enn de aller beste avkommene.
Thacun sto bakerst i mengden, dukknakket og dekket i den
tykke svarte kappen de alle brukte, symbolet på en kraftbruker.
Han hadde litt evner, ikke mye men nok til å gjøre enkle
magiske befalinger og nå var det stort behov for enhver med
den slags talent så han var akseptert, om ikke akkurat

velkommen. Hærskarene var allerede på vei til målet, flere og flere av dem ble sendt gjennom portalene hver dag og snart ville de overvinne også den verdenen og gjøre den sin. Denne gangen ville ingenting stanse dem, denne gangen ville de lykkes. Noen av de bleke sagtannede sjelløse vagget forbi ham og hveste mot ham, de visste at han var en ubetydelighet, en de kunne ignorere og han knurret tilbake, visste at hans fremtid uansett var dyster. Ingen ville vise ham respekt, han ville alltid være lite annet enn en ussel tjener for sin far og hans nærmeste menn, og hans egne brødre. Thacun hadde ikke tall på alle de gangene de hadde gått på ham, slått og revet og bitt til han nesten var død. Hånsord og nedlatenhet var like vanlig og sinnet i ham brant snart hetere enn en esse. Deres verden var mørk med kun sterke stjerner som lys men han hadde oppdaget at han tålte lyset bedre enn de andre der, heten fra smiene gjorde ham ikke så mye og han tenkte bistert for seg selv at det i det minste var noe å være glad for.

Trollene og de sjelløse tålte heller ikke lys særlig godt men de tålte det bedre enn hans folk så de ble sendt inn først, for å gjøre det klart for hans rase. De var kun beist, kunne ofres i tusentall og de var nyttige redskaper men lite smarte. Kraftbrukerne som styrte dem var høyt æret, de fikk alt de pekte på og Thacun krympet seg, hans far lånte ham gladelig bort om han ble spurt, og de færreste så på ham som noe annet enn en svekling. Han hørte at noen av de mørke fordelte ordre mellom de som var møtt opp, det var mye som skulle gjøres og han fikk ingen viktige oppgaver, som regel måtte han finne seg i å børste støv av diverse skriftruller eller tjene en eller annen fremstående av kraftbrukerne uten hverken hvile eller mat. Da det ble klart at han aldri ville bli stor og sterk som sine brødre hadde de fort sørget for at han ikke kunne formere seg, kun de sterkeste hadde den retten blant dem og han husket ennå den forferdelige smerten og frykten. De som gjorde det hadde ledd av ham, fortalt ham at han fra nå av var å regne som en hunn, som en ting til bruk. Det hadde vært nesten det verste ved hans skjebne.

Han ble kalt frem til sin far, fikk beskjed om å legge noen viktige skriftruller ned i hvelvene igjen og han tok dem lydig og fikk et hardt slag over bakhodet som takk. Dhurzeb foraktet ham intenst og sørget for å gi uttrykk for det på alle mulige måter. Hvelvene lå langt nede i bakken under byen og før hadde han hatet å måtte gå dit ned, magien der nede var så sterk at lufta nærmest dirret av den og han visste at det aller meste som var lagret der nede var av en særdeles ondsinnet natur. Nå gjorde det ham ikke noe lenger, han var ikke redd for sitt eget liv mer, ingenting betydde egentlig noe mer men han skulle så inderlig gjerne sett at faren og hans planer falt i grus. Ja, hadde det vært mulig ville han gladelig ha stukket kjepper i hjulene for alt som skjedde nå, bare får å ødelegge. Han løp av sted så fort han greide, han var i det minste rask og smidig og han fant nedgangen til hvelvene fort. Byen var enorm, han ante ikke hvor mange som bodde der men det var mange millioner og samtlige var låst fast i en endeløs maktkamp, å komme seg nærmest mulig de mørke var det målet alle hadde og det å gå over lik for å oppnå det var både en godkjent og normal metode.

Han raste forbi noen slaver og tjenere og takket skjebnen for at han var godt kjent der, hvelvene straktc seg under hele byen og orden var av den største betydning. Om de la noe på feil sted kunne det være at det aldri ble funnet igjen og han tok av i kryssene nesten uten å engang tenke på det. Skriftrullene inneholdt formularer som gjorde de sjelløse sterkere og raskere og de skulle til et bestemt rom. Han følte seg fristet til å kaste skriftrullene fra seg men visste at han ville få skylda om de ble borte og da ville han garantert bli forvandlet til et skrekkens eksempel for å stanse andre fra å bli skjødesløse. Rommet var svakt opplyst og fylt med bøker og skrifter og han fant riktig hylle og la fra seg børa, rettet på seg. Han likte seg der nede i disse rommene der magien ikke var så sterk. Det var uendelige mengder kunnskap samlet der, og han beundret det. En kunne si hva en ville om hans folk men de var dyktige til å registrere og ta vare på visdom og informasjon.

Hyllene var mange hundre meter lange, og svært høye og rommet var enormt, han hadde tid til overs så han gikk langs dem, beundret de mange bindene med enorme bøker, trukket med troll hud og elegant merket i gull. Han prøvde å forestille seg alt som sto skrevet i dem, historier om verdener langt hinsides denne, verdener hans folk hadde erobret og plyndret, verdener som nå var døde og kalde. Noe i ham fant den tanken tragisk, det var så utypisk for en av hans rase men antagelig var det fordi han var en utstøtt, han hadde aldri fått smake på den stoltheten og selvsikkerheten som var typisk for dem. Han følte seg fri der nede blant bøkene, få kom dit ned og han tvilte på at noen ville etterlyse ham om han ble borte. Ikke engang hans far ville bry seg om det. Han fant en liten bok og satte seg ned på en støvete stol, åpnet den varsomt. Det var en bok med tegninger av planter fra en verden som antagelig var død for lengst og han strøk fingrene langs de elegante tegningene og følte en slags udefinerbar lengsel.

Han ville aldri bli en del av noen invasjonsstyrke, han var ikke verdig den æren. Han ville aldri se noe annet enn denne byen, og før eller siden ville han finne sin ende her også, antagelig med en kniv i brystet eller et tau rundt halsen. Det var en deprimerende tanke. Han satte boka tilbake i hylla, rettet på kappen og gikk tilbake mot utgangen, stegene hans ble langsommere jo lengre han kom. Han stanset opp i enden av ene hylla, den inneholdt bokser og kasser med diverse ting ingen engang hadde brydd seg med å katalogisere. Det var kort og godt skrot som hadde virket viktig men som viste seg å ikke være det allikevel. Han følte at han hadde en del til felles med gjenstandene stablet opp i denne hylla. Han så noen merkelige horn fra et eller annet dyr, underlige våpen, bein, tekstiler. En kunne bruke uker der nede og allikevel ikke komme til bunns i alt dette. Han skar en grimase. Alle djevler ta faren hans og de mørke. Han aktet ikke å krype tilbake til dem riktig med en gang. Han løftet på en trekasse, den var ikke tung og ikke særlig stor og han plasserte den på golvet og åpnet den. Den var så gammel at treverket hadde blitt temmelig tynt og han var varsom. Han håndterte slike ting med ærbødighet, for ting hadde aldri gjort ham noe vondt.

Kassa inneholdt et par bøker i en skrift han ikke kjente til, noen vakre men merkelige lysestaker og en stor svart blank stein som var slipt så den var fullkommen rund. Thacun måtte beundre den, han undret seg over hva slags hender det var som hadde slipt den, hva slags hensikt den hadde hatt. Var den noe viktig eller bare en dekorasjon? Han kjærtegnet den blanke overflaten, steinen var totalt svart og han antok at det var en steinsort som ikke fantes i hans verden for den var så lett. Brått føltes den varmere i handa og han rynket pannen, tok den opp varme? Det virket for at det var ørsmå biter med kråkesølv i den allikevel for noe glitret i den, små punkter med lys. Han så fascinert på dem, de virket for å flytte seg? Han løftet steinen mot det svake lyset fra en lampe og brått raste en slags energi gjennom ham og han gav fra seg et kort skrik før han ramlet om på golvet.

Thacun blunket, skjøv seg sakte opp. Hva hadde skjedd? Han ristet på hodet, det var noe med en kasse? Men det var ingen kasse der nå, hadde han kort og godt besvimt? Vel, det var ikke noe merkelig for han hadde ikke fått mat på lenge og var svakere enn han hadde vært på lange tider. Han kom seg opp. Lente seg mot hylla, gned seg i ansiktet og følte seg svimmel og matt. Han måtte gå nå, de ville bli rasende om han ble for lenge der nede. Men noe trakk i ham, han ante ikke hva. Han rettet på kappen og skulle til å flytte seg da han hørte en stemme, høyt og tydelig men det var ingen der. «Thacun, ikke vær redd. Jeg er en venn»

Han gav fra seg et lite skrik, øynene ble enorme og han rygget inn mot hylla. Hørte han riktig? Lyden kom fra ingensteder, antagelig fra inne i ham selv og han ristet på hodet. Hadde han skadet seg? Å mørke guder, ingen måtte vite det, å være skadet eller syk var en dødsdom. «Ikke få panikk, jeg er virkelig, like virkelig som deg, og jeg vil hjelpe deg»

Thacun stirret rundt seg, han var virkelig alene. Var det en ånd? En demon? De mørke kunne mane frem slike visste han, og kontrollere dem også. «Er...er du en demon?»

Han formet tanken i sitt eget hode og hørte en svak latter.

«Nei, du vet ikke hva jeg er, og det har ingen betydning heller. Men jeg vil hjelpe deg Thacun, du vil ødelegge invasjonen vil du ikke?»

Han nølte, var dette en felle lagt av hans far? Han svelget nervøst. «Ja?»

Stemmen gled rundt ham, myk som kjærtegn. «Godt, jeg skal vise deg hvordan du skal gjøre det, men det er en pris å betale»

Thacun stønnet, det var alltid noe slikt med i beregningene, han ante at det ikke var bra. «Hvorfor er jeg ikke overrasket»

Stemmen hans var sarkastisk og den fremmede røsten kaklet vennlig. «Du vil ikke finne den prisen for hard å betale min venn. Men lytt nå, og lytt vel»

Thacun skar en grimase. «Jeg har vel ikke mye valg nå har jeg vel, snakk»

Stemmen lo lavt og begynte å snakke og Thacun rynket pannen og øynene hans ble store, det lot seg gjøre, han kunne klare dette. En merkelig følelse av triumf steg i ham, en slags eufori. Han kunne hevne seg, han kunne ta igjen for alt, smerte og ydmykelse og hån. «Jeg gjør det!»

Stemmen mol nesten til ham. «Ypperlig, men vent til du er sikker på å ikke bli oppdaget. Det er meget viktig»

Thacun kjente at han brått dirret av iver. «Selvsagt, vær ikke redd for det»

Stemmen hørtes meget fornøyd ut. «Bra, tro meg når jeg sier at det er mange flere med i dette spillet enn hva de mørke tror, og ved å hjelpe meg har du satt pengene på riktig lag. Du vil bli belønnet Thacun, mer enn du noensinne kan forestille deg»

Thacun visste at det ville bli farlig, men han visste også at det var fullt mulig om hva stemmen sa var sant. «Jeg skal se hva jeg kan få til i løpet av et par dager»

Stemmen virket for å bli fjernere. «Godt, jeg vil kontakte deg igjen når du har skaffet det.»

Thacun trakk pusten dypt, hjertet hamret vilt i ham og han måtte kjempe mot seg selv for ikke å vise den henrykkelsen han følte. Han gikk sakte tilbake til rådshallen, brukte mye tid og greide å roe seg ned, å tvinge ansiktet inn i den vanlige lett skremte underdanige masken. Det ville endre seg snart, alt ville endre seg snart. De skulle få svi for alt de hadde gjort mot ham.

Ingen reagerte da han kom inn igjen, et par tjenere raste forbi ham uten engang å se på ham og han kjente det igjen, stikket i sjelen over å ikke bli regnet som noe verdt. Selv en tjener var mer verdifull enn ham, for han var kun en feilvare, lavere enn selv en slave. Møtet var tydeligvis over for de fleste sto bare å snakket i mindre grupper og han så at de mørke og deres representanter hadde gått. Hans far og et par av brødrene hans sto sammen med noen av de fremste offiserene, store og mektige hanner som utstrålte styrke og overlegenhet. Thacun trakk pusten dypt og prøvde å snike seg ut gjennom andre utgangen som ledet mot avdelingen der han hadde det bitte lille krypinnet sitt. Han var nesten kommet til den smale døra da han hørte farens stemme. «Thacun ditt kryp, kom deg over hit med en gang!»

Han krympet seg, visste av rent instinkt hva som ventet. Han visste også at ethvert forsøk på å unnslippe bare ville gjøre alt mye verre. Han senket blikket mot golvet og subbet nærmere, knærne svake av frykt og kroppen merkelig kald. «Nå, der er du. På tide du gjør litt nytte for deg. Shisrak, han er din for så lenge du ønsker det»

Thacun svelget et lite klynk, Shisrak var en av de mest brutale av farens venner og han bare håpet at han ville overleve dette. Han kjente at faren grep ham i nakken og formelig halte ham frem, smerten fra det harde grepet fikk ham til å ynke seg. «Se hvor svak han er, verre enn en hunn. Men i det minste er han fremdeles brukbar.»

Shisrak grep tak i ham og slengte ham mer eller mindre under armen, Thacun sa ingenting, han visste at ingenting han sa eller gjorde nå ville hjelpe ham på noe vis. Det var en del rom plassert rundt rådssalen og de ble brukt som hvilerom for gjester og om noen trengte å diskutere noe privat. Han ble brakt med til et av disse mindre rommene og slengt ned på en slags sofa. Thacun var livredd, han kunne ikke nekte for det, Shisrak grep ham rundt halsen og holdt ham fast mens han rev av den yngre hannen kappen og de vide buksene alle gikk med innerst. Han tok ikke av Thacun den korte tunikaen og merkelig nok gjorde det at han følte seg enda mer naken og utsatt. Han var bare en kropp den større hannen kunne bruke til å forlyste seg med, et hull å tømme seg i, ikke en person. Thacun kjente tårer brenne i øynene i det han ble trukket opp så han hang over rygglenet på sofaen, det ville bli forferdelig og han var klar over det. Shisrak nøt å skape smerte og frykt og nå grep han den unge hannens bein og tvang dem så langt fra hverandre det var fysisk mulig å komme før han brutalt støtte til, uten bruk av noen form for smurning. Thacun skrek, prøvde ikke holde det inne. Alt som het stolthet var for lengst borte og han visste at Shisrak tok det som en fornærmelse om offeret ikke viste smerte, og det fikk ham bare til å bli enda mer brutal. Han hadde blitt brukt slik mange ganger før, men sjelden med slik brutalitet. Shisrak hamret løs på ham i et voldsomt tempo og Thacun følte at varmt blod etter hvert rant nedover lårene hans. Shisrak var voldsomt utstyrt slik mange av de mest dominante hannene var og som om ikke det var nok i seg selv hadde han satt flere stenger av metall inn i lemmet, ikke for å gi nytelse til en partner men for å skape smerte. Det føltes ut som om han ble revet i biter, smerten var uutholdelig og han skrek til halsen føltes rå og hudløs. Han var på nippet til å svime av da Shisrak omsider brølte ut og tømte seg i

Thacuns mishandlede kropp. Han slo til den yngre hannen over baken et par ganger temmelig hardt og spyttet på ham. «Din far burde ha knust skallen på deg da du kom til, å bare gjelle deg var svakt, selv om jeg vet at din far har få svakheter.» Thacun bare hang der og ristet av pine og frykt, Shisrak halte ham ned av sofaen og ned på golvet, avleverte et par kraftige spark mot magen på ham før han pakket på seg klærne igjen og snerret. «Hadde du ikke vært så lettvinn å bruke hadde jeg spart din far bryet og knekket nakken på deg selv.» Shisrak kastet på hodet så det glinset i de vakkert formede hornene hans før han marsjerte ut, uten å kaste et blikk mer på den skjelvende skikkelsen på golvet. Thacun kjempet for å puste, kjente seg svimmel og kvalm og smerten der bak var fremdeles nesten mer enn han klarte å takle. Han var i live, men nå mer enn noen gang forsto han at han hadde gjort det riktige valget. Han måtte gjøre som stemmen hadde sagt. Han kom seg skjelvende på beina, vaklet ut og fant en tjener korridor som ledet tilbake til avdelingen der han bodde.
Rommet hans var så enkelt at selv en slave ville ha klaget over det. En gang hadde det vært et lager for sengeklær og var bare så vidt lengre og bredere enn senga hans. Og den var ikke bred, kun noen få planker med rester av gamle kapper som madrass. Han stønnet og sank sakte ned på den, han hadde noen gamle utvaskede bandasjer liggende og halte dem frem, fikk gnidd av seg det verste av blodet og ble liggende å riste av smerte til han omsider sovnet, totalt utmattet.
Da han våknet igjen følte han seg om mulig enda verre enn før men han svor på at dette var siste gangen han skulle bli utsatt for dette, han hadde ikke lenger noe å tape så han kom seg opp og fikk på den skitne kappen igjen. Han hadde et lite lager med urter som stilnet smerte til en viss grad og svelget alt sammen, i ren trass. Etter litt følte han seg noe bedre, og kunne røre seg i det minste. Han snek seg ut, det var sent nå og det enorme komplekset som var både de mørkes hovedkvarter og byens slott var stille. Han snek seg frem til en avdeling han ellers

aldri ville ha vågd seg nær, og visste at om han ble tatt der ble han antagelig drept på stedet. De mørkes egne hvelv var forbudt for alle andre enn dem, og magien der så brutal at ingen vågde seg dit. Derfor var det heller ingen som prøvde å bryte seg inn så det var ingen vakter der, ikke engang låste dører.

Stemmen hadde lovet ham at han var beskyttet mot magien nå og han stolte på den, han fant veien til inngangen og trakk pusten dypt, stålsatte seg. Det å gå inn var som å gå rett inn i en tett skur av regn lagd av skarpe småspiker, den magiske kraften der inne rev i ham med en gang men merkelig nok gjorde den ham ikke noe. Han var i en korridor som gikk i en slags spiral nedover og han skyndte seg, visste at tiden var snau og at dette måtte gjøres fort. Han var svett og nervøs men tvang seg frem, korridoren endte i et enormt rom fylt med hyller og skap og lufta gnistret rent der inne, magien var massiv. Han husket det stemmen hadde sagt og gikk målrettet mot den bakre veggen, ignorerte alt annet han hadde sett der. Bakveggen var forholdsvis gammel, men yngre enn sideveggene. Antagelig hadde hvelvet blitt delt i to en gang i tida og han så at steinene var noe annerledes enn han var vant med. De var lysere og mer avrundet. Et sted var det et søkk i veggen der ei dør antagelig hadde blitt murt igjen og han kjente at hendene skalv av iver. Den ene steinen på venstre sida av søkket var litt annerledes på farge enn de andre, og han trykket varsomt på den. Den gled inn, som om den var smurt og et lite rom kom til syne bak den. Han gyste kort men stakk handa inn, fant noe kaldt og hardt og trakk det ut. Det var en stor nøkkel og han dyttet på steinen igjen som gled tilbake på plass.

Han hastet videre, i ene hylla sto det en kasse, den var uanselig og så dekket av støv at det var umulig å se fargen på den men han merket kraften som strømmet fra den, og den var fremmed og underlig og slettes ikke som magien han var vant med. Nøkkelen passet perfekt inn i låsen og kassa åpnet seg med et lite klikk. Han holdt pusten og kikket ned i den, innholdet var en bok og en avlang gjenstand pakket inn i gammelt tøy. Han tok boka opp, den var ikke stor og ikke tykk men virket nesten ny og han svelget nervøst og holdt den opp. Han kunne ikke lese skriften i den, alfabetet var ukjent for ham men han la handa over den første siden og brått var det som om et eller annet tok over for ham, fikk ham til å begynne å messe noe han slettes ikke forsto. Ordene var syngende og merkelig vakre og en svak grønnlig glød spredte seg i rommet, en myk summelyd kunne høres og han følte det som om han egentlig sto utenfor seg selv og så på det som skjedde. Gløden spredte seg, la seg over alt der og virket for å sige inn i bøker og ruller og alle slag med gjenstander. Magien i ordene var sterk, den fikk ham til å dirre og skjelve og han var skremt halvveis ut av sitt gode skinn men kunne ikke nøle. Han leste gjennom hele boka, magien endret alt der, fordreide det og gav det nye egenskaper og han så at merkelige skygger formet seg i det grønnlige lyset. De hadde en menneskelig form men ingen detaljer var på se på dem og de virket for å gli inn i veggene og forsvinne.

Thacun svettet sterkt, han var svak og svimmel men messet videre, hyllene skalv og ristet, støv fløy veggimellom og det var som å stå midt i en tornado av magiske krefter. Han var sikker på at han så drageskikkelser også i den grønne gløden og hjertet hamret vilt i ham, han hadde aldri vært så redd. Slike krefter som dette var det ingen som burde lefle med, han var ingen utdannet magiker, ikke engang en lærling men han visste nok til å forstå at det han hadde sluppet løs kunne måle seg med de mørke. Han greide ikke stanse før boka var gjennomlest og han så at skriften ble borte etter som han leste, det var som om noen hvisket bort setning for setning og etterlot kun en blank side.

Da alt var lest seg han sammen på golvet, han stinket avskyelig og det føltes som om noe trakk i ham, rev i kjøttet og prøvde å besette alt han var. Han skrek i trass og kom seg opp på kne, grep den innpakkede gjenstanden og rev av det råtne gamle tøyet. Det var en slags dolk, merkelig formet med to blad som var plassert parallelt ved siden av hverandre med kun en fingerbredde mellom dem og de var smale og svært spisse. Våpenet glødet intenst i rødt og han skrek i det han grep tak i skjeftet, smerten han brått følte var ikke som noen han hadde kjent før, noen gang. Han hørte stemmer som skrek i triumf, grove røster som messet merkelige ting og alt spant rundt og rundt. Han greide ikke å slippe taket!! Kroppen rykket i pine og han hørte stemmen igjen. «Ikke vær redd, du vil leve. Du vil bli belønnet, snart skal du se hvordan. Blir du her kan du ikke gjøre noe for å redde deg selv, vi vil se til at du blir trygg. Gjør som jeg sier, og du vil bli æret i all fremtid»

Thacun greide ikke engang skrike i det verden svartnet foran øynene på ham, alt ble mørkt og han følte det som om han ble revet i småbiter trevl for trevl før alt forsvant og bare tomhet var tilbake. Om dette var døden håpet han bare at det han hadde gjort virkelig sparket bein for hva faren og de andre planla. Om ikke hadde alt vært til ingen nytte og det var en forferdelig tanke.

Thacun visste at han var på et fremmed sted allerede før han åpnet øynene, det luktet totalt annerledes enn han var vant med, og det var kaldt. Han klynket og hørte lyder han overhodet ikke kjente, frykten gjorde ham nesten paralysert. Han tvang seg til å åpne øynene men lukket dem igjen med et lite rop, det var lyst, så forferdelig lyst! Han ristet av angst og omfavnet seg selv og merket at han var naken og helt udekket. Hva var dette? Han hulket svakt og dekket øynene med ene handa, lot lyset bli dempet slik. Smerten han hadde følt var borte, faktisk totalt og han gav fra seg et gisp da han kjente at kroppen hans også føltes fremmed, for stor på et vis. Han trakk pusten, stirret på seg selv på tross av at lyset skar i øynene. Hva i alle guders navn hadde skjedd med ham? Han hadde vært tynn, så tynn at han snaut var annet enn skinn og bein men nå var han brått helt forvandlet. Kroppen var smidig og muskuløs og han så at merkelige symboler var synlige på den mørke huden, selvlysende nesten i vakre mønstre som var underlig behagelige å se på. Han var blitt mye lengre enn før, nå var han brått høy som en dominant hann og han nølte litt før han løftet handa og lot den gli over hodet. Han hadde snaut hatt hår før, bare noen tynne fjoner som verken hadde hatt farge eller glans, og selvsagt hadde han manglet de hornene voksne hanner fikk. Nå hadde han en tykk blank og vill manke som rakk ham til midt på ryggen i en intens blå farge han visste var ytterst sjelden, og et tegn på stor styrke. Horn hadde han fått også, ikke de store prangende mange dominante hanner fikk men forholdsvis korte krumme med skarp spiss. Han visste at det indikerte en hann av kriger kaste, ikke av de øverste slektene som aldri gjorde annet enn å gi ordre.

Thacun var overveldet, han kikket ned, nesten redd. Lettelsen han følte var merkelig sterk, det som var blitt tatt fra ham så brutalt var gitt tilbake, han var komplett igjen. Han stirret på armene sine, sterke armer med gode muskler og lange smidige fingre med gode klør på. Han følte på ansiktet sitt også, det var annerledes enn før. De myke trekkene som hadde vært hans forbannelse var byttet ut med en mer skarp kontur, høye kinnbein og en mer tydelig kjeve. Nesa var rett og sterk og han kjente at han hadde fått mye skarpere og lengre tenner. Han måtte lukket øynene igjen, tårer brant i dem. Han var takknemlig, så uendelig takknemlig. Denne kroppen var sterk, mye sterkere enn hans gamle og mye vakrere slik hans folk så det. Han gispet og følte at ny vilje og nytt håp fylte ham. Øynene vente seg sakte til lyset, han var i en slags skog av noe slag og brått var han nysgjerrig i stedet for redd. Stemmen hadde holdt det den lovet, så hva hadde han å frykte nå? Han la seg bakover i det myke løvet, en fort hvil, så skulle han utforske dette nye stedet og stemmen kom sikkert til å gi ham mer informasjon, han så frem til å gjøre nytte for seg. Alt som kunne ødelegge for invasjonen gledet ham, intenst.

Dahdegar

Å vente til Ruphus var ferdig til å gjøre det han hadde lovet var
ikke enkelt, en slags irritabel utålmodighet fylte ham og han
trippet nesten på stedet da de gikk for å finne et egnet sted.
Ruphus kunne ikke bli forstyrret av noen mens han gjorde
dette, derfor måtte Dahdegar stå vakt og han skulle ønske at
han kunne vært med, gjort noe reelt i stedet for å bare sitte der
som et annet mehe. Trangen til å virkelig slå til var sterk,
raseriet og hatet han følte brant i ham. Eghil hadde mange
menn, og antagelig store rikdommer også. Han kunne kjøpe
seg lojalitet, sikre seg uansett hva som skjedde med landene.
Dahdegar hadde aldri vært en av de som trodde på
mørkemakter, han hadde regnet alt slikt som bare tullprat egnet
til å skremme unger med men nå forsto han sakte at det var noe
i det. Han hadde tatt steget inn i en helt ny verden og visste at
Ruphus ikke hadde fortalt ham på langt nær alt om risikoene
og vanskene han ville møte på. Å være en seer var ingen dans
på roser, og særdeles ille om en ikke var født til det. Han fikk
en nesten vertikal læringskurve nå, det var ingen tvil om det.
Ruphus hadde satt seg behagelig til mellom røttene til en
enorm gammel eik, han virket for å sove men Dahdegar så at
energien hans indikerte noe helt annet, og han pustet
forholdsvis fort. Det var lite å gjøre annet enn å tenke mens
han ventet på at Ruphus vendte tilbake fra transen han hadde
satt seg i. Dahdegar likte ikke å minnes, det var for sårt men
han kunne ikke noe for det. Han husket barndommen da alt
ennå virket forståelig og trygt og han forsto at alt da hadde det
vært tegn på at broren ikke var helt god.

Slekten deres hadde alltid verdsatt styrke men Eghil hadde tatt det for langt, og i feil retning. Dahdegar husket de gamle krigerne som holdt til i den store hallen, giktbrudne og slitne men ennå stolte av de dåder de hadde utført. Han hadde sittet ved føttene deres svært ofte som liten gutt, storøyd og imponert av alle historiene de kunne fortelle og de hadde ofte holdt på at styrke ikke var noe verdt om den ikke var paret med visdom. En mann med sann styrke var ydmyk, visste at han ikke visste alt om alle, visste at han hadde svakheter og godtok det. Eghil hadde aldri godtatt noen form for svakhet i seg selv, Dahdegar husket det. Han hadde alltid prøvd å være den beste, ikke for å i sannhet kunne bli en god leder men for å imponere, for å skryte og dominere. Faren deres hadde reagert på det men han hadde ikke egentlig gjort noe med det, gutten hadde vært for strisinnet til å høre på noen.

Når Dahdegar og de andre ungdommene samlet seg for å fortelle skrøner, drikke og hygge seg hadde alltid Eghil prøvd å være så mye mer voksen enn dem, å oppføre seg som om de bare var barn og han en voksen de måtte høre på og adlyde. Han hadde vært slik mot alle, Dahdegar så det nå. Eghil var aldri fornøyd med det han hadde, han ønsket alltid mer, og han ønsket det fortest mulig og enklest mulig også. Noen av de gamle sa at Eghil hadde manglet sann ryggrad og det var sikkert sant, en kunne ikke stikke det under en stol at Eghil hadde vært forferdelig sjalu hver gang noen overgikk ham på noe vis eller fikk noe han ikke hadde. Dahdegar husket at en av farens øverste menn mente at Dahdegar burde vært farens arving, at den yngre sønnen faktisk var det beste emnet til klansleder. Han hadde rødmet og følt seg fryktelig brydd da det skjedde men den mannen hadde rett. Om Dahdegar hadde vært født først ville alt sett annerledes ut.

Når Dahdegar lukket øynene kunne han se for seg barndomshjemmet, den store grå festningen som lå snedig plassert på en høyde ikke langt fra en bukt. Havet hadde vært deres nære nabo og en kjær venn men også en dødelig fiende og han husket stormene da salt sjøvann drev inn gluggene enda avstanden til stranda var flere fjerdinger. De gamle hadde mange fortellinger om de skapningene som havet skjulte og det var netter da en aldri skulle gå til stranda for om en gjorde det ville åndene til de som hadde dødd på sjøen prøve å trekke en ut og drukne en. Dahdegar hadde vært livredd som barn, livsikker på at det var sant men senere hadde han selvsagt avfeid alt som eventyr. Nå derimot var han ikke så sikker lenger.

Av og til hadde han undret seg på om Eghil hadde vært på stranda, og blitt byttet ut med en ond ånd, det hadde vært lite søskenkjærlighet mellom dem og Dahdegar visste at Eghil gladelig gav lille broren skylda for gale ting han gjorde. At Dahdegar fikk juling av kokken for å ha stjålet pai når det egentlig var Eghil som sto bak gjorde ikke Eghil noe, andre mennesker var noe han brukte som han fant det for godt.

Ruphus hadde vandret slik mange ganger, men aldri i et så alvorlig ærende. Han hadde ofte brukt metoden for å hjelpe folk som slet med åndelige problemer eller sykdommer i sinnet men dette var vanskeligere og farligere enn det. Det han nå var i ferd med å gi seg ut på var noe som utmerket godt kunne ende i forferdelse, onde makter vet å beskytte seg og han fryktet oppriktig feller. Om han fant noe eller noen som visste noe eller var innblandet måtte han sørge for å få tak i så mye informasjon som mulig og komme seg bort før han ble oppdaget. Han kjente til de gamle sagnene om mørke trollmenn, skapt av ondskapen og i stand til å fange sjeler og bruke dem til egne forferdelige formål. Ruphus var en dyktig sjaman men ingen trollmann, den slags krefter våget ikke han seg på i det hele tatt. Han hadde forlatt kroppen og var som i en drøm, lot tankene flyte fritt og prøvde å se for seg landet, tenke seg at det var folk der som visste ting. Lenge skjedde det ikke noe, men så brått merket han et slags nærvær og det var om ikke akkurat velkjent så i det minste vennligsinnet. Det kjentes i hvert fall slik ut til en viss grad.

Ruphus åpnet øynene, foran ham i intet sto det en skikkelse og han visste med en gang at denne personen var mektig, at det var så mye mer enn en skulle tro. Han beholdt noen vern rundt seg, energifelter som skulle beskytte om noen angrep og skikkelsen gav fra seg en svak latter. «Du er varsom Ruphus, det er godt. Du trenger å være det.»

Han så at det var en kvinne, godt opp i årene med sølvgrått hår og milde men allikevel strenge øyne. Hun var kledd i den tradisjonelle forkle kjolen mange i Hietlai brukte og hun minnet ham om hans mor. «Hva mener du?»

Han gjorde stemmen nøytral og hun bikket på hodet, smilet hennes var litt skjelmsk. «Lyset velger sine forkjempere klokt, og du er av dem. Du har en oppgave Ruphus, en du ikke kan feile med»

Han så skarpt på henne. «Jeg har lovet å hjelpe min venn med å stanse hans bror»

Hun nikket sindig. «Akkurat, og ved å gjøre det vil du også gjøre hva skjebnen krever av deg. Eghil er ikke lenger Eghil, han er blitt noe annet, noe langt farligere enn før.»

Ruphus visste at dette ikke var et menneske, dette var noe utrolig mye mer enn et menneske og han følte seg litt nervøs. «Han har kontakt med mørke krefter»

Hun nikket. «Han er besatt av mørke krefter Ruphus, en av deres tjenere her i vår verden. Han er som navet i et hjul, uten ham faller eikene fra hverandre. Han må stanses så ikke de mørke rekker å få skapt seg et brohode i vår verden.»

Ruphus rynket pannen. «Det høres alvorlig ut, er de gamle sagnene sanne?»

Hun smilte stille, blikket glitret. «Ja, de er sanne, endetiden er nær om ikke alle spillets brikker flyttes riktig. Dere skal dra mot Eghils borg, og la ikke noe stanse dere. Den mannen må dø før han gjør det umulig for oss å stenge mørkemaktene ute»

Noe ved ordene hennes fikk ham til å gyse. «Vi er bare to, hvordan skal vi greie det?»

Kvinnen bikket på hodet og et øyeblikk var han sikker på at han så en ung jente i stedet. «Dere vil få hjelp, gå til høyden med de døde trærne og grav der. Det dere finner der er deres, som det rettelig skal være. En av våre vil vente dere der, ikke frykt ham men hjelp ham for han vil hjelpe dere.»

Ruphus kjente seg bare forvirret. «Men...»

Kvinnen så brått rastløs ut. «Gå tilbake, skynd deg. Landsbyen dere bor i er i fare, vis ingen nåde og vis ingen frykt. Verden er allerede i kaos»

Han kjente at han begynte å bli sugd tilbake til sin egen kropp og våken tilstand. «Hvem er du?»

Hun smilte sakte, et underlig vilt smil som fra en ulv. «Kall meg Imla, vi vil møtes igjen, gå!»

Ruphus trakk pusten i et langt gisp og rykket til, slo øynene opp og stirret rett på en tydelig nervøs Dahdegar. Vennen kremtet fort. «Jeg begynte å bli nervøs, du våknet jo ikke igjen»

Ruphus kom seg på beina, ristet håret ut av ansiktet. «Vi må gå, fort, det er fare på ferde. Har du våpen?»

Dahdegar klappet på sverdet sitt. «Ja, selvsagt? Hva skjer?»

Ruphus skar en grimase. «Jeg vet ikke akkurat, men landsbyen er i fare. Kom igjen»

Dahdegar rynket pannen men løp ved siden av halv alven, han forsto at Ruphus hadde sett noe for blikket var merkelig flakkende og han hadde et uttrykk av undring på ansiktet. Men det var tydeligvis ikke tid for spørsmål så han konsentrerte seg om å holde følge med vennen. De løp tilbake mot landsbyen og da de nærmet seg senket Ruphus farten og blikket ble smalt. «Hører du?»

Dahdegar nikket, rop og hestevrinsk, han så flakkende lys og en kald følelse spredte seg gjennom ham. Hva var det som foregikk? De snek seg frem, vertshuset var plassert mellom flere mindre bygg som tjente som staller og lagre og det var såpass mørkt at det var enkelt å lure seg frem til ene vedskjulet og gjemme seg i det. Dahdegar kikket ut gjennom noen sprekker, han så at vertshusverten og noen til var samlet foran bygget, alle virket skremt. Noen menn bevæpnet og til hest satt der med fakler og en temmelig stor kar kledd i dyre klær sto og gestikulerte mot verten som prøvde å virke sterk. Dahdegar så at mannen var skremt, og Ruphus snerret nesten. «Jeg har sett slike grupper før, antagelig prøver de å tvangsverve menn til en eller annen adelsmann sin hær, det er fremdeles noen som slåss her og der.»

Dahdegar vætet leppene. «Kan vi gjøre noe?»

Ruphus så på gruppen, det var fem ryttere og den ene mannen, seks i alt, ene rytteren holdt hesten for den svære karen som hadde trukket et kort sverd og sto og hugg i luften med det, som for å understreke et poeng. Dahdegar hørte at mannen var rasende men ordene var vanskelige å få med seg, han hadde en aksent tjukk som havregraut. Ruphus så fort på Dahdegar. «Du er dyktig med sverdet ja?»

Dahdegar nikket. «Jeg er godt trent»

Ruphus smilte og blikket hans rommet et løfte om vold. «Godt, vi har en sjanse, vi må bruke overraskelses momentet. De venter ikke et angrep.»

Dahdegar svelget. «Forklar»

Ruphus gliste kaldt. «Du vil vite når du skal angripe, tro meg, jeg kommer fra andre sida av vertshuset.»

Han trakk sverdet sitt og Dahdegar så at det var et alvisk sverd, slankt med en elegant form og han visste at Ruphus kunne slåss. Dette kunne bli interessant. Halv alven forsvant i mørket som en skygge og Dahdegar trakk pusten dypt, han så at rytterne virket for å være råskinn og hva kunne to personer egentlig gjøre mot fem ryttere? Vertshuset og den vesle landsbyen var egentlig ikke fristende for noen, det var lite menn der og de fleste var godt over sin beste alder for å si det pent. Men om dette var ververe betydde det nok lite, Dahdegar hadde sett krigen sveipe over landene som en pest av ren galskap og han hadde ikke forstått noe til å begynne med. Etter hvert hadde han skjønt årsaken bak og den hadde sjokkert ham men han trodde ikke på tullet om at en av slektene hadde en drage. Tusener hadde dødd bare på grunn av rykter og han var temmelig rystet over brutaliteten og råskapen han hadde sett. Disse folkene var så avgjort et resultat av krigen og han antok at de var leiesoldater som ikke eide verken ære eller oppførsel. Dahdegar trengte ikke vente særlig lenge, brått begynte hestene å kaste med hodene og vrinske og de ble mer og mer urolige. Rytterne måtte kaste faklene de holdt og konsentrere seg om dyrene som oppførte seg som forrykt. Snart steilet og slo hver hest som gal og de kastet rytterne og de fleste stakk av. Da var det at Dahdegar raste frem med sverdet klart, Ruphus kom fra andre siden av bygget som en hvit skygge og han felte to menn før de overhodet rakk å skjønne hva som skjedde. Det lange alvesverdet skar gjennom halsen på begge to så enkelt at en skulle tro mennene var lagd av smør og ikke bein og kjøtt. Dahdegar gikk for den svære karen som hadde truet vertshusholderen, mannen virket for å være godt trent på tross av at han nok ikke hadde slåss noe særlig på lenge og han kunne nok knepene. Dahdegar hadde vært godt opplært og han hadde sett strid, mange ganger. Han var ikke en ridder eller bløt adelig, hans folk lærte å slåss for å vinne og regler var kun for tapere.

Mannen så angrepet komme, gled over i en forsvarsposisjon og Dahdegar visste at den første antagelsen var riktig, denne karen kunne slåss. Ruphus var alt i ferd med å hugge seg gjennom resten av gruppen, de tre karene som var igjen av de som hadde vært til hest gikk på ham samlet i den tro at det var smart, men der tok de feil. Dahdegar måtte konsentrere seg om sin egen motstander men halv alven var skremmende, bevegelsene så utrolig raske og det var en sikkerhet i hver manøver som fortalte enhver som så på at for ham var dette kun oppvarming. Dahdegar gled unna et temmelig raskt og elegant plassert støt mot brystet, han svarte med et hugg mot mannens skulder som ble raskt parert og han ble motvillig imponert. Denne karen kunne virkelig kunsten og Dahdegar forsto at de var temmelig likeverdige. Og mannen brukte også knep, dette var en utfordring.

Dahdegar var i toppform og selv om han var forholdsvis opp i årene var han sterk som en tjueåring, han kjente at han likte dette. Motstanderen snerret og spant, slo etter ham med hjaltet og sverdknappen og Dahdegar gliste og vek unna, kvitterte med å sparke mannen i magen mens han blokkerte sverdet hans temmelig brutalt. Fyren stønnet av smerte og Dahdegar visste at han måtte ha kjent det harde støtet av stål mot stål helt opp til skulderen. Det vippet ham ikke ut av balanse i det hele tatt, karen bare gikk på og Dahdegar forsto at dette ikke var noen vanlig soldat. Dette var en mann som hadde fått ypperlig trening og antagelig var han av høy byrd siden han bar slike gode klær. De litt grove trekkene røpet at han kanskje var en Ohdrasar og Ruphus hadde slaktet de tre gjenværende karene og nå slentret han bare bort til dem og mannen så brått livredd ut. Synet av den albino halv alven kunne skremt fanden på flatmark siden han var dekket med blodsprut og øynene glødet formelig. Fyren prøvde å rygge seg vekk men Ruphus slo bare sverdet ut av handa på ham med en kraft som fikk bladet til å splintre, karen så vantro på det ødelagte våpenet og Ruphus smilte kaldt. «Du har to valg, jeg hugger deg ned her og nå eller du overgir deg»

Fyren pep, han var svett og skalv svakt og Dahdegar syntes faktisk litt synd på ham, å være leder for en slik gruppe med råskinn og så brått bli bekjempet så til de grader av to personer måtte være et sjokk. «Jeg...overgir meg»

Dahdegar satte sverdet tilbake i sliren og stirret hardt på mannen. «Navnet ditt, og hvem tjener du!»

Mannen svelget hardt. «Jeg er kjent som Arulf av Khier-Ohdrasar og jeg tjener jarl Paulan av Ohdrasar»

Ruphus bikket på hodet, øynene glødet fremdeles. «Din onkel ikke sant? Hva gjør dere her?»

Arulf nikket, han så sliten ut. «Prøver å finne folk, min onkel…han trenger flere soldater. Naboen har tatt til seg den nye troen og angriper støtt og stadig.»

Ruphus smekket med tungen. «Det er beklagelig men det gir ham ingen rett til å tvangsverve folk, dere ville ha brent stedet ikke sant?»

Arulf senket hodet i skam. «Ja, vi har ordre. De fem andre, de var leiesverd. De ville drept mange»

Dahdegar så forskende på Arulf. «Du er ikke som dem, du er en hederlig kar tror jeg, men tvunget til å gjøre uhederlige ting»

Arulf nikket stille. «Min onkel er en forferdelig tyrann, jeg har levd i skyggen av det beistet hele mitt liv.»

Ruphus bikket på hodet. «Du kunne ha stukket av?»

Arulf ristet på hodet. «Nei, han eide alt og alle før, ting har endret seg med krigen men hvor i all verden skulle jeg ha dratt? For ham er alle i ætten eiendeler.»

Ruphus virket for å granske mannen nøye og Dahdegar lot nølende de nye evnene sine trå i aksjon. Han så at auraen rundt karen var forholdsvis ren, og det var noe i trekkene som var tillitsvekkende. «Du er herved ikke lenger i din onkels tjeneste. Du har en annen skjebne»

Arulf så skremt på halv alven. «Hva mener du?»

Ruphus gliste. «Vi skal prøve å fjerne roten til denne sekten som sprer seg, vi har bruk for en kar som deg. Og du vil gjøre noe veldig bra!»

Arulf så tvilende ut. «Onkel vil jage meg til verdens ende»

Ruphus ristet på hodet. «Nei. For han vil ikke vite hvor du er. Og vi skal uansett langt vekk herfra.»

Arulf var tydelig nervøs, blikket flakket. «Kan dere virkelig ende den galskapen?»

Ruphus nikket kort. «Med gudenes hjelp ja, vi vil ikke gi oss før vi har revet hodet av denne slangen»

Arulf tok en tydelig beslutning, han så på likene av de fem leiesoldatene og gyste synlig. Antagelig var han ikke en slik

mann som liker å ty til vold i utgangspunktet og Dahdegar
følte mer og mer sympati for ham. «Jeg blir med, gudene vet
om det er en smart beslutning men jeg kan uansett ikke vende
tilbake til onkel uten ekstra folk. Han vil henge meg fra
murene»

Ruphus smilte bredt. «Godt, velkommen skal du være, vi skal
fange inn igjen hestene og i morgen rir vi»

Arulf rynket pannen. «Hvor da?»

Halv alven smilte skjevt. «Først til en høyde med døde trær, så
skal vi mot en bukt av Arzam havet, det er broren til Dahdegar
her som har sluppet den sekten løs på landene, han er i ledtog
med mørke krefter og må stanses.»

Arulf så storøyd på halv alven. «Akkurat det er jeg pinadø enig
i, hva jeg har sett…Folk blir jo som besatte av den troen»

Ruphus nikket sakte. «Det er akkurat hva de blir min venn.
Kom nå og hvil deg, du vil trenge kreftene dine.»

Arulf så halvt skremt og halvt fascinert på halv alven. «Du
kverket de karene raskere enn jeg ville greid å komme meg
opp på en hest, hvordan er det i det hele tatt mulig?»

Ruphus gliste fort. «Jeg er godt trent, og vi med alveblod er
raskere enn mennesker.»

Arulf nikket bare og Dahdegar så at vertshusverten og de andre
begynte å komme seg fra sjokket. De så mistenksomt på Arulf
men virket for å skjønne dilemmaet han hadde vært i. Verten
smilte takknemlig til Dahdegar. «Takk gudene for at dere kom
tilbake, vi er ikke dugelige som stridsmenn noen av oss. Vi la
det bak oss for mange lange år siden»

Dahdegar så at ingen av dem var fysisk skadet men de så
rystet ut. At noen kom helt dit for å tvangsverve folk var
uvanlig. «Om det kommer flere som disse lat som om dere er
syke hele gjengen, smør litt farge på huden så det ser ut som
om dere har sår og eksem og send ut noen gamle kvinner for å
møte dem. Det bør overbevise dem om at det ikke er noe å
finne»

Verten nikket og de gikk inn, det var ikke mange der og Dahdegar følte på en måte en slags motvilje mot å forlate stedet. Han likte ikke å overlate disse folkene til sin skjebne, om det kom verre folk denne veien hadde de ingen sjanse. Ruphus så stivt på ham og han skar en grimase, forsto at halv alven skjønte hva han tenkte på. «Neida, jeg akter ikke å trekke meg.»

De slo seg ned ved et bord og verten sørget for at de fikk et godt måltid og han tryllet også frem litt vin, Arulf så trist ut, han virket ikke så sterk og arrogant som før og Dahdegar hadde gjennomskuet ham. Mannen brukte det som en maske, som et forsvar. I det miljøet han hadde levd i var svakhet antagelig farlig og Dahdegar hadde møtt menn som Arulfs onkel før. De var som regel svært kontrollerende og om en gav dem lillefingeren tok de hele armen og regnet det som sin rett. Arulf fikk en madrass på rommet Dahdegar og Ruphus delte og sov rolig uten å snorke eller bråke, antagelig hadde han ikke nytt en god natts søvn på lenge. Dahdegar undret seg over hva Ruphus hadde sagt, men han tvilte ikke på vennen og han visste at en sjaman så sterk som Ruphus kan være temmelig kryptisk til tider.

Den morgenen pakket de grundig og Dahdegar tok en av hestene som nå var sanket inn. Resten ble igjen der siden gode hester kan selges for store penger, folket der trengte den muligheten. Ruphus hadde spurt om en høyde med døde trær og verten hadde faktisk kjent til en slik. Det lå en stor skog noen mil til øst for dem og der var det en slik plass. En stor ås uten annet enn døde trær på, den var lett å se på stor avstand og de kunne nå stedet i løpet av en dag med gode hester. Ruphus sa bare at noe ventet på dem der, og noen. Han sa ikke mer og Dahdegar følte seg temmelig frustrert men han visste at det å mase på Ruphus var håpløst. En kom ingen veier med det.

Det var kaldt og grått men de var godt kledd og det gikk en god vei østover som de kunne følge i hvert fall mye av veien. Ruphus red som om han var ett med hesten og han brukte temmelig uvanlig seletøy også, mange ville reagere ved synet av et hodelag uten bitt og den enkle salen som nesten bare var en slags pute festet med en gjord. Dahdegar foretrakk det mer tradisjonelle siden han følte at han neppe kunne kontrollere en hest uten et godt bitt. Arulf var taus og stille og han virket for å være dypt i sine egne tanker. Dahdegar ønsket ikke å forstyrre men følte at han måtte spørre. «Din onkel, var han også av dem som trodde på denne dragen en eller annen skulle ha holdt fanget?»

Arulf rykket til. «Vel, ja. Det kom brev til alle en stund, med informasjon om hvem som hadde den, og snusk om bortimot alle levende sjeler i landet. Det var som å sette en fakkel borti en tønne med knusk, det sa boff!»

Dahdegar måtte glise, det hadde virkelig vært mye spenninger mellom de ulike slektene og det å sette dem opp mot hverandre slik var genialt, om enn veldig ondsinnet. Arulf fortsatte.

«Onkel trodde ikke på dragen, men han visste mye og noe av det brevet han fikk fortalte om gav ham en legitim årsak til å prøve å overta eiendommene til en fjern slektning, noe med ubetalt gjeld. Det endte i et blodbad selvsagt men snøballen var satt i bevegelse og onkel ble mer og mer maktgal»

Dahdegar skar en grimase. «Ja, han var ikke den eneste, det er sikkert og visst»

Arulf trakk på skuldrene. «Det er visstnok Olric av Darasher som satte alt i gang, de kaller ham dolkens spiss og han står visstnok i sør med stor hær og prøver å holde krigen gående. Mannen er gal og vil drukne verden i blod»

Dahdegar gyste, som en også kunne si om Eghil. Ruphus red først og kastet et blikk bakover mot dem. «Alle er brikker i spillet, og noen brikker kan beveges av begge sider»

Dahdegar rynket pannen. «Hva mener du?»

Ruphus snudde hodet igjen. «Det som virker for å være et gode kan vise seg å være det motsatte, og onde gjerninger kan bane veien for gode. Vi vet aldri hva sluttresultatet blir så en bør ikke dømme. I hvert fall ikke før en har alle detaljene.»

Arulf og Dahdegar bare kikket på hverandre, Ruphus snakket som vanlig i gåter men Dahdegar begynte å skjønne at Arulf faktisk var en likandes kar på mange måter. Han var kultivert og vennlig og virket kunnskapsrik. «Du mente aldri å bli en kriger nå gjorde du vel?»

Arulf krympet seg. «Er det så tydelig? Du har rett, jeg var egentlig ment for noe helt annet, min mor mente at jeg burde bli en av dem som tjener til livets opphold som skriver og lov mann.»

Dahdegar så på den svære grovvokste karen og måtte glise. «Vel, du ser ikke ut som en lærd, det skal du ha «

Arulf gyste synlig. «Ja, jeg måtte trene som alle onkels menn men jeg har aldri likt det. Jeg kan slåss godt men for meg er det kun for å overleve. Jeg nyter det ikke»

Dahdegar lo lavt. «Du så temmelig truende ut, jeg må innrømme at jeg ble imponert over hvor godt du fektet»

Arulf rullet nesten med øynene. «Ja, jeg har lært å late som om jeg er av det virkelig farlige slaget. Hadde jeg ikke det ville onkel garantert ha lagd et eksempel av meg, bare for å vise at han ikke godtar unnasluntring selv fra sin egen slekt»

Dahdegar skar en grimase. «Guder, han høres ut som en motbydelig person»

Arulf så ut som om han hadde smakt på noe særdeles surt. «Du har rett, han er virkelig et kryp men han var ikke slik før. Han likte makt og han likte å være den som kontrollerte ting men etter at krigen brøt ut har de gode egenskapene hans gått rett i dass og kun de mindre trivelige har blitt synlige.»

Dahdegar skulle til å svare da Ruphus begynte å synge et eller annet med en heller skjærende stemme og han overdøvet alt der. Dahdegar bare ristet på hodet og holdt kjeft og Arulf trakk på smilebåndet og la hendene over ørene med en talende gest. De red forholdsvis fort og terrenget var åpent og vakkert og lot dem se eventuelle fiender på lang avstand. Det var et heller sump aktig område og noen få holt med heller forblåste trær, og nå var alt grått og beige og heller trøstesløst men Dahdegar visste at våren ville forvandle dette til et paradis for dyr og fugler. De hadde ridd noen timer da de så høyden i det fjerne, den var omkranset av tett skog og den nakne toppen var temmelig tydelig. Det så ut som om lynnedslag hadde ødelagt trærne der og mens de kom nærmere så de at området var temmelig avgrenset og selv bakken så svidd ut. De slo leir ved foten av åsen den kvelden og Arulf røpet at han var en god jeger og særdeles god til å lage mat av kjøtt og urter. Stuingen han disket opp med var intet mindre enn nydelig og selv Ruphus virket imponert.

Daggryet kom sigende med lett skydekke og stri vind og de hutret og kom seg avgårde igjen, åsen var ikke særlig bratt men skogkledd og det var gammel og tett skog så det var ikke enkelt å finne veien. Hestene slet seg gjennom tette kratt og løs grus og etter noen timer var de på toppen, Ruphus så smaløyd på området foran dem, det var temmelig nakent og de døde trærne sto der som tause skjeletter, det måtte ha vært lynnedslag som hadde gjort det men trærne virket ikke svidd.

De steg av og Dahdegar så spørrende på vennen. «Vi er her, hva skal vi gjøre?»

Ruphus halte en slags enkel spade frem fra saltaskene. «Grave!»

Dahdegar måpte. «Grave? Men hvor? Og ved gudene, bakken her er steinhard!»

Ruphus bare trakk på de brede skuldrene. «Det betyr at vi får begynne med en gang, så vi finner hva det nå er som er her før det blir mørkt igjen»

Dahdegar stønnet og rullet med øynene, gikk ut på den åpne sletten, det var lite der som gav noen indikasjon om at et eller annet var gjemt der. De delte seg og begynte å lete og det var Arulf som til slutt fant noe som sto ut. Han pekte på en stein som var nesten helt skjult av den merkelig harde jorda. «Se her, det er en rune av noe slag?»

Ruphus små jogget bort til dem og kikket ned på steinen, sparket bort litt jord så tegnet kom frem. «Ja, jeg er temmelig sikker på at dette er stedet vi skal grave på» Han tok spaden og vippet steinen bort med forbausende enkelhet og Dahdegar ble igjen minnet på hvor mye sterkere enn et menneske folk med alveblod i seg normalt er. Ruphus gav seg til å grave og bakken var virkelig nesten glassert og Dahdegar begynte å mistenke at det ikke var lyn som hadde drept tærne der i det hele tatt. Skogen sto så sterk rundt området og han husket fortellinger han hadde hørt som barn. Kunne det ha vært drageild som hadde svidd åstoppen?

Ruphus grov lenge, han skapte et hull som var nesten like dypt som han var lang og til slutt traff den nå temmelig slitte spaden noe av metall. Han skjøv jorda unna og avslørte en svært lang kasse som var forholdsvis smal og grunn. Den var lagd av et metall som virket nesten rødlig på farge men det var ikke rust, det fantes ikke rust på den.

Dahdegar hjalp Ruphus løfte den ut av hullet og den var forbausende tung. De så litt avventende på halv alven som varsomt berørte den enkle låsen. «Dette er veldig gammelt, utrolig gammelt faktisk.»

Det var merkelige tegn skrevet på lokket og Arulf myste formelig. «Jeg har sett slike før, det er slike tegn dragemestrene brukte!»

Dahdegar trakk pusten dypt. «Det forklarer et og annet, denne åsen må ha blitt brent av en drage»

Ruphus nikket sindig. «Det virker svært trolig ja.»

Han åpnet låsen med et uttrykk av ærbødighet på ansiktet, Dahdegar så at han nølte litt før han vippet lokket opp. Det åpnet seg uten motstand og alle tre lente seg litt frem for å se.

Kassa rommet flere gjenstander, tre merkelige juveler som virket for å være ment å bæres i et kjede rundt halsen. De glødet vakkert i en fiolett tone og Dahdegar følte magien i dem. Det var et sverd der som fikk ham til å måpe, et langt elegant blad som bare kunne være alvisk av opprinnelse og

Ruphus tok det ut med ren ærbødighet. Det var smidd av det samme metallet som kassa og glødet svakt rødlig. Det var intens magi i det. Men det var noe under sverdet, pakket inn i lær og Ruphus løftet det nølende ut av kassa. «Steinene er til oss, en til hver av oss. Og sverdet er for meg, jeg føler det, men dette?!»

Han la pakken på bakken og trakk varsomt læret unna. Dahdegar blunket, det var et slags skjefte, som til et sverd eller spyd men bladet manglet. Skjeftet var langt og vakkert formet i et sølvhvitt metall og noen nydelige juveler var felt inn i enden. Selve grepet var omviklet med noe som bare kunne være drageskinn og Ruphus rynket pannen og så forbauset ut.

«Dette er ikke for noen av oss, men vi skal møte en her, en som er på vår side. Jeg tror dette våpenet er for vedkommende.»

Arulf så tvilende ut. «Våpen? Det er et skjefte uten blad? Hva nytte kan en ha av det?»

Ruphus gliste skjevt. «Mer enn du tror, jeg har en ide om hva dette er. Det er mektig, vedkommende må være sterk.»

Han tok opp sverdet igjen og det lå en slire til det i kassa, han spente det fast om livet og det så naturlig ut på ham. De tok en juvel hver og festet den rundt halsen og Ruphus smilte fornøyd. «De vil verne oss mot mørk magi. Det er godt, din bror vil garantert bruke alle knep som finnes for å hindre oss»

Han grep spaden og kastet jorda tilbake i hullet, tråkket over igjen for å skjule sporene og Dahdegar forsto hvorfor. Om noen med fiendtlige hensikter også lette etter dette burde de ikke skjønne at det var funnet allerede. Dahdegar følte juvelen som en vennlig berøring, som noe svært beroligende. Den var utelukkende god og energien i den så sterk at han var ørlite grann skremt av det. Ruphus gjorde seg ferdig og smilte sakte. «Det er som sagt noen her som skal hjelpe oss, jeg foreslår at vi går ned av høyden og slår leir på et litt mer trivelig sted. Jeg er sulten og trenger en hvil.»

De gikk fort ned av den nakne åsen og fant en liten eng ved en bekk der hestene kunne beite og de lagde fort et bål og satte opp et enkelt skjul. De ante ikke når denne personen skulle dukke opp og Arulf jaktet litt og kom med noen kaniner og en rype samt en klynge med noen velsmakende knoller han fant i en skråning. De satt der og koste seg med nok et utmerket måltid da Ruphus rykket til og stirret. En skikkelse dukket opp under skyggen av trærne, en temmelig stor skikkelse og Dahdegar måpte, Arulf klynket og så ut som om han var klar til å pisse på seg.

Ruphus gjorde en vennlig gest, han forble sittende og gjorde ingen brå bevegelser og Dahdegar så at skapningen der fremme nølte, det var temmelig klart at denne personen hadde kommet fra et ganske annet sted for han hadde aldri sett noen av en slik rase noen gang og hadde ikke hørt om noen heller. Skapningen var minst sju fot høy og bygd som et svært elegant og sterkt menneske men han hadde hender med klør, svært lange klo prydede føtter og hodet? Hva han enn var, han hadde horn og lange ører dekket med pels og noe ved ansiktet minnet Dahdegar om et kattedyr. Øynene var som på en rovfugl og svært ville og den ville manken med hår skinnende blå, det var en meget vakker skapning men umenneskelig.

Den så litt nervøst på dem, snuste i lufta og Dahdegar ante at den hadde luktet maten og at den var sulten. Ruphus smilte rolig. «Bare kom frem venn, vi har ventet på deg. Det er nok stuing også for deg, bare sitt ned og ta det med ro»

Skapningen kom ut av skyggene, huden var svært mørk og nesten svart og dekket med vakre mønstre i en slags glødende gylden farge og han var naken. Skapningen hadde ingen våpen men Dahdegar tvilte ikke på at han var i stand til å være farlig selv uten. Den gikk varsomt nærmere, ørene beveget seg faktisk og noe sa dem at dette var en ung skapning. Den slikket seg om munnen og satte seg uten å ta øynene fra dem en eneste gang og Ruphus måkte opp en stor porsjon med stuing og rakte den bollen og en skje. Den tok bollen og skjea og begynte å spise med tydelig hunger men den visste å bruke skjea, den var ingen barbar og den prøvde å beherske seg. Ruphus la handa over brystet. «Jeg er Ruphus, dette er Dahdegar og Arulf. Vi er venner, frykt ikke.»

Skapningen løftet hodet, prøvde å smile. «Thacun, dere ødelegge mørkes plan?»

Ruphus nikket sindig. «Ja, vi skal ødelegge for de mørkes planer»

Thacun gliste brått, bredt og illevarslende. «Godt, jeg hjelpe. Stemme si jeg hjelpe. «

Ruphus rakte ham neven. «Velkommen skal du være Thacun. Denne er til deg»

Han rakte Thacun det merkelige skjeftet og den tok det forvirret og vendte det i handa. «Du vil sikkert finne ut av det tidsnok, det er eldgammelt og ble brukt mot mørket»

Thacun bøyde hodet elegant og smilte takknemlig. «Jeg vet, takk. «

Ruphus smilte sakte og lente seg bakover med et fornøyd uttrykk i ansiktet. «Da er vi fulltallige, Eghil skal snart finne ut hva det vil si å møte veggen»

Dahdegar bare håpet at vennen ikke var for optimistisk, han bet tennene sammen, Eghil skulle lide for hva han hadde gjort, det var en hellig ed!

Eirannes

Planen Eirannes hadde satt i verk viste seg å fungere, nå kom det en stø strøm av flyktninger mot den vesle øya og sjøfolkene sørget for at de hadde mat og vann og de raskeste skutene seilte langs kysten og undersøkte om det var trygge steder der de kunne bygge ly for folk. Andre skuter skaffet forsyninger og Havfruen og en av de forhenværende krigsskipene passet på gapet mellom fastland og den vesle øya. Området var grundig preparert og skutene utstyrt med katapulter og alt de trengte av våpen. Om ubeistene dukket opp burde de kunne holde dem tilbake svært lenge. Vidiel jobbet utrettelig med å skape noe som kunne brukes slik som den oljen han hadde hørt om og etter en god del prøving og feiling hadde han faktisk greid å lage noe som var temmelig likt. Flere av skutene hadde hatt ingredienser i lasten eller i skipets apotek og han hadde flere store keramikk tønner av blandingen nå. De helte det over i små tynne keramikk krukker som kunne slynges med en katapult og Eirannes følte en merkelig iver. Han var rimelig sikker på at de kunne gjøre mye skade om de fikk muligheten til det, de beistene var ikke udødelige og hadde sin største styrke i antallet.

Han satt og leste gjennom rapporter da Ubhuur kom inn i kahytten etter å ha respektfullt hengt av seg hatten slik skikken krevde når en kaptein besøkte en annen skute enn sin egen. Eirannes bikket på hodet og den andre mannen satte seg ned, strøk seg over hodet og sukket lavt. «Jeg fikk bud fra Størja akkurat nå»

Eirannes måtte vri hodet sitt litt, Størja? Åh ja, det var en smekker liten sak som hadde vært av de første som hadde søkt nødhavn der, kapteinen var knapt nådd manndoms alder og var som de fleste unge menn impulsiv og litt av en våghals. Eirannes hadde så vidt hilst på ham og han likte karen for han var vokst opp på sjøen og var dyktig om enn noe vel modig til tider. «Javel, og hva kunne de rapportere?» Ubhuur strakte på beina så det knaket i dem. «De var langt sør sa de, de fant en ny havn. Ikke så god som denne men fullt brukbar, og så langt sør er landet bredt og folkene de snakket med visste om beistene men var ikke ille plaget av dem, ennå» Eirannes trakk etter pusten, dypt. «Det er fantastisk, da kan vi skysse flyktningene dit» Ubhuur skar en grimase. «Ja, men det er skjær i sjøen mann, store skjær» Eirannes rynket pannen. «Javel? Forklar!» Den eldre karen så ned i golvet. «Det er trygge områder lengre inn i landet, hellige steder, templer og slikt der beistene ikke kan skade noen. De lokale prøver å komme seg dit men...» Eirannes følte på seg at dette var ille- «Men?» Ubhuur slo ut med handa. «De blir stanset Eirannes, det er fremdeles mange Zhandorianere der, og mange av dem satt med mye makt før dette skjedde. De har soldater og våpen og prøver å fortsette som før. De dreper folk Eirannes, bare fordi de prøver å søke trygghet med resten av folket sitt. De tror ikke på at beistene er ekte.» Eirannes følte en slags intens trang til å fille riste noen. «Men noen må da kunne gjøre noe? Soldater? Folket her i landet er da mange ganger flere enn Zhandorianerne, de bør kunne ta tilbake makten ganske enkelt, om de bare går sammen om det» Ubhuur lente seg forover. «Der er problemet Eirannes, de tør ikke. De har vært slavebundet så lenge at de ikke lenger vet hva de er i stand til å oppnå. Helvete, jeg har sett hvordan de straffet ulydige innfødte før. Det var ikke pent min venn, faktisk var det ganske så forferdelig. . Og de har sagn som sier at bare den siste av den gamle opprinnelige kongeætten her kan samle dem. De venter på den ene personen»

Eirannes rullet med øynene. «Åh guder, og det er det eneste som hindrer dem? Ved alt hellig, jeg må si at de er sine egne største fiender i så fall»

Ubhuur nikket. «De er bundet av tradisjoner min venn, av sin kultur. Og så lenge det skjer kan de arrogante drittsekkene fortsette å utnytte dem»

Eirannes tenkte med grum hu på Banhlar som hadde vært slik en tyrann der i havna, mange mente at mannen burde ha vært kjølhalt og de hadde nok gjort det også om han ikke hadde stukket av før de rakk å velge hvilken skute de skulle gjøre det fra. Eirannes lente seg tilbake i stolen. «Men den havna er trygg?»

Ubhuur nikket sakte. «Ja, noen mente at det var flere enda lengre sør, ryktene fortalte om en stor havn utenfor det som var Shepa bukta, den skal være perfekt og bedre enn den gamle.»

Eirannes tenkte fort, Shepa bukta hadde vært en meget god havn med plass til over hundre skuter og et stort handelssentrum. Om den nye havna var enda bedre burde den kunne betjene hele sørkysten av Ardot, og om den havnet på Zhandorianske hender var det meste tapt for de lokale. Handelen var avhengig av folket fra Zhandoria men til nå hadde de sittet med bukta og begge endene og lokalbefolkningen hadde ikke hatt noe å si. Urettferdigheten hadde vært uttalt og enorm og Eirannes var ikke den eneste kapteinen som hadde merket seg ved det. «Kan vi frakte folk sørover trygt?»

Ubhuur trakk på skuldrene. «Jeg tror det, om vi laster av folk om natten bør de kunne snike seg inn i landet uten å bli sett. De sier at plantasjeeiere og andre nærmest kidnapper folk for å få arbeidskraft nå»

Eirannes skar tenner. «Jeg håper nesten at disse gamle legendene er sanne da»

Ubhuur smilte skjevt. «Jeg også, om noen samler folket her vil ikke disse adelige idiotene klare seg lenge. «

Eirannes ble sittende å tenke lenge den kvelden og da det ble mørkt gikk han ut på dekk som vanlig. Fakler var tent overalt og noen hadde konstruert noen enkle lyskastere ved hjelp av skipslanterner og speil. Skråningen ned til vannet var godt opplyst og ingenting kunne snike seg frem usett. Det hadde ikke kommet flere flyktninger den veien nå på et par dager og noen modige hadde søkt innover i landet på dagtid og kom tilbake og fortalte at det ikke var flere igjen der, de få som hadde overlevd holdt seg ved kysten og skuter kom inn med nye hver time. Men nå var øya temmelig full og Eirannes bestemte seg for å sende skuter sørover alt neste dag. Det var eneste mulighet, de var for mange der og var beistene i stand til å sanse større folkemengder var de et uimotståelig åte. Den andre skuta gled forbi og kapteinen hilste til Eirannes, som forhenværende krigs kaptein kunne den mannen mye Eirannes aldri hadde lært og Eirannes stolte på ham om det skulle komme til kamp. Karene var opptatt med å kveile tau og olje dekket da det lød et rop fra utkikken og Eirannes så opp. Noe beveget seg øverst i skråningen, og han så at det var flere enn en person. Hjertet sank i ham da han skjønte at dette ikke var mennesker, det var de motbydelige hvitaktige beistene og de virket for å nøle litt før de spredte seg ut og begynte å flytte seg nedover skråningen. Eirannes brølte en ordre til karene som øyeblikkelig kom seg i posisjon og styrmannen la skuta inn mot øya og fikk mest mulig avstand mellom den og fastland. Merkelige hule skrik kunne høres fra beistene og Eirannes spyttet, de var grusomme og bueskytterne kom på dekk og tente pilene sine. Den andre skuta hadde snudd og kom tilbake, la ut anker så hun ble liggende nesten baug mot baug med Havfruen og Eirannes signaliserte over at de var klare. Bueskytterne lot pilene fly, bakken var godt bearbeidet med det eksplosive pulveret og ilden tok godt fatt med en gang pilene traff. Bakken brant brått og beistene hylte vilt og rygget tilbake. De formet en tett linje og kapteinen på Stridshansken hadde lagt planene for et motangrep. Katapultene svingte og krukker raste frem og eksploderte formelig i rekkene med beist. Det merkelige produktet Vidiel hadde greid å skape brast i flammer i luft, og Eirannes så på noe som kun kunne beskrives som et mareritt. Beist ravet rundt i full fyr og flamme og han var skremt av hvor lenge de kunne holde seg på beina før de omsider kreperte.

Piler fløy og Stridshansken pøste på med oljesekker også og etter en stund var det ikke flere beist igjen der. Men det hadde vært en stor flokk og Eirannes følte på seg at dette ikke lovet godt. Flere ville komme så lenge det var folk der og på et eller annet vis måtte de kunne fjerne denne trusselen. De holdt vakt til morgengry og Eirannes begynte å lage en evakuerings plan så fort han hadde spist litt og fått roet seg ned. To av frakteskutene var gode nok til å brukes som passasjer skuter og om han sendte den andre av de to krigsskipene med som eskorte burde det være temmelig trygt. Han sendte ordren rundt til de aktuelle kapteinene og folk begynte å bli lastet om bord. De fleste var ivrige etter å forlate dette temmelig overbefolkede stedet og det foregikk i svært ordnede former. Da begge skutene var fulle var det fremdeles igjen mange hundre der og Eirannes følte seg nervøs. De måtte få alle sørover så fort som mulig men nå var det ikke skuter å avse. De andre var travle med å skaffe mat og vann og forsvar og et par av de raske var ennå ute for å utforske.

Den neste kvelden la både Havfruen og Stridshansken til for anker i stedet og alle var klare for mer kamp men denne kvelden var alt annerledes. De ventet beist men det som kom sjokkende ut av mørket var noe mye verre. Utkikken hadde en tydelig tone av ren panikk i stemmen da han skrek ut og Eirannes glante vantro. Han hadde aldri sett troll, og hadde aldri trodd på dem heller men nå så han troll og måtte bare tro det han så med egne øyne. Skapningene var minst fire meter høye og svært grove med nesten skjellaktig hud og små røde øyne. De buret og vandret fremover og bueskytterne tente på igjen men disse ubeistene brydde seg lite om ilden. Den var antagelig ikke varm nok til å skade dem og de gikk kønet ned skråningen mot vannet på tross av at bakken brant. Piler bare prellet av på dem og krukkene med Vidiels oppfinnelse stanset dem ikke heller. Trollene buret og grep store stein og nå begynte de å kaste dem mot skutene og Eirannes bante grovt, ved alle guder, steinene var store og kom som de rene skjære ras og han så at en traff baugspydet på Stridshansken og rev det rett av. En stein bommet så vidt på Havfruen og Eirannes ante ikke hva de skulle gjøre, kunne disse beistene svømme? Med den kroppen var det lite trolig men trengte de puste? Kapteinen på Stridshansken brølte ordre og katapultene ble finstilt. Nå var det ikke krukker som ble slengt ut men noe helt annet, nemlig steinkuler. De var større enn et mannshode og svært tunge og den første traff et av trollene i brystet og det ble kastet bakover av kraften i anslaget og landet på ryggen med et brøl. Trollet kavet et par ganger, så ble det stille og Eirannes forsto at det hadde blitt skadd, forhåpentligvis dødelig.

Nye steiner kom susende og noen traff men andre fløy over eller landet i vannet og Eirannes visste at det å fininnstille en slik katapult er vanskelig, faktisk nesten umulig om en ikke kan kunsten. Trollene sto ikke stille heller, de prøvde å bryte løs store steiner fra stranda og Eirannes ville ikke risikere skuta men om de seilte bort kunne trollene kanskje krysse stredet. Han telte fem stykker ikke medregnet det som var falt og et par var tydelig skadet nå, de beveget seg svært ustøtt og virket for å jamre seg. Så de følte smerte? Utmerket. Det var ennå lenge til soloppgang og Eirannes begynte å fortvile da en lettbåt dukket opp mellom de to skutene, en skikkelse sto i fronten av den og ropte et eller annet høyt. En stor kule av lys dukket opp fra ingen steder og den ble raskt så sterk at det ikke nyttet å se på den. Trollene skrek i smerte og ravet bakover, kom seg opp skråningen med ville vrél og forsvant i mørket og lyset ble sakte borte. Skikkelsen i lettbåten sjanglet formelig og Eirannes så at det var en innfødt kvinne som var kledd på en noe spesiell måte. Hun måtte være en prestinne og han undret seg over kraften hun hadde brukt. Han løp bort til ripa og signaliserte at hun kunne komme om bord og lettbåten ble rodd av to sjøfolk som øyeblikkelig la om kursen og la det smale fartøyet inntil skutesida. Kvinnen klatret lett opp leideren og Eirannes trodde hun var ung helt til han så ansiktet. Hun var meget gammel, men kroppen var smidig og myk og hun beveget seg som om hun ikke veide noe. Håret var helt hvitt og prydet med vakre turkiser og hun hadde noen underlige tatoveringer rundt øynene og i pannen. Eirannes følte på seg at han burde behandle henne med ærbødighet så han bøyde seg dypt og smilte så vennlig han kunne. «Ærede frue» Hun smilte skjevt. «Ikke kall meg det min venn, jeg er søster, søster Airan. Jeg er en prestinne»

Eirannes holdt ennå handa over hjertet. «Jeg forsto det, jeg takker deg. Du berget skutene våre nå, de beistene ville ha senket oss»

Hun så over mot fastlandet. «Ja, jeg kunne ikke bare sitte å se at det skjedde.»

Han rynket pannen. «Hva gjør en prestinne her? Er du blant flyktningene?»

Hun nikket. «Ja, jeg var på besøk i en landsby ikke langt herfra da katastrofen hendte, jeg skulle undersøke en ung jente de mente kunne være en lovende prestinne.»

Eirannes følte seg litt brydd. «Jeg visste ikke at dere hadde slike krefter?»

Airan smilte mildt. «De færreste har det, jeg er spesiell. Jeg tror gudinnen selv styrte meg hit, jeg har gjort mitt beste for å hjelpe folk de siste ukene men de sjelløse er overalt. Vi er ikke sterke nok til å bekjempe dem er jeg redd»

Eirannes kjente seg ivrig. «Du kjenner til dem? Vet hva de er? Hvor kommer de fra?»

Airan smilte fortsatt. «Jeg vet mye ja, de følger katastrofen min venn, og får vi ikke hjelp vil de ødelegge alt»

Eirannes gyste. «At Ardot skal være nødt til å gjennomlide slikt etter alt som har skjedd»

Airan bikket på hodet. «Men det er ikke bare her min venn, det skjer også i Zhandoria og Hietlai. Dette skjer overalt.»

Eirannes måpte nesten. «Guder, det...det er hardt å tro»

Hun trakk på skuldrene. «Ja, men det er sant. Og det er lite vi kan gjøre»

Eirannes svelget stivt. «Lite å gjøre? Men...Noe må da kunne gjøres?»

Stemmen hans var bedende.

Hun la handa på armen hans. «Ja, gudene jobber alltid vet du, og utvalgte finnes der ute, utvalgte som vil kjempe mot mørket. Noen vil gjøre store dåder og andre mindre men alt vil være verdifullt. Du er også med i den kampen nå min gode kaptein»

Han trakk pusten dypt. «Jeg undres på noe, de sier at det er gamle sagn? Om at dere venter på en etterkommer av den gamle kongeætten, det er da vel forgjeves?»

Airan ristet på hodet. « Den siste ætling eksisterer min venn, vi sendte en prestinne for å finne vedkommende men hun forsvant for oss. Vi sendte en ny for et par måner siden, en av våre mest betrodde medarbeidere. Hun vil klare det, vi har tiltro til henne»

Eirannes så smalt på prestinnen. «Om hun har reist sjøveien er det ingen garanti at hun har nådd frem, eller at hun i det hele tatt er i live nå. Havet har vært...unormalt»

Airan nikket. «Jeg vet, men vi tror Eirannes. Den siste vil vende tilbake om bare for en tid, og vekke folket. Og landet vil renses og bli den hagen det brukte å være.»

Eirannes bet tennene sammen. «De sier at mange av de som satt med makt fortsatt tviholder på den, og behandler de lokale som slaver!»

Airan nikket. «Det stemmer, jeg så mange eksempler på det på veien hit. De som kom fra nord har ikke innsett det som vi innfødte har visst lenge, at verden vil skapes på ny nå. De tror de kan fortsette som før men alt vil forandres.»

Eirannes gren på nesa. «Det tror jeg så gjerne, men tapet av liv er enormt allerede. Alle skutene som har gått ned, jeg kan snaut begynne å forstå det»

Airan sukket og så ned. «Hva du har sett og opplevd er en del av omveltningene. I fremtiden vil ikke de fra nord kunne utnytte Ardot, havet vil ikke tillate det.»

Eirannes så litt vemodig ut. «Vi frakteskip skippere gjorde et levebrød ut av handelen mellom sør og nord, jeg føler at vi bidro til problemet»

Airan lo lavt. «Nei, dere ville fraktet varer om det var folket her som selv styrte handelen også, føl ikke skyld over noe som aldri var din skyld. «

Eirannes nikket usikkert. «Men hva skal vi gjøre nå? Trollene kan komme tilbake ikke sant? Vi har mange hundre flyktninger her, hvilken havn kan vi frakte dem til?»

Airan smilte fort. «Ta dem så langt sør som mulig, den nye havna utenfor Shepa er ganske trygg. Det er noen Zhandorianere som sitter med makta der men de er av det gode slaget, så lenge de har makt går det bra. Det som er sørgelig er at det neppe varer. Egentlig er det en mann fra Zetir som har styrt alt, i skjul.»

Eirannes så smalt på den gamle kvinnen. «Jeg har hørt rykter om det ja. Oshwart av Nurmadag»

Hun nikket kaldt. «Et monster, men et intelligent et. Jeg ber gudene om at den mannen drukner i sitt eget blod jo før jo heller»

Eirannes følte seg litt skremt av intensiteten i kvinnens blikk. «Vel, ah, han kan ikke leve evig nå kan han vel? De sier at det er sikre steder lengre sør, i innlandet?»

Airan nikket sakte og trakk sjalet tettere om seg. «ja, store templer skjult for utlendingene i mange lange generasjoner. Jeg kommer fra det største, det har vært uskadet gjennom endringene og mange har kommet dit.»

Eirannes bet seg i underleppa. «Kan du forklare veien dit for flyktningene? De trenger noen som kan veilede dem. Tror dere virkelig at dere vil få hjelp?»

Airan nikket sindig. «Ja, men inntil den utvalgte kommer vil vi trenge all den hjelp vi kan få utenfra. Du og dine skippere kan gjøre store ting min venn.»

Han rynket pannen. «Hva mener du?»

Hun så rolig på ham. «Dere hjelper allerede folk med å unnslippe de sjelløse. Dere kan gjøre mye ved å nekte å godta at de fra nord blir havnemestre, og dere kan gi oss et våpen mot de sjelløse»

Eirannes rynket pannen. «Nå henger jeg ikke helt med, å bekjempe korrupte havnemestere skal bli meg en glede men et våpen?»

Airan nikket stille og pekte ut over havet. «Havet har endret seg, dype områder har blitt grunne og motsatt. På dypet lever en skapning mer verdifull enn gull og juveler, en liten blekksprut som er meget vakker men også utrolig giftig»

Eirannes så storøyd på henne, «Jeg kjenner til dem, de er vakre men døden selv»

Hun nikket sakte. «Vi prestinner har tatt vare på gammel visdom, visdom de fra Zhandoria har ødelagt eller sett på som overtro og ren galskap. Men vi vet at giften fra disse små skapningene også er gift for de sjelløse.»

Eirannes så litt vantro ut, han følte et stikk av uro. « Dere ønsker at noen skal fiske etter de små djevlene?!»

Airan smilte mildt, øynene glitret. «Det er ikke mye dere trenger, noen få bare. Men det vil kunne holde de sjelløse stangen. Giften gjør selv et ørlite risp dødelig og folket kan ikke kjempe mot både troll og sjelløse ennå. Ardot er en øy Eirannes, en stor øy men like fullt er Zhandoria så veldig mye større og vi er ikke mange»

Eirannes svelget. «Jeg skal høre med de andre kapteinene. Jeg vil ikke ta avgjørelser de ikke kan være med på.»

Airan la handa mildt på armen hans. «Du er en leder Eirannes, det vil du se. Få flyktningene sørover først, sørg for at denne tangen ikke lenger blir en dødsfelle. Deretter kan du tenke på havnene og giften. En ting av gangen»

Eirannes skar en liten grimase. «Du har rett søster, en ting av gangen»

Han undret seg bare på hvordan han skulle greie å overbevise alle de andre skipperne om viktigheten av å hjelpe folket der. Det var i deres egen interesse egentlig, men ville alle se det? Han tvilte, men han fikk bare prøve. Det var ikke annet å gjøre nå, verden var virkelig gått av skaftet.

Lyenera

Om hun hadde trodd at galskapen hadde endt da hun drepte husets herre skjønte hun fort at hun hadde tatt helt feil. Det som fulgte kunne best beskrives som et forholdsvis ordnet kaos. Hun følte seg emosjonelt nummen og delvis i sjokk men trengte heldigvis gjøre lite. Vhiduel tok seg av det aller meste der virket det for. Hun begynte å ane at alven hadde evner hun slettes ikke hadde vist noen før og noe ved den selvsikre måten den mørkhudede skapningen behandlet alle på gav Lyenera en merkelig smak i munnen. Hvorfor ante hun ikke, men det var noe ved den åpenbare triumfen i Vhiduels øyne som for henne virket som en klar advarsel. Noen av de andre kvinnene der halte henne med seg til badet der og hun ble frigjort fra de idiotiske klærne, fikk skrubbet av seg blod og skitt og det korte håret hennes ble trimmet og ordnet så det så mindre ut som en ulykke og mer ut som en virkelig frisyre. Hun fikk på seg en kjole og sko og smykker og da de var ferdige så hun ut som en husfrue igjen, en merkelig en vel og merke men husets herskerinne like fullt.

Det gikk en kort time, så begynte folk å dukke opp og bare noen få ble sluppet inn. Det var helt tydelig at Vhiduel hadde oversikt over hvem de kunne stole på og papirer ble signert og distribuert i en rykende fart. Lyenera ble bare sittende der, hun signerte og brukte ringen hun hadde fått men følte seg som i et merkelig vakuum. Oshwarts lik ble halt ut av haremet og vasket og plassert i en kiste og Vhiduel sendte bud til sønnene hans om at faren var død, og at de var skrevet ut av testamentet hans. Lyenera følte at det var en temmelig hjerterå ting å gjøre, så brått og nesten likegyldig men hun regnet med at alven ante hva hun gjorde. Afrenith var hos kongen med en hel bunke papirer som skulle tjene som bevis på hva faren hadde drevet med og Lyenera var temmelig spent på hva slags reaksjon det ville skape. Hun hadde fått inntrykk av at kongen i dette landet var en forholdsvis vis person som var godhjertet og mild men kanskje en smule naiv.

Hun ble sittende i en av hagene og vente på at Afrenith skulle komme med beskjed om hvordan alt hadde gått, den litt svimle følelsen var fremdeles der. Huset ble fort organisert nå, mange av harems kvinnene forlot stedet, de fikk friheten tilbake og ble eskortert til havna eller hvor de nå ellers ønsket å dra. En god del av tjenerne stakk også av, og de som ble tilbake var stort sett eldre folk som neppe kunne regne med å få tjeneste hos andre på grunn av alderen. Vhiduel fordelte oppgavene der som en hærfører kommanderer sine tropper og alle de som hadde tjent Oshwart ble innkalt for å få nye ordre. Lyenera forsto at dette var hennes oppgave, å tøyle den avdøde herrens imperium, bringe det inn under kontroll og bruke det til noe godt denne gangen. Tanken gjorde henne på et vis opprømt, hun begynte å forstå at han virkelig hadde hatt en finger med i spillet overalt men ingen hadde egentlig visst hvem som var sjefen. Det var et skjult nettverk, et der ordre kom fra ukjent hold og motstand eller ulydighet ble straffet strengt.

Lyenera fikk litt vin og mat, budene kom tilbake fra Oshwarts sønner og reaksjonene på farens død hadde vært ventet. Ingen av dem reagerte med sorg, heller med lettelse. Lyenera ventet å møte dem etter hvert, hun kunne ikke si at hun gledet seg. Hun fikk papirer lagt foran seg, en oversikt over herrens eiendeler og rikdom og hun måtte gni seg i øynene. Dette huset var enormt og mer som et palass å regne men det var ikke overdådig på noe vis, luksusen der var diskret og ikke av det åpenbare slaget. Men Oshwart hadde vært skittent rik, han eide deler av det aller meste som foregikk av forretninger i riket og i andre riker også og hun så på tallene at krigene og katastrofene i sør og øst hadde vært svært lite positive for økonomien hans. Men hvorfor hadde han ikke prøvd å gjøre noe med stridighetene? Var det som de spekulerte om, at han hadde stått bak? Hun svelget kort og så at papirene bekreftet mye av det hun nå gjettet, at han hadde visst det meste om alle og spilt ut slektene mot hverandre, for å selv stige til maktens tinder når de andre var falt i grus. Det var ondsinnet og særdeles godt uttenkt og hun måtte føle en slags motvillig beundring for ham. Å tenke på en så stor skala var uvanlig. Mannen hadde vært et geni, men et med særdeles ondsinnet tankegang. Hun kunne ikke engang forestille seg hvor mange det var som hadde dødd og lidd på grunn av ham. Ardot var mer eller mindre hans, andre satt med den åpenbare makten og rikdommen men han trakk i trådene, styrte handel og alt slikt med kyndig og skjult hånd. Hun ble svimmel når hun tenkte på hvor utstrakt nettverket hans hadde vært.

Afrenith kom til farens hus etter noen timer, hun var kledd i en vakker kjole i mørk fløyel og så ikke lenger ut som en bordell mamma, hun så ut som en prinsesse som vender hjem etter landflyktighet og Lyenera så fryden i de blå øynene og kunne ikke la være å tenke at Afrenith på mange måter var sin fars datter. Hun var like sterk som faren, like slu og hadde ting vært annerledes og Oshwart litt mindre av et svin ville han ha sett at datteren var en ypperlig arvtager. Afrenith satte seg ned ved siden av Lyenera og smilte, ansiktet var merkelig knyttet men blikket brant intenst. «Kongen er i sjokk, han har akkurat forstått at hans rike faktisk aldri har vært hans i utgangspunktet. Han og alle rådgiverne hans er i møte, men han har kastet en fem seks av dem i fangehullet allerede. De var fars menn, ikke hans»

Lyenera vætet leppene. «Godtar de at jeg nå er Oshwarts arving?»

Afrenith gliste stille. «Ja, de tror ikke på at det er far som har bestemt det, de skjønner tegningen min venn. Men de godtar deg, for du drepte det ubeistet og de tror vel kanskje at de kan få en viss innflytelse over deg, siden du er kvinne.»

Lyenera måtte fnyse og hun trakk på smilebåndet. «Jeg tror de vil skjønne at de tar feil der, men hvorfor tar ikke du den plassen? Du er Oshwarts datter! Om du krever retten til å være hans enearving kan da få motsi deg»

Afrenith smilte skjevt, foldet hendene over ene kneet.

«Lyenera, jeg var en hore. Jeg har vært nødt til å spre beina for mange av de som sitter med makt, eller tror de sitter med makt. De vil ikke ta meg på alvor uansett hva jeg gjør. For dem er jeg bare et stykke kjøtt de har forlystet seg med, og jeg er ikke engang vakker, eller sterk. Du Lyenera er annerledes, du er ikke herifra, du er en fremmed. Ingen kjenner deg, ingen vet hva du er i stand til å gjøre annet enn at du ikke kvier deg for å drepe.»

Hun så skarpt på den blonde kvinnen. «Lyenera, mennene her er mestre i å vurdere styrke, i å gjette seg til hvordan en annen person kan manipuleres og styres. Du er en ukjent faktor, ingen aner noe om deg, du får dem til å svette av ubehag for de kan ikke vurdere styrken til noen de ikke kjenner. De frykter hva de ikke kan kontrollere, det de ikke har informasjon om. Det er din sjanse Lyenera, ditt gode kort. Du må aldri la noen gjennomskue deg, aldri la deg selv bli forutsigbar. Jeg skal sørge for å avlede all oppmerksomhet, for det er jeg veldig god til. Jeg og Vhiduel vil være dine skjold.»

Lyenera svelget hardt. «Jeg vil være i fare nå ikke sant?»

Afrenith nikket og gliste bredt. «Selvsagt. Mange hatet Oshwart og vil se på deg som en frelser men mange så ham også som et digert hinder i veien for egen fremgang. Om de kan fjerne også hans arving vil de kunne ta makten selv og siden du er en kvinne tror de garantert at det vil bli enkelt»

Lyenera følte at et kaldt gys gikk nedover ryggen hennes.

«Hva må jeg gjøre for å beskytte meg?»

Afrenith nikket mot en mørk krok av hagen, Vhiduel stakk så vidt frem bak noen søyler, tilsynelatende i egne tanker. «Vår venn der vil hjelpe deg med det problemet, du er mye mer enn

du tror Lyenera, det er mye som er gjemt og enda mer som er glemt og selv ditt folk kunne ikke forutse alt som vil skje.» Lyenera så skarpt på Afrenith, hun følte seg brått overvåket.. «Hva mener du med det?»
Afrenith flekket nesten tenner som en sint katt. «At Vhiduel kan beskytte deg, ved å vise deg hva du i sannhet er i stand til å gjøre.»
Lyenera så skjevt bort på søylen den mørke alven sto bak, noe ved Vhiduel skremte henne fremdeles. Hva slags krefter var det den kvinnen egentlig satt med? «Jeg kjenner meg selv Afrenith, og mine begrensninger»
Afrenith ristet på hodet. «Nei, du gjør ikke det. Du har drept nå, flere ganger faktisk men det er dyp i oss alle som ingen, selv ikke vi selv, er i stand til å måle dybden på. Men Vhiduel, hun kan den kunsten. Hun kan vekke det som sover i dypet av sjelen, hun vil vekke deg også Lyenera.»
Vhiduel kom glidende frem fra bak søylen, i dagslyset så hun uvirkelig ut, den svarte huden og de merkelige øynene gjorde at hun på et vis så ut som en statue, noe som ikke kunne være levende. Hun satte seg rolig ned ved siden av Lyenera, smilte kort. «Nyheten om hva som har skjedd sprer seg allerede i byen, alt nå kan det være de som tror at de lett kan rydde deg av veien. Men jeg akter ikke å la snikmordere og andre få en lett jobb, jeg regner med at du er enig i det Lyenera?»
Lyenera kunne bare smile litt blekt. «Tror dere virkelig at det blir så ille?»
Vhiduel nikket elegant, hun var virkelig vakrere enn noe menneske men det var en skjønnhet som var skremmende, for perfekt og for eterisk. «Uten tvil, Oshwart var som en keiser Lyenera, ikke i navnet men i gavnet. Og det keiserdømmet er uten leder nå, i det minste vil det virke slik for de som lenge har ønsket å ta hans plass. Du er i deres øyne kun et lite hinder som må fjernes»
Lyenera skar en grimase, rettet på seg. «Så du tror at jeg vil bli utsatt for attentatforsøk?»

Afrenith nikket og rettet på håret. «Garantert, og antagelig i løpet av kort tid også. Jeg skal se til at fars nettverk forblir intakt, jeg har mange som er lojale mot meg, vi bare overtar kontaktene og jeg vet hvem som kan stoles på eller ei. Men du er ansiktet utad, det er en farlig posisjon men en som vil gi deg muligheten til å gjøre mye»

Lyenera så stivt på den mørke alven. «Så hva er det egentlig at du prøver å si? Hva vil du gjøre?»

Vhiduel smilte sakte, øynene glødet svakt. «Du er av Ardot Lyenera, det er ting du ikke vet om ditt folk. Dere er kanskje ikke av kongelig blod men det er mye ved selv vanlige borgere folket her i Zhandoria ikke vet noe om. Gamle hemmeligheter som en gang i tiden var allmenn kunnskap»

Lyenera rynket pannen. «Ved gudene, jeg har aldri hørt noe om noe slikt, det er bare den gamle kongefamilien som har magi»

Vhiduel ristet på hodet. «Der tar du feil Lyenera, det er noe som hviler i dere alle, og jeg vil vekke det i deg. Du må være i stand til å forsvare deg fra nå av, ikke bare med sverd og kniv men på et dypere nivå»

Lyenera trakk pusten og skulte på de to, Afrenith så temmelig rolig ut og Vhiduel fortrakk ikke en mine. «Og det vil si?»

Vhiduel bikket på hodet, øynene hennes skinte og Lyenera innså der og da at Vhiduel faktisk var livsfarlig, at det var krefter i henne som ikke noe menneske burde lefle med. «Du vil ikke lenger bli holdt tilbake av din menneskelige kropp, du vil bli så mye mer»

Lyenera bet tennene sammen, det hørtes på et vis fristende ut men hun var ikke naiv. «Og baksiden av det er?»

Vhiduel smilte sakte. «Du blir udødelig, for et menneske er det en skrekkelig skjebne. Men du kan gjøre mye godt, mer enn du kan forestille deg.»

Lyenera så storøyd på alven, tankene hennes sto stille et øyeblikk. Udødelig? For enhver ville det virke som noe en bare kan drømme om men hun så hva det egentlig var med en gang.

Å se alle en elsker og bryr seg om dø fra en uten at en kan gjøre noe med det. «Jeg tror ikke det! Jeg vil ikke leve for å se at døtrene mine blir gamle og dør! At deres barn også dør fra meg!»

Vhiduel smilte skjevt og øynene skimret med en egen skjelmsk glans. «Men du har ikke noe valg Lyenera, ikke om du vil berge landet ditt»

Lyenera svelget stivt. «Det er ikke jeg som skal berge Ardot, det er den siste av det gamle blodet som har den oppgaven. Den som vår prestinne ble sendt ut for å finne»

Vhiduel strakte seg som en stor katt, hun var en utrolig sensuell skapning og Lyenera tvilte ikke på at hun kunne bruke det til sin fordel, hemningsløst. «Ja, og den siste av de glemte vil komme til Ardot, og gjøre det hun må. Prestinnen vil også ta del i skjebnen store spill men du Lyenera har en rolle å spille også. En viktig rolle.»

Lyenera lente seg litt fremover. «Jeg skal være den som leder Oshwarts imperium, ikke sant? Hvilken rolle kan være mer viktig enn det?»

Vhiduel hadde fremdeles et lite smil om munnen. «Det er viktig ja, men kun for en tid. Når Ardot er tilbake på de riktige hender, om det skjer vel og merke, vil landet trenge en leder»

Lyenera så smalt på alven igjen. «Den siste av det glemte blodet skal da vel lede riket?»

Vhiduel forandret ikke ansiktsuttrykk i det hele tatt. «Nei, jeg tror ikke at den personen vil bli der, jeg ser noe annet for henne.»

Lyenera så litt vantro på Vhiduel. «Men om hun vender tilbake til Ardot? Det er jo hjemlandet hennes?!»

Vhiduel så i bakken, den elegante skikkelsen var på et vis unaturlig der og da, noe som ganske enkelt ikke passet inn der. «Mon det, prestinnene har lett etter henne Lyenera, de har lagt sitt håp på en sjel født i et annet land, i en annen verdensdel. Og nå er hun en annen enn hun var, nei Lyenera, jeg tror ikke at hun vil se på Ardot som sitt hjem, ikke noen gang.»

Lyenera følte seg brått merkelig motløs, nesten forrådt.
«Men...prestinnen vi sendte ut? Hun skulle finne henne, og
hun ble borte for oss. Jeg ble sendt i stedet, vi må få den
utvalgte tilbake til Ardot.»
Vhiduel trakk beina litt opp, bevegelsen var katteaktig. «Den
utvalgte vil komme til Ardot på eget initiativ Lyenera, hun har
sett fortiden. Prestinnen dere sendte ut vil få en ny oppgave, en
som passer henne bedre. Tro meg, alt vil skje som det er ment
å skje, så fremt ikke onde krefter får muligheten til å sparke
bein for den store planen»
Lyenera blåste i nesa. «Den store planen, og du ser den?
Hvordan kan du være så sikker?»
Vhiduel bare smilte igjen, et nesten dovent smil. «Jeg vet hva
jeg vet, det er ikke mer å si om den saken. Jeg kan ikke røpe
mer, for ved å si noe kan jeg forandre fremtiden på måter jeg
ikke kan forutsi.»
Afrenith nikket stille. «Hør på henne, hun snakker sant. Det er
riktig!»
Lyenera bare skulte, hun følte seg langt fra overbevist og noe
ved Vhiduel fikk henne til å mistenke at den merkelige
skapningen hadde egne planer og at de kanskje ikke var hva en
forventet seg. Lyenera hadde levd i et hus fylt med løgner og
skjulte agendaer og for henne var dette som et ekko av de
dagene. Hun var god til å gjennomskue folk, livet hennes
hadde vært avhengig av det, Vhiduel skjulte noe.
Den mørke alven rettet på kjolen, blikket var nesten dovent.
«Du har døtre Lyenera, og de har en fremtid. Men hva vi gjør
nå i den nærmeste fremtid vil avgjøre hva slags sjanser de vil
ha. Det er ikke noe en ikke gjør for barna sine er det vel?»
Lyenera følte makten i ordene, visste at Vhiduel sa dette med
vilje, at alven var en mester til å manipulere. Var Oshwart
virkelig den som hadde styrt alt? Hun begynte nesten å tro at
Vhiduel kanskje var det skjulte ansiktet, at hele imperiet
Oshwart hadde bygget var styrt av noen helt andre enn dets
herre og mester. Vhiduel reiste seg. «Jeg får gå og se til at

listen over velkomne gjester blir lagt frem for vaktene, og at vi setter opp vakter ved porten og på murene fremover.» Lyenera trakk pusten dypt, Vhiduel hadde forandret tema totalt, som om det ikke betydde noe. Hun så på Afrenith men den blonde kvinnen satt og fiklet med armbåndet sitt og så temmelig fornøyd ut og Lyenera følte at hun ikke burde stole helt og holdent på noen av dem. Afrenith sukket og lente seg mot ryggen på benken, hun så egentlig litt sliten ut og det var en antydning til blekhet i ansiktet som ikke hadde vært der før. Hun trakk pusten og smilte litt unnskyldende. «Det har vært en helvetes dag Lyenera, å sitte der foran kongen og hans stivpyntede rådgivere og late som om jeg er noen når alle i byen vet at jeg har vært til salgs som et annet kjøttstykke. Det gjør noe med en! Men de skal få svi om de tror at jeg lar meg påvirke av det, jeg lar meg ikke holdes nede av skinnhellige hyklere.»

Lyenera klarte å smile litt. «Det er godt, det var ikke din skyld at du havner der du gjorde»

Afrenith nikket kaldt. «Det har du rett i, det var far sin skyld. Han har aldri sett på hunnkjønn som noe verdt, eneste unntaket var premiehoppene hans og selv de anså han som redskaper for å avle gode hingster.»

Lyenera gyste svakt. «Min avdøde husbond var av samme slaget er jeg redd. Han så på alle andre som langt under ham selv, på alle måter. Bare sønnen hans ble verdsatt og den lille radden ble godt og grundig bortskjemt»

Afrenith blåste i nesa. «Åh guder, vel, mine brødre led heldigvis ikke den skjebnen. De ble alt annet enn bortskjemt arme gutter.»

Lyenera rynket pannen, husket hva Afrenith hadde sagt før «Det er merkelig egentlig, de fleste menn med makt tar godt vare på guttene sine, de anser dem som sine mest dyrebare skatter»

Afrenith nikket. «Ja, normalt sett. Men far var ikke normal, ikke på noe vis. Han var et monster og ved alle guder, jeg håper at han brenner i all evighet.»

Lyenera måtte tenke på hvordan andre menn behandlet sine sønner og om Oshwart virkelig var så egosentrisk at han så på sine mannlige avkom som redskaper var det kanskje ikke så rart at de var glade faren var borte. Afrenith la armene over kors over brystet. «Jeg husker hvordan han skjente på dem om de viste noen form for svakhet, noen ganger fikk de juling også. Til tider syntes jeg synd på dem»

Lyenera så skjevt på Afrenith. «Hvorfor?»

Afrenith bikket på hodet. «Hvorfor? Fordi de hadde slikt et press på seg. Jeg ble aldri straffet slik, for det var ingen forventninger til meg. Jeg var usynlig nesten. Men de fikk aldri lov til å være noe annet enn perfekt og nåde den som skuffet ham.»

Lyenera husket hvordan hennes mann hadde behandlet sin sønn, guttungen hadde aldri vært i stand til å gjøre noe galt, andre fikk skylda når han gikk over grensa. Hun antok at begge disse to taktikkene var like gale. Hun savnet jentene sine, hun kunne ikke nekte for det og nå satt hun der og ante ikke når og om hun fikk se dem igjen. Hun tvilte ikke på at de ble tatt godt vare på av prestinnene men hun var redd for at de ville savne henne. Alt hadde endret seg for dem også, og hun hadde ikke hatt tid til å virkelig sitte ned og forklare ting for dem.

Afrenith sukket og trakk i skjørtene sine. «Jeg er glad jeg aldri fikk barn, vi ble gitt urter som hindret det, og jeg tror de ødela noe i meg for jeg sluttet å blø etter et par år. Ingen burde lide den skjebnen det er å vokse opp i et slikt miljø, jeg har sett så mye elendighet Lyenera, og far tjente penger på det, alt sammen»

Lyenera tvilte ikke på det, hun hadde hørt rykter om de perversitetene som foregikk i mange slike etablissement i de større byene. Afrenith skar en stygg grimase. «Jeg tviler på at det blir noe bedre nå, kongen forbød de verste stedene men de gikk bare under bakken. Denne byen er kanskje vakker og tilsynelatende svært sivilisert men det er på overflaten. Under all prakten koker det i jævelskap og fortapelse» Lyenera forsto det, alle byer var slik. Selv i Ardot hadde det vært skjulte bordeller drevet av folk fra Zhandoria, og mange av dem hadde vært forferdelige steder. Afrenith reiste seg og blikket var litt sløret et øyeblikk. «Mine brødre kommer hit i morgen, det er ting her i huset jeg synes de bør få. De også led på grunn av det dyret som kalte seg vår far så jeg akter ikke å snu ryggen til dem»

Lyenera syntes tonen Afrenith snakket i talte om trass, hadde noen virkelig foreslått at hun skulle snu ryggen til brødrene sine? Det var temmelig hjerterått. Noen tjenere kom og ba Lyenera hjelpe dem med å snakke med noen som skyldte husholdningen penger, Oshwart hadde tydeligvis lånt ut penger til folk med skyhøy rente og nå kom det flere til stedet som håpet å få gjelda ettergitt eller å få utsatt betalingene. Lyenera var glad hun hadde erfaring med sin manns forretninger for dette var ikke enkelt. Oshwart hadde tydeligvis hatt en total mangel på skrupler for han hadde lånt ut vanvittige beløp til folk som egentlig ikke hadde den minste anledning til å betale tilbake og hun ante at når de ikke greide de svære avdragene tok han alt de hadde. Det var en del handelsmenn som hadde dukket opp og Lyenera strammet seg opp. Hun kunne ikke ettergi gjelda, gjorde hun det ville de bli overrent med folk som krevde at det samme ble gjort for dem og hun ville fremstå som svak. Hun måtte være slu nå, og fremstå som hard og kynisk. Men det var ikke enkelt, noen av de som hadde møtt opp var ynkelige og hun ante at de levde på randen av hungersnød på grunn av gjelda og frykten for represalier om de ikke betalte tilbake.

Det gikk flere timer da hun satt der og gav ordre og følte seg som verdens verste person men hun fikk gitt de fleste litt bedre vilkår selv om det kanskje ikke så slik ut ved første øyekast.

Hun måtte gi seg da det begynte å mørkne, hun ante at det kom til å komme enda flere neste dag og hun var sliten til margen av all pratingen og alle de hjerteskjærende bønnene. Oshwart hadde virkelig vært hjerterå og hun skjønte at de fleste i byen der hadde vært redd for ham. Noen kjente ham bare som en pengeutlåner men andre igjen tydeligvis kjente til også hans andre aktiviteter og de var ikke mindre nervøse.

Mange av de oppmøtte hadde fått med seg at hun hadde drept Oshwart og reaksjonene svingte fra totalt ærefrykt til knefall og tydelig angst. Noen så på henne som om hun var en slags gudinne og hun gjorde ikke noe for å endre det inntrykket. Hennes beste forsvar nå var å fremstå som mystisk og sørge for at ingen kunne forutsi hvordan hun egentlig var, hva hennes svakheter var. Hun ble geleidet til badet igjen av noen svært så snakkesalige tjenestejenter og så fikk hun et stort måltid med grillet kylling og ris. Maten snakte utmerket og hun var glad for at Oshwart hadde behandlet kjøkken arbeiderne godt, de hadde ikke stukket av. Gode kokker var svært verdifulle og det ble sagt at de som jobbet her var bedre enn kongens egne. Hun var halvt i søvne da hun vaklet til det rommet hun hadde fått. Det var et av de beste der, ved siden av Oshwarts eget private rom og hun orket ikke utforske det. Hun var for mentalt utslitt og den enorme senga med tykke luksuriøse silkelaken var så fristende at hun nesten ikke greide å få av seg klærne før hun veltet opp i den og sovnet. Hun hadde ikke vært så trøtt på svært lenge og håpet at hun skulle få sove godt og lenge også. Men antagelig ville de vekke henne tidlig, om Oshwarts sønner kom neste dag krevde det vel en god del forberedelser.

Rommet var svært mørkt og stille men sakte gled en liten del av veggen til side og avslørte en hemmelig gang. Den var svært smal og en person ville måtte gå sidelengs for å komme igjennom den men den ble opplyst nå av en enkel lampe og Vhiduel kom inn i soverommet med en merkelig triumferende mine på ansiktet. Hun satte fra seg lampa på nattbordet og stirret på den sovende Ardotianske kvinnen «Sov barn, og forbli i drømmen»

Hun stilte seg ved siden av senga og begynte å gløde i blått. Øynene skinte som klare juveler og smilet var triumferende og nesten litt skjelmsk. «Det er ingen som kan skjule seg for skjebnen, selv ikke de med en spesiell fremtid pekt ut for dem» Vhiduel begynte å messe, merkelige ord som neppe kom fra noe kjent språk og Lyenera rykket til og kroppen begynte å dirre, svette dekket huden og hun stønnet svakt. Merkelige mønstre begynte å dukke opp under huden, som vakre tegninger av åremønsteret i blader og de glødet svakt i grønt. De kom og gikk og noen ganger skiftet de farge og Vhiduel fortsatte lenge, sakte fikk noen av mønstrene mer substans. De ble permanente og skimret i en svak tone av fiolett. Vhiduel svettet nå, kroppen var merkelig blank og hun pustet hardt og ordene hun messet frem kom med tydelig anstrengelse, nesten smerte. Hun gliste skjevt og la handa på Lyeneras hode, messet enda noen underlige ord og deretter trakk hun seg tilbake mens hun formelig peste av anstrengelsen. Denne magien tok mye ut av henne men det var nødvendig. Hun smilte selvbevisst, det var gjort og ingen skulle kunne stå i veien for det som måtte skje, det hun hadde gjort kunne ikke gjøres om og hun brydde seg ikke om at denne kvinnen var mindre enn villig til dette. En person kunne ikke håpe å se det store bildet, men hun gjorde det, og hun kunne endre det, til sin egen fordel. Oshwart hadde vært kun et steg på veien, ondsinnet og slu og dyktig men for fastlåst i sine egne forestillinger til å kunne være nyttig over lengre tid. Han hadde vært en nyttig idiot, Lyenera på den andre siden var en utvalgt, hun visste det ikke selv men Vhiduel så så mye dypere enn selv prestinnene og nå hadde hun sjansen til å besitte en kraft som ville gi henne mer makt enn noen gang tidligere. Noen ganger var den hjelpeløse musa fanget i et hjørne en drage i forkledning, og Vhiduel regnet med at Lyenera kom til å reagere temmelig voldsomt dagen etter. Men det var noe hun hadde tatt med i beregningen, alt kom til å bli akkurat som hun planla. Hun forsvant i gangen igjen, ting kom til å endre seg, og hun var ikke den som fryktet forandringer, slettes ikke.

Lyenera våknet av at noen banket på døra, hun blunket forvirret og følte med en gang at noe var galt. Hun var kort sagt kvalm og svimmel som etter en real fyllekule og hun følte seg totalt forferdelig. Hva i alle guders navn hadde hun spist som gav en slik reaksjon? Hun strevde seg opp og da var det at hun merket at noe strøk mot ryggen hennes, noe varmt og silkeaktig og hun rynket pannen og fikk armen bak seg med visse vansker, grep tak og halte og måtte rope ut i sjokk. Det var hår! Hun hadde fått langt hår igjen, så langt at det sikkert rakk henne til knærne og hun var blond som før men fargen var mye dypere og varmere og ispedd det gylne var det hint av sølv. Hun bare måpte helt til en brå brekning tvang henne til å hive seg ned på kanten av senga for og ikke søle til de vakre lakenene. To tjenestejenter kom inn og de stirret vantro på henne, hun orket snaut røre seg men magen buldret og gjorde opprør og hun kjente smaken av galle i strupen. Den var ikke god og hun var glad magen var tom for hun ville ikke spy på golvteppene. De så alt for dyre ut til det.

Lyenera svor for seg selv, Vhiduel sto bak dette, ellers kunne de kalle henne en ku! Hun stønnet og de to tjenestejentene stormet frem, hjalp henne ut av senga med varsomme hender men det var tydelig at de ikke riktig forsto noe. Lyenera kjente seg svak som en reivunge, alt svingte og hun kjente at hun trengte å bruke avtredet. Magen var virkelig i full kamp og hun kunne ikke fatte hvordan den forbaskede alven hadde greid å gi henne hårmanken tilbake, og så fort! Ene tjenestejenta samlet den imponerende manken og bant den opp, hun så skremt ut men det var også ærefrykt i blikket hennes. «Frue, du er vakker! Og merkene dine, de…»

Lyenera så forvirret på jenta. «Merker? Hva snakker du om ved gudene?»

Jenta hentet et lite speil på nattbordet. «Se frue»

Lyenera stirret på sitt eget ansikt, det var ikke mye endret men øyene hennes hadde fått en mye dypere farge som tonet nesten mot fiolett. Og joda, det var merker på henne, noe som lignet tatoveringer men ikke var det. De lyste svakt i lilla og var særdeles mystiske og virket for å ligge under huden på et vis, men vakre det var de. Hun måpte, stirret målløs på det som hadde skjedd med fjeset hennes og hun så nå at hun hadde tilsvarende merker over hele kroppen. Hva i alle guders navn hadde Vhiduel gjort med henne? Hun hadde ikke gitt tillatelse til noe av dette, og hva skulle alt bety? Hun så på speilbildet igjen, hun hadde vært en godt voksen kvinne og det hadde begynt å synes men nå lignet hun på en ungdom igjen, og hun følte en merkelig energi som suste gjennom kroppen. Hun følte seg ung igjen, energisk, sterk. Hun burde være takknemlig men raseriet i henne var sterkere enn noen annen følelse. Hvem trodde den forbaskede heksen at hun var? Lyenera hadde ikke ønsket noe av dette og hun forbannet det fakta at hun følte seg som skitt, ellers ville hun ha løpt til Vhiduel med en gang og fortalt henne noen svært velvalgte og lite vennlige fraser. Tjenestejentene hjalp henne til avtredet og hun ble sittende der temmelig lenge, hun frøs og følte seg aldeles elendig og hun freste nesten av sinne. En eller annen skulle få svi for dette, hun trengte ikke noe Vhiduel gav henne, hun var sterk i seg selv og dette, dette var simpelthen for mye. Hun var dypt lettet da magen omsider roet seg og hun fikk et lite glass vin før hun ble geleidet til badet igjen. Det varme vannet var som en velsignelse og hun greide å slappe av mens tjenestejentene vasket håret hennes og tørket det. På en måte føltes det godt å ha langt hår igjen, hun følte seg mer som seg selv men det var samtidig svært fremmed. Hun så mer ut slik en forventer seg at en kvinne skal og det kunne være både en fordel og en bakdel. Hun svelget og lot seg bli påkledd som en annen dukke. En eller annen hadde lagt frem en kjole i en meget vakker mørk blå farge og den sto perfekt til huden og håret hennes, og den fikk merkene til å bli enda mer tydelige. Det var garantert

Vhiduel som hadde valgt den og Lyenera skar en grimase og samlet seg mentalt. Hun skulle spise litt, få overblikk over dagens planer og så skulle hun ta en lang prat med den mørke alven, en lang og dyp prat!

Ardred

Fienden sto ved murene nå, og kun de dagene som brakte skarpt sollys gav en liten mulighet til å slappe av. Troll og sjelløse dannet en tett vegg og kun beskyttelsen som byen nå hadde fått holdt dem tilbake. Det var liten vits i å kjempe direkte mot dem, og de krigerne som nå holdt til i byen visste det godt. De ville ikke ha store sjansen om beistene brøt gjennom og alle visste det godt men de prøvde og ikke å la seg bry med det. Det fantes ikke folk igjen ute på slettene nå, alle var enten søkt seg til havs eller til hellige steder og Ardred forbannet det fakta at de ikke kunne vite hvordan det sto til der ute. Mange bosetninger hadde ikke latt høre fra seg på lenge og det var ikke lenger mulig å kontakte dem. Han husket det han hadde sett, at det var en måte å stoppe disse beistene på, hindre flere i å komme til deres verden. Men han trengte hjelp for å få det til og han kjente at frustrasjonen åt på ham hver dag som gikk. Han hadde blitt merket av en grunn, han skulle liksom være spesiell når han bar de merkene så hvorfor hadde han ikke greid å gjøre noe fra eller til ennå?

De som ikke slåss hadde trukket til noen øyer som lå lengre ute, der var de forholdsvis trygge og de fleste ble i båtene også. Det var bedre plass der og folket var hardføre og kunne klare seg slik lenge, men ikke i ubegrenset tid. Noe måtte gjøres snart! Kimatiene pleide å stå på murene og synge når mørket falt på, merkelige atonale sanger som lød rå og primitive men de hadde en egen energi i seg og det virket for at lyden hisset opp de sjelløse for de angrep alltid når de hørte det, og nølte ikke med å hive seg mot selv åpen ild. Ardred forsto at kimatiene visste hva de gjorde, og en fiende som mister besinnelsen er en som kan beseires. Noe hadde allikevel endret seg de siste dagene. Mellom trollene og de sjelløse hadde det dukket opp noe nytt, høyreiste kappekledde skikkelser som ikke virket som om de hadde substans i det hele tatt. De virket nesten som om de besto av røyk og tåke og forsvant og ble synlige igjen helt tilfeldig. Men de som holdt øye med hæren der ute skjønte at disse på et eller annet vis hadde en slags makt over den, de var kommandanter og offiserer og Ardred skulle gitt mye for å vite hva de egentlig var. Men synet av dem gav selv sterke menn en følelse av akutt angst og han kjente at magen sank i ham når han fikk et glimt av de merkelige skapningene. De var ren ondskap, han kunne sanse det og noe i ham gav ham en akutt trang til å snerre og frese mot dem. Kimatiene virket livredde når de så dem og selv Khebar ble blek av synet.

Ardred forsto at kimatiene faktisk visste hva dette var og ved første anledning spurte han Khebar rett ut hva han visste. Høvdingen snudde demonstrativt ryggen til fienden, han virket for å krympe og øynene ble jagede og smale. «De er mørket selv, sagnene forteller om dem. De kan gjøre en sjelløs av en bare med et ord, og de har magi så sterk at ingen kan motstå den!»

Ardred presset leppene sammen. «Jeg hører hva du sier, men det må da være en grunn til at de er her nå? Og hvordan kan de stanses?»

Khebar så ned i bakken. «De sanser deg Ardred, du kan stoppe dem. Du kan bli en fare for deres planer. De sanser de merkede min venn, og vil ha deg vekk før du skjønner hva du egentlig er i stand til å gjøre»

Ardred sukket. «Jeg har ennå ikke skjønt noe av hva jeg har blitt fortalt og vist, jeg er fremdeles kun meg selv, Takesh av Gardahavn. Ikke noe mer enn det på noe vis. Noe kan vi da vel gjøre? De skremmer karene, mer enn selv trollene»

Khebar skar en grimase. «De kan ikke stanses av noen verdslig kraft, de gamle fortalte det og de tok vare på kunnskapen fra

gammelt av og ikke noe ble trukket fra eller lagt til. Det er sannheten. Kun magi kan ødelegge dem, sterk magi»
Ardred så at noen slike merkelige utflytende skikkelser formelig gled gjennom hæren der ute, han visste allerede at han hatet dem intenst. De virket for å oppildne troppene sine, fikk trollene til å rykke frem og teste forsvaret igjen og igjen og Ardred ante at denne hæren var lite verdt uten noen til å styre den. Trollene var stokk dumme i seg selv og de sjelløse var om ikke dumme så antagelig ute av stand til å organisere seg selv. «Finnes slik magi her i blant oss?»
Khebar trakk på skuldrene. «Oraklene sies å kunne bruke den slags krefter men ingen vet sikkert. Din bror har den magien som kan jage dem bort men han er ikke her nå»
Ardred skar tenner, Kanir var i nord med Zaribi og gudene visste når de kom tilbake, om de kom tilbake. Han trengte dem begge to, og han kjente igjen hvordan han fryktet for sin kjære. Var hun trygg? Hva med barnet hun bar på? Han visste hva Iliana hadde gjort, faren var at noe hadde gått alvorlig galt og han kjente at bare tanken fikk ham til å skjelve innvendig. Han strammet seg opp og så at Khebar fingret med en enkel amulett hele tiden. Den forestilte en slags dyreskalle skåret ut av horn og han myste og så at flere av kimatiene hadde en slik. Antagelig var det noe som skulle beskytte mot mørkets krefter. Urdar kom vandrende og han så sliten ut, han brukte tiden på å legge på ekstra beskyttelse på murene og Ardred fryktet at han skulle bruke opp alle kreftene sine på dette. Han og de andre godene jobbet utrettelig og Ardred visste at han kunne takke dem for at ikke fienden hadde brutt gjennom. Det at Gardahavn nå var helliget var helt og holdent Urdars fortjeneste og Ardred var evig takknemlig. Så lenge de greide å holde stand der og holde fienden på et sted var folk der ute mye tryggere.
Dagene hadde vært lye og skyfrie i noen døgn nå og det var en fordel for det tvang beistene til å trekke unna igjen og søke ly og Ardred sørget for at tiden ble brukt til å forsterke forsvaret

og reparere skader. Olje ble helt ut i grøftene igjen, feller satt opp eller flyttet og bueskytterne fikk en mulighet til å hvile og hente seg inn igjen. Ardred og de andre hvilte også, det tok på nervene å leve slik og Ardred begynte virkelig å lure på hvorfor fienden angrep på det viset, tilsynelatende uten å gi seg. Det var lite å vinne på det, byen var ikke stor, antallet folk der lite og de hadde allerede kontroll med resten av landet? Så hadde Khebar rett når han sa at de var ute etter Ardred? Han begynte å tro at det kanskje var noe i det, at det var noe han burde frykte. Den store hallen var ikke noe muntert sted disse dagene, det var ingen sang eller glede der og folk bare åt og sov. Golvene var feid rene og tepper lagt ut og mennene bare rullet seg inn og sov der de fant det for godt. Sanden i ildgropene var populær å ligge i og Ardred var glad han hadde sitt eget rom nå, når det var flere titalls karer der som sov og snorket i kor var levenet ganske så imponerende.

Det var ikke før en tidlig morgen at han virkelig skjønte hvor ille ting hadde blitt, og hvor farlig fienden faktisk var. De fleste var kommet inn etter natten og hadde lagt seg til for å hvile og sollyset som strålte inn gjennom gluggene gjorde det store rommet nesten hjemmekoselig igjen for en stakket stund. Det luktet svakt av morgengrøten som ble kokt på det store ildstedet og Ardred hadde mer eller mindre vaklet inn i rommet etter en hard natt. Troll hadde prøvd seg på murene utallige ganger og Ardred hadde vært blant bueskytterne som sendte brennende piler mot de svære ubeistene. De siste dagene hadde det kommet til en ny type, større og smidigere og langt mer hårete også. De var antagelig mye farligere enn den første typen som ankom og det verste var at disse virket for å ha en viss intelligens.

Urdar og et par andre goder satt i en liten klynge ved ildstedet, samtlige utslitt etter å ha velsignet piler og spyd og brukt alt de hadde av krefter hele natten. Ardred så frem til et stort glass med øl og en bolle med grøt og noen timer med svært etterlengtet søvn. Han satte seg ned ved ene benken og fikk en bolle skjøvet over til seg og han hev seg over maten. Han hadde savnet Zaribi så det verket i hele kroppen hele natten, men han kunne ikke la seg affisere av det nå, folket trengte ham og han måtte bare fokusere på forsvaret av byen, om disse beistene fikk overta landet kunne folk aldri vende tilbake. De ville bli landflyktige og han tvilte på at de ville få noe bedre liv i Zhandoria.

Han ante ikke hva det var som advarte ham, antagelig et slags instinkt, en slags følelse av at noe var galt. Han reagerte uten å tenke, stupte forover og til siden, inn under bordet med farten til en stupende falk. Kvikt som en katt rullet han frem under bordet og sverdet hans var i neven hans i det han spratt på beina igjen. Han lot ikke sjokket lamme seg, der han hadde sittet sto en av disse merkelige substansløse skapningene og den virket ikke fornøyd i det hele tatt. Den hveste og en intens kulde virket for å spre seg fra den, rim la seg på bordet og benken og bollen med grøt sprakk faktisk med et smell. Ardred svor og grep et krus som sto like ved ham, kastet det mot skikkelsen men det fløy bare rett igjennom som om det bare traff ren luft men han visste at dette ikke var en illusjon. Skikkelsen strakte frem armene og sveipte mot ham og et øyeblikk så det nesten komisk ut, som når en leker spøkelse for å skremme barn men dette var ingen lek. Ardred sto like ved ildstedet og han ante allerede at sverdet var til liten nytte mot noe slikt men han hadde tidlig lært at alt en har for hånden kan brukes på et eller annet vis. Han stakk sverdbladet ned i glørne og brukte det nesten som en slags spade og kastet en sky av brennende trekull og gnister mot det skrekkelige gespenstet som vrælte og rygget bakover med en underlig gurglende lyd. Det var tydelig at ild ikke var noe det var spesielt glad i og Ardred så at det virket for å bli mer bastant og iskulden ble mye tydeligere. Hva nå? Han hadde brukt sitt beste knep allerede og han vurderte å løpe ut i sollyset da en stemme runget gjennom rommet. Det var Urdar og han ropte ut bønner med befalende røst, han hadde aldri sett mer ut som en gode og verdigheten og makten han utstrålte der og da var overveldende.

Skyggeskapningen rygget bakover, Urdar glødet formelig og han hugget i lufta med armen, som for å understreke hvert et ord. Ardred forsto lite av det han sa, det var de helliges eget språk og et ingen andre enn de forsto men han så at de andre godene der ble med ham og samtlige gjorde det samme, i takt og som en person. Skyggeskapningen gav fra seg noe som lignet hes latter og den gav fra seg noen merkelige hule lyder som måtte være dens versjon av det godene gjorde. Ardred ble formelig halt vekk av noen av karene sine og skapningen var omringet av menn nå, goder som messet med sterke og rolige stemmer. Skapningen krympet, det var tydelig at messingen svekket den og den hadde ikke magi sterk nok til å motstå så mange på en gang. Men den gav seg ikke uten kamp, noe av det den skrek fikk tykke islag til å forme seg på golvet og bordene nær den og det dampet av ildstedet. Urdar vek ikke unna, han ropte ut de gamle hellige bønnene og holdt en amulett med et bilde av gudene høyt. Skapningen hveste og slynget ut med handa og brått var amuletten dekket med tykk svartaktig is, Urdar skrek til og vaklet bakover og de andre godene så hva som skjedde men de nølte ikke i det hele tatt. De fortsatte messingen og skapningen gav fra seg et siste skrik og forsvant i en tåkesky. Ardred stormet frem, Urdar hadde sunket i kne og han var tydeligvis medtatt og i smerter. Handa som hadde holdt amuletten var blå til albuen og helt iskald og de andre godene så forskremt ut. «Guder, hvordan greide den å komme inn hit?»

Urdar stønnet og han var svært blek. «Den rørte ikke bakken, svevde over den. De kan dukke opp overalt så vær på vakt»

Ardred svelget hardt. «Den var ute etter meg»

Urdar gryntet og kom et opp på beina men Ardred så at han var temmelig skjelven ennå. «Ja, du er merket. De sanser makten som hviler i deg Ardred. Så fort Kanir kommer må du vekk herifra. Du har en oppgave»

Ardred hjalp Urdar med å rette seg opp, broren var svett og øynene var svært mørke. «Du er hardt skadet! Hva gjorde den med deg?»

Urdar prøvde å smile. «Jeg tviler på at dette er vanlig frostbitt Ardred. Den fikk meg. Jeg tviler på at det er noen medisin vi har som hjelper mot dette»

Ardred ble iskald innvendig. «Nei, ikke si det. Jeg kan ikke miste flere, du vil klare det.»

De andre godene virket for å ha kommet seg av sjokket og en av dem kom bort til Ardred. «Hjelp oss å få ham til tempelet. Magien der burde hjelpe ham»

Ardred kunne båret Urdar om det hadde vært nødvendig, han støttet broren og de fikk ham med seg ut i sola. Urdar stønnet av smerte, det røk nesten av armen og Ardred så til sin store skrekk at huden virket for å bli svart og revne som på noe som ikke tåler sollys. Urdar mumlet et eller annet og Ardred halte ham med seg. Tempelet var nesten tomt nå men de fikk ham med seg til hovedrommet og noen av de andre der begynte å messe beskyttende bønner mens et par av de yngre godene fikk av ham klærne på overkroppen. Den eldste av godene der var såpass opp i årene at han aldri forlot tempelet og han var for det meste fordypet i sine egne tanker og minner men nå kom han vaklende og han så forskremt ut. «Dere må kappe armen, nå! Ellers blir han en av dem!»

Ardred så vantro på den gamle som smattet med tannløse gommer. «Det er ingen annen vei, isen vil nå hjertet hans og da er det for sent»

Urdar rullet med øynene og han var våt av svette. «Han har rett, jeg kjenner det. Lyset i meg kjemper mot det, men kan ikke klare det lenge. Dere må ta armen»

Ardred følte en brå bølge av ren vantro og kvalme, han kunne ikke gjøre det! Noen andre måtte stå for den jobben. Urdar stønnet lavt. «De bruker det der som et knep for å tvinge folk over på sin side, vær på vakt, de kan få grepet på oss slik»

Et par av de yngre prestene kom løpende med ville øyne og en av dem bar på en øks, Ardred gispet av synet og en eller annen kom stormende med en benk og noen belter. Et par av godene bant beltene hardt om armen til Urdar og Ardred greide ikke se på. Normalt sett tålte han det aller meste men dette var hans bror, det var grenser for hva han orket å se på. Han hørte bare at Urdar skrek til, de andre godene jobbet tydeligvis fort og effektivt med å prøve å redde resten av armen. Noen løftet Urdar opp på en båre og bar han med seg til et rom der de hadde noen senger. Ardred fulgte nølende etter, Urdar hadde svimt av og den eldgamle goden satt der og rugget frem og tilbake. Ardred hadde sett ham før, mannen var gammel alt da Ardred ble født og han hadde ikke vært aktiv som gode på mange tiår. Nå var det liv i blikket igjen og han virket for å nyte oppmerksomheten. En av de andre der kom gående og satte seg ned ved siden av Ardred, mannen var blek. «Vi trodde at vi var trygge her inne»

Ardred svelget stivt. «Åpenbart ikke, det virker for at disse skygge skapningene ikke bryr seg om hellig grunn»

Goden lukket øynene. «Gudene være med alle der ute da, mange har søkt tilflukt på de gamle kultstedene.»

Ardred nikket og følte at magen hans kvernet rundt, han kjente reaksjonen nå, kroppen var anspent og han ristet rent. Han tvang seg til å sitte rolig, Urdar hadde mistet en del blod men ikke farlig mye, problemet var å vite om det hadde rukket å spre seg for mye før de kappet av armen. Det hadde vært et elegant kutt, rett over albuen og svært rent men det var allikevel en stor skade og Urdar var ikke noen guttunge lenger. Goden så skjevt på Ardred. «Vi må stanse dem, på et eller annet vis må vi stanse dem.»

Ardred skar en grimase. «Ja, men hvordan? Har dere noen gang hørt om slik magi?»

Goden ristet på hodet, Ardred visste at han var en av de øverste der, dyktig og vel bevandret i folkets egen tro og godenes eldgamle magi. Men nå hadde de så avgjort nådd grensen for hva de kunne få til. «Nei, dette er ukjent for oss.»

Ardred skulle til å svare da de hørte rop fra utenfra tempelet og han kom seg på beina og løp ut. Det han så fikk ham til å rygge bakover et par steg, en fire fem karer var omringet av resten av krigerne der, samtlige hugg rundt seg med våpnene sine og Ardred så at øynene deres var blitt helt hvite, som om de var blinde. De var dekket med blod og kutt og noen menn lå døde eller hardt skadet på bakken, karene ble holdt fanget av mange karer bevæpnet med spyd og de hveste og knurret som dyr men kom seg ikke ut av den trange sirkelen med skarpe våpen. Khebar var blant de som hadde samlet seg der, han så villøyd ut. «Disse fire ble plutselig helt gale og angrep alt og alle.»

Ardred svelget følelsen av skrekk og gikk nærmere, det virket som om det sto en egen stank fra de fire og huden var blek og underlig dratt, som om den var forvandlet til gammel deig. Han gyste, de ble forvandlet til sjelløse! Han så det nå, antagelig hadde de merkelige skygge skapningene etterlatt seg et eller annet som forvandlet de som kom i kontakt med det. «Rørte de noe spesielt før det skjedde, var de på noe bestemt sted?»

En av krigerne nikket, han pekte mot muren. «Alle var på muren i hjørnet der borte, de sto samlet.»

Ardred nikket stivt og skar en grimase. «Så noen noe?!»

En annen mann trådte frem. «Ja, det kom en tåkedott sigende, de var borte i noen sekunder»

Ardred kastet hodet bakover og brølte en ordre. «Ikke la dere bli fanget i tåka, de er i den!»

Karene så skremt ut og han visste at dette hadde vært et svært hardt slag for moralen der. De måtte gjøre noe for å sikre at ikke flere falt offer for denne mørke magien. De fire mennene virket for å ha blitt forvandlet til dyr og Ardred følte seg kald til margen. Han så fort på de som omringet dem. «Drep dem, de er ikke lenger de mennene dere kjente, ikke lenger deres kamerater. De er besatt av fienden nå»

Noen hadde tatt med en bue og alle fire stupte med piler gjennom brystet, Ardred følte at fortvilelsen rev i ham. Når de ble nødt til å drepe sine egne soldater var det virkelig ille, var virkelig han målet? I så fall forsto han at han burde komme seg vekk så fort Kanir kom, han satte alle der i fare så lenge han ble. Men han husket det den gamle hadde sagt, at han skulle vekkes, at merket han bar skulle ha stor betydning. Ingenting hadde skjedd ennå, så hva skulle han tro? Øynene hans var ikke lenger et menneskes men ellers følte han seg som før, eller gjorde han det? Den merkelige tonen i luften lå der ennå og han følte seg frustrert. Han visste at det var noe han burde gjøre, eller kunne gjøre og allikevel kunne han ikke. Noe stanset ham og han gikk sakte tilbake til hallen. Mange var der nå, og det var forholdsvis stille der også, de fleste hadde nok med sin egen skrekk og han fryktet at de ville bli nødt til å ta livet av flere av sine egne brødre snart. Palisadene holdt kanskje trollene og de sjelløse tilbake men ikke disse skygge skapningene. Han husket hva han hadde blitt fortalt om vesen som kunne forvandle andre til monstre og han kjente vekten av det han visste som noe meget tungt og kvelende som la seg rundt sjelen. Han gikk bort til ildstedet. Glørne var vakre i halvmørket og han ble stående å beundre dem, noe ved dem trakk på ham, det var noe rent og naturlig ved ilden og han strakte seg frem uten engang å tenke på det. Han følte ikke heten som noe ubehagelig, noe som brant. I stedet føltes den som noe merkelig kjølig, som glatt silke mot huden. Noe i ham kjente den igjen, det var noe merkelig velkjent med følelsen, som når en møter en god venn en ikke har sett på svært lenge. Han løftet armen, en søyle av ild strakte seg opp fra midten av ildstedet, fulgte bevegelsene hans som i en slags dans. Ilden lignet ikke vanlige flammer, det var mer som en slags væske eller bevegelig krystall og han var henført av skjønnheten og merket ikke at hallen var blitt totalt stille.

Han så seg rundt, ilden flakket svakt og brått tok den form, som av en person. Han følte en bevissthet i den, en slags hunger. Ardred gispet og tok et steg tilbake, han husket nå. Åndene i landet, dette var ånden til ild og han hadde vekket den, uten og egentlig tenke på det. Skikkelsen svevde over ildstedet og han sanset at den var sint, rasende. At de som vanæret og skjendet landet slettes ikke var velkomne og den ønsket å kjempe. Ardred svelget og følte et stikk av en slags eufori, han lukket øynene og søkte ut igjen, denne gangen nedover. Han følte steinene under hallen og i blant dem en annen bevissthet, eldgammel og langsom men sterk, uendelig sterk. Han lot sinnet gli i møte med den, slapp den fri med et gys som fikk hårene til å reise seg over hele kroppen. Han følte seg frenetisk, som om han hadde hastverk. Luft, lufta som strøk seg rundt ham, han følte at også den hadde en ånd og også den reagerte på ham, han følte en brå trang til å le høyt, han forsto hva han hadde blitt gitt nå. I jorda under ham gikk det årer med vann og han hadde ingen vansker med å finne ånden også i dette elementet og vekke den, bakken skalv rundt ham og han så at samtlige der hadde kastet seg ned på kne. Et par av sjamanene til kimatiene og noen goder sto der og ba og flere så nærmeste ekstatiske ut. Ingen av dem kunne ta kontakt med åndene på en slik direkte måte. Ardred svelget og visste hva han måtte gjøre. Han gikk sakte ut av hallen, satte kursen mot palisadene og han følte nærværet i luften rundt seg, den var ladet som før en tordenstorm og han gikk sakte opp på den enkle muren og stirret ut mot slettene der fienden ventet.

Sola ville snart gå ned, fienden ville angripe på nytt og på et vis var det som om tiden ikke lenger eksisterte. Han følte seg underlig rolig, nesten likegyldig, det var en merkelig følelse men han sto der urørlig mens mørket kom krypende tilbake. Ikke noe betydde noe nå, annet enn det han kunne gjøre for å beskytte byen. Hæren dukket opp igjen, dekket av mørke og skygger og han sto der i vinden og uten egentlig å tenke over det trakk han av seg tunikaen. Merket på ryggen hans glødet svakt nå, og han merket ikke kulden. Skygger og tåkedotter drev rundt men ingen av dem nærmet seg byen, det virket for at fienden nølte aldri så lite. Karene hadde kommet til palisadene igjen, stilt opp med buer og alt annet av våpen og Ardred nikket til Khebar. Kimatien smilte tilbake, øynene skinte formelig og Ardred vendte blikket tilbake mot området foran de enkle murene. Det var fylt med troll og sjelløse nå og han flekket tenner og i et kort øyeblikk var det som om de i stedet for ham så et enormt kattedyr der, glødende i blått. Bakken begynte å riste og plutselig begynte den å oppføre seg som havet på en stormfull dag. Grunnen bølget opp og ned og troll ble slengt til himmels, intens vind oppsto ut fra ingenting sammen med like vilt regn og underlige klare flammer raste frem mellom skurene. Troll og sjelløse ble kastet rundt som leker i hendene på et balstyrig barn og ilden virket for å klynge seg til dem, tvinge seg inn i dem og Ardred så i grum fascinasjon på at flere av trollene simpelthen eksploderte. Skyggene ble revet bort av vinden, skrikende og vrælende og tåka forsvant også, det var ikke lenger noe der å gjemme seg i. Ardred kastet hodet tilbake og ropte ut, ord han ikke forsto men de kom fra dypet av sjelen og han så at palisadene begynte å dekkes med en merkelig skimrende glass lignende overflate. Det var lite trolig at noe kunne komme gjennom og det vokste ut av bakken, strakte seg oppover til det dannet en kuppel over hele byen. Utenfor herjet åndene vilt, Ardred så i skrekkfylt fascinasjon på at troll og sjelløse ble formelig halt i småbiter eller brukt som kasteskyts mot hverandre og han sanset et intenst raseri fra et eller annet sted der ute. Det var ikke åndene, dette var fienden eller hvem det nå var som drev denne hæren fremover og han forsto at det nå visste hva han hadde gjort. Han ville ha godtet seg hadde det ikke vært så alvorlig. Khebar kom bort til ham, øynene hans var smale.

«Gardahavn er beskyttet nå, de vil ikke kunne besette noen her men landet gjenstår å reddes. Du må ut dit Ardred, å hindre dem i å spre seg»

Han nikket, la hendene på palisaden og det merkelig verdslige og virkelige ved å føle tørt treverk mot huden roet ham ned.

«Jeg vet, så fort Kanir kommer, jeg har sett hvor de kommer fra, og de kan stanses, men jeg trenger Kanir, og Zaribi.»
Khebar lente albuene på treverket og nikket, blikket var fjernt.
«Om de besetter alle som har blitt tvunget til å søke tilflukt der ute i villmarka, i sirkler og ruiner, vil det bety at folket vårt neppe noen gang vil være i stand til å reise seg igjen. Dette må stoppes, fort!»
Ardred smilte skjevt. «Jeg vet det. Vi vil greie det»
Khebar så ut i ingenting. «Dette skjer andre steder også Ardred, om vi vinner her kan allikevel fienden ta seieren til slutt. Å gå seirende ut av et slag betyr ikke at en vil seire til slutt»
Ardred vætet leppene. «Jeg vet det, disse skapningene vil prøve seg også i sør?»
Khebar lukket øynene. «Ja, overalt. Men de gamle sa at dragene vil vende tilbake, om de bindes til de nye mestrene vil de kunne bekjempe fienden, ved roten, i hans hjem»
Ardred trakk på skuldrene. «Nye dragemestre, jeg har problemer med å tro på det, men vet at jeg må»
Khebar sukket lavt. «Ja, å gi at de som er valgt skjønner det i tide, alt balanserer på en knivsegg Ardred, om bare en feiler kan alt gå til helvete, bokstavelig talt»
Ardred følte en slags tyngde over brystet, som om det ble vanskelig å trekke pusten. «Gi at gudene er med oss»
Khebar klappet ham på skulderen. «Ja, gi at de smiler til oss, vi er fortapt ellers»
Ardred trakk pusten og rettet seg opp. Han kunne vekke åndene, hva mer var han i stand til å gjøre? Han følte på seg at han ville finne ut av det, kanskje før han foretrakk det.

Midar og Meyret

Dvergbyen hadde forandret seg på bare noen få korte timer, fra å være et sted som virkelig var en by var den forvandlet til en krigssone og Midar var imponert over hvor elegant de omorganiserte seg. Brått var samtlige iført rustning og han måtte beundre de vakre men ofte svært intrikate geometriske mønstrene som prydet nesten alt han så. Dverger er ikke særlig høye så for dem var sverd korte huggvåpen som ofte virket forholdsvis klumpete men de var skarpe som barberblader og Midar så at alle virkelig kunne å bruke våpnene sine. Økser og hammere var også svært populære samt noen grove armbrøster som virket temmelig brutale siden de antagelig kunne sende en bolt gjennom selv en kraftig rustning.

Det var ikke lenger kvinner å se der, til og med Thyega var sendt ut av byen til et av de skjulte gjemmestedene og Midar så at mange av de yngre dvergene der var satt inn i grupper med eldre og mer erfarne krigere. Det var smart og han fikk stadig større respekt for dette folket. Dulgar og Dandar hadde latt dem hvile litt og Midar hørte dumpe drønn fra dypet, dører og porter ble stengt og damp steg fra lufterør og ganger. Det var temmelig tydelig at byen forberedte seg på det verste og Meyret var vill i blikket og stirret på dverger som stormet forbi dem med svære trillebårer med smeltet metal. Det virket for at denne byen hadde et forsvarssystem som var ikke bare elegant men også svært djevelsk og hun var sjokkert over det. Men det var lite trolig at de sjelløse kunne komme seg opp via gangene nå, kablene til heissystemet var nesten umulig å se og Meyret tvilte på at de kunne bli oppdaget. Men noen dverger sto uansett klare til å slippe dem løs og hun var forbauset over hvor stille alt var. Det var forbausende lite rop og skrik, få lagde unødvendig bråk og det fikk det hele til å fortone seg som en slags øvelse mer enn noe annet. Men Meyret visste at det ikke var det, det var blodig alvor.

Midar gikk der med Buskehale på skulderen og nå hadde Natt og Mørke dukket opp igjen og så temmelig robuste ut, de to ulvene gikk og småsnerret og Midar likte det ikke. Det kunne tyde på at et eller annet var galt og Meyret hadde et temmelig vilt uttrykk i øynene hele tiden. Midar følte på en måte at de var blitt forvandlet til det femte hjulet på vogna, dvergene klarte dette meget godt selv, og de ble stort sett oversett av alle. Det så ut som om hver enkelt dverg visste nøyaktig hva han skulle gjøre og Midar undret seg på om de virkelig var i stand til å kjempe mot sjelløse og andre marerittskapninger som dem. De hadde gode våpen men var det nok? Noen eldre dverger med svært ærverdig utseende gikk rundt og messet på et eller annet uforståelig noe og Dulgar kom gående og smilte litt skjevt. «De synger på gamle magiske vers som visstnok skal virke beskyttende, gudene vet om det virker men det er meget bra for moralen i det minste.»

Midar smilte litt men Meyret så nervøs ut. «Jeg tviler ikke på at det er magi i dem, men jeg sanser noe annet her, noe mye sterkere. Og det kommer nærmere»

Dvergen så litt skarpt på henne. «Virkelig? Kan du identifisere det?»

Hun ristet på hodet. «Nei, men det er en meget mørk kraft. Og den er utrolig sterk»

Dulgar så litt usikker ut og Dandar kom også gående, han ledet en styrke med eldre dverger som alle så ut som om de kunne slå fra seg så til de grader. De var antagelig veteraner og Midar så til sin store forskrekkelse at et par av dem hadde stygge arr nær sagt overalt. Dandar smilte stivt. «Dette er jernbrødrene. De er våre beste krigere, de har sverget en hellig ed om å forsvare byen og for dem er det livets mening. De vil ikke vike tilbake for noe»

Meyret så ut som om synet av dem skremte henne, om enn bare litt. Hun trakk seg liksom litt tilbake og Midar forsto at det for henne var et ganske fremmed konsept og villig ofre seg for andre. Drager gjorde neppe slik, i det minste ikke frivillig. Hun var fremdeles preget av hvem hun hadde vært og antagelig ble hun neppe noen gang helt fri fra fortiden, og kanskje var det faktisk en fordel på noen måter.

Dulgar nikket kort til dem, han så svært innbitt ut. «Vi er klare til å ta oss av det aller meste vil jeg tro, ikke noe skal komme forbi oss.»

Meyret lagde en grimase. «Dere er selvsikre, og det er bra. Men faren er at det kan koste dere dyrt. Ikke undervurder den djevelskapen som har våknet der nede, jeg føler på meg at den har et mål»

Midar så smalt på henne. «Er du sikker?»

Hun nikket og øynene hennes var fjerne. «De tavlene var kun en liten bit av det. De kunne vise hvor de utvalgte er men det er mer ved denne byen enn vi ser Midar, det er noe annet her som vi har oversett. Eller som kort og godt er glemt.»

Dulgar så litt forvirret ut. «Jeg tror ikke at det er noe her som kan forklare dette Meyret»

Hun trakk pusten dypt. «Det er ute etter meg, av en eller annen grunn, men det er mer. Jeg bare vet det. Har dere noe gammelt her, noe verdifullt?»

Dulgar så et kort øyeblikk nesten forstyrret ut. «Du spøker? Hele byen er eldgammel, fra de eldste tider. Det vil være enklere å finne noe som ikke er utgammelt og verdifullt»

Midar prøvde å tenke. «Meyret er en drage, og drager har våknet på nytt. Har dere noe som helst som har med drager å gjøre?»

Dulgar så bare tomt på dem. «Nei? Ikke som jeg vet om?»

Meyret så temmelig frustrert ut, øynene hennes glødet formelig og det sølvfargede håret danset rundt hodet på henne. «Men kjenner du til noen som vet?»

Dulgar trakk på skuldrene. «Vel, det er en som kanskje vet, en gammel forhenværende kriger som nå tar seg av biblioteket vårt»

Meyret lysnet opp. «Hvor er han, jeg må snakke med ham. Dette har med drager å gjøre, jeg føler det bare. Det er på grunn av at jeg er en drage byen er under angrep, det er et eller annet de vil»

Dulgar så tankefull ut en kort stund. «Sist jeg så ham var han og noen andre i full gang med å forsterke dørene til biblioteket. Det er to nivåer over her, på vestsiden»

Midar kjente at Meyret grep ham i ermet og formelig halte ham med seg bortover, han forsto ikke hastverket men hun peste rent og var tydelig opprørt. «Proo, ta det rolig, hvor brenner det?»

Hun så på ham med brennende blikk. «Jeg føler dem, det er som om tankene deres nesten rører mine, det er noe her i byen de vil ha. Vi ødela tavlene så nå er det noe annet de må slå kloa i. Men selv de vet ikke hva det er. De vil rasere hele byen for å finne det!»

Hun løp som en gal bortover og stormet opp de brede trappene og Midar kom hakk i hæl, han forsto ikke at det virkelig kunne haste slik men Meyret stormet mot det som bare kunne være biblioteket med blekt ansikt. Noen dverger sto der og var i ferd med å laste noen bøker ned i solide jernbeslåtte kasser. De var gamle og beveget seg med en viss stivhet men de hadde stor verdighet og en av dem steg frem og så litt strengt på de to. Han hadde på en slags blekgrå kjortel vakkert brodert med sølvtråd og det tynne håret var møysommelig flettet sammen i et merkelig mønster som nesten dannet et slags nett over hodet på ham. Han bikket på hodet og Meyret trakk pusten dypt. Buskehale pep noen ganger og halen rykket og Natt og Mørke snerret igjen og Midar følte at det gikk kaldt nedover ryggen på ham. «Hva skyldes dette hastverket barn?»

Meyret bukket fort med hodet. «Er det noe her i byen som har med drager å gjøre, hva som helst? Det må være gammelt!»

Den aldrende dvergen så litt sjokkert ut. «Ærede, dverger er ikke spesielt glade i drager, vi foretrekker å glemme den slags skapninger.»

Hun freste nesten av frustrasjon. «Noe må det være, gamle eventyr kanskje? Våpen? Smykker?»

Den gamle ristet på hodet. «Vi drager avbilder aldri ting vi ikke liker, vi tror at det vil kalle dem til oss.»

En av de andre dvergene så brått litt forskrekket ut. «Men Kuldhar, du glemmer den gamle øl hallen, det store veggteppet»

Kuldhar rynket pannen. «Det er da vel tatt ned for lenge siden?»

Den andre dvergen ristet på hodet. «De prøvde vet jeg, men det var for tungt. De måtte bare la det henge der. Det gikk ikke å senke det til golvet uten å ødelegge både kledet og veggen»

Kuldhar så brått ut i ingenting, øynene hans var fjerne. «Ølhallen, den ble avstengt for to hundre år siden. Har noen tenkt på å sikre den?»

De andre dvergene så fort på hverandre. «Nei? Dørene er sterke, ingen bruker den lenger og den ligger avsides til»

Kuldhar flekket nesten tenner. «Det er en sjakt bak den bakre veggen der, den ble stengt da hallen ble åpnet. Om de ikke har tenkt på den kan den være en vei opp!»

Midar gispet og Meyret så vilt på dvergene. «Det teppet, hva er det?»

Kuldhar trakk på skuldrene. «Et eldgammelt klenodium, vevd i metalltråder som minne om en kamp. De sier at en av våre konger kjempet mot en drage og at den i dødsøyeblikket avslørte store hemmeligheter for ham»

Meyret hev seg rundt. «Hvor er den hallen, send krigere dit, med en gang!»

En av de yngre dvergene trakk frem et meget kunstferdig og vakkert horn fra beltet og løftet det, blåste en slags merkelig melodi som antagelig var et slags signal og brått kom en hel tropp dverger stormende mot dem. Meyret rettet seg opp. «Den gamle øl hallen, den må sikres. Den kan være et svakt punkt» Dvergene la på sprang med en gang og Midar og Meyret fulgte etter dem, de løp nedover en del trapper og gjennom temmelig mørke og skitne ganger og Midar merket at dette var en del av byen som ikke var så mye brukt. Antagelig var det en avdeling som ganske enkelt ikke var verdt å ta vare på. En slags dør var stengt med sterke bjelker og låser og en av dvergene trakk frem flere nøkler og de brøt døra åpen. Det var bekmørkt der inne men en eller annen tente en fettlampe med en fakkel og Meyret så at ilden spredte seg over hele rommet, antagelig var det kanaler i selve veggen som fordelte olje og ilden fulgte strømmen rundt. Hallen var stor, svært stor og helt tydelig forlatt for det var et tommetykt lag med støv og den var nesten helt tom. Her og der lå det rester av benker og stoler og noen knuste kopper men golvet var ellers tomt og veggene var nakne og svært lite forseggjort. Det var nesten som en naturlig hule og bare den bakerste veggen virket for å ha blitt manipulert av folk. Den var svært jevn og helt tydelig bygget opp og over den hang et slags teppe som var minst femten meter høyt og nesten like bredt. Det var dekket med støv og allikevel var det tydelig at det var lagd av edle metaller. Det var helt merkelig at de ikke hadde greid å ta det ned, men antagelig var vekten så stor at veggen bare så vidt bar det og om de prøvde å ta det ned raste sannsynligvis alt sammen. Meyret stanset og bikket på hodet, hun lyttet etter noe og Midar hørte en slags lav hamrende lyd som øyeblikkelig fikk ham til å forstå at et eller annet faktisk var i ferd med å klatre opp sjakta bak veggen. To av dvergene løp ut igjen, blåsende i hornene sine og Midar forsto at de kalte på forsterkninger. Meyret stirret på teppet, det var så støvete at det var umulig å se hva det skulle forestille. Buskehale pep høyt, så raste den frem i en vanvittig fart og for som en skyttel opp langs kanten av teppet og bevegelsen fikk det til å bølge seg svakt. Det var mye stivere enn et teppe vevd av vanlige tekstiler og skapningen for frem og tilbake i en vanvittig hastighet mens den formelig spratt opp og ned og mer og mer støv løsnet og falt i tykke flak mot golvet. Meyret måpte og Midar så i ærbødighet og ærefrykt på det som sakte ble avdekket. Han hadde aldri sett noe så forseggjort noen gang, det var et bilde og det var vevd så godt at det var som å se et maleri i kun få farger. I front var det en dverg som sto med øksa hevet over hodet og halsen på en drage og over dem var det flere bilder som lignet stiliserte symboler. Det var drager og noen andre skapninger og det virket for å fortelle en historie for det var en slags sammenheng der men Midar kunne ikke forstå det. Meyret så villøyd på teppet etter som mer og mer av det ble avdekket, leppene hennes rørte seg, hun var blek og skalv synlig. «De må aldri få dette»

Midar skulle til å svare da bakken begynte å riste og stein begynte å rase fra veggen bak teppet. Hun snudde seg mot ham, blikket var merkelig fjernt. «Teppet viser hvordan deres drager kan bekjempes, hva min rolle er»

Veggen bulte og noe enormt presset på bakfra, det knaket og støvet sto. Meyret snudde seg mot veggen igjen og skrek ut, som i trass. Hun løftet armene og ild danset brått over teppet, støvet tok fyr med et boff og det enorme kunstverket løsnet og falt i golvet. Hun ulte formelig av noe som var både sinne og trass og Midar så til sin forskrekkelse at teppet begynte å smelte. Det fløt liksom utover og hun pøste på med kraft. Mer stein raste ned og hun la hodet bakover og skar en grimase som av smerte. «Midar, om dette ikke går bra, få meg til dalen. Alle må vite...de vil bringe drager fra de mørkes verden, kun de siste veldige kan møte dem, kun lyset, skyggene og mørket»

Hun stønnet og armene hennes falt ned langs siden på henne, øynene rullet opp i hodet på henne og hun var på full fart mot golvet da Midar fanget henne opp. Han så at en stor del av veggen falt innover og han hylte nesten da han så den monstrøsiteten som presset seg frem. Det var en skapning med en menneskeaktig form men der sluttet alle likheter. Den

hadde merkelige tentakler i stedet for armer og hodet var dominert av en enorm kjeft og små røde øyne og den virket for å være utrolig smidig. Midar halte Meyret med seg og dvergene dannet en linje foran dem. Flere kom løpende til og nå fløy piler og bolter mot monsteret som ikke virket for å ta seg nær av det i det hele tatt. Midar løftet henne opp og bar henne med seg, Natt og Mørke kom stormende like ved ham og de løp ut av gangene og oppover mot der hovedstyrkene var. Midar var akkurat nådd nivået der rådshallen lå da han merket en underlig lukt og stanset. Foran dem svevde flere underlig utflytende skikkelser som virket for å bestå av rent mørke og røyk og han trakk pusten dypt. Natt og Mørke knurret og Buskehale lagde en slags klynkelyd, den var tydelig redd dem og Midar følte at intens kulde sto fra dem. Den høyeste av dem virket for å gli litt nærmere. «Gi oss hunndragen menneske, og kanskje vi sparer livet ditt» Midar trakk pusten dypt, hva gjorde han nå? Han visste at han ikke kunne løpe fra dem, og instinktet hans fortalte ham at det var lite dvergene kunne gjøre mot dette. De var ikke som de sjelløse, de kunne sikkert gli rett gjennom berget selv. Han vætet leppene, kunne han trekke ut tiden? «Jeg tror dere ikke, dere vil drepe alle her»
Skikkelsen freste lavt. «Tro ikke at du kan leke med oss, gi oss hunndragen eller vit at alle her i berget vil dø, og blodet deres vil være på dine hender»
Midar så til siden ut av øyekroken, de var like ved hoved sjakta. Han fikk en brå ide, en vill ide. Det var egentlig selvmord men om han greide det? Det var eneste sjansen de hadde! Han bøyde seg som for å legge henne ned men i realiteten festet han beltet hennes i sitt eget, hjertet hamret i ham og han var kvalm av skrekk for disse uvesenene formelig stinket av ren djevelskap. Han hadde klart det umulige før, han hadde vært Zhymornes beste tyv, nå fikk han se om han ennå husket gamle kunster. Han la armen rundt henne som for å kysse henne adjø og stirret stivt i bakken, telte stegene han

måtte ta. Natt og Mørke virket for å vite, de to enorme ulvene gav fra seg en merkelig ulelyd som hørtes metallisk ut og så raste de frem og hugg tak i den fremste av skapningene. Den gav fra seg et skrik, antagelig hadde den ikke trodd at noe kunne skade denne skygge kroppen og Midar nølte ikke. Han løp frem, fem steg, låste beina rundt Meyret i det han kastet seg ut i den enorme hoved sjakta. Det var en kabel der, om gudene ville nådde han den og greide å holde seg fast, ellers falt de i døden og han visste at det var et bedre alternativ enn å bli fanget av disse nye monstrene. Han ba en kort bønn og strakte seg ut, ved alle guder, nå!

Cian

De hadde doblet vaktene etter hendelsen med Georg og ungdommene, nå satte de ut menn også lengre ut i dalen og Cian følte seg forholdsvis trygg på at ingen nå ville klare å komme seg gjennom usett. Det hadde ikke kommet flyktninger på lenge nå, vinteren hadde stanset folk som prøvde å komme seg vekk men etter som snøen forsvant økte sjansen for at det igjen ville være folk som var desperate nok til å søke tilflukt i fjellene, eller som håpet å kunne krysse dem over til området rundt bukta. Cian undret seg ofte på hva som skjedde der ute i verden, om de han kjente ennå levde, om onkelen var i live. Det var som om han hadde levd to liv, et før og et etter Isabeau og tiden som borgherre og han hadde en følelse av uvirkelighet mye av tida. Men han fikk sjelden tid til å sitte å fundere over livets spørsmål, det var mye å gjøre og spesielt de to nykomlingene gav ham en god del ting å tenke på. De var dyktige jegere og tok ham med på jakt flere ganger og han forsto at det han kunne om å følge spor og lese naturen var nær sagt barnelære for dem. Han greide å henge med dem men det var alt og de leste tegn i naturen han glatt overså selv om han prøvde så godt det lot seg gjøre å konsentrere seg.

Gutten de hadde befridd fra røverne viste seg å hete Uhrr og han var egentlig sønn av en baker fra en eller annen landsby som nå ikke fantes lenger, annet enn på kartet. Gutten var livredd i begynnelsen men tinte gradvis opp ettersom han skjønte at de ikke ville gjøre ham noe og han bidro med mye informasjon om hvordan de som tjente sekten arbeidet. Han hadde kun vært en slave men han hadde øyne og ører og tyendet overhører ofte mer enn hva herskapet tror. Bronseklo hadde vokst litt og vingen hadde grodd helt og en tidlig morgen var den på vingene igjen, brølende av fryd og temmelig stolt av seg selv. Dragen var neppe stor nok til å ris men den var imponerende nok og folk hadde blitt vant til den nå. Cian hadde utviklet et sterkt bånd til den og den tok lengre turer nå og brakte hjem vilt og til tider ting den bare fant som den syntes var fine. En gang kom den bærende med hoved akslingen til en stor vogn, hvor den hadde funnet den var et mysterium men det var godt jern smidd rundt den og Reinu var meget begeistret for det. Lyindia hadde startet en slags skole for barna der, hun lærte bort en god del og i det minste fikk det tida til å gå for de unge som var temmelig rastløse.

Matsankingen tok fremdeles mye tid og de av karene som ikke var soldater var ofte opptatt med å lage piler, smi våpen eller ordne enkle lær rustninger. Lær hadde de mye av, det hadde vært et lager i ene kjelleren med flere hundre ku huder som var ferdig garvet men ikke gjort noe mer med og Cian hadde lagd tegninger som fortalte hvordan de burde kutte læret og sy det sammen. Normalt sett ville det vært lagt et lag med stålringer inn i læret mellom lagene men det hadde de ikke, i stedet hadde en eller annen kommet med en ide om å bruke ringer av treverk. Det var mye hard gammel eik i ved lagrene og noen ivrige karer gikk i gang med å dreie sylindre som ble boret hull i og noen andre skar ringer av det.

Ebhry og Shuray forklarte ham hvordan verdener henger sammen, om mørket vant i bare en kunne det spre seg videre og Cian forsto at han ikke hadde noe valg annet enn å gå den stien skjebnen hadde pekt ut for ham. Det føltes litt skremmende men han var ingen feiging. De to skadde karene hadde kommet seg igjen heldigvis og Ebhry hadde stor kunnskap om urter og medisin. Det viste seg å være noe som trengtes for en god del av folkene der hadde slitt med ulike plager gjennom vinteren og siden de ikke hadde hatt noen ordentlig helbreder der var det lite noen kunne gjøre annet enn å bruke diverse gamle kjerringråd som ofte bare gjorde vondt verre. Ebhry var ofte temmelig sjokkert over mangelen på kunnskap og hun var travelt opptatt temmelig ofte. Mange kom trekkende med alt fra forstoppelse til verketenner og et par av karene hadde faktisk sykdommer de hadde pådratt seg hos kvinner av det mer tvilsomme slaget så de trengte noen reale hestekurer. Cian gjorde sitt aller beste for å smi soldatene sammen til en sterk enhet, om de to underlige skapningene hadde rett måtte de virkelig regne med å slåss og når han satt med kartene og det han visste om områdene innenfor Tholir bukta forsto han at faren var større enn noen kunne ha ventet seg. Shuray merket av områder der sekten regjerte på kartet, det var svarte områder som økte i størrelse og Cian ble oppriktig skremt. Hva det nå var som var sluppet løs, det var ikke noe de kunne stanse på noe vis uten grundig planlegging og en god strategi.

En ettermiddag da det høljeregnet intenst kom noen av vaktene tilbake med tre ryttere de hadde stanset på vei inn dalen. Det var en kvinne og to menn og de red på det som best kunne beskrives som bryggergamper. De tre dyrene var så brede at det nok neppe var behagelig å sitte på dem og temmelig adstadige så langsomt skritt var nok det raskeste de noen gang hadde oppnådd. Sadler hadde de ikke og de tre var kledd i enkle solide men slitte klær som røpet at de antagelig hadde vært selveiende bønder. En av karene derimot hadde en annen måte å føre seg på enn de andre og Cian forsto at han antagelig var av lavadelen, så vidt over bondestanden. Mannen var godt over sin beste alder men forholdsvis sprek og sterk, ansiktet var preget av intens sorg og Cian ante at han nok var av dem som hadde mistet alt. De tre hadde vært på vei gjennom fjellene men hadde blitt tvunget ut av kurs på grunn av snøsmelting og oversvømmelser og Cian trodde dem. Dette var vanlige folk, ikke noen sekten hadde kontroll over. Kvinnen og den yngre mannen var et ektepar, de hadde rømt fra gården sin etter at herren de tjente ble som gal og brant alt. De hadde begravd tre barn og sine egne foreldre og Cian så hvor lammet de begge var av sjokket. Det hadde ikke vært sekten som gjorde at den adelige som eide jorda ble sinnssyk, det var krigen. Han hadde mistet alle sønnene sine samt en datter og en annen adelig kom dit og krevde alt han hadde igjen som bot for en eller annen eldgammel urett som nå egentlig burde vært glemt og begravd for generasjoner siden. Cian kunne på et vis forstå reaksjonen, han hadde selv brent sitt gods for å hindre at andre skulle få besudle de minnene han hadde om stedet men dette var å ta det litt langt, siden mannen hadde gitt blaffen i de folkene som tjente ham.

Den eldre karen var ganske riktig lavadel, han kom opprinnelig fra kysten rett nord for innseilingen til Tholir bukta men hadde vært på besøk hos en slektning lengre inn i landet da krigen brøt ut. De hadde prøvd å holde seg i ro, unngå å bli blandet inn i galskapen som spredte seg og det hadde gått bra lenge siden hans familie ikke hadde hatt bånd eller tilknytning til noen av de store ættene. Men da dolkens spiss begynte å herje og den religiøse vekkelsen spredte seg som ild i tørt gras hadde også den vesle og temmelig avsidesliggende eiendommen blitt angrepet. Tarulf som han het fortalte at hans slektning hadde valgt å flykte siden stedet ikke var trygt lenger og han hadde blitt med. Cian satt og hørte på fortellingen om hvordan Tarulf hadde reist østover og hvordan han hadde unngått kamper og omvendte ved hjelp av ren flaks. Hans slektning hadde dødd midtvinters, mannen hadde vært gammel og hjertet hans tålte ikke belastningen og Tarulf hadde begravd ham i en snøfonn et eller annet sted på grensen til Longaria.

Men Tarulf hadde mer å fortelle, han hadde reist med båt innover Tholir bukta og kapteinen på skuta kunne fortelle om store endringer langs kystene. De sa at Zhymorne ikke fantes lenger, at havet hadde tatt tilbake alt der inne og noen som seilte rundt påsto også at havgudene var rasende og trakk skuter ned i dypet. Men det som var sikkert var at kong Hanek hadde fått fraktet store styrker innover fra bukta og at de sto der innenfor fjellene et sted. Det var nyttig informasjon men

Cian ble temmelig betenkt ved tanken på hva som kunne ha skjedd i Felderi der han hadde sin slekt. Antagelig kom han neppe noen gang til å finne ut av det.

De tre valgte å bli, de kom ikke lenger ennå uansett og det var trygt der så verken Tarulf eller ekteparet ønsket å risikere noe ved å reise videre før sommeren var der. Cian var rastløs nå, våren var langsom og han ønsket å reise ut dit og gjøre noe, endre ting. Å bare vente slik tæret på nervene hans og han hadde egentlig for lite reell informasjon til å kunne lage gode planer. Reinu trente kvinnene daglig og de var blitt en temmelig dyktig gruppe, Cian var imponert og unnlot aldri å fortelle dem det. Georg kom temmelig ofte til rommet hans nå, frustrasjonen Cian følte måtte få et slags utløp og han lot det komme til uttrykk som lyst. Georg var med på det aller meste og Cian hadde på en måte kastet alle gamle vaner på båten når det gjaldt den slags. Han hadde aldri trodd at han skulle føle slik for en annen mann men det hjalp ham å beholde fokus og det var en slags styrke i å ha noen å bry seg om, også slik. Han måtte vedgå for seg selv at han var blitt svært knyttet til sin nestkommanderende og de fleste av karene visste det vel også. De så det på måten de to oppførte seg på og det ble godtatt for den slags var forholdsvis vanlig i kasernene, dessuten visste alle om den forbannelsen som hadde rammet Cian og at han ikke lenger vågde å gå til sengs med noen av hunnkjønn.

Det hendte at han tok frem juvelen og stirret på den, den var vakker som før men han ønsket like fullt at han aldri hadde lagt sine øyne på den forbaskede gjenstanden. Shuray og Ebhry hadde rygget bakover da han viste den til dem, begge mente at den var svært farlig, og at den rommet store krefter og han tvilte ikke på det. Men ellers visste ingen om at han hadde den ennå og han hadde gjemt den og det merkelige smykket godt. Han skulle gi juvelen til den sølvfargede hunndragen, det var alt han var sikker på.

Han og Reinu hadde sparret litt den ettermiddagen, bare for å demonstrere for de andre hvordan en kjemper best med ulike våpen og hun var en mester med stridshammeren og viste hvordan en blokkerer med det tilsynelatende klumpete våpenet. De hadde holdt på lenge og Cian var sliten da han omsider fant senga den kvelden. Han hadde fått en god del blåmerker som nok kom til å merkes i et par dager og han måtte glise når han tenkte på hvor pågående Reinu var. Hun gav seg aldri frivillig. Georg hadde kommet til ham den kvelden og de hadde tilbrakt en liten tid med å spille kort og bare snakke om løst og fast. Noen av soldatene slet med helsa ennå etter vinteren og Georg visste at de eldste av dem neppe dugde stort på en stund ennå. De hadde bra med menn men det var ikke noen enorm styrke akkurat og Cian satset på spesialisering. Ebhry og Shuray hadde sagt at de ville sørge for at våpnene deres fungerte også mot de sjelløse og mot troll og noen av flyktningene hadde fortalt temmelig horrible historier om hva de hadde sett. Cian hadde først nektet å tro på det men han visste at han måtte.

Cian sovnet med Georg liggende tett inntil seg og han var blitt vant med nærheten og lukten av vennen, han sov alltid svært godt slik. Men denne natta våknet han brått og nesten smertelig av en underlig følelse, hårene reiste seg langs huden og han kjente en slags merkelig kulde som ikke hadde noe med temperaturen i rommet å gjøre. Han så at Georg fremdeles sov godt og han snek seg opp av senga og trakk på seg en bukse. Noe var galt, han følte det på seg og han grep sverdet sitt og stiltret seg ut i gangen. Det var stille overalt, ikke noe bar bud om fare men allikevel var det som om alle de sanser han hadde skrek at han måtte passe seg. Karma sov nede i hallen og Bronseklo hadde fått rom i ene lageret tilknyttet stallen. Om den foldet vingene inn kom den akkurat gjennom den vide døra der og kunne slappe av under tak. Cian gikk sakte mot rommet han brukte som kontor, det var der han oppbevarte rubinen og han følte på et eller annet vis at dette dreide seg om den. Det var mørkt og døra var stengt, han nølte et øyeblikk før han la handa på slåen og skjøv den opp, noe sa ham at det var en dårlig ide å gå inn men han visste at han måtte.

Først så han ingenting utenom det vanlige, rommet var som han hadde forlatt det noen timer tidligere, papirene på skrivebordet lå på plass, det var brent ut av peisen og en svak lukt av talglys hang igjen der. Det var kaldt der nå men han visste at den kulden han følte kom fra noe helt annet. Han lot blikket gli sakte over de velkjente møblene, rommet var lite og det var kun plass til et skap og et skrivebord med stol samt en litt mer behagelig stol for besøkende. Cian rynket på nesa, det var en fremmed lukt der, den var svak og ytterst flyktig men han merket den. Nesa hans var meget skarp og han grep sverdet hardere og visste at han ikke var alene der. Noe var der i rommet sammen med ham men han så ingenting og følelsen av at dette var noe unaturlig ble enda sterkere. Rubinen og smykket fra graven lå gjemt i en hemmelig skuff i skapet, ingen andre enn han visste om den og den var nesten umulig å oppdage. Han hadde funnet den bare fordi skapet hadde vært åpent da de kom til stedet og han hadde sørget for at ingen andre fikk se at det hadde et hemmelig rom.

Han gikk sakte rundt, det var ingen der, rommet var helt tomt. Ingen gjemte seg under skrivebordet eller stolene og skapet var urørt også. Men han så noe som fikk ham til å trekke pusten hardt, det var et håndavtrykk på skrivebordet, i rent rim. Og det var ikke fra et menneske, det var temmelig sikkert. Cian bannet for seg selv, følte seg langt fra høy i hatten. Hva var dette? Han sto der og var like ved å klø seg i hodet da Georg kom inn døra, han var halvnaken og så søvndrukken ut og han hadde åpenbart våknet og gått for å finne Cian. «Hva gjør du her nå? Det er midt på natta!»

Cian presset leppene sammen, han følte en stråle av panikk slå gjennom seg. «Georg, ikke gå nærmere, det er noe her»

Georg knep øynene sammen. «Noe? Hva da for svarte, det er ingen her!»

Cian gikk mot vennen og grep ham i armen, heller hardt. «Jo, noe er her, eller har vært her. Gå, det er farlig å bli her!» Georg så tvilende ut men tok et par steg bakover mot døra og snudde seg halvt for å gripe tak i håndtaket og skyve den helt opp. Cian så hvordan en del av veggen brått gled fremover, som om en enorm kameleon hadde stått der og formen var nesten menneskelig men han visste at dette ikke hadde noe med mennesker å gjøre. Georg så det, antagelig fra øyekroken og spant rundt, han var godt trent og erfaren men det var ikke nok. En svært lang arm med klør skjøt frem mot Georg og traff ham over brystet. Klørne var som kniver og skar dypt og Georg skrek til av smerte og ravet bakover. Cian så at blodet formelig sprutet av såret som gikk helt inn til beinet mange steder og han så at skapningen som hadde angrepet forsvant ned gangen og satte kurs mot en dør som ledet ut til en balkong. Cian skrek ut, et desperat rop om hjelp og Shuray kom sprintende opp trappa og så Cian der på golvet med Georg foran seg. Blodet hadde allerede dannet en stor pøl på golvet og Georg skalv og ristet, kom med noen svært motbydelige gurgle lyder. «Det forsvant ut døra der!»
Shuray raste etter og Cian grep Georg og prøvde å holde såret sammen, prøvde å stoppe blodet men det var for sent. Georg prøvde å smile, prøvde å løfte armen som for å kjærtegne ansiktet hans som så mange ganger før men han ble brått helt slapp og Cian ristet i ham, desperat. Det var til ingen nytte, skaden var for stor og blodtapet enormt, Georg var borte og Cian gav fra seg et vilt skrik av sorg og vantro. Han ble sittende der og rugge frem og tilbake med Georgs kropp i armene, det virket for at alle han brydde seg om var fordømt. Shuray hadde løpt ut døra og så så vidt at noe rørte seg på kanten av balkongen, antagelig ville skapningen prøve å klatre ned den grove muren men Cians rop hadde vekket også andre og Shuray så at den underlige skapningen brått stivnet til og prøvde å gå i ett med steinen den klynget seg til. Det var til lite nytte, vind slo mot veggen og Bronseklo slo ned på skikkelsen

som en hauk slår på en due. Dragen grep vesenet i kjeften og Shuray rakk å høre et skjærende skrik før de lange dragetennene nesten kappet skapningen i to. Han løp frem og pekte på bakken. «Legg den der Bronseklo, fort!»

Dragen hveste men adlød, svingte seg ned fra borgveggen og landet på bakken, slapp byttet fra seg som en katt som vil vise sin eier hvor dyktig en jeger den er. Shuray løp ned trappene og Ebhry kom til også, han forklarte det fort og de gikk forsiktig bort til den døde skapningen som nå ikke lenger kunne skifte farge. De så den som den virkelig var og huden lignet litt på skjellene på en slags øgle men de var merkelig grå på farge og hodet var litt haiaktig med underlige horn langs toppen. Shuray gyste og Ebhry sparket til den. «Yngel av mørket, uten tvil.»

Shuray nikket stivt og spyttet. «De er ute etter rubinen, vi må advare Cian»

Hun nikket og de løp sammen tilbake til kontoret der Cian ennå satt med Georg i armene. Sverdet lå på golvet ved siden av ham og Shuray satte seg ned på huk, så smalt på ham.

«Cian, det var en formskifter, noe mørket kan sende ut. De vet at rubinen er her, og de vet at du er her»

Cian svelget, tårene rant av ham og han følte seg så inderlig fortapt. «Hva så, hva nytte kan jeg gjøre? Jeg sprer død, alt jeg bryr meg om dør»

Shuray bikket på hodet, de merkelige rovdyrøynene glødet og det umenneskelige ved skapningen var tydeligere enn noen gang før. «Nei Cian, du sprer håp, og det ønsker de å ødelegge. Du kan redde mange, ikke la fortvilelsen vinne, det er hva de ønsker at du skal gjøre»

Cian la Georgs kropp ned på golvet, sakte og med tydelig smerte. «Kan dere love meg hevn?»

De to nikket unisont. «Ja, både for ham og for alle andre som har gått bort. Frykt ikke Cian, du kan klare dette»

Han svelget, lukket øynene. «Da vil jeg sverge at jeg skal hevne blod med blod, om jeg så må utgyte elver av det. De skal stanses!»

Shuray så på ham med noe som lignet tilfredshet i blikket, Ebhry smilte sakte. «Godt, la det gi deg glød og styrke, ikke la sorgen tappe deg men gi luft til ilden. Vi vil lede deg rett»

Cian reiste seg sakte, han var dekket med blod og så barbarisk ut men de blå øynene skjøt brått lyn og ansiktet var brått hardere enn noen gang før. «La det bli slik, la det bli kjent at jeg ikke viker tilbake, for jeg har ikke lenger noe å tape»

Han snudde bare og gikk ut, rett i ryggen og de to bukket sakte. Mørket hadde funnet dem, men om gudene ville kom ikke fienden til å vinne. Cian var så veldig mye mer enn selv han trodde og de to visste at han ville være avgjørende. De reiste seg og la et teppe over Georg, de ville ære ham slik de æret alle sine tapte og falne brødre, og snart skulle de lede Cian og hans hær ut mot slettene. Ting var i ferd med å skje, ting som kunne velte balansen totalt. Cian ville få tid til å sørge, men ikke for mye tid. Det som var vekket måtte stanses før det ble for sterkt og spredte seg for mye, det var ikke noe valg. De gikk stille etter ham, sorgens ridder bar sitt navn med rette, og det var ikke noe som ville endre seg, før de hadde seiret.

Lamara

Lamara hadde våknet etter mange timer med tung søvn, hun følte seg temmelig mør og totalt forvirret før hun husket hva som hadde skjedd og hun krympet seg ved tanken. Men hun kunne ikke angre, det hadde vært riktig og hun følte sirkelen nå, kjente energien i den som en ekstra puls i kroppen. Flere lå ennå henslengt på bakken rundt henne og hun så at Cherdis lå halvt over en av danserne med et salig uttrykk i ansiktet. Lamara støttet seg litt opp, stirret mot danserinnen og brått så hun, klarere og tydeligere enn noen gang før. Dette var ikke en halv tåkete visjon som godt kunne være ren innbilning fra en forvirret hjerne, dette var realitet og hun blunket og kjente seg rent svimmel av intensiteten i det. Sjamanen lå ennå inntil henne med handa på hofta hennes og hun rødmet og bet seg i underleppa, en gang ville hun ha kalt en kvinne som hadde gjort hva hun hadde for løsaktig og dårlig men nå visste hun bedre og hun strakte seg sensuelt og prøvde å forstå hva hun akkurat hadde sett. Cherdis var virkelig noe unikt, noe som var ytterst viktig for dem alle. Det var stor kraft i dansen hennes, kraft ingen til nå hadde forstått eller engang begynt å se. Lamara følte en merkelig frykt, før hadde visjonene hennes vært svake og utydelige, hun hadde forstått dem til en viss grad men det hadde alltid vært et element av det usikre i det hun så. Hun husket de mange gangene folk hadde kommet til tempelet og bedt om råd og hun hadde svart så godt hun kunne men hun visste vel ubevisst selv da at rådene kunne være mer til skade enn gavn. Hun så for seg talløse ansikter, iver og frykt blandet i øynene og visste at hun i mange tilfeller nok hadde gjort dem urett med de tingene hun foreslo. Men hva kunne hun ha gjort annerledes? Hun hadde blitt fortalt at hennes visjoner var riktige, at de var hellige og ikke skulle betviles.

Hun måtte trekke på smilebåndet, alle de vanvittige ideene hun sikkert hadde plantet i folk, alle de tåpelige ordrene hun hadde gitt, at ingen hadde sett at alt egentlig var ren galskap? Men prestene hadde hjernevasket dem alle, oraklene iberegnet og hun måtte riste på hodet av det de andre jentene der hadde liret ut av seg. De hadde ikke engang hatt reelle evner, de hadde bare trodd de hadde det, egentlig var det tragisk men folk ønsket å tro, ønsket å ha et strå å gripe fatt i og prestene gav dem det. Selv om det strået var skjørt for å si det mildt. Men hun hadde ikke sett hva som var i ferd med å skje før etter at hun ble så brutalt kastet ut, og det forbauset henne nå. Hadde hun i det hele tatt hatt evner før det skrekkelige skjedde med henne? Hadde kanskje sjokket vekket det som til da bare hadde vært et hult løfte?

Hun satte seg opp og sjamanen våknet og gjespet, han så temmelig søvndrukken ut og Lamara måtte smile av ham.

«Kjenner du deg noe annerledes?»

Stemmen hans var rusten og hun nikket. «Jeg ser nå, virkelig ser! Det er skremmende»

Han nikket og rullet seg opp, strakte seg. «Det er det til å begynne med, men du vil venne deg til det, og du vil kunne styre det også etter hvert. Det er en del av det, vær ikke redd»

Lamara så at alle der nå var i ferd med å komme seg opp og Cherdis var alt på beina, hun hadde en del interessante merker på kroppen og virket svært tilfreds med seg selv. Noen kom gående med kapper og Lamara fikk på seg en, hun følte seg litt mer verdig med en gang, å sprade rundt splitter naken gjorde ikke alvene noe men hun var for vant med menneskers regler for moral til å slappe av i en slik grad. Hun så fort at noe hadde skjedd i løpet av natta, det var krigere overalt og stor aktivitet og hun følte seg nervøs på vegne av vennene, enda hun visste sikkert at ingenting hadde skjedd med noen av dem. Hun satte kursen tilbake mot hytta si og ble raskt stoppet av Daithe som

kom løpende med en merkelig mine på ansiktet. Lamara
svelget kort, hun så hver sin rolle nå, tydelig og klart og hun
visste at Daithe hadde vært ledet inn på sin sti alt fra fødselen
av. «Hva skjedde i natt? Det var magi der ute, fra sirkelen! Den
jagde bort en hel arme med uhyrer!»
Lamara trakk pusten. «Ja, sirkelen ble vekket, hmm, detaljene
tror jeg ikke du trenger å kjenne til men det var utrolig. Jeg ser
så mye nå»
Daithe bikket på hodet. «Jeg trenger svar Lamara, vi trenger
alle svar. Jeg vil samle troppene for å si det slik, noe sier meg
at vi må finne hode og hale på det som foregår og det jo før jo
heller.»
Lamara nikket stille og følte seg brått usikker igjen, kunne hun
virkelig formidle det hun innerst inne følte? Det var som å
skulle beskrive et enormt maleri ut ifra et lite avdekket område
i et hjørne og hun var ikke trent ennå. Dette var nytt på mange
måter. «Ja, samle alle sammen, det er bra. Vi trenger det, det er
mye...Guder du vil ikke tro hvor mye det er jeg nå ser for
meg.»
Daithe skar en grimase. «Jo takk, jeg kan forestille meg det,
natta har gitt flere av oss overraskelser for å si det pent.»
Lamara prøvde å samle seg. «Jeg går for å ta meg et bad, og
etterpå skal jeg spise litt. Men vi kan samles ved rådshytta om
et par timer om det er greit?»
Daithe smilte og trakk på skuldrene. «Godt, jeg tror at vi alle
søker svar nå. Ting har endret seg»
Lamara bukket kort og skyndte seg inn, hun fant noen rene
klær og løp til badet. Det var fremdeles varmt vann der og hun
kjente at kroppen føltes støl og sår, hun hadde virkelig sprengt
en del grenser den natta og nå undret hun seg over hvor
naturlig alt hadde kommet til henne, hvor selvsagt det hadde
føltes mens det sto på. Hun ante at sirkelen var noe
eldgammelt, og ytterst mektig og at den ville spille en stor
rolle i hva de alle måtte møte nå fremover. Etter badet fikk hun
i seg litt mat og hun så at mange av de som var samlet der var

slitne og opprømt etter kampene. Men hun så også at de hadde seiret, og hun følte at den mørke kraften som hadde samlet seg rundt dalen var borte, kun små skygger av den hang tilbake. Det var en lettelse og hun merket den høye stemningen der godt. Flere av alvene sang og noen danset rundt i små sirkler for å feire at de hadde vunnet og hun håpet at dette ikke ble siste seieren for dem.

Hun hvilte litt før hun gikk til rådshytta og hun så at Aidan og Ighal også var der, de hadde kommet før de andre og hun følte seg brått beskjemmet og usikker. Aidan nektet å se på henne og hun håpet at han en dag kunne tilgi henne det hun hadde gjort, det hadde vært feil og hun så det nå men det hun hadde sett hadde ikke tilbudt henne noen andre valg. Ighal nikket vennlig til henne, men det var ennå noe avmålt i blikket hans og hun satte seg ned på benken med en følelse av å bli vurdert og satt på prøve. Ighal strakte beina, han hadde noen blåmerker i ansiktet og hendene var lett bandasjert men Aidan hadde ingen merker i det hele tatt. Hun visste at han var en dyktig kriger, og hun visste hva hans skjebne ville bestå av. Hun så ned igjen, fiklet med kjolen hun hadde på, ante ikke hva hun skulle si. Ighal lente seg litt fremover. «Jeg må si at jeg aldri har sett noen slåss slik som disse alvene, jeg er oppriktig imponert og egentlig også litt skremt. Hadde de vært flere kunne de tatt over verden»

Lamara måtte trekke på smilebåndet. «De har ingen interesse av det, heldigvis»

Ighal smilte skjevt. «Og bra er det, men de uhyrene var ganske enkelt forferdelige, jeg håper du er i stand til å gi en forklaring på alt som skjer nå?»

Lamara trakk pusten. Følte seg på et vis litt fanget, ante ikke helt hva hun skulle si. «Jeg tror at jeg kan gi i det minste en slags forståelse for situasjonen, det er så veldig mye som er glemt Ighal, ting som burde vært husket. Mange tror de kjenner sannheten men de har bare greid å bevare små korn av den, ikke helheten.»

Aidan så fremdeles ned i bakken og hun så at kjeven hans var stram og at øynene var mørke. Lamara så alt nå, alt han hadde vært igjennom og hun forstå hvordan det hadde formet ham, og hvorfor det var avgjørende for den rollen han hadde i dette men det gjorde det ikke mindre hjerteskjærende. Hun ønsket virkelig å gjøre det godt igjen, hun likte Aidan og hun visste at han hadde likt henne også, det kunne ha blitt så mye mer om hun ikke hadde mistolket alt så fryktelig. Hun så opp da Daithe og Fhirdhag kom gående, høvdingen var ennå i rustning og han bar sverd over ryggen og Daithe så brått mer ut som en krigerdronning enn noen gang før, og Lamara visste at det var riktig. Bhikoor og Moyesh kom gående også og Tåkesang dukket opp fra skogen som en annen skygge, glidende og brått. De satte seg og Fhirdhag smilte litt skjevt, han visste selvsagt hva som hadde skjedd i sirkelen den natten og Lamara merket at hun rødmet, ufrivillig. «Så, du ble vekket, og sirkelen hjalp oss, hva har du sett?»

Lamara trakk pusten dypt og så fort på gruppen, hun ante ikke helt hva hun skulle begynne med, hva som var best å si for å beskrive alt sammen. «Det er så mye, jeg vet ikke helt hvordan jeg skal ordlegge meg, guder, jeg vet ikke»

Fhirdhag så fort på henne. «Lukk øynene, trekk pusten og bare la det skje, begynn med begynnelsen, fortell oss hva du ser»

Lamara trakk pusten dypt som han sa og lot seg dykke inn i visjonene, det var mye annerledes nå enn hva hun var vant med, mye klarere, som å være til stede i stedet for å se på en slags dårlig tegning av en hendelse. Hun sto i et enormt rom, eller snarere en hall og i den var det utallige statuer skåret ut av berget selv. Øverst i rommet var en slags trone og rundt den seks mindre. Hun kjente makten og mørket der inne som noe massivt som la seg over sjelen og truet med å knuse den totalt og hun ynket seg. «Det er en leder for alt, en som har ventet på tiden da verden igjen er sårbar, en som har manipulert mange, styrt mennesker som en dukkemester styrer en marionett. Den siste dragen, den var åtet som trengtes for å slippe galskapen løs og i skyggene av krigen trår de frem og slår til når alle er opptatt med sin egen frykt og egen makthunger»

Fhirdhag så skarpt på henne, de merkelige alveøynene så ut som om de kunne se rett inn i sjelen hennes og se visjonene via henne. «Den mørkeste, sagnene forteller sannheten.»

Hun tvang seg til å forbli i visjonen, å se mer. «Det er seks som tjener ham, mektige, onde og veldig sterke, magikere og vise, men visdommen er snudd mot mørket»

Fhirdhag nikket, han virket tankefull. Lamara svelget og fortsatte. «Det er en stor verden, med mye makt, og de er...de er grusomme. Troll og andre monstre er skapt av dem, kun for å ødelegge og drepe. De føler ingen tvil eller frykt. De er i ferd med å invadere vår verden nå, men det er bare fortroppene som har kommet. Noe mye verre er på vei»

Daithe så skjevt på henne, øynene glitret rent. «Forklar det»

Lamara så ned, hun så forferdelige bilder i hodet nå. «Andre typer troll, mye sterkere, smartere. En hær av rasen som bebor den verdenen de kommer fra, de er ikke mennesker»

Ighal så tankefull ut og Aidan var tydelig skremt. «De er høye, med horn og klør og de lever kun for å tjene den mørkeste»

Moyesh hadde vært stille men hun lente seg litt fremover og blikket glødet rent. «Så hva kan vi gjøre, hva skal vi gjøre om alt virkelig er forutbestemt?»

Lamara bet seg i underleppa. «Det er så mange muligheter her, fremtiden er som et enormt tre, hver grein er en mulig fremtid og har en først valgt en vei kan en ikke snu tilbake å velge om igjen.»

Daithe rynket pannen, hun så litt blek ut der hun satt. «Det er vel sant, uansett hva en møter i livet. Jeg skal krige har jeg forstått, og bringe med meg noen»

Lamara så tungt på den forhenværende dronningen. «Ja, din vei er sverdets vei, du og dragen av blod og mørke skal slippe fri den siste av de gamle.»

Daithe så skjevt på Moyesh, hun hadde nevnt noe slikt. «Og det er?»

Lamara nikket mot Fhirdhag. «Han»

Alven så brått sliten ut, nesten matt. Det var skygger i blikket hans og Daithe så spørrende på ham, han ristet på hodet.

Lamara så ned i bakken. «Den siste av de gamle er noe jeg ikke engang kan beskrive, noe mektig og urgammelt»

Moyesh så drømmende ut. «Fanget av mørket, uten den siste kan vi ikke vinne»

Ighal så spørrende ut. «Så hva skal alt bety, jeg synes dette skaper mer spørsmål enn svar»

Lamara kjente brått at noe steg i henne, som en bølge opp et trangt sund. Hun skalv og prøvde å holde det tilbake men greide det ikke. «Lysets datter, de venter der vinden hviler, bind dem til deg.»

Hun kjente at kroppen spente seg, at hun nesten ble tvunget over i bro. «Hun som kan vekke sirkelen skal åpne portene og blodets barn skal bringe den mørkes hjerte med seg og ta det glemte fra den falnes egen hånd. Sorgens ridder skal være skjoldet mot den falnes hær, og sikre makten for den siste drage. Boken som er glemt vil binde de vekkede til lyset, den siste må kalle dem og redde dem. Datteren av det glemte folket vil vende hjem og renske landet og stenge mørket ute og den utsendte skal hjelpe henne. Den tapte dronning og den glemte sønn skal ta kampen til det mørke land og bringe lyset med seg, og den ene født for døden vil hjelpe blodets barn. Slik vil det bli, slik skal det bli»

Lamara sank sammen og Moyesh grep henne, støttet henne opp. Hun følte seg brått kvalm, for sitt indre øye så hun noe utenkelig, noe hun ikke forsto i det hele tatt. «Vi må bekjempe det fra roten av, fra der de kommer fra»

Hun stønnet og gned seg i hodet. «Det er en hellig dal, der kan de stenges ute fra vår verden, der kan gammel makt vekkes. Og det må skje fort, ellers er det for sent»

Fhirdhag så smalt på Daithe. «De invaderer, hva mer kan du si om det?»

Lamara kjente at hun nesten svimte av snart. «Mørke drager, de vil bringe sine egne drager hit, det må hindres»
Det svartnet for henne og Moyesh så anklagende på de andre. «Hun har overanstrengt seg, hun er ikke vant til kraften sin nå, den er så sterk. Ikke plag henne med mer spørsmål, tenk over det hun har sagt. Vi har alle en rolle å spille og vi er ikke de eneste heller. Visste vi bare mer»
Daithe sukket og Fhirdhag strøk henne over ryggen, han smilte litt vemodig. «Ja, våre veier vil snart skilles, det er det eneste sikre.»
Moyesh sukket, hun skulle altså møte den siste av det gamle folket, den hun var sendt for å finne men hvordan skulle det gå for seg? Hun hadde ikke forstått mye av det Lamara sa, om noe i det hele tatt. Det kunne tolkes på så mange måter. Fhirdhag ropte noen ordre og et par alver kom og bar Lamara tilbake til hytta, hun ville trenge trening før hun kunne håpe å kontrollere gaven sin helt, spørsmålet var hvor mye tid de egentlig hadde på seg, om hun rakk å få overblikket tidsnok.
Daithe så skjevt bort på Fhirdhag, hun kjente seg forvirret og underlig rotløs også. «Jeg skal bringe vindens brødre og søster og jeg vet ikke engang hva som menes med det? Og kjempe i den verdenen alle uhyrene kommer fra? Ved alle guder Fhirdhag, kan jeg i det hele tatt gjøre noe fra eller til?»
Han nikket og kysset henne varsomt. «Ja Daithe, du kan gjøre så uendelig mye mer enn du tror. Stol på meg, det vil gå bra, du er født til å bli en leder, du bør innse det nå. Frykt ikke, det vil bli hva du en gang håpet på min krigerdronning»
Hun tvilte og reiste seg, så at Cherdis kom gående og hun satte seg ned og smilte litt fjernt, hun hadde noen interessante sugemerker og bitemerker også og hun virket for å gløde.
«Lamara spådde dere? Hva sa hun?»
Fhirdhag smilte litt skjelmsk. «Hun som kan vekke sirkelen skal åpne portene»
Cherdis så bare forbauset ut. «Og det betyr?»

Alven trakk på skuldrene. «At dansen din har stor makt Cherdis, makt til å bryte gjennom muren som skiller verdener, du er et av gudinnens ansikt, et av hennes redskaper»
Cherdis måpte bare. «Åh, jeg følte...jeg vet ikke hva jeg følte men sirkelen...den sang til meg, og det...det var vakkert»
Fhirdhag nikket sakte. «Selvsagt, og du vil høre den sangen igjen, for den er din skjebne»
Ighal stirret ned i bakken, drager fra en slik verden, hva kunne de gjøre av skade? Noe sa ham at de kunne gjøre enorm skade og han så at Aidan var tankefull og fjern. Han klappet gutten på skulderen. «Ta det med ro gutt, du ble ikke nevnt»
Aidan så bare tomt foran seg. «Mon det, mon det!»

Shaad

Det var ikke hva han hadde planlagt, det var ikke i det hele tatt
ønsket og han trodde knapt det mennene sa. Uhyrer? Troll?
Det var overtro og slikt en skremte unger med men de likene
de kom halende med fortalte en ganske annen historie. Det var
svært så bastante eventyr som hadde revet disse kroppene i
småbiter og Olric var fra seg. Leiren var forvandlet til et kaos
av aktivitet, soldater løp rundt i en slags kontrollert panikk og
offiserene skrek ordre som antagelig var gode men som ble
glatt overhørt av en god del av karene. Nå så en baksiden ved å
ha en hær bygd opp av leiesoldater og andre mer tvilsomme
elementer, det var ingen disiplin og lite fellesskapsfølelse. Det
var i bunn og grunn hver mann for seg selv og Shaad kjente
seg kald innvendig. Dette kunne ødelegge alle de planer han
hadde, alt han hadde jobbet så hardt for å oppnå. Han kunne
ikke feile nå, nei! Han hadde en gang sverget en ed og den
aktet han å holde også, uansett hva som skjedde. Men han
spilte godt, lot som om han var skremt og forvirret og Olric bet
på, prøvde å trøste ham som best han kunne mens han forsøkte
å få oversikt over situasjonen. Angrepet de hadde planlagt
hadde endt med et temmelig ydmykende nederlag og Olric
hadde ikke skjønt noe, overlevende mente at Hanek måtte ha
speidere som hadde sett dem på avstand og advart troppene og
det fikk Olric til å skjære tenner av skuffelse. De hadde mistet
gode soldater og enda verre, Hanek hadde garantert klart å hale
mye informasjon ut av det som ble etterlatt etter slaget, og
kanskje fra overlevende også. Det var absolutt ikke bra og
Shaad godtet seg innvendig men spilte helt uskyldig. Ingen

trengte å vite at den som advarte Haneks menn hadde vært ham selv, via en utsendt gutt på et gammelt muldyr.

Olric hadde også fått høre om det som skjedde med Hanek, og han hadde ikke forstått noe for han hadde ikke sendt med mannen noe giftig, de hadde heldigvis ikke hørt noe om noen detaljer og det var bra for det kunne ha ødelagt planene for Shaad men som det var skapte det som ventet en ekstra påkjenning for Olric som var rimelig forbannet en stund for at det uansett ikke hadde virket. Noen foreslo at det var en eller annen av hans egne menn som hadde stått bak og Olric likte ideen, antagelig var det beroligende for ham å vite at selv Hanek hadde problemer innad i egne rekker. Det var bare synd at kongen hadde en så dyktig lege og at han ble reddet slik på tross av alt.

Shaad satt der under alle møtene, lyttet nøye mens han lot som om han skar på en trehest han prøvde å spikke til. Det var åpenbart at sekten ikke var den største trusselen tross alt, en av speiderne sa at en av troppene til Hanek hadde blitt angrepet av folk som oppførte seg som om de var besatt og de hadde antagelig vært omvendte for det skulle ha vært prester blant dem også. Olric fant det hardt å tro men mennene sverget på at det var sant, og mens dagene gikk fikk de inn rapporter om landsbyer som var totalt forlatt og store mengder døde folk og dyr. Olric måtte endre taktikk, nå var det like viktig at de beskyttet seg selv som at de stanset Hanek og han satt i lange møter og prøvde å komme opp med ideer. Shaad skar tenner av ren utålmodighet, han hadde sett for seg hvordan han skulle gjøre dette, hvordan han skulle rive ned alt Olric hadde og kreve det for seg selv, hvordan han skulle utføre den perfekte hevn. Men planer kan forandres, han var ikke av de tåpelige personene som aldri viker fra den kursen de har valgt seg og som strisinnet nekter å se ting fra andre vinkler. Nei, han hadde levd et hardt liv, et liv som hadde lært ham at ingen ofre er for store om de kan skaffe en hva en er ute etter. Han begynte å legge om på planen og for en gangs skyld var Jakar veldig nyttig, jo, mannen kunne så avgjort brukes igjen, og denne gangen ville Shaad ikke feile. Jakar ville være lett å ofre, kun en brikke i spillet og øynene hans skinte mens han i hodet gikk igjennom mulighetene han hadde. Jo, det ville være perfekt, og jo mer fortvilet Olric var jo bedre ville det virke. Det var bare å vente på det perfekte øyeblikk.

Olrics hær var delt i to nå og den andre halvparten ble beordret tilbake til hovedleiren, det var liten vits i å prøve å angripe Hanek om de ble angrepet selv av slike umenneskelige skapninger og soldatene var temmelig nervøse. De færreste hadde noen særlig utdannelse, de var av bunnslammet i samfunnet og overtro var noe de alle var sterkt rammet av. Tanken på å møte troll var skrekkelig og en god porsjon hadde desertert. Det fikk offiserene til å heve straffene til nye og skrekkelige nivåer men det hjalp ikke. Å bli kakstrøket og hengt var ikke like skremmende som å bli slitt i småbiter av et troll. En av troppene var sammensatt av menn som hadde fulgt Olric like fra starten av, de var profesjonelle leiesoldater og svært dyktige. Dette var av de beste krigerne Olric hadde og de var en god del smartere enn resten av hæren. De fleste var lavadel eller bastarder med adelige fedre og de hadde i det minste en liten anelse klasse og forstand. Noen av dem var faktisk utdannet også og anså de andre soldatene i hæren som lite annet enn kanonføde og tvilsomme individer. Denne troppen hadde fått i oppdrag å beskytte den avdelingen som fraktet materiell fra den provisoriske leiren tilbake til den store hovedleiren og det var et viktig oppdrag siden Olric fryktet at soldater som stakk av ville forsyne seg med utstyr før de forsvant. De var tjue mann og bedre utrustet enn de fleste og alle var til hest. Transport enheten var ti vogner som nå var overfylt med utstyr og hver vogn ble trukket av fire kraftige hester, det gikk ikke fort i det ujevne og temmelig vasstrukne terrenget men det gikk forover for kuskene var dyktige og visste hvordan de skulle bruke hestene så de ikke mistet kreftene sine.

Turen hadde vært temmelig tøff til nå, de hadde ingen virkelige veier der ute så det var mest bare dyretråkk og noen stier som kanskje med godvilje kunne kalles en slags vei men bøndene i området var fattige og fraktet gods stort sett på hesteryggen eller ved hjelp av slepebårer så stiene var smale og slettes ikke tilpasset vognhjul. Vognene var solide og hjulene beslått med jern, de hadde holdt til nå men det var ennå langt tilbake til hovedleiren. Dette området var småkupert med mange lave runde åser med mindre enger og myrer mellom og her og der hadde elver og bekker skåret seg langt ned i den myke grunnen og skapt bratte raviner som var umulig å krysse uten broer. De hadde bygget enkle broer på veien ut dit men de var ikke lagd for å vare og nå var de av tvilsom trygghet og enda mer tvilsom bruksverdi for de hadde sunket og hestene nektet å gå ut på dem så resultatet var at de måtte leie dyrene over et for et og deretter trekke vognene over med hjelp av tauvinder og tyngdekraft. Det tok mange timer bare å få en vogn over slik og karene slet voldsomt. De sto i en dalgang mellom to slike raviner da en av kuskene slo alarm, hestene hadde begynt å oppføre seg temmelig nervøst og også ridehestene begynte å slå med hodene og kaste på seg.

Det var tett tåke og lett regn den dagen og nærmest halvmørkt så faren de hadde blitt advart mot var så avgjort til stede. Rytterne trakk sverdene sine og kuskene styrte vognene inn i en sirkel, fikk hestene inn i midten og grep buer og andre våpen de hadde for hånden. Det var ingenting å se noe sted, bare brunaktig stritt gress og små forkrøplede busker og karene hutret og forsto lite. Hestene begynte å steile og bukke og mennene steg av, bare for å slippe å bli kastet av og brått slet dyrene seg som en og raste frem. Det var umulig å stanse dem og trekkhestene skrek og slo og prøvde å slite seg også. Karene prøvde å hjelpe kuskene og brått skalv bakken og noe brøt ut av jorda rundt dem, formelig gled ut av bakken rundt forsenkningen og karene stirret vantro på de bleke umenneskelige skapningene som hveste og blottet lange kvasse tenner mot dem. De var omringet, og det virket for å være godt over hundre av de motbydelige beistene. Mennene inntok kampformasjon men det hjalp dem lite, hestene hadde total panikk nå og trakk vognene rundt i et desperat kaos og beistene var raske og utrolig sterke. Det virket ikke for at vanlige sverd bet særlig godt på dem, og selv stygge sår gjorde dem lite. De tjue soldatene slåss godt, men de hadde egentlig ingen sjanse og de rakk ikke engang å falle på sine egne sverd for å unngå vanæren ved å bli tatt til fange. De ble overrent før de rakk å komme så langt.

Olric og de andre var i ferd med å sette opp planer for å flytte hovedleiren til et område som var lettere å beskytte da det lød en alarm fra porten. Leiren var ikke barrikadert på noe vis, de hadde reist et slags gjerde nærmest bare for syns skyld for å markere yttergrensene men det kunne ikke stanse noen. Det var en slags port der med et par portvakter men de sto bare der for å motta offisielle besøk. Alarmen kom fra hornene som de to bar, de hadde en temmelig distinkt lyd siden de egentlig var brukt av elveskippere som trengte å varsle om at de var på vei når det var tett tåke. Olric så forvirret ut og Shaad kjente et kort stikk av skrekk, hva nå? Ingenting burde skje som kunne forstyrre planene hans, det ville være for ille. Han så at mange soldater løp i retning av lyden og det hørtes rop og brøl. Olric spant rundt og grep ham i skulderen. «Gutt, løp bort til den store eika der borte å klatre opp, langt opp, så langt du kommer»

Shaad følte en brå trang til å nekte, han ville beskytte Olric, ingen skulle få ta fra ham den triumfen han hadde levd for så lenge, han nølte og Olric så hardt på ham. «Adlyd meg, vi aner ikke hva som foregår!»

Shaad nikket sakte og løp bort til eika, den var bred og sterk og hadde mange store greiner noen meter over bakken og en eller annen hadde hengt en taustige fra en av dem. Kokken hadde hengt noen tørkede lammelår der oppe siden løshundene som fulgte hæren ikke kunne nå dem der og Shaad trakk stigen opp etter seg og konsentrerte seg om å klatre videre. Fra toppen av eika så han hele leiren og han så at det var en gruppe soldater på vei mot porten men det var noe galt med dem. Han så at de var til fots enda de var kledd som ryttersoldater og det var noe merkelig rykkvis ved bevegelsene deres som røpet at et eller annet så avgjort ikke stemte. Shaad hadde funnet et trygt sted å sitte, i en grenkløft og han satt der og stirret med smale øyne på det som foregikk der nede. Det var litt over tjue menn som kom vandrende og han myste og så at flere av dem virket for å være såret for de var blodige og en gikk faktisk der med en arm som måtte ha blitt kappet av men skaden lot ikke til å stanse mannen i det hele tatt. Det så grotesk ut og Shaad svelget stivt og fryktet hva dette kunne være.

Noen offiserer ropte til de som nærmet seg, men de fikk ingen svar, de som kom gående var tause og det var i seg selv merkelig. Shaad så ingen detaljer på så stor avstand men han forsto at disse mennene ikke var hvem de hadde vært. Det var noe utrolig stupid ved måten de sjokket fremover på og Shaad så at Olric sto ved porten nå, han ropte også men fikk ingen svar og en av offiserene ropte en ordre. Noen bueskyttere begynte å fyre løs mot de som nærmet seg men det virket ikke for at piler stanset dem med mindre de traff midt i hodet og Shaad følte at det gikk kaldt nedover ryggen på ham. Olric ble halt vekk av noen av offiserene der og nå var disse merkelige dukke aktige personene allerede ved porten. De prøvde å gripe tak i folk men soldatene gikk løs på dem med sverd og økser og de ble felt men med store vansker. Shaad så faktisk at de prøvde å komme seg opp igjen, selv med avhugde bein og store kutt i kroppen og han visste at dette var noe totalt unaturlig, noe ondt og farlig ingen av dem hadde forutsett. Hva ville dette gjøre med balansen? Han hadde vært så sikker på at Olric ville angripe kongen og at det ville holde ham opptatt, at ting ville skje akkurat som han hadde håpet. Olric måtte ikke få mulighet til å slå seg sammen med kong Hanek, Shaad delte ikke Olrics planer om å holde krigen i gang men

om Olric ble en av Haneks hærførere ville hevnen bli
vanskelig å få utført, i hvert fall uten at han selv ville bli
skadelidende i prosessen og han ville ikke dø. Hanek ville
antagelig gjøre kort prosess med ham om han fant ut av noe
slikt, nei, det måtte skje snarest mulig, som han alt hadde tenkt
det. Hatet og kulden som hadde grodd i ham i årevis skulle
ikke bli skjøvet bort igjen, skulle ikke bli glemt og gjemt. Olric
skulle få vite sannheten og så skulle han dø, sønderknust og
vanæret og Shaad smilte sakte for seg selv. Hadde Olric vært
en vanlig mann ville ikke sannheten plaget ham i det hele tatt,
han ville antagelig bare ha trukket på skuldrene av det men han
var en mann av ære, og hadde fremdeles en god del igjen av
den karen han hadde vært. Det var hva Shaad satset på, han
ville knuse Olric psykisk, ødelegge ham, vise ham den samme
smerten som han hadde skapt. Olric skulle få dø av skam og
fortvilelse.

Shaad lukket øynene, så det igjen for seg, det mørke røykfylte
lille rommet, stinkende av sykdom og død, hendene som
krafset kraftløst mot det fillete tynne teppet, den skjelvende
stemmen, følelsen av hjelpeløshet. Han hadde sverget og aldri
glemme og den eden hadde han holdt, timen var endelig nær
da han skulle holde det han hadde lovet. Han hadde levd fra
hånd til munn i årevis, var eldre enn en skulle tro siden dårlig
mat og elendige leveforhold hadde ødelagt veksten for ham
men det hadde gjort ham sterk. Han så at de angripende
skapningene var uskadeliggjort og trakk et lettelsens sukk,
Jakar hadde vært blant mennene som hugg dem ned og han
smilte sakte mens han klatret ned. Muligheten var der nå, og
det passet egentlig perfekt.

Olric var temmelig opprørt og samlet sine nærmeste om seg
med en gang, diskuterte hva de skulle gjøre. De hadde mistet
tjue gode soldater og moralen i leiren var lav, mange var
livredde nå. Det ble rådslått frem og tilbake og Olric vandret
frem og tilbake som en tiger i et bur, alt han hadde sett for seg
var i ferd med å gå i knas. Krigen var i ferd med å stoppe opp,

slektene sloss ikke lenger mot hverandre men ble tvunget til å forsvare seg mot denne nye redselen og nå var det brått den gjengse befolkning som utgjorde den største faren. Om dette gikk filleveien kom det ikke til å bli noen ny orden, ingen ny sterk klasse som kunne lede folket inn i en ny alder. Det kom til å bli kun disse skrekkelige udøde og troll og annet pakk igjen. Olric trodde aldri at han skulle bli nødt til å synke så lavt, men han gav ordre til at de skulle sende et bud til Hanek med tilbud om samarbeide. Han innså at det kunne være eneste muligheten de hadde om dette skjedde med flere av troppene. For alt de visste kunne det være flere slike besatte på vei mot leiren allerede og bueskyttere var sendt ut som forposter samt noen speidere til hest som ville rapportere med en gang de så noe mistenkelig, hva som helst. Olric var rastløs etter at bud rytteren forlot leiren eskortert av fire gode krigere, han ønsket å forstå problemet og speidere og andre spurte ut de folkene som nå hadde slått seg til ved leiren. Det var noen som søkte en slags trygghet der og de livberget seg ved å selge ved og andre ting til soldatene og de brydde seg neppe med hvem de støttet bare de fikk en slags beskyttelse mot krigen, Noen ganger er det tryggeste stedet i stormens hjerte og disse menneskene var stort sett løsarbeidere og leilendinger som hadde stukket av fra sine herrer. Ingen av dem visste noe, de hadde vært der lenge før sekten begynte å dukke opp og dette nye hadde de ikke møtt på men en av de eldre karene der fortalte at hans søster hadde besøkt ham bare noen dager i forveien Hun hadde fortalt at en av guttene på gården der hun og noen andre hadde søkt tilflukt hadde blitt borte en kveld og de fant ham igjen noen dager senere men da hadde han vært som i en transe og ikke reagert på noe. Han hadde lite skader bortsett fra blåmerker og slikt men det var tydelig at han hadde blitt misbrukt og magen hans hadde svulmet opp noe voldsomt og brått hadde noe forferdelig revet seg ut av kroppen. En av mennene der hadde greid å drepe det ved hjelp av en ildraker som tilfeldigvis hadde ligget i ildstedet og blitt varmet opp.

Olric ble skremt av dette, og et par av offiserene der fortalte om eldgamle historier de hadde hørt som barn, om sjelløse monstre som brukte mennesker som klekkeri for egne avkom. Olric forbød dem å snakke om det men etter bare noen timer visste størsteparten av hæren at disse uhyrene kunne bruke en slik og besette en eller plante avkom i en. Det virket for at hæren var i ferd med å gå i oppløsning, brått var det hver mann for seg selv og Olric var fortvilet og forferdet. Shaad var henrykt, egentlig kom det som bestilt, Olric fikk virkelig smake på det bitre brygget han selv så ofte måtte svelge. Han skjulte begeistringen, kamuflerte den som frykt og forvirring og nå begynte han forberedelsene. Det han skulle gjøre ville ikke være enkelt men han var villig til å gå langt, svært langt. Han fant frem en liten flakong med noe han hadde greid å stjele fra feltskjæren, blandet det med noen tørkede knuste urter og blandet det hele i litt vin sammen med innholdet fra den grønne parfymeflasken han hadde holdt skjult helt til nå. Nå endelig skulle den få komme til nytte og han hadde allerede krysset av Jakars navn på lista. Olric var det øverste navnet, det viktigeste, de andre kunne vente og han ville kunne ta dem med letthet når alt ble hans.

Deretter skrev han to lapper og sørget for at ordlyden ikke kunne misforstås. Han gikk til badet og vasket seg, forberedte seg nøye. Det som skulle skje ville bli ubehagelig men det trengte ikke være verre enn høyst nødvendig og han visste hvordan han skulle gjøre seg klar. Det var ikke første gang han lot seg bli brukt slik, men denne gangen ville det være verdt det.

Han fikk en av adjutantene der til å gå med lappene, en sølvmynt ville garantere at de kom frem til riktig tid og Shaad trakk pusten dypt og snek seg tilbake til Olrics telt. Han ville øyeblikkelig komme tilbake for å gå over planene og vinbegeret hans sto der det brukte stå. Shaad nølte ikke, et par dråper ville være nok og det virket langsomt, det var tid nok. Nå måtte alt klaffe. Gutten løp raskt gjennom leiren, med en

tilfeldig kappe over seg så han ut som en vanlig tjener på vei
for å utføre en eller annen ordre og han stanset foran teltet og
trakk pusten dypt, tok på seg det ansiktsuttrykket han hadde
vært nødt til å bruke mange ganger før. Han åpnet teltflappen
og Jakar så opp, mannen hadde vært i ferd med å olje sverdet
sitt og nå så han litt forvirret på Shaad som bikket kokett på
hodet og satte en stor flaske vin på bordet. Han bukket fort
med hodet. «Min herre, du var…så mandig der ute, så tapper.
De skremte meg, jeg fatter ikke at du turte»
Han la genuin beundring i stemmen for Jakar hadde virkelig
vært modig, antagelig vitnet det bare om hvor brutal mannen
var, ute av stand til å frykte noe. Jakar reiste seg og tok
vinflaska, gliste bredt, «Jeg vet hva en bør frykte gutt, så, du
har kommet med enda flere gaver?»
Shaad nikket og blunket blygt, «Ja min herre, som takk.»
Jakar åpnet vinen og tok en durabelig svelg av den, han tørket
seg om kjeften og gliste. «Olric er en tosk som ikke ser hva
han har i deg, få av deg de fillene, jeg vil se»
Shaad lot kappen gli av, så trakk han av seg tunikaen og lot
buksene falle. Han beholdt smilet på, litt blygt, men mest
løfterikt og Jakar glante med øyne som raskt ble mørke. Det
var mer i den vinen enn i den Olric snart ville drikke, alt som
het hemninger kom snart til å fyke ut døra. Jakar grep Shaad
etter det halvlange mørke håret, holdt ham i ro mens en grov
neve gled over myk hud. Shaad hadde vært nøye med å
beholde skjønnheten, ungdommeligheten. Han trente aldri så
hardt at han fikk store muskler og han var nøye med å barbere
seg, både ansiktet og resten av kroppen. Han så ut som om han
så vidt var begynt å vokse til og han visste at det var akkurat
den alderen slike anså som mest tiltrekkende. Hans mor hadde
vært smekker og tynn, han hadde arvet den kroppstypen til det
fulle og han hadde sørget for og aldri få arr eller særlig farge.
Jakar befølte ham ivrig, holdt ham ennå fast etter håret og
pustet allerede hardt. Shaad lot som om han likte det, vred seg

mot neven som ble temmelig nærgående. «Åh ja min herre, ja, Du er så sterk, så kyndig»
Handa befølte Shaad i skrittet og tanken på hva som ville skje etter hvert fikk ham hard, Jakar trakk Shaad inn mot seg og stønnet. «Så du er virkelig så kåt på meg hva? Din lille tøs, la oss se om du vil like dette.»
Jakar strevde med beltet sitt og Shaad stålsatte seg, han visste hva som kom til å skje nå. Jakar var utålmodig og så fort han fikk stoltheten sin ut av buksene bukserte han gutten opp mot feltsenga og brakk ham fremover, gjøv på uten å sjekke om Shaad var forberedt på dette eller ei. Shaad bet tennene sammen, det gjorde vanvittig vondt men han kunne tåle det, han arrangerte hendene sine i lakenene så det så ut for en tilfeldig besøkende som om han var bundet fast og han hadde allerede sørget for å gi seg selv noen generøse blåmerker som snart ville synes. Jakar stønnet og grep hoftene hans hardt, holdt en vill rytme og Shaad sørget for å lage små lyder som kunne være både smerte og nytelse. Dette gjorde for vondt til at han kunne håpe og få noen nytelse ut av dette selv men det var en del av planen. Jakar prustet og peste som en sprengt hest, han var åpenbart i den syvende himmel og peiset på med voldsom kraft. Senga knaket under angrepet og Shaad visste at dette ikke kunne fortsette lenge, ikke uten at han ble skadet. Han hadde oljet seg selv opp grundig men det kunne forsvinne om Jakar ikke kom snart. Han sørget for å lage enda flere lyder og støtte bakover med hoftene og samtidig forberedte han seg på hva som nå kom til å skje. Om det budet hadde levert brevene riktig burde det skje når som helst, han sørget for å rive litt i lakenene så de så strukket ut, fikk gode røde merker rundt håndleddene og deretter tok han på seg sitt mest vettskremte og lidende uttrykk.
Jakar begynte å brøle håst. «Å guder, den trange lille ræva di gjør meg gal»
Det smalt formelig av hud mot hud og Jakar merket ingenting av verden nå annet enn nytelsen ved å pumpe løs på den spe

guttekroppen foran ham. Shaad lukket øynene og ba en stille bønn om at øyeblikket var kommet og Jakar kastet hodet bakover og gav fra seg et gutturalt skrik i det han kom, vilt pumpende og ristende. Shaad trakk pusten og gav fra seg et skrik også, et i avsky og smerte men for Jakar hørtes det antagelig ekstatisk ut og Shaad lente seg så langt fremover at han formelig lå nedpå med brystet, hendene tilsynelatende surret grundig inn i lakenene. Det var da teltflappen ble kastet til side og Olric raste inn, han ble stående der og måpe, Jakar pumpet fremdeles løs på Shaad som var hvit i fjeset og virket for å være hjelpeløs og forpint. I noen sekunder sto Olric bare og måpte, han så tydelig hva som foregikk i grafisk detalj og han virket nesten for å ha blitt lammet totalt. Shaad gav fra seg et klynk og lot som om han var aldeles i sjokk og dermed våknet Olric av transen helt og holdent. Han gav fra seg en merkelig nesten bjeffende lyd av sinne og trakk sverdet sitt, grep Jakar etter den korte fettete fletta. Shaad visste at Jakar var farlig, uansett i hvilken tilstand han var men mannen hadde ikke rukket å trekke seg ut og Shaad hadde gode muskler, han klemte til og følelsen fikk Jakar til å rykke til og miste besinnelsen lenge nok til at Olric rakk å kjøre det smale sverdet sitt rett inn i brystet på mannen til parer stengene traff kjøtt med et dumpt smell. Jakar blunket forvirret, for mye i en slags døs til å skjønne hva som foregikk, han ravet bakover og grep etter en teltstang men bommet, blod boblet ut av munnen på ham og han gurglet noe som kunne være et forsøk på å si noe men hjertet var gjennomboret og Jakars øyne rullet bakover i hodet på ham og han ble slapp, kroppen rykket svakt i dødskramper men de gav seg fort. Shaad hulket hysterisk og Olric løp frem, frenetisk. Han skar gutten løs av lakenene og Shaad klamret seg til ham, åpenbart totalt vettskremt
«Han...han ba meg komme hit...skulle lære meg...lære meg...»
Olric strøk Shaad over håret, prøvde å roe gutten ned. «Shhh, det er ok, han er død. Han får ikke gjøre deg noe mer»

Shaad ulte formelig. «Jeg trodde ham, han ville lære meg å kaste...kniver men...tvang meg til å...»
Olric nikket og kastet en kappe rundt gutten, løftet ham opp som en raggdukke. «Jeg forstår, han var syk i hodet. Det går bra, du er trygg»
Shaad gispet. «Jeg...sendte brevet...for å si hvor jeg var...»
Olric nikket og prøvde å dekke gutten til med kappen. «Jeg fikk det Shaad, og et brev fra en av adjutantene, han mente at han hadde sett Jakar stjele vin fra lageret, jeg ser at han hadde rett, vinen er her»
Shaad skjulte gliset sitt, det brevet var også hans verk, skrevet med en helt annen håndskrift. Ingen ville få vite om det, når morgenlyset kom ville Olric være død.
Olric løp ut av teltet og satte kursen mot sitt eget telt, Shaad hulket og skalv fremdeles og det skulle en ekspert til for å skjønne at det var skuespill fra ende til annen. Shaad visste at det var nå det virkelig gjaldt, skulle hevnen bli perfekt måtte det skje nå. Han klamret seg til Olric og gjemte ansiktet mot halsen på ham, lot seg bli båret. Olric la ham varsomt ned på senga men gutten nektet å gi slipp og virket hysterisk så Olric la seg ned ved siden av gutten. Shaad jamret seg. «Vin, jeg trenger vin»
Olric kom seg opp igjen, hentet vinglasset sitt og tømte det siden vinen hadde stått en stund før han fylte i mer. Shaad drakk grådig og Olric tok noen slurker selv også, hva skulle han gjøre nå? Gutten trengte sikkert en helbreder men han fryktet at den ydmykelsen kunne bli for mye for ham. Han visste at Jakar var en jævel men slikt hadde han ikke ventet selv av den mannen, uansett, han var på vei til helvete og Olric skulle gjerne sendt ham dit selv igjen og igjen om det hjalp Shaad. Han la seg og holdt rundt gutten og Shaad roet seg visst ned. «Skal jeg hente feltskjæren? Er du skadet?»
Shaad ristet på hodet. «Nei, ikke hent noen, vær så snill, bli her hos meg, bare hold meg»

Olric sukket, han burde virkelig gå og se til at ordene han hadde gitt ble fulgt men dette var alvorlig og han brydde seg virkelig om Shaad, gutten var blitt dyrebar for ham. Olric følte seg svakt svimmel, det måtte være sinnsbevegelsen som gjorde det og han tillot seg selv å lukke øynene og slappe litt av. Han var faktisk svært sliten og en kort hvil ville gjøre godt. Han ønsket det var mer han kunne gjøre for Shaad men gutten fikk bestemme selv hva han ønsket. I det minste trengte ingen flere å vite om hva Jakar hadde gjort mot ham.

Olric sovnet og Shaad smilte triumferende, han ventet til Olric sov tungt før han varsomt begynte å trekke av ham tøyet. Sovemedisinen i vinen virket godt, det skulle en del til for å vekke noen som var påvirket av den. Etterpå var det bare å vente til sovemedisinen begynte å gå ut og de andre urtene begynte å virke. Det gikk ikke lenge, Olric begynte å vri seg i søvne og Shaad smilte sakte og trakk teppene til side. Urtene gjorde det svært vanskelig å røre seg, en følte seg som lammet, men samtidig følte en alt og kroppen fungerte. De siste urtene i miksen virket også og Shaad stirret med smale øyne på Olrics for øyeblikket temmelig imponerende ereksjon. Dette var øyeblikket han hadde ventet på, hevnen. Den perfekte hevnen, ruget på og planlagt og dyrket i mange år. Han så at Olric ennå sov og antagelig var tidspunktet perfekt for ro signalet hadde akkurat gått. Han ok seg over Olric og satte seg skrevs over ham, han var fremdeles glatt og åpen og det var lettere å gjøre det slik enn å bli tatt brutalt bakfra. Han sank ned på den eldre mannen med et gisp, nå var han steinhard og hjertet hamret vilt i ham, opphisselsen kokte i kroppen. Han begynte å ri, sakte og nesten varsomt, Olric stønnet og vred seg igjen og Shaad tok hendene hans, la dem på hoftene sine. For øyeblikket drømte nok Olric ganske heftig men han ville snart våkne og da ville han få vite sannheten.

Shaad stønnet av fryd, siden han satt plassert som han gjorde ble han grundig stimulert innvendig og nytelsen steg i ham, han prøvde ikke å holde det tilbake. Han sørget for at Olrics ansikt vendte bort fra teltdøra, så økte han farten litt, så senga begynte å knirke. Shaad var nesten ekstatisk, han hadde levd for dette øyeblikket, for denne triumfen. Alt Olric hadde skulle bli hans, alt mannen hadde bygd opp ville rase i grus og Shaad måtte kjempe for ikke å komme voldsomt der og da. I stedet kom Olrics adjutant inn og stanset i døra med et gisp, han stirret et kort sekund på det som foregikk, så raste han ut igjen og Shaad hadde sørget for å holde ansiktet lavt og skjult av håret så det så ut som om Olric var med på det og faktisk styrte det hele. Snart kom hele leiren til å vite det og Shaad fikk gåsehud av fryd. Han lente seg over mot nattbordet og tok vinbegeret, helte noen få dråper på Olrics lepper og mannen slikket dem vekk. Shaad hadde forberedt seg meget godt, dette gikk riktig vei.

Olric blunket forvirret med øynene, brått vekket fra en veldig behagelig drøm om å elske med en svært så søt jente men det han nå så var noe ganske annet. Shaad satt på ham, red ham og gutten smilte søtt og uskyldig og huden glinset av svette.

«Du...reddet meg, jeg er din, bare din»

Olric prøvde å dytte Shaad bort, prøvde å snu seg og sette seg opp men kroppen lystret ikke i det hele tatt, hva var dette?

«Shaad, nei, du trenger ikke gjøre....Stopp»

Shaad stønnet ekstatisk. «Hvorfor? Du liker det, jeg kjenner det. Du er så dypt i meg, så veldig dypt»

Olric kjente at kroppen hans faktisk nøt det, han var like ved å komme og skammen brant i ham. Det var hans egen stesønn ved gudene, og han hadde aldri før vært tiltrukket av gutter. Han var like ille som Jakar! Shaad strøk hendene sensuelt over kroppen sin, blikket glitret. «Er jeg ikke god? Jeg vet jeg er god, Jakar sa det. Mange av sagt det»

Olric hev etter pusten. «Hva?!»

Shaad økte tempoet, tungespissen i munnviken og blikket var matt og underlig salig. «Åh jeg har levd av dette Olric, latt menn knulle meg. Det har holdt meg i live»

Olric kjente at han var enda nærmere nå, på tross av det sjokkerende han hørte. Han prøvde igjen å bryte seg fri men den merkelige lammelsen gjorde at verken armer eller bein adlød. Shaad fniste. «Jeg dopet deg, derfor kan du ikke røre deg. Kom igjen, bare la det skje, la meg føle hvor høyt du setter meg»

Shaad beveget hoftene raskt og effektivt og Olric kunne ikke holde igjen lenger, det formelig eksploderte i ham og han ropte ut i intens nytelse og like intens forvirring og skam. Hva var det egentlig Shaad gjorde? Gutten gliste, fortsatte å ri og Olric merket at han fremdeles var hard, han var virkelig blitt dopet og frykten begynte å rive i ham. Shaad gliste ondskapsfullt, «Hvordan føltes det, å sprute ræva mi full av den samme sæden som skapte meg? Jeg er din Olric, virkelig din, på alle måter.»

Olric kjente seg tungpustet, det knep i brystet og han stirret vantro på gutten som smilte med skinnende øyne. «Hva?» Shaad slikket seg om munnen, strøk nedover seg selv med hendene. «Åh men du må da huske henne? Min mor? Tjenestejenta du tvang til sengs med deg kvelden før ditt eget bryllup? Den spe lille mørkhårete saken som du kastet ut morgenen etter, for skamfull over å ha ligget med en vanlig bondejente til å la henne bli eller engang betale henne, du kan da ikke ha glemt Morrinda?»

Olric stirret vantro på Shaad, det var ikke mulig, det var … Han så det nå, de samme mørke øynene, den samme smale elegante nesa, den porselensaktige huden. Han hadde totalt glemt den jenta og den kvelden, han hadde vært full som en dupp og i et anfall av ren galskap og kanskje også undertrykket kåtskap hadde han mer eller mindre tvunget den jenta med seg på rommet og tatt henne. Han hadde fortrengt det etter at han fikk sin kjære Ada, og da de fikk egne barn noen år senere var det alt helt glemt. Livet som godseier krevde mye og han anså livet før ekteskapet som en slags vag drøm, noe han kunne glemme med god samvittighet. Men nå hadde denne ene synden kommet tilbake for å herje med ham og han kunne knapt fatte at det var sant, at Shaad virkelig var hans men det var liten tvil.

Han hadde nettopp...Olric ønsket å skrike i fornektelse, å si at dette var løgn men det var ikke løgn, han husket den tjenestejenta nå og hvor fortvilet hun hadde vært da han bare skysset henne ut etter å ha tatt uskylden hennes. Men han hadde vært en Darasher og hun var bare av allmuen og han kunne ikke la sin onkel eller far vite om det.

Shaad økte tempoet igjen, «Du vet FAR, hun døde da jeg var ti, av tæring. Men hun fortalte alt, alt om hvem du var, og hvordan din slekt jagde henne som en gal hund da hun kom til dem med barn i magen og krevde å få sin rett. Hennes familie slo handa av henne FAR, fordi hun hadde latt en bortskjemt adelig hanekylling slippe til mellom lårene på seg.»

Olric peste, det strammet i brystet og nå gjorde det vondt.

«Det...jeg visste ikke»

Shaad bare gliste skjevt. «Selvsagt ikke, du er uskyldig, som et spebarn ikke sant? Jeg var et uskyldig spebarn også en gang, men ingen gav meg min rett. Jeg arvet ingenting FAR, annet enn hat. Og en ed, og den har jeg holdt hellig helt til nå. Ditt liv er mitt Olric, alt ditt er mitt. Jeg lovte mor å ta alt du hadde, rive ned alt du er og jeg har gjort det, jeg har holdt det jeg har lovet. Hun måtte selge seg for å overleve Olric, og jeg måtte gå samme vei, men vi var sterke, fordi vi hatet!»

Shaad begynte å ri igjen, med djevelsk pågåenhet. «Hvordan føles det å knulle din egen sønn hmm, er ikke baken min trang og god? Er det ikke deilig?»

Olric gispet, det føltes som klør i brystet nå, han ville skrike etter hjelp men ingen lyd kom frem. «Ghaa...Sha...Shaad!»

Shaad lente seg fremover, kysset ham på munnen som en elsker ville gjort det. «Du vil dø nå far, urtene stanser hjertet, jeg vil hjelpe deg på vei, la oss komme en siste gang, sammen»

Olric hveste i panikk, i dødsangst, han så virkelig hva Shaad var nå, hva gutten var i stand til, han var mørkere og farligere enn noen annen motstander Olric hadde møtt på og han kunne ikke fatte at han kunne ha vært så blind. Nå så han virkelig hvor lik Shaad var sin mor men det var for sent, for sent til noe som helst. Ingen ville gå inn i teltet, han var fortapt og han forbannet dagen hans onkel hadde kommet til godset atter en gang. Shaad smilte skjelmsk, pesende av opphisselse. Huden glinset i lampelyset og han kjælte med sitt eget harde lem rytmisk i takt med bevegelsene. Olric kjente at hjertet i ham formelig brant, at smerten i brystet ble uutholdelig og samtidig begynte det å pumpe i underlivet og nytelse og pine blandet seg i en vanvittig miks som tvang et vilt brøl ut av ham, kroppen rykket i spasmer og Shaad kastet hodet bakover i ekstase og skrek ut også, sprutet varmt utover magen og brystet på den mannen han nå drepte, akkurat som Olric hadde drept hans mor, med sin lyst. Hun hadde vært dødsdømt fra det øyeblikket Olric tvang seg inn i henne, dette var øye for øye. Shaad red ut orgasmen, hulkende av fryd og Olric greide så vidt å presse frem noen håse grynt av smerte og dødsangst før han sakte gled bort, hjertet stanset i ham og Shaad stirret triumferende ned på det rødsprengte ansiktet under ham, rugget på hoftene et par ganger til og gliste bredt. Urtene virket fremdeles. «De må brenne deg med reisning ditt svin. Men nå har mor fått oppreisning og hevn, og alt du har hatt er ødelagt.»

Shaad grep tak i kroppen og med en kraftanstrengelse greide han å rulle dem rundt så Olric lå over ham, han arrangerte bein og armer så det så ut som om han var klemt fast under sin stefar og så begynte han å skrike om hjelp. Ingen kom til å tvile på det han sa, alle ville tro at Olric hadde forgrepet seg på sin egen stesønn og dødd midtveis i akten av et hjerteinfarkt. Det var slik han ville bli husket for ettertiden, som en mann som tok sin egen sønn, forgrep seg på at uskyldig barn. Ikke noe ettermæle kunne bli styggere enn det, ingen kom til å huske noe annet enn akkurat denne forferdelige skampletten på Olrics minne.

Shaad smilte for seg selv, det var hevn tatt til sin ytterste konsekvens, og ingen skulle fortelle ham at det ikke var velfortjent. Olric hadde vært dolkens spiss men Shaad var sønn av det mørket Olric hadde odlet og nå, nå skulle verden snart lære navnet hans å kjenne.

Tanyksryath

Den enorme svarte dragen hadde hvilt, den hadde kjempet mot noen av sine mindre søsken og fortært dem og funnet en smal fjelldal der den kunne samle krefter og forberede seg. Den visste at den hadde en oppgave, at den ventet på noe og den var utålmodig. Instinktet fortalte den at den skulle kjempe, at den var et våpen og den lengtet etter å angripe sine fiender og gå i striden.

Dragen hadde ingen følelse av tid, for den var det et evig nå og den lå rolig i skjul bak noen klipper da den merket en slags forstyrrelse i omgivelsene. Det var noe mektig, noe som øyeblikkelig fanget oppmerksomheten og det massive hodet løftet seg fra bakken. Den været i lufta, det var noe der, noe fremmed. Han kjente ikke denne lukten og han likte den lite, den fikk skjellene langs ryggen til å stritte og det enorme hjertet begynte å hamre hardere, å pumpe blod raskere. Den reiste seg opp, rettet ut vingene, neseborene utvidet seg og den betraktet omgivelsene med enorme kalde øyne som så langt mer enn et menneske var i stand til. Det var en glød der, svak og skimrende men det var magi og den rygget tilbake et par steg, forbauset og forvirret. Plutselig skar et lyn ut fra gløden, som en glødende pisk og den la seg rundt ene forbeinet, dragen hveste og rykket til men strengen gav ikke etter, i stedet skar en intens smerte gjennom kroppen på den og den brølte og prøvde å slite seg løs. Flere slike glødende strenger kom susende, la seg om bein og vinger og hals og dragen vrælte rasende og nå kjempet den virkelig, strengene strammet seg, for sterke til at selv den kunne bryte dem og noen mørke skikkelser dukket opp fra gløden. De bar lange kapper og det

537

var en merkelig tåkeaktig dis rundt dem, som frostrøyk. Dragen buret og prøvde å sprute ild men kjevene var trukket tett sammen og den greide ikke løfte hodet. Det var som om den brått var blitt for tung for sin egen kropp.

En av skikkelsene kom frem, i hendene hold den et slags septer av noe slag, det var utrolig forseggjort av et sølvaktig materiale og det glødet intenst i blått. Gløden fylte hele dalgangen, gjorde at alt virket blått og dragen hveste og forsto ingenting. Ikke noe burde være sterkt nok til å binde den slik, den var sterkest av alle, i det minste var det hva den var født til å tro.

«Knel for din nye herre Tanyksryath, du vil tjene mørket og knuse de som våger å gå mot oss»

Dragen knurret, han hadde ingen herre og alt han var fortalte at dette var feil, det var ikke slike skapninger den skulle lyde og adlyde.

Den var ingen skjødehund som logret med halen bare eieren ber om det, den var sterk og stolt og vill og den samlet alle de krefter den hadde og svingte halen brått og brutalt. Den muskuløse kroppsdelen var et våpen i like stor grad som beina og hodet og braste inn i en klippe med enorm kraft. Sterke skjell og horn grov inn i steinen og en sann skur av splinter slo inn over skikkelsene som rygget tilbake i sjokk. Den største av dem løftet septeret igjen og dragen vrælte igjen i smerte, båndene grov seg inn i kroppen og det oste formelig av dem, brent skjell og kjøtt. «Du er sterk, men tro ikke at du kan vinne, du vil underkaste deg, som så mange andre før deg» Skikkelsen lente seg forover. «Snart har vi både lyset og mørket på våre hender, og skyggene vil også falle oss i hende, vi kan ikke stanses denne gangen.»

Tanyksryath brølte rasende, den var kanskje ikke like vis som de gamle dragene fra sagntiden men den var ikke dum og den forsto at det å tjene disse skapningene var et liv i slaveri. Den spente musklene og tok i, greide nesten å rive seg løs og skikkelsene virket litt nervøse og de så fort på hverandre. Lederen hevet septeret og ny smerte skar gjennom dragen, det føltes som om ilden hans hadde angrepet ham fra innenfra og den vred seg forpint. Lederen kaklet lavt. «Se der, den vil gi etter, ingenting kan motstå oss, den vil bli vår»

Noen av skikkelsene begynte å messe og en slags lysende vegg dukket opp av ingenting, dragen hveste i protest men veggen begynte å nærme seg faretruende fort. Tanyksryath visste at den ikke kunne tillate dette, om den ble fraktet med til hvor det nå var disse skapningene kom fra slapp den aldri unna. Den prøvde å sparke ifra med bakbeina og skikkelsene ble distrahert i noen sekunder. Det var da underlige skapninger med pussige lange ansikter og merkelige øyne brått stormet ned sidene på dalen og braste inn i gruppen med skikkelser. De var ikke menneskelige og ytterst bisarre men på åstoppen sto det en igjen. Den hadde sett at denne dragen brøt seg ut av fjellet og nå hadde hun kallet dem alle til kamp. Ingen av dragene fikk falle som offer for mørkets hær, de ville ha mer enn nok med å stanse det som var på vei om ikke også denne verdenens drager skulle bli trellbundet.

Skapningen bikket på hodet, foran den bundne dragen dukket det opp en kule av lys, den brast og i dens sted sto det en kvinne. Hun skinte og det var umulig og siklne ut ansiktstrekkene hennes i gløden. En så bare at hun var høy og iført en slags rustning. Den høye skikkelsen hveste og hevet septeret men kvinnen løftet handa og septeret fløy ut av grepet og forsvant bakover, inn i gløden de hadde kommet fra. «Du!» Skikkelsen hveste det frem og gnister av mørk magi skjøt frem men ble stanset. De pussige skapningene gikk på resten av de kappekledde med dødsforakt og de bar noen merkelige våpen som så ut som en mellomting mellom øks og sverd og de bet godt. Flere av de kappekledde falt og resten flyktet tilbake til sin egen dimensjon. Den øverste virket fast bestemt på å komme seg nærmere den lysende kvinnen og magien han sendte ut var så sterk at bakken skalv der. Men brått endret hun form, i stedet for en kvinne så sto det en kronhjort der, med et enormt gevir og dyret styrtet frem så fort at ingen rakk å reagere før de skinnende spissene skar gjennom den kappekledte. Skapningen ulte og rev seg fri, forsvant etter de andre med et øredøvende boff og de glødende båndene forsvant øyeblikkelig. Dragen pustet tungt og hjorten ble en kvinne igjen, gikk sakte bort til dragen. «Hvil nå, du var ikke forberedt og visste ikke om denne fienden. Det er ikke din feil. Vi trodde ikke de var så smarte»

Tanyksryath hveste. «Hvor er hun, hvor er den som lyset har rørt ved? Hun kaller på meg, hun kaller på oss alle»

Stemmen hans var kun telepatisk og kvinnen nikket sakte. «Tiden vil komme da du skal søke dalen, da dere vil bli bundet til de utvalgte og da vil ikke lenger mørket kunne kreve dere, på noe vis. «

Tanyksryath la hodet ned igjen. «Hun har make, svak. Jeg sanser det»

Kvinnen smilte litt skjevt. «Nei, ikke svak. Hun er ikke for deg, ikke for noen. Du vil se.»

Dragen ristet på seg og var tydelig sjokkert over kraften som hadde bundet den. «Hva de var? Hvordan jeg trygg? Hvordan vi alle trygge?»

Hun bikket på hodet. «Om alle klarer det de er sendt ut for å gjøre vil dere bli trygge. Hvil deg, la sårene gro.»

Dragen sukket og lukket øynene og hun snudde seg mot den store skikkelsen som nå var gått ned av haugen, de andre samlet seg rundt dem. «Vokt ham, se til at ingen ond kraft kommer ham nær. De er ute etter de sterke nå, ute etter de som kan velte deres makt og deres planer.»

Skapningen smilte, brede heste aktige tenner syntes så vidt i smilet. «Jeg ser og jeg tjener, som jeg alltid har gjort»

Hun la en hånd på den høye skapningen. «Ja, og du har tjent meg vel, ledet dem og forberedt dem. Er du klar for ditt neste oppdrag?»

Den nikket sindig, det avlange hodet fikk den til å se nesten tungsindig ut. «Selvsagt min gudinne, tal og jeg vil adlyde»

Hun pekte nordover. «Dalen må klargjøres, se til at det er gjort. Den som ser har våknet og de vil finne veien frem, for dalen er alle steder og ingen.»

Den bukket kort. «Så skal det bli, jeg reiser med en gang.»

Hun snudde seg mot de andre som var samlet der. «Gjør som jeg sier, hold vakt og dere vil bli belønnet. Jeg husker de som tjener lyset»

Skapningene la hendene over brystet i kors, en svak mumling kunne høres og de bukket dypt. Lederen kremtet kort. «O gudinne, vil jeg få se den igjen?»

Hun smilte bredt, begynte å falme i kantene og bli gjennomsiktig, «Selvsagt, du vil få se den siste sanne drage fly, og din tjeneste vil bli kjent.»

Hun ble borte og Tanyksryath ristet på seg og slikket litt på sårene på beina. Det ville ta noen dager før den ble ok igjen, men en drage heles fort og nå var den rasende. Skikkelsen med septeret hadde gjort den vondt og fanget den, skam og ydmykelse brant i det pansrede brystet og den lovte seg selv at en dag skulle den få hevn. Den skulle personlig se til at den kappekledde ble brent til aske, det var et løfte den aktet å holde. Hans komme skulle være det som varslet slutten for den kappekleddes makt, på dens verden. Tanyksryath knurret lavt av forventning, den ville møte den mektige av isen og den siste av de sanne og sammen, sammen skulle de bringe denne onde kraften til fall, en gang for alle.

Bok 5 i serien kommer innen utgangen av mai 2018

www.ingramcontent.com/pod-product-compliance
Lightning Source LLC
Chambersburg PA
CBHW061021030726

47504CB00002B/213